INTRIGAS Y DESEOS

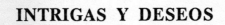

P. D. JAMES

Intrigas y Deseos

javier vergara editor

Buenos Aires/Madrid/México/Santiago de Chile

Título original
DEVICES AND DESIRES

Edición original
Alfred A. Knopf, Inc.

Traducción
César Aira

Diseño de tapa
Farré

ISBN 950-15-0988-5

Impreso en la Argentina/Printed in Argentine.
Depositado de acuerdo a la Ley 11.723

Esta edición terminó de imprimirse en
VERLAP S.A. - Producciones Gráficas
Vieytes 1534 - Buenos Aires - Argentina
en el mes de febrero de 1991.

NOTA DEL AUTOR

Esta historia sucede en una punta imaginaria de la costa oriental de Norfolk. Los amantes de esta región apartada y encantadora de East Anglia podrán ubicarla entre Comer y Great Yarmouth, pero no deberían alimentar esperanzas de reconocer la topografía, ni de encontrar en la realidad la Central Nuclear de Larksoken, ni la aldea de Lydsett ni el Molino de Larksoken. Otros nombres de lugares en cambio sí son reales, pero esto es apenas uno de los trucos que emplea un autor para dar autenticidad a personajes y hechos ficticios. En la novela sólo el pasado y el futuro son reales; el presente, igual que los personajes y el decorado, existen sólo en la imaginación del escritor y de sus lectores.

INDICE

LIBRO PRIMERO

Del viernes 16 de setiembre al martes 20 de setiembre

1

La cuarta víctima del Silbador fue la más joven de la serie: Valerie Mitchell, de quince años, ocho meses y cuatro días, que murió por haber perdido el autobús de las nueve cuarenta de Easthaven a Cobb's Marsh. Como siempre, había esperado hasta el último minuto para dejar la discoteca, y una compacta masa de cuerpos seguía girando bajo las luces estroboscópicas cuando se desprendió de las manos de Wayne, le gritó instrucciones a Shirl sobre sus planes para la semana siguiente por encima del latido ronco de la música y salió de la pista de baile. Lo último que vio de Wayne fue su cara seria que oscilaba, rayada de rojo, amarillo y azul bajo las luces móviles. Sin perder tiempo de cambiarse los zapatos tomó al pasar su chaqueta del guardarropa y corrió hacia la parada; las tiendas de la calle estaban oscuras y el saco voluminoso colgado del hombro le golpeaba contra las costillas. Pero al llegar a la esquina, las luces de la parada le mostraron un vacío mudo que la espantó: el autobús ya había partido y estaba a midad de la pendiente de la próxima calle. Tenía una posibilidad todavía, si el semáforo se ponía a su favor, y contando con ello se lanzó en una desesperada persecución sobre sus incómodos tacos altos. Pero la luz estaba verde y no pudo sino contemplar, impotente, jadeando y doblada por un súbito calambre, cómo el vehículo llegaba a lo alto y desaparecía como un barco muy iluminado.

–¡Oh no! –le gritó–. ¡No, Dios santo! ¡No! –y sintió en los ojos un escozor de lágrimas de furia y angustia.

Era el fin. En su familia su padre imponía la ley y no admitía apelaciones, nunca, nunca daba una segunda oportunidad. Al cabo de largas discusiones y mucho ruegos de parte de ella, había dado su permiso para estas visitas semanales a la discoteca del Club Juvenil de la iglesia, siempre que regresara en el autobús de las nueve cuarenta, sin falta. El vehículo la depositaba en la esquina de Crown Anchor, en Cobb's Marsh, a cincuenta metros de su casa. Desde las diez y cuarto su padre comenzaba a esperar que el autobús pasara frente a la ventana de la sala donde él y su madre se quedaban mirando la televisión, con las cortinas abiertas. Cualquiera fuera el programa que veían, o el clima, al ver pasar el ómnibus él se ponía el sobretodo y salía caminando esos cincuenta metros por donde ella ya venía. Desde que el Silbador de Norfolk inició sus asesinatos, el padre de Valerie había tenido una justificación adicional para la cariñosa tiranía doméstica que, como ella misma comprendía, era lo que él consideraba correcto con una hija única, además de ser un placer personal. Desde su primera infancia habían cerrado el pacto: "Sé justa conmigo, mi niña, y yo seré justo contigo." Ella lo quería, con un matiz de temor; y no había nada que temiera más que sus enojos. En esta ocasión habría una de esas terribles peleas en las que sabía que no valía la pena buscar apoyo en su madre. Sería el fin de sus salidas del viernes, el fin de Wayne y de Shirl y de toda la banda. Ya se burlaban de ella por ser tratada como una criatura. Ahora, sería la humillación total.

Su primera idea fue tomar un taxi y alcanzar el autobús, pero no sabía dónde había una parada de taxis, y no tenía dinero suficiente, de eso estaba segura. Podía volver a la discoteca y ver si Wayne y Shirl y la banda podían prestarle algo. Pero Wayne estaba siempre en cero y Shirl era demasiado mezquina y para cuando terminara de explicarles y rogarles sería demasiado tarde.

Y en ese momento vino la salvación. El semáforo había vuelto al rojo, y un auto que venía atrás de otros cuatro no pudo pasar y se detuvo lentamente. Se inclinó sobre la ventanilla de la izquierda, a medias baja y vio a dos señoras mayores. Se aferró con las dos manos al borde del vidrio y dijo sin aliento:

–¿Podrían llevarme? A cualquier parte, en dirección a Cobb's March. Perdí el autobús. Por favor.

La desesperación de su voz no alcanzó a conomover a la conductora. Siguió mirando hacia adelante, frunció el ceño, negó con la cabeza y puso un cambio. Su acompañante vaciló, miró a la chica y pasó un brazo por sobre el asiento para abrir la puerta trasera.

—Entra. Rápido. Vamos hasta Holt nada más. Podemos dejarte en el cruce.

Valerie se metió en el auto que ya reanudaba su marcha. Al menos iban en la buena dirección y no le llevó más de un par de segundos pensar en un plan de acción. Desde el cruce de rutas en Holt había menos de setecientos metros hasta la calle por donde pasaba el autobús. Podía ir caminando y tomarlo allí. No le faltaría tiempo porque ese medio de transporte se demoraba veinte minutos por lo menos dando vueltas por las aldeas.

La mujer que iba al volante abrió la boca para decir:

—No deberías estar subiéndote a autos de desconocidos de esta forma. ¿Tu madre sabe que estás en la calle, sabe lo que estás haciendo? Hoy día los padres ya no tienen ningún control sobre los hijos.

Vieja vaca idiota, pensó, ¿qué te importa lo que yo hago? No habría soportado sin queja una reprimenda así de ninguno de los dos profesores del colegio. Pero ahora contuvo su impulso a la grosería, que era su respuesta adolescente a la crítica adulta. Necesitaba a estas dos pasas. Era mejor tenerlas contentas.

—Debía tomar el autobús de las nueve cuarenta. Mi papá me mataría si supiese que le pedí a alguien que me llevara. Y no lo hubiera hecho de haber sido usted un hombre.

—Por supuesto que no. Y tu padre tiene toda la razón del mundo en ser estricto en este punto. La época es peligrosa para las jovencitas, sin hablar del Silbador. ¿Dónde vives exactamente?

—En Cobb's Marsh. Pero tengo un tío y una tía en Holt. Si me dejan en el cruce, mi tío me llevará. Viven cerca. Así que no hay problema si me dejan en el cruce, de veras.

La mentira le salió naturalmente y fue aceptada con igual naturalidad. Se quedó mirando las nucas de las dos cabezas grises, de pelo corto, y las manos manchadas por la edad de la conductora sobre el volante. Hermanas, pensó, por su aspecto. La primera mirada le mostró las mismas cabezas cuadradas, iguales mandíbulas fuertes, idénticas cejas curvadas sobre ojos ansiosos y malhumorados. Pensó que habían tenido una discusión. Podía sentir la tensión que flotaba entre ellas. Se alegró cuando, sin una palabra, la conductora se detuvo en el cruce y ella pudo salir del auto, balbuceando un agradecimiento, y las vio perderse a lo lejos. Fueron los últimos seres humanos, salvo uno, que la vieron con vida.

Se acuclilló para ponerse los zapatos sin taco que sus padres insistían que llevara al colegio, feliz de que ahora la mochila hubiera quedado más liviana, y comenzó a alejarse de la ciudad hacia la ruta donde podría esperar al autobús. El camino era estrecho y sin luz; a la derecha tenía una hilera de árboles entre cuyo follaje negro asomaban trozos de cielo estrellado y a la izquierda, por donde caminaba, había una franja de arbusto lo bastante densa por trechos como para proyectar una sombra que ocultaba el camino. Hasta ese momento la chica no sintió más que un inmenso alivio al pensar que las cosas saldrían bien después de todo. Tomaría el autobús. Pero ahora, cuando caminaba en medio de un silencio fantasmal en el que sus pasos ligeros resonaban con estruendo sobrenatural, la inundó una ansiedad diferente, más penetrante; sintió un primer atisbo de miedo. Y una vez que su conciencia lo reconoció y que comprendió el poder que podía tomar sobre ella, el miedo la dominó enteramente y creció en forma inexorable hasta la dimensión del terror.

Se acercaba un auto, a la vez símbolo de seguridad y normalidad, y una amenaza más. Todo el mundo sabía que el Silbador se desplazaba en auto. Si no, ¿cómo habría podido matar en sitios tan apartados del condado? ¿Y cómo escapaba cuando su horrible tarea quedaba hecha? Se ocultó tras la cortina de arbustos, intercambiando un miedo por otro. El ruido creció y las flores silvestres brillaron un instante antes de que el auto pasara en una exhalación. Y ahora volvía a estar sola en la tiniebla y el silencio. ¿Pero estaba sola? La idea del Silbador ocupaba toda su mente; los rumores y las medias verdades se fundían en una terrible realidad. Estrangulaba mujeres, hasta ahora tres. Y después les cortaba el pelo y se los metía en la boca, como si se propusiera rellenar una muñeca de trapo. Los chicos de la escuela se reían de todo el asunto y silbaban en sus bicicletas como se decía que él silbaba sobre el cadáver de sus víctimas. "Ahí viene el Silbador", se burlaban. Y quizá sí. Podía estar en cualquier parte. Siempre atacaba de noche. Podía estar aquí. Sintió el impulso de arrojarse al suelo y apretar el cuerpo contra la tierra de fuerte olor, taparse los oídos y quedar muy quieta hasta el alba. Pero logró controlar el pánico. Tenía que llegar a la ruta y tomar el autobús. Se obligó a salir de las sombras y recomenzó su caminata casi silenciosa.

Podría haber salido corriendo, pero resistió. El ser que estaba agazapado tras los arbustos, hombre o animal, ya había captado el olor a miedo y sólo esperaba el pánico. Entonces sí oiría el ruido de ramitas rotas, los pies pesados, sentiría el aliento cálido en la nuca. Debía seguir caminando, rápido en silencio, sosteniendo el saco con fuerza contra el costado, casi sin respirar, los ojos fijos adelante. Y mientras caminaba rezaba: "Dios mío, que pueda llegar sana y salva a casa y nunca más volveré a mentir. Siempre saldré a tiempo. Ayúdame a llegar sana y salva a la parada del autobús. Y que éste llegue pronto. Dios, por favor, ayúdame."

Y entonces, milagrosamente, su plegaria fue respondida. De pronto, a unos treinta metros delante de ella, había una mujer. No se preguntó cómo se había materializado, tan misteriosamente, esta figura delgada y de paso lento. Le bastaba saber que estaba allí. Al acercarse con una marcha que se aceleraba cada vez más, pudo ver una mata de largo pelo rubio asomando debajo de un gorrito ajustado y una prenda que parecía un impermeable con cinturón. Y al lado de la mujer, en trote obediente, lo más tranquilizante de todo: un perrito blanco y negro, de patas torcidas. Podían caminar juntas hasta la parada. Quizás incluso la mujer tomaba el mismo autobús. Estuvo a punto de gritar: "Aquí estoy, aquí estoy" y de echar a correr hacia la seguridad y la protección como podría hacerlo un niño hacia los brazos de la madre.

Y ahora la mujer se inclinaba y soltaba al perro. Como si obedeciera una orden, el animal se metió entre los arbustos. La mujer echó una mirada atrás y se quedó esperando, de espaldas a Valerie, con la correa del perro colgando de su mano. Valerie llegó a su lado. Y entonces, lentamente, la mujer se volvió. Fue un segundo de terror total, paralizante. Vio que el rostro pálido y tenso que nunca había sido el rostro de una mujer, la sonrisa tonta, amable, casi de disculpas, los ojos ardientes e impiadosos. Abrió la boca para gritar, pero no servía de nada, y además el horror la había embotado. Con un solo movimiento la correa pasó sobre su cabeza, y se fue de bruces contra la sombra de los arbustos. Se sintió caer a través del tiempo, a través del espacio, a través de una eternidad de espanto. Y ahora el calor del rostro estaba contra el suyo, y podía oler a alcohol y sudor y a un terror igual al suyo. Alzó los brazos en un aleteo impotente. Y ahora su cerebro estallaba y el dolor en el pecho, creciendo como una gran flor roja, explotaba en un grito silencioso sin palabras que decía: "Mamá, Mamá." Y después no hubo más terror, no más miedo, sólo la piadosa oscuridad que lo borraba todo.

2

Cuatro días después el comandante Adam Dalgliesh de
New Scotland Yard le dictaba una última nota a su secretaria, tras
lo cual vaciaba la bandeja de asuntos en espera de su escritorio,
cerraba con llave el cajón, ponía la combinación en su armario de
seguridad y se preparaba a partir para unas vacaciones de dos semanas en la costa de Norfolk. Había postergado su período de
descanso y lo necesitaba. Pero las vacaciones no sería enteramente un descanso; en Norfolk había asuntos que requerían su atención. Su tía, el único familiar que le quedaba, murió hacía dos meses, dejándole su fortuna y un molino reformado en Larksoken,
sobre la costa nororiental de Norfolk. La fortuna, inesperadamente grande, traía sus propios problemas, todavía sin resolver. El
molino era un legado menos oneroso aunque no sin sus inconvenientes. Sentía que debía vivir en él, solo, durante una semana o
dos, antes de decidir si lo conservaba para vacaciones ocasionales,
si lo vendía o si lo transfería, por un precio nominal, al Fondo de
Molinos de Norfolk, institución siempre dispuesta a restaurar viejos molinos para que volvieran a funcionar. Y además estaban los
papeles familiares y los libros de su tía, en especial su rica biblioteca de ornitología, que debían ser examinados y clasificados, a la
espera también de una decisión sobre ellos. Pero eran tareas que
le venía bien. Desde su infancia había sentido disgusto por las vacaciones totalmente ociosas. Ignoraba en qué raíces de culpa infantil se fundaba este curioso masoquismo, que en sus años de ma-

durez había vuelto con vigor renovado. Pero se alegraba de que hubiera algo que hacer en Norfolk, entre otras cosas porque sabía que su viaje tenía un elemento de huida. Tras cuatro años de silencio aparecía su nuevo libro de poemas, *Un caso por resolver y otros poemas*; la aclamación crítica fue considerable, lo que sorpresivamente lo gratificaba, y el interés público se había ampliado, lo que, menos sorpresivamente, le resultaba difícil de manejar. Después de sus casos criminales más notorios, los esfuerzos de la oficina de prensa de la Policía Metropolitana se habían concentrado en protegerlo de un exceso de publicidad. Pero su editor tenía ideas opuestas sobre el tema y él se felicitaba de tener una excusa para escapar, al menos por un par de semanas.

Se despidió con anticipación de la inspectora Kate Miskin, que a esta hora había salido por trabajo. El Inspector en Jefe Massingham resultó promovido al Curso Intermedio de Comando en la Escuela de Policía de Bramshill, un paso más en su progreso planificado hacia el galón de Alguacil en Jefe y Kate había ocupado provisoriamente su lugar como segundo de Dalgliesh en el Escuadrón Especial. Fue a la oficina de ella a dejarle su dirección en Norfolk. La oficina estaba, como siempre, notoriamente ordenada, con un toque femenino en medio de tanta eficiencia: un solo cuadro en las paredes, uno de los óleos abstractos de la propia Kate, un estudio en torbellinos ocres realzado por una sola raya de un verde ácido; Dalgliesh apreciaba ese cuadro más cada vez, cuanto más lo observaba. Sobre el escritorio bien despejado había un pequeño jarrón de vidrio con fresias. El aroma de las flores, al principio casi imperceptible, de pronto lo envolvió, reforzando la curiosa impresión que tenía siempre de que esa oficina estaba más colmada de la presencia física de Kate cuando ella no estaba que cuando se hallaba trabajando sentada al escritorio. Dejó su nota, exactamente en el centro del cuadrado de papel secante y sonrió cuando cerraba la puerta con una delicadeza que se diría innecesaria. No le quedaba más que intercambiar un par de palabras con la secretaria, tras lo cual fue a tomar el ascensor.

La puerta se cerraba cuando oyó pasos que corrían y un grito alegre, y Manny Cummings saltó adentro evitando por poco el contacto de las hojas metálicas. Como siempre, Manny parecía girar en un vértigo de una energía casi opresiva, demasiado poderosa para ser contenida en las cuatro paredes del ascensor. Blandía en la mano un gran sobre manila.

—Me alegra verte, Adam. ¿Es Norfolk adonde te escapas, no? Si la policía de allá logra atrapar al Silbador, te ruego que le eches una mirada, porque podría ser nuestro hombre de Battersea.

—¿El estrangulador de Battersea? ¿Es probable? ¿Has verificado el tiempo y la distancia? ¿Hay posibilidades serias?

—Es altamente improbable, pero, como sabes, el Tío nunca está contento hasta que no se ha dado vuelta cada piedra y recorrido cada sendero. Reuní algunos detalles y el identikit, por si acaso. Como sabes, hubo un par de testigos visuales. Le informé a Rickards que estarías por allá. ¿Te acuerdas de Terry Rickards?

—Me acuerdo.

—Ahora es Inspector en Jefe, según parece. Le ha ido bien en Norfolk. Mejor que si se hubiera quedado con nosotros. Y me dicen que se casó, lo que puede haberlo endulzado un poco. Un tipo difícil.

—Estaré en su terreno —dijo Dalgliesh—, pero no, gracias a Dios, en su equipo. Y si atrapan al Silbador, ¿por qué no eres tú el que va a pasar un día al campo?

—Odio el campo, en especial el campo llano. Piensa en el dinero que ahorrarás a los contribuyentes. Pero yo iré, si hay algo que valga la pena de ver. Te lo agradezco, Adam. Buenas vacaciones.

Sólo Cummings tenía ese descaro. Con todo, el pedido era razonable; y Dalgliesh no era mucho mayor (unos meses apenas) que su colega y además siempre había predicado la cooperación y el uso sensato de los recursos. Y era muy improbable que tuviera que interrumpir sus vacaciones para echar una mirada al Silbador, el célebre asesino de Norfolk, vivo o muerto. Había estado en actividad desde hacía quince meses y su última víctima (¿cómo era el nombre? Valerie Mitchell, ¿no?) era la cuarta. Estos casos eran invariablemente difíciles, llevaban muchísimo tiempo de trabajo que en general no servía de nada, pues la solución dependía más de la buena suerte que de una buena investigación. Cuando bajaba por la rampa del estacionamiento subterráneo miró su reloj pulsera. En tres cuartos de hora estaría en la ruta. Pero antes tenía que pasar por lo de su editor.

3

El ascensor de la editorial Herne & Illingworth en Bedford Square era casi tan viejo como el edificio, y ambos testimoniaban la obstinada adhesión de la firma a una elegancia de antaño y a una ineficacia ligeramente excéntrica detrás de la cual comenzaba a tomar forma una política más confiable. Mientras era izado en una serie de sacudones desconcertantes, Dalgliesh pensaba que el éxito, aun siendo más agradable, según el consenso, que el fracaso, tenía sus desventajas concomitantes. Una de éstas, era la persona de Bill Costello, director de Publicidad, quien lo esperaba en la claustrofóbica oficina del cuarto piso.

La mudanza de su fortuna poética había coincidido con cambios en la firma. Herne & Illingworth seguían existiendo en la medida en que sus nombres estaban impresos o grabados en las tapas de los libros bajo el antiguo y elegante colofón de la editorial, pero la empresa ahora formaba parte de una corporación multinacional que acababa de agregar el rubro libros a los ya existentes de alimentos enlatados, azúcar y textiles. El viejo Sebastian Herne había vendido una de las pocas editoriales individuales que quedaban en Londres por ocho millones y medio y a continuación no se había demorado en casarse con una asistente de publicidad extremadamente atractiva, que no esperaba sino que se cerrara el trato comercial para renunciar, con cierta nostalgia pero con la mirada puesta en el futuro, a su status de amante provisional a cambio del de esposa. Herne falleció tres meses después, hecho que provocó abundancia de comentarios picantes pero poca pena. Durante toda su vida Sebastian Herne había sido un hombre convencional y cauto que reservaba la excentricidad, la imaginación y en ocasiones el arrojo, para sus publicaciones. Por treinta años fue un marido fiel y sin imaginación, y Dalgliesh pensaba que si un hombre vive durante casi setenta años en la más intachable convencionalidad, lo más probable es que ese estado sea el que conviene a su naturaleza. Herne había muerto menos de agotamiento sexual (suponiendo que tal cosa tuviera la entidad médica que los puritanos decían) que de una exposición fatal al contagio de la moralidad sexual de moda.

La nueva administración promovía a los poetas con entusiasmo, quizá por ver a su colección de poesía como un equilibrio valioso para la vulgaridad y los escarceos pornográficos de sus novelistas best-seller, a los que presentaban con inmensos cuidados y no sin distinción, como si la belleza de una cubierta y la calidad de la impresión pudieran elevar la banalidad comercial al nivel de la literatura. Bill Costello, nombrado el año anterior director de Publicidad, no veía por qué motivo la editorial Faber & Faber debía tener el monopolio en la publicación de buenos poetas y se había mostrado eficaz en la promoción de la colección de poesía de la casa, a despecho del rumor de que él jamás leía un verso de poesía moderna. Su único interés conocido en la poesía era su presidencia del Club McConagall, cuyos miembros se reunían los primeros jueves de cada mes en un pub del centro para comer el famoso pastel de carne y riñones que preparaba la cocinera, beber una cuantiosa cantidad de alcoholes y recitarse los esfuerzos más irrisorios de algunos poetas que podían aspirar al título de los peores que hubieran florecido en Gran Bretaña. Un colega poeta le había dado una vez a Dalgliesh la siguiente explicación: "El pobre infeliz tiene que leer tantos incomprensibles poemas modernos que no puede asombrar que sienta necesidad de una dosis ocasional de tonterías comprensibles. Es como un marido muy fiel que una vez al mes se permite un alivio terapéutico en el burdel del barrio." Dalgliesh pensaba que la teoría era ingeniosa pero improbable. Por lo pronto, no había pruebas de que Costello leyera nada de la poesía que con tanto entusiasmo promovía. Saludó a su candidato más reciente a la fama mediática con una mezcla de optimismo obstinado y ligera aprensión, como si supiera de antemano que tendría que vérselas con un hueso duro de roer.

Su rostro pequeño, algo anhelante e infantil, hacía un curioso contraste con su figura rotunda. Su problema principal al parecer era si usar el cinturón encima o debajo de la panza. Arriba, era indicio de optimismo; abajo, señal de depresión. Hoy el cinturón colgaba a la altura del sexo, lo que proclamaba visualmente un pesimismo que la conversación subsiguiente justificó. Dalgliesh llegó a decir con firmeza:

–No, Bill, no me arrojaré en paracaídas sobre el Estadio de Wembley con el libro en una mano y un micrófono en la otra. Ni le haré la competencia al anunciador gritando mis poemas por los parlantes de la estación Waterloo. Piensa que allí la gente no tiene otra preocupación que subir al tren.

–Eso ya se ha hecho. Está usado. Y lo de Wembley era una broma. No sé como pudo tomarlo en serio. No, escuche, esto es de veras bueno. Hablé con Colin McKay y se muestra muy entusiasta. Alquilaremos un ómnibus de dos pisos para recorrer el país. Bueno, todo lo que pueda recorrerse en diez días. Llamaré a Clare para que le muestre la ruta y el programa.

–Como un ómnibus de campaña política –dijo con gesto grave–: carteles, slogans, altavoces, globos.

–¿De qué nos serviría hacerlo si la gente no se entera?

–Si Colin va a bordo, se enterarán. ¿Y cómo hará para mantenerlo sobrio?

–Un buen poeta, Adam. Y lo admira mucho a usted.

–Lo que no significa que me querrá como compañero de viaje. ¿Y cómo ha pensado llamarlo? ¿La peregrinación del poeta? ¿La hora de Chaucer? ¿Poesía sobre ruedas? ¿El bus poético? Eso al menos tendría el mérito de la simplicidad.

–Ya pensaremos en algo. Me gusta lo de Peregrinación del poeta.

–¿Y las paradas, dónde serán?

–En comisarías, alcaldías, escuelas, pubs, cafés, dondequiera que haya público. Es una perspectiva excitante. Habíamos pensado en alquilar un tren, pero un ómnibus tiene más flexibilidad.

–Y es más barato.

Costello ignoró la observación. Siguió:

–Piso alto, poetas. Piso bajo, bebidas, refrescos. Lecturas desde la plataforma. Publicidad nacional, radio y televisión. Partimos del centro de Londres. Hay una posibilidad de que lo transmita el canal Cuatro y, por supuesto, Kaleidoscope. Contamos con usted, Adam.

–No –dijo Dalgliesh con firmeza–. Ni siquiera para inflar los globos.

–Por todos los cielos, Adam, usted escribió esos poemas. Quiere que la gente los lea... bueno, al menos que los compre. Hay un tremendo interés público en usted, en especial después de este último caso, el asesino de Berowne.

—El interés se dirige a un poeta que atrapa asesinos o a un policía que escribe versos, no a la poesía.

—¿Y qué importa, en tanto estén interesados? Y no me diga que al jefe de policía no le gustaría. Es una vieja excusa.

—De acuerdo, no se lo diré, pero a él no le gustaría.

Por otro lado, en su diálogo con el público ya no había nada nuevo que decir. Oyó innumerables veces todas las preguntas, e hizo lo posible para contestarlas, con honestidad si no con entusiasmo. "¿Por qué un poeta sensible como usted se dedica a atrapar asesinas?" "¿Qué trabajo es más importante para usted, el de poeta o el de policía?" "¿Lo ayuda o no a escribir, su experiencia de detective?" "¿Qué necesidad puede tener un investigador brillante de escribir poesía?" "¿Cuál fue su caso más interesante, Comandante?" "¿Nunca pensó en escribir un poema sobre él? "Las mujeres a las que les dedicó sus poemas de amor, ¿están vivas o muertas?" Dalgliesh se preguntaba si a Philip Larkin lo habrían interrogado así sobre su doble actividad de poeta y bibliotecario o si a Roy Fuller le preguntan con tanto encarnizamiento cómo combinaba la práctica de la poesía con la de la abogacía.

—Todas las preguntas son predecibles —dijo—. Nos ahorraría a todos mucho tiempo si grabo las respuestas; usted podría pasar la grabación desde el ómnibus por un parlante.

—No sería lo mismo. La gente quiere oír al autor en persona. Cualquiera pensaría que no quiere que lo lean.

¿Y ansiaba que lo leyeran? Por cierto que deseaba que alguien lo leyera, una persona en particular; y no sólo quería que lo leyera, sino también que lo aprobara. Era humillante reconocerlo, pero así era. En cuanto a los demás: bueno, suponía que la verdad estaba en que quería que la gente leyera sus poemas pero no que se sintiera obligada a gastar dinero en el libro, escrúpulo que no podía esperar que compartieran sus editores. Sentía sobre él los ojos ansiosos y suplicantes de Bill, tan parecidos a los de un niño que ve alejarse la posibilidad de obtener un caramelo. Su negativa a cooperar le parecía típica de muchas cosas suyas que él mimo detestaba. Había una cierta falta de lógica, por cierto, en querer ser publicado y después no preocuparse porque la gente comprara o no el libro. El hecho de que encontrara desagradables las manifestaciones más públicas de la fama, no significaba que estuviera libre de vanidad, sólo que había aprendido a mantener esta vanidad bajo control, y podía darle una forma muy discreta. Después de todo, él tenía un trabajo con un buen sueldo y una pensión asegurada, a lo que ahora se sumaba la fortuna considerable de su tía. No tenía motivos de preocupación. Se vio a sí mismo como un privilegiado por la suerte, en comparación por ejemplo con Colin McKay, que probablemente lo consideraba a él (¿y quién podía culpar a Colin?) como un dilettante algo snob y muy quisquilloso.

Sintió alivio al ver abrirse la puerta y entrar a Nora Gurney, responsable de la colección de gastronomía de la editorial; la entrada fue vivaz y a Dalgliesh al mujer le hizo pensar, como siempre, en un insecto inteligente, impresión reforzada por los brillantes ojos exoftálmicos detrás de unos enormes anteojos redondos, el vestido de entrecasa y los zapatos puntudos de taco bajo. Exactamente el mismo aspecto que tenía cuando Dalgliesh la conoció.

Nora Gurney había llegado a ser una potencia en el mundillo editorial inglés gracias a la longevidad (nadie recordaba cuándo había ingresado en Herne & Illingworth) y a una convicción firme de que el poder era lo menos a que podía aspirar y muy probablemente siguiera ejerciéndolo bajo la nueva administración. Dalgliesh la conoció tres meses antes en una de las fiestas periódicas de la empresa, ofrecidas sin ninguna razón en especial que él conociera, salvo que fuera para tranquilizar a los autores, a fuerza de buenos vinos y canapés, de que la empresa seguía floreciendo y estaba a disposición de ellos. La lista de invitados en esa ocasión comprendía a los autores más prestigiosos de las distintas colecciones, lo que al menos había contribuido a dividir en categorías la incomodidad general: los poetas bebieron en exceso; poniéndose llorosos o en celo, según su naturaleza individual; los novelistas se atrincheraron en un rincón como perros malos a los que se les ha ordenado no morder; los ensayistas, ignorando a los anfitriones y a los demás invitados, habían desarrollado volubles discusiones eruditas entre ellos, mientras que los autores de libros de cocina se hicieron un deber en rechazar del modo más ostentoso posible los bocadillos, con gestos de repugnancia o de sorpresa dolorosa o bien con un tibio interés especulativo. A Dalgliesh lo había arrinconado Nora Gurney, que quería exponerle la practicidad de la teoría que acababa de inventar: dado que cada conjunto individual de huellas dactilares era único, ¿no podía tomarse las huellas de todos los ciudadanos del país, almacenarlas en un ordenador y programar éste para que investigara si ciertas combinaciones de líneas y curvas en las huellas eran indicativas de tendencias criminales? De ese modo, el crimen podría ser prevenido. Dalgliesh le había señalado que, siendo las tendencias criminales prácticamente universales, como lo demostraba el modo como los invitados a esa fiesta estacionaron sus autos, los datos serían redundantes, sin contar los problemas logísticos y éticos que provocaría un relevamiento masivo de huellas dactilares; a lo que debía agregarse el hecho desalentador de que el crimen, aun suponiendo que la analogía con la enfermedad fuera válida era, igual que la enfermedad, más difícil de diagnosticar que de curar. Fue casi un alivio cuando una formidable novelista de género femenino, vigorosamente encorsetada en un traje sastre de cretona florida que la hacía parecer un sofá móvil, se había acercado blandiendo un par de arrugados tickets de estacionamiento, preguntándole qué se proponía hacer con ellos.

La colección de libros de cocina de Herne & Illingworth era pequeña pero sólida; sus mejores autores gozaban de buena reputación en términos de originalidad, buena prosa y podía confiarse en sus recetas. La señorita Gurney tomaba con pasión su trabajo y trataba con pasión a sus autores; consideraba a novelistas y poetas como un accesorio, irritante pero necesario, al negocio principal de la editorial, que era publicar y tener contentos a sus queridos gastrónomos. Se corrió el rumor que era mala cocinera, lo que apoyaba la firme convicción británica, no infrecuente en las esferas más elevadas y menos útiles de la actividad humana, de que no hay nada tan letal para el éxito como entender la materia de la que uno se ocupa. A Dalgliesh no le sorprendió ver que ella había considerado totalmente fortuita su presencia en la oficina y que él encontraría un privilegio casi sagrado la tarea de llevarle las pruebas de su libro a Alice Mair.

—Supongo que lo llamaron de allá para ayudar a atrapar al Silbador.

—No, afortunadamente es trabajo de la policía de Norfolk. Esos llamados de Scotland Yard suceden más en la ficción que en la realidad.

—Sea como fuere, es muy conveniente que viaje a Norfolk. No me sentiría segura si le confío estas pruebas al correo. ¿Pero su tía no vivía en Suffolk? Y estoy segura de que alguien dijo que Miss Dalgliesh murió.

—Vivió en Suffolk hasta hace cinco años, cuando se mudó a Norfolk. Y sí, mi tía falleció.

—Oh, bueno, Suffolk y Norfolk, no es tanta la diferencia. Pero lamento que haya muerto. —Durante un instante pareció meditar en la fugacidad de la vida y comparar los dos condados, para desventaja de ambos, y después agregó:— Si la señorita Mair no está en casa, no deje esto en la puerta, ¿de acuerdo? Sé que la gente en el campo es extraordinariamente confiada y sería un verdadero desastre si estas pruebas se perdieran. Si Alice no está en casa, puede estar su hermano, el doctor Alex Mair. Es el director de la central nuclear de Larksoken. Pero quizá pensándolo bien, no debería dejárselas tampoco a él. Los hombres a veces son increíblemente irresponsables.

Dalgliesh tuvo la tentaciónd de decirle que a uno de los físicos más prominentes del país, responsable de una central atómica y, si había que creerle a los diarios, futuro presidente de toda la actividad nuclear del Reino, es presumible que podría confiársele un sobre con pruebas de imprenta. Pero se limitó a decir:

—Si la señorita está en casa, le daré las pruebas personalmente. Si no está, las conservaré hasta que esté.

—Ya la llamé para decirle que usted está en camino, así que lo espera. Escribí la dirección en letra de imprenta bien clara. Martyr's Cottage. Espero que sepa dónde queda.

—Puede consultar un mapa —dijo Costello agriamente—. Recuerde que es policía.

Dalgliesh dijo que conocía Martyr's Cottage y que conoció en una oportunidad a Alexander Mair, aunque no a su hermana. Su tía había vivido muy retirada, pero en esos páramos los vecinos llegan a conocerse inevitablemente y aunque Alice Mair en aquella ocasión estuvo de viaje, su hermano había hecho una visita formal de condolencias al molino después de la muerte de Miss Dalgliesh.

Tomó posesión del sobre, que era sorprendentemente grande y pesado y estaba cruzado varias veces con una intimidatoria telaraña de cinta adhesiva y bajó lentamente al sótano, desde el cual podía salirse al pequeño estacionamiento de la empresa, donde lo esperaba su Jaguar.

4

Una vez libre de los anudados tentáculos de los suburbios orientales, Dalgliesh apretó el acelerador y a las tres de la tarde atravesaba la aldea Lydsett. Al salir de ella, una curva a la izquierda lo sacó del camino costero a otro que era poco más que un sendero asfaltado flanqueado por acequias con agua y macizos de juncos que se inclinaban con el viento. Allí, por primera vez, pensó que podía oler el Mar del Norte, ese aroma potente pero a medias ilusorio que evocaba recuerdo nostálgicos de vacaciones infantiles, de caminatas solitarias de adolescente cuando luchaba con sus primeros poemas, de la alta figura de su tía a su lado, los binoculares colgando del cuello, marchando hacia los escondrijos de sus amados pájaros. Y aquí, cortando el camino, estaba la vieja cerca siempre en su lugar. Su persistencia invariablemente lo sorprendía, puesto que no servía a propósito alguno como no fuera uno simbólico de señalar el comienzo de la punta y darles una pausa a los viajeros para pensar si realmente querían seguir adelante. Se abrió al simple contacto, pero cerrarla, como siempre, era más difícil, y tuvo que levantarla en vilo hasta devolverla a su lugar, tras lo cual pasó el aro de alambre que la retenía al poste; lo invadía una sensación conocida de haber dado la espalda al mundo cotidiano y entrar a un territorio que, por más frecuentes que fueran sus visitas, siempre sería tierra extraña.

Ahora cruzaba la punta despejada hacia el monte de pinos que bordeaba la costa del mar. La única casa a su izquierda era una rectoría victoriana, un edificio cuadrado de ladrillo rojo que parecía enorme tras el esforzado cerco de rododendro y laurel. A su derecha el terreno se elevaba suavemente hacia los riscos del lado sur. Podía ver la boca oscura de un nido de ametralladoras de concreto, reliquia de la guerra, al parecer tan indestructible como los muros de concreto batido por las olas, restos de las fortificaciones que seguían hundidos a medias en la arena a lo largo de una parte de la playa. Al norte, los arcos rotos y columnas truncas de la abadía benedictina brillaban con el sol dorado de la tarde contra el azul arrugado del mar. Al llegar a lo alto de una pequeña colina pudo ver las aspas del Molino Larksoken y más allá, sobre el horizonte, la gran masa gris de la Central Nuclear. El camino por el que iba llegaba a la Central, pero sabía que se lo usaba poco pues el tránsito normal y todos los vehículos pesados iban por la nueva ruta de acceso por el norte, la punta estaba vacía y casi desnuda. Los pocos árboles que sobrevivían, torcidos por el viento, hacían lo posible para mantenerse aferrados al suelo pobre. Ahora estaba pasando junto a un segundo nido de ametralladoras pero conservado, y pensó que toda la punta tenía el aire desolado de un campo de batalla del que se han llevado todos los cadáveres pero el aire vibraba todavía con el eco de los disparos, mientras que la Central Nuclear se alzaba al fondo como un grandioso monumento moderno a los muertos desconocidos.

En sus visitas anteriores a Larksoken había visto Martyr's Cottage a sus pies cuando él y su tía subían a un pequeño cuarto alto en el cono del Molino, para ver toda la punta. Pero nunca se acercó y ahora, cuando dirigía su auto hacia él, se le ocurrió que la denominación "cottage" no lo describía bien. Era una casa importante de dos pisos en forma de L, al este del camino, con paredes en parte de piedra a la vista y en parte de enlucido; al fondo una cerca de piedra York tras la que se veía un terreno de cincuenta metros sin vegetación que llegaba a las dunas y al mar. No apareció nadie cuando estacionó frente a la puerta; se apeó del auto y antes de tocar el timbre se detuvo a leer la inscripción en una placa de piedra a la derecha de la puerta.

En un cottage en este solar vivió Agnes Poley, mártir protestante, quemada en Ipswich el 15 de agosto de 1556, a la edad de 32 años. Eclesiastés, Capítulo 3, versículo 15.

La placa no tenía adornos, las letras estaban trazadas en profundas incisiones y una escritura elegante que recordaba a

Eric Gill, y Dalgliesh recordó que su tía le había dicho que la hicieron colocar los propietarios anteriores a fines de la década de 1920, cuando el cottage original fue ampliado. Una de las ventajas de una educación religiosa es la capacidad de identificar al menos los textos más conocidos de las Escrituras y éste era uno que no exigía un gran esfuerzo de memoria. En la escuela primaria, a los nueve años, en ocasión de alguna falta que debía castigarse, su maestro le había ordenado copiar con su mejor letra todo el tercer capítulo del Eclesiastés; el viejo maestro Gumboil, económico como lo era en todo, creía que copiar versículos era lo ideal para combinar el castigo con la educación literaria y religiosa. Las palabras, en aquella letra redonda de niño, le habían quedado grabadas para siempre. Y ahora pensaba que era una interesante elección.

Lo que ha sido es ahora; y lo que será ya ha sido;
y Dios quiso lo que fue.

Tocó el timbre y no transcurrieron más que unos pocos segundos antes de que Alice Mair abriera la puerta. Vio a una mujer alta y apuesta vestida con una cuidadosa y cara informalidad: un suéter negro con una bufanda de seda al cuello y pantalones de gamuza. Podría haberla reconocido por su notable parecido con su hermano, aunque ella parecía varios años mayor. La mujer dio por sentado que ambos sabían quién era el otro y haciéndose a un lado para invitarlo a pasar, le dijo:

—Muy amable de su parte por haberse molestado, señor Dalgliesh. Me temo que Nora Gurley es implacable. No bien se enteró de que usted viajaría a Norfolk, fue una víctima predestinada. Quizá quiera traerme las pruebas hasta la cocina.

Era un rostro distinguido con los ojos algo hundidos y muy separados, bajo cejas rectas, una boca bien formada y fuerte cabello que empezaba a ponerse gris, recogido en la nuca. Dalgliesh recordó que en las fotografías de publicidad la señorita Mair podía lucir muy hermosa, en un estilo intelectual, algo intimidatorio y muy inglés. Pero vista cara a cara, aun en la informalidad de su casa, por la ausencia de la menor chispa de sexualidad y una reserva profunda que se hacía sentir, aparecía menos femenina y más formidable de lo que había esperado; además, se mantenía muy tiesa, como si rechazara a cualquier invasor de su espacio personal. El apretón de manos que le dedicó había sido frío y firme, pero su brevísima sonrisa fue curiosamente atractiva. Dalgliesh se sabía especialmente sensible al timbre de la voz humana y la de ella, aunque no chirriante ni desagradable, sonaba un tanto forzada, como si hablara deliberadamene en un tono que no le era natural.

La siguió hasta la cocina que estaba en la parte trasera de la casa. Era un ambiente de unos seis metros de largo y obviamente servía a la triple finalidad de sala de estar, taller y estudio. A la derecha funcionaba la cocina bien equipada, con hornallas y horno a gas, una mesada, un armario al costado de la puerta lleno de vajilla y cacharros resplandecientes, y una larga mesa de apoyo sobre la que colgaba un soporte triangular de cuchillos. En el centro del cuarto había una amplia mesa de madera en cuyo centro se alzaba un jarrón de piedra con flores secas. Sobre la pared de la izquierda una chimenea encendida y dos estanterías a los costados, del piso al techo, colmadas de libros. Frente al fuego estaban dispuestos dos sillones de respaldo alto tapizados en lana tejida con un elaborado diseño, y almohadones haciendo juego. Había asimismo un escritorio con tapa, abierto, bajo una de las grandes ventanas y, a su derecha, una puerta de establo con la parte superior abierta, que permitía ver el patio embaldosado. Dalgliesh pudo ver lo que evidentemente era el jardín de hierbas de Miss Mair, en bonitas macetas de barro, dispuestas cuidadosamente de modo que les diera el sol. La cocina, que no tenía nada superfluo y nada pretencioso, era a la vez elegante y extraordinariamente acogedora; por un momento se preguntó por qué. ¿Sería el suave aroma a hierbas y a pan recién horneado; el tenue tictac del reloj montado en la pared, que parecía a la vez marcar los segundos que pasaban y contener el paso del tiempo; el murmullo rítmico del mar a través de la puerta semiabierta; la promesa de una satisfecha sobremesa gracias a los dos sillones y el fuego en la chimenea? ¿O era que esa cocina le recordaba a Dalgliesh la de la rectoría, donde el solitario hijo único que había sido halló calor y una compañía sin críticas ni exigencias, recibiendo tostadas colmadas de jalea y otras golosinas prohibidas?

Puso el sobre de pruebas sobre el escritorio, rechazó la oferta de café que le hizo Alice Mair y la siguió de vuelta a la puerta del frente. Ella lo acompañó hasta el auto y le dijo:

—Siento lo de su tía... quiero decir, lo siento por usted. Supongo que para un ornitólogo la muerte deja de ser terrible cuando empieza a perder la vista y el oído. Y morir en el sueño sin dolores para sí ni inconvenientes para los demás es un fin envidiable. Pero para usted, que la conoció toda su vida, ella debía de parecerle inmortal.

Las condolencias formales, pensaba Dalgliesh, nunca eran

fáciles de formular ni de aceptar y en general sonaban banales o insinceras. Pero la de ella resultó inteligente. Era cierto que él había creído inmortal a Jane Dalgliesh. Los muy viejos, pensaba, son nuestro pasado. Cuando mueren, por un momento parece como si el pasado y nosotros mismos careciéramos de existencia real.

—No creo que la muerte haya sido nunca algo terrible para ella —respondió—. No sé si llegué a conocerla y me queda el remordimiento de no haberme esforzado más en esa dirección. De todos modos, la extrañaré.

—Yo tampoco la conocí bien —dijo Alice Mair—. Puede que yo también debí haberme esforzado más. Era una mujer muy discreta, quizás una de esas personas afortunadas que no se sienten con nadie tan bien como consigo mismas. Siempre parece presuntuoso elogiar esa autosuficiencia. A lo mejor usted la comparte con su tía. Pero si puede tolerar la compañía, tengo algunos invitados, casi todos colegas de Alex en la Central, a cenar el jueves. ¿Le gustaría venir? Siete y media u ocho.

A él le sonó más como un desafió que como una invitación. Para su propia sorpresa, aceptó. Pero era cierto que todo el encuentro había resultado más bien sorprendente. La mujer quedó mirándolo con una intensidad muy seria mientras él ponía en marcha el auto, giraba hacia el camino y tuvo la impresión de que observaba con ojo crítico su estilo de conducir. Pero al menos, pensó mientras le dirigía un último saludo con la mano, no le había preguntado si vino a Norfolk a colaborar con la captura del Silbador.

5

Tres minutos después, levantaba el pie del acelerador. Adelante, caminando sin apuro a la izquierda del camino, había un grupo pequeño de niños, la mayor empujando un cochecito de bebé al que iban aferrados, uno a cada lado, dos pequeñas. Al oír el ruido del auto la niña se volvió y él pudo ver un rostro delgado enmarcado en cabello dorado. Reconoció a los niños Blaney, que una vez vio con la madre, caminando por la playa. Evidentemente la niña había ido de compras; el cochecito tenía un piso inferior cargado con bolsas plásticas. Instintivamente bajó la velocidad. Era improbable que corrieran ningún peligro; el Silbador atacaba de noche, nunca a la luz del día y no había visto ningún vehículo desde que abandonara el camino costero. Pero la niña parecía demasiado cargada y estaban todavía muy lejos de su casa. Aunque nunca había visto dónde vivían, creía recordar que su tía le comentó que estaba a unas dos millas al sur. Pensó en lo que sabía sobre ellos: que el padre se ganaba precariamente la vida vendiendo sus mediocres acuarelas en los cafés y tiendas de turistas de la costa y que la madre había estado gravemente enferma de cáncer. Se preguntó si la señora Blaney seguiría con vida. Su instinto le ordenaba cargar a los chicos en su auto y llevarlos a casa, pero sabía que no era lo más sensato que podía hacer. Casi con seguridad a la niña (¿cómo se llamaba? ¿Theresa?) le habían ordenado no subir nunca al auto de un extraño, en especial si era hombre y él era virtualmente un extraño. Siguiendo un impulso súbito dio una vuelta completa y volvió velozmente a Martyr's Cottage. Esta vez la puerta del frente estaba abierta y un haz de luz de sol caía sobre las baldosas rojas del interior. Alice Mair había oído el auto y venía de la cocina secándose las manos.

–Los chicos Blaney vuelven a su casa –dijo Dalgliesh–. Theresa arrastra el cochecito del bebé muy cargado y lleva a las mellizas. Pensé que podría ofrecerme a llevarlos si tuviera una mujer conmigo, alguien que ellos conocieran.

–A mí me conocen –dijo ella.

Sin una palabra más volvió a la cocina y salió cerrando la puerta sin llave; se metió al auto. Al poner el cambio, él le rozó la rodilla con el brazo y sintió el casi imperceptible movimiento de retroceso de ella, más emocional que físico, un pequeño gesto delicado de repliegue. Dalgliesh se preguntó si ese retroceso quizás imaginario tendría algo que ver con él en especial; en cambio su silencio no lo desconcertó. Cuando hablaron, lo hicieron brevemente:

–¿Vive la señora Blaney?

–No. Murió hace seis semanas.

–¿Cómo se las arreglan?

–No muy bien, me temo. Pero Ryan Blaney no acepta interferencias. En ese punto lo entiendo. Si bajara las defensas, la mitad de los asistentes sociales de Norfolk, profesionales y aficionados, caerían sobre él.

Cuando alcanzaron al pequeño trío, fue Alice Mair la que abrió la puerta y habló.

–Theresa, aquí el señor Dalgliesh te ofrece llevarte a casa. Es el sobrino de la señorita Dalgliesh del Molino Larksoken. Puedo llevar aquí delante a una de las mellizas. Los demás y el cochecito pueden entrar atrás.

Theresa miró a Dalgliesh sin sonreír y pronunció un serio "gracias". Le hizo recordar algún retrato de la joven Elizabeth Tudor, con el mismo cabello dorado rojizo rodeando un rostro curiosamente adulto a la vez introspectivo y compuesto, con la misma nariz aguzada y ojos penetrantes. Los rostros de las mellizas, versiones suavizadas del de su hermana, se volvieron hacia ella interrogativos y después mostraron unas tímidas sonrisas. Parecían haber sido vestidas de prisa y no muy bien para una caminata larga en la tarde tibia de otoño. Una llevaba un gastado vestido de verano, rosa con lunares y frunces dobles. La otra un delantal sobre una blusa a cuadros. Sus piernas patéticamente delgadas estaban desnudas. Theresa llevaba jeans y una remera arrugada con un mapa del subterráneo de Londres en el pecho. Dalgliesh se preguntó si no la habría comprado en un viaje de la escuela a la capital. Le iba grande y las mangas anchas de algodón le colgaban sobre los brazos pecosos como trapos arrojados sobre un bastón de madera. En contraste con sus hermanas, Anthony estaba bien abrigado, con medias superpuestas, un abrigo cerrado y un gorro de lana bien metido hasta la frente: desde allí lo miraba todo como un serio, rollizo y autoritario César.

Dalgliesh bajó del Jaguar y trató de extraer al bebé del cochecito pero la anatomía del vehículo lo derrotó. Había un barrote debajo del cual las piernas del niño quedaban obstinadamente presas. Y además de no colaborar, la criatura era sorprendentemente pesada. Theresa le dirigió una breve sonrisa compasiva, sacó las bolsas de plástico de abajo del asiento, después extrajo con movimientos expertos a su hermano y lo colocó sobre su cadera izquierda mientras con la otra mano plegaba el cochecito con una sola sacudida vigorosa. Dalgliesh tomó al bebé y Theresa ayudó a las mellizas a meterse en el auto ordenándoles con súbita violencia: "Quédense quietas ahí." Anthony, consciente de la incompetencia de los brazos que lo sostenían, se aferró del pelo de Dalgliesh con una mano pegajosa y él sintió el contacto momentáneo de una mejilla, tan suave como el roce de un pétalo. A lo largo de todas estas maniobras Alice Mair se mantenía inmóvil en el auto, observando pero sin hacer nada por ayudar. Imposible saber qué estaba pensando.

Pero una vez que estuvieron en marcha se volvió hacia Theresa y le dijo con una voz de sorprendente dulzura:

—¿Tu padre sabe que saliste sola?

—Papá llevó el furgón a lo del señor Sparks. Deben hacerle la prueba de la Policía caminera. El señor Sparks cree que no pasará. Y yo me quedé sin leche para Anthony. La leche la necesitamos. Y además quería unos pañales descartables.

—Daré una cena el jueves a la noche –dijo Alice Mair–. Si tu papá está de acuerdo, ¿querrías venir a ayudar en la mesa como hiciste la última vez?

—¿Qué cocinará, señorita Mair?

—Acércate y te lo diré al oído. He invitado al señor Dalgliesh y no quiero estropear la sorpresa.

La cabecita dorada se inclinó hacia la cabeza gris y Miss Mair susurró algo. Theresa sonrió y asintió con la seria satisfacción que le daba el momento de importantes confidencias femeninas.

Fue Alice Mair la que le indicó cómo llegar al cottage. Al cabo de una milla doblaron en dirección al mar y el Jaguar comenzó a sacudirse por un sendero estrecho entre altos setos salvajes de zarzas y bayas. El sendero terminaba en Scudder's Cottage, cuyo nombre estaba pintado toscamente en una tabla clavada en la cerca. Más allá del cottage el camino cesaba en una explanada donde un vehículo podía girar; pasando este círculo, había unos pocos metros de pedregullo detrás de los cuales Dalgliesh podía oír los golpes y succiones de la marea. Scudder's Cottage, un edificio de ventanas pequeñas, muy pintoresco bajo su techo inclinado de tejas, tenía al frente una jungla de flores que alguna vez había sido un jardín. Theresa abrió la marcha, entre la hierba que llegaba casi a las rodillas bordeada por rosales sin podar, hasta el porche y allí descolgó una llave de un clavo, puesta allí, supuso Dalgliesh, menos por seguridad que para asegurarse de que no se perdiera. Entraron, con Anthony en brazos de Dalgliesh.

El interior era mucho más luminoso de lo que él había esperado, en gran medida por causa de una puerta trasera, ahora abierta, que daba a una extensión vidriada con vista a la punta. No pudo dejar de notar el desorden: la mesa central de madera todavía cubierta con los restos de la comida del mediodía, un surtido de platos manchados de salsa de tomate, un embutido a medio comer, una botella grande de naranjada sin tapa; ropas infantiles puestas sin orden sobre el respaldo de un sillón bajo frente a la chimenea; el olor a leche y cuerpos y humo de madera. Pero lo que le llamó la atención fue un gran retrato al óleo colocado sobre una silla, de frente a la puerta. Era una mujer, de medio perfil, pintada con notable vigor. Su presencia dominaba el cuarto de tal modo que él y Alice Mair tuvieron que quedarse un instante mirándolo. El artista había evitado la caricatura, así fuera por muy poco, pero Dalgliesh sintió que la intención del cuadro tendía menos al parecido físico que a la alegoría. Como telón de fondo del rostro con su boca plena y ancha, la mirada arrogante, la mata prerrafaelista de cabello negro y ensortijado, había una meticulosa representación del paisaje de la punta, con cada elemento delineado con la atención al detalle propia de un primitivo del siglo XV; allí podían verse la rectoría victoriana, la abadía en ruinas, el nido de ametralladoras a medio demoler, los árboles torcidos, el pequeño molino blanco como un juguete de niño y, en silueta sobre un cielo inflamado por el crepúsculo, el perfil oscuro de la Central Nuclear. Pero era la mujer, pintada con más libertad, la que dominaba el paisaje, con sus brazos estirados, las palmas hacia afuera en una parodia de bendición. El veredicto privado de Dalgliesh fue que el cuadro era técnicamente brillante pero trabajado en exceso y quizá pintado con odio. La intención de Blaney de hacer un estudio sobre el mal era tan clara como si el título estuviera escrito sobre el cuadro. Era tan diferente del trabajo usual de Blaney que sin la firma al pie, el apellido solo, trazado con violencia, Dalgliesh habría dudado que fuera obra de él. Recordaba las pálidas e inocuas acuarelas de Blaney, que siempre tomaban por tema los sitios más transitados por el turismo (Blakeney, St. Peter Mancroft y la Catedral en Norwich), expuestas en la tienda de la zona. Esos paisajes o vistas podrían haber sido copiados de tarjetas postales y quizá lo habían sido. Y podía recordar haber visto uno o dos pequeños óleos en restaurantes y bares locales, de técnica torpe y avaros en el uso de pintura, pero tan diferentes de las acuarelas turísticas que era difícil creer que hubieran salido de la misma mano. Este retrato era distinto de ambos; lo asombroso era que el artista que podía dar a luz este disciplinado lujo de colores, esta imaginación y dominio técnico, se hubiera limitado durante años a la producción de lavados souvenirs para turistas.

–No sabían que podía hacerlo, ¿eh?

Absortos en la pintura, no habían percibido la entrada casi silenciosa del hombre por la puerta abierta. Se puso al lado de ellos y miró con fijeza el cuadro, como si lo viera por primera vez. Sus hijas, como si obedecieran a una orden muda, se agruparon a su alrededor en un gesto que, en niños más grandes, habría podido tomarse como una declaración de solidaridad familiar. Dalgliesh había visto a Blaney por última vez seis meses atrás, caminando solo por la playa, con los aparejos de pintura colgando del hombro y le había chocado el cambio producido en su persona. Era una alta figura delgada, de casi un metro noventa, en su jeans desgarrados y camisa de lana a cuadros abierta casi hasta la cintura, los pies huesudos en sandalias como huesos secos, pardos. El rostro era un retrato de roja ferocidad, enmarcado en los rizos del cabello y la barba pelirroja, los ojos inyectados, los pómulos huesudos enrojecidos por el viento y el sol, aunque sin ocultar bajo los ojos las marcas del cansancio. Dalgliesh vio a Theresa meter su mano en la del padre, mientras una de las mellizas se acercaba más a él y se abrazaba a una de sus piernas. Dalgliesh pensó que por feroz que pudiera parecer al mundo exterior, sus hijos no tenían ningún miedo de él.

–Buenas tardes, Ryan –dijo Alice Mair con calma y sin esperar respuesta. Hizo un gesto en dirección al cuadro y siguió–: Es notable, por cierto. ¿Qué se propone hacer con él? No creo que ella haya posado ni que haya sido pintada por encargo.

–No hubo necesidad de que posara. Conozco esa cara. Lo

expondré en la Muestra de Arte Contemporáneo de Norwich del 3 de octubre, si puedo llevarlo. El furgón quedó fuera de uso.

–Yo iré en mi auto a Londres la semana que viene –dijo Alice Mair–. Podría pasar a buscarlo y entregarlo, si me da la dirección.

–Si quiere –dijo él. La respuesta fue poco cortés, pero Dalgliesh creyó detectar alivio en ella. Después Blaney agregó–: Lo dejaré empacado y con la dirección a la izquierda de la puerta del cobertizo de pintura. La luz está al costado de la puerta. Puede recogerlo cuando le convenga. No necesitará llamar. –Las últimas palabras tenían la fuerza de una orden, casi de una advertencia.

–Lo llamaré por teléfono cuando sepa la fecha justa en que viajaré. A propósito, no creo que conozca al señor Dalgliesh. Vio a los chicos en el camino y pensó en traerlos a casa.

Blaney no dio las gracias, pero al cabo de una vacilación momentánea tendió la mano, que Dalgliesh la apretó.

–Me gustaba su tía. Llamó ofreciendo ayuda cuando mi esposa estaba enferma y cuando le dije que no había nada que pudiera hacer, ni ella ni nadie, no insistió. Hay gente que no puede alejarse de un moribundo. Como el Silbador: les gusta ver morir a la gente.

–No –dijo Dalgliesh–. Fue una mujer muy discreta. La extrañaré. Lamento lo de su esposa.

Blaney no respondió, pero miró fijo a Dalgliesh, como si sopesara la sinceridad de esa simple declaración.

–Gracias por ayudar a los chicos –y tomó al bebé que seguía en brazos de Dalgliesh. Era un gesto de despedida.

Ninguno de los dos habló mientras Dalgliesh conducía por el sendero y después por el camino. Era como si el cottage hubiera producido un encanto del que debían librarse antes de volver a hablar. Luego preguntó:

–¿Quién es la mujer del retrato?

–No me di cuenta de que usted no la conocía. Hilary Robarts. Es la directora administrativa de la Central. La conocerá en la cena del jueves. Cuando llegó aquí hace tres años, compró Scudder's Cottage. Ha estado tratando de desalojar a los Blaney y eso ha levantado ciertos resentimientos en la región.

–¿Por qué quiere tomar posesión? ¿Se propone vivir allí?

–No creo. Pienso que lo compró como una inversión y quiere vender. Hasta un cottage aislado (o especialmente un cottage aislado) tiene valor en esta costa. Y ella tiene la justicia de su parte, al menos una parte de la justicia. Blaney había dicho al alquilar la propiedad que no se quedaría mucho tiempo. Creo que ella se resintió de que él haya usado la enfermedad y muerte de su esposa y ahora a sus hijos como excusa para renegar de su promesa de dejar la propiedad cuando ella se lo pidiera.

A Dalgliesh le interesó saber que Alice Mair estaba tan enterada de los asuntos locales. A primera vista la había tomado por una mujer esencialmente encerrada en sí misma, ajena a los problemas de sus vecinos. ¿Y qué podía decir de él? En sus deliberaciones sobre si vender o conservar el Molino como casa de vacaciones, lo había visto como un refugio de Londres, excéntrico y lejano, un escape temporario a las exigencias de su trabajo y a las presiones del éxito. Pero, aun como visitante ocasional, ¿podría aislarse de la comunidad, de sus tragedias privadas y de sus cenas? Sería muy simple evitar la hospitalidad que le ofrecieran, no se necesitaba más que una cierta dosis de rudeza y a él no le faltaba cuando se trataba de resguardar su privacidad. Pero las demandas menos tangibles de la vecindad podían ser más difíciles de hacer a un lado. Era en Londres donde uno podía vivir anónimamente, crear su propia atmósfera, fabricar deliberadamente la imagen que mostrarle al mundo. En el campo se era un ser social, siempre expuesto a la evaluación del prójimo. Así, había vivido durante su infancia y adolescencia en una rectoría rural, tomando parte todos los domingos en una liturgia familiar que reflejaba, interpretaba y santificaba el cambio de estaciones del año campesino. Era un mundo al que había renunciado sin pena, y no esperó volver a encontrarlo en la punta de Larksoken. Pero algunas de las obligaciones de ese estilo de vida volvían a presentársele, bien arraigadas en esta tierra árida. Su tía vivió en la mayor privacidad, pero aun así había visitado a sus vecinos y tratado de ayudar a los Blaney. Pensó en el pintor, abandonado y preso en ese cottage sobre el mar, escuchando noche tras noche el rugido incesante de las mareas, y rumiando la maldad humana, real o imaginaria, que podía inspirar ese retrato lleno de odio. Seguramente no era algo sano ni para él ni para sus hijos. Y ya que estaba, pensó Dalgliesh sombríamente, tampoco podía ser muy positivo para Hilary Robarts.

—¿Recibe ayuda oficial para los chicos? No debe de resultarle fácil mantenerlos.

—Recibe todo lo que puede tolerar. Las autoridades locales han dispuesto que las mellizas asistan gratuitamente a una especie de guardería. Las pasan a buscar casi todos los días. Y Theresa, por supuesto, va a la escuela. Toma el autobús en la ruta. Entre ella y Ryan se ocupan del bebé. Meg Dennison, que trabaja para el reverendo Copley y su esposa en la Vieja Rectoría, piensa que deberíamos hacer más por los Blaney, pero es difícil decidir qué puede hacerse. Por mi parte, creía que Meg se había ocupado bastante de chicos, como ex maestra que es, y yo estoy lejos de pretender entender a los niños. —Dalgliesh recordó su confidencia susurrada a Theresa en el auto, el rostro interesado de la niña y su breve sonrisa y pensó que comprendía al menos a una niña mucho mejor de lo que creía.

Pero sus pensamientos volvieron al retrato.

—Debe de ser incómodo, especialmente en una comunidad. pequeña, ser objeto de tanta malevolencia.

Ella comprendió al instante a qué se refería.

—Odio sería una palabra más justa que malevolencia, ¿no le parece? Sí, incómodo, y quizá temible. No porque Hilary Robarts sea fácil de asustar. Pero se ha vuelto algo así como una obsesión para Ryan, en especial después la muerte de su esposa. Piensa que Hilary prácticamente mató a su mujer. Es comprensible, supongo. Los hombres necesitan encontrar a alguien a quien culpar de su miseria y su culpa. Hilary Robarts es un chivo emisario muy conveniente para él.

Era una historia lamentable y al conocerla inmediatamente después del impacto que le había producido el cuadro, produjo a Dalgliesh una mezcla de depresión y aprensión, que trató de sacarse de encima como algo irracional. De modo que abandonó el tema y siguieron en silencio hasta la entrada de Martyr's Cottage. Para su sorpesa, ella le tendió la mano y le dedicó, una vez más, esa sonrisa extraordinariamente atractiva.

—Me alegra que haya recogido a los niños. Nos veremos, entonces, el jueves por la noche. Entonces podrá hacer su propia evaluación de Hilary Robarts y compararla con la mujer del retrato.

6

Cuando el Jaguar llegó a la cresta más alta de la punta, Neil Pascoe estaba metiendo basura en uno de los dos cubos al costado de la casa rodante; las bolsas plásticas, ya malolientes a pesar del sellado cuidadoso, contenían latas vacías de sopa y comida de bebé, pañales descartables, peladuras de fruta y cajas arrugadas. Al volver a poner la tapa se maravillaba, como lo hacía siempre, de la diferencia que podían significar en el volumen de basura familiar una chica y un bebé de dieciocho meses. Volvió a entrar a la casa rodante y comentó:

—Acaba de pasar un Jag. Al parecer ha vuelto el sobrino de Miss Dalgliesh.

Amy, ocupada en ponerle una nueva cinta a la vieja máquina de escribir, no se molestó en levantar la vista.

—El detective. Quizá vino a ayudar a atrapar al Silbador.

—No es cosa de él. El Silbador no tiene nada que ver con la Policía Metropolitana. Debe de ser una vacación nada más. O quizás ha venido a decidir qué hacer con el Molino. No podrá vivir aquí y trabajar en Londres.

—¿Por qué no le preguntas si nos lo cede? Sin pagar alquiler, por supuesto. Podríamos cuidarlo, ver que no se metan intrusos. Siempre estás diciendo que es antisocial que la gente tenga una segunda casa o deje propiedades vacías. Vamos, habla con él. Te desafío. O lo haré yo si tú tienes miedo.

El sabía que era menos una sugerencia que una amenaza a

medias seria. Pero por un momento, feliz por la suposición que ella hacía con tanta facilidad de que eran una pareja, feliz al ver que no pensaba abandonarlo, hizo suya la idea como una solución práctica a todos sus problemas. Bueno, a casi todos. Pero una mirada al interior de la casa rodante lo devolvió a la realidad. Se estaba haciendo difícil recordar qué aspecto había tenido ese interior quince meses atrás, antes de que Amy y Timmy hubieran entrado en su vida; los estantes caseros llenos de cajas anaranjadas contra la pared donde antes estuvieran sus libros, las dos tazas, los dos platos y un bol de sopa, que habían sido suficientes para sus necesidades, alineados en el armario, la limpieza excesiva de la pequeña cocina y el lavatorio, su cama bien tendida bajo el cubrecama de cuadrados tejidos de lana, el pequeño ropero de colgar que había sido suficiente para su magro guardarropa, el resto de sus posesiones metidas en cajas y guardadas en el baúl bajo el asiento. No era que Amy fuera sucia; estaba lavándose todo el tiempo, su cabello, sus pocas ropas. El pasaba horas cargando cubos de agua desde la canilla fuera de Cliff Cottage, a la que les permitieron acceso. Tenía que ir todo el tiempo a buscar tubos de gas al almacén de la aldea Lydsett y el vapor de agua siempre hirviendo en la hornalla volvía húmedo el aire dentro de la casa rodante. Pero el desorden en ella era algo crónico: la ropa quedaba donde caía, los zapatos bajo la mesa, ropa interior metida bajo los almohadones y los juguetes de Timmy cubriendo el piso y la mesa. El maquillaje, que parecía ser el único lujo que se permitía Amy, atestaba el único estante en la minúscula ducha y en el aparador de la cocina él encontraba frascos y latas abiertos, a medio consumir. Sonrió al imaginar al comandante Adam Dalgliesh, ese viudo seguramente quisquilloso, abriéndose paso entre toda esa acumulación, para discutir la conveniencia de la pareja como caseros del Molino de Larksoken.

Y después estaban los animales. Amy era una incurable sentimental cuando se trataba de la naturaleza y casi nunca les faltaba alguna criatura enferma, abandonada o hambrienta a la que dar alojamiento. Gaviotas con las alas cubiertas de petróleo eran lavadas, alimentadas y después liberadas. Recogieron un perro vagabundo al que llamaron Herbert, con una gran cuerpo incoordinado y un gesto de lúgubre desaprobación, que se les adosó por unas pocas semanas y cuyo apetito voraz de comida para perros y bizcochos había tenido un efecto ruinoso sobre su economía. Por suerte, un día Herbert se marchó, y para desesperación de Amy no lo volvieron a ver, aunque su traílla seguía colgada de la puerta de la casa rodante, fláccido recordatorio de su paso. Y ahora había dos gatitos blancos y negros hallados abandonados en la costa cuando volvían de Ipswich. Amy le gritó que se detuviera no bien los vio, de inmediato echó atrás la cabeza y soltó una sarta de obscenidades sobre la crueldad de los seres humanos. Los gatitos dormían en la cama de Amy, bebían indiscriminadamente cualquier platillo de leche o té que se les pusiera delante, se mostraban notablemente dóciles bajo las rudas caricias de Timmy y, afortunadamente, parecían satisfechos con la comida de gatos enlatada más barata. Pero él estaba feliz de tenerlos, pues ellos contribuían a la seguridad de que Amy no se iría.

La había encontrado (y usaba la palabra como podría haberlo hecho para contar su hallazgo de una piedra o caracola especialmente hermosa) una tarde a fines de junio del año anterior. Ella estaba sentada en el suelo mirando el mar, los brazos rodeándole las rodillas y Timmy dormido a su lado sobre una manta. El bebé tenía un trajecito azul bordado con patos, y la cara parecía una figura más, inmóvil y rosada como el rostro de una muñeca de porcelana, las largas pestañas rozando las redondas mejillas. Y ella también tenía algo de la precisión y el encanto de una muñeca, con una cabeza casi perfectamente redonda sobre un largo y delicado cuello, la naricita con una sombra de pecas, la boca pequeña con el labio superior hermosamente curvado y una mata de pelo originalmente rubio pero con las puntas teñidas de un anaranjado brillante que captaba la luz solar y temblaba en la brisa, de modo que la cabeza parecía por momentos tener vida propia separada del resto del cuerpo, y entonces, cambiando de imagen, la había visto como una brillante flor tropical. Podía recordar cada detalle de aquel primer encuentro. Ella llevaba unos jeans gastados y una camiseta blanca sobre los pechos desnudos; el algodón de la tela parecía una pobre defensa contra la brisa marina que se enfriaba por minutos. Cuando se acercó, con precauciones, pues quería parecer amistoso sin alarmarla, ella le había dirigido una prolongada y curiosa mirada desde la profundidad de sus hermosos ojos rasgados, de pupilas azul-violeta.

–Me llamo Neil Pascoe –dijo él de pie a su lado–. Vivo en esa casa rodante sobre el borde del risco. Me disponía a hacer té. Quizá quiera una taza.

–Si vas a hacerlo, de acuerdo. –Había desviado de inmediato la mirada hacia el mar.

Cinco minutos después el bajaba por la pendiente arenosa, con una taza de té en cada mano. Se oyó a sí mismo decir:

–¿Puedo sentarme?

–Por favor. La playa es de todos.

Así que se había sentado a su lado, y juntos miraron el horizonte sin palabras. Más tarde él se maravillaría de su audacia, y también de la aparente inevitabilidad y naturalidad de ese primer encuentro. Pasaron varios minutos antes de que encontrara valor para preguntarle cómo había llegado a la playa, a lo que ella respondió encogiéndose de hombros:

–En ómnibus a la aldea y después caminé.

–Es un largo trecho, cargando con el bebé.

–Estoy acostumbrada a caminar mucho cargando el bebé.

Y después, bajo sus vacilantes preguntas, toda la historia salió a la luz; ella la contó sin autocompasión y hasta sin un interés especial, se diría, como si los hechos le hubieran sucedido a otra persona. Neil pudo suponer que no era una historia inusual. La muchacha vivía en uno de los pequeños hoteles de Cromer, mantenida por la Seguridad Social. Había vivido en un inquilinato en Londres, pero pensó que sería mejor tener algo de aire marino para el bebé durante el verano. Sólo que no estaba saliendo bien. La mujer del hotel no apreciaba a los niños y al acercarse la época de vacaciones pensaba poder pedir tarifas más altas por sus cuartos. No creía que pudiera echarla, pero no calculaba quedarse mucho tiempo más con esa bruja.

–¿Y el padre del niño no puede ayudar? –preguntó él.

–No tiene padre. Bueno, tiene padre... quiero decir, no fue el Espíritu Santo. Pero ahora no lo tiene.

–¿Murió, o los abandonó?

–Cualquiera de las dos cosas. Si yo supiera quién es, podría buscarlo.

Tras lo cual hubo otro silencio, durante el cual ella tomó varios sorbos de té, el bebé se movió en sueños y soltó un par de gemidos. Al cabo de unos minutos él volvió a hablar.

–Escucha, si no encuentras otra cosa en Cromer, puedes alojarte en la casa rodante por un tiempo. –Y se había apresurado a agregar.– Quiero decir, hay un dormitorio de huéspedes. Muy pequeño, apenas hay lugar para la litera, pero te serviría por un tiempo. Aquí es muy solitario, pero está cerca de la playa, lo que sería bueno para el bebé.

Ella le dirigió otra vez esa notable mirada, en la que por primera vez él detectó, para su desaliento, una chispa de inteligencia y cálculo.

–De acuerdo –dijo–. Si no encuentro nada volveré mañana.

Y él pasó la noche despierto, desgarrado entre la esperanza y el temor de su regreso. Y a la tarde siguiente ella volvió, cargando a Timmy en brazos y con el resto de sus posesiones en una mochila a su espalda. Se había apoderado de la casa rodante y de la vida de Neil. El no sabía si lo que sentía por ella era amor, afecto o piedad, o una mezcla de los tres. Sólo sabia que en su conciencia llena de ansiedades y preocupaciones, su segundo miedo más grande era que ella lo dejara.

Neil llevaba dos años en la casa rodante, viviendo de una beca de investigación de su universidad, para estudiar el efecto de la Revolución Industrial en las industrias rurales de East Anglia. Su tesis estaba casi terminada, pero durante los últimos seis meses había dejado prácticamente de trabajar para dedicarse por entero a su pasión, una cruzada contra la energía nuclear. Desde la casa rodante en la costa misma del mar podía ver la Central de Larksoken alzando su silueta sombría contra el horizonte, tan sólida como su propia voluntad de oponerse a ella, un símbolo y una amenaza a la vez. Desde la casa rodante dirigía el CEN, siglas de Contra la Energía Nuclear, pequeña organización de la que era fundador y presidente. La casa rodante había sido un golpe de suerte. El dueño de Cliff Cottage era un canadiense que, seducido por la nostalgia y la busca de sus raíces, lo había comprado con la perspectiva de hacerlo casa de vacaciones para su familia. Cincuenta años atrás hubo un asesinato en Cliff Cottage. Un asesinato muy corriente, un marido abrumado que al quedarse sin reservas de paciencia había blandido el hacha contra el marimacho de su esposa. Pero si no fue un crimen adornado de interés o misterio, al menos había estado bañado de abundancia de sangre. Una vez comprado el cottage, la esposa del canadiense oyó relatos muy gráficos sobre las manchas de sangre y material cerebral en las paredes y declaró que jamás habitaría la casa en verano ni en ninguna otra estación. Su mismo aislamiento, que podía ser atractivo bajo otra luz, se volvía amenazante y repelente una vez conocida la historia. Y para completar el panorama, las autoridades edilicias locales no vieron con buenos ojos los ambiciosos planes de refacción del dueño. Desilusionados con el cottage y sus problemas, el canadiense tapió las ventanas y volvió a Toronto, anunciando que volvería alguna vez y tomaría una decisión definitiva sobre su malhadada adquisición. El dueño anterior había dejado una casa rodante grande y vieja en el patio trasero y el canadiense no puso objeciones en alquilársela a Neil por dos libras a la semana, lo que proporcionaba a la casa vigilancia gratuita. Y era desde la casa rodante, a la vez hogar y oficina, desde donde Neil dirigía su campaña. Trataba de no pensar en el momento, dentro de seis meses, en que su beca terminaría y tendría que buscar un trabajo. Sabía que de algún modo tendría que quedarse aquí en la punta, vigilando ese edificio monstruoso que dominaba su imaginación tanto como el paisaje.

Pero ahora la incertidumbre sobre su economía futura se sumaba a una amenaza nueva y más seria. Unos cinco meses antes había asistido a una visita pública a la Central Nuclear, durante la cual la directora administrativa, Hilary Robarts, les diera una breve charla preliminar. Él objetó casi cada frase pronunciada por la mujer, y lo que sólo tenía la intención de ser una introducción informativa a la visita, degeneró en algo cercano al escándalo. En la siguiente edición de su boletín informativo, Neil dio cuenta del incidente en términos que ahora comprendía que habían sido imprudentes y ella le inició juicio por injurias. La audiencia tendría lugar en cuatro semanas y Neil sabía que, fuera cual fuera el veredicto, para él sería de todos modos la ruina. Salvo que la mujer Robarts muriera en las próximas semanas (¿y por qué habría de morir?), sería el fin de su vida en la punta, el fin de su organización antinuclear, el fin de todo lo que había planeado y esperado hacer.

Amy estaba escribiendo a máquina direcciones en sobres, para enviar los últimos ejemplares del boletín. Ya había una pila de ellos listos y Neil comenzó a plegar los panfletos e introducirlos. No era un trabajo fácil. Había tratado de economizar en el tamaño y la calidad, y los sobres corrían peligro de rasgarse. Tenía una lista de 250 nombres, apenas una ínfima minoría de los cuales eran miembros activos del CEN. La mayoría no pagaba cuotas a la organización y una gran parte de los panfletos eran enviados, sin que los hubieran pedido, a autoridades públicas, firmas locales e industrias ubicadas en las cercanías de Larksoken y Sizewell. Se preguntaba cuántos de los 250 ejemplares serían leídos y pensó con un súbito espasmo de ansiedad y depresión en el costo total de una acción tan pequeña como la que él realizaba. Y el boletín de este mes no era de los mejores que hubiera redactado. Releyendo uno antes de meterlo en el sobre, lo encontró mal organizado, sin un tema coherente. El objetivo principal por el momento era refutar la argumentación, cada vez más empleada, de que la energía nuclear podía desarrollarse sin daño para el ambiente por el efecto invernadero, pero la mezcla de sugerencias que iban desde el uso de la energía solar al remplazo de bombitas de luz por las que consumían un setenta y cinco por ciento menos de electricidad, parecía ingenua y poco convincente. Su artículo expresaba que la electricidad generada con usinas nucleares, no podría remplazar al petróleo y al carbón a menos que todas las naciones del mundo construyeran dieciséis reactores nuevos por semana en los cinco años posteriores a 1995, programa imposible de realizar y que, si se pusiera en práctica, llevaría a lo intolerable el riesgo de accidente nuclear. Pero la estadística, como todas las cifras que empleaba, estaba tomada de fuentes varias y carecía de autoridad. Nada de lo que producía le parecía un trabajo auténticamente suyo. Y el resto del boletín era un revoltijo de las habituales historias de terror, la mayoría de los cuales había usado antes: rumores sobre escapes radiactivos que fueron ocultados a la prensa, dudas sobre la seguridad de las centrales Magnox más viejas, el problema no resuelto de los desechos nucleares. Y para este número le había sido difícil encontrar un par de cartas inteligentes para incluir en la sección correspondencia de lectores: a veces daba la impresión de que todos los imbéciles y chiflados del noreste de Norfolk leían el boletín del CEN y que nadie más lo hacía.

Amy estaba limpiando los tipos de la máquina de escribir, que tenían una persistente tendencia a empastarse.

—Neil, esta máquina es infernal. Lo haría más rápido si escribiera los sobres a mano.

—Andará mejor cuando la limpies y la cinta nueva está perfecta.

—Aun así es diabólica. ¿Por qué no compras una nueva? Ahorraría tiempo.

—No puedo permitírmelo.

—No puedes permitirte una máquina de escribir nueva, y crees que salvarás al mundo.

—No se necesita ser rico para salvar el mundo, Amy. Jesucristo no tenía nada: ni casa, ni dinero, ni propiedades.

—Creí que habías dicho, cuando vine aquí, que no eras creyente.

Siempre lo sorprendía que, con su aire de no prestarle mucha atención, Amy pudiera recordar cosas que él expresara meses atrás.

—No creo que Jesucristo haya sido Dios —le respondió—. Pero sí creo en lo que enseñó.

—Si no era Dios, no pienso que sirva de mucho lo que enseño. Y de eso, todo lo que recuerdo es algo sobre poner la otra mejilla, cosa en la que por cierto no admito. Quiero decir, me parece idiota. Si alguien te da una bofetada en la mejilla izquierda, entonces dale tú otra en la derecha, sólo que más fuerte. Además, lo clavaron en la cruz, así que no sacó mucha ventaja de sus propias enseñanzas. Es lo que ganas poniendo la otra mejilla.

—Tengo una Biblia por aquí, en alguna parte —dijo Neil—. Si quieres, puedes leer algo del Nuevo Testamento. Empieza con el Evangelio de San Marcos.

–No, gracias. Ya tuve bastante de eso en casa.

–¿En que casa?

–Una casa, antes de que naciera el bebé.

–¿Cuánto tiempo viviste allí?

–Dos semanas. Dos malditas semanas. Hasta que me escapé y encontré una casa deshabitada.

–¿Dónde estaba esa casa deshabitada?

–En Islington, Camden, King's Cross, Stoke Newington. ¿Qué importa? Ahora estoy aquí, ¿no?

Perdido en sus pensamientos, Neil se olvidó de los panfletos que había estado doblando y ensobrando.

–Escucha –dijo Amy, si no piensas seguir con esos sobres, podrías ir a cambiarle el cuerito a esa canilla. Hace semanas que pierde y Timmy siempre está metiéndose en el barro.

–De acuerdo. Iré ahora mismo.

Tomó su caja de herramientas del estante más alto, donde lo ponía siempre lejos del alcance de Timmy. Se alegraba de poder salir de la casa rodante. En las últimas semanas el interior le había resultado cada vez más claustrofóbico. Afuera, se inclinó a hablar con Timmy, encerrado en su corralito. El y Amy estuvieron juntando piedras grandes en la playa, buscando las que tuvieran agujeros y él las había colgado, atravesadas por una cuerda, a un costado del corralito. Timmy pasaba horas felices golpeándolas unas contra otras o contra los barrotes o, como ahora, abriendo desmesuradamente la boca en un intento de tragarse la piedra. A veces iniciaba una conversación con alguna de las piedras, un monólogo de balbuceos muy acentuados interrumpidos por una carcajada triunfante. Arrodillado, Neil introdujo la cabeza entre los barrotes, frotó la nariz contra la de Timmy y recibió en recompensa la enorme y reconfortante sonrisa del niño. Se parecía mucho a su madre, con la misma cabeza redonda sobre un cuello frágil, la misma boca de hermoso trazado. Sólo los ojos, muy separados, tenían otra forma, grandes esferas azules con, encima, unas cejas rectas y pobladas que le hacían pensar a Neil en unas delicadas y pálidas orugas. La ternura que sentía por el niño era igual a la que sentía por su madre, aunque de naturaleza diferente. Ya no podía imaginarse la vida en la punta sin ninguno de los dos.

Pero la canilla lo derrotó. A pesar de su mejor despliegue de fuerza, no pudo ni siquiera desenroscarla. Hasta esa nimia tarea doméstica estaba más allá de sus fuerzas. La voz de Amy le sonaba en los oídos: quieres cambiar el mundo y no puedes cambiar el cuerito de una canilla. A los dos o tres minutos se dio por vencido. Dejó la caja de herramientas junto a la pared del cottage y caminó hasta el borde del risco y de allí bajó a la playa. Sentado en las últimas rocas sobre el agua se sacó los zapatos con movimientos casi violentos. Era en este lugar, donde el peso de la ansiedad por sus fracasos y su incertidumbre ante el futuro se hacía demasiado abrumador, donde encontraba la paz, inmóvil ante el oleaje desfalleciente que murmuraba a sus pies, mirando fascinado los grandes arcos que se dibujaban en la arena detrás de sus talones cuando la ola se retiraba. Pero hoy ni siquiera esta maravilla continuamente repetida bastó para tranquilizarlo. Clavó los ojos que no miraban nada en el horizonte y pensó en su vida presente, en el vacío del futuro, en Amy, en su familia. Al hundir una mano en el bolsillo sintió el contacto del sobre arrugado de la última carta de su madre.

Sabía que sus padres estaban desilusionados de él aunque se cuidaban de decirlo abiertamente; de cualquier modo, las alusiones más oblicuas no eran menos eficaces. "La señora Reilly me pregunta siempre: ¿Y qué hace Neil? No tengo ánimos para decirle que estás viviendo en una casa rodante, sin empleo." Y seguramente sentiría menos ánimos de decir que estaba viviendo con una chica. Les escribió para contarles sobre Amy porque sus padres lo amenazaban siempre con una visita y, por más improbable que fuera, la perspectiva había agregado otro peso a su vida ya colmada de ansiedades.

"Estoy alojando temporalmente a una madre soltera a cambio de su ayuda como dactilógrafa. No se preocupen, que no me presentaré de pronto ante ustedes con un nietito bastardo."

Después de franquear la carta, se sintió avergonzado. Ese barato intento de humor se parecía demasiado a un traicionero repudio a Timmy, al que adoraba. Y su madre tampoco lo había encontrado gracioso, ni tranquilizante. La carta había producido un fárrago casi incoherente de advertencias, reproches y referencias veladas a la posible reacción de la señora Reilly si llegara a enterarse. Sólo sus dos hermanos aprobaban, aunque subrepticiamente, su estilo de vida. Ellos no habían ido a la universidad y la diferencia entre sus vidas cómodas (casas en un barrio de clase media alta, salas de baño en *suite*, esposas que trabajaban, un auto nuevo cada dos años y vacaciones en Mallorca) les daban horas agradables de autosatisfecha comparación que Neil sabía que terminaban siempre en la misma conclusión, a saber, que él debía regenerarse, que no era justo, después de todos los sacrificios hechos por Mamá y Papá para que estudiara y qué bonito desperdicio de plata había resultado todo eso.

No le dijo una palabra de esto a Amy, aunque habría entrado con gusto en las más detalladas confidencias si ella hubiera mostrado algún interés. Pero ella jamás le hacía preguntas sobre su vida pasada ni le decía nada sobre la suya. La voz de Amy, su cuerpo, su olor, se le habían hecho tan familiares como los suyos propios, pero en realidad no sabía de ella más de lo que se enterara el primer día. Ella se negaba a cobrar los beneficios a que tenía derecho por la Seguridad Social, pues decía que no estaba dispuesta a permitir que los asistentes sociales vinieran a husmear a la casa rodante para ver si ella y Neil se estaban acostando juntos. El acordó en ese punto. Tampoco él quería espiones, pero sentía que, por Timmy, Amy debería tomar lo que le ofrecían. No le daba dinero, pero pagaba la comida de los tres, y no era fácil hacerlo con el monto de su beca. Nadie la visitaba ni la llamaba por teléfono. Ocasionalmente recibía una postal, casi siempre vistas coloreadas de Londres con mensajes borrosos o insignificantes, pero por lo que él sabía ella nunca había contestado.

Tenían tan poco en común. Amy ayudaba a veces con el CEN, pero Neil tenía dudas en cuanto a sus convicciones. Y sabía que ella encontraba estúpido su pacifismo. Recordaba una conversación de esta misma mañana.

—Mira, si yo soy vecina de un enemigo y él tiene un cuchillo, una pistola y una ametralladora y yo tengo lo mismo, no voy a guardar mis armas mientras él no guarde las suyas. Le diré, de acuerdo, tiremos el cuchillo, después quizá la pistola, muy bien; después la ametralladora. El y yo al mismo tiempo. ¿Por qué iba a desprenderme de mis armas y dejarlo a él con las suyas?

—Pero alguien tiene que empezar, Amy. Tiene que haber un comienzo de confianza, una apertura. Se trate de personas o de naciones, tenemos que encontrar la fe como para abrir nuestros corazones y nuestras manos y decir: "Mira, no tengo nada. Sólo tengo mi humanidad. Vivimos en el mismo planeta. El mundo está lleno de dolor, pero no tenemos ninguna obligación de agregar más. Hay que poner punto final al miedo."

Ella le respondió con obstinación:

—No entiendo por qué él habría de desprenderse de sus armas una vez que yo no tenga las mías.

—¿Y para qué las conservaría? Ya no tiene nada que temer de ti.

—Las conservará porque le gusta tenerlas y porque pueden serle útiles algún día. Le gusta el poder y le gusta saber que me tiene a su merced. De veras, Neil, a veces eres tan ingenuo. Así es la gente.

–Pero es tonto discutir por eso, Amy. Hablamos sobre cuchillos y pistolas y ametralladoras. Y en realidad se trata de armas que ni tú ni yo podríamos utilizar sin destruirnos y quizá destruir a todo el planeta. Pero es muy generoso de tu parte ayudar en el CEN aunque no simpatices con la causa.

–El CEN es diferente –le replicó ella–. Y sí, simpatizo. Sólo pienso que estás perdiendo el tiempo con las cartas, los discursos, los panfletos que escribes. No servirá de nada. Tienes que combatir con las mismas armas que ellos.

–Pero ya ha servido de algo. En todo el mundo la gente común hace marchas y manifestaciones, se está haciendo oír, le está diciendo a los que están en el poder que lo que quieren es un mundo en paz para ellos y sus hijos. Gente común como tú.

Y entonces ella casi le había gritado:

–¡Yo no soy común! ¡No me llames común! Si hay gente común, yo no soy parte de ella.

–Lo siento Amy. No lo dije en ese sentido.

–Entonces no digas nada.

Lo único que tenían en común era la negativa a comer carne. Poco después de instalarla en la casa rodante, él aclaró:

–Soy vegetariano, pero no te obligaré a ti a serlo, ni a Timmy. –Al decirlo se había preguntado si a su edad Timmy ya podría comer carne. Agregó:– Puedes comprar una chuleta en Norwich si te apetece.

–Lo que comas tú me vendrá bien. Los animales no me comen a mí, yo no como animales.

–¿Y Timmy?

–Timmy come lo que yo le doy. No se anda con vueltas.

Esto último resultó muy cierto. Neil no podía imaginarse un niño más tolerante ni, en general, más feliz. Había encontrado un corralito usado en un almacén de Norwich y lo trajo en el furgón. Dentro de él Timmy podía pasar horas arrastrándose o de pie tomado del borde, manteniendo un equilibrio precario. Cuando se enojaba, entraba en un estado de furia; cerraba con fuerza los ojos, abría la boca y contenía el aliento antes de soltar un chillido de tal terrorífico poder que Neil creía que todo Lydsett acudiría corriendo a ver quién estaba torturando al niño. Amy nunca le pegaba, pero a veces lo sacudía un poco y lo arrojaba sobre la cama diciéndole:

–Qué ruido horrible.

–¿No le hará mal? Cuando lo veo contener el aliento de ese modo, pienso que podría matarse.

–¿Bromeas? No se matará. Un niño nunca lo hace.

Y ahora él sabía que la quería, la quería cuando era obvio que ella no lo quería a él ni estaba dispuesta a correr el riesgo de ser nunca más abandonada. La segunda noche que pasó en la casa rodante, ella separó el biombo que dividía su cama de la de él y se había quedado de pie mirándolo gravemente. Estaba completamente desnuda. El dijo:

—Escucha, Amy, no tienes que pagarme.

—Nunca pago por nada, al menos no así. Pero, como quieras. —Tras una pausa le dijo:— ¿Eres gay o algo?

—No, es sólo que no me gustan los asuntos casuales.

—¿Quieres decir que no te gustan, o que piensas que no están bien?

—Creo que quiero decir que me parece que no están bien.

—¿Por convicciones religiosas?

—No, no me guío por la religión, al menos en el sentido corriente. Sólo que pienso que el sexo es demasiado importante para tomarlo al pasar. Sabes, si durmiéramos juntos y yo... te decepcionara... podríamos discutir y tú te irías. Sentirías que es tu deber irte. Se irían los dos, tú y Timmy.

—Y qué. Me iría.

—No querría que te fueras, al menos por culpa mía.

—De acuerdo, supongo que tienes razón. —Otra pausa, y agregó:— Entonces te importaría, si nos fuéramos.

—Sí —dijo él—. Me importaría.

Ella dio media vuelta, diciendo:

—Siempre me voy, al final. Y a nadie antes le importó.

Fue el único avance sexual que ella le hizo y Neil sabía que no habría otro. Ahora dormían con la camita de Timmy puesta entre ambos. A veces en medio de la noche, despierto por algún movimiento del niño, Neil ponía las manos sobre los barrotes de la separación y deseaba sacudirlos como símbolo del abismo infranqueable que los separaba. Ella estaba acostada ahí mismo, esbelta y curvada como un pez o una gaviota, tan cerca de él que oía el subir y bajar del aliento como un eco débil de la respiración del mar. Le dolía el cuerpo del deseo de ella y terminaba hundiendo el rostro en la almohada para ahogar los gemidos. ¿Qué podía ver ella en él para desearlo, algo que no fuera, como aquella única noche, la gratitud, la piedad, la curiosidad o el aburrimiento? Neil odiaba su propio cuerpo, sus piernas flacas en las que las rodillas sobresalían como deformaciones, los ojitos parpadeantes y demasiado juntos, la barba escasa que no alcanzaba a disimular la debilidad de la boca y el mentón. A veces, además, lo atormentaban los celos. Sin prueba alguna, logró convencerse de que había

52

otro hombre. Ella le decía que quería caminar sola por la punta. Y él la veía irse con la certeza de que se encontraba con un amante. Y cuando volvía, se imaginaba que podía verle el resplandor en la piel, la sonrisa satisfecha del recuerdo del placer y casi podía oler que había estado haciendo el amor.

Y recibió noticias de la universidad: su beca no sería ampliada. La decisión no podía sorprenderlo; de hecho, ya le habían advertido que debía esperar algo así. Estuvo ahorrando todo lo posible con la esperanza de juntar un pequeño capital con el que sobrevivir hasta poder encontrar un trabajo en la zona. No le importaba qué. Cualquier cosa que le diera para vivir y le permitiera seguir en la punta y no abandonar la campaña. En teoría, podía seguir presidiendo en CEN desde cualquier punto del país, pero sabía que en los hechos la organización estaba irrevocablemente ligada a la punta de Larksoken, a la casa rodante, a esa masa de concreto de cinco millas al norte que tenía aparentemente el poder de dominar su voluntad tanto como su imaginación. Ya había hecho algunos avances hacia posibles empleadores locales, pero nadie se mostró muy ansioso de emplear a un conocido agitador; ni siquiera los que simpatizaban con la causa antinuclear, le ofrecieron empleo. Quizá temían que él distrajera una parte muy grande de sus energías en la campaña. Y su pequeño capital se reducía por los gastos de Amy, Timmy y hasta los gatos. Y ahora se sumaba la amenaza de este proceso por injurias, menos una amenaza que una realidad.

Cuando, diez minutos después, regresó a la casa rodante, Amy también había renunciado a trabajar. Estaba tendida en la cama mirando el techo. Smudge y Whisky estaban echados sobre su estómago.

—Si la Robarts prosigue con su acción legal —dijo él abruptamente— necesitaré dinero. No podremos seguir como hasta ahora. Tendremos que hacer planes.

Amy se sentó y lo miró. Los gatitos, ofendidos, huyeron protestando.

—¿Quieres decir que tendremos que irnos de aquí?

La primera persona del plural lo habría reconfortado en circunstancias normales, pero ahora apenas si lo notó.

—Es posible.

—¿Pero por qué? Quiero decir, no encontrarás nada más barato que la casa rodante. Trata de alquilar un departamento de un solo ambiente por dos libras a la semana. Tenemos mucha suerte de contar con esto.

—Pero no hay trabajo aquí, Amy. Si tengo que pagar una indemnización grande necesitaré un empleo. Y eso significa Londres.

—¿Qué clase de empleo?

—Cualquiera. Tengo un título.

—Bueno, no veo por qué tendrías que irte de aquí, aun cuando no haya trabajo. Puedes recurrir a la Seguridad Social. Con eso puedes vivir.

—Pero no podré pagar la indemnización.

—Bueno, si tienes que irte quizá yo me quede. Puedo pagar el alquiler de esto. Y para el dueño, no creo que signifique alguna diferencia. De todos modos, recibirá sus dos libras.

—No podrías vivir aquí sola.

—¿Por qué no? He vivido en lugares peores.

—¿Y de qué? ¿De dónde sacarías la plata?

—Bueno, si tú no estás podría ir a la Seguridad Social, ¿no? Podrían mandar sus espiones y no me importaría. No dirían que me acuesto contigo, si tú no estás. Además, tengo algo todavía en mi cuenta de ahorro postal.

La crueldad distraída de sus planes lo hirió en el corazón. Se oyó a sí mismo con pesado disgusto por la nota de autocompasión que no pudo reprimir:

—¿Es eso lo que quieres en realidad, Amy? ¿Que yo no esté?

—No seas tonto, estaba bromeando. Neil, deberías ver la cara que tienes. He visto gente preocupada, pero tú... Al fin de cuentas, podría no suceder; la acción legal, quiero decir.

—Sucederá, salvo que ella retire la demanda. Ya han puesto una fecha para la audiencia.

—Podría retirarla, o podría morirse. También ahogarse en una de esas sesiones nocturnas de natación después del noticiero de las nueve, puntual como el reloj, hasta entrado el invierno.

—¿Quién te dijo eso? ¿Cómo sabes que nada de noche?

—Tú me lo dijiste.

—No recuerdo habértelo dicho.

—Entonces me lo dijo otro, quizás uno de los clientes del Local Hero. Quiero decir, no es un secreto, ¿no?

—No se ahogará —dijo él—. Es buena nadadora. No correrá riesgos inútiles. Y no puedo desearle la muerte. No hay que predicar el amor y practicar el odio.

—Yo puedo... Quiero decir, puedo desearle la muerte. Quizá la atrape el Silbador. O tú podrías ganar el juicio y entonces ella tendría que pagarte a ti. Eso estaría bien.

—No es muy probable. Consulté a un abogado en la Asesoría Gratuita de la región cuando estuve en Norwich el viernes pasado.

54

El hombre vio de inmediato que la amenaza era seria y que ella ya tenía ganada la partida. Me recomendó que consiguiera un abogado.

–Bueno, consigue uno.

–¿Cómo? Los abogados cuestan dinero.

–Pide ayuda. Pon una nota en el boletín solicitando contribuciones especiales.

–No puedo hacerlo. Ya ahora es difícil mantener el boletín en marcha, con el costo del papel y el franqueo.

De pronto seria, Amy dijo:

–Yo pensaré algo. Todavía tienes cuatro semanas. Puede pasar cualquier cosa en cuatro semanas. Deja de preocuparte. Todo saldrá bien. Mira, Neil, te prometo que esa demanda nunca llegará a la corte. –Y él, irracionalmente, quedó por el momento tranquilo y reconfortado.

7

A las seis, la reunión semanal interdepartamental en la Central Nuclear de Larksoven llegaba a su fin. Se había prolongado treinta minutos más de lo usual. El doctor Alex Mair tenía la convicción, que normalmente podía hacer compartir a fuerza de autoridad, que después de tres horas una reunión agotaba su capacidad de producir ideas originales. Pero la agenda había estado cargada: el plan de seguridad revisado, aun en borrador; la racionalización de la estructura interna que reduciría los actuales siete departamentos a tres, bajo los nombres de Ingeniería, Producción y Recursos; el informe del Laboratorio de Vigilancia Distrital con su monitoreo del medio ambiente; la agenda preliminar para el Comité de Enlace local. La reunión anual con las autoridades locales era un ejercicio útil de relaciones públicas, que necesitaba una cuidadosa preparación, ya que incluía a representantes de los departamentos interesados del gobierno, la Policía, autoridades de servicios públicos, la Unión Nacional de Granjeros y la Asociación de Terratenientes del Condado. Mair a veces se lamentaba del tiempo y el trabajo que costaba, pero reconocía su importancia.

La reunión semanal tenía lugar en su oficina, alrededor de la mesa puesta frente a la ventana sur. Caía la oscuridad y el enorme vidrio de la ventana era un rectángulo negro en el que podía ver sus caras reflejadas, como las cabezas fantasmales de viajeros nocturnos en un vagón muy íluminado. Sospechaba que algunos de sus jefes de departamento, en especial Bill Morgan, ingeniero en jefe, y Stephen Mansell, superintendente de Mantenimiento habrían preferido una puesta de escena más relajada, en la salita contigua a la oficina, con sus sillones hondos y cómodos, un rato de charla sin agenda fija, quizás un trago todos juntos después, en un pub de la zona. Bueno, eso representaba un estilo de dirección, un estilo que no era el suyo.

Cerró la tapa dura de su carpeta, en la que su secretaria habían anotado cuidadosamente todos los temas y·los distintos puntos de cada tema y dijo en tono de despedida:

—¿Alguna otra cuestión?

Pero no lo dejarían irse tan fácilmente. A su derecha, como siempre, estaba sentado Miles Lessingham, el superintendente de Operaciones, cuyo reflejo, mirando desde el vidrio, parecía una calavera desmesurada. Llevando la vista desde el reflejo a la realidad, Mair no vio gran diferencia. Las fuertes luces cenitales proyectaban profundas sombras bajo los ojos y el sudor hacía brillar la frente ancha y con protuberancias, con un mechón de rubio cabello indisciplinado. Miles se estiró en su silla y dijo:

—Ese empleo propuesto... o debería decir ese rumor... supongo que tenemos derecho a preguntar si ya te lo han ofrecido formalmente. ¿O no deberíamos preguntar?

Mair respondió con calma:

—La respuesta es que aún no ha habido ningún ofrecimiento. La publicidad fue prematura. La prensa se enteró de algo, no sé cómo, como lo hacen habitualmente, pero no hay nada oficial todavía. Un resultado lamentable de nuestro hábito actual de dejar filtrar cualquier información de interés, es que la persona más interesada suele ser la última en enterarse. Si se hace oficial, en el momento en que ocurra, ustedes serán los primeros en ser informados.

—Aquí tu partida tendría graves consecuencias, Alex —dijo Lessingham—. El contrato ya firmado para el nuevo reactor; la reorganización interna, que seguramente creará problemas; la privatización de la electricidad. Es un mal momento para cambiar de capitán.

—¿Acaso hay un momento bueno? —dijo Mair—. Pero hasta que suceda, si es que sucede, no tiene mucho sentido discutirlo.

Intervino John Standing, el químico de la Central:

—¿Pero la reorganización interna seguirá adelante de todos modos?

—Espero que sí, considerando el tiempo y la energía que hemos insumido planeándola. Me sorprendería mucho que un cambio en la cima alterara una reorganización que es necesaria y que además ya está en marcha.

–¿A quién nombrarían en tu lugar? ¿A un director o a un administrador de Central? –preguntó Lessingham. La pregunta era menos inocente de lo que parecía.

–Supongo que a un administrador.

–¿Eso significa que cesará la investigación?

–Cuando yo me vaya –dijo Mair–, ahora o más tarde, la investigación cesará. Eso ustedes lo han sabido siempre. La traje conmigo, y no habría aceptado el puesto si no hubiera podido seguir investigando aquí. Pedí algunas instalaciones necesarias y me las concedieron. Pero la investigación en Larksoken siempre fue una suerte de anomalía. Hemos hecho un buen trabajo y seguimos haciéndolo, pero en rigor debería hacerse en otra parte, en Harwell o Winfrith. ¿Alguna otra pregunta?

Lessingham no se dejó desalentar por su tono. Requirió:

–¿Ante quién serás responsable en tu nuevo puesto? ¿La Secretaría de Energía directamente, o la AEA?

Mair conocía la respuesta, pero no tenía intención de darla por el momento.

–Eso sigue en discusión –respondió sin alterarse.

–Junto con otros detalles menores como sueldo, distribución de tareas, alcance de tus responsabilidades y hasta el título que te darán. Controlador de Energía Nuclear tiene cierta fuerza. Me gusta. ¿Pero qué es lo que controlarás exactamente?

Hubo un silencio. Mair dijo:

–Si fuera fácil responder a esa pregunta, sin duda el nombramiento ya se habría hecho. No es mi intención ahogar una buena conversación, ¿pero no deberíamos limitarnos a los asuntos que son de competencia de este comité? –Esta vez no hubo réplica.

Hilary Robarts, la directora administrativa, ya había cerrado su carpeta. Ella no hizo preguntas, pero Mair sabía que los otros debían de suponer que eso se debió a que él ya la había informado exhaustivamente en privado.

Antes de que terminaran de salir, su secretaria, Caroline Amphlett, entró para llevarse las tazas de té y limpiar la mesa. Lessingham tenía la costumbre de dejarse olvidada la agenda, una pequeña protesta inconsciente contra la cantidad de papeles que era necesario traer a las reuniones semanales. El doctor Martin Goss, jefe del Departamento Médico, había estado garabateando obsesivamente, como siempre. Su bloc de notas estaba cubierto de círculos llenos de intrincados arabescos; una parte de su mente dirigida obviamente a sus pensamientos privados. Caroline Amphlett se movía, como siempre, con una gracia tranquila y eficiente. Ninguno de los dos habló. Hacía tres años que era secretaria de Mair, quien no la conocía mejor que el primer día en que se presentó a trabajar para él. Era una joven alta y rubia, de piel tersa, con ojos más bien pequeños, muy separados, de un azul extraordinariamente oscuro. Mair sospechaba que la joven usaba la excusa de la alta confidencialidad de su trabajo para mantener una reserva deliberadamente intimidatoria. Era la secretaria más eficaz que hubiera tenido nunca, y lamentaba de que ella le declarara tajantemente que, si él era trasladado, ella se proponía seguir en Larksoken, por razones personales. Lo que significaba no cabía duda, que sus razones eran Jonathan Reeves, un ingeniero empleado en el taller de la central. A Mair la decisión, le sorprendió y entristeció, tanto como lo deprimía la perspectiva de asumir un empleo nuevo con una secretaria desconocida, pero además se trataba de una reacción adicional y más perturbadora. La joven no tenía el tipo de belleza femenina que lo atraía y él siempre había dado por sentado que era físicamente fría. Era turbador pensar que un joven sin importancia y con acné descubriera y quizá exploró, profundidades que él, en su intimidad cotidiana, no sospechó siquiera. A veces se había preguntado, aunque sin una genuina curiosidad, si su secretaria no sería menos accesible y más complicada de lo que él había supuesto; en ocasiones tuvo la desconcertante sensación de que la fachada que ella presentaba en el trabajo, esa fachada de eficiencia seria y fría, era un disfraz cuidadosmante elegido para ocultar una personalidad mucho más compleja. Pero si la verdadera Caroline era accesible a Jonathan Reeves, si ella realmente quería y deseaba a ese mocoso insignificante, entonces no merecía siquiera el tributo de su curiosidad.

8

Les dio tiempo a sus jefes de departamento de llegar a sus respectivas oficinas y después llamó a Hilary Robarts y le pidió que volviera. Habría sido más lógico pedirle simplemente que se quedara después de la reunión, pero lo que quería decirle era privado y desde hacía unas semanas empezó a reducir la cantidad de ocasiones en que estaban a solas con conocimiento de los demás. Se sentía algo inquieto por la conversación que tendrían. Ella interpretaría lo que él tenía que decirle como una crítica personal y eso era algo que, según su experiencia, pocas mujeres aceptaban. Pensó: "Fue mi amante. Estuve enamorado de ella, tan enamorado como puedo estarlo. Y si no fue amor, sea lo que sea lo que significa esa palabra, al menos la quise. ¿Eso hará más fácil o más difícil decirle lo que tengo que decirle?" Pensó que todo hombre es cobarde cuando se trata de un enfrentamiento con una mujer. La dependencia original de un hombre o una mujer tras el nacimiento, dependencia física a la que está sujeta la supervivencia, era demasiado profunda como para que fuera nunca erradicada. En eso no era más cobarde que cualquier otro hombre. ¿Qué era lo que le había oído a esa mujer en una tienda de Lydsett? "George haría cualquier cosa con tal de evitar una escena." Por cierto que sí, pobre tipo. Las mujeres, con su calidez olorosa a vientre prenatal, su talco y sus pechos alimenticios, se habían encargado de que los hombres aprendieran eso en sus primeras semanas de vida.

Cuando ella entró se puso de pie y esperó a que se sentara en el sillón al otro lado del escritorio. Volvió a sentarse entonces, abrió el cajón de la derecha y sacó un ejemplar de un boletín informativo que puso frente a ella.

–¿Has visto esto? El último boletín de la CEN de Neil Pascoe.

–"Contra la Energía Nuclear". Eso significa Pascoe y otra media docena de histéricos mal informados. Por supuesto que lo he visto. Estoy en su lista. Se ocupa especialmente de que yo lo vea.

Le echó una breve mirada y volvió a ponerlo sobre el escritorio. El lo tomó y leyó:

–"Es probable que muchos lectores estén enterados de que soy demandado por la señorita Hilary Robarts, directora administrativa de la Central Nuclear de Larksoken, por supuestas injurias incluidas en la edición de mayo de este boletín. Por supuesto, defenderé con todas mis energías mis derechos y, como no tengo dinero para pagar un abogado, presentaré mi propia defensa. Esto no es sino un ejemplo más de la campaña intimidatoria contra la prensa libre y la mera libre expresión por parte del lobby nuclear. Al parecer incluso ahora la más tibia crítica será respondida de inmediato con acciones legales. Pero tiene un lado positivo. Esta demanda de Hilary Robarts muestra que nosotros, la gente común de este condado, estamos teniendo efecto. ¿Acaso se molestarían por nuestro modesto boletín si no los atenaceara el miedo? Y la acción judicial, si llega a tener lugar, nos dará una valiosa publicidad a nivel nacional. Somos más fuertes de lo que pensamos. En esta misma página doy los horarios de visitas públicas de Larksoken, de modo que la mayor cantidad posible podamos ir a presentar nuestras objeciones contra la energía nuclear en la sesión de preguntas y respuestas que generalmente precede a la visita guiada."

–Lo he leído, ya te lo dije. No sé por qué pierdes el tiempo leyéndolo. Parece decidido a agravar su ofensa. Si tuviera un mínimo de sensatez se conseguiría un buen abogado y mantendría la boca cerrada.

–No puede pagarse un abogado. Y no podrá pagar la indemnización. –Hizo una pausa, y siguió con voz tranquila:– En interés de la Central, creo que deberías retirar la demanda.

–¿Es una orden?

–Sabes bien que no tendría derecho a obligarte. Te lo pido. No ganarás nada, porque el hombre prácticamente no tiene un centavo, y no vale la pena.

–Para mí sí vale. Lo que aquí describe como una tibia crítica en realidad fue una grave calumnia ampliamente difundida. No tiene disculpa. Puedo citarte el párrafo, aunque seguramente lo recuerdas: "Una mujer cuya respuesta a Chernobyl es que sólo murieron treinta y una personas, que puede descartar como insignificante uno de los mayores desastres nucleares del mundo, que llevó a miles de inocente a los hospitales y expuso a cien mil o más civiles a radiaciones peligrosas, devastó vastas áreas y puede resultar en cincuenta mil muertes de cáncer en los próximos cincuenta años, una mujer así está totalmente incapacitada para tener responsabilidad sobre la energía nuclear. Mientras ella permanezca en la central de nuestra zona, en cualquier cargo, tenemos motivos para dudar muy seriamente de las medidas de seguridad tomadas en Larksoken." Es una clara acusación de incapacidad profesional. Si le permitimos salirse con la suya, nunca nos libraremos de él.

–No sabía que nuestra misión era librarnos de los críticos. ¿Qué método tenías en vista?

Se interrumpió, al detectar en su propia voz el primer rastro de esa mezcla de sarcasmo y pompa en la que caía a veces y a la que era mórbidamente sensible. Siguió:

–Es un ciudadano libre que vive donde quiere. Tiene derecho a sostener sus puntos de vista. Hilary, este hombre no es un oponente digno. Llévalo a la corte, atraerá publicidad para su causa y no nos servirá de nada. Estamos tratando de ganar la buena voluntad de nuestros vecinos, no de enfrentarnos a ellos y vencerlos. Retira la demanda antes de que alguien inicie un fondo para pagar su defensa. Un mártir en la punta de Larksoken fue suficiente.

Mientras él hablaba, ella se levantó y comenzó a recorrer la amplia oficina. Se detuvo y se volvió hacia él:

–De eso se trata todo, ¿no? De la reputación de la Central, de tu reputación. ¿Y la mía? Si retiro mi demanda ahora, será una clara admisión de que él tiene razón, de que no soy digna de trabajar aquí.

–Lo que él escribió no daña tu reputación ante nadie que importe. Y demandarlo no solucionará nada. Es imprudente permitir que el orgullo personal influya en las políticas profesionales. El curso de acción más razonable es retirar en silencio la demanda. ¿Qué importan los sentimientos? –repitió–. Lo que importa es el trabajo.

–A mí me importan. Y eso es algo que tú nunca has entendido, ¿no es cierto? La vida es todo sentimientos. El amor es sentimiento. Fue lo mismo con el aborto. Me obligaste a hacerlo. ¿Acaso te preguntaste qué sentía yo entonces, qué necesitaba?

Oh, Dios, pensó él, no eso, no otra vez, no ahora. Siempre dándole la espalda, le respondió:

—Es ridículo decir que te obligué. ¿Cómo habría podido hacerlo? Y sobre tus sentimientos, creí que compartías los míos, es decir que era imposible que tuvieras un hijo.

—Oh no, no fue así. Ya que eres tan condenadamente puntilloso con la exactitud, seamos exactos en esto. Tener un hijo habría sido inconveniente, humillante, incómodo, caro. Pero no era imposible. Sigue sin ser imposible. Y por lo que más quieras, vuélvete. Mírame. Te estoy hablando. Lo que estoy diciendo es importante.

Se volvió caminando de regreso al escritorio. Cuando habló, lo hizo con calma:

—Está bien, la palabra que elegí no fue la correcta. Y puedes tener un chico, si es lo que quieres. Me alegraré por ti, siempre que no esperes que yo haga de padre. Pero el asunto que tenemos ahora entre manos es Neil Pascoe y la CEN. Hemos hecho mucho aquí para promover las buenas relaciones con la comunidad local y no quiero que todo ese esfuerzo quede anulado por una acción legal totalmente innecesaria, sobre todo ahora que estamos a punto de empezar a trabajar con el nuevo reactor.

—Entonces trata de impedirlo. Y ya que hablamos de relaciones públicas, me sorprende que no hayas mencionado a Ryan Blaney y el Scudder's Cottage. Mi propiedad, por si lo has olvidado. ¿Qué debo hacer al respecto? Regalársela para que él y sus hijos vivan felices sin pagar renta, todo en nombre de las buenas relaciones públicas?

—Es una cuestión distinta. Como director, eso no me concierne. Pero si quieres mi opinión, creo que haces mal en tratar de expulsarlo sólo porque estás en tu derecho. El hombre paga la renta regularmente, ¿no? Y no creo que quieras el cottage.

—Sí, lo quiero. Es mío. Lo compré y ahora quiero venderlo.

Se dejó caer en el sillón y él también se sentó. Se obligó a mirarla a los ojos; vio en ellos, para su mayor incomodidad, más dolor que ira.

—Podemos pensar que Blaney lo sabe y que te dejará la propiedad no bien pueda, pero no será fácil. Acaba de enviudar, y tiene cuatro hijos. Tengo entendido que hay cierto resentimiento local sobre el tema.

—Seguro que lo hay, en especial en el Local Hero, donde Blaney gasta buena parte de su dinero. No estoy dispuesta a esperar. Si nos mudaremos a Londres en los próximos tres meses, no hay demasiado tiempo para dejar arreglada la cuestión del cottage. No quiero dejar aquí ese tipo de negocios inconcluso. Quiero ponerlo en venta lo antes posible.

El supo que era el momento en que debería haber dicho con firmeza: "Es posible que yo me mude a Londres, pero no contigo." Pero le resultó imposible. Se dijo que era tarde, que era el fin de un día de mucho trajín, el peor momento posible para una discusión racional. Ella ya estaba tensa. Una cosa por vez. Le había puesto frente al caso Pascoe y reaccionó en buena medida como él pensó que lo haría, quizás ahora reflexionara e hiciera lo que él le aconsejaba. Y en cuanto a Ryan Blaney, debía reconocer que estaba en lo cierto: no era asunto que le incumbiera a él. La conversación había definido con claridad dos intenciones: ella no iría a Londres con él, ni él la recomendaría como directora administrativa de Larksoken. Con toda su inteligencia, su eficacia, su información, no era la persona adecuada para el cargo. Por un instante le cruzó por la mente que ésa era su carta para negociar. "No te ofrezco matrimonio, pero te ofrezco el cargo más alto al que podrás aspirar." Pero no fue una verdadera tentación. No dejaría la dirección de Larksoken en manos de Hilary. Tarde o temprano ella comprendería que no habría matrimonio ni habría ascenso. Pero éste no era el momento oportuno para hacérselo entender y se preguntó con cierta acritud cuándo sería la ocasión propicia.

De modo que le dijo:

—Escucha, nuestro trabajo aquí es dirigir una central de energía, con seguridad y eficiencia. Estamos haciendo un trabajo importante y necesario. Por supuesto que es nuestra vocación, de otro modo no estaríamos aquí. Pero somos científicos y técnicos, no evangelistas. No estamos dirigiendo una campaña religiosa.

—Pero ello sí lo hacen, del otro lado. Ese tipo lo hace. Tú lo consideras insignificante. No lo es. Es deshonesto y es peligroso. Fíjate en lo que ha hecho escarbando en archivos médicos a la búsqueda de casos de leucemia que pudiera adjudicar a la energía nuclear. Y ahora tomó el Informe Comare para darse nuevos bríos. ¿Y el boletín del mes pasado, esa charlatanería sensiblera sobre los trenes de la medianoche que transportan la muerte a través de los suburbios del norte de Londres? Cualquiera pensaría que llevan a cielo abierto cargas radiactivas. ¿No le interesa saber que hasta ahora la energía nuclear ha ahorrado la quema de quinientos millones de toneladas de carbón? ¿No ha oído sobre el efecto invernadero? Quiero decir, ¿es tan ignorante? ¿No sabe de la devastación ecológica que significa el uso de carburantes fósiles? Y si habla de peligro, ¿por qué no menciona a los cincuenta y siete mineros enterrados vivos en el desastre de Borken este año? ¿Sus vidas no importan? Imagínate el escándalo si hubiera sido un accidente nuclear.

—Es sólo una voz —dijo él—, una voz patéticamente torpe e ignorante.

—Pero está teniendo efecto y tú lo sabes. Debemos oponer pasión a la pasión.

El se detuvo ante esa palabra. Pensó: no estamos hablando de energía nuclear, estamos hablando de pasión. ¿Tendríamos esta conversación si todavía fuéramos amantes? Ella me está pidiendo un compromiso sobre algo más personal que la energía atómica. Al mirarla otra vez, lo asaltó súbitamente algo, no deseo sino un recuerdo, de inconveniente intensidad, del deseo que había sentido por ella. Y con el recuerdo vino un súbito cuadro muy vívido de ellos dos juntos en casa de ella, los pechos pesados sobre él, el cabello cayéndole sobre la cara, los labios, las manos, los muslos.

—Si quieres una religión —dijo—, si necesitas una religión, búscate una. Hay muchas para elegir. De acuerdo, la abadía está en ruinas y dudo que ese viejo clérigo de la Rectoría tenga mucho que ofrecer. Pero siempre podrás encontrar alguien o algo: no comas pescado los viernes, no comas carne, pasa cuentas entre los dedos, ponte ceniza en la cabeza, haz meditación cuatro veces al día, arrodíllate de cara a tu propia Meca personal. Pero, por lo que más quieras, nunca hagas una religión de la ciencia.

Sonó el teléfono en su escritorio. Caroline Amplett se había marchado y el llamado era por una línea directa. Cuando levantó el receptor vio que Hilary estaba en la puerta. Le dirigió una larga mirada antes de salir y cerró la puerta con innecesaria firmeza.

La que llamaba era su hermana:

—Tenía esperanzas de encontrarte todavía en la oficina. Olvidé recordarte que llamarás a la granja de Bollard por los patos para el jueves. Me dijeron que los tendrían listos. A propósito, seremos seis. Invité a Adam Dalgliesh. Ha vuelto a la punta.

Pudo responder con la misma tranquilidad con que ella había hablado.

—Felicitaciones. El y su tía se han mostrado muy hábiles en evitar la sociabilidad regional durante los últimos cinco años. ¿Cómo lo lograste?

—Invitándolo simplemente. Creo que puede estar pensando en conservar el molino como casa de vacaciones, y en ese caso sentir que ha llegado el momento de conocer a los vecinos. O bien quizá piense venderlo, en cuyo caso puede arriesgarse a una cena sin ofrecer una intimidad de por vida. Pero también podría ser una mera debilidad humana... por ejemplo el atractivo de comer una buena cena sin tener el trabajo de cocinarla.

Y además equilibraba la mesa, pensó Mair, aunque no era probable que su hermana hubiera tenido eso en vista. Ella despreciaba esa convención, de los tiempos del Arca de Noé, según la cual un hombre de más, por poco atractivo o estúpido que fuera, siempre era aceptable; mientras que una mujer de más, por ingeniosa y bien informada que fuera, resultaba un inconveniente.

—¿Deberé hacer comentarios sobre su poesía? —preguntó.

—Supongo que ha venido a Larksoken para estar lejos de la gente que quiere hablarle de su poesía. Pero no te haría daño echarle una mirada. Tengo su último libro. Es poesía en serio, no prosa dispuesta decorativamente.

—¿Cómo puedes ver la diferencia, tratándose de poesía moderna?

—Logro verla —dijo ella—. Si es posible leerse como prosa, es prosa. Es una prueba infalible.

—No creo que la acepten en las universidades, al menos en las inglesas. Me iré en diez minutos. Y no olvidaré los patos. —Sonrió mientras colgaba. Su hermana tenía el poder infalible de restaurar su perdido buen humor.

9

Antes de salir se volvió un instante desde la puerta y echó una mirada a la oficina, como si la viera por última vez. Esperaba con ambición su nuevo empleo, para conseguir el cual había maniobrado con inteligencia. Y ahora, cuando la promoción ya estaba casi en sus manos, comprendía cuánto echaría de menos a Larksoken, su aislamiento, su solidez neutra y algo siniestra. No se había hecho nada para embellecer el edificio, como sí se hizo en la Central de Sizewell en el Suffolk, o para rodearlo de un parque de césped bien cortado, árboles floridos y arbustos, que lo impresionaban tan agradablemente en sus visitas periódicas a la Central de Winfrith en Dorset. Del lado del mar se había construido un muro bajo y curvado, a cuyo amparo en la primavera una cinta brillante de narcisos sobrevivía con dificultad a los vientos de marzo. Poco más se realizó para armonizar o dulcificar esa inmensidad de concreto gris. Pero era eso lo que le gustaba, la amplitud del mar turbulento, gris-pardo y con encajes blancos en la rompiente, bajo un cielo ilimitado, ventanas que podía entreabrir para acceder al rugido constante de la marejada. Lo que más le gustaba eran las noches de tormenta en invierno, cuando se quedaba a trabajar después de hora y podía ver las luces de los barcos en el horizonte avanzando hacia Yarmouth, y a un costado el resplandor periódico del Faro de Happisburgh, que hacía siglos advertía a los marinos de los traicioneros bancos de arena. Aun en la noche más oscura, a la luz que misteriosamente el parecía absorber y reflejar, podía divisar la espléndida torre del siglo XV de la iglesia de Happisburgh, símbolo de las precarias defensas del hombre contra el más peligroso de los mares. Y era símbolo de algo más que eso. La torre debía de haber sido la última visión de tierra de cientos de marineros perdidos en el mar en tiempos de paz y de guerra. Su mente, siempre obstinada con los hechos, podía dictarle todos los datos. La tripulación del HMS *Peggy*, naufragado el 19 de diciembre de 1770, los 119 marineros de HMS *Invincible*, destrozado contra las arenas el 13 de marzo de 1801 cuando partía a unirse a la armada de Nelson en Copenhaguen, la tripulación de HMS *Hunter*, el cútter perdido en 1804; muchos de esos marineros estaban enterrados en el cementerio de la iglesia de Happisburgh. Construida en la edad de la fe, la torre había sido símbolo, también, de la inquebrantable esperanza de que incluso el mar podía dar la bienaventuranza a sus muertos y que Dios era el Dios de las aguas como lo era de las tierras. Pero ahora los marineros podían ver, mucho más alta que la torre, la masa rectangular de la Central Nuclear de Larksoken. Para quienes buscaban símbolos en las cosas inanimadas, su mensaje era a la vez simple y expeditivo: el hombre, gracias a su inteligencia y a su esfuerzo, podía comprender y dominar su mundo, podía hacer más agradable la vida fugaz, volverla más cómoda, más libre de dolor. Para él eso era suficiente, y si hubiera necesitado una fe a la que aferrarse, le habría bastado con ésta. Pero a veces, en las noches más oscuras, cuando las olas estallaban contra las rocas como cañonazos lejanos, tanto la ciencia como el símbolo le parecían tan transitorios como esas vidas perdidas en los naufragios, y se preguntaba si llegaría el día en que esta gran masa de concreto se rendiría también al mar, como las defensas fortificadas de la última guerra y al igual que ellas se volviera un símbolo quebrado de la larga historia del hombre en esa costa desolada. ¿O resistiría, y seguiría de pie a pesar del tiempo y del mar, cuando cayera la última sombra sobre el planeta? En sus momentos más pesimistas, una parte cínica de su mente sabía que esta oscuridad era inevitable, aunque no llegaría durante su período de vida, quizá ni siquiera en el de sus hijos. En esas ocasiones terminaba sonriendo, al pensar que él y Neil Pascoe, en campos diferentes, se entenderían bien. La única diferencia era que uno de los dos tenía esperanzas.

10

Jane Dalgliesh había comprado el Molino Larksoken cinco años atrás, cuando se mudó de su casa anterior en la costa de Suffolk. El molino, construido en 1825, era una pintoresca torre de ladrillos de cuatro pisos de alto, con una cúpula octogonal encima y el fantasma de un juego de aspas. Había sido transformado en casa algunos años antes de que lo comprara Miss Dalgliesh, mediante la adición de un edificio de dos pisos con una gran sala, un estudio más pequeño y una cocina en la planta baja, y tres dormitorios, dos de ellos con sus propios baños, en la planta alta. Dalgliesh nunca le había preguntado por qué se mudó a Norfolk, pero suponía que el principal atractivo del molino para su tía fue su aislamiento, su cercanía a importantes santuarios de aves y la magnífica vista de la punta, del cielo y el mar que se dominaba desde el piso más alto. Quizá su propósito fue restaurarlo para que volviera a funcionar, pero con el avance de la edad no habría logrado reunir las fuerzas o el entusiasmo para iniciar la empresa. El lo heredaba como una espléndida, aunque algo onerosa responsabilidad, junto con la considerable fortuna de su tía, cuyo origen quedó aclarado sólo después de la muerte de ella. Le había sido legada por un reputado ornitólogo aficionado, un hombre excéntrico con el que ella mantuvo una larga amistad. Dalgliesh nunca sabría si la relación había sido algo más que una amistad. Al parecer ella gastó poco de ese dinero, pero fue una generosa benefactora de las pocas empresas de caridad que aprobaba; en su testamento había recordado a esas instituciones, pero sin excesos y el resto del dinero legado a su sobrino sin explicaciones, recomendaciones ni expresiones de afecto, aunque él no dudaba que las palabras "mi querido sobrino" tenían un significado muy preciso. El también la había querido y respetado, siempre se sintió cómodo en su compañía, aunque nunca había creído conocerla; y ahora nunca llegaría a hacerlo. Le sorprendía un poco lo mucho que la extrañaba.

El único cambio hecho por su tía en la propiedad consistió en la construcción de un garaje. Una vez que él hubo descargado y guardado el Jaguar, decidió subir a la cima del molino mientras hubiera todavía luz diurna. La planta baja, con sus dos gigantescas muelas de granito apoyadas contra la pared y el olor remanente de harina, conservaba un aire de misterio, de tiempo suspendido en latencia, de un lugar desprovisto de su finalidad, lo que hacía que él nunca lo atravesara sin un ligero sentimiento de desolación. Había apenas escaleras de madera sin posamanos entre los pisos y cuando las subía podía imaginarse vívidamente las largas piernas enfundadas en pantalones de su tía subiendo delante de él. Ella utilizó sólo el piso más alto del molino, proveyéndolo apenas de una mesa de escribir y un sillón mirando al mar, un teléfono y sus binoculares. Al entrar pudo verla, sentada allí en las tardes y noches de verano, trabajando en los artículos con lo que solía contribuir a alguna revista de ornitología y alzando la vista de vez en cuando para mirar sobre la punta el mar y el horizonte muy lejano; podía ver una vez más ese rostro atezado y arrugado, similar al de una máscara azteca, los ojos oscuros bajo el cabello entrecano peinado tirante con un rodete, podía oír una voz que, para él, había sido una de las más hermosas voces de mujer que hubiera oído.

Era el fin de la tarde y la punta se extendía enriquecida por la cálida luz del crepúsculo, mientras el mar era un ancho desierto de azul ondulante, con el toque pictórico de un trazo violeta sobre el horizonte. Los últimos rayos del sol intensificaban las formas y los colores, de modo que las ruinas de la abadía parecían una dorada fantasía recortada sobre el azul del mar y el pasto seco brillaba con los ricos resplandores del agua de un río. Había una ventana hacia cada uno de los puntos cardinales y Dalgliesh hizo un lento recorrido de una a otra, con los binoculares en la mano. Al oeste, su mirada podía viajar a lo largo del estrecho camino entre los juncos y las acequias hasta los cottages enjabelgados y los techos de tejas de la aldea Lydsett, y la torre redonda de la iglesia de St. Andrew. Al norte dominaba el paisaje la inmensa masa de la Central: el edificio bajo de la administración, detrás el gran rectángulo del reactor y la enorme construcción de acero y aluminio de las turbinas. Cuatrocientos metros mar adentro estaban los aparejos y plataformas de las estructuras de entrada a través de las cuales el agua marina usada para el enfriado pasaba a las bombas de circulación. Pasó a la ventana del este y pudo ver los cottages de la punta. Al extremo sur podía ver apenas la silueta de Scudder's Cottage. A su izquierda las paredes blanqueadas de Martyr's Cottage brillaban como mármol bajo el sol poniente, y a menos de media milla al norte, sobre el fondo de los pinos californianos que corrían a lo largo de ese sector de la costa, estaba el cottage cuadrado que alquilaba Hilary Robarts, una construcción bien proporcionada de tipo suburbano, incongruente en esta punta desolada y dándole la espalda al mar. Más lejos de la costa y apenas visible desde la ventana del sur estaba la Vieja Rectoría, como una casita de muñecas victoriana en medio de un jardín grande y mal cuidado que, a la distancia, parecía tan formal y recortado como un parque municipal.

Sonó el teléfono. Su estridencia no fue bien recibida. Era justamente para escapar de esas instrusiones que había venido a Larksoken. Pero no podía decir que no esperara el llamado. Era Terry Rickards diciéndole que le gustaría pasar a charlar un momento con el señor Dalgliesh si no era demasiada molestia; ¿estaba bien que lo hiciera a las nueve? Dalgliesh no pudo inventar en el momento una sola excusa.

Diez minutos después bajó de la torre, cerrando con llave la puerta tras él. Esta precaución era un pequeño acto de piedad. Su tía siempre había mantenido la puerta con llave, por temor a que algún niño se aventurara en el molino y pudiera caerse de las escaleras. Dejó la torre en su oscuridad y soledad y fue al cottage a desempacar y prepararse una cena.

La enorme sala con su piso de madera de York, alfombras y chimenea de boca grande, era una mezcla cómoda y nostálgica de lo nuevo y lo viejo. Gran parte del mobiliario lo conocía desde la infancia, por las visitas a sus abuelos, heredado por la tía como última sobreviviente de su generación. Sólo el equipo de música y el televisor eran comparativamente nuevos. La música había sido importante para ella, y en los estantes se veía una amplia colección de discos con los que podría deleitarse durante sus dos semanas de vacaciones. Y la cocina contigua no contenía nada·superfluo y sí todo lo necesario para una mujer que disfrutaba de la comida pero prefería cocinar con un mínimo de esfuerzos. Dalgliesh puso un par de chuletas de cordero bajo el grill, preparó una ensalada y se dispuso a disfrutar del rato de soledad antes de la intrusión de Rickards y sus preocupaciones.

Seguía sorprendiéndole que su tía se hubiera decidido a comprar un televisor. ¿La habría seducido la excelencia de los programas de historia natural y después, como otros conversos tardíos que él conocía, quedó cautiva de todos los programas que se ofrecieran? Esto último parecía improbable. Lo encendió para ver si todavía funcionaba. Un espasmódico astro de la música popular se agitaba con una guitarra en las manos y sus giros que parodiaban la sexualidad era tan grotesco que resultaba difícil creer que aun los jóvenes más fanáticos pudieran encontrarlos eróticos. Apagó y alzó la vista hacia el retrato al óleo de su bisabuelo materno, el obispo victoriano, con su toga pero sin la mitra, los brazos haciendo pliegues en el ropaje apoyados con seguridad en los brazos de la silla. Tuvo el impulso de decirle: "Esta es la música de 1988; estos son nuestros héroes, aquel edificio en la punta es nuestra arquitectura y yo no me atrevo a detener mi auto para alzar a unos chicos que vuelven a su casa, porque a ellos les han enseñado, con buenos motivos, que cualquier extraño podría raptarlos y violarlos." Podría haber agregado: "Y aquí mismo anda un asesino que disfruta estrangulando mujeres y llenándoles la boca con el pelo que les corta." Pero esa aberración, al menos, era independiente del cambio de las modas y su bisabuelo tendría ejemplos propios que ofrecerle. Después de todo, había sido consagrado obispo justamente en 1880, el año de Jack el Destripador. Es probable que hubiera encontrado más comprensible al Silbador que al músico de la televisión, cuyos giros lo habrían convencido de que estaba en medio de un ataque terminal de la danza de San Vito.

Rickards fue puntual. Eran las nueve en punto cuando Dalgliesh oyó su auto y, al abrir la puerta a la oscuridad de la noche, vio su alta figura que se acercaba a largos pasos. Hacía más de diez años que Dalgliesh no lo veía, desde su nombramiento como inspector en la Policía londinense, y le sorprendió ver lo poco que había cambiado; ni el tiempo, ni el matrimonio, ni el alejamiento de Londres ni los ascensos habían dejado marcas visibles en el hombre. Su figura desgarbada y sin gracia, de más de un metro ochenta de alto, seguía luciendo tan incongruente en un traje como el de siempre. Su rostro atezado, con ese aire de fortaleza, habría resultado más apropiado en un marinero. De perfil, sobre todo la cara era notable, con la nariz larga y algo curvada y las cejas protuberantes. De frente la nariz se revelaba un poco demasiado ancha en la base y los ojos oscuros, que al animarse tomaban un resplandor feroz, casi demencial, en reposo eran lagos de intrigada paciencia. Dalgliesh veía en él un tipo de oficial de policía menos frecuente que antes pero todavía no escaso: el detective esforzado e incorruptible de imaginación limitada y algo más de inteligencia, la clase de hombre que nunca admitiría que el mal del mundo debía ser perdonado sólo por ser casi siempre inexplicable y porque sus perpetradores habían sido desdichados.

Echó una mirada a la sala con la pared larga cubierta de libros, el fuego chisporroteante en la chimenea, el óleo del prelado victoriano, como si se imprimiera deliberadamente cada detalle en su mente y se sentó en un sillón estirando las largas piernas con un pequeño gruñido de satisfacción. Dalgliesh recordaba que antes no bebía más que cerveza; ahora aceptó un whisky, pero dijo que primero le vendría bien un café. Un hábito al menos había cambiado.

—Lamento que no vaya a conocer a Susie, mi esposa, durante su permanencia aquí, señor Dalgliesh. Nuestro primer hijo nacerá en un par de semanas y ha ido a instalarse con su madre en York. Mi suegra no soportó la idea de que ella siguiera en Norfolk con el Silbador suelto y yo trabajando con horarios tan irregulares.

Esto fue pronunciado con una especie de incómoda formalidad, como si él, y no Dalgliesh, fuera el anfitrión y estuviera disculpándose por la inesperada ausencia de la dueña de casa. Agregó:

—Supongo que es natural que una hija única quiera estar con su madre en un momento así, especialmente tratándose de un primer hijo.

La esposa de Dalgliesh no había querido estar con su madre, prefirió estar con él, lo quiso con tal intensidad que él más tarde se preguntó si no habría habido ahí una premonición. Podía recordar eso, aunque ya no recordar su rostro. El recuerdo de ella, que durante años, traicionando la pena y el amor, él había tratado resueltamente de reprimir porque el dolor le parecía insoportable, había sido remplazado gradualmente por un sueño juvenil y romántico de ternura y belleza, ahora fijado para siempre más allá de las depredaciones del tiempo. La cara de su hijo recién nacido sí podía recordarla vívidamente y a veces lo hacía en sueños: esa mirada límpida de dulce satisfacción como si, en un breve momento de vida, hubiera visto y sabido todo lo que había que saber, comprendido todo y lo hubiera rechazado todo. Dalgliesh se dijo que él era la última persona en el mundo de la que podían esperarse razonablemente consejos sobre el embarazo, y sintió que la incomodidad de Rickards por la ausencia de su esposa iba más profundamente que el mero lamentar la falta de su compañía. Hizo las preguntas usuales sobre su salud y escapó a la cocina a preparar el café.

El espíritu misterioso que había abierto en él las compuertas de la poesía lo liberó del resto de las satisfacciones humanas, del amor entre ellas ¿o era al revés? ¿Era el amor el que hizo posible su poesía? Parecía haber afectado incluso su trabajo. Mientras molía los granos de café, sopesó las ambigüedades menores de la vida. Cuando la poesía se había resistido, el trabajo también pareció no sólo irritante sino en ocasiones repelente. Ahora podía permitirle a Rickards que irrumpiera su soledad, para usarlo como pantalla proyectiva. Esta tolerancia nueva en él lo desconcertaba un poco. Un éxito moderado era sin duda alguna mejor que el fracaso para el carácter, pero un exceso de éxito le haría perder ei filo. Y cinco minutos después, llevando las dos tazas de café, al acomodarse en su sillón pudo disfrutar del contraste entre la preocupación de Rickards por la violencia psicópata y la paz del molino. El fuego de la chimenea, ya pasado su estadio de chisporroteo, se había estabilizado en un agradable resplandor y el viento, rara vez ausente en la punta, se movía como un espíritu benigno, de suaves silbidos, alrededor de la alta estructura del molino. Se alegraba de que no fuera tarea de él atrapar al Silbador. De todos los asesinatos, los que se producían en serie eran los más difíciles de resolver y la investigación debía llevarse a cabo bajo la presión de un público vociferante que exigía que se atrapara de inmediato a ese demonio desconocido y se lo exorcizara para siempre. Pero éste no era su caso; podía discutirlo con el desapego de quien tiene un interés profesional, pero ninguna responsabilidad. Y podía entender lo que necesitaba Rickards: no consejos (el hombre conocía su oficio) sino alguien en quien pudiera confiar, alguien que entendiera el idioma, que después se iría y no quedaría como un recordatorio permanente de sus incertidumbres, un colega ante el que fuera cómodo pensar en voz alta. Tenía su equipo de colaboradores y era demasiado meticuloso como para no compartir con ellos sus ideas. Pero era la clase de hombre que necesita articular sus teorías y aquí podía adelantarlas, variarlas, rechazarlas, explorarlas, sin la incómoda sensación de que su sargento detective, aunque escuchándolo con cortesía, con la cara cuidadosamente desprovista de expresión, estaría pensando: "Por todos los cielos, ¿en qué está soñando este hombre?" O bien: "El viejo se está poniendo idiota."

—No estamos usando a Holmes —le explicaba Rickards—. Los metropolitanos dicen que el sistema trabaja a pleno y de todos modos nosotros tenemos nuestra propia computadora. Y no hay tantos datos con qué alimentarla. La prensa y el público saben sobre Holmes, por supuesto. Eso puedo palparlo en todas las conferencias de prensa. "¿Están usando la computadora especial, la que bautizaron en honor de Sherlock Holmes?" "No", respondo, "pero estamos usando la nuestra". Pregunta no formulada: "¿Entonces por qué diablos todavía no lo han atrapado?" Piensan que basta con meter los datos en la computadora, y ¡pop!, sale el identikit del tipo junto con sus huellas digitales, medida del cuello y gustos en música popular.

–Sí –dijo Dalgliesh–, nos han presentado tantas maravillas científicas últimamente que resulta un poco desconcertante cuando descubrimos que la tecnología puede hacerlo todo, salvo lo que queremos que haga.

–Cuatro mujeres hasta ahora, y Valerie Mitchell no será la última si no lo atrapamos pronto. Empezó hace quince meses. La primera víctima fue hallada poco después de la medianoche en un cobertizo al final del paseo de Easthaven... era la prostituta del pueblo, aunque él pudo no saberlo o no haberle importado. Pasaron ocho meses antes de que volviera a atacar. A dar un golpe, un golpe de suerte, supongo que diría él. Esta vez le tocó a una maestra de treinta años que volvía en bicicleta a su casa en Hustanton y pinchó una goma en un sector desierto de la ruta. Después otro blanco, seis meses justos, antes de caer sobre una camarera de bar de Ipswich que había ido a visitar a su abuela y tuvo la imprudencia de esperar sola el último ómnibus de la noche. Cuando éste llegó, no se encontraba nadie en la parada. Bajaron dos jovencitos de la zona. Habían estado bebiendo, así que no estaban en condiciones de prestar mucha atención, pero no vieron ni oyeron nada, nada salvo lo que describieron como una especie de lúgubre silbido proveniente de lo profundo del bosque.

Tomó un trago de café antes de seguir:

–Mandamos hacer un informe psicológico a partir de las características de los crímenes. No sé para qué nos molestamos. Ese informe podría haberlo escrito yo mismo. Dice que tenemos que buscar a un solitario, probablemente en una familia con problemas, quizá con una madre dominadora, un tipo que no se relaciona con facilidad con el prójimo, especialmente con mujeres, que podría ser impotente, soltero, separado o divorciado, con un resentimiento o un odio al sexo opuesto. Bueno, por supuesto no esperamos que sea un feliz y triunfante gerente de banco con una esposa adorable y cuatro chicos encantadores. Son lo peor, estos asesinatos en serie. No hay motivación (ninguna motivación que pueda imaginarse un hombre en sus cabales, al menos), y podría venir de cualquier parte, de Norwich, Ipswich, hasta de Londres. Es peligroso presuponer que está operando en su propio territorio. Aunque parece como si así fuera. Es obvio que conoce bien la región. Y ora parece estar ajustándose a un mismo *modus operandi*. Elige una intersección de rutas, estaciona el auto o furgón al costado de una ruta, baja y espera en la otra. Después arrastra a su víctima a los arbustos o los árboles, la mata, vuelve a su auto en la otra ruta y escapa. Con las últimas tres víctimas parece haber sido pura suerte que apareciera una víctima adecuada.

Dalgliesh entendió que era hora de que él contribuyera con algo a la especulación.

—Si el asesino no selecciona y persigue a su víctima y es obvio que no lo hizo en los últimos tres casos, lo normal sería que tuviera que soportar largas esperas. Eso sugiere que sale rutinariamente después de la oscuridad, lo que podría sugerir un trabajo nocturno, como sereno, guardabosque, algo por el estilo. Y sale preparado: siempre listo para un asesinato de ocasión, preparado en más de un sentido.

—Así es como lo veo yo —dijo Rickards—. Cuatro víctimas hasta ahora, y tres de ellas fortuitas, pero es probable que él esté al acecho desde hace tres años o más. Eso podría ser parte del placer que saca: "Esta noche podría dar un golpe, esta noche podría tener suerte." Y, por Dios, está teniendo suerte. Dos víctimas en las últimas seis semanas.

—¿Y qué hay de su marca de fábrica, el silbido?

—Lo oyeron las tres personas que llegaron inmediatamente después del crimen, en Easthaven. Uno oyó sólo un silbido, otro dijo que sonaba como un himno de iglesia y el tercero, que era una mujer muy devota, afirmó que había podido reconocerlo con precisión. "Ha terminado el día". No le dijimos nada a la prensa sobre ese detalle. Podría servirnos cuando empiecen a caer los chiflados de siempre confesando que son el Silbador. Lo cierto es que parece indudable que el tipo silba.

—"Ha terminado el día/ La noche se cierra/ Las tinieblas caen/ Sobre todo el cielo." Es un himno de escuela dominical, no de los que aparecen en el libro de Alabanzas, me parece.

Lo recordaba de su infancia: una melodía lúgubre y algo confusa, que a los diez años él trataba de reproducir en el piano de la sala. ¿Alguien cantaría hoy ese himno? se preguntó. Había sido uno de los favoritos de Miss Barnett en aquellas largas tardes oscuras de invierno antes de que terminara la clase dominical, cuando la luz afuera declinaba y el pequeño Adam Dalgliesh empezaba a temer por esos últimos veinte metros del camino a casa, donde el camino de la rectoría doblaba y los arbustos se hacían más espesos. La noche era diferente del día brillante, olía distinto y sonaba de otra manera; las cosas comunes asumían formas disímiles; en la noche un poder extraño y más siniestro imponía sus leyes. Esos veinte metros de grava murmurante, cuando las luces de la casa quedaban momentáneamente ocultas por el follaje, era un horror semanal. Una vez pasada la verja, caminaba rápido, pero no demasiado, puesto que el poder que imponía sus leyes en la noche podía oler el miedo, igual que los perros. Sabía que su madre nunca habría permitido que él caminara solo esos metros si hubiera sabido que sufría ese pánico atávico, pero su madre no lo sabía, y habría querido que él fuera valiente, le hubiese dicho que Dios era el Dios de la oscuridad como lo era de la luz. Podría haber citado al respecto más de una decena de textos bíblicos apropiados: "La oscuridad y la luz son iguales para Ti." Pero no eran iguales para un niño sensible de diez años. Fue en esas caminatas solitarias que tuvo las primeras vislumbres de una verdad esencialmente adulta: que son quienes más nos aman los que nos causan más dolor.

–Entonces –dijo–, están buscando un hombre de la zona, un solitario, con un empleo nocturno, un auto o un furgón y que recuerda un himno anticuado. Eso debería hacer las cosas más fáciles.

–Gracias por sus buenos deseos –dijo Rickards. Quedó un minuto en silencio y después dijo:– Creo que ahora le aceptaré un pequeño whisky, señor Dalgliesh, si usted me acompaña.

Era más de medianoche cuando se marchó. Dalgliesh lo acompañó a su auto. Alzando la vista a la soledad de la punta, Rickards dijo:

–El está ahí, en alguna parte, vigilando, esperando. Prácticamente no hay un momento en el día en que no esté pensando en él, tratando de imaginarme su cara, el lugar donde se encuentra, lo que está pensando. La madre de Susie tiene razón. No he tenido gran cosa que darle a mi esposa últimamente. Y cuando lo atrapen, eso será el fin. Terminado. Uno sigue delante. El no, pero uno sí. Y al final uno lo sabe todo, o cree saberlo. Dónde, cuándo, quién, cómo. Incluso puede saber el por qué, si ha habido suerte. Y sin embargo, esencialmente, uno no sabe nada. Toda esa maldad, no hay que explicarla ni comprenderla ni hacer nada, salvo detenerla. Intromisión sin responsabilidad. Ninguna responsabilidad por lo que él hizo o por lo que le sucederá después a él. Eso es cosa del juez y los jurados. Uno interviene, pero no se compromete. ¿Es eso lo que le atrae en el trabajo, señor Dalgliesh?

No era la pregunta que Dalgliesh habría esperado siquiera de un amigo y Rickards no era un amigo.

–¿Acaso podemos responder a esa pregunta?

–¿Recuerda por qué dejé la Metropolitana, señor Dalgliesh?

–¿Los dos casos de corrupción? Sí, recuerdo por qué la dejó.

–Y usted se quedó. A usted no le gustó más que a mí. Eso le repugnaba. Pero se quedó. Se sentía ajeno a todo eso, ¿no? Le interesaba.

–Siempre es interesante –dijo Dalgliesh– cuando gente que uno creía conocer se comporta de otro modo.

Y Rickards había huido de Londres. ¿En busca de qué? se preguntaba Dalgliesh. ¿De un sueño romántico de paz campesina, una Inglaterra que se había desvanecido, un trabajo policíaco más humano, la honestidad total? Se preguntó si Rickards habría encontrado lo que buscaba.

LIBRO SEGUNDO

Del jueves 22 de setiembre al viernes 23 de setiembre

1

Eran las siete y diez de la tarde y el salón del pub Duke of Clarence ya estaba lleno de humo, el nivel del ruido subía y el apretujamiento de clientes contra la barra tenía un metro de espesor. Christine Baldwin, la quinta víctima del Silbador, tenía exactamente veinte minutos de vida. Estaba sentada en la banqueta contra la pared, tomando su segundo jerez de la velada, alargándolo deliberadamente, a sabiendas de que Colin estaba impaciente por pedir otra ronda. Captó la mirada de Norman y levantó la muñeca izquierda con un gesto significativo en dirección al reloj. Ya habían pasado diez minutos del límite fijado y él lo sabía. El acuerdo fue tomar una copa con Colin e Yvonne antes de la cena y el límite de consumo de tiempo y alcohol se estableció con claridad entre ella y Norman antes de salir de su casa. Era un acuerdo típico de su matrimonio que ya llevaba nueve meses de vida, sustentado menos por los intereses compartidos que por una serie de concesiones cuidadosamente negociadas. Esta noche le había tocado a ella ceder, pero haber accedido a perder una hora en el Clarence con Colin e Yvonne no incluía el tener que simular que disfrutaba de su compañía.

Colin le disgustó desde el momento en que lo conoció; la relación desde entonces había quedado fijada en el antagonismo estereotipado entre la novia reciente y el viejo amigo y compañero de tragos, no muy presentable. Que el padrino en la boda (para esa capitulación resultó necesario un formidable acuerdo prenup-

81

cial) y actuó con una mezcla de incompetencia, vulgaridad y falta de respeto que, como a ella le agradaba recordarle de vez en cuando a Norman, le habían echado a perder el recuerdo del gran día. Era típico de él elegir este pub, el más vulgar. Pero al menos ella podía estar segura de una cosa: no era un lugar donde corriera el riesgo de encontrar a nadie de la Central, al menos no a alguien que importara. Le disgustaba todo en el Clarence, el roce insípido de la moquette contra sus piernas, el terciopelo sintético que cubría las paredes, las cestas de hiedra con flores artificiales que colgaban sobre la barra, el color chillón de la alfombra. Veinte años atrás era una cálida hostería victoriana, con clientela fija y escasa, una chimenea encendida en invierno y herrajes de monturas bien lustradas colgando en las paredes. El lúgubre cantinero se había tomado a pecho la tarea de espantar forasteros, y empleó para ese fin una impresionante coraza de taciturnidad, miradas malévolas, cerveza caliente y servicio desganado. Pero la hostería se había incendiado en los años sesenta, y fue remplazada por una empresa más provechosa y abierta al público. No quedaba nada del viejo edificio y el largo salón que extendía el bar, dignificado por el nombre de Salón de Banquetes, servía a la celebración de bodas y otras funciones sociales. En las restantes noches ofrecía un menú predecible de sopa, chuletas o pollo y ensalada de frutas con helado. Bueno, al menos Christine había tenido buenos argumentos para prohibir cualquier plan de cena allí. Tenían calculado el presupuesto mensual hasta la última libra y si Norman creía que ella estaba dispuesta a comer esa basura carísima mientras en casa los esperaba una cena fría perfectamente buena, junto con un programa decente en la televisión, podía olvidarlo. Y tenían usos mejores que darle al dinero que estar aquí bebiendo con Colin y su conquista más reciente; de esta mujer se decía que le había abierto las piernas a medio Norwich. Estaban las cuotas del mobiliario de la sala y del auto, para no hablar de la hipoteca de la casa. Trató de captar otra vez la mirada de Norman, pero él no sacaba los ojos de encima de esa puta de Yvonne, cosa que no le resultaba difícil. Colin se inclinó sobre ella, con una chispa burlona en sus ojos color melaza y también con una chispa seductora en ellos. Colin Lomas, que creía que toda mujer suspiraba cuando él la miraba fijo.

—Tranquilízate, querida. Tu marido la está pasando de primera. Esta ronda es tuya, Norm.

Ignorando a Colin ella se dirigió a Norman:

—Escucha, ya deberíamos irnos. Dijimos que volveríamos a las siete.

–Oh, vamos, Chrissie, déjalo disfrutar al pobre chico. Una ronda más.

Sin mirarla a los ojos, Norman dijo:

–¿Qué tomarás, Yvonne? ¿Lo mismo? ¿Un jerez?

–Pasemos a algo más fuerte –propuso Colin–. Yo tomaré un Johnnie Walker.

Lo estaba haciendo adrede. Christine sabía que ni siquiera le gustaba el whisky.

–Escuchen, no aguanto más este lugar. El ruido me ha dado dolor de cabeza.

–¿Dolor de cabeza? Apenas nueve meses de casada y ya empieza con los dolores de cabeza. Esta noche no tienes por qué apurarte a volver a casa, Norm.

Yvonne soltó la risa.

–Siempre fuiste vulgar, Colin Lomas –dijo Christine, con la cara ardiendo–, pero ahora ya ni siquiera eres gracioso. Ustedes tres pueden hacer lo que quieran, dame las llaves del auto.

Colin se echó atrás sonriendo:

–Ya oíste lo que dijo la dama de tu esposa. Quiere las llaves del auto.

Sin una palabra, avergonzado, Norman las sacó del bolsillo y las puso sobre la mesa. Ella las arrebató, empujó la mesa, pasó sobre Yvonne y se precipitó hacia la puerta. Estaba casi llorando de furia. Le llevó un minuto abrir la portezuela del auto y después se quedó sentada, trémula, ante el volante, esperando tener las manos lo bastante firmes para encender la ignición. Oyó la voz de su madre cuando le había anunciado su compromiso: "Bueno, tienes treinta y dos años y si él es lo que quieres, supongo que tú lo sabrás mejor que yo. Pero nunca harás nada de él. Si me preguntas, te diré que lo veo más débil que el agua." Aun así, ella creyó que podría hacer algo de él y esa casita algo apartada en las afueras de Norwich representaba nueve meses de trabajo duro y éxito. Al año siguiente él tendría una promoción en su oficina de seguros. Ella podría entonces dejar su trabajo de secretaria en el Departamento Médico de la Central de Larksoken y lanzarse a tener el primero de los dos hijos que había planeado. Para entonces tendría treinta y cuatro años. Cualquiera sabía que no podía esperar mucho tiempo más.

Había pasado su examen de conductora apenas unos meses atrás, ya casada, y ésta era la primera vez que conducía sola de noche. Lo hizo con cuidado, muy lento, los ojos vigilando adelante y agradecida de que, al menos, el camino le fuera bien conocido. Se preguntó qué haría Norman cuando viera que el auto no estaba.

Seguramente esperaba encontrarla sentada en él, furiosa pero dispuesta a que él la llevara a casa. Ahora tendría que pedirle a Colin que lo llevara, y éste no se mostraría tan dispuesto a salirse de su ruta. Y si creían que ella invitaría a tomar una copa a Colin e Yvonne cuando llegaran, se llevarían una sorpresa.

La idea de la sorpresa de Norman cuando descubriera su ausencia la alegró un poco y se atrevió a pisar con más fuerza el acelerador, apurada por tomar distancia de esos tres, de llegar a la seguridad de su casa. Pero de pronto el auto soltó una tos y el motor se apagó. Debía de haber venido conduciendo de modo más errático de lo que creía, porque se encontró a medias atravesada en la ruta. Era un mal sitio para quedar varada, un trecho desolado de campo con una franja estrecha de árboles a cada lado del camino. Y no había nadie. Y entonces recordó. Norman comentó que necesitaban cargar combustible y le pidió que le recordara pasar por el garaje abierto toda la noche al salir del Clarence. Era ridículo haber dejado vaciar tanto el tanque, pero tres días antes tuvieron una discusión acerca de quién le tocaba llevar el auto al garaje y pagar el combustible. Toda la ira de Christine volvió en una oleada. Por un momento se quedó quieta, golpeando con impotencia las dos manos contra el volante y probó una y otra vez el encendido, con la esperanza absurda de que el motor volviera a ponerse en marcha. Pero no hubo respuesta. Y entonces la irritación empezó a ceder a los primeros latidos del miedo. La ruta estaba desierta y, aun cuando pasara un auto y se detuviera ¿cómo saber que no era un secuestrador, un violador, incluso el mismo Silbador? Ocurrió ese horrible asesinato en la ruta A3 este mismo año. Hoy día no se podía confiar en nadie. Y tampoco cabía dejar el auto donde estaba, cruzado en medio de la ruta. Trató de recordar a qué distancia había quedado atrás la última casa o cabina telefónica o parada de autobús, pero le parecía como si hubiera estado conduciendo por un campo desierto los últimos diez minutos. Aun si abandonaba el refugio precario del auto, no sabía en qué dirección le convenía ir a buscar ayuda. De pronto una oleada de pánico total la inundó y tuvo que resistir el impulso de salir corriendo del auto y esconderse entre los árboles. ¿Pero de qué serviría eso? El podía estar esperándola allí.

Y entonces, milagrosamente, oyó pasos, y al volver la cabeza vio una mujer que se acercaba. Estaba vestida con pantalones y un abrigo con cinturón y una mata de cabello rubio asomaba debajo de un sombrerito ajustado. A su lado trotaba un perrito sujeto a una correa. De inmediato toda su ansiedad se desvaneció. Esta mujer le ayudaría a empujar el auto hasta el costado de la ruta, sabría en qué dirección se encontraba la casa más próxima y la acompañaría. Salió, y sin molestarse en cerrar la portezuela llamó con una sonrisa a la desconocida y corrió alegre hacia el horror de su muerte.

2

La cena había sido excelente y el vino, un Chateau Potensac 78, una buena elección para el plato principal. Aunque Dalgliesh conocía la reputación de Alice Mair como autora de libros de cocina, nunca había leído ninguno de ellos y no tenía idea de la escuela gastronómica a la que pertenecía. Temió que lo enfrentaran con la habitual creación artística nadando en un charco de salsa y acompañada de una o dos zanahorias mal cocidas en un platito lateral. Pero los patos salvajes trinchados por Alex Mair habían sido reconocibles como patos, la crema picante, nueva para él, realzaba en lugar de dominar el sabor de las aves y los pequeños montículos de ajo y perejil con crema eran una agradable adición a las arvejas. Después había habido un sorbete de naranja, seguido de queso y fruta. Un menú convencional, pero Dalgliesh sintió que se elaboró para complacer a los invitados más que para demostrar la calidad de la cocinera.

El cuarto invitado, Miles Lessingham, había faltado sin aviso, pero Alice Mair no reacomodó la mesa y el asiento y el plato vacíos traían una incómoda evocación del fantasma de Banquo. Dalgliesh se sentaba frente a Hilary Robarts. Pensó que el retrato debía de tener más fuerza todavía de la que había supuesto, para dominar de tal modo su reacción al modelo. Era la primera vez que la veía, aunque desde hacía tiempo sabía de su existencia, como sabía de toda la pequeña comunidad que vivía, según las palabras de los aldeanos de Lydsett, "al otro lado de la cerca". Y era un poco extraño que ésta fuera su primera reunión; el auto rojo de ella, un Golf, era visible desde lo alto del molino. Ahora, físicamente cerca de ella por primera vez, le resultaba difícil sacarle los ojos de encima; la carne viva y la imagen recordada parecían fundirse en una presencia a la vez poderosa y perturbadora. Era un rostro apuesto, el rostro de una modelo, pensó, con sus pómulos altos, la nariz larga y ligeramente cóncava, los labios anchos y los ojos oscuros y combativos profundamente insertados bajo las cejas fuertes. El pelo ondulado, sostenido a los costados con dos hebillas, le caía sobre los hombros. Podía imaginársela posando, los labios húmedos entreabiertos, las caderas quebradas, la mirada fija en las cámaras con ese aire de arrogante desprecio que parecía obligatorio. Cuando se inclinó a tomar otra uva y prácticamente la arrojó dentro de la boca, Dalgliesh pudo ver las pecas pálidas que manchaban la frente oscura y el brillo del vello sobre el bien moldeado labio superior.

Al otro costado de la anfitriona estaba sentada Meg Dennison, que pelaba sus uvas delicadamente pero con firmeza, con la punta de sus uñas pintadas de rosa. La belleza huraña de Hilary Robarts subrayaba el aspecto muy distinto de esta otra invitada, una belleza anticuada, bien cuidada pero sin deliberación, que le hizo recordar ciertas fotografías de fines de los años treinta. La ropa que usaban acentuaba el contraste. Hilary llevaba un vestido de algodón indio multicolor, con cinturón y tres botones desprendidos en el cuello. Pero la más elegante era la dueña de casa. La túnica larga de lana pardo oscuro, adornada con un pesado collar de plata y ámbar, disimulaba su angulosidad y destacaba la fuerza y regularidad de los rasgos. A su lado la belleza de Meg Dennison quedaba disminuida hasta lo insípido y el algodón colorido de Hilary Robarts parecía chillón.

El cuarto en el que cenaban debía de haber sido parte del cottage original. De estas vigas ennegrecidas por el humo debían de haber colgado los tocinos y los ramos de hierbas secas, Agnes Poley. Dentro de la inmensa chimenea quizá cocinaba las comidas de la familia y su leña debió de anunciarle al final la inminencia de su horrible martirologio. Del otro lado de esa ventana alargada probablemente pasaron soldados con yelmos. Pero era sólo el nombre de la casa el que conservaba un recuerdo del pasado. La mesa oval y las sillas eran modernas, lo mismo que la vajilla de Wedgwood y la elegante cristalería. En la sala donde habían tomado el jerez antes de la cena, Dalgliesh había sentido una atmósfera que deliberadamente rechazaba el pasado y no contenía algo que pudiera violar la privacidad esencial de los propietarios: nada de historia familiar en forma de fotografías o retratos, ningún mueble feo al que se le concediera espacio por motivos de nostalgia, sentimentalismo o piedad familiar, ninguna colección. Hasta los pocos cuadros, tres de ellos reconocibles de la mano de John Piper, eran modernos. Muebles caros, cómodos, bien diseñados, demasiado simples en su elegancia para destacarse ofensivamente. Pero el corazón de la casa no estaba ahí, sino en aquella grande y olorosa cocina.

Había prestado una atención más bien volátil a la conversación, pero al final de la cena se obligó a participar más en ella. El diálogo era general; las caras iluminadas por las velas avanzaban sobre la mesa y las manos que pelaban la fruta o jugueteaban con las copas eran tan individuales como las caras. Las manos fuertes pero elegantes de Alice Mair, con las uñas cortas, los dedos largos y nudosos de Hilary Robarts, la delicadeza de las uñas bien pintadas de Meg Dennison, bajo las cuales las manos se veían algo enrojecidas por el trabajo hogareño. Alex Mair estaba diciendo:

—De acuerdo, tomemos un dilema moderno. Sabemos que podemos usar tejido humano de fetos abortados para tratar el mal de Parkison y probablemente también el mal de Alzheimer. Es posible que ustedes encuentren éticamente aceptable esta práctica en la medida en que el aborto sea natural o legal, pero no si fuera inducido con el fin de usar esos tejidos. Pero también podrán argumentar que una mujer tiene el derecho de usar lo que ha producido con su propio cuerpo. Si siente un afecto especial por alguien que sufre el mal de Alzheimer y quiere ayudarlo produciendo un feto, ¿quién tiene el derecho a impedírselo? Un feto no es un niño.

—Observo —dijo Hilary Robarts—, que das por sentado que el enfermo a ayudar es un hombre. Supongo que él se sentirá con derecho a usar el cuerpo de una mujer con ese fin, como lo haría cualquier hombre. ¿Pero de dónde diablos le viene ese derecho? No puedo imaginar a ninguna mujer que haya pasado por la experiencia de un aborto esté dispuesta a enfrentarlo otra vez para darle el gusto a ningún hombre.

Sus palabras fueron pronunciadas con extrema amargura. Hubo una pausa, tras la cual Mair dijo en voz más baja:

—Curarse del mal de Alzheimer es algo más que darse un gusto. Pero no estoy predicando el método. De todos modos, bajo las leyes actuales, sería delictivo.

—¿Y eso te preocuparía?

El miró los ojos furiosos de la mujer.

–Por supuesto que me preocuparía. Afortunadamente, no es una decisión que vaya a tener que tomar nunca. Pero no estamos hablando de la legalidad, sino de la moralidad.

–¿Son diferentes? –preguntó su hermana.

–Es toda una pregunta. ¿Lo son, Adam?

Era la primera vez que se dirigía a Dalgliesh por su nombre de pila. Dalgliesh respondió:

–Creo que usted da por sentado una moralidad absoluta, independientemente del momento y la circunstancia.

–¿Usted no la da por sentado?

–Sí, creo que sí, pero no soy un filósofo.

La señora Dennison alzó la vista del plato, algo ruborizada, y dijo:

–Siempre sospecho de la excusa de que un pecado se justifica cuando se lo hace en nombre de un ser querido. Podemos llegar a creerlo nosotros mismos, pero en general sirve para nuestro propio beneficio. Yo, por ejemplo, vería con terror la perspectiva de tener que ocuparme de un enfermo del mal de Alzheimer. Cuando abogamos por la eutanasia, ¿es para impedir el dolor ajeno, o para impedir nuestra angustia de tener que presenciarlo? La mera idea de concebir deliberadamente un hijo para matarlo y usar sus tejidos, me parece repugnante.

–Podría discutirse –dijo Alex Mair– que lo que se mata no es un niño y que la repugnancia no es una prueba necesaria de inmoralidad.

–¿No? –dijo Dalgliesh–. ¿La repugnancia natural de la señora Dennison no está indicando algo sobre la moralidad del acto?

Ella le dirigió una breve sonrisa de agradecimiento y siguió:

–¿Y no es especialmente peligroso el uso de un feto? Podría llevar a los pobres del mundo a concebir hijos y vender los fetos para aliviar el dolor de los ricos. He oído que ya existe un mercado negro de órganos humanos. ¿Acaso un multimillonario que necesita un trasplante de corazón y pulmones se queda alguna vez sin donante?

Alex Mair sonrió:

–De su posición no hay mucha distancia a recomendar una deliberada supresión del progreso científico, en la medida en que los descubrimientos pueden dar lugar a abusos. Si los hay, se debe legislar contra ellos.

–Usted lo hace sonar muy fácil –protestó Meg–. Si todo lo que hubiera que hacer fuera legislar contra los males sociales, el señor Dalgliesh se quedaría sin trabajo, entre muchos otros.

—No es fácil pero debe intentarse. Ahí está la clave de lo humano en nosotros, en el uso de la inteligencia para hacer elecciones.

Alice Mair se puso de pie.

—Bueno, es hora de hacer una elección en un nivel algo diferente. ¿Quiénes de ustedes quieren café, y de qué tipo? Hay una mesa y sillas en el patio. Pensé que podríamos encender las luces externas y tomarlo afuera.

Pasaron a la sala y Alice Mair abrió las puertas ventanas que daban al patio. De inmediato el sonoro estruendo del mar entró y tomó posesión del cuarto como una fuerza vibrante e irresistible. Pero una vez que salieron al aire libre, paradójicamente, el ruido parecía asordinarse y el mar no era más que un eco distante. El patio estaba separado de la ruta por un alto muro enjalbegado que, hacia el sur y el este, disminuía hasta la altura de poco más de un metro y permitía una vista ininterrrumpida de la punta hasta el mar. A los pocos minutos Alex Mair trajo la bandeja de café y los invitados, con las tazas en las manos, se pasearon entre las macetas de barro como extraños que se negaran a ser presentados o como actores en un escenario, ensimismados, repasando en la memoria sus réplicas, esperando que empezara el ensayo.

No tenían abrigos y la calidez de la noche probó ser ilusoria. Se habían vuelto, como por un común acuerdo tácito, para volver a entrar, cuando aparecieron en la altura al sur del camino las luces de un auto que se acercaba a bastante velocidad. Pocos segundos después, ya cerca de la casa, comenzaba a frenar.

—El Porsche de Lessingham —dijo Mair.

Nadie habló. Observaron en silencio el auto que salió de la ruta, todavía a buena velocidad, para frenar violentamente en el terreno arcilloso. Como si ejecutaran una ceremonia preestablecida, se ordenaron en semicírculo con Alex Mair un poco adelante, al modo de una recepción formal, pero una recepción que se parapetaba a la espera de problemas. Dalgliesh sintió que la tensión había crecido; pequeños temblores de ansiedad que se alzaban en el aire quieto y oloroso a mar y todos concentrados en la portezuela del auto y en la figura alta que se desplegó del asiento del conductor, saltó con facilidad sobre el muro de piedra y caminó hacia ellos. Lessingham ignoró a Mair y se dirigió directamente a Alice. Le tomó la mano y la besó, un gesto teatral que Dalgliesh sintió que la había tomado por sorpresa y que los demás observaron con una atención sobrenaturalmente crítica.

—Mis disculpas, Alice —dijo Lessingham—. Demasiado tarde

para la cena, lo sé, pero espero que no sea tarde para un trago. Y lo necesito, por Dios que lo necesito.

—¿Dónde estabas? Demoramos la cena cuarenta minutos. —Fue Hilary Robarts la que hizo la pregunta obvia y sonaba tan acusadora como una esposa. Lessingham no apartó la vista de Alice.

—Durante los últimos veinte minutos he estado preguntándome cómo me convenía responder a esa pregunta. Hay una cantidad de posibilidades igualmente interesantes y dramáticas. Podría decir que estuve ayudando a la policía en sus investigaciones. O que me vi implicado en un asesinato. O que hubo un pequeño accidente en la ruta. De hecho, pasaron las tres cosas. El Silbador ha vuelto a matar. Yo encontré el cadáver.

—¿Qué quiere decir que lo encontraste? —preguntó Hilary Robarts con voz cortante—. ¿Dónde?

Una vez más, Lessingham la ignoró. Le dijo a Alice Mair:

—¿Podría empezar a disfrutar de esa copa? Luego les daré todos los macabros detalles. Después de dejar incompleta tu mesa y demorar la cena, es lo menos que les debo.

Cuando entraban en la sala, Alex Mair le presentó a Dalgliesh. Lessingham le dirigió una mirada penetrante. Se estrecharon la mano. La palma que tocó un instante la suya estaba húmeda y muy fría. Alex Mair dijo:

—¿Por qué no llamaste? Te habríamos guardado algo de comida.

La pregunta convencionalmente doméstica, sonaba irrelevante, pero Lessingham la respondió.

—Sabes una cosa, me olvidé. De veras: no se me cruzó por la cabeza hasta que la policía terminó de interrogarme y entonces ya no parecía oportuno. Fueron perfectamente corteses, pero sentí que mis compromisos privados tenían escasa prioridad para ellos. Incidentalmente, debo decirles que la policía no se muestra en absoluto agradecida cuando uno les encuentra un cadáver. Su actitud es más bien: "Muchas gracias, señor, qué desagradable, por cierto. Lamento que se molestara. Ahora nos haremos cargo nosotros. Vaya a su casa y trate de olvidarlo todo." Por mi parte, tengo la sensación de que no será tan fácil olvidarlo.

Una vez en la sala, Alex Mair echó un par de leños a la chimenea y se fue a preparar los tragos. Lessingham había rechazado el whisky, pidiendo vino.

—Pero no desperdicies tu mejor clarete conmigo, Alex. Esto es puramente adicional.

Casi imperceptiblemente, todos acercaror sus sillas. Lessingham inició el relato con deliberada parsimonia, deteniéndose por momentos a tomar un sorbo de vino. A Dalgliesh le pareció que cambió sutilmente desde el momento de su llegada, que se había investido de un poder a la vez misterioso y muy familiar. Pensó: Ha adquirido el halo del narrador y una mirada al anillo de rostros atentos iluminados por el fuego, le recordó su primera escuela aldeana y los niños arracimados alrededor de Miss Douglas a las tres de una tarde del viernes, en la media hora de cuentos, y sintió un aguijón de dolor y nostalgia por aquellos días perdidos de inocencia y amor. Le sorprendía que el recuerdo hubiera vuelto con tanta agudeza y en ese momento. Pero ésta sería una historia muy diferente, totalmente inapropiada para oídos infantiles.

–Tenía una cita con mi dentista a las cinco en Norwich –dijo Lessingham– y después le hice una breve visita a un amigo en Close. Así que venía hacia aquí desde Norwich, no desde mi casa. Acababa de girar a la derecha saliendo de la B1150 en Fairstead cuando casi atropello a un auto cruzado en medio de la ruta. Pensé que era el peor sitio posible para estacionar si alguien necesitaba ir a aliviarse entre los matorrales. Pero también pensé que podía haber habido un accidente. Y la portezuela del lado del conductor estaba abierta, lo que parecía un tanto raro. Así que estacioné a un costado y bajé a echar una mirada. No había nadie. No sé bien por qué se me ocurrió ir a mirar entre los árboles. Supongo que una especie de instinto. Estaba demasiado oscuro para ver nada y no supe si debía llamar en alta voz. Entonces me sentí un estúpido y decidí marcharme y no meterme en lo que no me importaba. Y en ese momento tropecé con ella.

Tomó otro sorbo de vino.

–Seguía sin poder ver nada, por supuesto, pero me arrodillé y toqué con las manos. Toqué carne. Creo que era el muslo, pero no podría asegurarlo. Pero la carne, aun la carne de un muerto, es inconfundible. Así que volví al auto a buscar la linterna. La encendí sobre sus pies y fui subiendo poco a poco por el cuerpo hasta la cara. Y entonces, por supuesto, vi. Supe que había sido el Silbador.

–¿Era muy terrible? –preguntó suavemente Meg Dennison.

El debió de sentir en la voz de la mujer lo que ella sentía obviamente, no una curiosidad malsana sino simpatía, la comprensión de que él necesitaba hablar. La miró un momento como si la viera por primera vez y reflexionó seriamente sobre la pregunta.

–Más chocante que terrible. Pensándolo, veo que mis emociones eran complicadas, una mezcla de horror, incredulidad y, bueno, vergüenza. Me sentía como un mirón. Los muertos, después de todo, están en desventaja. La mujer parecía grotesca, un poco ridícula, con delgados mechones de pelo asomándole de la boca, como si los estuviera masticando. Horrible, por supuesto, pero al mismo tiempo tonto. Tuve un impulso irresistible de reírme. Y toda la escena tenía algo de... de banal. Antes, si me hubieran pedido que describiera a una víctima del Silbador, me la habría imaginado exactamente así. Uno espera que la realidad sea distinta de su sus fantasías.

–Quizá –dijo Alice Mair–, porque las fantasías son generalmente peores.

–Debió de quedar aterrorizado –dijo Meg Dennison–. Yo lo habría estado. Sólo y en la oscuridad con ese horror.

El volvió todo el cuerpo hacia ella y habló como si fuera importante que ella, entre todos los presentes, lo comprendiera.

–No, no aterrorizado, eso es lo más sorprendente. Estaba asustado, por supuesto, pero duró apenas un segundo o dos. Después de todo, tenía motivos para suponer que el asesino ya no estaba en las cercanías. Se había dado el gusto. Y al parecer no está interesado en hombres. Me encontré pensando los lugares comunes más ordinarios: No debo tocar nada. No debo destruir las pruebas. Tengo que ponerme en contacto con la policía. Después, ya cuando caminaba hacia el autor, empecé a ensayar lo que les diría, casi como si estuviera inventando una historia. Trataba de pulir una buena explicación de por qué me había internado entre los arbustos, trataba de hacerlo parecer razonable.

–¿Qué había que justificar? –dijo Alex Mair–. Hiciste lo que hiciste. A mí me parece bastante razonable. Ese auto era un peligro cruzado en la ruta. Habría sido irresponsable seguir de largo.

–Al parecer, exigió mucha explicación, entonces y más tarde. Quizá porque todas las frases subsiguientes de la policía empezaron con "por qué". Uno termina poniéndose muy sensible a sus propias motivaciones. Es casi como si uno tuviera que convencerse a sí mismo de que no es culpable.

–Pero el cuerpo... –interrumpió Hilary Robarts con impaciencia–. Cuando volviste con la linterna y la viste, ¿estuviste seguro de que estaba muerta?

–Oh sí, supe que estaba muerta.

–¿Cómo pudiste estar seguro? Pudo haber sido muy reciente. ¿Por qué no trataste de resucitarla, con respiración boca a boca? Podría haber valido la pena superar tu repugnancia natural.

Dalgliesh oyó a Meg Dennison soltar un pequeño sonido entre suspiro y gemido. Lessingham miró a Hilary y dijo fríamente:

–Habría valido la pena si hubiera tenido la más mínima utilidad. Supe que estaba muerta y podemos dejarlo ahí. Pero no te preocupes, si alguna vez te encuentro a ti *in extremis*, haré todo lo posible para superar mi repugnancia natural.

Hilary se relajó y mostró una pequeña sonrisa como si la dejara satisfecha haberlo provocado a esa respuesta malévola. Su voz sonó más natural cuando manifestó:

–Me sorprende que no te hayan tratado como sospechoso. Después de todo fuiste el primero en la escena del crimen y no es la primera vez que estás presente en un asesinato... o casi. Ya se está volviendo una costumbre.

Las últimas palabras fueron pronunciadas casi sin sonido, pero los ojos de Hilary estaban fijos en la cara de Lessingham. El no bajó la vista y dijo, con la misma tranquilidad:

–Pero hay una diferencia, ¿no? Tuve que ver morir a Toby, ¿recuerdas? Y esta vez nadie intentaría siquiera decir que no hubo asesinato.

En la chimenea hubo un súbito tumulto; el tronco más alto de la pila rodó y salió parcialmente del hogar. Mair, con el rostro encendido, lo devolvió adentro de un puntapié. Hilary Robarts, perfectamente tranquila, se volvió hacia Dalgliesh:

–Pero tengo razón, ¿no? ¿No sospecha la policía del que ha encontrado el cadáver?

–No necesariamente.

Lessingham había dejado la botella de vino en el piso cerca de la chimenea. Ahora se inclinó a recogerla y se sirvió cuidadosamente.

–Pudieron haber sospechado de mí, supongo, salvo por una serie de circunstancias afortunadas. Mis horarios de esta tarde pueden verificarse. Tengo coartada para al menos dos de los asesinatos anteriores. Y desde el punto de vista de la policía, yo no estaba en condiciones de practicar ningún crimen. Supongo que pudieron advertir que estaba en estado de shock. Y no tenía encima nada que se pareciera a la cuerda con que la mujer fue estrangulada, ni el cuchillo.

–¿Qué cuchillo? –preguntó Hilary al instante–. El Silbador es un estrangulador. Todo el mundo sabe que es así como mata.

–Oh, es que no mencioné eso, ¿no? La mujer estaba estrangulada, sí, o supongo que lo estaba. No iluminé su cara un instante más de lo necesario. Pero él marca a sus víctimas, además de llenarle la boca con pelo. Pelo púbico, entre paréntesis. Eso lo vi muy bien. Había una letra L cortada en su frente. Muy legible. Un detective con el que hablé después me dijo que es una de las marcas del Silbador. Según él, la L puede ser la inicial de "Larksoken", y quizás el Silbador está haciendo de ese modo su declaración sobre la energía nuclear, una protesta quizá.

–Eso es absurdo –dijo Alex Mair con vivacidad. Y agregó, más calmado–: No han dicho nada en la televisión ni en los diarios sobre un corte en la frente de las víctimas.

–La policía lo oculta, o trata de ocultarlo. Es la clase de detalles que pueden usar para detectar las falsas confesiones. Al parecer ya ha habido una media docena de esas confesiones. En los medios tampoco se ha dicho nada sobre la naturaleza del pelo que les mete en la boca, pero eso ya parece haber trascendido al público. Después de todo, no soy el primero en encontrar un cadáver. Y la gente habla.

–No se ha escrito ni dicho nada, que yo sepa –dijo Hilary Robarts–, de que fuera pelo púbico.

–No, la policía no lo ha difundido y por cierto no es la clase de detalles que se pude imprimir con gusto en un periódico para la familia. Aunque no resulta muy sorprendente. El hombre no es un violador, pero necesariamente tenía que haber algún elemento sexual.

Era uno de los detalles que Rickards le había contado a Dalgliesh la noche anterior; pero Lessingham, pensó, podría habérselo callado, sobre todo teniendo ante sí a hombres y mujeres. Lo sorprendió un poco su propio pudor repentino. Quizá se debió al rostro desolado de Meg Dennison, que tenía frente a sí. Y en ese momento sus oídos captaron un sonido muy débil. Miró la puerta abierta del comedor y divisó la figura delgada de Theresa Blaney en las sombras. Se preguntó cuánto habría oído del relato de Lessingham. Por poco que fuera, siempre podría ser demasiado. Dijo, sin controlar la severidad en su voz:

–¿El inspector Rickards no le pidió mantener confidencial esta información?

Hubo un silencio incómodo. Pensó: olvidaron por un momento que soy policía. Lessingham se volvió hacia él.

–Me propongo mantenerla confidencial. Rickards no quiere que se difunda entre el público y no se difundirá. Nadie de los aquí presentes lo comentará.

Pero esa sola pregunta, al recordarles quién era Dalgliesh y qué representaba, heló el ambiente y cambió el humor general de un fascinado y horrorizado interés a una incomodidad a medias avergonzada. Y cuando, un minuto después, se levantó para despedirse y agradecer a la dueña de casa, hubo un sentimiento casi visible de alivio. El sabía que la incomodidad no tenía nada que ver con el miedo que él cuestionara, criticara o actuara como un espía entre ellos. No era su estilo y ellos no eran sospechosos, y ya sabían que él no era la clase de feliz extrovertido que pudiera sentirse halagado de ser el centro de la atracción mientras lo bombardeaban a preguntas sobre los métodos usados por el inspector Rickards, las posibilidades de atrapar al Silbador, sus teorías sobre asesinos psicópatas, su propia experiencia en asesinatos en serie. Pero por su mera presencia aumentaba el miedo y la repugnancia general ante este último horror. En las mentes de todos los presentes estaba impresa la imagen de ese rostro violado, la boca entreabierta llena de pelo, esos ojos fijos que no veían y la presencia de Dalgliesh intensificaba el cuadro, lo ponía en foco. El horror y la muerte eran su oficio y, como un enterrador, llevaba consigo el contagio de su trabajo.

Estaba en la puerta cuando, siguiendo un impulso, se volvió y le dijo a Meg Dennison:

—Creí oírle decir que había venido caminando desde la Vieja Rectoría, señora Dennison. ¿Querría que la acompañe... es decir, si no es demasiado temprano para usted?

Alex Mair estaba empezando a decir que él, por supuesto, la llevaría, pero Meg se levantó con cierta torpeza de su sillón y dijo, con una ansiedad un poco demasiado marcada:

—Se lo agradecería muchísimo. Me agradará la caminata y eso le ahorrará a Alex sacar el auto.

—Y es hora de que Theresa vuelva a su casa —dijo Alice Mair—. Debimos haberla llevado hace una hora. Llamaré al padre. ¿Dónde está Theresa?

—Creo que estaba en el comedor levantando la mesa hace un minuto —dijo Meg.

—Bueno, la buscaré y Alex puede llevarla a casa.

La reunión terminaba. Hilary Robarts seguía en el sillón, la vista fija en Lessingham. Se puso de pie y dijo:

—Volveré a mi cottage. Pero no es necesario que nadie me acompañe. Como dijo Miles, el Silbador ya se sacó el gusto por esta noche.

—Preferiría que esperaras —dijo Alex Mair—. Te acompañaré cuando vuelva de llevar a Theresa.

Ella se encogió de hombros y dijo sin mirarlo:

—Está bien, si insistes. Espero.

Fue a la ventana y miró la oscuridad. Sólo Lessingham seguía en su sillón ocupado en volver a llenar su copa. Dalgliesh vio que Alex Mair había remplazado en silencio la botella vacía por otra llena. Se preguntó si Alice Mair invitaría a Lessingham a pasar la noche en Martyr's Cottage, o si ella o su hermano lo llevarían después a su casa. Pues él sin duda alguna no estaría en condiciones de conducir.

Dalgliesh ayudaba a Meg Dennison a ponerse su tapado cuando sonó el teléfono; en el silencio la campanilla tuvo una desagradable estridencia. Sintió un súbito atisbo de miedo y casi involuntariamente sus manos apretaron los hombros de la mujer. Oyeron la voz de Alex Mair:

—Sí, estamos enterados. Miles Lessingham está aquí y nos contó. Sí, entiendo. Sí. Gracias por informarme. —Hubo un largo silencio, y otra vez la voz de Mair.— Yo diría que es completamente fortuito, ¿no le parece? Después de todo, tenemos un personal de quinientas treinta personas. Pero naturalmente la noticia causará una impresión muy fuerte en Lessingham, sobre todo entre el personal femenino. Sí, estaré en mi oficina mañana si puedo serles de utilidad. ¿Han informado a la familia? Sí, entiendo. Buenas noches, inspector.

Colgó el teléfono y dijo:

—Era el inspector Rickards. Han identificado a la víctima. Christine Baldwin. Es... era, dactilógrafa en la central. ¿No la reconociste, Miles?

Lessingham se tomó su tiempo para volver a llenar la copa.

—La policía no me dijo quién era. Y aun cuando me lo hubieran dicho, no habría recordado el nombre. Y no, Alex, no la reconocí. Supongo que debo de haber visto a Christine Baldwin en Lessingham, probablemente en la cantina. Pero lo que vi esta noche no era Christine Baldwin. Y puedo asegurar que no le iluminé la cara un instante más que lo necesario para asegurarme de que estaba más allá de cualquier ayuda que yo pudiera darle.

Sin sacar la vista de la ventana, Hilary Robarts comentó:

—Christine Baldwin. Treinta y tres años. Trabaja con nosotros desde hace apenas once meses. Casada el año pasado. Acaba de ser transferida al Departamento Médico. Puedo darles la cantidad de palabras por minuto a la que escribe, si les interesa. — Se volvió y miró a Alex Mair a la cara:— Parece como si el Silbador se estuviera acercando, ¿no?, y en más de un sentido.

3

Tras la despedida, salieron de los olores de fuego de leña, comida y vino de un ambiente que Dalgliesh empezaba a sentir incómodamente caluroso, al aire fresco y con aroma marino. Les llevó unos minutos ajustar las pupilas a la semioscuridad y entonces la gran extensión vacía de la punta se hizo visible, con sus formas y contornos misteriosamente alterados bajo la alta luz de las estrellas. Al norte, la central era una galaxia brillante de luces blancas, con la gran masa geométrica fundida en el azul-negro del cielo.

Se quedaron un instante mirándola; después Meg Dennison dijo:

—Cuando vine aquí de Londres, casi me asustó el mero tamaño del edificio, el modo en que domina la punta. Pero me estoy acostumbrando. Sigue pareciéndome turbador, pero tiene cierta grandeza. Alex trata de demistificarlo, dice que su función es simplemente producir electricidad para la Red Nacional del modo más eficiente y limpio, y que la única diferencia entre éstas y otras centrales eléctricas es que alrededor de ésta no se forma un área contaminada de polvo de carbón. Pero para la gente de mi generación, la energía atómica siempre significará la nube en forma de hongo. Y ahora significa Chernobyl. Pero si fuera un castillo antiguo alzándose sobre el horizonte, si a la luz de la mañana pudiéramos ver torreones y murallas, probablemente haríamos toda clase de elogios a su magnificencia.

98

–Si tuviera torreones –dijo Dalgliesh–, la forma sería ligeramente distinta. Pero sé a qué se refiere. Yo preferiría a la punta sin la Central, pero empieza a parecer como si ésta tuviera derecho a estar ahí.

Apartaron al mismo tiempo la vista de las luces de la Central y miraron al sur el símbolo ruinoso de un poder muy diferente. Ante ellos, en el borde del risco, derrumbándose como un castillo de arena al que la marea vuelve amorfo, estaba la abadía benedictina en ruinas. Dalgliesh sólo podía ver el gran arco vacío de la ventana al este y más allá el resplandor del mar; arriba, colgada como un incensario giratorio, el disco amarillo de la luna. Casi sin conciencia voluntaria salieron unos pasos del camino hacia las ruinas. Dalgliesh preguntó:

–¿Podremos visitarlas? ¿Usted tiene tiempo? ¿Y sus zapatos?

–Mis zapatos son siempre razonables. Sí, me gustaría ir; las ruinas son maravillosas de noche. Y no tengo ningún apuro. Los Copley no me esperarán levantados. Mañana, cuando tenga que contarles lo cerca que está el Silbador, probablemente ya no los dejaré solos de noche. Así que ésta puede ser por un tiempo mi última noche libre.

–No creo que corran ningún peligro grave, en tanto cierren bien las puertas. Hasta el momento todas sus víctimas han sido mujeres jóvenes y las mató siempre al aire libre.

–Es lo que me digo. Y no creo que ellos tengan temores serios. A veces la gente muy anciana parece haber pasado más allá de esa clase de miedo. Los inconvenientes triviales de la vida cotidiana asumen gran importancia, pero las verdaderas tragedias pasan desapercibidas. Pero la hija de ellos los está llamando todo el tiempo para sugerirles que vayan a vivir con ella a Wiltshire hasta que el asesino sea atrapado. Ellos no quieren, pero la hija es muy voluntariosa y muy insistente y si llama de noche y yo no estoy, entonces aumentará mucho la presión. –Hizo una pausa y dijo:– Fue un final horrible para una cena interesante aunque algo extraña. Hubiera preferido que el señor Lessingham no entrara en detalles, pero supongo que le hizo bien hablar, especialmente en tanto vive solo.

–Yo habría necesitado un control sobrehumano para no hablar –dijo Dalgliesh–. Pero por cierto, debería haber omitido los detalles más escabrosos.

–Para Alex esto tendrá cierta importancia. Ya algunas de las empleadas mujeres de la Central han pedido compañía para volver a sus casas después de los turnos nocturnos. Alice me dijo que no será fácil para Alex hacer la reorganización. Aceptarán un escolta masculino sólo en el caso de que tenga una coartada inquebrantable para al menos uno de los crímenes del Silbador. La gente deja de ser razonable hasta tratándose de compañeros con los que han trabajado durante diez años.

–Es un efecto del crimen, sobre todo de este tipo de crímenes –dijo Dalgliesh–. Miles Lessingham mencionó otra muerte: Toby. ¿Se refería a ese joven que se mató en la Central? Creo recordar haber leído algo en los diarios.

–Fue una tragedia terrible. Toby Gledhill era uno de los más brillantes jóvenes científicos discípulo de Alex. Se quebró el cuello arrojándose desde lo alto del reactor.

–¿No hubo puntos oscuros entonces?

–Oh no, absolutamente ninguno. Salvo por qué lo hizo. El señor Lessingham fue testigo presencial. Me sorprende que usted lo recuerde. Apenas si se publicó algo en la prensa nacional. Alex trató de minimizar la publicidad para proteger a los padres del muchacho.

Y para proteger a la Central, pensó Dalgliesh. Se preguntó por qué Lessingham había descrito la muerte de Gledhill como un crimen, pero no interrogó más a su compañera. Aquellas palabras fueron pronunciadas en voz tan baja que dudaba que ella las hubiera oído. Cambió de tema:

–¿Le agrada vivir en la punta?

La pregunta no pareció sorprender a la mujer, pero sí a él mismo, como lo sorprendía el hecho de que estuvieran caminando juntos como viejos amigos. La mujer tenía un curioso efecto tranquilizante. A Dalgliesh le gustaba su tranquila cortesía, con una sugerencia de fuerza subyacente. La voz era agradable y las voces eran importantes para él. Pero seis meses atrás nada de eso habría bastado para obligarlo a mantener su compañía más allá de lo estrictamente necesario. La hubiera acompañado hasta la Vieja Rectoría y allí, cumplida la pequeña obligación social, habría vuelto solo a la abadía, envuelto en su soledad como en una armadura. Esa soledad seguía siendo esencial en él. No podía tolerar un día en el que la mayor parte no pudiera pasarla enteramente solo. Pero algún cambio en él, el paso inexorable de los años, el éxito, el regreso a su poesía, quizás el comienzo tentativo del amor, parecía estar haciéndolo sociable. No estaba seguro de si debía alegrarse o no de este cambio.

La mujer reflexionó seriamente antes de responder.

–Sí, creo que soy feliz aquí. A veces muy feliz. Vine para escapar de mis problemas en Londres y sin proponérmelo en realidad, llegué al extremo oriental del país.

–Y aquí se enfrentó con dos formas diferentes de amenaza, la Central Nuclear y el Silbador.

–Los dos atemorizan porque son misteriosos, porque están fundados en el horror y lo desconocido. Pero la amenaza no es personal, no está dirigida específicamente contra mí. Pero lo cierto es que hui y supongo que todos los refugiados llevan consigo una pequeña parte de culpa. Y extraño a los niños. Quizá debí quedarme y presentar combate. Pero se estaba volviendo una guerra muy pública. No me siento cómoda en el papel de heroína de la prensa más reaccionaria. Todo lo que yo pedía era que me dejaran en paz haciendo el trabajo que amaba y para el que me había preparado. Pero ponían bajo la lupa cada libro que usaba, cada palabra que pronunciaba. No se puede enseñar en una atmósfera de suspicacia. Al final, descubrí que no podía ni siquiera vivir en esa atmósfera.

Daba por sentado que él sabía quién era; pero cualquiera que hubiera leído los diarios lo sabía.

–Es posible –dijo Dalgliesh– combatir contra la intolerancia, la estupidez y el fanatismo, cuando vienen por separado. Cuando embisten los tres juntos, lo más prudente es hacerse a un lado, aunque más no sea para preservar la propia salud mental.

Ya se acercaban a la abadía y el pasto del suelo se volvía más alto y espinoso. Meg tropezó y Dalgliesh extendió un brazo para sostenerla.

–Al final todo se había resumido en dos letras –dijo ella–. Insistían en que al pizarrón, "blackboard", se lo llamara "chalkboard", para evitar la posible insinuación de la palabra "negro". Yo no podía creer y sigo sin poder creer, que cualquier persona, sea cual fuere su color, pueda objetar la palabra "negro". Un pizarrón es negro. Una palabra nunca puede ser en sí misma ofensiva. Yo lo había llamado así toda mi vida, ¿por qué trataban de obligarme a que dejara de hablar mi lengua? Y ahora, en este momento, en esta punta, bajo este cielo, esta inmensidad, todo parece tan pequeño y mezquino. Quizá todo lo que hice fue promover una trivialidad al nivel de los principios.

–Agnes Poley habría entendido –dijo Dalgliesh–. Mi tía investigó en su historia y me contó sobre ella. Al parecer, fue a la hoguera por una obstinada adhesión a su visión personal del universo. No podía aceptar que el cuerpo de Cristo estuviera presente en el sacramento y al mismo tiempo físicamente en el cielo a la derecha de Dios Padre. Decía que iba contra el sentido común. Quizá Alex Mair debería imponerla como patrona de su Central, una casi santa de la racionalidad.

–Pero el caso era diferente. Ella creía que estaba en juego su alma inmortal.

–¿Quién puede saber qué creía? –acotó Dalgliesh–. Es probable que su obstinación haya tenido una fuente divina. Yo la encuentro admirable.

–Creo –dijo Meg–, que el señor Copley no sería tan benévolo como usted, no por la obstinación, sino por su visión terrenal del sacramento. Por mi parte carezco de conocimientos teológicos como para opinar. Pero morir horriblemente en nombre de una visión sensata del universo es algo espléndido. Nunca voy a casa de Alice sin detenerme a leer esa placa. Es mi pequeño homenaje. Y aun así, no siento la presencia de la mártir en la casa. ¿Usted?

–Ni la más mínima. Sospecho que la calefacción central y los muebles modernos son hostiles a los fantasmas. ¿Usted conocía a Alice Mair antes de venir aquí?

–No conocía a nadie. Contesté a un aviso de los Copley en una revista femenina, *The Lady*. Ofrecían alojamiento y comida a alguien dispuesto a hacer lo que describían como trabajos domésticos livianos. Es un eufemismo por "pasar el plumero", pero por supuesto nunca es tan liviano. Alice ha sido para mí un importante punto a favor. No había advertido cuánto estaba extrañando una buena amistad femenina. En la escuela sólo se hacían alianzas, ofensivas y defensivas. Nunca algo que superase las divisiones políticas.

–Agnes Poley también habría entendido esa atmósfera –dijo Dalgliesh–. Fue la atmósfera en que vivió.

Durante un minuto caminaron en silencio, oyendo el rumor de la hierba alta bajo sus zapatos. Dalgliesh se preguntaba por qué, al acercarse al mar, había un momento en que el rumor de las olas crecía de pronto, como si reuniera todos sus poderes contra el intruso. Al alzar la mirada a la miríada de astros que poblaba el cielo, creyó sentir cómo giraba la tierra bajo sus pies y el tiempo parecía detenerse misteriosamente, fundiendo en un instante el pasado, el presente y el futuro: la abadía en ruinas, las construcciones militares sobrevivientes de la última guerra, las defensas costeras a medio derrumbar, el molino y la Central Nuclear. Y se preguntó si habría sido en un limbo temporal semejante, mecido por el rumor del mar, que los dueños anteriores de Martyr's Cottage eligieron el texto bíblico de la placa. De pronto su compañera se detuvo y dijo:

–Hay una luz en las ruinas. Dos pequeños resplandores, como una linterna.

Se quedaron inmóviles, contemplando en silencio. No vieron nada. Ella dijo, en tono de disculpa:

–Estoy segura de haberlo visto. Y había una sombra, algo o alguien moviéndose contra la ventana del este. ¿No lo vio?

–Estaba mirando el cielo.

–Bueno, ahora ya no está –dijo ella con una nota de pesadumbre–. Supongo que pude imaginarlo.

Y cuando, cinco minutos después, avanzaban cautelosamente hacia el centro de las ruinas, no había nada ni nadie a la vista. Sin hablar fueron hasta el hueco de la ventana del este sobre el borde del risco y vieron sólo la playa iluminada por la luna que se extendía hacia el norte y el sur y más allá la delgada franja de espuma blanca. Si hubiera habido alguien aquí, pensó Dalgliesh, habría tenido abundantes ocasiones para ocultarse detrás de los restos de muros de concreto o entre las anfractuosidades del risco. No tenía mucho sentido intentar una búsqueda, aun cuando hubieran sabido la dirección en que escapara. La gente tenía derecho a dar paseos nocturnos.

–Supongo que pude haberlo imaginado –repitió Meg–, pero no lo creo. Y de todos modos, ya no la veremos.

–¿"La"?

–Oh, sí. ¿No se lo dije? Tuve la clara impresión de que era una mujer.

4

A las cuatro de la mañana, cuando Alice Mair se despertó de su pesadilla con un pequeño grito ahogado, el viento empezaba a levantarse. Extendió una mano para encender el velador, miró el reloj, y quedó tendida boca arriba, esperando que el pánico se disolviera, los ojos finos en el techo; la terrible inmediatez del sueño empezaba a borrarse, a medida que lo reconocía como sueño, como un viejo espectro que volvía después de tantos años, conjurado por los sucesos de la noche y por la reiteración de la palabra "asesinato", palabra que parecía flotar sonora, en el aire desde que el Silbador había iniciado su faena. Poco a poco volvía al mundo de la realidad, manifiesto en los pequeños ruidos de la noche, el gemido del viento en las chimeneas, la suavidad de la sábana cuyos bordes tenía aferrados con fuerza, el tictac muy marcado del reloj y, sobre todo, ese rectángulo de luz pálida, la ventana con los postigos abiertos y la cortina corrida que le daba una vista del cielo estrellado.

La pesadilla no necesitaba interpretación. Era apenas una versión nueva de un viejo horror, menos terrible que los sueños de la infancia sólo porque ella era adulta y más racional. Ella y Alex volvían a ser niños y toda la familia vivía con los Copley en la Vieja Rectoría. Eso, en un sueño, no era tan sorprendente. La Vieja Rectoría era una versión más grande y menos pretenciosa de Sunnybank... "la colina soleada", nombre absurdo porque el edificio estaba en el llano y parecía como si jamás un rayo de sol hubiera atravesado sus ventanas. Ambas casas eran de la última época victoriana, en sólido ladrillo rojo; los dos tenían una fuerte puerta con la parte superior curvada, bajo un alto porche, las dos estaban aisladas, cada uno en su propio jardín. En el sueño ella y su padre caminaban juntos entre las plantas. El llevaba una podadera en las manos y estaba vestido como aquella última y horrorosa tarde de otoño, con una camiseta manchada de sudor, shorts ajustados que mostraban el bulto del sexo cuando caminaba, las piernas blancas manchadas de vello negro de la rodilla para abajo. Ella estaba preocupada porque sabía que los Copley la esperaban para que preparara el almuerzo. El señor Copley, vestido con sotana y ondulante sobrepelliz, recorría con pasos impacientes el patio trasero, al parecer sin verlos. El padre le explicaba algo a ella con esa voz pesada y cautelosa que usaba siempre al hablar con su madre, la voz que decía: "Ya sé que eres demasiado estúpida para entender esto, pero si hablo lento y en voz bien alta, tengo la esperanza de que no abusarás de mi paciencia." Decía:

—Alex no conseguirá el empleo ahora. Me ocuparé de que no lo consiga. No emplearán a un hombre que ha asesinado a su propio padre.

Y al hablar sacudía la podadera y ella vio que las puntas de acero estaban rojas de sangre. Entonces, de pronto, el padre se volvió hacia ella, los ojos llameantes, levantó la podadera y Alice sintió que la punta le atravesaba la piel de la frente y un chorro de sangre le caía sobre los ojos. Ahora, bien despierta y jadeando como si hubiera estado corriendo, se llevó una mano a la frente y supo que la humedad fría que tocaba era sudor, no sangre.

No tenía esperanzas de volver a dormirse; nunca lo hacía cuando despertaba de madrugada. Podía levantarse, ponerse una bata, bajar y preparar un té, corregir las pruebas de su libro, leer, escuchar el Servicio Mundial de la BBC. O bien podía tomar un somnífero. Por cierto que esas pastillas tenían el vigor suficiente como para dormirla. Pero estaba tratando de librarse de ellas y ceder ahora sería lo mismo que reconocer el triunfo de la pesadilla. Se levantaría y prepararía té. No temía despertar a Alex. El dormía profundamente toda la noche, incluso las noches de tormenta. Pero antes había un pequeño exorcismo que debía ejecutar. Para que el sueño perdiera su poder, para que pudiera esperar librarse alguna vez de él, tenía que enfrentar una vez más el recuerdo de aquella tarde de hacía treinta años.

Había sido un cálido día de otoño, a comienzos de octubre y ella, Alex y su padre estaban trabajando en el jardín. El padre estaba recortando unas zarzas y otros arbustos que habían crecido demasiado; era un sector del jardín alejado de la casa, que no se veía desde allí; él manejaba la podadera y ella y Alex apilaban las ramas cortadas, disponiéndolas para hacer una fogata. El padre estaba desabrigado pero aun así se había cubierto de sudor. Ella veía el brazo que subía y bajaba, oía el crac de las ramitas, sentía las espinas que le pinchaban los dedos, oía las órdenes en voz alta del padre. Y de pronto, soltó un grito. O bien la rama estaba podrida o él había errado el golpe. La podadera cayó sobre su muslo desnudo y Alice al volverse vio la gran curva de sangre roja que empezaba a brotar y vio a su padre derrumbarse como un animal herido, agitando las manos en el aire. La mano derecha soltó la podadera y se tendió hacia ella, trémula, la palma hacia arriba... Su padre la miraba suplicante, como un niño. Trataba de hablar, pero ella no entendió sus palabras. Se movía hacia él, fascinada, cuando sintió una mano sobre el hombro; Alex ya la arrastraba por el sendero entre los laureles, hacia el huerto.

—¡Alex, detente! —gritó—. Papá está sangrando. Se está muriendo. Tenemos que buscar ayuda.

No recordaba si en realidad había pronunciado esas palabras. Todo lo que pudo recordar después era la fuerza de las manos de su hermano sobre sus hombros cuando la empujaba contra el tronco de un manzano y la retenía allí, prisionera. Y Alex dijo una sola palabra:

—No.

Temblando de terror, el corazón a punto de estallarle, Alice no podría haberse liberado aun de haberlo querido. Y ahora sabía que su impotencia para actuar era importante para su hermano. Había sido una acción de él, y nadie más que de él. Obligada, absuelta, ella no tuvo elección. Ahora, treinta años después, rígida en la cama con los ojos fijos en la ventana, recordando esa única palabra, los ojos de Alex buscando los suyos, sus manos sosteniéndola por los hombros, la corteza del manzano rugosa contra su espalda a través de la camisa. El tiempo pareció detenerse. No podía recordar cuánto tiempo él la había retenido, sólo que pareció una inmensidad de tiempo, imposible de medir. Y después, al fin, Alex soltó un suspiro y dijo:

—Está bien. Ahora podemos ir.

Y eso también la asombraba, que él hubiera podido pensar con tal claridad como para calcular cuánto tiempo se necesitaría. La arrastró hasta que estuvieron junto al cadáver del padre. Y mirando el brazo extendido, los ojos abiertos y helados, el gran charco rojo en la tierra, Alice supo que era un cadáver, que su padre se había ido para siempre, que ya no debería temer nada nunca más de él. Alex se volvió hacia ella y pronunció cada palabra en voz alta y clara como si se dirigiera a un débil mental:

—Lo que te estaba haciendo, sea lo que fuere, no te lo hará más. Escucha y te diré lo que pasó. Lo dejamos trabajando solo y fuimos a treparnos a los manzanos. Después decidimos volver. Y entonces lo encontramos. Eso es todo, así de simple. No tendrás que decir nada más. Déjame hablar a mí. Mírame, Alice. ¿Entendiste?

Su voz, cuando le volvió, era la de una vieja, quebrada y trémula, y las palabras le dolían en la garganta:

—Sí, entendí.

Y entonces él la tomó de la mano y la hizo correr por el parque, tan rápido que Alice temió que le arrancara la mano, y se precipitó sobre la puerta de la cocina, gritando en voz alta con lo que parecía un grito de triunfo. Vio la cara de su madre que empalidecía como si ella también se estuviera desangrando y oyó la voz jadeante de su hermano:

—Es papá. Tuvo un accidente. Llama a un médico:

Y después Alice quedó sola en la cocina. Estaba muy fría. Había baldosas frías bajo sus pies. La superficie de la mesa de madera sobre la que apoyó la cabeza estaba fría contra sus mejillas. No vino nadie. Oyó una voz que hablaba por teléfono desde la sala y otras voces, otros pasos. Alguien lloraba. Hubo más pasos, y el ruido de un auto en el jardín.

Y Alex tuvo razón. Todo fue muy simple. Nadie le había hecho preguntas, nadie sospechó. La historia de los niños fue aceptada plenamente. No tuvo que ir a la policía, aunque Alex sí fue, pero nunca le contó lo que había pasado allí. Después volvieron algunos conocidos, el médico de la familia, el abogado, unos amigos de la madre y hubo un curioso té con sándwiches y torta casera. Todos se mostraban muy amables con ella y con Alex. Alguien incluso le palmeó la cabeza. Una voz opinó:

—Fue trágico que no hubiera nadie presente. Con sentido común y un conocimiento mínimo de primeros auxilios, se lo podría haber salvado.

Pero ahora el recuerdo evocado deliberadamente había completado su exorcismo. Con eso le extrafa su terror a la pesadilla. Con suerte, podía no volver en meses. Sacó las piernas de la cama y buscó la bata.

Acababa de echar el agua hirviente sobre el té y esperaba a que se hiciera la infusión, cuando oyó los pasos de Alex en la escalera y al volverse vio su alta figura en la puerta de la cocina. Parecía muy joven, casi vulnerable, con su bata ajustada en la cintura. Se pasó las dos manos por el pelo revuelto. Sorprendida, porque él en general dormía sin interrupciones, preguntó:

–¿Te desperté? Lo siento.

–No, me desperté hace un rato y no pude volver a dormirme. La espera a que nos obligó Lessingham hizo demasiado tardía la cena como para digerirla bien. ¿Está recién hecho ese té?

–Acabo de echar el agua.

Alex sacó una segunda taza del armario y sirvió para los dos. Ella se sentó en uno de los sillones y tomó su taza sin hablar.

–Se ha levantado viento.

–Sí, hace una hora que está soplando.

Alex fue a la puerta y descorrió el cerrojo del panel superior, que abrió. Hubo una sensación de violento frío que irrumpía, sin olor, pero obliterando el vago aroma a té y Alice oyó el profundo rugido del mar. Mientras escuchaba, le pareció que ese rugido crecía en intensidad, hasta que pudo imaginarse, con un agradable estremecimiento de terror simulado, que los riscos se habían derrumbado y la blanca turbulencia espumosa avanzaba hacia ellos por la punta, llegaría en unos segundos y bañaría el rostro asomado de Alex. El miraba la noche y al contemplarlo su hermana sintió una oleada de afecto tan puro y simple como el viento frío que le daba en la cara. La fuerza del viento la sorprendía. Alex era a tal punto un parte de ella, que nunca había querido o necesitado examinar muy de cerca la naturaleza de sus sentimientos hacia él. Había en ella una tácita felicidad de tenerlo consigo en la casa, de oír sus pasos en el piso alto, de compartir con él la comida que ella preparaba al terminar el día. Ninguno de los dos le pedía nada al otro. Ni siquiera el matrimonio de Alex había significado alguna diferencia. A Alice no le había sorprendido la boda, porque le agradaba Elizabeth, pero tampoco le sorprendió el divorcio. Creía improbable que él volviera a casarse, pero nada entre ellos cambiaría, por más esposas que entraran, o intentaran entrar, en su vida. A veces, como ahora, sonreía secamente al pensar cómo podían ver los extraños la relación de ellos dos. Los que suponían que el cottage era propiedad de él, no de ella, la veían como la hermana soltera, a la que él daba alojamiento, compañía y una finalidad en la vida. Otros, más perceptivos pero igualmente alejados de la realidad, se sentían intrigados por la aparente independencia de los hermanos. Sus idas y venidas, su desinterés en la vida del otro. Recordaba que Elizabeth le había dicho, en las primeras semanas de su noviazgo con Alex: "Sabes, ustedes forman una pareja bastante intimidante", y ella estuvo tentada de responder: "Oh, lo somos, lo somos."

Alice compró Martyr's Cottage antes de que él fuera nombrado director de la Central y él vino a vivir con ella con el pacto tácito de que era un arreglo provisorio mientras él decidía qué hacer, si conservar el piso en Barbican como su casa pincipal o venderlo y comprar una casa en Norwich y un pequeño *pied à terre* en Londres. Alex era esencialmente urbano; ella no podía imaginárselo instalado defintivamente en el campo. Si ahora, con el nuevo empleo, él volvía a Londres, ella no lo seguiría, ni él esperaría que lo hiciera. Aquí en esta costa marina Alice había encontrado al fin un sitio que podía llamar su hogar y él podría venir todas las veces que quisiera.

Mientras bebía su té pensó que él debía de haber vuelto pasada la una de la casa de Hilary Robarts. Se preguntaba qué lo habría demorado tanto. Con su sueño liviano, ella oyó la llave en la puerta y sus pasos por la escalera antes de volver a dormirse. Ahora eran casi las cinco. De modo que él no podía haber dormido más que unas pocas horas. Como si sintiera de pronto el frío de la mañana, Alex cerró la parte superior de la puerta, echó el cerrojo y vino a sentarse y estirarse en el sillón frente al de su hermana. Sostenía la taza con las dos manos.

–Es una molestia –dijo–, que Caroline Amphlett no quiera dejar Larksoken. No me agrada lanzarme a un empleo nuevo, sobre todo a éste, con una secretaria desconocida. Caroline me conoce el modo de trabajar. Yo había dado por sentado que vendría conmigo a Londres. Así, es un inconveniente.

Y Alice sospechaba que era más que inconveniente. Pues también estaba en juego el orgullo, incluso el prestigio personal. Otros altos funcionarios llevaban consigo a sus secretarias cada vez que cambiaban de empleo. La negativa de una secretaria de separarse de su jefe era una halagadora afirmación de devoción personal. De modo que simpatizaba con la irritación de su hermano pero sabía que el problema no era de los que a él podían quitarle el sueño. Alex siguió:

–Alega cuestiones personales. Eso significa Jonathan Reeves, seguramente. Sólo Dios sabe lo que ella puede ver en él. El tipo ni siquiera es un buen técnico.

Alice Mair reprimió una sonrisa.

–No creo que el interés de ella en él sea técnico.

–Bueno, si es sexual, entonces la pobre tiene menos discriminación de lo que yo creía.

Alice sabía que su hermano era un juez de hombres y de mujeres. Rara vez cometía errores graves en ese campo y nunca sobre la capacidad científica de alguien. En cambio, carecía de toda comprensión de las extraordinarias complicaciones e irracionalidades de los motivos humanos, de la conducta humana. Alex sabía que el universo era complejo, pero obedecía a ciertas reglas, aunque, suponía Alice, él no habría usado la palabra "obedecer" en razón de sus connotaciones de elección consciente. Así, diría él, es como se comporta el mundo físico. Está abierto a la razón humana y, en cierta medida, al control humano. Lo desconcertaba que la gente pudiera sorprenderlo. Y lo más desconcertante de todo era que a veces él se sorprendía a sí mismo. Se habría sentido cómodo con la clasificación, del siglo XV, que disponía a la gente de acuerdo con sus naturalezas esenciales: colérico, melancólico, mercurial, saturnino, cualidades que reflejaban a los planetas que gobernaban el nacimiento. Establecido ese hecho básico, entonces uno sabía quién era. Y aun así, podía sorprenderlo que un hombre fuera un científico sensato y confiable en su trabajo y un tonto con las mujeres, que pudiera mostrar buen juicio en un área de su vida y actuar como un niño irracional en otra. Ahora lo intrigaba que su secretaria, a la que había clasificado como inteligente, sensata, dedicada, prefiriera quedarse en Norfolk con su amante, un hombre al que él despreciaba, en lugar de seguirlo a Londres.

–Creí haberte oído decir una vez –dijo Alice–, que considerabas a Caroline como sexualmente fría.

–¿Dije eso? No creo. Eso sugeriría cierto grado de experiencia personal. Debo de haber dicho que yo mismo jamás la encontraría atractiva. Una secretaria que sea agradable y altamente eficiente, sin ser una tentación sexual, es lo ideal.

–Supongo –respondió ella secamente–, que la idea de un hombre de la secretaria ideal es una mujer que logre dar la sensación de que le gustaría irse a la cama con su jefe, pero se contiene en nombre de los intereses de la eficiencia del trabajo. ¿Qué será de ella?

–Oh, tiene su empleo asegurado. Si quiere quedarse en Larksoken, todos se pelearán por tenerla. Es inteligente, tiene tacto y sabe hacer su trabajo.

–Pero no parece ambiciosa, de otro modo no estaría tan dispuesta a quedarse. Caroline puede tener otro motivo para querer permanecer en la región. Hace unas tres semanas la vi en la Catedral de Norwich. Se encontró con un hombre en la Capilla de Damas. Fueron muy discretos, pero tuve la clara sensación de que se trataba de una cita.

El preguntó, aunque sin verdadera curiosidad:

–¿Qué tipo de hombre?

Maduro. Sin rasgos particulares. Difícil de describir. Pero tenía muchos años más que Jonathan Reeves.

No dijo más, al notar que su hermano no estaba especialmente interesado y ya estaba pensando en otra cosa. Sin embargo, al recordarlo, encontraba que había sido un encuentro curioso. El cabello rubio de Caroline estaba recogido bajo una gorra grande y llevaba anteojos ahumados. Pero el disfraz, si estaba pensado como disfraz, había resultado inútil. Alice se había apartado de inmediato para no ser reconocida o tomada por espía. Un minuto después vio a la joven caminando lentamente por el pasillo, con una guía en la mano y el hombre detrás de ella a una cuidadosa distancia. Se habían acercado hasta quedar juntos frente a una imagen, aparentemente absortos. Y cuando, diez minutos después, Alice salía de la catedral, les dirigió otra mirada. Esta vez era él quien llevaba la guía.

Alex no hizo más comentario sobre Caroline, pero al cabo de un minuto de silencio dijo:

—No fue una cena especialmente exitosa.

—Eso es poco decir. ¿Qué pasa con Hilary? ¿Está tratando deliberadamente de ser desagradable o simplemente se siente mal?

—La gente suele sentirse mal cuando no consigue lo que quiere.

—En el caso de ella, a ti.

Sonrió hacia la chimenea vacía, pero no respondió. Al cabo de un momento, ella dijo:

—¿Puede volverse una molestia?

—Algo más que una molestia. Puede volverse peligrosa.

—¿Peligrosa? ¿En qué sentido? ¿Peligrosa para ti personalmente?

—Para mí y otros.

—¿Y no puedes solucionarlo?

—Imposible. Lo más que puedo hacer es impedirle ascender a directora. Sería un desastre. Nunca debí haberla nombrado en un puesto ejecutivo.

—¿Cuándo harás el nombramiento?

—En diez días.

—Así que tienes diez días para decidir qué hacer con ella.

—Algo menos que eso. Ella quiere una decisión el domingo.

¿Una decisión sobre qué? se preguntó Alice. ¿Sobre su trabajo, sobre un ascenso, sobre su futuro con Alex? Pero no podía haber dejado de comprender que no tenía ningún futuro con Alex.

Preguntó, conociendo la importancia de la pregunta y sabiendo también que ella era la única que podía atreverse a hacerla:

—¿Te desilusionaría mucho si no te dieran el empleo?

—Más que desilusionado, estaría agraviado, que es un sentimiento especialmente destructivo para la paz mental. Lo quiero, lo necesito y soy la persona indicada para él. Supongo que eso es lo que piensa todo candidato, pero en mi caso además es cierto. Es un puesto realmente importante, Alice. Uno de los más importantes que hay. El futuro está en la energía nuclear, si queremos salvar el planeta, pero tenemos que poder manejarla mejor, nacional e internacionalmente.

—Supongo que tú eres el único candidato serio. Y éste es el tipo de nombramiento que sólo se deciden a hacer cuando saben que tienen al hombre indicado. Es un puesto nuevo. Hasta ahora se la han arreglado perfectamente sin un director nacional de la actividad atómica. Entiendo que, para el hombre apropiado, el empleo tiene inmensas posibilidades. Pero en manos inapropiadas, es apenas otro puesto de relaciones públicas y un desperdicio del dinero de los contribuyentes.

Alex era demasiado inteligente para no advertir que su hermana estaba tratando de animarlo. Ella era la única persona de la que él nunca necesitó ese tratamiento o había estado dispuesto a aceptarlo.

—Existe la sospecha —dijo—, de que podríamos estar metiéndonos en grandes problemas. Quieren alguien que pueda sacarnos de los problemas. Todavía están pendientes algunos asuntos menores, como los poderes precisos que tendrá el nuevo cargo, ante quién responderá y cuánto le pagarán. Es por eso que se están tomando tanto tiempo.

—Tú no necesitas que te den las especificaciones del cargo escritas en un papel, para saber qué es lo que necesitan. Un científico respetado, un administrador con experiencia y un buen experto en relaciones públicas. Probablemente te hagan pasar una prueba de televisión. Salir bien por la caja boba hoy en día parece ser un prerrequisito esencial.

—Sólo para aspirantes a presidente o a primer ministro. No creo que conmigo lleguen tan lejos. —Miró el reloj de pared.— Ya amanece. Creo que dormiré un par de horas. —Pero se demoraron una hora aún antes de separarse e ir a sus cuartos.

5

Dalgliesh esperó que Meg hubiera abierto la puerta y traspuesto el umbral, para darle las buenas noches. Ella se quedó un momento más en la puerta, viendo perderse en la oscuridad la figura alta del hombre. Después pasó a la sala cuadrada con su chimenea de piedra, la sala que, en las noches de invierno, parecía contener un débil eco de las voces infantiles de los hijos de los rectores victorianos y que, para Meg, siempre tenía un vago olor eclesiástico. Dejó su abrigo colgado de un decorativo gancho de madera al pie de la escalera y fue a la cocina a cumplir la última tarea del día: preparar la bandeja del desayuno de los Copley. La cocina era un ambiente grande y cuadrado en el fondo de la casa, arcaico cuando los Copley habían comprado la vieja rectoría e inalterado desde entonces. Contra la pared de la izquierda había una cocina a gas, anticuada y tan pesada que Meg no podía moverla para limpiar atrás y prefería no pensar en la cantidad de grasa acumulada desde hacía décadas. Bajo la ventana había una profunda pileta de porcelana manchada por setenta años de uso e imposible de limpiar adecuadamente. El piso era de antiguas lajas de piedra, duro bajo los pies y del que en invierno parecía subir un miasma húmedo que entumecía los pies. El muro opuesto a la ventana y la pileta estaba cubierto por un aparador de roble, muy antiguo y probablemente valioso si hubiera sido posible quitarlo sin riesgo de colapso del techo y la serie original de campanillas colgaba todavía sobre la puerta, cada una con su inscripción gótica: "sala", "comedor", "estudio", "nursery". Era una cocina que desafiaba más que estimulaba las habilidades de una cocinera que se propusiera hacer algo distinto de huevos al agua. Pero ahora, Meg apenas si notó las deficiencias. Como el resto de la Vieja Rectoría, para ella se había vuelto su hogar.

Después de la estridencia y agresión de la escuela y el correo cargado de odio, se sentía feliz de encontrar un asilo temporal en esta casa tranquila, donde nunca se alzaban las voces, donde nadie se dedicaba a analizar obsesivamente su menor frase con la esperanza de detectar matices racistas, sexistas o fascistas, las palabras significaban lo que habían significado durante generaciones, las obscenidades eran desconocidas, o al menos calladas, reinaba la bendición del buen orden simbolizado para ella en la lectura que hacía el señor Copley de los oficios cotidianos, la Plegaria de la Mañana y el Canto Llano. A veces creía que los tres eran expatriados, anclados en alguna colonia remota, adhiriendo obstinadamente a viejas costumbres, a un modo de vida perdida, como lo hacían con las viejas formas de adoración. Y llegó a querer mucho a sus patrones. Habría respetado más a Simon Copley si él hubiera mostrado menos inclinación por un egoísmo venial y menos preocupación por su comodidad física pero esto, se decía Meg, debía de ser resultado de cincuenta años de cuidados de una esposa devota. Y él amaba a su esposa. Se apoyaba por entero en ella. Respetaba su juicio. Eran afortunados: seguros del afecto del otro y presumiblemente fortificados en la vejez por la seguridad de que si no se les concedía la gracia de morir el mismo día, de todos modos la separación no sería larga. ¿Pero lo creían en realidad? Le habría gustado preguntárselo, pero sabía que hubiera sonado presuntuoso en exceso. Seguramente tenían dudas, hicieron reservas mentales al credo que con tanta confianza recitaban mañana y noche. Pero quizás a los ochenta años lo que importaba era el hábito; el cuerpo ya no estaba interesado en el sexo, la mente ya no se interesaba en la especulación y entonces las cosas más pequeñas de la vida importaban más que las grandes y, al fin, prevalecía la idea de que nada tenía verdadera importancia.

El trabajo no era duro, pero sabía que poco a poco iba extendiéndose mucho más allá de lo que había sugerido el aviso, y sentía que la principal preocupación actual en la vida de los ancianos era saber si ella se quedaría. La hija del matrimonio había provisto toda clase de aparatos que ahorraban trabajo: lavarropas, lavavajilla, secador, todos alojados en un cuartito junto a la puerta trasera, aunque hasta la llegada de Meg los Copley se habían negado a usarlos por miedo a no saber apagarlos, lo que les hacía imaginarse las máquinas girando en el vacío toda la noche, recalentándose, explotando, y toda la rectoría latiendo habitada por un poder incontrolable.

Su única hija vivía en una mansión rural en Wiltshire y los visitaba muy rara vez, aunque llamaba con frecuencia, por lo general en horarios inconvenientes. Había sido ella la que entrevistó a Meg para el trabajo en la Vieja Rectoría y a Meg ahora le resultaba difícil conectar a esa mujer confiada, bien vestida, ligeramente agresiva con los dos dulces ancianos que tenía a su cargo. Y sabía, aunque ellos jamás habrían soñado decírselo, y quizá no se lo decían siquiera a ellos mismos, que temían a su hija. La hija los tiranizaba, según diría ella misma, por su propio bien. De modo que el segundo gran miedo que albergaban era que se los obligara a concretar la sugerencia que ella repetía cada vez que llamaba, hecha sólo por sentimiento del deber, de que fueran a vivir con ella hasta que atraparan al Silbador.

A diferencia de la hija, Meg sí podía comprender por qué: después de retirarse, ellos aplicaron sus ahorros a la compra de la rectoría, cargándose, en la vejez, con una hipoteca a pagar. El señor Copley había sido en su juventud cura en Larksoken, cuando todavía la iglesia victoriana se hallaba en pie. Fue en ese feo galpón de madera lustrada de pino, mosaicos acústicos y vitrales sentimentales, que él y su esposa se habían casado y en un piso de la rectoría, encima del cura de la parroquia, instalaron su primer hogar. La iglesia fue destruida en parte por una devastadora tormenta en los años treinta, para el secreto alivio de las autoridades eclesiásticas, que habían estado preguntándose qué hacer con un edificio desprovisto de todo mérito arquitectónico y con una grey que los días de grandes festividades llegaba a las seis personas. De modo que la iglesia se demolió y la Vieja Rectoría, intacta gracias a haber estado defendida tras la masa de la iglesia, se vendió. Rosemary Duncan-Smith dejó en claro su opinión, cuando después de la entrevista llevó a Meg de vuelta a Norwich.

—Es ridículo el mero hecho de que ellos vivan ahí, por supuesto. Deberían haber buscado un departamento pequeño y cómodo en Norwich o en cualquier ciudad pequeña que les gustara, cerca de los negocios, el correo y de una iglesia, por supueso. Pero papá puede ser notablemente tenaz cuando cree que sabe lo que quiere y mamá no ve sino por sus ojos. Me gustaría que usted no tomara este empleo como algo muy provisorio.

—Provisorio, pero no a corto plazo —respondió Meg—. No puedo prometer que me quedaré por siempre, pero necesito tiempo y tranquilidad para decidir sobre mi futuro. Y está la posibilidad de que sus padres no me encuentren adecuada.

–Tiempo y tranquilidad. Todos se lo agradeceremos. Bueno, supongo que es mejor que nada, pero le agradecería un mes o dos de preaviso cuando decida marcharse. Y yo que usted no me preocuparía por la adecuación. Con una casa tan cómoda y perdidos en esa punta, sin otra cosa que mirar salvo una abadía en ruinas y una central nuclear, tendrán que aceptar lo que se les ofrezca.

Pero eso había sido dieciséis meses atrás y ella seguía aquí.

Resultó que en esa hermosa, cómoda y cálida cocina de Martyr's Cottage Meg encontró la cura a sus heridas. Al comienzo de su amistad, cuando Alice tuvo que pasar en una ocasión una semana en Londres y Alex estaba ausente, le había dado a Meg una llave del cottage para que pudiera recoger y reexpedirle el correo. A su regreso, cuando Meg se la ofreció, dijo: "Mejor consérvala. Podrías necesitarla otra vez." Meg nunca volvió a usarla. La puerta estaba habitualmente abierta en verano y cuando estaba cerrada ella siempre tocaba el timbre. Pero su posesión, la vista y el peso en su llavero había llegado a simbolizar para ella la certeza y la fe en su amistad. Pasó muchos años sin una amiga mujer. Se había olvidado (y a veces pensaba que nunca conoció) la dicha de la compañía íntima, sin demandas, sin sexo, de otra mujer. Antes de la muerte accidental de su marido, cuatro años antes, ella y Martin necesitaban apenas la compañía ocasional de algún conocido para afirmar su autosuficiencia. El de ellos había sido uno de esos matrimonios sin hijos, de gran unión, que inconscientemente rechazan todo intento de intimidad que provenga de afuera. La cena ocasional con invitados era un deber social; no veían el momento de volver a quedar solos en su pequeño hogar. Y después de la muerte de él, ella se sintió caminando en las tinieblas, como un autómata, por un profundo y estrecho surco de dolor en el que todas sus energías, toda su fuerza física, estuvo dedicada a superar el paso de cada día. Pensaba y trabajaba y se dolía sólo en los límites de un día. Permitirse pensar en los días, las semanas, los meses o años que se extendían por delante, habría sido precipitar el desastre. Durante dos años vivió en una especie de locura. Ni siquiera la religión podía ayudarla. No la rechazaba, pero se había vuelto irrelevante y el consuelo religioso era apenas la luz de una vela que iluminaba la oscuridad. Pero cuando, al cabo de esos dos años, el valle se había ampliado casi imperceptiblemente y tenía a su alrededor por primera vez, no esos riscos negros al alcance de la mano sino el panorama de una vida normal, incluso de felicidad, un paisaje sobre el que era posible creer que brillaría el sol, se encontró envuelta sin querer en las políticas raciales de su escuela. Los miembros mayores del personal se trasladaron o jubilaron y la nueva directora, nombrada específicamente para poner en práctica la ortodoxia de moda, se había hecho cargo con el celo de un cruzado para olfatear y erradicar la herejía. Meg comprendía ahora que ella fue desde el comienzo la víctima obvia y predestinada.

Había huido a esta nueva vida en la punta y a una soledad diferente. Y aquí encontró a Alice Mair. Se conocieron una quincena después de la llegada de Meg, cuando Alice se presentó en la Vieja Rectoría con una maleta llena de cosas viejas para la venta anual en ayuda de la Iglesia de St. Andrew, en Lydsett. Había un cuarto desocupado al que se accedía por el pasaje entre la cocina y la puerta del fondo, que se usaba como depósito de todas las donaciones que se hacían en la punta: ropa, objetos, libros y revistas viejas. El señor Copley se ocupaba de los oficios ocasionalmente en St. Andrew cuando el señor Smollett, el vicario, estaba de vacaciones; para el anciano era una forma de participar en la iglesia y en la vida de la aldea. Por lo general se recogía poca cosa de los escasos habitantes de la punta, pero Alex Mair, deseoso de asociar la central con la comunidad, había hecho correr la voz entre el personal y los dos grandes baúles se llenaban para el mes de octubre. La puerta trasera de la Vieja Rectoría, que daba acceso al cuarto de depósito, quedaba abierta durante las horas de luz, mientras se cerraba con llave una puerta interior. Pero Alice Mair había llamado a la puerta del frente. Las dos mujeres, de aproximadamente la misma edad, igual reserva e independencia, sin buscar deliberadamente una amistad, simpatizaron. A la semana siguiente Meg recibió una invitación a cenar en Martyr's Cottage. Y ahora era raro el día en que no caminara la media milla por la punta para sentarse en la cocina de Alice y charlar y mirarla trabajar.

Sus colegas en la escuela habrían encontrado incomprensible esta amistad, estaba segura. Allí la camaradería, o lo que pasaba por ella, nunca cruzó la frontera de los compromisos políticos y en el estruendo del cuarto de profesores podía deteriorarse entre rumores, secretos, recriminaciones y traiciones. Esta pacífica amistad, en la que ninguna de las dos pedía nada a la otra, estaba tan desprovista de intensidad como lo estaba de ansiedad. No era una confraternidad demostrativa; nunca se habían besado, en realidad nunca se tocaron, salvo cuando se dieron la mano al conocerse. Meg no conocía bien qué era lo que apreciaba Alice en ella pero sí sabía qué apreciaba ella en Alice. Inteligente, culta, nada sentimental, tolerante, se había vuelto el centro de la vida de Meg en la punta.

Rara vez veía a Alex Mair. Durante el día estaba en la Central y los fines de semana, revirtiendo la peregrinación normal, estaba en su piso en Londres, donde además solía pasar parte de la semana si tenía alguna reunión. Nunca sintió que Alice los mantuviera apartados, por el temor de que su hermano se aburriera con su amiga. A pesar de todos los traumas de los últimos tres años, el yo de Meg seguía lo bastante sólido como para no temer esas humillaciones sexuales o sociales. Pero nunca se había sentido del todo a gusto con él, quizá porque, con su apostura y arrogancia, Alex parecía representar y haber absorbido algo del poder de la energía con la que trabajaba. Fue perfectamente amistoso con ella en las pocas ocasiones en que se encontraron; a veces ella incluso sentía que él le tenía simpatía. Pero su único terreno común era la cocina de Martyr's Cottage y aun allí ella siempre estaba más cómoda con él ausente. Alice nunca hablaba de él salvo casualmente, pero en las pocas ocasiones, como la cena de la noche anterior, en que los había visto juntos, ellos dos parecían compartir una conciencia intuitiva, una respuesta dictada por el instinto, a las necesidades del otro, más típica de un largo matrimonio feliz que de una relación fraternal aparentemente casual.

Y por primera vez en casi tres años ella pudo hablar de Martin. Recordaba ese día de julio, con la puerta de la cocina abierta al patio, el perfume de las hierbas y el mar más fuerte aun que el aroma de las masas recién horneadas. Ella y Alice estaban sentadas una frente a otra a la mesa de la cocina, con la tetera entre ambas. Recordaba cada palabra.

–No recibió un gran agradecimiento. Oh, sí, dijeron qué heroico había sido y el director pronunció un discurso en el servicio religioso ofrecido por la escuela. Pero pensaron que los chicos no debieron haber estado nadando allí. La escuela rechazó toda responsabilidad por su muerte. Les importaba más evitar cualquier crítica que honrar a Martin. Y el chico al que salvó no se ha destacado gran cosa. Supongo que es tonto preocuparse por eso.

–Sería perfectamente natural desear que tu marido no hubiera dado la vida por un mediocre, pero supongo que el chico tiene su propio punto de vista. Podría ser una abrumadora responsabilidad, saber que alguien ha dado la vida por la de uno.

–Traté de decirme eso. Durante un tiempo estuve... bueno, casi obsesionada con ese niño. Solía ir a la escuela a verlo salir. A veces tenía incluso necesidad, casi, de tocarlo. Era como si una parte de Martin hubiera pasado al chico. Pero para él yo no era más que una molestia, por supuesto. No quería verme ni hablarme, ni él ni sus padres. De hecho, no era una criatura muy agradable;

era pesado y más bien estúpido. No creo que Martin le haya tenido estima, aunque nunca me lo dijo. Además, era tan pecoso... Oh, cielos, eso no era culpa de él y no sé por qué tengo siquiera que mencionarlo.

Y entonces se preguntó cómo era que estaba comentando sobre el tema. Por primera vez en tres años. Y lo de su obsesión con él... eso no se lo había mencionado a nadie, nunca.

—Es una pena —dijo Alice— que tu marido no lo haya dejado ahogar para salvarse él, pero supongo que en la presión del momento no pesó los valores relativos de una valiosa carrera de maestro y una granujienta estupidez.

—¿Dejarlo ahogar? ¿Deliberadamente? Oh, vamos, Alice, tú nunca podrías hacerlo.

—Quizá no. Soy perfectamente capaz de las peores irracionalidades. Es probable que lo habría salvado en caso de poder hacerlo sin excesivo peligro para mí.

—Por supuesto que lo hubieras hecho. El instinto humano nos lleva a salvar a otros, en especial a un niño.

—También es instintivo y lo encuentro muy saludable, salvarse a uno mismo. Es por eso que cuando alguien actúa de otro modo lo llamamos héroe y le damos medallas. Sabemos que ha actuado contra su naturaleza. No entiendo cómo puedes sostener una visión tan extraordinariamente benévola del universo.

—¿Tengo una visión así? Puede ser. Salvo durante los dos años que siguieron a la muerte de Martin, siempre he creído que el centro del universo está hecho de amor.

—En el centro del universo no hay más que crueldad. Somos predadores y víctimas, todos los seres vivos lo somos. ¿Sabes que hay avispas que ponen sus huevos en mariquitas, a las que les atraviesan la coraza? Después la larva se alimenta de la mariquita viva, a la que le ha atado las patas. Tienes que admitir que el que pensó eso tenía un peculiar sentido del humor. Y no me cites a Tennyson.

—Quizás la mariquita no siente nada.

—Bueno, es una idea tranquilizante, pero no estoy tan segura. Debes de haber tenido una infancia extraordinariamente feliz.

—¡Oh, sí, sí que la tuve! Tuve suerte. Me habría gustado tener hermanos y hermanas, pero no recuerdo haber estado nunca sola. No teníamos mucho dinero pero sí mucho amor.

—Amor. ¿Es tan importante? Fuiste maestra, debes saberlo. ¿Lo es?

—Es vital. Si un niño lo tiene durante sus primeros diez años, lo demás casi no importa. Si no lo ha tenido, entonces nada sirve.

Hubo un momento de silencio, tras el cual Alice le comentó.

–Mi padre murió en un accidente cuando yo tenía quince años.

–Qué terrible. ¿Qué clase de accidente? ¿Estabas presente? ¿Lo viste?

–Se cortó una arteria con una podadera. Se desangró. No, no lo vimos, pero llegamos muy poco después. Demasiado tarde, por supuesto.

–Tú y Alex. Y él era menor todavía. Qué horrible para los dos.

–Tuvo efecto sobre nuestras vidas, indudablemente, sobre todo en la mía. ¿Por qué no pruebas una de estas masitas? Es una receta nueva, pero no sé si será del todo buena. Un poco demasiado dulce, y puedo haber exagerado con el aromatizante. Dime qué te parecen.

Transportada de vuelta al presente por el frío de las lajas adormeciéndole los pies mientras alineaba automáticamente las tazas con las asas todas en la misma dirección, comprendió de pronto por qué había recordado aquel té de verano en Marty's Cottage. Las masitas que pondría en la bandeja a la mañana siguiente eran una versión reformada de la misma receta inventada por Alice. Pero no las sacaría de la lata hasta mañana. No tenía más nada que hacer salvo llenar la bolsa de agua caliente. No había calefacción central en la Vieja Rectoría y ella casi nunca encendía el calefactor eléctrico de su dormitorio, porque los Copley se preocupaban por las cuentas. Al fin, apretando la bolsa caliente contra el pecho, controló las puertas del frente y de atrás y subió a acostarse por la escalera sin alfombra. En el rellano encontró a la señora Copley en bata, que se escurría furtivamente rumbo al baño. Aunque había un pequeño tocador en la planta baja, la Vieja Rectoría tenía un solo baño, defecto que hacía necesarias ciertas incómodas averiguaciones en voz baja para no descalabrar los turnos de uso con un baño inesperado. Meg esperó hasta que oyó cerrarse la puerta del dormitorio principal antes de ir al baño.

Quince minutos después estaba en la cama. Sabía, más que sentía, que estaba muy cansada, y reconocía los síntomas de una sobreestimulación mental en un cuerpo exhausto; se lo decía la inquietud de los miembros y la incapacidad de lograr una postura cómoda. La Vieja Rectoría estaba demasiado tierra adentro como para oír desde su dormitorio el rumor de las olas, pero el aroma y el latido del mar sí estaban presentes, siempre. En verano toda la punta vibraba con una suave melodía sincopada que, en las noches de tormenta o con las grandes mareas de primavera, crecía hasta un gemido furioso. Meg dormía siempre con la ventana abierta y era ese murmullo distante el que inducía en ella el sueño. Pero esta noche no tenía esa virtud. El libro que tenía en la mesa de luz era *La Casita en Allington* de Anthony Trollope, muchas veces releído, pero esta noche no lograba transportarla al mundo nostálgico, tranquilizador y feliz de Barsetshire, al croquet en el parque de la señora Deale y la cena en la mesa del caballero. La velada había sido demasiado traumática, demasiado excitante, y demasiado reciente como para que cediera el paso al sueño. Dejó los ojos abiertos en la oscuridad, una oscuridad que con excesiva frecuencia se poblaba antes del sueño por esas caras infantiles, conocidas y cargadas de reproche, ocres, negras y blancas, inclinadas sobre ella, preguntándole por qué los había abandonado cuando ellos la amaban y creían ser amados. En general era un alivio liberarse de esos fantasmas amables y acusadores, que en los últimos meses se fueron haciendo más infrecuentes. Y a veces los reemplazaba un recuerdo más traumático. La directora había insistido en que asistiera a un curso de toma de conciencia sobre temas raciales, ella, que hacía veinte años que enseñaba a niños de razas diferentes. Hubo una escena que durante meses se había esforzado por no evocar en absoluto, la última reunión en la sala de personal, el círculo de rostros implacables, ocres, negros y blancos, los ojos acusadores, las preguntas insistentes. Y al fin, quebrada por las agresiones, no pudo evitar el llanto. Ningún derrumbe nervioso, para usar el eufemismo habitual, fue más humillante.

Pero esta noche incluso ese humillante recuerdo fue remplazado por visiones más recientes e inquietantes. Volvió a ver esa figura femenina y juvenil delineada un instante apenas contra los muros de la abadía, sólo para deslizarse como un fantasma y perderse en las sombras de la playa. Se evocó otra vez en la mesa de la cena y volvió a contemplar los ojos sombríos de Hilary Robarts buscando la mirada de Alex Mair, los rasgos de Miles Lessingham iluminados por las llamas del hogar, sus manos de dedos largos tomando la botella de vino, oyó su voz algo aguda diciendo lo indecible. Y entonces, ya a medias en el sueño, avanzó con él entre los arbustos de ese bosque horrible, sintió las espinas rasgándole las piernas, las ramas bajas tocándole las mejillas, miró con él el círculo de luz de la linterna sobre ese rostro grotesco y mutilado. Y en ese mundo crepuscular entre la vigilia y el sueño comprobó que era un rostro que conocía, el suyo propio. Volvió con un espasmo a la conciencia con un pequeño grito de terror, encendió la luz, tomó el libro y comenzó a leer. Media hora después el libro se deslizó de sus manos y cayó en el primero de los adormecimientos de la noche.

6

A Alex Mair no le llevó más de dos minutos estar tendido y rígido en la cama para saber que le sería muy difícil poder dormirse. Y estar en la cama sin dormir siempre le había sido tolerable. Podía arreglárselas durmiendo poco, pero ese poco era siempre profundo. Se levantó, se puso la bata y fue a la ventana. Vería salir el sol sobre el mar. Recordó las últimas horas, el alivio que conocía bien al hablar con Alice, a quien nada chocaba ni sorprendía; todo lo que él hiciera, aunque ella no lo considerara correcto, al menos era juzgado con una norma diferente a la que Alice aplicaba con rigor al resto de su vida.

El secreto que compartían, esos minutos en que había apretado su cuerpo trémulo contra el árbol y mirado a sus ojos, obligándola a la obediencia, los unió con un lazo tan fuerte que nada podía aflojar, ni la enormidad de la culpa compartida ni los pequeños roces de la vida en común. Pero nunca habían hablado de la muerte de su padre. El no sabía si Alice pensaba alguna vez en esa muerte, o si había borrado el trauma de su mente y ahora creía la versión que él había formulado. Cuando, poco después del funeral, la notó tan calmada, imaginó esa posibilidad y le había sorprendido su negativa a creerla. No quería la gratitud de su hermana. Era deprimente pensar siquiera que ella pudiera sentir una deuda con él. "Deuda" y "gratitud" eran palabras que nunca habían necesitado usar. Pero él quería que ella supiera y recordara. El hecho fue tan monstruoso y sorprendente que le había sido intolera-

123

ble no tener un alma viviente con el cual compartirlo. En aquellos primeros meses quiso que ella se percartara de la magnitud de lo que él había hecho, y que supiera que lo consumó por ella.

Y después, seis semanas después del funeral, de pronto él mismo se había encontrado dispuesto a creer que no había sucedido, no de ese modo, y que todo el horror era una fantasía infantil. Despierto de noche, veía la figura de su padre derrumbándose, el chorro de sangre como una fuente escarlata, oía las palabras susurradas con voz ronca. En esta versión revisada y consolatoria había habido un segundo de demora, no más y después él había corrido en busca de ayuda. Y hubo incluso una segunda fantasía más admirable aun, en la que él se arrodillaba al lado de su padre y apretaba el puño cerrado contra el vientre, para frenar el flujo de sangre y le susurraba palabras tranquilizadoras. Demasiado tarde, por supuesto; pero lo intentó. Había hecho todo lo posible. El médico forense, ese hombrecito pulcro con sus anteojos en forma de media luna y cara de loro, le había alabado: "Felicito al hijo del difunto, que actuó con encomiable prontitud y coraje e hizo todo lo posible por salvar la vida de su padre."

El alivio de ser capaz de creer en su inocencia fue tan grande al principio que por un tiempo lo abrumó. Noche tras noche se dormía en una marea de euforia. Pero ya entonces había sabido que su autoabsolución era como una droga en el torrente sanguíneo. Consolatoria, pero no era para él. En ese camino lo esperaba un peligro más destructivo aun que la culpa. Se había dicho a sí mismo: "Nunca debo creer que una mentira es la verdad. Puedo decir mentiras toda mi vida si es necesario, pero tengo que saber que son mentiras y nunca debo decírmelas a mí mismo. Los hechos son los hechos. Debo aceptarlos y enfrentarlos y luego aprender a vivir con ellos. Puedo buscar razones para lo que hice y llamar excusas a esas razones: lo que le hacía a Alice, el modo en que trataba a mamá, el odio que le tenía. Puedo intentar justificar su muerte, al menos ante mí mismo. Pero hice lo que hice y él murió como murió."

Y con esa aceptación logró una especie de paz. Al cabo de unos pocos años podía creer que la culpa misma era una indulgencia que no necesitaba sufrirla si no lo deseaba. Y después vino un momento en que sintió orgullo por su acción, por el coraje, la audacia, la resolución que la habían hecho posible. Pero sabía que eso también era peligroso. Y durante años apenas si pensó en su padre. Ni su madre ni Alice hablaban nunca de él salvo en compañía de conocidos casuales que sentían la obligación de presentar condolencias demoradas que creían necesarias.

Un año después de enviudar, su madre se había casado con Edmund Morgan, un viudo organista de iglesia, hombre tan aburrido que adormecía a quienes se le acercaban, retirándose con él a Bognor Regis, donde vivían del dinero del seguro del padre en un amplio bungalow con vista al mar, en una obsesiva devoción mutua que reflejaba el orden meticuloso de su mundo. La madre se refería a su nuevo marido como "el señor Morgan". "Si no hablo contigo sobre tu padre, Alex, no es porque lo haya olvidado sino porque al señor Morgan no le gustaría." La frase se había vuelto una broma privada entre él y Alice. La conjunción del trabajo de Morgan y su instrumento ofrecía innumerables posibilidades de bromas adolescentes, en especial durante la luna de miel. "Espero que el señor Morgan haya abierto todas las clavijas." "¿Te parece que el señor Morgan habrá cambiado la clave?" "Pobre señor Morgan, cuánto trabaja; espero que el instrumento no se quede sin aire." Los hermanos eran chicos retraídos, callados, pero este tipo de bromas nunca dejaba de causarles una risa irreprimible. El señor Morgan y su órgano los lanzaba a un mar de carcajadas y anestesiaba el horror del pasado.

Y más tarde, cuando tenía dieciocho años, hubo una realidad distinta que se coló en él y un día se dijo en voz alta: "No lo hice por Alice, lo hice por mí", encontrando extraordinario que hubiera tardado cuatro años en descubrirlo. ¿Pero era un hecho, era la verdad o apenas una especulación psicológica que le resultaba interesante contemplar cuando estaba de cierto humor?

Ahora, mirando por encima de la punta el cielo del oriente ya encendido con el primer dorado del alba, dijo en voz alta: "Dejé deliberadamente morir a mi padre. Es un hecho. Todo lo demás es especulación sin sentido." En la ficción, pensó, Alice y yo deberíamos haber vivido atormentados por nuestro secreto, culpables, desconfiados, incapaces de vivir separados pero desdichados por estar juntos. En cambio, desde la muerte del padre no hubo entre su hermana y él otra cosa que compañerismo, afecto, paz.

Pero ahora, casi treinta años después, cuando ya creía haberse reconciliado mucho tiempo atrás con su acción, el recuerdo comenzó a agitarse otra vez. Todo había empezado con el primer crimen del Silbador. La misma palabra "asesinato", que ahora estaba en labios de todo el mundo, como una maldición sonora, parecía tener el poder de evocar esas imágenes a medias sepultadas del rostro de su padre, que con el tiempo se había vuelto tan confuso y desprovisto de vida como una vieja fotografía. Pero en los últimos seis meses la imagen de su padre empezó a irrumpir en su conciencia en los momentos más inesperados, en medio de una reunión, al otro lado de la mesa del dormitorio, en un gesto, en la forma de un párpado, el tono de una voz, la línea de la boca de alguien que le hablara, la forma de unos dedos abiertos ante el fuego. El fantasma de su padre había vuelto con el color del follaje del fin del verano, la primera caída de hojas, los primeros olores del otoño. Se preguntaba si lo mismo sucedería con Alice. Con toda su mutua simpatía, con todo el sentimiento que tenían de estar irrevocablemente unidos, ésta era una pregunta que nunca le haría.

Y había otras preguntas, una en especial, que no tenía que temer esperar de ella. Alice no mostraba la menor curiosidad por la vida sexual de su hermano. El tenía los conocimientos de psicología como para sospechar al menos lo que podían haberle hecho a ella aquellas primeras experiencias humillantes y aterrorizantes. A veces creía que ella contemplaba sus vaivenes sentimentales con una indulgencia algo divertida, como si, sintiéndose inmunizada a una debilidad infantil, de todos modos no sintiera la tentación de criticarla en otros. Una vez, cuando él acababa de divorciarse, Alice le había dicho: "Encuentro extraordinario que un mecanismo simple, aunque no muy elegante, para asegurar la supervivencia de la especie, tenga que arrojar a los seres humanos a tales torbellinos emocionales. ¿Es necesario tomarse tan en serio el sexo?" Y ahora se encontraba preguntándose si ella sabía o sospechaba lo de Amy. Y en ese momento, cuando el llameante círculo del sol asomaba del mar, los engranajes del tiempo invirtieron su marcha, y volvió cuatro días atrás, a un momento en que estaba tendido con Amy en el hueco profundo entre las dunas, sintiendo el aroma de la arena y las hierbas y la brisa salada que venía del mar, mientras se desvanecía del aire otoñal el calor de la tarde. Podía recordar cada frase, cada gesto, el timbre de su voz, podía sentir cómo se erizaban los pelos de su brazo al contacto de ella.

7

Ella se volvió hacia él, la cabeza apoyada en una mano y él vio la luz fuerte de la tarde demorándose en la cabellera teñida de color brillante. Ya se desvanecía el calor del aire y supo que era hora de irse. Pero, allí tendido al lado de ella, escuchando el susurro de la marea y mirando el cielo a través de una niebla de hierbas, se sentía colmado, no de la tristeza que sigue al coito sino de una agradable languidez, como si la larga tarde del domingo todavía se extendiera ante ellos.

Fue Amy quien dijo:

—Escucha, será mejor que vuelva. Le dije a Neil que no estaría ausente más de una hora y se pone nervioso si me retraso, por el Silbador.

—El Silbador mata de noche, nunca de día. Y no creo que se aventure en la punta. Hay poca lugar donde ocultarse. Pero Pascoe tiene razón en preocuparse. Aunque no haya mucho peligro, no deberías salir sola de noche. Ninguna mujer debería hacerlo hasta que lo atrapen.

—Ojalá lo atrapen —dijo Amy—. Sería una preocupación menos para Neil.

Esforzándose por no parecer especialmente interesado, él le preguntó:

—¿Nunca te pregunta adónde vas los domingos a la tarde, cuando te escapas y lo dejas con el chico?

–No, no pregunta. Y el chico se llama Timmy. Y no me escapo. Digo que salgo, y salgo.

–Pero debe de hacerse preguntas.

–Oh, seguro que se las hace. Pero cree que la gente tiene derecho a su privacidad. Le gustaría preguntar, pero nunca lo hará. A veces le digo: "Me voy, a revolcarme con mi amante en las dunas." Pero él no dice una palabra, sólo se lo ve desdichado porque no le gusta que yo me ponga grosera.

–¿Entonces por qué lo haces? Quiero decir, ¿por qué torturarlo? Probablemente te quiere.

–No, no es a mí. Es a Timmy al que quiere. Y hay cosas que deben decirse groseramente. En este caso, no podría decir "voy a acostarme con mi amante". Contigo me he acostado en la cama sólo una vez y estabas nervioso como un gato, pensando que tu hermana podía volver sin aviso. Y no puedes decir que hayamos dormido juntos.

–Hacemos el amor –dijo él–. O, si prefieres, copulamos.

–Alex, eso es repugnante. De veras, creo que la palabra es repugnante.

–¿Y lo haces con él? ¿Duermes, vas a la cama, haces el amor, copulas?

–No, no lo hago. Aunque a ti no debería importarte. El piensa que no estaría bien. Lo que significa que en realidad no quiere. Si los hombres quieren, por lo general lo hacen.

–Ha sido mi experiencia, por cierto –dijo él.

Se quedaron inmóviles, tendidos uno al lado del otro, mirando el cielo. Ella parecía preferir no hablar. Y las preguntas fueron formuladas y respondidas. Había sido con vergüenza y algo de irritación que él reconoció ante sí mismo por primera vez el aguijón de los celos. Más humillante resultó su negativa a ponerlos a prueba. Y había más preguntas que quería hacer pero no se atrevía: "¿Qué significo para ti?" "¿Es importante esto para ti?" "¿Qué esperas de mí?" Y la más importante de todas, pero la que menos respuesta tendría: "¿Me amas?" Con su esposa, supo exactamente dónde estaba. Ningún matrimonio había comenzado con una comprensión más definitiva de lo que cada uno pedía del otro. El tácito acuerdo prenupcial no necesitó ratificación formal. El proveería el dinero, ella trabajaría si y cuando lo decidiera. Ella nunca había mostrado un entusiasmo especial por su trabajo como decoradora de interiores. A cambio, él podía esperar que su casa fuera administrada con eficiencia y razonable enconomía. Tomarían vacaciones separadas por lo menos una vez cada dos años; tendrían como máximo dos hijos y el momento de tenerlos lo decidiría ella; ninguno de los dos humillaría jamás en público al otro, y el espectro de las ofensas bajo esta rúbrica iba desde arruinar el relato de una anécdota del otro hasta una infidelidad demasiado pública. Resultó un éxito. Se habían gustado, convivieron con escasos rencores y él había lamentado sinceramente, aunque fuera en especial por motivos de orgullo, que ella lo abandonara. Afortunadamente, su fracaso matrimonial fue mitigado por la divulgación pública de la fortuna de su rival. Para una sociedad materialista, perder la esposa en manos de un millonario no es un fracaso. A los ojos de sus amigos, él habría mostrado un enfermizo sentimiento de propiedad si no la hubiera dejado en libertad con un mínimo de molestias. Pero para hacerle justicia, Liz había amado a Gregory y lo hubiera seguido a California aunque él no dispusiese de un centavo. Volvía a ver en el recuerdo su rostro transformado por la risa, su voz irónica disculpándose:

—Es la cosa real esta vez, querido. Nunca lo habría esperado, y todavía no puedo creerlo. Trata de no sentirte demasiado mal, no es tu culpa. No hay nada que pueda hacerse por remediarlo.

La cosa real. De modo que existía esa misteriosa cosa real ante la que todo cedía, obligaciones, hábitos, responsabilidades, deber. Y ahora, tendido en las dunas, mirando el cielo a través de los tallos de hierba, lo pensó casi con terror. No la había encontrado al fin, con una chica que tenía menos de la mitad de su edad, inteligente pero sin educación, promiscua y cargada con un hijo ilegítimo. Y no se mentía sobre la naturaleza del atractivo que ejercía sobre él. Nunca había hecho el amor con tanto erotismo y liberación como en estos acoplamientos con sabor a ilícito sobre la arena, a pocos metros del mar.

A veces se descubría permitiéndose una fantasía en la que la veía con él en Londres en su nuevo piso. El departamento, que todavía no había comenzado a buscar, no era más que una vaga posibilidad entre otras, pero en sus fantasías asumía dimensiones, forma, una realidad horriblemente plausible en la que se veía colgando cuadros sobre una pared inexistente, pensando en la disposición de sus cosas, por ejemplo la localización exacta de su equipo estéreo. El departamento tenía vista al Támesis. Podía ver las anchas ventanas desde las que se veía el río hasta el puente de la Torre, la inmensa cama, el cuerpo curvado de Amy cruzado de franjas de luz solar que entraba por los postigos de madera. Pero luego el dulce cuadro ilusorio se disolvía en la siniestra realidad. Estaba el chico. Ella querría tener al niño consigo. Por supuesto que querría. De otro modo, ¿quién se haría cargo? Podía imaginarse la sonrisa de indulgencia en los rostros de sus amigos, el placer de sus enemigos y el niño arrastrándose, con dedos pegajosos, por todo el departamento. En la imaginación podía oler lo que Liz nunca le había hecho conocer en la realidad: el olor de la leche agria y los pañales sucios; podía imaginarse la espantosa falta de paz y privacidad. Necesitaba de estas realidades, debidamente acentuadas, para volver a la cordura. Le horrorizaba que hubiera podido, así fuera por unos instantes, haber contemplado con seriedad una estupidez tan destructiva. Pensó: estoy obsesionado con ella. Está bien, por estas pocas semanas disfrutaré de mi obsesión. Este fin de verano será breve, los días cálidos, ya casi fuera de estación, no pueden durar. Ya los días se acortaban. Pronto sentiría el primer olor del invierno en las brisas marinas. Se terminarían los abrazos en las dunas. Ella no podría volver a Martyr's Cottage; sería una imprudencia idiota. No le sería difícil convencerse a sí mismo de que actuando con cuidado, cuando Alice estuviera en Londres y no se esperaran visitantes, podían estar juntos en su dormitorio quizá toda una noche, pero sabía que nunca se arriesgaría. En la punta había pocas cosas que se mantuvieran privadas. Este era su verano de San Martín, una locura otoñal, nada que no pudiera marchitar el primer frío del invierno.

Pero ahora ella dijo, como si no hubieran hecho pausa alguna en la conversación:

—Neil es mi amigo, ¿de acuerdo? ¿Y por qué quieres hablar de él?

—No quiero. Pero me gustaría que se civilizara un poco. Esa casa rodante está en línea directa con la ventana de mi dormitorio y me estropea el paisaje.

—Necesitarías largavista para verla desde tu ventana. Y lo mismo hace tu maldita gran central nuclear: estropea el paisaje. Está en línea directa de todos; todos tenemos que mirarla.

Le puso una mano sobre el hombro que sintió cálido bajo la película de arena y dijo con burlona pompa:

—Se ha establecido el consenso de que, dadas las restricciones impuestas por el sitio y por su función, la Central Nuclear es un edificio arquitectónicamente logrado.

—¿Quién piensa así?

—Yo, para empezar.

—Bueno, tú, no tienes más remedio que pensarlo. Además, deberías estar agradecido a Neil. Si él no cuidara a Timmy, yo no estaría aquí.

—Esa casa rodante es primitiva. Tienen estufa a leña, ¿no? Si llega a explotar, ustedes tres morirían calcinados, en especial si las puertas se traban.

–Nunca las cerramos con llave, no seas pesimista. Y siempre apagamos el fuego de noche. Y supónte que sea tu central la que explote. No habrá solamente tres víctimas, ¿eh? Por cierto que no. Y no sólo están los seres humanos. ¿Qué será de Smudge y Whisky? Ellos también tienen derechos.

–No explotará. Has estado prestando atención a esas fábulas para asustar tontos. Si tienes algún temor por la energía nuclear, pregúntame a mí. Yo te diré lo que deseas saber.

–¿Quieres decir que mientras me estés montando me explicarás todo sobre la energía nuclear? Oh, vaya, será un placer instruirme.

Y se volvió otra vez hacia él. La arena que tenía sobre los hombros brillaba y Alex sintió su boca jugueteando sobre su labio superior, su pecho, su vientre. Y después ella se arrodilló sobre él y su redondo rostro infantil con la mata de pelo brillante cubrió el cielo.

Cinco minutos después se apartaba de él y comenzaba a sacudirse la arena de la camisa y los jeans. Mientras lo hacía le preguntó:

–¿Por qué no haces algo con esa perra de Larksoken, la que está demandando a Neil? Puedes detenerla. Tú eres el jefe.

La pregunta (¿o era una orden?) lo arrancó de su fantasía con tanta brusquedad como si ella, sin provocación, lo hubiera abofeteado. En los cuatro encuentros previos nunca lo había interrogado sobre su trabajo, y apenas si mencionó la Central Nuclear salvo, como esta tarde, para quejarse, a medias en broma, de la fealdad del edificio. El no había decidido deliberadamente mantenerla ajena a su vida privada y profesional. Pero cuando estaban juntos, el resto de su vida quedaba fuera de su conciencia. El hombre que se abrazaba con Amy en las dunas no tenía nada que ver con el científico ocupado, ambicioso y calculador que dirigía Larksoken, nada que ver con el hermano de Alice, con el ex marido de Elizabeth, con el ex amante de Hilary. Ahora se preguntó, con una mezcla de irritación y tristeza, si ella había decidido ignorar esas señales invisibles de no intrusión. Y si él no hizo confidencias tampoco las había hecho ella. Alex sabía sobre ella muy poco más que cuando se encontraron por primera vez en las ruinas de la abadía una noche ventosa de agosto menos de seis semanas antes, se miraron durante un minuto sin decir palabra, y después avanzaron uno hacia el otro en silencio en un reconocimiento misterioso. Más tarde esa noche ella le dijo que venía de Newcastle, que su padre viudo volvió a casarse y que ella y su madrastra no se llevaban bien. Se había ido a Londres y vivido en casas abandonadas. La historia era bastante común pero él no le creyó del todo y sospechó que a ella no le importaba si le creía o no. Su acento era más londinense que del noreste. Nunca le había preguntado por el chico, en parte por delicadeza pero sobre todo porque prefería no pensar en ella como madre y ella no le ofreció información alguna sobre Timmy o su padre.

–Bueno –dijo ella ahora–, ¿por qué no lo harías? Eres el jefe, como te dije.

–No tengo poder sobre sus vidas privadas. Si Hilary Robarts se considera difamada y busca reparación, no puedo impedir que recurra a la ley.

–Podrías si quisieras. Y lo que escribió Neil no es más que la verdad.

–Eso que has dicho es una defensa peligrosa en los juicios por injurias. Recomiéndale a Pascoe que no la use.

–La mujer no cobrará un centavo. El no tiene dinero. Y si debe pagar costas, se arruinará.

–Debería haberlo pensado antes.

Ella se echó atrás y por unos minutos no hablaron. Después Amy dijo, tan naturalmente como si la conversación anterior hubieran sido trivialidades ya a medias olvidadas:

–¿Qué hay del próximo domingo? Yo podría venir a fin de la tarde. ¿Está bien?

De modo que no se había enojado. No era importante para ella, o si lo era había decidido abandonarlo, al menos por ahora. Y el pudo sacarse de encima la traicionera sospecha de que su primer encuentro había sido planeado, parte de una maniobra ideada por ella y Pascoe para explotar su influencia sobre Hilary. Pero eso era ridículo. No tenía más que recordar la inevitabilidad de su primera reunión, el placer apasionado, simple, animal, con el que hacían el amor, para saber que la mera idea era paranoica. Vendría el próximo domingo. Quizá fuera la última vez. El ya había decidido a medias que tendría que ser la última. Se liberaría de esa esclavitud, dulce como era, tal como se había librado de Hilary. Y sabía, con una pena que ya era una forma de nostalgia, que en esta despedida no habría protestas, pedidos, ni un aferrarse desesperado al pasado. Amy aceptaría su partida tan tranquilamente como había aceptado su llegada.

–Está bien, alrededor de las cuatro y media. El domingo veinticinco.

Y ahora el tiempo, que en los últimos diez minutos parecía haberse detenido misteriosamente, volvió a fluir: él estaba de pie en la ventana de su dormitorio cinco días después, mirando la gran bola de fuego que salía del mar para manchar de luz el horizonte y extender sobre el cielo del oriente las venas y arterias del nuevo día. El domingo 25. Había hecho esa cita cinco días atrás y se proponía mantenerla. Pero, tendido allí en las dunas, no sabía lo que conocía ahora, que tenía otra cita, muy diferente, el domingo 25 de setiembre.

8

Poco después del almuerzo Meg cruzó a pie la punta rumbo a Martyr's Cottage. Los Copley habían subido a dormir la siesta y por un momento se preguntó si debía decirles que echaran llave a la puerta del dormitorio. Pero se dijo que la precaución era innecesaria y ridícula. Le pondría cerrojo a la puerta trasera, cerraría con llave la del frente al salir y no estaría ausente mucho tiempo. Y ellos no se hacían el menor problema por quedar solos. A veces le parecía que la vejez reducía el temor. Los ancianos podían mirar la Central Nuclear sin la menor premonición de desastre y el horror del Silbador no sólo les resultaba incomprensible sino que tampoco les interesaba. La mayor excitación de sus vidas, que sí debía ser planeada con meticuloso cuidado y no pocos temores, era una excursión de compras a Norwich o Ipswich.

Era una hermosa tarde, más calurosa que la mayoría de las del último verano. Había una brisa suave y de vez en cuando Meg se detenía y levantaba la cabeza para sentir el calor del sol y el aire que le acariciaba las mejillas. La hierba era esponjosa bajo sus pies y al sur las piedras de la abadía, ya no misteriosa ni siniestra, lucían doradas contra el fondo del mar azul.

No necesitó llamar. La puerta de Martyr's Cottage estaba abierta, como lo estaba casi siempre que había buen tiempo y llamó a Alice en voz alta; al oír su respuesta fue por el pasillo hacia la cocina. En el interior flotaba un picante olor a limón, que cubría los aromas más familiares de cera, vino y leña. Era un olor

134

tan fuerte que por un momento devolvió a Meg a las vacaciones que habían pasado con Martin en Amalfi, al sendero serpenteante que recorrían tomados de la mano montaña arriba, a las pilas de limones y naranjas al costado del camino. La imagen revivida en un relámpago de oro, como una oleada de calor en la cara, fue tan vívida que por un segundo vaciló en la puerta de la cocina, como desorientada. Pero su visión no tardó en aclararse y vio los objetos familiares, la cocina a gas con las mesadas, la mesa de roble pulido en medio del cuarto con sus cuatro elegantes sillas, y al otro lado el estudio de Alice con las paredes cubiertas de libros y la pila de pruebas en el escritorio. Alice estaba de pie trabajando en la mesa, con su largo delantal azul.

–Como verás, estoy haciendo cuajada de limón. A Alex y a mí de vez en cuando la apetecemos y me gusta hacerla, así que supongo que tengo bastante justificación para tomarme la molestia.

–Nosotros la probamos rara vez... Martin y yo. De hecho, creo no la he comido desde que era chica. Mamá compraba a veces para adornar el té del domingo.

–Si era comprada, no sabes cuál es el sabor que debe tener.

Meg rió y se sentó en el sillón a la izquierda de la chimenea. El tapizado era verde claro y tenía brazos y un elegante respaldar curvado. Nunca se ofrecía a ayudar en la cocina, porque sabía que a Alice no le agradaría una oferta que las dos estaban convencidas de que era impráctica e insincera. No se necesitaba ni se pedía ayuda. Pero a Meg le gustaba sentarse y mirar. Se preguntaba si sería un recuerdo de la infancia lo que hacía tan extraordinariamente tranquilizante y satisfactorio el espectáculo de una mujer cocinando en su cocina. Si era así, a los niños modernos se los estaba privando de otra fuente más de consuelo en un mundo cada vez más desordenado y atemorizante.

–Mi madre no hacía cuajada de limón –dijo–, pero le gustaba cocinar, aunque siempre preparaba cosas muy simples.

–Son las más difíciles. Y supongo que tú la ayudabas. Puedo imaginarte con tu delantal, haciendo hombrecitos de jengibre.

–Solía darme un trozo de masa, es cierto. Para cuando yo terminaba de amasar, enrollarla, estirarla, darle formas, quedaba imposible de sucia. Y me gustaba recortar la masa para hacer bizcochos con forma. Y sí, hacía hombrecitos de jengibre, con pasas como ojos. ¿Tú no?

–No. Mi madre no pasaba mucho tiempo en la cocina. No era buena cocinera y las críticas de mi padre destruyeron la poca confianza que se tenía. De modo que pagaba a una mujer para que viniera todos los días a preparar la comida de la noche, que era virtualmente la única que hacíamos, salvo los domingos. La mujer no venía los fines de semana, así que las comidas familiares tendían a ser tensas. Mamá no cocinaba mal, pero trabajaba en un clima permanente de malhumor, y por cierto que no admitía chicos en la cocina. Yo llegué a interesarme en ella sólo cuando terminaba mis estudios de lenguas modernas en Londres. Pasé un semestre en Francia y allí empezó todo. Encontré mi pasión. Comprendí que no sería necesario tener que enseñar o hacer traducciones o trabajar de secretaria de algún hombre.

Meg no respondió. Sólo en una ocasión Alice había hablado antes de su familia o su pasado y sintió que sus comentarios o preguntas podían hacerle lamentar a su amiga el momento tan raro de confidencia que se había permitido. Se echó atrás en el sillón y la miró mover los dedos largos y hábiles haciendo con facilidad su trabajo. Ante Alice, había en la mesa ocho huevos grandes en un bol poco profundo, a su lado un plato con manteca y otro con cuatro limones. Frotaba los limones con terrones de azúcar hasta que éstos se deshacían y caían en un bol, momento en el que tomaba otro y reiniciaba pacientemente la tarea.

—Saldrá un kilo y medio –dijo–. Te daré una jarra para los Copley, si crees que puede gustarles.

—Seguro que sí, pero de todos modos tendré que comerlo sola. Era eso lo que venía a decirte. Y no puedo quedarme mucho. La hija de los Copley sigue insistiendo en que deben ir a instalarse con ella hasta que atrapen al Silbador. Esta mañana temprano volvió a llamar, no bien se enteró del último asesinato.

—Es cierto, el Silbador se está acercando demasiado –dijo Alice–, pero no creo que ellos corran peligro. Sólo ataca de noche y todas sus víctimas han sido mujeres jóvenes. Y los Copley no salen si no es contigo en el auto, ¿no?

—A veces dan una caminata por la costa, pero en general hacen su ejercicio en el jardín. He tratado de persuadir a Rosemary Duncan-Smith de que no corren peligro, y de que no estamos atemorizados. Pero supongo que sus amigos deben de estar criticándola por dejar a sus padres solos aquí.

—Entiendo. Ella no quiere tenerlos en su casa, ellos no quieren ir, pero todo debe sacrificarse a la opinión de los así llamados "amigos".

—Creo que es una de esas mujeres dominantes y eficientes que no toleran la crítica. Y para ser justos con ella, creo que está sinceramente preocupada.

—¿Cuándo se irán?

—El domingo por la noche. Los llevaré en auto a Norwich a

tomar el tren de las ocho y media, que llega a Liverpool Street a las diez cincuenta. La hija estará esperándolos.

—No es muy conveniente, ¿no? Viajar el domingo siempre es difícil. ¿Por qué no pueden esperar hasta el lunes?

—Porque la señora Duncan-Smith pasa el fin de semana en su club en Audley Square y les ha reservado un cuarto. El lunes a primera hora irán todos juntos a Wiltshire.

—¿Y tú? ¿No te molesta quedarte sola?

—En lo más mínimo. Oh, seguro que los extrañaré cuando no estén, pero por el momento sólo pienso en todo el trabajo atrasado que podré poner al día. Y tendré más tiempo ayudándote con las pruebas. No creo que tenga miedo. Entiendo el miedo, y a veces me encuentro casi jugando a estar asustada, me aventuro casi deliberadamente en el horror, como para probar mi valor. Durante el día nunca hay problemas. Pero cuando cae la noche y estamos sentados frente al fuego, puedo imaginármelo en las sombras, observando y esperando. Lo peor es ese sentimiento de amenaza invisible e irreconocible. Es algo así como la sensación que me produce la Central Nuclear: que hay en la punta un poder peligroso e impredecible que no puedo controlar y ni siquiera empezar a comprender.

—El Silbador no se parece en nada a la Central —dijo Alice—. A la energía nuclear se la puede comprender y dominar. Pero este último asesinato es grave para Alex. Algunas de las secretarias vuelven a sus casas en ómnibus o bicicleta. Ha tenido que organizar al personal con auto para que las lleve de noche y las traiga por la mañana, pero con los turnos rotativos esa organización resulta muy difícil. Algunas de las chicas han entrado en pánico y dicen que sólo aceptarán que las lleve otra mujer.

—¡Pero no pueden pensar en serio que sea un colega, alguien de la Central!

—Sí que lo piensan en serio, ése es el problema. El instinto pasa al primer plano y su instinto es sospechar de cualquier hombre, en especial si no tiene una coartada para los últimos dos asesinatos. Y además está Hilary Robarts. Ella nada en el mar casi todas las noches hasta fines de octubre y a veces incluso en invierno. Y se propone seguir haciéndolo. Las posibilidades de que la asesinen pueden ser de un millón a uno, pero es una temeridad y puede dar un mal ejemplo. A propósito, lamento lo de anoche. No fue una cena muy exitosa. Les debía una comida a Miles y a Hilary, pero no había notado cuánto se detestan. No sé por qué. Alex probablemente lo sabe, pero no estoy tan interesada como para preguntarle. ¿Qué te pareció nuestro vecino poeta?

137

–Me gustó –dijo Meg–. Creí que sería algo intimidante, pero no lo es, ¿no te parece? Caminamos juntos hasta las ruinas de la abadía. Son tan hermosas a la luz de la luna.

–Todo lo románticas que puede pedir un poeta. Me alegro que su compañía no te haya desilusionado. Por mi parte, nunca puedo mirar la luna sin imaginarme esos aparatos que han enviado a ella. El hombre donde va deja su contaminación en forma de desechos metálicos. Pero el domingo a la noche habrá luna llena. Por qué no vienes a cenar conmigo cuando vuelvas de Norwich y podemos después hacer un paseo juntas por las ruinas. Te espero a las nueve y media. Lo más probable es que estemos solas. Alex suele ir a la central después de pasar el fin de semana en Londres.

–Me encantaría, Alice –dijo Meg con pena–, pero no será posible. El trabajo de empacar y despacharlos será toda una hazaña y estoy segura de que al volver de Norwich no tendré fuerzas más que para meterme en cama. Y no tendré hambre. Antes de partir debo prepararles un té con abundante comida. Además, no podría quedarme, porque la señora Duncan-Smith llamará desde Liverpool Street para decirme que han llegado sin problemas.

Alice se secó las manos y la acompañó a la puerta, cosa que no siempre hacía. Meg se preguntó por qué, cuando hablaban de la cena y su paseo posterior con Adam Dalgliesh, había omitido mencionar esa misteriosa figura femenina entrevista en las ruinas. No era sólo temor de darle importancia a algo que no la tenía; sin la corroboración de Dalgliesh, podía haber estado equivocada. Algo más, una negativa profunda que no podía explicar ni comprender, le cerraba la boca. Cuando llegaron a la puerta y Meg vio la superficie curva y soleada de la punta, tuvo un instante de percepción extraordinaria en la que le pareció ser consciente de otro tiempo, de una realidad diferente, que coexistía con el momento presente. El mundo externo seguía siendo el mismo. Veía cada detalle con ojos más agudos; las motas de polvo bailoteando en el haz de luz solar que caía sobre el piso de piedra, la resistencia de cada laja gastada por el tiempo bajo sus pies, cada uno de los clavos cuyas cabezas asomaban de la gran puerta de roble, cada hoja de hierba a los costados del camino de entrada. Pero era el otro mundo el que poseía su mente. Y en él no había sol, sólo una perenne oscuridad poblada del ruido de caballos y pisadas, rudas voces masculinas, un ruido incoherente como el de la marea arrastrando todas las piedrecillas sueltas de todas las playas del mundo. Y después estuvo el chasquido de las ramas secas, la explosión del fuego, y entonces un segundo de terrible silencio quebrado por el grito agudo y sostenido de una mujer. Oyó la voz de Alice:

–¿Estás bien, Meg?

–Me sentí rara por un instante. Ya pasó. Estoy perfectamente bien.

–Has estado trabajando mucho. Tienes demasiado quehacer en esa casa. Y anoche quizá no descansaste bien. Probablemente esto es el shock demorado.

–Anoche le decía al señor Dalgliesh que nunca sentí la presencia de Agnes Poley en esta casa –agregó Meg–. Pero me equivocaba. Está aquí. Algo de ella permanece.

Hubo una pausa antes de que su amiga respondiera:

–Supongo que depende de tu comprensión del tiempo. Si es cierto, como dicen algunos científicos, que se puede marchar hacia atrás, entonces quizás ella sigue aquí, viva, quemándose en una hoguera eterna. Pero yo nunca la he sentido. A mí no se me aparece. Quizá no simpatizamos. Para mí, los muertos están muertos. Si no estuviese convencida, no creo que pudiera seguir viviendo aquí.

Meg se despidió y salió caminando con firmeza rumbo a la vieja rectoría. Los Copley, enfrentados a las formidables y necesarias decisiones para empacar con vistas a un alejamiento por tiempo indefinido, debían de estar poniéndose nerviosos.

Cuando llegó a la cresta de la punta, se volvió y vio a Alice todavía en el umbral. Levantó la mano en un gesto que era más una bendición que un saludo y desapareció dentro de la casa.

LIBRO TERCERO

Domingo 25 de setiembre

1

A las ocho y cuarto de la noche del domingo Theresa había terminado sus tareas escolares, postergadas durante todo el fin de semana y pensó que podía hacer a un lado sin remordimiento el libro de matemáticas, diciéndole a su padre que estaba cansada y quería irse a la cama. El la había ayudado antes a lavar los platos de la cena, que consistió en los restos de un guiso irlandés al que Theresa le había agregado zanahorias de lata, para después instalarse como lo hacía siempre frente al televisor, derrumbado en el viejo sillón al lado de la chimenea vacía, con su botella de whisky en el piso al alcance de la mano. La niña sabía que su padre seguía sentado ahí hasta que hubiera terminado el último programa, la vista fija en la pantalla aunque, sentía ella, sin mirar en realidad esas parpadeantes imágenes en blanco y negro. A veces era casi el alba cuando, despierta, oía sus pasos pesados en la escalera.

El señor Jago llamó poco después de las siete y media, ella atendió el teléfono y tomó su mensaje, después de decirle que su papá estaba en el cobertizo de pintar y había pedido que no lo molestaran. No era cierto. El padre estaba en el retrete al fondo del jardín. Pero no quiso decírselo al señor Jago y nunca habría soñado con ir a llamar a su padre, a golpear a la puerta del retrete. A veces Theresa pensaba, con una percepción curiosamente adulta, que él tomaba su linterna e iba allí aun sin tener necesidad de hacerlo; el cubículo con su puerta agrietada y su asiento cómodo era un refugio para él, un refugio de la casa, del ruido y el de-

143

sorden, del llanto de Anthony, de los propios esfuerzos inefectivos de Theresa de remplazar a su madre. Pero en ese momento debía estar volviendo. Debió de oír el timbre del teléfono y al entrar preguntó quién había llamado.

—Número equivocado, papá —mintió ella y por costumbre hizo un rápido acto de contrición. Se alegraba de que su padre no hubiera hablado con el señor Jago. Podría haberlo tentado a encontrarse en el Local Hero, sabiendo que no había problemas en dejarla a cargo de la casa por una hora o dos y esta noche era vitalmente importante que no saliera del cottage. Le quedaba sólo media botella de whisky, Theresa lo había comprobado. Ella saldría apenas por cuarenta minutos más o menos y si había un incendio, que era el miedo secreto que heredó de su madre, él no estaría demasiado borracho para salvar a Anthony y a las mellizas.

Le dio un beso en la mejilla, que le pinchó los labios y pudo sentir el conocido olor de whisky, trementina y sudor. Como siempre, él alzó una mano y le revolvió suavemente el cabello. Era el único gesto de afecto que conservaba hacia ella. Sus ojos seguían en la vieja pantalla en blanco y negro, donde podían verse las conocidas caras del domingo entre las nevadas intermitentes. Theresa sabía que él no la molestaría un vez que estuviera cerrada la puerta del dormitorio trasero que la niña compartía con Anthony. Desde la muerte de su madre él nunca había entrado en ese dormitorio cuando ella estaba en él, fuera de día o de noche. Y Theresa notó la diferencia de su actitud hacia ella, casi formal, como si en esas pocas semanas ella hubiera madurado hasta transformarse en una mujer. El la consultaba sobre las compras, las comidas, la ropa de las mellizas, incluso sobre el problema del furgón. Pero había un tema que nunca mencionaba: la muerte de la madre.

La cama estrecha de Theresa estaba justo debajo de la ventana. Arrodillada sobre ella, corrió sin ruido las cortinas, de modo que la suave luz de la luna entrara al cuarto; la luna llegó hasta los rincones y desplegó su fría y misteriosa iluminación sobre la cama y el piso de madera. La puerta que comunicaba con el cuartito al frente donde dormían las mellizas estaba abierta, ella la atravesó y se quedó un instante mirando los pequeños bultos bajo las mantas; se inclinó para oír el susurro regular de sus respiraciones. No se despertarían hasta la mañana. Cerró la puerta y fue a su cuarto. Anthony dormía, como siempre, boca arriba, las piernas abiertas como las de una rana, la cabeza vuelta hacia un lado y los brazos extendidos como si quisiera tomar los barrotes de ambos lados de la cuna. Se había sacado de enci-

144

ma la manta, que Theresa repuso en su lugar con movimientos delicados. El deseo de tomarlo en brazos, de tan fuerte, era casi doloroso. Pero en lugar de eso quitó con cuidado un lado de la cuna y, por un momento, apoyó la cabeza junto a la del bebé. Dormía profundamente, como drogado, con la boca arrugada, y bajo los párpados con sus venitas delicadas ella podía imaginarse los ojos con las pupilas hacia arriba.

Volvió a su propia cama, donde acomodó dos almohadas bajo las mantas de modo que parecieran su cuerpo. Era muy improbable que su padre se asomara a mirar, pero si sucedía lo inesperado, al menos no vería a la luz de la luna una cama vacía. Buscó bajo la cama la pequeña bolsa de tela donde había colocado lo que sabía que necesitaría: la caja de cerillas, una vela blanca, la navaja afilada, la linterna de bolsillo. Después subió a la cama y abrió bien grande la ventana.

La punta se veía bañada en la luz plateada que ella y su madre tanto amaban. Todo era transformado como por una magia; las rocas aisladas flotaban cual islas de papel metálico arrugado sobre la hierba inmóvil, y el seto sin podar del fondo del jardín parecía un muro misterioso atravesado por delgados rayos de luz. Y más allá, como una sábana de seda, el ancho mar desierto. Quedó inmóvil, transida, un instante, respirando rápidamente, reuniendo fuerzas, y después pasó del cuarto al techo plano, que estaba cubierto de tejas, sobre las que se deslizó con infinito cuidado, sintiendo los bordes rugosos bajo las suelas de sus zapatillas. La distancia al suelo era de menos de dos metros y con la ayuda del caño de desagüe le fue fácil bajar; luego se escurrió por el jardín, con la cabeza gacha, hasta el alero de madera que se pudría atrás del cobertizo de pintura de su padre, donde éste y ella guardaban sus bicicletas. Bajo la luz de la luna Theresa descolgó la suya, la llevó por sobre la hierba y la pasó por encima de un agujero en el seto, para no usar la verja del frente. Sólo montó cuando llegó a la seguridad del prado bajo por donde antes había corrido el ferrocarril de la costa. Tomó la dirección del norte, hacia la franja de pinos y la abadía en ruinas.

El viejo terraplén del ferrocarril corría más allá del bosque de pinos que seguía a la costa, pero aquí estaba menos hundido, era apenas una minúscula depresión en la punta. Pronto esto también se emparejaría y ya no quedaría nada, ni siquiera los restos semipodridos de los viejos durmientes, para mostrar que una vez había habido un ferrocarril costero que llevaba a sus vacaciones en el mar a las familias victorianas, con sus palas y baldecitos, sus niñeras, sus grandes maletas. En menos de diez minutos ya estaba en terreno abierto. Apagó la lámpara de la bicicleta, desmontó para cerciorarse de que no había nadie a la vista y retomó la marcha en dirección al mar.

Aparecieron ante su vista, resplandecientes de luz de luna, los cinco arcos rotos de la abadía. Se detuvo un momento y los contempló en silencio. El edificio parecía irreal, etéreo, sin más sustancia que la luz nocturna. A veces, cuando acudía como ahora a la luz de la luna o las estrellas, la sensación de que las ruinas podrían disolverse al contacto de una mano era tan fuerte que ella tocaba las piedras y su dureza le producía sorpresa. Dejó la bicicleta apoyada contra el muro bajo y caminó por el espacio donde alguna vez debió de estar la gran puerta del oeste y entró al cuerpo de la abadía. Era en las noches calmas de luna, como ésta, que ella y su madre hacían pequeñas expediciones juntas. Su madre decía: "Vamos a charlar con los monjes", salían juntas en bicicleta y una vez allí caminaban, en un silencio de buenas amigas, entre los arcos, o se quedaban tomadas de la mano en el sitio donde alguna vez estuvo el altar, oyendo lo que aquellos monjes muertos siglos atrás habían oído: el melancólico rugido del mar. Theresa sabía que era aquí donde a su madre le gustaba rezar, por sentirse más a gusto en esta tierra habitada por la historia que en el feo edificio de ladrillos rojos en las afueras de la aldea, donde todos los domingos el Padre McKee decía misa.

Theresa extrañaba al Padre McKee, extrañaba sus bromas, sus rezos, su gracioso acento irlandés. Pero desde la muerte de su madre el sacerdote los visitaba muy rara vez y nunca se le daba una bienvenida muy cálida. Recordó la última vez, la brevedad de su partida, las palabras de despedida del Padre McKee cuando su padre lo acompañaba a la puerta:

–Su querida madre, que en paz descanse, habría querido que Theresa se confesara y comulgara regularmente. La señora Stoddark-Clark con gusto vendrá a recogerla en su auto el próximo domingo y después podría ir a almorzar a Grange. ¿No le parece que sería bueno para la niña?

Y la voz de su padre:

–Su madre ya no está. Su Dios prefirió privar a la niña de su madre. Tess hace su voluntad ahora. Cuando quiera ir a misa, irá, y se confesará cuando tenga algo que confesar.

La hierba aquí había crecido alta, intercalada con matas de maleza y girasoles secos; el terreno era tan desparejo que se hacía necesario caminar con cuidado. Fue hasta debajo del arco más alto, donde habían brillado alguna vez las grandes ventanas que daban al este y se imaginó el milagro de los vidrios coloreados. Aho-

146

ra era un hueco a través del cual podía ver el brillo del mar y, encima, la luna. Y entonces, a la luz de la linterna y en el mayor silencio, comenzó su tarea. Se acercó al muro, con la navaja en la mano, y comenzó a buscar una piedra grande y plana con la que formar la base del altar. En minutos la encontró y aflojó con la navaja. Pero había algo en la grieta detrás de la piedra. Un trozo de cartulina delgada metida bien hondo en la grieta. La sacó y desplegó. Era la mitad de una postal en colores de la fachada oeste de la Abadía de Westminster, Aun cuando faltaba la mitad derecha, reconoció las famosas torres gemelas. La dio vuelta y vio que había unas pocas líneas manuscritas que no podía leer a la luz de luna, y no sentía especial curiosidad en descifrar. Parecía bastante nueva, pero con la fecha del sello ilegible no había modo de saber cuánto tiempo hacía que estaba ahí. Quizá la ocultaron en el verano, como parte de un juego familiar. No le preocupó; de hecho, absorta como estaba en su tarea, apenas si le interesó. Era la clase de mensajes secretos que sus amigos se dejaban unos a otros en la escuela, ocultos en cualquier lugar. Vaciló un momento, empezó a desgarrarla, pero después la alisó y la dejó a un lado.

Siguió trabajando en el muro; encontró otra piedra adecuada, y algunas más pequeñas que necesitaba para apoyar la vela. El altar no tardó en estar completo. Encendió la vela; el susurro de la cerilla pareció demasiado fuerte y el resplandor de la llamita casi demasiado intenso para sus ojos. Hizo caer las primeras gotas de cera sobre la piedra, después pegó la vela y la sostuvo con guijarros alrededor. Se sentó con las piernas cruzadas ante ella y miró fijo la luz de la llama. Sabía que su madre se haría presente, invisible pero indicando su presencia, silenciosa pero hablando con claridad. Sólo tenía que esperar con paciencia y mirar sin parpadear la luz firme de la vela.

Trató de vaciar su mente de todo salvo de las preguntas que había venido a formular. Pero la muerte de su madre era demasiado reciente, el recuerdo demasiado doloroso para apartarlo de sus pensamientos.

Mamá no había querido morir en el hospital y papá le prometió que no lo haría. Ella oyó esas promesas en susurros. Sabía que el doctor Entwhistle y la enfermera del distrito se habían opuesto. Escuchó fragmentos de la conversación que se suponía que ella no debía oír pero que le llegaban, mientras estuvo en silencio de pie en la oscuridad de la escalera, al otro lado de la puerta de la sala, con tanta claridad como si estuviera al lado de la cama de su madre.

—Usted necesita cuidados las veinticuatro horas, señora

Blaney, más cuidados de los que yo puedo darle. Y además estará más cómoda en el hospital.

—Estoy bien aquí. Los tengo a Ryan y a Theresa. Lo tengo a usted, que ha sido tan bueno conmigo. No necesito nada más.

—Hago lo que puedo, pero dos veces al día no es suficiente. Es cargar mucho al señor Blaney y a Theresa. Está bien decir que la tiene a ella, pero es una niña de apenas quince años.

—Quiero estar con ellos. Queremos estar juntos.

—Pero si se asustan... es difícil para los niños.

Y después esa voz dulce e implacable, débil pero inquebrantable como un junco, con toda la carga de obstinado egoísmo de los moribundos.

—No se asustarán. ¿Cree que los dejaremos que se asusten? No hay nada que asuste en el nacimiento o en la muerte, si han sido bien educados.

—Hay cosas que no se les puede enseñar a los niños, señora Blaney, cosas que sólo la experiencia enseña.

Y ella, Theresa, hizo todo lo posible por convencer a todos que estaban bien, que podían arreglárselas. Habían sido necesarios algunos pequeños subterfugios. Antes de que llegaran la enfermera Pollard y el médico, ella lavaba las mellizas, cambiaba a Anthony. Era importante que todo pareciera bajo control de modo que el doctor Entwhistle y la enfermera no pudieran decir que papá no llegaba a arreglárselas. Un sábado hizo buñuelos y los sirvió en una fuente con un gesto grave, la mejor fuente, la preferida de su madre, con las rosas delicadamente pintadas y los agujeros en el borde por donde podía pasarse una cinta. Recordaba la mirada turbada del médico cuando dijo:

—No gracias, Theresa, ahora no.

—Por favor pruebe uno. Los hizo papá.

Y cuando salía lo oyó decirle a su padre:

—Es posible que usted soporte esto, Blaney, pero yo no estoy seguro de poder hacerlo.

Sólo el padre McKee parecía notar sus esfuerzos. El padre McKee, que hablaba tan igual a un irlandés de la televisión, que Theresa pensaba que lo estaba haciendo a propósito como una broma y trataba de recompensarlo siempre con una risa.

—Es grandioso cómo tienes esta casa brillando. ¡Si la mismísima Virgen podría comer sobre este piso! Y todo lo hizo tu papá, ¿eh? Estos bollitos también, ¿eh? Y bien ricos que están. Escucha, me llevaré uno en el bolsillo para después. Ahora, ve a hacer una buena taza de té, eh, mientras yo hablo un rato con tu mamá.

Trataba de no pensar en la noche cuando se llevaron a su madre: había despertado oyendo esos horribles ruidos, como gruñidos, que le habían hecho pensar que un animal agonizaba junto a la casa; pero no tardó en comprender que el ruido no venía de afuera; el terror súbito; la figura de su padre en la puerta del dormitorio ordenándole no salir, ocuparse de los niños; miró por la ventana del pequeño dormitorio del frente, con las caras asustadas de las mellizas asomando por sobre las mantas, hasta que vio llegar la ambulancia; los dos hombres con la camilla; esa figura envuelta en una manta, ahora callada, a la que transportaban por el camino del jardín. Fue entonces que Theresa se lanzó escaleras abajo y se arrojó en brazos de su padre, que la detuvo.

–Mejor no, mejor no. Entra.

No sabía quién había pronunciado esas palabras. Pero se liberaba y corría hacia la ambulancia que giraba para tomar la ruta, y golpeaba con los puños contra las puertas cerradas. Recordaba que su padre la había tomado en brazos y llevado de vuelta a la casa. Recordaba su fuerza, el olor y lo rugoso de su camisa, los golpes de impotencia que le daba ella. Nunca volvió a ver a su madre. Era así como Dios había respondido a sus plegarias, a las de su madre, de poder quedarse en casa, su madre que pedía tan poco. Y nada que pudiera decir el padre McKee le haría perdonar a Dios.

El frío de la noche de setiembre se colaba a través de sus jeans, y empezaba a dolerle la cintura. Por primera vez sintió un atisbo de duda. Y entonces, en un temblor de la llama de la vela, su madre estuvo con ella. Ahora todo estaba bien.

Había tantas cosas que debía preguntarle. Los pañales de Anthony. Los descartables eran tan caros y tan voluminosos para cargar y papá no parecía advertir cuánto costaban. La madre le dijo que le convenía alternarlos con los de tela, que eran fáciles de lavar. Después estaban las mellizas, que no querían a la señora Hunter que venía a buscarlas para llevarlas a la guardería. Las mellizas tendrían que ser buenas con la señora Hunter y Theresa no debía preocuparse por eso. Estaba haciendo lo mejor que podía. Era importante que siguieran yendo a la guardería, por papá. Theresa debía hacérselo entender a las pequeñas. Y después estaba papá. Había tanto que decir de él. No iba mucho al pub porque no le gustaba dejarlos solos, pero siempre había whisky en la casa. La madre le dijo que no debía preocuparse por el whisky. El lo necesitaba ahora, pero pronto volvería a pintar y ya no lo necesitaría tanto. Pero si alguna vez se emborrachaba en serio y había otra botella en la casa, ella debía esconderla. No tenía que preocuparse porque él se enojara. Con ella nunca se enojaría.

La comunicación silenciosa prosiguió. Theresa estaba inmóvil como en trance, la vista fija en la llama de la vela que descendía. Hasta que no hubo nada. Su madre se había ido. Antes de apagar la vela, raspó los restos de cera de la piedra con la navaja. Era importante que no quedaran rastros. Después devolvió las piedras al muro. Ahora en las ruinas para ella no existía más que vacío. Era hora de volver a casa.

De pronto se sintió abrumada por el cansancio. Le parecía imposible que las piernas pudieran sostenerla hasta donde dejara la bicicleta y no podía pensar siquiera en el largo trecho por el terreno desigual de la punta. No supo qué impulso la llevó a pasar por el hueco de la gran ventana del este y subir al borde del risco. Quizá fue la necesidad de reunir fuerzas, de mirar al mar iluminado por la luna y recapturar por un instante la comunión con su madre. Pero en lugar de eso, invadió su mente un recuerdo muy diferente, algo que había sucedido esta misma tarde, tan atemorizante que no se lo había mencionado ni siquiera al fantasma de su madre. Volvió a ver el auto rojo que avanzaba a gran velocidad hacia Scudder's Cottage; llamó a las mellizas que estaban en el jardín, las mandó a su cuarto y cerró la puerta de la sala. Pero se quedó detrás de la puerta y escuchó. Le parecía que nunca olvidaría una sola palabra de esa conversación.

La voz de Hilary Robarts:

—Esta casa era totalmente inadecuada para una mujer enferma que debía hacer largos viajes para su tratamiento de radioterapia. Usted debió de saberlo bien cuando la alquiló. Ella no podía vivir aquí.

Y después su padre:

—Y usted pensó que cuando ella no estuviera, yo tampoco podría vivir aquí. ¿Cuántos meses de vida le calculó? Simulaba estar preocupada, pero mi esposa sabía qué era lo que le interesaba. Los kilos que perdía cada semana, los huesos que empezaban a verse bajo la piel, las muñecas como alambres, la piel de una cancerosa. "Ya no falta mucho", pensaba usted. Hizo una buena inversión en este cottage. Invirtió en la muerte de mi esposa y le hizo desdichadas sus últimas semanas.

—Eso no es cierto. No me cargue con la culpa. Tenía que venir aquí, había cosas que tenía que ver. Esa mancha de humedad en la cocina, el problema de las goteras. Suponía que usted quería que me ocupara. Usted fue el primero en decirme que yo tenía obligaciones como propietaria. Y si no quiere irse, tendré que aumentarle el alquiler. Lo que paga es irrisorio. Ni siquiera cubre las reparaciones.

–Inténtelo. Lléveme a juicio, que ellos vengan y lo vean con sus propios ojos. La propiedad puede ser suya, pero yo soy el ocupante. Y pago el alquiler todos los meses. No puede echarme, no soy tan idiota como para creérselo.

–Paga el alquiler, ¿pero por cuánto tiempo más logrará abonarlo? Podía hacerlo cuando tenía ese trabajo de enseñanza, pero no sé cómo se las arregla ahora. Supongo que usted se llama artista, pero en realidad es un fabricante de basura barata para turistas que piensan que un original de cuarta es mejor que una estampa de primera. Pero no está vendiendo nada ahora, ¿eh? Esas cuatro acuarelas que tiene Ackworth en el escaparate, hace semanas que están ahí. Ya empiezan a ponerse amarillas. Hasta los turistas se están poniendo exigentes hoy en día. La basura no se vende sólo por ser barata.

Pero las mellizas, cansadas de su encarcelamiento, empezaron a quejarse y tuvo que subir corriendo a decirles que pronto podrían salir, pero no antes de que la bruja se hubiera ido. Volvió a bajar en puntas de pie. Pero ya no era necesario ir hasta la puerta, porque la discusión ahora se desarrollaba a gritos.

–Quiero saber si fue usted la que mandó a esa mujer aquí, esa maldita asistente social que vino a espiarme y a interrogar a mis hijos sobre mí. ¿Fue usted?

La voz de la bruja era fría, pero pudo oírla con toda claridad:

–No tengo por qué responder. Los puse sobre aviso, era hora que alguien lo hiciera.

–Es el demonio, ¿eh? Hará todo lo necesario para echarnos, a mí y a mis hijos. Hace cuatrocientos años a las mujeres como usted las mandaban a la hoguera. Si no fuera por los chicos, yo mismo la mataría. Pero no estoy dispuesto a permitir que vayan a para una institución sólo por la satisfacción de poner mis manos en su cuello. Pero por Dios, no me tiente, no me tiente. Váyase. Váyase de mi casa y de mi vista. Tome su alquiler y agradezca estar viva para tomarlo. Y no vuelva a meterse en mi vida nunca más. Nunca, nunca.

–No se ponga histérico –dijo la bruja–. Aunque es lo único que sabe hacer: amenazas y violencia. Si las autoridades pusieran a esos chicos en una institución, para ellos sería lo mejor. Oh, apuesto a que le gustaría matarme. La gente como usted siempre responde a la razón con amenazas y violencia. Máteme y deje que el estado se ocupe de sus hijos durante los siguientes quince años. Es ridículo y patético.

Y después la voz de su padre, ya sin gritar, tan baja que Theresa apenas si pudo entender sus palabras:

–Si la mato, nadie pondrá las manos en mí o en mis hijos. Nadie.

Con el recuerdo de ese horrible último encuentro vino la ira, y la ira al fluir por sus piernas pareció darle fuerzas. Ahora podía montar la bicicleta y volver a casa. Y ya era hora de hacerlo. Entonces vio que la playa no estaba vacía. De pronto empezó a sacudirse como un perrito, y retrocedió hacia la oscuridad del arco. Al norte, bajando de los pinos hacia el mar, había una mujer, con el cabello oscuro suelto y el cuerpo blanco casi desnudo. Y soltaba gritos, gritos de triunfo. Era la bruja, Hilary Robarts.

2

Hilary cenó temprano. No tenía hambre pero sacó un arrollado del freezer y lo metió en el horno; se hizo además una omelette con hierbas. Después lavó los platos y dejó la cocina ordenada. Sacó papeles de un portafolios y se sentó a trabajar en la mesa de la sala. Tenía que preparar un informe sobre la reorganización de su departamento, para lo que era necesario reunir cifras y presentar el tema en términos lógicos y elegantes. La tarea era importante para ella, y en circunstancias normales la habría disfrutado. Sabía que tenía flancos débiles en la dirección de personal, pero nadie podría criticarla como organizadora y administradora. Mientras trabajaba se preguntaba si extrañaría estas tareas cuando estuviera viviendo en Londres, casada con Alex. Le sorprendió lo poco que le importaba el trabajo. Esta parte de su vida había terminado y la dejaría atrás sin pena: este cottage excesivamente ordenado que nunca sintió como suyo y nunca lo sentiría, la Central, incluso su trabajo. Y ahora un trabajo diferente, el de Alex y el suyo como esposa, recibiendo del mejor modo a la mejor gente, algún trabajo cuidadosamente elegido, viajes. Y habría un hijo, su hijo.

Esta abrumadora necesidad de un hijo se hizo más fuerte en el último año, creciendo en intensidad a medida que la necesidad física de él disminuía. Hilary trataba de convencerse de que un amorío, lo mismo que un matrimonio, no podía mantenerse siempre en la misma cima de excitación emocional y sexual, que en lo esencial nada había cambiado entre ellos y nada podría cambiar nunca. ¿Cuánto compromiso físico o emocional hubo al comienzo de la relación? Bueno, eso la había colmado perfectamente en su momento; no aspiró a nada más de lo que él estaba dispuesto a dar, un intercambio mutuamente satisfactorio de placer, la complacencia para su orgullo de ser su amante a medias reconocida públicamente, la cuidadosa disimulación cuando estaban en compañía de terceros, no muy necesaria ni bien realizada, porque ellos no se lo tomaban del todo en serio, pero que al menos para ella había tenido una poderosa carga erótica. Era un juego que jugaban: sus saludos casi formales en las reuniones de la Central o en presencia de extraños, las dos visitas semanales a su cottage. Al llegar a Larksoken, Hilary buscó un departamento moderno en Norwich y por un tiempo había alquilado uno cerca del centro de la ciudad. Pero una vez que se inició su romance con Alex le fue necesario estar cerca de él y encontró este cottage de veraneo a menos de cuatrocientos metros de Martyr's Cottage. Sabía que él era a la vez demasiado orgulloso y demasiado arrogante para visitarla en secreto, introduciéndose al amparo de las sombras de la noche como un estudiante enamorado. Pero aquí no era necesario tomar precauciones; la punta estaba invariablemente desierta. Y él nunca se quedaba a pasar la noche. El cuidadoso racionamiento de su compañía parecía casi una parte necesaria de la relación. Y en público se comportaban como colegas. A él no le agradaba la informalidad, el tuteo excesivo, salvo con sus colegas inmediatos y aun con ellos evitaba una camaradería demasiado fácil. La Central estaba tan disciplinada como un barco de guerra.

Pero el romance, iniciado con tanta disciplina, tanto decoro social y emocional, se fue deteriorando en confusión, anhelos insatisfechos y dolor. Hilary creía saber en qué momento preciso la necesidad de tener un hijo había empezado a volverse una obsesión para ella. Fue cuando la enfermera de aquella cara y discreta clínica retiró disimulando mal su desaprobación y disgusto, el recipiente en forma de riñón con esa blanda masa de tejidos que habían sido el feto. Era como si su vientre, saqueado cínicamente, se tomara su venganza. No pudo ocultarle a Alex este deseo, aun cuando sabía que él lo rechazaba con vigor. Podía oír todavía su propia voz, truculenta, gimiente, la de un niño inoportuno, y podía ver la mirada de él, a medias sarcástica, de pesadumbre simulada que, ella lo sabía bien, ocultaba una genuina repugnancia.

–Quiero un hijo.

–No me mires a mí, querida. Es un experimento que no estoy dispuesto a repetir.

154

—Tú tienes un hijo, vivo, sano, feliz. Tu nombre, tus genes, seguirán viviendo.

—Nunca lo pensé en ese sentido. Charles vive por derecho propio.

Ella había hecho lo posible por librarse de la obsesión con razones, obligándose a pensar en todas las dificultades e incomodidades que acarreaba un niño: las noches en vela, el olor, las demandas constantes, la falta de libertad, de privacidad, los efectos que tendría en su carrera. No sirvió de nada. Estaba dando una respuesta intelectual a una necesidad en la que el intelecto no tenía cabida. A veces se preguntaba si no estaría volviéndose loca. Y no podía controlar sus sueños, uno en especial. Una enfermera sonriente, con cofia y máscara, que ponía en sus brzos un bebé recién nacido y ella mirando el rostro dulce y tranquilo, todavía amoratado por el trauma del nacimiento. Y además la enfermera, con el rostro ensombrecido, volvía y le arrebataba la criatura: "Este no es su bebé, señorita Robarts. ¿No recuerda acaso? El suyo lo tiramos por el retrete."

Alex no necesitaba otro hijo. Tenía uno, su esperanza viviente, por precaria que fuera, de una inmortalidad vicaria. Podía ser un padre inadecuado y ausente, pero era padre. Había tenido en sus brazos a su propio hijo. Y para él no carecía de importancia, dijera lo que dijera. Charles lo visitó el verano pasado: un gigante bronceado, de piernas largas y cabello aclarado por el sol, que en el recuerdo parecía un rayo de luz que hubiera atravesado la Central, cautivando a todo el personal femenino con su acento norteamericano y su encanto hedonista. Y Alex se sintió sorprendido y ligeramente desconcertado por el orgullo que le hacía sentir el chico, orgullo que intentó ocultar tras una pesada ironía.

—¿Dónde está el joven bárbaro? ¿Nadando? El Mar del Norte le resultará algo más frío que la Laguna Beach.

—Me dice que se propone estudiar leyes en Berkeley. Al parecer cuando se reciba tendrá un empleo esperándolo en la firma de su padrastro. Supongo que cualquier día de estos Liz me escribirá para informarme que el chico está comprometido con una compañera de estudios socialmente aceptable.

—A propósito, me las arreglo bien para alimentarlo. Alice me dejó una receta de hamburguesas. La heladera está llena de carne picada. Su necesidad de vitamina C parece anormalmente alta, aun para un chico de su peso y altura. Vivo exprimiendo naranjas.

Hilary había pasado esos días torturada entre la incomodidad y el resentimiento; tanto el orgullo de él como su humorismo juvenil le parecían fuera de lugar, casi de mal gusto. Era como si él también, igual que las dactilógrafas, hubiera sido cautivado por la presencia física de su hijo. Alice Mair había partido a Londres dos días después de la llegada de Charles. Hilary se preguntaba si no fue una maniobra destinada a permitirles pasar solos y juntos un tiempo a padre e hijo, o si (lo que parecía más probable, por lo que sabía o sospechaba de Alice Mair) se debió a su negativa a perder tiempo cocinando para el chico y presenciar los excesos de paternalismo de su hermano.

Volvió a pensar en la última visita de Alex, cuando la acompañó a casa después de la cena. Ella se había mostrado deliberadamente contraria a la idea de que la acompañara, pero él lo hizo y era lo que en verdad quería Hilary. Cuando ella terminó de hablar, él le dijo sin alzar la voz.

—Eso suena como un ultimátum.

—Yo no lo llamaría así.

—¿Cómo lo llamarías? ¿Chantaje?

—Después de lo que sucedió entre nosotros, lo llamaría justicia.

—Quedémonos con "ultimátum". "Justicia" es demasiado grandioso para el comercio entre nosotros dos. Y como todo ultimátum, éste tendrá que ser considerado muy en serio. Lo usual es poner un límite temporal. ¿Cuál es el tuyo?

—Te amo –había dicho ella–. En este nuevo empleo, necesitarás una esposa. Soy la esposa que te conviene. Funcionará. Yo lo haré funcionar. Podría hacerte feliz.

—No sé si soy capaz de mucha felicidad. Probablemente de más de la que merezco. Pero no es un regalo de nadie; ni de Alice, ni de Charles, ni de Elizabeth, ni tuyo. Nunca ha sido así.

Tras lo cual se había acercado a ella besándola en la mejilla. Ella se volvió para abrazarlo, pero él la hizo suavemente a un lado.

—Lo pensaré.

—Querría anunciarlo pronto, al compromiso.

—Espero que no estés pensando en una boda en la iglesia. Azahares, damas de honor, la "Marcha Nupcial" de Mendelssohn, los himnos apropiados.

—No estoy pensando en ponernos en ridículo, ni antes ni después del matrimonio. Me conoces bien para pensar eso.

—Entiendo, sólo una pasada rápida e indolora por el registro civil más cercano. Te daré mi decisión el domingo a la noche, cuando haya vuelto de Londres.

—Lo haces sonar tan formal –respondió ella.

Y él replicó:

–Pero tiene que ser formal, ¿no? Después de todo, es la respuesta a un ultimátum.

Se casarían y, en un lapso de tres meses, él comprendería que ella había tenido razón. Hilary sabía que ganaría porque, en este punto, su voluntad era más fuerte que la de él. Recordaba las palabras de su padre: "La vida es una sola, niñita, pero puedes vivirla en tus propios términos. Sólo los estúpidos y los débiles necesitan vivirla como esclavos. Tú tienes salud, cerebro y eres bonita. Podrás tener todo lo que quieras. Todo lo que necesitas es valor y voluntad." Al final los bastardos estuvieron a punto de triunfar sobre él, pero su padre vivió su vida en sus propios términos y ella haría lo mismo.

Ahora trató de hacer a un lado los pensamientos sobre Alex y su futuro y concentrarse en el trabajo que tenía entre manos. Pero no le resultaba fácil. Inquieta, fue a la cocina, abrió la puerta de la pequeña alacena que había al fondo, donde guardaba el vino, sacó una botella y una copa del armario y se sirvió. Al tomar el primer sorbo sintió en el labio el minúsculo roce de una astilladura. Le era intolerable beber de una copa con el borde astillado. Instintivamente sacó otra y vació en ella la primera. Estaba a punto de tirar la copa defectuosa cuando vaciló, el pie ya en el pedal que abría la tapa del tacho de desperdicios. Formaba parte de un juego de seis que le había regalado Alex. El defecto, que no había notado antes, era menor, casi más una rugosidad en el borde que una astilladura y podría servir para contener flores frescas. Se imaginó algunas pequeñas flores silvestres artísticamente dispuestas. Cuando terminó de beber, lavó ambas copas y las dejó invertidas en el secadero. En cuanto a la botella de vino, quedó destapada sobre la mesa. Estaba demasiado frío, pero en una hora más estaría a punto.

Era el momento de su zambullida, las nueve apenas pasadas y esta noche no tenía interés en el noticiero de la televisión. Subió a su dormitorio, se desnudó, se puso la parte inferior de una bikini negra y encima su bata azul y blanca. En los pies llevaba sandalias viejas, el cuero manchado y endurecido por el agua marina. Del perchero del vestíbulo desprendió un pequeño estuche de acero con un cordón de cuero, el estuche del tamaño apenas suficiente para contener la llave Yale de la casa y el cordón para pasárselo por el cuello; lo usaba cuando nadaba. Había sido el regalo de Alex para su último cumpleaños. Al tocarlo sonrió y sintió, fuerte como el metal contra sus dedos, la certidumbre de la esperanza. Después sacó una linterna del cajón en la mesa del vestíbulo y, cerrando cuidadosamente la puerta a sus espaldas, salió hacia la playa, la toalla colgándole del hombro.

Sintió el olor de la resina de los pinos antes de pasar entre sus troncos esbeltos y rugosos. Había apenas cincuenta metros de sendero arenoso, cubierto de las agujas de los pinos, entre ella y el agua. Estaba menos claro aquí, pues la luna paseaba su majestuoso esplendor al otro lado de las altas torres de los árboles; por un momento, Hilary debió recurrir a su linterna, hasta que salió de la zona de sombra y vio delante de ella la arena blanqueada por la luna y el temblor del Mar del Norte. Dejó la toalla en el sitio habitual, un pequeño hueco en el borde del bosque, se desprendió de la bata y estiró los brazos hacia arriba. Se sacó las sandalias sacudiendo los pies y comenzó a correr, sobre la banda estrecha de pedregullo, sobre la arena polvorienta antes de la marca húmeda, luego sobre los remolinos suaves de espuma, hasta arrojarse contra las primeras olas que parecían caer sin ruido, la limpiaban y le concedían al fin paz a sus tormentos. El primer frío del agua, violento como un dolor, la hizo jadear. Pero esa sensación pasaba casi al instante, como siempre, y le pareció como si el agua que se deslizaba sobre sus hombros hubiera tomado la calidez de su propio cuerpo, envuelto en un aura de autosuficiencia. Con sus vigorosas brazadas bien medidas no tardó en apartarse de la orilla. Sabía cuánto tiempo podía nadar con seguridad: cinco minutos, antes de que el frío volviera; entonces era hora de regresar. Y ahora dejó de nadar y se quedó un momento flotando boca arriba, mirando la luna. La magia del momento actuaba otra vez, como siempre. Las frustraciones, los miedos, las iras del día caían y ella quedaba colmada de una felicidad que habría podido llamar "éxtasis", salvo que "éxtasis" era una palabra demasiado ostentosa para este dulce sentimiento de paz. Y junto con la felicidad venía el optimismo. Todo saldría bien. Dejaría sufrir a Pascoe una semana más y después retiraría su demanda. El tipo era demasiado insignificante incluso para odiarlo. Y su abogado tenía razón: la posesión de Scudder's Cottage podía esperar. El valor aumentaba cada mes y la renta era pagada, por lo que no estaba perdiendo nada. ¿Qué importaban ahora, por otra parte, las irritaciones cotidianas del trabajo, los celos profesionales, los resentimientos? Esa parte de su vida estaba tocando a su fin. Amaba a Alex, Alex la amaba. El no podía dejar de ver el sentido de todo lo que le había dicho. Se casarían. Ella tendría su hijo, todo era posible. Y entonces por un momento la inundó una paz más profunda, en la que ni siquiera nada de esto importaba. Fue como si todas las pequeñas preocupaciones de la carne se disolvieran y ella fuera un espíritu desencarnado flotando más arriba, contemplando su cuerpo desplegado bajo la luna y podía sentir una dulce pena por esta criatura terrestre que sólo en un elemento extraño podía encontrar una paz transitoria.

Pero ya era hora de volver. Dio un giro vigoroso sobre sí misma y comenzó a dar largas brazadas hacia la costa, hacia ese observador silencioso que la esperaba en la sombra de los árboles.

3

Dalgliesh pasó la mañana del domingo revisando la Catedral de Norwich y St. Peter Mancroft, antes de almorzar en un restaurante en las afueras de la ciudad donde él y su tía, dos años atrás, habían comido platos sin pretensiones pero de excelente preparación. El tiempo, también aquí, hizo estragos. La fachada y el decorado del interior eran los mismos, pero no tardaba en hacerse evidente que tanto el propietario como el chef habían cambiado. La comida, que llegó con sospechosa prontitud, fue cocinada obviamente en otra parte y aquí apenas recalentada: el hígado a la parrilla era una tajada rugosa de indiscernible carne gris, cubierta de una salsa sintética y acompañada por papas que habían superado por mucho su punto de cocción y una coliflor que era un puré. No era un almuerzo que mereciera vino, pero Dalgliesh se fortificó con cheddar y bizcochos antes de iniciar el programa de la tarde, que consistía en visitar a las iglesias del siglo XV de San Pedro y a la de San Pablo, en Salle.

Durante los últimos cuatro años había sido raro que visitara a su tía y no la llevara en auto a Salle, y ella dejó en su testamento el pedido de que sus cenizas fueran diseminadas en el cementerio de la iglesia del pueblo, sin ninguna clase de ceremonia. Ahora sabía que la iglesia había ejercido sobre ella una poderosa influencia, aunque, por lo que él sabía, no fue una mujer religiosa; entonces el pedido lo sorprendió un poco. Le habría resultado mucho más comprensible que ella hubiera querido que sus restos fueran arrojados a los vientos de la punta, o bien que no dejara instrucción alguna, considerando todo el asunto como una cuestión de practicidad que no exigía ni pensamientos específicos de su parte ni una ceremonia de parte de él. Pero, tal como habían sido las cosas, ahora tenía una tarea que realizar, de sorprendente importancia para él. En las últimas semanas lo persiguió una sensación de culpa por el deber no cumplido, que era casi como un fantasma que no se aplacó. Se interrogó, como lo había hecho en anteriores ocasiones, por esa necesidad tan insistente de rituales en el hombre, del reconocimiento formal de cada rito de pasaje. Quizás era algo que su tía había comprendido y a su modo discreto, tomó decisiones para que la necesidad no quedara insatisfecha.

Salió de la ruta B1149 en Felthorpe, para tomar los caminos de campo que cruzaban la llanura. No era necesario consultar el mapa. La espléndida torre del siglo XV con sus cuatro pináculos era una guía segura y fue hacia ella por los caminos casi desiertos, con el sentimiento conocido de volver a casa. Le resultaba extraño que la figura angular de su tía no estuviera a su lado, y que todo lo que quedara de esa personalidad introvertida pero poderosa fuera un envase de plástico, curiosamente pesado, lleno de un polvo blanco. Cuando llegó a Salle estacionó el Jaguar y fue caminando hacia el cementerio de la iglesia. Como siempre, lo impresionaba que una iglesia de tanta magnificencia como una catedral pudiera estar tan aislada, y aun así parecer tan a gusto entre estos campos silenciosos, donde su efecto era menos de grandeza o majestad que de una paz sin pretensiones y muy tranquilizadora. Durante unos pocos minutos se quedó inmóvil escuchando y no oyó nada, ni siquiera el canto de un pájaro o el susurro de un insecto en la alta hierba. Bajo la luz temblorosa, los árboles cercanos mostraban el primer dorado del otoño. Los campos habían sido arados ya, y la corteza accidentada de la tierra se extendía, en la calma del domingo, hasta el horizonte. Dio una vuelta por la iglesia a paso lento, sintiendo el peso del paquete que llevaba en el bolsillo de la chaqueta, feliz de no haber elegido una hora de presencia de feligreses y preguntándose si no habría sido cortés e incluso quizá necesario, obtener el consentimiento del sacerdote antes de ejecutar los deseos de su tía. Pero se dijo que ya era demasiado tarde y prefería no tener que entrar en explicaciones o complicaciones. Una vez en el flanco oriental del cementerio, abrió el paquete y extendió los brazos como haciendo una ofrenda. Hubo un relámpago plateado y todo lo que quedaba de Jane Dalgliesh brilló fugazmente en los tallos quebradizos y la alta hierba. Conocía las palabras habituales para la ocasión; se las había oído pronunciar muchas veces a su padre. Pero las que vinieron espontáneamente a su mente fueron los versículos del Eclesiastés tallado en la piedra a la entrada de Martyr's Cottage, y en este sitio intemporal, a la sombra de la dignidad de la gran iglesia, le pareció que no sonaban inadecuados.

La puerta oeste estaba abierta y antes de salir de Salle pasó quince minutos en la iglesia revisitando viejos placeres: las tallas de madera en el coro; campesinos, un sacerdote, animales y pájaros, un dragón, un pelícano alimentando a sus pichones; el púlpito medieval en forma de copa, que después de quinientos años conservaba su color original; la pantalla del presbiterio; la gran ventana al oriente que alguna vez había brillado con la gloria de sus vidrios rojos, verdes y azules, pero ahora sólo dejaba pasar la clara luz de Norfolk. Al salir se preguntó cuándo volvería, y si alguna vez lo haría.

Era de noche cuando llegó de vuelta al molino. Tenía menos hambre de lo que esperaba, pues el almuerzo, aunque malo, había sido pesado. Recalentó un resto de sopa casera del día anterior, y la complementó con bizcochos, queso y fruta, tras lo cual encendió el fuego, se sentó en un sillón bajo frente a la chimenea, escuchando el Concierto para violoncello de Elgar e inició el trabajo de clasificar las fotografías de su tía. Las sacaba con la punta de los dedos de los viejos sobres y las colocaba sobre la mesita de caoba. Era una tarea que le producía una suave melancolía, que podía transformarse en dolor a la vista de alguna identificación escrita al dorso, o un rostro o incidente que recordaba. Y el concierto de Elgar era un acompañamiento musical apropiado, con sus notas quejosas que evocaban los largos y calurosos veranos eduardianos que él conocía sólo por novelas y poemas, la paz, la seguridad, el optimismo de la Inglaterra en la que había nacido su tía. Y aquí estaba el novio de ella, con aire ridículamente juvenil en su uniforme de capitán. La fotografía estaba fechada el 4 de mayo de 1918, apenas una semana antes de que a él lo mataran. Miró por un instante con intensidad ese rostro apuesto y despreocupado que para entonces ya debía de haber visto bastante horror, pero no lo demostraba. Al dar vuelta la foto, vio que al dorso tenía un mensaje griego, escrito con lápiz. El joven debió de haber estudiado a los clásicos en Oxford y su tía había aprendido griego en su casa paterna. Pero Adam no sabía griego; el secreto de los amantes quedaría a salvo con él y pronto quedaría a salvo para siempre. La mano que escribió esos caracteres estaba muerta desde hacía sesenta años; la mente que los había creado, desde hacía casi dos mil años. Y en el mismo sobre encontró una foto de su tía, de aproximadamente la misma edad. Debía de ser un retrato que le enviara a su novio al frente, o quizá se la había dado antes de la guerra. Un ángulo tenía una mancha rojiza probablemente de sangre de él. Quizás la foto fue devuelta junto al resto de sus efectos. Ella estaba de pie, con una falda larga y blusa abotonada hasta el cuello, sonriente, el cabello separado al medio y atado sobre las sienes. Su rostro siempre había tenido distinción, pero Adam vio ahora, con sorpresa, que en su juventud fue realmente hermosa. Y ahora su muerte le permitía un voyeurismo que en vida de ella les habría parecido repugnante a los dos. Y aun así, ella no destruyó las fotografías. Realista como era, debía de haber sabido que otros ojos las verían. ¿O acaso la vejez extrema lo liberaba a uno de esas pequeñas consideraciones de vanidad o autoestima, a medida que la mente se distanciaba gradualmente de las intrigas y deseo de la carne? Fue con una sensación de repugnancia intelectual, casi de traición, que arrojó ambas fotografías al fuego y las vio rizarse, ennegrecerse y al fin deshacerse en cenizas.

¿Y que haría con todos esos extraños indocumentados, las mujeres de pechos grandes, las cabezas bajo inmensos sombreros cargados de cintas y flores, los grupos de ciclistas, los hombres con bombachos, las mujeres con faldas largas acampanadas y sombreros de paja; las bodas, novios y novias casi ocultos tras los grandes ramos de flores, los demás participantes agrupados según su jerarquía, todos mirando fijo a la cámara como si el clic del obturador pudiera por un segundo detener el tiempo, dominarlo, proclamando que este rito de pasaje al menos sí tenía importancia, al unir el pasado ineluctable al futuro inimaginable? En su adolescencia, Adam había estado obsesionado con el tiempo. Durante semanas antes de las vacaciones de verano lo poseía un sentimiento de triunfo, tenía el tiempo en su puño y podía decirle: "Corre todo lo rápido que quieras, y llegarán las vacaciones. O, si prefieres, corre despacio y los días de verano durarán más." Ahora, en su madurez, no conocía suceso o placer prometido que pudiera modificar la marcha inexorable de las ruedas del tiempo. Y aquí había una foto de él con el uniforme de la escuela, en el jardín de la rectoría de la mano de su padre, un extraño ridículamente vestido con capa y chaqueta a rayas que miraba a la cámara con ojos de hipnotizador, como si desafiara el terror de abandonar su casa. Se alegraba de ver también el fin de este recordatorio.

Cuando el concierto terminó y la media botella de vino estuvo vacía, reunió en un mazo las fotografías sobrevivientes, las metió en un cajón del escritorio y decidió sacudirse de encima la melancolía con una caminata por el borde del mar antes de acostarse. La noche estaba demasiado calma y hermosa para desperdiciarla en la nostalgia y en tristes pensamientos. El aire estaba extraordinariamente inmóvil y hasta el mar parecía enmudecido, pálido y misterioso bajo la luna llena y el dibujo brillante de las estrellas. Quedó un momento bajo las altas aspas del molino y comenzó a caminar enérgicamente por la punta hacia el norte, más allá de la barrera de pinos, hasta que, tres cuartos de hora después, decidió bajar a la playa. Descendió por el declive arenoso y vio ante él los grandes cubos de concreto a medias hundidos, los rizos de hierro oxidado saliendo de ellos como extrañas antenas. La luna, que iluminaba con la misma fuerza como podría hacerlo el sol poniente, había cambiado la textura de la playa, en la que cada gramo de arena parecía iluminado por separado y cada guijarro misteriosamente único. De pronto tuvo el impulso infantil de sentir el agua del mar mojándole los pies; se descalzó, metió las medias en los bolsillos de la chaqueta y se colgó los zapatos, con los cordones anudados entre sí, del cuello. El agua, después del primer escozor de frío, tenía casi la temperatura de la sangre, y Dalgliesh chapoteó con vigor por el borde de la rompiente, deteniéndose de vez en cuando a mirar sus huellas, como lo hacía de niño. Siguió así hasta llegar a la estrecha franja de pinos. Sabía que aquí había un sendero que subía y llegaba a la ruta, pasando por el cottage de Hilary Robarts. Era el modo más simple de volver a la superficie de la punta sin tener que trepar por los riscos del sur. Sentado sobre una piedra, enfrentó un problema clásico en estos casos: cómo sacar, empleando un pañuelo inapropiado, la arena metida entre los dedos de los pies. Luego, otra vez calzado, salió caminando por el pedregullo.

Cuando llegó a la arena seca de la parte superior de la playa, vio que alguien había estado allí antes que él: a su izquierda había una doble línea de huellas de pies descalzos, huellas de pies corriendo. Por supuesto, debían de ser de Hilary Robarts. Como siempre, hoy debía de haber hecho su zambullida nocturna. Subconscientemente, notó la nitidez de esas huellas. Ella debía de haber estado en la playa por lo menos una hora y media antes, y sin embargo, en la noche sin viento, las marcas en la arena eran tan claras como si acabaran de hacerse. Ante él se extendía el sendero que pasaba entre los árboles, bajo la sombra profunda de los pinos. Además, la noche se había hecho de pronto más oscura. Una nube baja, azul-negro, había tapado a la luna y sus bordes irregulares brillaban de luz plateada.

Encendió su linterna y la apuntó al sendero. El haz de luz hizo brillar algo blanco a su derecha, una hoja de diario, quizás un pañuelo, una bolsa de papel. Sin sentir más que una tibia curiosidad, salió del sendero para investigar. Y entonces la vio. El rostro distorsionado pareció saltar hacia él y flotar suspendido en la luz de la linterna, como la visión de una pesadilla. Con la mirada fija y todo él paralizado por la sorpresa, sintió algo en lo que se fundían la incredulidad, la comprensión y el horror; por un instante su corazón había dejado de latir. Estaba tendida en una depresión del terreno herbáceo, apenas profunda pero lo suficiente como para que las matas de los bordes casi la cubrieran. A su derecha, y parcialmente bajo ella, una toalla de playa arrugada, a rayas rojas y azules y encima, colocadas con precisión una al lado de la otra, dos sandalias sin talón y una linterna. Más allá, bien plegada, lo que parecía una bata azul y blanca. Debió de ser el borde de esta bata lo que primero le llamó la atención cuando venía por el sendero. La mujer estaba tendida la cara hacia él, los ojos muertos dirigidos hacia arriba como si se clavaran en él en un último pedido de auxilio. El pequeño manojo de pelo había sido metido bajo el labio superior, de modo que dejara expuestos los dientes, dando la impresión de una mueca de desprecio. Un único pelo negro había quedado sobre la mejilla y él tuvo un impulso casi irresistible de arrodillarse y apartarlo. Tenía puesta sólo la parte inferior de una bikini negra, y le había sido bajada por los muslos. Pudo ver el sitio donde fueron cortados los pelos. La letra L marcada en el centro preciso de la frente parecía señalada con deliberación; las dos líneas delgadas estaban en un preciso ángulo recto. Entre los pechos con sus aureolas oscuras y pezones en punta, muy blancos en contraste con la piel bronceada de los brazos, seguía colgando un estuche pequeño en forma de llave, con una cinta. Y mientras miraba, moviendo lentamente la linterna sobre el cuerpo, la nube pasó más allá de la luna y el cadáver se le apareció con toda claridad, los miembros desnudos pálidos y sin sangre, tan blancos como la arena y tan claros como si los estuviera viendo en pleno día.

Estaba inmunizado contra el horror; pocas manifestaciones de crueldad, la violencia o la desesperación humanas le eran desconocidas. Era demasiado sensible incluso para ver un cuerpo violado con total indiferencia, pero sólo en un caso reciente, el último, esa sensibilidad le había causado algo más que una molestia momentánea. Y además, con Paul Berowne estuvo sobre aviso. Esta era la primera vez que tropezaba con una mujer asesinada. Ahora, inclinado sobre ella, su mente analizó la diferencia entre la reacción de un experto llamado a la escena de un crimen y que en consecuencia acudía sabiendo lo que le esperaba y esta exposición repentina de la máxima violencia. Le interesó tanto la diferencia como el distanciamiento con el que podía analizarla tan fríamente.

Al arrodillarse, tocó el muslo de la mujer. Lo sintió helado y tan inhumano como la goma inflada. Si apretaba un dedo, la marca seguramente quedaría. Pasó suavemente la mano por el cabello de la mujer. Estaba todavía ligeramente húmedo en las raíces pero las puntas muy secas. La noche era cálida para setiembre. Miró su reloj pulsera: la diez y treinta y tres. Recordaba que le habían dicho, no sabía quién o cuándo, que ella nadaba todas las noches poco después de las nueve. Las señales físicas confirmaban lo que creyó más probable, vale decir que había muerto dos horas antes.

No vio en la arena más huellas que las suyas y las de ella. Pero la marea bajaba; debía de haber estado alta a las nueve, aunque la arena seca al comienzo del sendero sugería que el agua no llegaba hasta aquí. Pero el camino más lógico para el asesino era el que atravesaba los árboles, el mismo que ella debía de haber tomado. Allí habría tenido la protección de los árboles, desde donde podía observar y esperar. El terreno, alfombrado de agujas de pino, no retenía huellas, pero de todos modos era importante no volver a pisarlo. Moviéndose cautelosamente retrocedió y caminó unos veinte metros hacia el sur pisando piedras. A la luz de la linterna, a medias agazapado, se abrió camino por entre los pinos, quebrando las ramitas bajas. Al menos podía estar seguro de que nadie había pasado recientemente por aquí. En minutos llegó al camino; otros diez minutos de marcha rápida y estaría en el molino. Aunque había un teléfono más cercano, en el cottage de Hilary Robarts, lo más probable era que estuviera cerrado con llave y no tenía intenciones de forzar ninguna entrada. Era casi tan importante dejar intacta la casa de la víctima como no tocar nada en la escena del crimen. No había ningún bolso junto al cadáver, nada más que sandalias y la linterna bien alineadas, la bata y la toalla roja y azul. Quizás había dejado la llave en casa, y la puerta abierta. En la punta, después de caer la noche, pocas personas se preocuparían por dejar un cottage sin llave durante media hora. Valía la pena tomarse cinco minutos para investigar.

Thyme Cottage, visto desde las ventanas del molino, siempre le había parecido la casa menos interesante de la punta. Era un edificio cuadrado, sin estilo, que daba la espalda al mar, con un patio de adoquines en lugar de jardín al frente y ventanales del piso al techo, en cristal moderno, que destruían cualquier antiguo encanto que pudiera haber tenido y lo volvían una aberración moderna más apropiada para una propiedad campestre que para esta punta rústica y marina. En tres de los lados los pinos estaban tan

166

cercanos que casi rozaban las paredes. Más de una vez se preguntó por qué motivo Hilary Robarts habría elegido esta vivienda, a pesar de la cercanía de la Central. Después de la cena ofrecida por Alice Mair, creía saber el porqué. Todas las luces estaban encendidas en la planta baja; el gran rectángulo del ventanal, a la izquierda, llegaba hasta el suelo, y a la derecha había uno menor, probablemente, pensó, la ventana de la cocina. En circunstancias normales esas luces significarían una tranquilizante señal de vida, de normalidad y de hospitalidad, de un refugio contra los miedos atávicos del bosque y de la punta vacía iluminada por la luna. Pero ahora esas ventanas brillantes y sin cortinas lo hicieron sentir más inquieto y al acercarse le parecía como si flotara entre él y esas luces, al modo de una impresión tenue, el retrato mental de ese rostro muerto y violado.

Alguien estuvo antes que él. Pasó sobre el muro bajo de piedra y vio que el cristal de la ventana grande había sido destruido casi por completo. Pequeñas puntas de cristal brillaban como joyas en los adoquines del patio. Se detuvo y miró la sala iluminada por entre los bordes irregulares del cristal roto. La alfombra estaba sembrada de fragmentos de vidrio como cuentas parpadeantes de plata. Era evidente que la fuerza del impacto vino de afuera y vio al punto cuál fue el proyectil empleado. Frente a él, en medio de la alfombra, estaba el retrato de Hilary Robarts. Había sido tajeado casi hasta el marco con dos cortes en ángulo recto que formaban la letra L.

No probó la puerta para ver si estaba sin llave. Era más importante no contaminar la escena que ahorrar diez o quince minutos en llamar a la policía. Ella estaba muerta. La velocidad era importante, pero no vital. Volvió al camino y partió rumbo al molino, a medias caminando y a medias corriendo. Y entonces oyó el ruido de un auto y, volviéndose, vio una luz que se aproximaba a buena velocidad desde el norte. Era el BMW de Alex Mair. Se colocó en medio del camino y agitó la linterna. El auto se detuvo. Mirando por la ventanilla del lado derecho, vio a Mair, el rostro blanco por la luna, mirándolo por un instante con seria intensidad, como si este encuentro fuera una cita.

—Me temo que tengo que darle malas noticias –dijo Dalgliesh–. Hilary Robarts ha sido asesinada. Acabo de encontrar el cuerpo. Necesito un teléfono.

La mano apoyada en el volante se puso rígida, y volvió a aflojarse. Los ojos fijos en Dalgliesh vacilaron. Pero cuando Mair habló, su voz estaba bajo control. Sólo ese espasmo involuntario de la mano había traicionado su emoción.

–¿El Silbador?

–Así parece.

–Hay un teléfono en el auto.

Sin una palabra más abrió la puerta, salió y se quedó afuera mientras Dalgliesh pasaba dos minutos tratando de ponerse en contacto con la oficina de Rickards. Este no estaba pero, una vez transmitido el mensaje, Dalgliesh cortó. Mair se había apartado unos treinta metros del auto y miraba las luces de la Central, como si no quisiera tomar parte alguna en el procedimiento.

Ahora, caminando de vuelta, dijo:

–Todos le habíamos advertido que no saliera a nadar sola de noche, pero no quiso escucharnos. En realidad yo no creía que corriera peligro. Supongo que todas las víctimas han pensado lo mismo hasta que fue demasiado tarde. "A mí no puede pasarme." Pero puede, y pasa. Aun así, sigue siendo extraordinario, casi increíble. La segunda víctima de la Central. ¿Dónde está?

–En el bosque de pinos... Donde iba a nadar habitualmente, supongo.

Como viera a Mair hacer un movimiento hacia el mar, Dalgliesh le dijo:

–No hay nada que usted pueda hacer. Yo ire allá y esperaré a la policía.

–Sé que no hay nada que hacer. Quiero verla.

–Será mejor que no. Cuanto menos gente perturbe la escena, mejor.

Mair se volvió hacia él con un movimiento brusco:

–Cielos, Dalgliesh, ¿nunca deja de pensar como policía? Dije que quiero verla.

Dalgliesh pensó: no es mi caso, y no puedo impedirle ir. Pero al menos quiero asegurarme de que el camino directo hacia el cadáver no sea hollado. Sin una palabra más salió caminando y Mair lo siguió. Se preguntaba el porqué de esa insistencia en ver el cadáver. ¿Acaso el científico necesitaba ver y confirmar para poder decir que, en efecto, ella estaba muerta? ¿O estaba tratando de exorcizar un terror que, debía saberlo; quizás, una compulsión más profunda, la necesidad de pagar tributo quedándose de pie junto al cadáver en la soledad y silencio de la noche antes de que llegara la policía con toda la parafernalia oficial de una investigación de homicidio, a violar para siempre las intimidades que ellos dos habían compartido?

Mair no hizo comentarios cuando Dalgliesh lo condujo por el sur del sendero a la playa, y siempre sin palabras, lo siguió cuando se introdujo en las sombras de los árboles y comenzó abrirse paso entre las ramas bajas de los pinos. La luz de la linterna brillaba entre las ramas rotas por las que había salido un rato antes, en la alfombra de agujas de pino sobre la arena, en piñas secas y alguna lata olvidada. En la oscuridad el fuerte olor resinoso parecía intensificarse y les llegaba como una droga, haciendo el aire tan pesado como en una húmeda noche de verano.

Minutos después salían de la sombra a la frialdad blanca de la playa y vieron frente a ellos, como un escudo curvo de plata abollada, el esplendor lunar del mar. Se quedaron inmóviles un momento, respirando con fuerza, como si hubieran atravesado una prueba física. Las huellas de Dalgliesh eran visibles todavía en la arena seca encima del camino de guijarros y las siguieron hasta encontrarse junto al cadáver.

Dalgliesh pensó: no quiero estar aquí, no con él, no de este modo, los dos mirando la desnudez de la mujer. Le parecía como si todos sus sentidos se hubieran aguzado sobrenaturalmente bajo esta luz fría y débil. Los miembros empalidecidos, la aureola de cabello negro, el rojo y azul chillones de la toalla, la hierba, todo tenía la claridad unidimensional de una estampa. Esta guardia necesaria del cuerpo hasta la llegada de la policía habría sido perfectamente tolerable; estaba habituado a la compañía, curiosamente neutra, de los muertos recientes. Pero con Mair a su lado se sentía como un mirón. Fue esta repugnancia más que la delicadeza, la que lo hizo apartarse unos pasos y quedarse mirando la oscuridad entre los pinos, a la vez que se mantenía consciente del menor movimiento de la figura alta y rígida que miraba a la muerta con la atención concentrada de un cirujano.

—Ese estuche que tiene colgado del cuello —dijo Mair—. Se lo regalé yo el veintinueve de agosto para su cumpleaños. Es de la medida justa para guardar su llave Yale. Uno de los herreros del taller de la Central me lo hizo. Es notable la delicadeza de los trabajos que pueden hacer allí.

Dalgliesh estaba familiarizado con las distintas manifestaciones del shock. No dijo nada. La voz de Mair sonó de pronto ronca:

—¿Por Dios, Dalgliesh, ¿no podemos cubrirla?

¿Con qué? pensó Dalgliesh. ¿Esperará que saque esa toalla de abajo de ella?

—No, lo siento. No debemos tocar nada.

—Pero es trabajo del Silbador. Dios santo, hombre, es obvio. Usted mismo lo dijo.

—El Silbador es un asesino como cualquier otro. Trae algo a

169

la escena y deja algo cuando se va. Ese algo puede ser una prueba. Es un hombre, no una fuerza de la naturaleza.

—¿Cuándo llegará la policía?

—No deberían tardar. No pude hablar con Rickards, pero ellos se pondrán en contacto con él. Yo esperaré, si usted quiere marcharse. No hay nada que pueda hacer aquí.

—Puedo quedarme hasta que se la lleven.

—Eso puede ser una larga espera, salvo que consigan traer pronto al forense.

—Entonces será una larga espera.

Sin una palabra más se volvió y caminó hasta el borde del mar, dejando huellas paralelas a las de Dalgliesh. Este fue hasta las piedras y se sentó sobre una, rodeando las rodillas con los brazos, mirando a la alta figura que se paseaba, ida y vuelta, sin detenerse, cerca del agua, que por instantes lo alcanzaba. Cualquier prueba que hubiera en sus zapatos, ya se habría lavado. Pero la idea era ridícula. Ningún asesino había dejado su marca con más claridad en una víctima que el Silbador. ¿Por qué, entonces, sentía esta incomodidad, esta sensación de que todo era menos claro de lo que parecía?

Se sentó más confortablemente sobre la piedra y se dispuso a esperar. La fría luz lunar, la caída constante de las olas y ese cuerpo que a sus espaldas se ponía rígido, todo constribuía a hundirlo en una suave melancolía, una contemplación de la mortalidad que incluía la suya propia. *Timor mortis conturbat me.* Pensaba: en la juventud corremos los mayores riesgos porque la muerte no tiene realidad para nosotros. La juventud transcurre acorazada de inmortalidad. Es sólo con la edad que nos domina el conocimiento de lo transitorio de la vida. Y el miedo a la muerte, aunque irracional, era natural sin duda alguna, ya lo pensara uno como una aniquilación o como un rito de pasaje. Cada célula del cuerpo estaba programada para la vida; todas las criaturas sanas se aferran a la vida hasta su último aliento. Qué difícil aceptar, y sin embargo qué tranquilizante, la comprensión gradual de que el enemigo universal puede venir al fin como un amigo. Quizás esto era parte de la atracción de su trabajo: que el proceso de investigación dignificaba la muerte individual, incluso la muerte menos atractiva, la más indigna, al reflejar, por su excesivo interés en pistas y motivos, la fascinación perenne del hombre en el misterio de su mortalidad y al proporcionar, asimismo, la ilusión consoladora de un universo moral en el que la inocencia podía ser vengada, la justicia vindicada, el orden restaurado. Pero nada era restaurado y menos que nada la vida, y la única justicia vindicada era la incierta justicia de los hombres. El trabajo tenía ciertamente una fascinación para él, que iba más allá del desafío intelectual o la excusa que le brindaba para preservar celosamente su privacidad. Pero ahora había heredado dinero suficiente como para hacerlo innecesario. ¿Era esto lo que se propuso su tía con su escueto testamento? Era posible que hubiera querido decir: he aquí una cantidad de dinero suficiente como para dedicarse a la poesía y nada más; ahora debes hacer tu elección.

La investigación de este homicidio no estaba a su cargo. Nunca lo estaría. Pero la fuerza de la costumbre tomó el tiempo que tardaba en llegar la policía; pasaron treinta y cinco minutos antes de que sus oídos captaran el primer roce en el bosque de pinos. Venían por el lado que él les había indicado, y al parecer se lo tomaban muy en serio. Fue Rickards quien apareció primero, con un hombre más joven pero de fuerte constitución a su lado y detrás cuatro oficiales cargados de material. Cuando Dalgliesh se puso de pie para esperarlos, le pareció que eran enormes astronautas con rasgos cuadrados y blancos bajo esta luz extraña, transportando su voluminosa y contaminante parafernalia. Rickards saludó con un gesto de la cabeza, pero no abrió la boca más que para presentar con pocas palabras a su sargento, Stuart Oliphant.

Se acercaron al cuerpo y se quedaron mirando lo que había sido Hilary Robarts. Rickards respiraba pesadamente, como si hubiera venido corriendo y a Dalgliesh le pareció como si emanara de él una onda de poderosa energía y entusiasmo. Oliphant y los otros cuatro oficiales dejaron en el suelo su equipo y quedaron en silencio, a unos pasos de distancia. Dalgliesh tuvo la sensación de que todos eran actores en un filme, esperando que el director diera la orden de rodar o bien que una voz gritara de pronto "Corten", y el grupo se dispersaría, la misma víctima se estiraría, sentaría a frotarse brazos y piernas, quejándose del frío.

Sin apartar la vista del cuerpo, Rickards preguntó:

—¿La conoce, señor Dalgliesh?

—Hilary Robarts. Directora administrativa de la Central de Larksoken. La conocí el jueves pasado en una cena dada por la señorita Mair.

Rickards se volvió y miró en dirección a la silueta de Mair, que estaba inmóvil, de espaldas al mar pero tan cerca del agua que Dalgliesh pensó que debía estar mojándole los zapatos. No hizo ningún movimiento hacia ellos, casi como si estuviera esperando una invitación o que Rickards fuera hacia él.

—El doctor Alex Mair —dijo Dalgliesh—. Es el director de la

central. Usé el teléfono.de su auto para llamarlo. Dice que se quedará aquí hasta que se lleven el cadáver.

–Entonces tendrá que quedarse mucho tiempo. Así que ése es el doctor Alex Mair. He leído sobre él. ¿Quién la encontró?

–Yo. Creí que eso había quedado claro cuando llamé.

O bien Rickards estaba confirmando información que ya tenía, o sus hombres eran singularmente ineficaces en pasar un simple mensaje.

Rickards se volvió hacia Oliphant:

–Vaya y explíquele que nos tomaremos nuestro tiempo. No hay nada que pueda hacer aquí salvo estorbar. Convénzalo de que vaya a dormir a su casa. Si no puede disuadirlo, pruebe de ordenárselo. Yo iré a hablar con él por la mañana.

Esperó hasta que Oliphant iniciara su marcha y lo llamó:

–Oliphant. Si no quiere irse, dígale que conserve la distancia. No lo quiero más cerca de lo que está ahora. Después ponga los biombos alrededor del cadáver, eso le estropeará la diversión.

Era la clase de crueldad casual que Dalgliesh no esperaba de él. Había algo que funcionaba mal en este hombre, algo que iba más profundo que la tensión profesional de tener que vérselas con otra de las víctimas del Silbador. Era como si una ansiedad personal no del todo reconocida y mal contenida se hubiera liberado violentamente a la vista del cadáver, triunfando sobre la prudencia y la disciplina.

–El hombre no es un mirón –dijo Dalgliesh–. Probablemente no está razonando bien en estos momentos. Después de todo, conocía a la mujer. Hilary Robarts era una de sus colaboradoras directas.

–No puede hacer nada por ella ahora, aun cuando haya sido su amante. –Y de inmediato, como si reconociera su brusquedad, agregó:– Está bien. Iré a hablar con él.

Salió corriendo. al oírlo, Oliphant se detuvo a esperarlo, yendo juntos hacia la figura inmóvil y silenciosa que esperaba al borde del agua. Dalgliesh los vio hablar; después se volvieron y comenzaron a subir, Alex Mair entre los dos policías como si fuera su prisionero. Rickards regresó rumbo al cadáver, pero era obvio que Oliphant acompañaría a Alex Mair de vuelta a su auto. Encendió su linterna y se hundió en el bosque. Mair vaciló. Había ignorado al cadáver como si ya no estuviera ahí. Pero miró a Dalgliesh como si hubiera quedado algo inconcluso entre ellos. Pronunció un rápido "Buenas Noches" y siguió a Oliphant.

Rickards no hizo comentarios sobre el cambio de opinión de Mair o su poder de persuasión. Comentó:

—No hay bolsa.

—La llave de la casa está en ese estuche colgando del cuello.

—¿Tocó el cuerpo, señor Dalgliesh?

—Sólo el muslo y el pelo para ver el grado de humedad. El estuche fue un regalo de Mair. El me lo dijo:

—Ella vivía cerca, ¿no?

—Usted habrá visto su cottage al venir. Está al otro lado del bosque de pinos. Yo fui después de encontrar el cadáver, pensando que podría estar abierto y entonces telefonear. Ha habido un acto de vandalismo, el retrato de ella fue arrojado por la ventana. El Silbador y un atentado a la casa la misma noche... una extraña coincidencia.

Rickards se volvió y lo miró de los ojos.

—Quizá. Pero esto no lo hizo el Silbador. El Silbador está muerto. Se mató en un hotel en Easthaven, alrededor de las seis de esta tarde. Estuve tratando de llamarlo para decírselo, señor Dalgliesh.

Se acuclilló al lado de la mujer y le tocó la cara; después alzó unos centímetro a la cabeza y la dejó caer.

—No hay *rigor mortis*. Ni siquiera el comienzo. Data de unas pocas horas, según parece. El Silbador murió con bastantes pecados sobre la conciencia, pero esto... esto –tocó con fuerza el cadáver con la punta del dedo–, esto, señor Dalgliesh, es algo diferente.

4

Rickards se puso sus guantes de investigación. El látex, al deslizarse sobre sus dedos enormes, los hacía parecer casi obscenos, como las zarpas de un gran animal. Arrodillado, tocó el estuche. Se abrió y Dalgliesh pudo ver la llave Yale dentro de él. Rickards la sacó y dijo:

—Muy bien, señor Dalgliesh. Vamos a echar una mirada a ese vandalismo contra la casa.

Dos minutos después Dalgliesh seguía a Rickards por el sendero que llevaba a la puerta del frente del cottage. Rickards la abrió con la llave y entraron a un pasillo que seguía hasta la escalera y tenía puertas a los dos lados. Rickards abrió la puerta de la izquierda y entró en la sala, con Dalgliesh a su lado. Era un ambiente grande que corría a todo lo largo del cottage, con ventanas en cada extremo y una chimenea frente a la puerta. El retrato había quedado a un metro de la ventana, rodeado de astillas de vidrio. Los dos hombres contemplaron la escena sin apartarse de la puerta.

—Lo pintó Ryan Blaney —dijo Dalgliesh—, que vive en Scudder's Cottage, más al sur en la punta. Lo vi la tarde que llegué.

—Curioso modo de entrega —dijo Rickards—. Ella posó para el retrato, ¿no?

—No creo. Fue pintado para complacerlo a él, no a ella.

Estuvo a punto de agregar que Ryan Blaney era, a su juicio, la última persona en el mundo que destruiría su propia obra. Pero después pensó que, de hecho, el cuadro no había sido destruido. Dos cortes netos, en forma de L, no eran difíciles de reparar. Y el daño hecho al cuadro había sido tan preciso y deliberado como esos cortes en la frente de Hilary Robarts. El retrato no fue atacado en un acceso de furia.

Por un momento Rickards pareció perder interés en el cuadro.

–De modo que es aquí donde vivía –dijo–. Debe de haberle gustado la soledad. Esto es, si vivía sola.

–Por lo que sé –dijo Dalgliesh–, vivía sola.

Pensó que la sala era un cuarto deprimente. No por incómodo; tenía todos los muebles necesarios, pero cada elemento del mobiliario y la decoración parecía algo rechazado de otra casa y no la elección consciente del ocupante. Frente a la chimenea, con su sistema de gas, había dos sillones tapizados en cuero sintético marrón. En el centro del ambiente una mesa ovalada de comedor, con cuatro sillas que no hacían juego. A cada lado de la ventana del frente se veían estantes con lo que parecía una variada colección de libros de texto y novelas. Dos de los estantes más altos y más bajos estaban llenos de cajas de archivo. Sólo en la pared más larga, frente a la puerta, había alguna señal de que alguien formó su hogar de este ambiente. A la mujer le gustaban, evidentemente las acuarelas y la pared estaba cubierta de ellas como si fueran parte de una galería de arte. Había una o dos que Dalgliesh pensó que reconocería y lamentó no poder acercarse a examinarlas. También era posible que las acuarelas las hubiera colgado un habitante anterior de la casa, pero era necesario dejar la escena intacta.

Rickards cerró la puerta y abrió la que se le enfrentaba, a la derecha del pasaje. Esta llevaba a la cocina, un ambiente puramente funcional, sin interés, bastante bien equipada pero en nítido contraste con la cocina de Martyr's Cottage.

En medio de la cocina había una mesita de madera, con cubierta vinílica y cuatro sillas iguales, todas en su lugar. Sobre la mesa había una botella abierta de vino con el corcho y el destapador metálico a un lado. Dos copas de vino lavadas e invertidas, estaban sobre el escurridor.

–Dos copas –dijo Rickards–, las dos lavadas, por ella o su asesino. No habrá huellas aquí. Y una botella abierta. Alguien estuvo bebiendo con ella aquí anoche.

–En ese caso, el otro era abstemio –comentó Dalgliesh–. O lo era ella.

Rickards levantó la botella con su mano enguantada, tomándola por el cuello y lentamente la dio vuelta.

—Falta el contenido de una copa. Quizá planeaban terminarlo después de la natación. —Miró a Dalgliesh y dijo:— ¿Usted no vino más temprano al cottage, señor Dalgliesh? Tengo que preguntarle eso a todos los que la conocían.

—Por supuesto. No, no vine más temprano. Estuve tomando vino esta noche, pero no con ella.

—Es una pena que no lo haya hecho. Ella estaría ahora con vida.

—No necesariamente. Pude irme cuando ella fue a cambiarse para nadar. Y si hubo alguien con ella aquí esta noche, probablemente es lo que sucedió. —Hizo una pausa, se preguntó si debía hablar, y agregó:— El vaso de la izquierda tiene una ligera resquebrajadura en el borde.

Rickards lo levantó a la luz y lo hizo girar lentamente.

—Le envidio la vista. Pero es apenas visible.

—Hay gente que siente el mayor disgusto de beber de un vaso con el borde defectuoso. Es lo que me pasa a mí.

—En ese caso, ¿por qué no la tiró? No tiene sentido conservar una copa de la que uno no está dispuesto a beber. Cuando me enfrento con dos alternativas, empiezo siguiendo la más probable. Dos copas, dos bebedores. Es la explicación del sentido común.

Y era, pensó Dalgliesh, la base de casi todo el trabajo policíaco. Sólo cuando lo obvio se demostraba insostenible se hacía necesario indagar en las explicaciones menos probables. Pero también podía ser el primer paso, fatalmente fácil, de un laberinto de errores. Se preguntó por qué su instinto le decía que la mujer estuvo bebiendo sola. Quizá porque la botella estaba en la cocina, no en la sala. El vino era un Chateau Talbot 1979, de ninguna manera el vino para beber distraídamente en la cocina. ¿Por qué no llevarlo a la sala y hacerle justicia? Por otra parte, si ella hubiera estado sola y necesitado apenas un pequeño trago para animarse antes de la zambullida, no se habría molestado en abrir una botella de buen vino. Y si fueron dos los que estuvieran en la cocina, ella había sido muy meticulosa, al devolver las sillas a su lugar contra la mesa. Pero lo que le parecía casi definitivo era el nivel del vino en la botella. ¿Por qué descorchar una botella para servir apenas dos medias copas? Lo que no significaba, por supuesto, que ella no pudiera esperar un visitante más tarde que la ayudara a terminarlo.

Rickards parecía estar tomándose un interés especial en la botella y su etiqueta. De pronto dijo:

—¿A qué hora dejó usted el molino, señor Dalgliesh?

—A las nueve y quince. Al salir miré el reloj sobre la chimenea y controlé mi reloj pulsera.

–¿Y no vio a nadie durante su caminata?

–A nadie y ninguna huella salvo las de ella y las mías.

–¿Qué estaba haciendo en la punta, señor Dalgliesh?

–Caminando, pensando. –Estuvo a punto de agregar: "Y chapoteando como un chico", pero se contuvo.

–"Caminando y pensando" –dijo Rickards, pensativo.

El oído hipersensitivo de Dalgliesh captó un tono que hacía sonar como excéntricas y sospechosas estas actividades. Se preguntó qué diría su colega si él le hiciera confidencias: "Estaba pensando en mi tía y en los hombres que la amaron, en el novio que murió en la guerra en 1918 y el hombre del que pudo o no ser la amante. Estaba pensando en los miles de personas que han caminado por esa costa y que ahora están muertos, mi tía entre ellos y pensado cómo, de chico, odiaba, el falso romanticismo de ese poema estúpido sobre los grandes hombres que dejan sus huellas en la arena del tiempo, puesto que esencialmente es lo que la mayoría de nosotros podemos tener esperanzas de dejar, marchas transitorias que la próxima marea borrará. Pensaba en lo poco que había conocido a mi tía y en si será posible llegar a conocer a otro ser humano más allá del nivel superficial, incluso las mujeres que he amado. Pensaba en el estruendo de los ejércitos ignorados de la noche, porque ningún poeta se pasea junto al mar a la luz de la luna sin recitar en silencio el poema maravilloso de Matthew Arnold. Estaba pensando si yo habría sido mejor poeta, o poeta en absoluto, si no hubiera decidido también ser policía. De modo más prosaico, también estaba preguntándome cómo cambiará mi vida con la adquisición inmerecida de tres cuartos de millón."

El hecho de que no tuviera la intención de revelar ni siquiera el más trivial de estos pensamientos privados y el ocultamiento pueril de sus chapoteos, le produjeron una culpa irracional, como si estuviera reteniendo deliberadamente una información de importancia. Después de todo, se dijo, nadie podría haber estado haciendo algo más inocente. Y por supuesto, él no era un sospechoso en serio. La idea debía de haberle parecido a Rickards demasiado ridícula incluso para tomarla en cuenta, aunque en base a la lógica habría tenido que admitir que nadie de los que vivían en la punta y conocieron a Hilary Robarts, podía ser excluido de la investigación, ni siquiera un alto funcionario de la policía. Pero Dalgliesh era testigo. Tenía información que dar o callar y saber que no tenía intención de ocultar algo no alteraba el hecho de que ahora había una diferencia en la relación entre los dos hombres. Estaba implicado, le gustara o no, y no necesitaba que Rickards le recordara esa incómoda realidad. Profesionalmente no era asunto suyo, pero sí de su incumbencia como vecino y como ser humano.

Le sorprendió y le desconcertó un poco hasta qué punto lo había irritado el interrogatorio, por liviano que hubiera sido. Tenía derecho a dar una caminata nocturna por la playa sin tener que explicar sus motivos a un oficial de la policía. Le resultaba saludable experimentar este sentimiento de violación de la privacidad que sentía hasta el más inocente de los sospechosos cuando se enfrentaba a un interrogatorio policial. Y volvía a sentir cuánto le había disgustado, desde su infancia que le interrogaran. "¿Qué estás haciendo? ¿Dónde estuviste? ¿Qué estás leyendo? ¿Adónde vas?" Había sido el hijo único muy deseado de padres mayores, abrumado por los cuidados y temores casi obsesivos de ellos, y viviendo en una aldea donde los vecinos observaban todo lo que hiciera el hijo del rector. Y de pronto, de pie en esta cocina anónima y demasiado ordenada, recordó de modo vívido y con un dolor que le contraía el pecho el momento en que su más preciada privacidad había sido violada. Recordó ese lugar oculto, entre los laureles y las zarzas, al fondo del jardín, el verde túnel de follaje que conducía a su santuario de un metro cuadrado, musgoso y húmedo, y recordó esa tarde de agosto, el roce de hojas, y la gran cara de la cocinera asomando de pronto: "Su mamá pensó que estaría aquí, niño Adam. El rector lo llama. ¿Qué hace aquí, escondido entre las plantas? Es mejor jugar al sol." Su último refugio, el que él había creído más secreto, fue descubierto. Lo conocían todo el tiempo.

–"Oh Dios que de Ti oculto pueda estar" –dijo.

Rickards lo miró:

–¿Qué es eso, señor Dalgliesh?

–Una cita que vino a mi mente, nada más.

Rickards no respondió. Probablemente estaba pensando: "Bueno, se supone que es poeta. Tiene derecho a hacer citas." Echó una última mirada escrutadora por la cocina, como si a fuerza de intensidad en la mirada pudiera de algún modo obligar a esa mesa y cuatro sillas, a esa botella de vino, a esas dos copas lavadas, a entregar su secreto.

–Cerraré la casa con llave y pondré un guardia hasta mañana por la mañana. Me está esperando el forense, el doctor Maitland-Brown, en Easthaven. Le echará un vistazo al Silbador y después vendrá directamente aquí. Para entonces habrá llegado el biólogo del laboratorio. ¿Usted quería ver al Silbador, señor Dalgliesh? Esta es una buena ocasión.

A Dalgliesh le parecía una ocasión especialmente mala. Una muerte violenta era suficiente por una noche y sintió un repentino anhelo de volver a gozar de la paz y la soledad del molino. Pero sabía que le sería imposible dormir hasta el alba, lo que lo disuadió de negarse. Rickards dijo:

–Yo puedo llevarlo y traerlo de vuelta.

Dalgliesh sintió un rechazo inmediato ante la idea de un viaje en auto a solas con Rickards. Respondió:

–Si me deja en el molino, yo iré en mi auto. No tiene sentido que me quede mucho en Easthaven y usted puede tener que esperar.

Le sorprendía un poco que Rickards estuviera dispuesto a abandonar la playa. Es cierto que lo tenía a Oliphant y a sus asistentes; los procedimientos en la escena de un asesinato eran de rutina y estos hombres debían de tener capacidad para hacer lo necesario; hasta que no llegara el forense, por otro lado, el cadáver no podía moverse. Pero sintió que era importante para Rickards que vieran juntos el cadáver del Silbador y se preguntó qué incidente olvidado en el pasado que habían compartido llevaba a esa compulsión.

5

El Balmoral Private Hotel era el último edificio de un complejo poco notable al fondo de un largo paseo. Las luces de verano todavía estaban tendidas entre los faroles victorianos, pero ya no se encendían y colgaban en arcos desiguales como un collar chillón que podía desprender sus ennegrecidas perlas al embate del primer viento fuerte. La temporada estaba oficialmente cerrada. Dalgliesh estacionó tras el Rover de la policía sobre la izquierda del paseo. Entre la calle y el mar había un terreno de juegos para niños, encerrado en alambre tejido, un candado en la puerta, y el quiosco clausurado cubierto de carteles de espectáculos estivales desteñidos y a medias desgarrados, helados de forma extraña, la cabeza de un payaso. Las hamacas habían sido atadas a los travesaños y uno de los asientos metálicos, movido por la brisa que se hacía más fuertes por momentos, golpeaba regularmente el poste de hierro. El hotel se distinguía de sus vecinos más opacos por su chillona pintura azul, que ni siquiera la luz nocturna alcanzaba a dulicificar. La luz del porche brillaba sobre un cartel con las palabras: "Nueva administración. Bill y Joy Carter le dan la bienvenida al Balmoral." Un cartel separado decía escuetamente: "Cuartos disponibles."

Mientras esperaban para cruzar la calle, pues pasaban dos autos lentamente con los conductores buscando un espacio para estacionar, Rickards observó:

—La primera temporada de los Carter. Les fue bastante

bien, según dicen, a pesar del clima horrible. Esto no los ayudará. Tendrán publicidad, por supuesto, pero los padres lo pensarán dos veces antes de hacer una reserva con los chicos para unas felices vacaciones familiares. Por suerte ahora el hotel está medio vacío. Dos cancelaciones esta mañana, así que tienen apenas tres parejas. Todas estaban ausentes cuando el señor Carter encontró el cuerpo y hasta el momento hemos logrado mantenerlos en una feliz ignorancia. Ya estarán en la cama, presumiblemente dormidos. Esperemos que sigan así.

La llegada anterior de la policía debía de haber alertado a algunos vecinos, pero el oficial de civil discretamente puesto de guardia en el porche había dispersado a los curiosos y ahora la calle estaba vacía salvo por un grupito de cuatro o cinco personas a unos cincuenta metros, del lado del mar. Parecían estar murmurando algo y cuando Dalgliesh los miró empezaron a moverse sin dirección precisa, como si los empujara la brisa.

–¿Por qué aquí? –preguntó con un suspiro.

–Sabemos por qué –dijo Rickards–. Hay mucho que no sabemos, pero al menos sabemos eso. En el hotel tienen un barman, Albert Upcraft, de setenta y cinco años bien sonados. Y recuerda. Es un poco confuso sobre lo que pasó ayer, pero en su memoria a largo plazo no hay nada confuso. Al parecer el Silbador vino aquí de niño. Su tía, la hermana de su papá, fue administradora del hotel hace veinte años. Cuando había poca clientela, lo traía a pasar unas vacaciones gratis. Sobre todo cuando mamá tenía un nuevo hombre que no quería a los niños. A veces pasaba aquí semanas enteras. No causaba problemas a nadie. Ayudaba con los clientes, recibía alguna propina y hasta iba a la escuela dominical.

–El domingo terminó –dijo Dalgliesh.

–Bueno, para él terminaron todos los domingos. Se registró a las dos y media de la tarde. Al parecer pidió el mismo cuarto que ocupaba de niño. Un cuarto simple, atrás. El más barato del hotel. Los Carter, agradecidos. Porque el tipo podría haber elegido irse en gran estilo, en el mejor cuarto, con baño privado, vista al mar, todo.

El policía en la puerta saludó y pasaron al lobby, donde reinaba un olor de pintura y cera, con un vago efluvio de desinfectante a lavanda. La limpieza era casi opresiva. A la florida alfombra la cruzaba un camino de plástico. El empapelado era evidentemente nuevo, con un dibujo distinto en cada pared y a través de la puerta abierta del comedor se veían mesitas para cuatro con manteles resplandecientes de blancura y pequeños jarrones con flores artificiales, tulipanes, narcisos y rosas. La pareja que vino a recibirlos desde el fondo era tan pulcra como el hotel. Bill Carter era un hombrecito que parecía salido de la sala de planchado, con la camisa y los pantalones impecables y la corbata bien anudada. Su esposa llevaba un vestido floreado de verano, bajo un suéter blanco tejido a mano. Era evidente que estuvo llorando. El rostro regordete y pueril bajo la cabellera rubia bien peinada se veía enrojecido, casi como si le hubieran pegado. Su desilusión al ver que los policías que entraban era sólo dos se hizo patéticamente evidente.

—Creí que vendrían a llevárselo —dijo—. ¿Por qué no pueden llevárselo?

Rickards no se molestó en presentar a Dalgliesh. Usó sus mejores modales para explicar:

—Nos lo llevaremos, señora Carter, no bien haya examinado el médico forense. No tardará. Ya está en camino.

—¿Para qué quieren un médico? El hombre está muerto, ¿no? Bill lo encontró. El cuello cortado. ¿Se puede estar más muerto que eso?

—No tardaremos mucho, señora Carter.

—Las sábanas empapadas de sangre, dice Bill. No me dejó entrar. Y no es que yo quiera verlo. Y la alfombra, arruinada. La sangre es terrible de sacar, eso lo sabe todo el mundo. ¿Quién me pagará la alfombra y la ropa de cama? Oh, cielos, y yo que pensaba que las cosas nos estaban saliendo al fin bien. ¿Por qué tuvo que venir aquí para hacerlo? No fue muy considerado, ¿eh?

—En efecto, no fue un hombre muy considerado, señora Carter.

El marido la tomó por los hombros y se la llevó. Menos de un minuto después reapareció.

—Es el shock, por supuesto. Está abrumada. Usted conoce el camino, señor Rickards. Su oficial sigue allí. Si me lo permite, prefiero no subir.

—Está bien, señor Carter, No se moleste.

Bill Carter dio súbitamente media vuelta y pidió:

—Llévenselo rápido, por Dios.

Por un momento Dalgliesh pensó que él también estaba llorando.

No había ascensor. Dalgliesh siguió a Rickards por la escalera, tres pisos, y luego por un pasillo estrecho hacia el fondo, donde había un breve recodo hacia la derecha. Un joven detective de civil se levantó de una silla junto a la puerta y la abrió con la mano izquierda, tras lo cual se apoyó en la pared para dejarlos pasar. De la puerta abierta pareció salir una ráfaga con olor a sangre y muerte.

La luz estaba encendida; la única bombilla en una barata pantalla rosa colgaba baja e iluminaba a pleno el horror de la cama. Era un cuarto muy pequeño, poco más que un armario, con una sola ventana demasiado alta para dejar ver nada que no fuera el cielo, y espacio apenas para una cama de una plaza, una silla, una mesita de luz y una cómoda baja con un espejo colgado encima. Pero este cuarto también estaba obsesivamente limpio, lo que hacía más horrible esa cosa sucia en la cama. Tanto la garganta abierta con sus vasos sanguíneos blancos y arrugados, y la boca desmesurada encima, parecían protestar contra esta violencia a la decencia y el orden. No había a la vista cortes preliminares, y esa única acción aniquilidora, pensó Dalgliesh, debía de haber exigido más fuerza de la que disponía la mano infantil que yacía, con los dedos curvados, sobre la sábana, bajo un caparazón de sangre seca. El cuchillo, quince centímetros de metal mortífero, estaba junto a la mano. Por algún motivo se había desvestido para morir, y tenía puestos sólo una camiseta, calzoncillos y un par de medias cortas azules de nylon que parecían un anticipo de la putrefacción. En la silla al lado de la cama estaba cuidadosamente doblado un traje gris oscuro a rayas. Del respaldo colgaba una camisa de tela sintética, con la corbata doblada encima. Bajo la silla sus zapatos, gastados pero brillantes de lustre colocados uno al lado del otro. Parecían de niña, por lo pequeños.

–Neville Potter –dijo Rickards–, treinta y seis años. Pequeño y delgado como el alambre. Imposible creer que en esos brazos tuviera fuerza para degollar un pollo. Y vino vestido con su mejor traje dominguero para encontrarse con su Creador, pero a último momento lo pensó mejor. Quizá recordó que a su mamá no le gustaría ver su mejor traje manchado de sangre. Ya le presentaré a mamá, señor Dalgliesh. Esa mujer es un curso acelerado de educación general. Explica muchas cosas. Pero él dejó pruebas. Todo aquí, todo preparado para nosotros. Un pequeño demonio muy prolijo, ¿no?

Dalgliesh se metió de costado en el cuarto, rodeando la cama y tratando de no pisar la sangre. Sobre la cómoda estaban las armas del Silbador y sus trofeos: una traílla de perro bien enrollada, una peluca rubia con gorra azul, una navaja, una linterna con la batería ingeniosamente fijada al mango metálico. Al lado había una pila de cabellos rizados, rubios, castaños, rojizos. Frente a este prolijo despliegue una hoja de papel arrancada de una libreta, con este mensaje escrito con bolígrafo y letras de imprenta que parecían de niño: "Era cada vez peor. Este es el único modo de detenerme que se me ocurre. Por favor cuiden a Pongo." El "por favor" estaba subrayado.

–Su perro –dijo Rickards–. Pongo. Dios santo.

–¿Qué otro nombre podría haberle puesto?

Rickards abrió la puerta y asomó la cabeza al pasillo, respirando con fuerza, como si tuviera hambre de aire fresco. Se volvió y explicó:

–Vivía con su madre en uno de esos campamentos para casas rodantes en las afueras de Cromer. Hace doce años que están ahí. El hacía trabajos livianos en general, reparaciones fáciles, vigilaba el campamento de noche, recogía quejas. El dueño tiene otro campamento en las afueras de Yarmouth, y él iba a veces a remplazar al encargado de allá. Un solitario. Tenía un furgón y el perro. Se casó con una chica que conoció en el campamento hace años, pero el matrimonio duró unos meses nada más. Ella lo abandonó. La expulsó Má o el olor de la casa rodante. Es difícil imaginarse cómo pudo soportar durante meses.

–Era un sospechoso obvio –dijo Dalgliesh–. Ustedes debieron investigarlo.

–Su mamá le dio una coartada para dos de los crímenes. O bien estaba borracha y no sabía si él lo estaba o no, o deliberadamente lo encubría. O bien, por supuesto, no le importaba en lo más mínimo. –Con súbita violencia agregó:– Creía que a esta altura ya habíamos aprendido a no tomar las coartadas en su valor literal. Hablaré con el detective que los entrevistó, pero ya sabe cómo es. Miles de entrevistas, anotaciones, todos los datos van a la computadora. Yo daría una docena de computadoras por un detective que pueda percibir cuándo alguien le está mintiendo. Dios santo, ¿no aprendimos nada del fracaso del Descuartizador de Yorkshire?

–¿Su hombre no registró el furgón?

–Oh, seguro que lo registró. Ellos se mostraron colaboradores. No había nada. El ocultaba esto en otra parte. Probablemente lo sacaba todas las noches, lo miraba, esperaba, elegía el momento de actuar. –Miró el corte en el cuello y dijo:– Bien hecho, ¿eh? Como dice su Má, siempre fue inteligente con las manos.

El pequeño rectángulo de cielo al otro lado de la ventana alta, de color azul-negro, estaba adornado con una única estrella. Dalgliesh sentía como si hubiera experimentado una vida entera de sensaciones desde esa mañana, cuando se despertó en el alba fría del mar, para empezar un día que incluyó esa meditativa caminata bajo el alto trecho de St. Peter Mancroft; el dolor nostálgico y autoindulgente provocado por las viejas fotografías de los muertos; el roce de las olas en sus pies descalzos; la mezcla de sorpresa y reconocimiento cuando la luz de la linterna cayó sobre el cadáver de Hilary Robarts. Era un día que, estirándose interminablemente, parecía haber abrazado todas las estaciones. De modo que éste era un modo de estirar el tiempo, el tiempo para que el Silbador se había detenido con un gran desperdicio de sangre. Y ahora, al final de la jornada, llegó a esta pulcra cámara de ejecución que se imponía a su imaginación como si fuera un recuerdo, el recuerdo de ese chico flaco tendido boca arriba en esa misma cama y mirando por la alta ventana la misma estrella única, mientras sobre la cómoda estaban alineados con arte todos los trofeos del día: las monedas de las propinas, las conchillas y piedras coloreadas de la playa, un manojo de algas secas.

Y él mismo estaba aquí porque Rickards lo quiso, había querido que estuviera en este cuarto a esta hora. Hubiera podido ver el cuerpo del Silbador al día siguiente en la morgue, o incluso, ya que no podía aducir falta de costumbre, en la autopsia, para confirmar lo que no necesitaba confirmación: que este pequeño y delgado asesino no era el Estrangulador de Battersea, a quien un testigo había vislumbrado una vez para declarar que medía un metro ochenta. Pero Rickards necesitaba un público, lo había necesitado a él. Dalgliesh, contra cuya calma hecha de experiencia e impavidez podía exponer la amargura y la frustración del fracaso. Cinco mujeres muertas y el asesino resultaba ser un sospechoso al que habían interrogado y dejado pasar. El aroma de ese fracaso quedaría flotando, al menos en sus propias narices, mucho después de que el periodismo y el público hubieran olvidado el caso, y la investigación oficial quedara cerrada. Y ahora estaba esta sexta muerte, Hilary Robarts, que podía no haber muerto y seguramente no habría muerto como lo hizo, si la carrera del Silbador hubiera sido interrumpida antes. Pero Dalgliesh sentía que la ira de Rickards, con sus estallidos de brutalidad verbal, era motivada por algo más agudamente personal que el fracaso profesional, y se preguntó si tendría algo que ver con su esposa y el hijo que esperaban.

–¿Qué sucederá con el perro? –preguntó.

Rickards pareció no sorprenderse por lo improcedente de la pregunta.

–¿Qué le parece? ¿Quién querrá adoptar a un animal que ha estado donde él ha estado y visto lo que él ha visto? –Bajó la vista hacia el cadáver y volviéndose a Dalgliesh le espetó con voz ronca:– Lo compadece, supongo.

Dalgliesh no respondió. Podría haber dicho: "Sí, lo compadezco. Y a sus víctimas. Y a usted. Y a mí mismo, de vez en cuando, ya que estamos en ese tema." Pensó: Ayer estaba leyendo *La anatomía de la melancolía*. Curioso. Robert Burton, ese rector de Leicestershire del siglo XVIII había dicho todo lo que podía decirse en un momento así y las palabras le fluyeron con tanta nitidez como si alguien las recitara en su oído:

"De sus cuerpos y bienes podemos disponer; pero qué será de sus almas, sólo Dios puede decirlo; Su piedad puede venir *inter pontem et fontem, inter gladium et jugulum,* entre el puente y el agua, entre el cuchillo y la garganta."

Rickards se sacudió con violencia, como si tuviera frío. Fue un gesto extraño. Después reflexionó:

—Al menos le ahorró al estado su manutención por los siguientes veinte años. Un argumento en favor de conservarlos con vida en lugar de aplicarles la pena de muerte es que podemos aprender de ellos e impedir que vuelva a pasar. ¿Pero es cierto? Hemos tenido presos a Stafford, a Brady, a Nielson. ¿Y aprendimos algo de ellos?

—Usted no mandaría a la horca a un loco.

—Yo no mandaría a la horca a nadie, si encontrara un método menos bárbaro. Pero ellos no están locos, ¿no? Al menos no lo están mientras no los atrapan. Hasta entonces viven como la mayoría de la gente. Entonces descubrimos que son monstruos y decidimos, sorpresa, sorpresa, clasificarlos como locos. Eso los hace más comprensibles. Ya no tenemos que preocuparnos pensando que son seres humanos. No tenemos que usar la palabra "mal". Todos se sienten mejor así. ¿Quiere ver a la madre, señor Dalgliesh?

—No tiene sentido. Es obvio que no es nuestro hombre. No pensé ni por un instante que lo fuera.

—Debería ver a la madre. Es una perra en gran forma, vaya si lo es. ¿Y sabe cómo se llama? Lilian. La L de "Lilian". Algo para hacer meditar a los psicoanalistas. Ella lo hizo ser lo que fue. Pero no podemos fichar a la gente y decidir quién está capacitado para tener hijos o para criarlos. Y supongo que cuando él nació ella debió de sentir alguna especie de afecto, y albergar algunas esperanzas. Difícil que haya sabido a qué cosa había dado a luz. Usted no tuvo hijos, ¿no, señor Dalgliesh?

—Tuve un hijo varón. Murió.

Rickards dio un suave puntapié a la puerta, mirando para otro lado. Dijo:

—Es cierto, lo había olvidado. Perdón. Mal momento para preguntar, mal momento para nosotros dos.

Hubo pasos firmes que subían la escalera y ya habían llegado al pasillo. Dalgliesh anunció:

–Parece como si hubiera llegado el médico.

Rickards no respondió. Fue hacia la cómoda y tocó con la punta del dedo el montón de pelos sobre la madera encerada.

–Hay unos de los que no encontraremos muestras aquí –dijo–. Los de Hilary Robarts. En el laboratorio los examinarán para asegurarnos, pero no estarán aquí. Y ahora, debo empezar a buscar a un asesino muy diferente. Y, por Dios, señor Dalgliesh, esta vez lo atraparé.

6

Cuarenta y cinco minutos después Rickards estaba de vuelta en la escena del crimen. Parecía haber pasado más allá del cansancio y estar operando en una dimensión diferente del tiempo y el espacio, en la que su mente trabajaba con una claridad sobrenatural mientras su cuerpo se había vuelto casi inmaterial, una criatura de luz y aire, tan feérico como la escena en medio de la cual se movía y hablaba y daba órdenes. El disco pálido y transparente de la luna había quedado eclipsado por el resplandor de los faros montados sobre trípodes, que iluminaban y solidificaban las siluetas de árboles y hombres, al tiempo que paradójicamente les quitaba forma y esencia de tal modo que quedaban revelados, clarificados y transformados en algo distinto y extraño. Y siempre, más allá de las voces masculinas, del rumor de los pasos en el pedregullo, del súbito agitarse de telas bajo una brisa renovada, estaba el murmullo constante del oleaje.

El doctor Anthony Maitland-Brown vino de Easthaven en su Mercedes y se le había adelantado. Ya estaban con los guantes puestos, arrodillado junto al cadáver, cuando Rickards llegó. Lo dejó trabajar. A los forenses les disgustaba que los observaran cuando hacían su examen preliminar en la escena del crimen y siempre estaban prontos a quejarse por la cantidad de gente dando vueltas alrededor si alguien se acercaba a más de tres metros de ellos, como si el fotógrafo de la policía y los expertos de laboratorio no fueran más que curiosos desocupados. Maitland-Brown

188

era un hombre elegante y extraordinariamente apuesto, de más de un metro ochenta de alto; se decía que en su juventud era muy parecido a Leslie Howard y de ahí en más se había dedicado a cultivar esa imagen. Se divorció amistosamente, era rico (su madre le legó una sólida fortuna) y se daba los gustos en sus dos pasiones, la ropa y la ópera. En su tiempo libre asistía acompañado de actrices jóvenes y bonitas al Covent Garden y a Glyndebourne, donde ellas al parecer estaban dispuestas a soportar tres horas de aburrimiento a cambio del prestigio que suponía la compañía del médico o quizá por el estremecimiento de saber que las manos elegantes que servían el vino o las ayudaban a salir del Mercedes se ocupaban por lo común en actividades más truculentas. Nunca había sido un colega fácil para Rickards, quien de todos modos reconocía en él a un forense de primera y Dios sabía que no era fácil encontrarlos buenos. Cuando leía los lúcidos y detallados informes sobre una autopsia de M.B., podía perdonarle incluso la loción que usaba para después de afeitar.

Ahora, apartándose del cuerpo, fue a saludar a los recién llegados: fotógrafo, cameraman, biólogo del laboratorio. Un tramo de playa de cincuenta metros a cada lado había sido cercado con sogas y el sendero cubierto con plásticos que brillaban bajo la luz de los faros. Sintió la excitación contenida de su sargento, Stuart Oliphant, que le dijo:

–Encontramos una huella, señor. A unos cuarenta metros, en el matorral.

–¿Una huella, sobre las agujas de pino?

–No, señor, sobre la arena. Alguien, quizás un niño, debió echar arena por allí. La huella es buena, señor.

Rickards lo siguió bosque adentro. Todo el sendero fue cubierto, pero en un sitio había además una caja con los bordes hundidos en el suelo blando, sobre el lado derecho. El sargento Oliphant levantó el plástico, y luego la caja dentro de la cual estaba la huella. A la luz los faros dispuestos a los costados del sendero se le veía con claridad: había un poco de arena húmeda sobre las agujas de pino y la hierba aplastada, cubriendo no más de quince centímetros por diez, e impresa en ella la suela de intrincado dibujo de un pie derecho.

–La encontramos poco después de que usted se marchó, señor –dijo Oliphant–. Está sola, pero es bastante clara. Ya tomaron las fotografías y las medidas estarán en el laboratorio esta mañana. Yo diría que es tamaño diez. Pronto nos darán la confirmación, pero no es necesaria. Es una zapatilla deportiva. Una Bumble. Usted las habrá visto, las que tienen una abeja en el talón.

Y tiene el dibujo de una abeja en la suela. Aquí puede ver la curva del ala, señor. Es perfectamene reconocible.

Una zapatilla Bumble. Si uno quería una huella, difícilmente podía esperar algo más distintivo. Oliphant le dio voz a sus pensamientos.

–Es bastante común, por supuesto, pero no tanto. Las Bumble son lo más caro del mercado, las Porsche de las zapatillas. Todos los chicos ricos quieren tenerlas. El nombre es bastante tonto. En realidad, el dueño de la firma se llama Bumble, y están en el mercado desde hace un par de años apenas, pero las promueven con mucha energía. Supongo que él espera que el nombre prenda, que la gente empiece a usar el nombre Bumble con naturalidad.

–Parece bastante fresca –dijo Rickards–. ¿Cuándo llovió por última vez? El sábado por la noche, tarde, ¿no?

–A eso de las once. Finalizó a medianoche, pero fue un chaparrón pesado.

Y no hay árboles que cubran esta parte del sendero. La huella está intacta. Si la hubieran marcado antes de la medianoche del sábado, al menos estaría algo borrada. Es interesante que haya esta sola y que señale en dirección contraria al mar. Si alguien con zapatillas Bumble vino por este sendero en algún momento del domingo, podría esperarse encontrar una huella similar en la playa.

–No necesariamente, señor. Puede acercarse desde la playa sin salir del pedregullo y sin pisar arena. Si no dejó el pedregullo, no habrá huellas. Pero si hubiera sido hecha el domingo antes de que ella muriera, ¿estaría aquí todavía? Ella tuvo que venir por este sendero.

–Podría haber pasado sin pisarla. Está bien a la derecha. Es curioso, de todo modos. Demasiado clara, por demás identificable, tan oportuna. Casi podría pensarse que fue marcada deliberadamente, para engañarnos.

–Venden zapatillas Bumble en la proveeduría deportiva de Blakeney, señor. Podría mandar a uno de los muchachos a comprar un par de tamaño diez no bien abran en la mañana.

–Que vaya de civil y las compre como un cliente común. Necesito confirmación antes de empezar a pedirle a la gente que me muestre su provisión de calzado. Tendremos que vérnoslas con sospechosos inteligentes. No quiero pasos en falso al comienzo del caso.

–Es una pena desperdiciar tiempo, señor. Mi hermano tiene un par de Bumble. La huella es inconfundible.

–Necesito confirmación –dijo Rickards con obstinación– y la quiero rápido.

Oliphant volvió a poner en su sitio la caja, encima el plástico y después lo siguió de vuelta hacia la playa. Rickards percibía con incomodidad el peso casi físico de resentimiento, antagonismo y ligero desprecio que parecía emanar del sargento. Pero el hombre era una carga que no podía sacarse de encima. Oliphant había sido parte del equipo encargado de la investigación del Silbador y aunque éste era un caso diferente, sería difícil reemplazarlo sin provocar problemas personales o logísticos, que Rickards tenía intenciones de evitarse. Durante los quince meses de persecución del Silbador, la tibia antipatía que le producía Oliphant había evolucionado hasta un disgusto que reconocía irracional y que trató de controlar en interés tanto de la investigación como de su propio autorrespeto. Una serie de asesinatos era lo bastante difícil para complicarse en cuestiones personales.

No tenía verdaderas pruebas de que Oliphant fuera un matón; sólo lo parecía. Era un metro ochenta de carne y músculo disciplinados, moreno y convencionalmente apuesto, con rasgos más bien gruesos, labios duros y ojos cortantes, más un mentón carnoso con un hoyuelo en el medio. A Rickards le resultaba difícil apartar la vista de ese hoyuelo. Su repugnancia por el hombre lo había elevado a deformidad. Oliphant bebía demasiado y eso era un riesgo profesional en un policía. El hecho de que Rickards nunca lo hubiera visto ebrio sólo aumentaba su irritación. A un hombre no debería permitírsele incorporar tales cantidades de alcohol y seguir firme sobre sus pies.

Era meticuloso en su trato con los oficiales superiores, respetuoso sin ser servil, pero sutilmente se las arreglaba para darle a Rickards la impresión de que no estaba a la altura a la que Oliphant lo habría puesto. Contaba con bastantes amigos entre sus colegas menos sensibles; los otros tenían la prudencia de hacerse a un lado. Rickards pensaba que si alguna vez se encontraba en problemas, el último policía que querría encontrar en su puerta sería Oliphant. Probablemente éste lo encontraría como un elogio. Y nunca había habido de parte del público ni la sombra de una queja sobre él. Eso también, irracionalmente, despertaba las sospechas de Rickards. Le hacía pensar que cuando sus intereses estaban en juego, el hombre era lo bastante tortuoso como para actuar contra su naturaleza esencial. Era soltero y lograba, aun sin la crudeza de jactancias pronunciadas, dar la impresión de que las mujeres lo encontraban irresistible. Era probable que fuera el caso de algunas, pero al menos no se acercaba a las esposas de sus colegas. En general, parecía poseer las cualidades de un joven detective que Rickards más odiaba: la agresión controlada sólo porque el control era lo más prudente, un franco deseo de poder, demasiada seguridad sexual y una inflada opinión de sus propias capacidades. Pero estas características no eran descartables. Oliphant llegaría a inspector en jefe por lo menos, y quizá más alto. Rickards nunca había logrado emplear su sobrenombre de Jumbo. Oliphant, lejos de disgustarse por un apodo a la vez pueril y básicamente inadecuado, parecía tolerarlo, e incluso gustar de él, al menos de parte de colegas a los que había autorizado a emplearlo. Los mortales menos favorecidos lo usaban sólo una vez.

Maitland-Brown ya estaba dispuesto a hacer su informe preliminar. Alzándose sobre la plena altura de su metro ochenta y cinco se quitó los guantes y se los arrojó a un policía, casi como un actor desprendiéndose de una parte de su traje de escena. No era su costumbre discutir sus hallazgos en el lugar del crimen. Pero condescendía a anunciarlos.

–Haré la autopsia mañana y tendrán el informe el miércoles. No creo que haya sorpresas. Ante el análisis preliminar el caso parece bastante claro. Muerte por estrangulamiento. El implemento usado fue flexible y de dos centímetros de ancho, quizá un cinturón, una correa o una traílla de perro. La occisa era una mujer alta y musculosa. Se debe de haber necesitado fuerza, pero no extraordinaria, dada la ventaja de la sorpresa. El asesino probablemente esperó al abrigo de los pinos, salió y pasó la correa sobre la cabeza de ella que salía del agua. Ella apenas si tuvo tiempo de tomar la toalla. Hizo uno o dos movimientos convulsivos con los pies; pueden verse marcas en la hierba. Calculo que murió entre las ocho y treinta y las diez.

Maitland-Brown se pronunció y era evidente que no esperaba preguntas. Ni había necesidad de hacerlas. Extendió un brazo pidiendo su abrigo, que le fue entregado por un detective. De inmediato se despidió. Rickards casi esperaba que lo hiciera con una reverencia cortesana.

Rickards miró el cadáver. Ahora, con la cabeza, manos y pies cubiertos con plástico, la mujer parecía un juguete envuelto para regalo, un juguete para alguien con gustos caros y peculiares, un simulacro de látex y cabello sintético, ojos de vidrio, una mera representación de una mujer viva. La voz de Oliphant pareció llegar de una gran distancia:

–¿El comandante Dalgliesh no volvió con usted, señor?

–¿Por qué iba a volver? No es su caso. Probablemente está en su cama.

Y agregó mentalmente: Cómo me gustaría estar yo. El día siguiente comenzaba a pesarle, como si empezara desde ya a acumular peso físico sobre un cuerpo exhausto; la conferencia de prensa sobre el suicidio del Silbador, el informe al jefe, los informes a redactar, esta nueva investigación, sospechosos que habría que interrogar, hechos que establecer, todo el cúmulo de trámites que implicaba una investigación de asesinato, iniciada en este caso con la conciencia del fracaso de la anterior pesándole en el corazón como una piedra. Y en algún momento tendría que encontrar tiempo para llamar a Susie.

–El señor Dalgliesh es un testigo, no un oficial en investigación.

–Un testigo, pero no podríamos decir que un sospechoso.

–¿Por qué no? Vive en la punta, conocía a la mujer, sabía cómo mataba el Silbador. Puede no ser un sospechoso serio a nuestros ojos, pero tendrá que declarar como todos los otros.

Oliphant lo miró sin expresión.

–Será una experiencia nueva para él. Esperemos que la disfrute...

LIBRO CUARTO

Lunes 26 de setiembre

1

Anthony la despertó, como lo hacía habitualmente, poco después de las seis y media. Theresa se esforzó por izar su conciencia a través de las pesadas capas de sueño hasta los familiares sonidos de la mañana, el crujido de su cama y los gemidos y gruñidos de Anthony, que se ponía de pie tomándose de los barrotes de la cuna. Sintió el olor conocido, compuesto de talco de bebé, leche agria y un pañal mojado. Buscó el conmutador de la lámpara de la mesa de luz, bajo la pantalla pintada con Bambis saltarines y, abriendo los ojos, miró a Anthony quien la recompensó con una amplia sonrisa desdentada y sus saltitos rituales de placer que sacudían la cuna. Abriendo sin ruido la puerta del cuarto de las mellizas, pudo ver que seguían dormidas; Elizabeth enrollada al otro lado de la cama, Marie boca arriba, con un brazo colgando. Si lograba cambiar y alimentar a Anthony antes de que hiciera demasiado escándalo, las mellizas dormirían otra media hora, lo que significaba treinta minutos más de paz para su padre.

Theresa se ocuparía de Elizabeth y de Marie, en nombre de su madre, todo el tiempo que las mellizas la necesitaran, y lo haría con toda su fuerza, pero era a Anthony al que amaba. Por un momento se quedó mirándolo, disfrutando de ese momento de placer mutuo que se daban. Después el bebé soltó una mano de la baranda de la cuna, levantó una pierna en una parodia de un torpe bailarín de ballet, cayó sobre el colchón, rodó sobre la espalda, se me-

197

tió un puño en la boca y empezó a chupar ruidosamente. Pronto se cansó de ese sustituto. Theresa se sentó en la cama, esperó un momento hasta sentir un fluir físico de fuerza en brazos y piernas y fue a la cuna; bajó uno de los lados y tomó al bebé en brazos. Lo cambiaría abajo, sobre papeles de diario abiertos sobre la mesa de la cocina, luego lo sujetaría con la correa de su sillita alta para que pudiera ver mientras le calentaba la leche. Una vez alimentado, las mellizas ya estarían despiertas y ella entonces podría ayudarlas a vestirse y alistarse para cuando pasara la señora Hunter de la Beneficencia, y se las llevara a la guardería. Luego ella y su padre tomarían el desayuno, hasta el momento de despedirse de los dos, de su padre y Anthony, e ir caminando hasta el cruce donde tomaría el autobús de la escuela.

Acababa de encender la hornalla bajo la olla con leche cuando sonó el teléfono. El corazón le saltó y siguió latiendo con más fuerza que antes. Levantó el receptor, con la esperanza de haber sido lo bastante rápida como para impedir que despertara a su padre. Oyó la voz de George Jago, fuerte, intrigante, ronca de excitación:

—¿Theresa? ¿Se levantó tu papá?

—No, todavía no, señor Jago. Duerme.

Hubo una pausa como si él estuviera pensando:

—Está bien, no lo molestes. Cuando se despierte, dile que Hilary Robarts está muerta. Anoche. Asesinada. La encontraron en la playa.

—¿Fue el Silbador?

—Así parecía... así quiso el asesino que pareciera, si me lo preguntas. Pero no pudo ser. El Silbador ya estaba muerto, hacía tres horas o más. Como te dije anoche. ¿Recuerdas?

—Sí, recuerdo, señor Jago.

—Es una suerte que haya llamado anoche, ¿no? ¿Se lo contaste a tu papá? ¿Le contaste a tu papá sobre el Silbador?

Theresa percibió bajo la excitación la nota insistente de la ansiedad.

—Sí —dijo—, le conté.

—Entonces todo está bien. Ahora cuéntale lo de la señorita Robarts. Dile que me llame. Tengo un llamado para llevar pasajeros a Ipswich, pero volveré a eso de las doce. O podría hablar con él ahora, si se levanta pronto.

—No se levantará pronto, señor Jago. Está profundamente dormido. Y estoy dándole la leche a Anthony.

—Está bien. Pero cuéntale, no te olvides.

—Sí, le contaré.

–Me alegro de haber llamado anoche –dijo él–. Tu papá sabrá por qué.

Colgó. Tenía las manos húmedas. Se las secó en el camisón y fue hacia la cocina. Pero cuando tomó la olla de leche, las manos le temblaban tan violentamente que supo que no le sería posible verterla por el pico delgado del biberón. Fue a la pileta y, con el mayor cuidado, logró llenarlo a medias. Después soltó a Anthony de su correa y se sentó con él en el sillón frente a la chimenea vacía. El niño abrió la boca, ella le metió la tetina del biberón y vio como él comenzaba su vigorosa succión, con los ojos, que de pronto no miraban nada, fijos en los de ella y las dos manitas regordetas alzadas, con las palmas hacia abajo, como las zarpas de un animal.

Fue entonces cuando oyó el crujido de la escalera y entró su padre. Nunca aparecía ante ella por la mañana sin lo que usaba como bata: un viejo impermeable abotonado hasta el cuello. Encima del impermeable, la cara estaba gris e hinchada, con los labios demasiado rojos.

–¿Quién llamó por teléfono?

–El señor Jago, papá.

–¿Qué quería a esta hora?

–Llamó para decir que Hilary Robarts está muerta. La asesinaron.

El no podía dejar de notar qué diferente sonaba su voz. A ella misma le parecía tener los labios tan secos que se habían deformado y se inclinó sobre el bebé para que él no pudiera verla. Pero su padre no la miraba y no hablaba. Al fin, dándole la espalda, le dijo:

–¿Fue el Silbador? La atrapó, ¿eh? Bueno, se lo estaba buscando.

–No, papá, no pudo ser el Silbador. Recuerdas que el señor Jago llamó anoche a las siete y media para decir que el Silbador estaba muerto. Esta mañana dijo que se alegraba de haber llamado para decírnoslo y que tú sabrías por qué.

El no respondió. Theresa oyó el silbido del agua hirviendo en la tetera y lo vio ir lentamente hacia la mesa con una taza y sentarse. Sentía los latidos de su corazón y el calor del cuerpo de Anthony contra el brazo.

–¿Qué quiso decir el señor Jago, papá?

–Quiso decir que el que mató a la señorita Robarts se propuso culpar al Silbador. De modo que la policía sólo sospechará de gente que anoche no supiera que el Silbador estaba muerto.

–Pero tú sabías, papá, yo te lo dije.

El se volvió y dijo sin mirarla:

—A tu madre no le gustaría que dijeras mentiras.

Pero no estaba enojado y no la estaba reprendiendo. Theresa no oyó en su comentario otra cosa que un gran cansancio. Dijo en voz baja:

—Pero no es una mentira, papá. El señor Jago llamó cuando tú estabas en el retrete. Cuando volviste te lo dije.

Sólo entonces él la miró y sus ojos se encontraron. Ella nunca lo había más desesperanzado, más derrotado.

—Es cierto, me lo dijiste. Y es lo que le dirás a la policía cuando te pregunten.

—Por supuesto papá. Les diré lo que pasó. El señor Jago me contó sobre el Silbador, y yo te lo dije.

—¿Y recuerdas lo que dije?

La tetina del biberón se había achatado. La sacó de la boca de Anthony y sacudió el biberón para que volviera a pasar el aire. El niño soltó un inmediato aullido de furia, que ella ahogó volviendo a poner la tetina sobre sus labios.

—Creo que dijiste que te alegrabas. Todos estaríamos a salvo ahora.

—Sí —dijo él—, todos estamos ahora a salvo.

—¿Eso significa que no tendremos que irnos del cottage?

—Depende. Por lo menos, no tendremos que irnos pronto.

—¿De quién será ahora, papá?

—No sé. De quien figure en el testamento de ella, supongo. Quizá los herederos quieran venderlo.

—¿Podríamos comprarlo, papá? Sería lindo si pudiéramos comprarlo.

—Dependerá del precio que pidan. No vale la pena preocuparse por eso ahora. Por el momento no tendremos problemas.

—¿Vendrá aquí la policía? —preguntó Theresa.

—Seguro. Hoy, probablemente.

—¿Por qué?

—Para averiguar si yo sabía que el Silbador estaba muerto. Para preguntarte si salí del cottage anoche. Estarán aquí, con seguridad, cuando vuelvas de la escuela.

Pero ella no pensaba ir a la escuela. Hoy era importante que no se apartara del lado de su padre. Y tenía una excusa lista, un calambre de estómago. Lo que, al menos, era cierto en parte. En el baño, había visto esa primera prueba rosada de su período casi con alegría.

—Pero no saliste del cottage, ¿no, papá? Yo estuve contigo

hasta que fui a acostarme a las ocho y cuarto. Pude oírte moviéndote aquí abajo. Oía la televisión.

–La televisión no es una coartada –dijo él.

–Pero yo bajé, papá. Recuerdas. Me fui a la cama temprano, a las ocho y cuarto, pero no podía dormir y tenía sed. Bajé poco antes de las nueve a tomar un vaso de agua. Y me senté en el sillón de mamá a leer. Debes recordar, papá, ¿no es cierto? Cuando volví a acostarme eran las nueve y media pasadas.

El soltó un gruñido.

–Sí, recuerdo.

De pronto Theresa notó que las mellizas habían entrado en la cocina y estaban lado a lado junto a la puerta, mirando a su padre sin expresión.

–Vuelvan a arriba y vístanse –les ordenó Theresa con energía–. No deberían bajar sin vestirse, tomarán frío.

Obedientes, las niñas se volvieron y subieron por la escalera.

El agua seguía hirviendo. El padre apagó la hornalla pero no comenzó a preparar el té. En lugar de eso quedó sentado en la mesa, con la cabeza gacha. Theresa creyó oírle suspirar: "No soy bueno para ti, no soy bueno para ti." No pudo ver su rostro, pero por un terrible momento pensó que él lloraba. Todavía con el biberón en la mano y Anthony en brazos, se levantó y fue hacia él. No tenía mano libre para acariciarlo, pero se puso muy cerca de él.

–Todo está bien, papá. No hay nada de qué preocuparse. Todo estará bien.

2

El lunes 26 de setiembre Jonathan Reeves trabajaba en el turno de 8.15 a 14.45, y como siempre, estaba antes de hora en su banco de trabajo. Pero sólo a las 8.55 sonó el teléfono y oyó la voz que esperaba. Caroline parecía perfectamente calmada; sólo las palabras eran urgentes:

–Tengo que verte. Ahora. ¿Puedes salir?

–Creo que sí. El señor Hammond no llegó todavía.

–Nos veremos en la biblioteca, entonces. De inmediato. Es importante, Jonathan.

No tenía necesidad de decírselo. Nunca le pediría una cita en horas de trabajo si no fuera por algo importante.

La biblioteca estaba en el sector de la administración, no lejos de la entrada. En parte era sala de estar, en parte biblioteca, con tres paredes cubiertas de estantes, dos estanterías giratorias y ocho cómodas sillas alrededor de mesas redondas. Caroline lo estaba espérando cuando él llegó, de pie ante los estantes de revistas, hojeando el último ejemplar de *Nature*. No había nadie más a la vista. Jonathan fue hacia ella, preguntándose si estaría esperando que la besara, pero cuando vio su mirada supo que no era así. A pesar de que era su primer encuentro desde el viernes a la noche, la noche que lo había cambiado todo para él. De todos modos, pensaba que cuando estaban solos como ahora, no necesitaban comportarse como extraños.

202

—Hay algo que querías decirme —dijo él con humildad.

—En un minuto. Son las nueve en punto. Ruego silencio para oír la voz del Señor.

El levantó la cabeza en un movimiento espasmódico. El tono de Caroline lo sorprendía tanto como si le hubiera oído proferir una obscenidad. Nunca habían hablado del doctor Mair salvo en el nivel más superficial, pero Jonathan siempre dio por sentado que ella admiraba al director y estaba contenta de ser su secretaria. Recordaba haber oído las palabras susurradas por Hilary Robarts cuando Caroline entrara en una reunión pública al costado de Mair: "La sacerdotisa con su Dios." Así era como la veían todos: la colaboradora inteligente, discreta, hermosa pero humilde, de un hombre al que estaba bien dispuesta a servir porque lo consideraba digno de servicio.

Los parlantes sonaron. Hubo una voz indescifrable, a la que siguió la de Mair, seria y medida:

—No creo que haya alguien en la Central que ignore que Hilary Robarts fue encontrada muerta anoche en la playa. Fue asesinada. Al principio pareció que era la segunda víctima del Silbador de Norfolk en nuestra Central, pero ahora parece casi seguro que el Silbador murió antes que Hilary. Ya encontraremos un modo de expresar nuestro dolor colectivo ante su pérdida, como lo haremos con Christine Baldwin. Por el momento, su muerte es objeto de una investigación policíaca, y el inspector en jefe, Rickards, de la policía de Norfolk, que fue responsable de la investigación por los crímenes del Silbador, ha tomado este caso a su cargo. Se hará presente en la Central esta mañana y quizá pida interrogar a quienes de ustedes conocieron mejor a Hilary y puedan proporcionar detalles sobre su vida. Si cualquiera de ustedes tiene información, por mínima que sea, que pueda ayudar a la policía, les ruego que se pongan en contacto con el inspector en jefe Rickards, ya sea cuando esté aquí o en su oficina de Hoveton. El número de teléfono es 499 623.

Otro ruido en los parlantes y quedaron en silencio.

—Me pregunto —dijo Caroline—, cuántos borradores tuvo que hacer hasta llegar a ese texto. Inocuo, indiferente, nada dicho crudamente pero todo sugerido. Y no nos ofendió diciéndonos que confiaba en que siguiéramos haciendo nuestro trabajo, como si fuéramos un grupo de escolares. Será un buen funcionario en los altos niveles, eso nadie lo duda.

—Este inspector en jefe Rickards —preguntó Jonathan—, ¿crees que querrá interrogarnos a todos?

—A todos los que conocieron a Hilary. Y eso nos incluirá a

nosotros. Y es por eso que quería hablarte. Cuando me vea a mí, me propongo decirle que tú y yo pasamos toda la velada de ayer juntos, de las seis hasta más o menos a las diez y media. Obviamente, necesitaré que me respaldes. Y depende, por supuesto, de si hay alguien que pueda probar lo contrario. Es lo que tenemos que discutir.

Por un momento él quedó anonadado.

–¡Pero no estuvimos juntos! Me estás pidiendo que mienta. Es una investigación por un asesinato. Es terriblemente peligroso mentirle a la policía, ellos siempre descubren la verdad.

Sabía que debía sonar como un chico asustado que no quería tomar parte de un juego peligroso. Miraba a lo lejos, sin querer enfrentar la mirada de ella, en la que sabía que podía encontrar ira y desprecio.

–Cuando me llamaste el sábado –dijo Caroline–, me dijiste que tus padres irían a Ipswich a pasar la noche del domingo con tu hermana casada. Fueron, ¿no es así?

–Sí, fueron –respondió él sintiéndose mal.

Era por saber que ellos no estuvieron en casa que él había esperado que Caroline sugeriría que se quedaran juntos otra vez en el bungalow. Recordaba sus palabras por el teléfono:

–Escucha, hay momentos en que una mujer necesita estar sola. ¿No puedes entender eso? Lo que sucedió ayer no significa que tengamos que pasar juntos cada segundo de nuestra vida. Ya te dije que te amo. Y Dios sabe que te lo he demostrado. ¿No te basta con eso?

Ahora agregó:

–Así que ayer por la noche estuviste solo en el departamento. ¿O no? Si alguien te visitó o te llamó por teléfono, entonces evidentemente tendré que pensar otra cosa.

–No me visitó ni llamó nadie. Estuve solo hasta después del almuerzo, y entonces salí a dar un paseo.

–¿A qué hora volviste? ¿Alguien te vio cuando guardabas el auto? No es un edificio grande, ¿no? ¿Encontraste a alguien cuando volvías? ¿Y las luces de las ventanas?

–Dejé las luces encendidas. Siempre las dejamos cuando el departamento queda vacío. Mamá piensa que es más seguro, hace que parezca ocupado. Y cuando volví ya estaba oscuro. Quería estar solo, pensar. Fui a Blakeney y caminé por los marjales. Cuando volví a casa eran las diez y cuarenta y cinco.

Ella soltó un pequeño suspiro de satisfacción.

–Entonces está perfecto. ¿Encontraste a alguien durante la caminata?

—Sólo de lejos. Una pareja con un perro. No creo que pudieran reconocerme si me ven.

—¿Dónde comiste? —La voz de ella era aguda, su interrogatorio meticuloso.

—No comí. Esperé volver a casa. No tenía hambre.

—Bueno, entonces está bien. Estamos seguros. Y a mí nadie me espió en el bungalow. Y nadie me visitó ni llamó. Nadie lo hace nunca.

El pensó que "espiar" era una palabra rara para usar en esa ocasión. Pero Caroline tenía razón. El bungalow, tan poco inspirado como su nombre, Field View, se hallaba totalmente aislado, en una opaca ruta campestre en las afueras de Hoveton. El nunca había entrado, ella nunca le permitió siquiera acompañarla a la puerta, hasta que llegaron juntos la noche del viernes, y entonces lo había sorprendido y hasta asombrado un poco. Ella le relató que lo alquiló a los dueños amueblado, que habían ido por un año a Australia a visitar a una hija casada y decidieron quedarse a vivir allí. ¿Pero por qué se había quedado ella? se preguntaba Jonathan. Seguramente tenía que haber una casa o cottage más atractivo que alquilar, un departamento en Norwich que incluso podría haber comprado. Y al seguirla adentro, le había resultado chocante entre la fealdad y vulgaridad de la casa y el sereno encanto de ella. Podía visualizarlo ahora: la alfombra de color pardo en el vestíbulo, la sala con dos paredes empapeladas a rayas lila y las otras dos con ramos de rosas, el sofá duro y dos sillas con sus fundas caseras, la pequeña reproducción de *Haywain* de Constable, colgada demasiado alta para poder verla bien y demasiado cerca de la estampa ubicua de una chica china de cara amarilla, la anticuada estufa a gas contra la pared. Y ella no hizo nada para cambiar el ambiente, para darle algo de su propia personalidad. Era como si no notara las deficiencias y la fealdad de la casa. Servía a su finalidad, no pedía nada más. Y había servido a la finalidad de ellos. Pero ya desde el vestíbulo la casa le produjo escalofríos. Hubiera querido gritar: "Es nuestra primera vez juntos, mi primera vez en la vida. ¿No podemos ir a otra parte? ¿Tiene que ser aquí?"

—No creo que pueda hacerlo —dijo con desconsuelo—, al menos no de modo convincente. El inspector en jefe Rickards sabrá que estoy mintiendo, pondré cara de culpable.

Pero ella estaba decidida a ser gentil con él, tranquilizarlo. Le dijo, con paciencia:

—Los policías están acostumbrados a que la gente parezca culpable y se sienta incómoda en los interrogatorios. Tú les estarás diciendo que pasamos la velada solos haciendo el amor. Eso ya es bastante convincente. Y bastante natural. El lo encontraría más sospechoso si no parecieras culpable. ¿No te das cuenta? La culpa y la incomodidad harán más convincente tu historia.

De modo que hasta su inexperiencia, su inseguridad, sí, incluso su vergüenza, serían usados para los fines de ella.

–Escucha, todo lo que tenemos que hacer es transponer las dos noches. El viernes por la noche se vuelve ayer. No fabriques, no inventes nada. Cuéntales lo que hicimos, lo que comimos, la comida, el vino, lo que hablamos. Sonará cierto porque es verdad. Y no podrán descubrirnos preguntando por el programa de televisión que daban, porque no miramos televisión.

–Pero lo que sucedió fue privado. Fue para nosotros solos.

–Ya no. El asesinato destruye la privacidad. Hicimos el amor. Sin duda la policía usará una palabra más ruda. Si no la pronuncian, la pensarán. Pero hicimos el amor en mi dormitorio, en mi cama. ¿Recuerdas?

Vaya si recordaba. El rostro le ardió. Sentía como si todo el cuerpo le ardiera. Las lágrimas que se agolpaban tras sus ojos a pesar de su esfuerzo desesperado por contenerlas, le quemaban. Cerró los ojos con fuerza para no tener que secárselas con la mano. Por supuesto que recordaba. Ese feo dormitorio cuadrado, anónimo como un cuarto en cualquier hotel barato, la mezcla de excitación y terror que lo paralizaba, sus tanteos incompetentes, los susurros tiernos que se habían vuelto órdenes. Ella había mostrado paciencia, experiencia, y al fin se había hecho cargo de toda la operación. Bueno, él no había sido tan ingenuo como para suponer que para ella era la primera vez. Para él sí, pero no para ella. Lo que sucedió fue, pensaba, irrevocable. Era ella la que lo había poseído, no él a ella, y esa posesión era más que física. Por un momento no pudo hablar. Era difícil creer que esas convulsiones grotescas pero controladas tuvieran nada que ver con la Caroline que ahora estaba a su lado, y a la vez tan lejana. Con percepción aguzada notó la limpieza prístina de la camisa gris y blanca, de corte masculino, el vuelo de la larga falda gris, los zapatos de charol, la simple cadena de oro y los gemelos de oro, el cabello color miel llevado hacia atrás en un nudo simple. ¿Era esto lo que había amado, lo que amaba todavía, el ideal romántico de un adolescente, esa perfección fría y remota de ella? Y supo, con un gemido casi audible, que su primer acoplamiento había destruido más de lo que afirmó, que lo que él anhelara, y anhelaba aún y había perdido para siempre era una belleza inalcanzable. Pero sabía también que ella no tenía más que estirar una mano y él volvería a seguirla hasta el bungalow, y hasta la cama.

–¿Pero por qué? ¿Por qué? –preguntó–. No sospecharán de ti, no pueden sospechar. Es ridículo pensarlo siquiera. Tú te llevabas bien con Hilary. En la Central te llevas bien con todos. Eres la última persona en la que la policía se interesaría. Ni siquiera tienes un motivo.

–Sí lo tengo. Siempre le tuve antipatía y odié a su padre. El arruinó a mi mamá, la obligó a pasar sus últimos años en la miseria. Y yo perdí la oportunidad de tener una educación superior. Soy secretaria, esencialmente una dactilógrafa y es lo que invariablemente seré.

–Yo siempre he pensado que tú podrías ser cualquier cosa que quieras.

–No sin educación. Es cierto, sé que pueden conseguirse becas, pero yo tuve que abandonar directamente los estudios y ponerme a trabajar. Y no es sólo por mí, es lo que Peter Robarts le hizo a mamá. Ella confió en él. Puso hasta su último centavo, hasta el último centavo que le había dejado papá, en la compañía de plásticos de él. Lo he odiado toda mi vida y la odié a ella por su padre. Cuando la policía descubra eso, no me dejarán en paz. Pero si puedo presentar una coartada, será el fin. Nos dejarán en paz, a los dos. Sólo necesitamos decir que estuvimos juntos y será el fin de todos los problemas.

–Pero no pueden considerar un motivo razonable de asesinato lo que le hizo el padre de Hilary a tu madre. Es irracional. Y pasó hace tanto tiempo.

–Ningún motivo para matar a otro ser humano es nunca sensato. La gente mata por las razones más extrañas. Y yo tengo algo con la policía. Es irracional, lo sé pero siempre ha sido así. Es por eso que conduzco el auto con tanta precaución. Sé que no podría soportar un verdadero interrogatorio. La policía me asusta.

Se apoyaba en esta verdad demostrable como si por sí sola hiciera legítimo y fundado todo el pedido que le hacía a Jonathan. Era obsesiva con el límite de velocidad aun cuando la ruta estuviera vacía, obsesiva con el uso del cinturón de seguridad y el estado del auto. Y Jonathan recordaba la ocasión, tres semanas atrás, cuando a ella le arrebataron el bolso haciendo compras en Norwich, y a pesar de la protesta de él, no quiso hacer la denuncia. Recordaba sus palabras: "No servirá de nada, nunca lo recuperarán. Sólo perderemos tiempo en la estación de policía. Olvídalo, no tenía gran cosa en el bolso." Y entonces pensó: "Verificaré lo que me está diciendo, para ver si es cierto." Y sintió una vergüenza abrumadora mezclada con compasión. Oyó su voz:

–Está bien, estoy pidiendo demasiado. Sé lo que piensas de

la verdad, de la honestidad, de tu cristianismo Boy Scout. Te estoy pidiendo que sacrifiques tu buena opinión de ti mismo. A nadie le gusta hacerlo. Todos necesitamos autoestima. Supongo que se basa en la convicción de que eres moralmente superior a todos nosotros. ¿Pero no eres un poco hipócrita? Dices que me amas, pero no estás dispuesto a mentir por mí. No es una mentira importante. No hará daño a nadie. Pero no puedes hacerlo. Va contra tus convicciones religiosas. Aunque tu querida religión no te impidió ir a la cama conmigo, ¿no? Creía que los cristianos devotos eran demasiado puros para ceder a una fornicación casual.

"Fornicación casual". Cada palabra era como una bofetada; no un dolor profundo y mortal sino una sacudida a intervalos regulares, como golpes aplicados sobre el mismo sitio ya amoratado y doliente. El nunca pudo hablarle de su fe, ni siquiera en aquellos días maravillosos que pasaron juntos. Ella había puesto en claro desde el comienzo que era una parte de la vida de él que ella no comprendía y con la cual no simpatizaba. ¿Y cómo podía empezar a explicarle ahora que la siguió al dormitorio sin culpa porque la necesidad que tenía de ella era más fuerte que su amor a Dios, más fuerte que la culpa, más fuerte que la fe y no necesitaba ni racionalización ni justificación? Cómo podía estar mal, se había preguntado, algo que lo hacía sentir bien, natural, casi sagrado, en cada célula del cuerpo.

–Está bien –dijo Caroline–, olvídalo. Estoy pidiendo demasiado.

Sacudido por el desprecio de su voz, él suplicó:

–No es eso. No soy mejor que tú, por cierto que no. Y tú nunca podrías pedir demasiado. Si es importante para ti, por supuesto que lo haré.

Ella lo miró a los ojos, como si sopesara su sinceridad, su voluntad. Jonathan oyó el alivio en su voz cuando le dijo:

–Escucha, no hay ningún peligro. Los dos somos inocentes y lo sabemos. Y lo que le diremos a la policía bien podría ser cierto.

Pero eso no era cierto, y él vio que ella misma lo comprendía.

–Podría haber sido cierto, pero no lo fue.

–Y eso es lo que te importa a ti, te importa más que mi tranquilidad, más de lo que yo creía que sentíamos.

Jonathan habría querido preguntarle qué clase de tranquilidad podía levantarse sobre una mentira. Hubiera deseado inquirir qué había sentido en realidad, qué sentía ella por él.

Mirando el reloj pulsera, Caroline agregó:

–Y después de todo, será una coartada también para ti. Eso es incluso más importante, todos saben lo cruel que ha sido ella contigo desde aquel programa local de radio. El pequeño cruzado divino contra el poder nuclear. ¿Has olvidado eso?

La crudeza de la sugerencia, la nota de impaciencia que sonaba en su voz, todo le repugnaba a Jonathan, que respondió:

–Pero supón que no nos crean.

–No empecemos de nuevo. ¿Por qué no iban a creernos? Y si no nos creen, no importa. No podrán probar que estamos mintiendo, y es eso lo único que importa. Y después de todo es natural que hayamos estado juntos. Nuestra relación no empezó ayer. Escucha, tengo que volver a la oficina. Estaremos en contacto, pero será mejor que esta noche no nos veamos.

El no pensaba verla esa noche. Las noticias de este último asesinato ya habrían sido transmitidas por la radio y comentadas. Su madre estaría esperándolo en casa, ávida de noticias.

Pero había algo que tenía que decirle antes de que se separaran, y de algún modo logró reunir coraje para decirlo:

–Anoche te llamé. Mientras estaba paseando y pensando. Me detuve en una cabina y te llamé. No estabas.

Hubo un pequeño silencio. El la miraba nerviosamente a la cara, pero ella no expresaba nada.

–¿A qué hora fue?

–A las diez menos veinte, quizás un poco más tarde.

–¿Por qué? ¿Por qué me llamaste?

–Por la necesidad de hablar contigo. La soledad. Supongo que tenía esperanza de que cambiaras de idea y me pidieras que fuera a verte.

–Muy bien. Puedo decírtelo. Anoche estuve en la punta. Saqué a Remus a pasear. Dejé estacionado el auto a la salida de la aldea y fui caminando hasta la abadía en ruinas. Supongo que habré estado por allí poco después de las diez.

Horrorizado, él exclamó:

–Estuviste allí. Y todo el tiempo ella estaba tendida muerta a pocos metros de ti.

–No a pocos metros –respondió ella de inmediato–, sino a más de cien. No habría tenido la menor oportunidad de toparme con el cadáver y no vi al asesino, si eso es lo que estás pensando. Y estuve en la parte alta, no bajé a la playa. Si lo hubiera hecho, la policía habría encontrado mis huellas y las de Remus.

–Pero alguien pudo verte. Había luna llena.

–La punta se encontraba vacía. Y si el asesino estaba agazapado entre los árboles y me vio, se cuidó bien de no mostrarse y para mí no es una posición cómoda. Es por eso que necesito una coartada. No quería decírtelo, pero ahora lo sabes. Yo no la maté. Pero estuve allí y tenía un motivo Es por eso que estoy pidiéndote ayuda.

Por primera vez Jonathan detectó en la voz de ella una nota de ternura, casi de ruego. Se le acercó hasta casi tocarlo pero se apartó de inmediato; el gesto esbozado, la retirada, todo fue tan tierno como una caricia. El dolor y la humillación de los últimos diez minutos quedaron borrados en una oleada de amor. Cuando habló, sintió que tenía los labios hinchados y que le costaba articular; pero de todos modos encontró las palabras:

—Por supuesto que te ayudaré. Te ayudaré. Nunca te abandonaré. Puedes confiar en mí.

3

Rickards había arreglado con Alex Mair ir a la Central a las nueve de la mañana, pero planeó que antes se allegaría a Scudder's Cottage, para hablar con Ryan Blaney. La visita tenía cierta dificultad. Sabía que Blaney tenía hijos chicos, y sería necesario interrogar por lo menos a la mayor. Pero no podría hacerlo hasta tener consigo a una detective mujer, surgió alguna demora para conseguirla. Era una de esas contrariedades, relativamente menores, que le resultaba difícil aceptar, pero sería una imprudencia hacer una visita de cierta extensión a la casa de los Blaney sin una colega mujer. Resultara o no el hombre un sospechoso de consideración, no podía arriesgarse a una queja posterior en base a que la información había sido obtenida de un menor sin la observancia de los procedimientos correctos. Al mismo tiempo Blaney tenía derecho a saber qué había sucedido con su cuadro, y si no era la policía la que lo informaría, no tardaría en hacerlo algún otro. Y era más importante que Rickards estuviera presente para ver la cara del hombre cuando oyera la noticia, tanto del retrato tajeado como del asesino de Hilary Robarts.

Pensó que rara vez vio una cama más deprimente que Scudder's Cottage. Caía una ligera llovizna, por lo que percibió el cottage y el abandonado jardín que lo rodeaba, a través de una niebla y humedad que parecía absorber formas y colores, fundiendo toda la escena en un gris amorfo. Dejando al detective Gary Price en el auto, Rickards y Oliphant fueron por el sendero invadido de ma-

211

leza hasta el porche. No había timbre, y cuando Oliphant hizo sonar el llamador de hierro, la puerta se abrió casi de inmediato. Ante ellos estaba Ryan Blaney, de un metro ochenta de alto, flaco, los ojos enrojecidos, dirigiéndoles una mirada que no era una bienvenida. El color parecía haber partido incluso de su pelo enmarañado, y Rickards pensó que nunca había visto a un hombre más exhausto y todavía de pie. Blaney no los invitó a pasar y Rickards no sugirió hacerlo. Esa intrusión podía esperar hasta que los acompañara la colega. Y Blaney podía esperar. El policía estaba ansioso por presentarse en la Central de Larksoken. Dio la noticia de que el retrato de Hilary Robarts había sido tajeado y encontrado en Thyme Cottage, sin entrar en detalles. No hubo respuesta.

–¿Me oyó, señor Blaney?

–Sí, lo oí. Sabía que el retrato había desaparecido.

–¿Cuando?

–Anoche, a eso de las nueve cuarenta y cinco. La señorita Mair pasó a buscarlo. Pensaba llevarlo a Norwich esta mañana. Ella les dirá. ¿Dónde está ahora?

–Lo tenemos nosotros, al menos lo que queda de él. Lo necesitaremos para las pruebas de laboratorio. Le daremos un recibo, naturalmente.

–¿De qué me servirá? Pueden guardarlos, al cuadro y al recibo. ¿Dijo que estaba destrozado?

–No, sólo dos tajos limpios. Quizá pueda repararse. Lo traeremos cuando volvamos, para que pueda identificarlo.

–No quiero volver a verlo. Pueden guardarlo.

–Necesitaremos la identificación, señor Blaney. Pero hablaremos de eso luego, cuando volvamos. ¿Cuándo vio la última vez el cuadro?

–El jueves a la noche, cuando lo envolví y lo dejé en el taller. No volví al taller desde entonces. ¿Y de qué sirve hablar? Fue lo mejor que pinté nunca y esa perra lo destruyó. Que lo identifiquen Alice Mair o Adam Dalgliesh. Ellos lo vieron.

–¿Está diciendo que sabe quién es el responsable?

Otra vez hubo silencio. Rickards lo quebró diciendo:

–Estaremos con usted esta tarde, probablemente entre las cuatro y las cinco, si le resulta conveniente. Y tendremos que hablar con los niños. Traeremos una policía mujer con nosotros. ¿Están en la escuela, supongo, sus hijos?

–Las mellizas están en la guardería. Theresa está aquí. No se siente bien. Escuchen, no se tomarán tanto trabajo por un cuadro tajeado. ¿Desde cuándo la policía se toma tan en serio el arte?

–Nos tomamos en serio los daños criminales contra la propiedad privada. Pero hay algo más. Tengo que decirle que Hilary Robarts fue asesinada anoche.

Miró fijo el rostro de Blaney mientras lo decía. Este era el momento de la revelación, quizás el momento de la verdad. Era imposible que Blaney oyera la noticia sin traicionar alguna emoción: sorpresa, miedo, shock, real o simulado. En lugar de eso oyó decir con calma:

–No necesitaba venir a decírmelo, eso tampoco. Lo sabía. George Jago me llamó esta mañana temprano desde el Local Hero.

Vaya, vaya, pensó Rickards, y mentalmente agregó a George Jago a su lista de personas a interrogar lo antes posible. Preguntó:

–¿Su hija Theresa estará en casa, y en condiciones de hablar con nosotros, esta tarde?

–Estará y estará bien.

Tras lo cual la puerta fue cerrada con firmeza en sus caras.

–Sólo Dios sabe por qué la Robarts quiso comprar esta cueva –dijo Oliphant–. Y estuvo tratando de obligar al tipo y a sus hijos a marcharse, durante meses. Hubo bastante resentimiento sobre el tema en Lydsett, así como aquí, en la punta.

–Ya me lo comentó cuando veníamos. Pero si Blaney la mató, sería difícil que intentara llamar la atención sobre su persona arrojando el retrato por la venta de Thyme Cottage. Y dos actos criminales sin relación la misma noche, asesinato y daño intencional, es una coincidencia demasiado grande.

Había sido un mal comienzo del día. La llovizna que le chorreaba muy fría por el cuello del sobretodo aumentaba su decepción. No había notado que llovía en el resto de la punta, y casi creyó que el terreno que rodeaba a ese pintoresco pero triste cottage tenía su propio deprimente clima. Tenía mucha tarea antes de volver para un enfrentamiento más riguroso con Ryan Blaney, y no era una perspectiva que lo alegrara. Al cerrar la puerta de la verja, empujando para que la parte inferior pasara sobre unas matas de maleza, echó una última mirada a la casa. No salía humo de la chimenea y las ventanas, veladas de sal, estaban bien cerradas. Era difícil creer que viviera aquí una familia, que el cottage no hubiera sido abandonado a la soledad y la destrucción. Y entonces, en la ventana alta de la derecha, pudo ver un rostro pálido enmarcado en cabello rojo dorado. Theresa Blaney los estaba observando.

4

Veinte minutos después los tres oficiales de policía estaban en la Central Nuclear de Larksoken. Les habían reservado un sitio en el estacionamiento del lado exterior de la cerca, al lado de la casilla de vigilancia. No bien se acercaron a la verja el policía de seguridad la abrió y salió a recibirlos. Los preliminares duraron poco tiempo. Fueron saludados con impasible cortesía por el guardia de seguridad uniformado, firmaron el libro de visitas y recibieron sus tarjetas para la solapa. El guardia anunció por teléfono su llegada a la secretaria del director, la señorita Amphlett, quien vendría a buscarlos en segundos, tras lo cual pareció perder interés en ellos. Su compañero, el que abrió la verja, charlaba con un hombre corpulento vestido de hombre rana, con el casco bajo el brazo, que al parecer había estado trabajando en una de las torres de agua. Nadie parecía particularmente interesado en la llegada de la policía. Si el doctor Mair les dio instrucciones de recibirlos con cortesía pero sin muestras especiales de curiosidad, no podrían haberlo hecho mejor.

Por la ventana de la casilla de seguridad vieron a una mujer, obviamente la señorita Amphlett, que se acercaba, sin apuro por el sendero de concreto. Era una rubia fría y controlada que, al llegar, ignoró la mirada audaz de Oliphant, como si el sargento no estuviera presente y saludó gravemente a Rickards. Pero no respondió a su sonrisa, ya porque creyera inapropiada una sonrisa en la ocasión, ya, más probablemente, porque en su opinión, pocos visitantes de Larksoken merecían una bienvenida personal y la policía no estaba entre ellos.

–El doctor Mair lo espera, inspector en jefe –dijo, y se volvió para conducirlos. El se sintió como un paciente al que una enfermera conduce a ver al médico. Podían deducirse muchos datos de un hombre a partir de su secretaria, y lo que ella decía sobre Alex Mair no hacía más que reforzar lo que había supuesto Rickards. Pensó en su propia secretaria, Kim, con sus diecinueve años y su pelo rizado, que usaba lo más extremado de la moda juvenil del momento y cuya taquigrafía era tan poco de fiar como sus horarios, pero que nunca recibía, incluso al visitante de menor importancia, sin una amplia sonrisa y el ofrecimiento, que era más prudente rechazar, de café y bizcochos.

Siguieron a Miss Amphlett por los amplios prados hasta el edificio de administración. Era una mujer que provocaba incomodidad, y Oliphant, que evidentemente sentía la necesidad de afirmarse, comenzó a parlotear:

–A la derecha está el edificio de la turbina, señor, y atrás el edificio del reactor y la planta de enfriamiento. El taller está a la izquierda. El reactor en un Magnox térmico, señor, de un tipo que empezó a fabricarse en 1956. Nos lo explicaron todo en una visita guiada. El combustible es uranio. Para conservar los neutrones y poder usar uranio natural, el combustible es aderezado con una aleación de magnesio llamado Magnox, de baja absorción de neutrones. De ahí viene el nombre del reactor. Extraen el calor pasando un gas de dióxido de carbono por encima del combustible en el centro del reactor. El calor pasa al agua en un generador de vapor, y el vapor mueve una turbina con un generador eléctrico.

Rickards hubiera preferido que Oliphant no sintiera la necesidad de demostrar su conocimiento superficial de la energía nuclear en presencia de Miss Amphlett, y sólo conservaba la esperanza de que al menos su información fuera correcta. Oliphant siguió:

–Por supuesto este tipo de reactor hoy ya es viejo. Ahora se lo reemplaza por un reactor de agua presurizada, como el que están construyendo en Sizewell. Visité Sizewell también, señor. Pensé que podía ser útil saber qué está pasando en estos sitios.

Rickards pensó: Y si aprendiste todo eso, Elephant Boy, eres todavía más inteligente de lo que tú mismo crees ser.

La oficina del piso alto del edificio de la administración, a la que fueron introducidos, a Rickards le pareció inmensa. Estaba casi vacía, con una disposición de espacio y luz deliberadamente indicativa sobre el hombre que ahora se puso de pie detrás del enorme y modernísimo escritorio negro, esperando gravemente a que recorrieran los interminables metros de alfombra. Incluso mientras sus manos se tocaron, y la de Alex Mair era firme y sorprendentemente fría, los ojos y la mente de Rickards seguía relevando los rasgos salientes de la oficina. Dos de las paredes estaban pintadas de un gris claro muy suave, pero al sur y al este el vidrio iba del piso al techo, dando un panorama de cielo, mar y punta. Era una mañana sin sol, el aire inundado de una luz ambigua y el horizonte borrado por la niebla, de modo que el mar y el cielo se fundían en un gris brillante. Por un instante Rickards tuvo la sensación de hallarse suspendido sin peso en el espacio exterior, dentro de una cápsula futurista. Y entonces, otra imagen se superpuso. Casi pudo oír el zumbido de los motores y sentir el balanceo de un barco que dividía con su proa la gran superficie del mar.

Había muy pocos muebles. El despejado escritorio de Alex Mair, con un sillón para visitantes alto pero cómodo, enfrentaba a la ventana del sur y a un lado una mesa con ocho sillas. Frente a la ventana este se encontraba una mesa con una maqueta de lo que Rickards supuso que sería el nuevo reactor de agua presurizada que se construiría en el lugar. Aun tras una mirada al pasar pudo deducir que la maqueta estaba hermosamente fabricada, una joya de cristal, acero y plástico, tan intrincada y perfecta como un objeto decorativo por derecho propio. Sobre la pared norte colgaba el único cuadro: un óleo grande de un hombre con un rifle sobre un caballo flaco, en medio de un amplio paisaje de arena y matorrales, con una cadena de montañas lejanas al fondo. Pero el hombre no tenía cabeza. En su lugar, un enorme yelmo cuadrado de metal negro, con una ranura para los ojos. A Rickards el cuadro le resultó turbadoramente intimidatorio. Tenía el vago recuerdo de haber visto una reproducción y sabía que el artista era australiano. Le irritó pensar que Adam Dalgliesh conocería qué era y quién lo había pintado.

Mair fue a la mesa y tomó una silla, que colocó junto al escritorio. Se sentarían frente a él. Tras una vacilación momentánea, Gary Price tomó una silla para él, la colocó a un costado y discretamente sacó su cuaderno de notas. Mirando los ojos grises y sardónicos del director, Rickards se preguntó qué pensaría Mair de él, y le volvió a la mente un fragmento de conversación que oyó casualmente en la cafetería de New Scotland Yard:

–Oh, Ricky no es tonto. Es mucho más inteligente de lo que parece.

–Más le vale. Me hace pensar en uno de esos personajes que hay en toda película de guerra: el pobre soldado ingenuo y honesto que siempre termina con la cara en el barro y una bala en el pecho.

Bueno, no terminaría con la cara en el barro en esta investigación. La oficina podía haber sido decorada especialmente para intimidarlo, pero no era más que una oficina. Alex Mair, con toda su seguridad y su fama de brillo intelectual, no era más que un hombre y si mató a Hilary Robarts terminaría, como hombres mejores que él, mirando el cielo a través de barrotes de hierro y las caras cambiantes del mar no las vería más que en sus sueños.

Cuando se sentaron, Mair dijo:

—Supuse que necesitaría un sitio para entrevistar al personal; hice arreglos para que dispongan de una sala en el Departamento Médico, cuando hayan terminado aquí. La señorita Amphlett les mostrará el camino. No sé cuánto tiempo necesitarán, pero colocamos una pequeña heladera, y hay elementos para hacer té o café o, si prefieren, podrán llevarles el té y el café de la cantina. Y la cantina, por supuesto, puede proporcionarles comidas simples. La señorita Amphlett les comunicará el menú de hoy.

—Gracias —dijo Rickards—. Nosotros nos haremos el café.

Se sintió en inferioridad de condiciones, y se preguntó si habría sido intencional. Necesitarían una sala para las entrevistas, y no podía quejarse porque su anfitrión se hubiera anticipado a esa necesidad. Pero habría sido mejor si él hubiera podido tomar la iniciativa y sintió, quizá de modo ilógico, que había algo despreciativo para con su profesión en este cuidado de proporcionarles comida y bebidas calientes. La mirada que recibía desde el otro lado del escritorio era despreocupada, especulativa e incluso podía imaginarse, ligeramente enjuiciadora. Supo que se hallaba frente al poder y a un tipo de poder con el que no estaba familiarizado: el del intelectual seguro que sí. Ni una convención de jefes de policía habría sido tan formidable.

—Su jefe de Policía —dijo Alex Mair— ya se ha puesto en contacto con la autoridad policial de Energía Atómica. El inspector Johnston querría cambiar unas palabras con usted esta mañana, quizás antes de que empiece con sus interrogatorios. Sabe que la responsabilidad principal del caso recae en la autoridad policial de Norfolk, pero por supuesto tiene interés.

—Agradecemos la cooperación —dijo Rickards.

Y sería cooperación, no interferencia. Ya había averiguado sobre el alcance de la responsabilidad de Energía Atómica y sabía que existía un riesgo potencial de disenso y superposición de poderes. Pero este caso era esencialmente materia de la policía de Norfolk y se lo consideraba una extensión de la investigación del

Silbador. Si el inspector Johnston estaba dispuesto a ser razonable, también él lo estaría, pero no era un problema que quería discutir con el doctor Mair.

Este abrió el cajón derecho de su escritorio y sacó un sobre manila:

—Aquí está el legajo personal de Hilary Robarts. Puede examinarlo, pero da sólo información previa: edad, educación, títulos, carrera profesional antes de que ingresara con nosotros en 1984 como asistente de la Dirección Administrativa. Un *currículum vitae* del que la vida está ausente. El esqueleto de una vida.

Lo colocó sobre el escritorio. El gesto tenía un matiz de algo definitivo. Una vida cerrada, terminada. Al tomarlo, Rickards expresó:

—Gracias. Nos será útil. Quizá usted pueda ayudarnos a poner algo de carne sobre el esqueleto. ¿La conocía bien?

—Muy bien. De hecho, fuimos amantes durante un tiempo. Admito que eso no implica necesariamente mucho más que un conocimiento puramente físico, pero es probable que sea yo quien mejor la haya conocido en la Central.

Hablaba con calma y sin ninguna incomodidad, como si hubiera declarado apenas que él y Robarts habían asistido a la misma universidad. Rickards se preguntó si Mair esperaba que el interrogatorio se centrara de inmediato en el tema. En lugar de eso preguntó:

—¿Había despertado cariño entre el personal?

—Era muy eficiente en su trabajo. Eso suele no ser una recomendación al cariño. Pero se la respetaba, y creo que se la quería bastante, al menos entre el personal que tenía contacto cotidiano con ella. Se sentirá su ausencia, probablemente más de lo que se sentiría la de otros colegas más populares.

—¿La sentirá usted?

—Todos.

—¿Cuándo terminó su romance, doctor Mair?

—Hará unos tres o cuatro meses.

—¿Sin rencor?

—Sin una explosión ni un gemido. Fue gradual. Empezamos a vernos cada vez menos. Mi futuro personal es por el momento algo incierto, pero es probable que no siga como director aquí por mucho tiempo más. Uno llega al final de un romance como al de un trabajo, con el sentimiento natural de que se ha cerrado una etapa en la vida.

—¿Y ella sentía lo mismo?

—Supongo que sí. Los dos sentimos algo la ruptura, pero no

creo que ninguno de los dos haya creído en algún momento que fuera una gran pasión y ni siquiera que fuera a durar mucho.

–¿No hubo otro hombre?

–No, que yo sepa, pero es cierto que tampoco hay razones por las que debiera conocerlo.

–Entonces –dijo Rickards–, le sorprenderá enterarse que el domingo a la mañana le escribió a su abogado en Norwich para hacer concertar una cita y discutir su testamento; en la misma carta le dice que esperaba casarse a la brevedad. Encontramos la misiva, todavía no despachada, entre sus papeles.

Mair parpadeó rápidamente, pero por lo demás no mostró signo alguno de desconcierto. Dijo con voz tranquila:

–Sí, me sorprende, pero no sé por qué. Supongo que porque parecía vivir una vida más bien solitaria aquí, y es difícil imaginarse cómo pudo encontrar tiempo y oportunidad de trabar una nueva relación. Por supuesto, es perfectamente posible que haya vuelto a aparecer un hombre de su pasado, y llegado a un acuerdo. Me temo que no puedo ayudarlo.

Rickards cambió el ángulo del interrogatorio. Agregó:

–Parece haber una impresión en el sentido de que Hilary Robarts no lo ayudó mucho a usted en el debate sobre la construcción aquí de un segundo reactor. Pero ella no expuso argumentos en esas reuniones, ¿no? No entiendo bien, cómo pudo implicarse.

–Oficialmente no estaba involucrada. Pero en una de las audiencias públicas tuvo la imprudencia de iniciar una discusión. Y en uno de nuestros días abiertos al público, el científico que normalmente acompaña al público durante la visita, estaba enfermo y ella lo remplazó; me temo quizá que mostró poco tacto con algunos de los que hacían preguntas. Después de eso dispuse que no volviera a tener contacto con el público.

–¿Era una mujer que provocaba antagonismos?

–Quizá, pero nunca tanto antagonismo como para justificar su asesinato. Era muy dedicada a su trabajo aquí y le resultaba difícil tolerar lo que veía como oscurantismo malévolo. No tenía formación científica pero había adquirido un considerable conocimiento de la ciencia que aquí se practica y un respeto quizá exagerado por lo que consideraba la opinión científica experta. En una ocasión le dije que no era razonable esperar que el público compartiera esa opinión. Después de todo, los expertos le han dicho al público que los rascacielos no se derrumban, que el subterráneo de Londres nunca se incendia y que los ferries del Canal nunca se hunden.

'Oliphant, que hasta entonces no había abierto la boca, dijo de pronto:

—Yo fui uno de los visitantes ese día de visita. Alguien le preguntó por Chernobyl. Ella hizo una observación en el sentido de que "sólo hubo treinta muertos, ¿de qué se preocupan entonces?". Creo que fueron sus palabras textuales. La pregunta consiguiente es: ¿cuántos muertos serían necesarios para llegar a una cifra que la señorita Robarts considerara preocupante?

Alex Mair lo miró como si le sorprendiera que pudiera hablar y tras un momento de reflexión, respondió:

—Si comparamos la cantidad de muertos en Chernobyl con los que se producen en la industria en general o en las minas de combustibles fósiles, ella estaba haciendo una observación perfectamente razonable, aunque pudo tener más tacto. El tema de Chernobyl despierta muchas susceptibilidades. Nos hemos cansado de explicarle al público que el tipo de reactor ruso RBMK tiene una cantidad de debilidades estructurales, la principal de las cuales es que tiene un coeficiente de energía positiva de acción rápida cuando el reactor está con poca carga. Nuestros reactores no tienen esta característica en ningún nivel de carga, de modo que un accidente de ese tipo aquí es físicamente imposible. Lamento si esto parece demasiado técnico, lo que quiero decir es: no sucederá aquí, no puede ocurrir aquí y de hecho, no ha tenido lugar aquí.

—Importa poco si se produce o no aquí, señor —dijo Oliphant—, si recibimos las consecuencias. ¿Hilary Robarts no estaba demandando a alguien de la comunidad por injurias a consecuencias de esa visita a la que asistí?

Alex Mair lo ignoró y habló en dirección a Rickards:

—Creo que eso es del dominio público. A mi juicio, fue un error. Ella tenía razón, pero no obtendría ninguna satisfacción recurriendo a la ley.

—¿Trató de persuadirla de que desistiera en nombre de los intereses de la Central?

—Y en su propio interés. Sí, lo intenté.

Sonó el teléfono del escritorio. Apretó el botón.

—No tardaré mucho. Dígale que lo llamaré en veinte minutos.

Rickards se preguntó si habría dispuesto que le hicieran ese llamado. Como si se propusiera confirmar su sospecha, Mair continuó:

—Dada mi relación en el pasado con la señorita Robarts, ustedes necesitarán conocer mis movimientos del domingo. Quizá pueda dárselos ahora. Todos tenemos un día atareado por delante, imagino. Era un recordatorio no muy sutil de que era hora de ir a lo importante.

–Nos sería de gran ayuda –dijo Rickards con voz firme. Gary Price se inclinó sobre su anotador como si lo hubieran reprendido por inatención.

–Mis movimientos no tienen mayor importancia hasta el domingo por la noche, pero creo que puedo cubrir todo el fin de semana. Salí de aquí el sábado poco después de las diez cuarenta y cinco y fui a Londres en mi auto, almorcé con un viejo amigo de la universidad en el Reform Club y a las dos y media asistí a una renión con el secretario permanente en el Departamento de Energía. Después fui a mi departamento en Barbican y por la noche asistí a una representación de *La Fierecilla Domada* en el Barbican Theatre, en compañía de tres amigos. Si necesitan la confirmación de ellos, cosa que me parece improbable, puedo darles sus nombres. Volví a Larksoken el domingo por la mañana, almorcé en la ruta en un pub y llegué a casa a eso de las cuatro. Tomé una taza de té, salí a caminar por la punta y volví a Martyr's Cottage una hora después. Tomé una cena liviana con mi hermana a eso de las siete y media, cuando salí de vuelta a casa. Iba por el camino de la costa cuando me detuvo el comandante Dalgliesh con la noticia de que Hilary Robarts había sido asesinada. El resto ustedes lo conocen.

–No todo, doctor Mair –aclaró Rickards–. Hubo un lapso antes de que llegáramos. ¿No tocó el cuerpo?

–Estuve a su lado y la miré, pero no la toqué. Dalgliesh estaba haciendo su trabajo muy concienzudamente. Me recordó que no debía tocar nada y que la escena del crimen no debía de ser perturbada. Bajé a la playa y estuve caminando hasta que llegaron ustedes.

–¿Acostumbra venir a trabajar los domingos a la noche? –preguntó Rickards.

–Invariablemente, si necesito pasar el sábado en Londres. Actualmente tenemos un gran presión de trabajo, que es imposible llenar en una semana de cinco días. Este domingo estuve menos de tres horas, pero la soledad y la concentración las hacen valiosas.

–De modo que estuvo solo en la sala de computación. ¿Haciendo qué?

Si Mair encontró improcedente la pregunta, no lo demostró:

–Trabajé en mi actual investigación, que se ocupa del estudio del comportamiento del reactor en hipotéticos accidentes de pérdida de refrigerante. Por supuesto, no soy la única persona que trabaja en lo que es una de las áreas más importantes de investigación en diseño de reactores nucleares. Hay mucha cooperación internacional en estos estudios. Esencialmente lo que estoy haciendo es evaluar los posibles efectos de la pérdida de refrigerante a partir de modelos matemáticos que luego son evaluados por análisis numéricos y programas computados.

–¿Esa investigación la lleva a cabo solo, aquí en Larksoken?

–Sí, en esta Central sí. Se llevan a cabo estudios similares en Winfrith y en otros países, incluidos los Estados Unidos. Como le dije, hay mucha cooperación internacional.

–¿La pérdida de refrigerante es lo peor que puede suceder? –preguntó de pronto Oliphant.

Alex Mair lo miró un momento como si dudara de si una pregunta proveniente de esa fuente merecía una respuesta.

–Potencialmente, la pérdida de refrigerante es en extremo peligrosa. Hay, por supuesto, procedimientos de emergencia si falla el dispositivo normal de enfriado. El incidente en Three Mile Island, en los Estados Unidos, ha puesto de relieve la necesidad de saber más sobre la extensión y naturaleza de la amenaza de ese tipo de accidentes. El fenómeno a analizar se divide en tres categorías: daño grave en el combustible y fusión del centro, escape de productos de fisión liberados en el circuito refrigerante primario, y la conducta de productos de fisión en el combustible y vapor liberados, en el edificio que contiene al reactor. Si usted tiene un interés genuino en la investigación y conocimiento de base como para entenderla, podría darle algunas referencias, pero no creo que sea el momento y el lugar de hacer divulgación científica.

Oliphant sonrió como si la reprimenda lo gratificara y preguntó:

–El científico que se suicidó aquí, el doctor Toby Gledhill, ¿no trabajaba también en investigacion, con usted? Creo haber leído algo al respecto en los diarios locales.

–Sí. Era mi asistente. Tobias Gledhill era físico y además tenía un talento excepcional para el trabajo con computadoras. Lamentamos mucho su desaparición como colega y como hombre.

Y con eso, pensó Rickards, podemos hacer a un lado a Toby Gledhill. Proveniente de otra persona, el tributo habría sido conmovedor por su simplicidad, de Mair en cambio, sonaba más bien como un modo de descartarlo. Pero era cierto que el suicidio era un tema embarazoso. A un hombre como Mair debía de resultarle repugnante la intrusión de un suicidio en su mundo claramente organizado.

—Tengo mucho que hacer esta mañana, inspector jefe, y no dudo que usted también. ¿Es importante todo esto?

—Ayuda a llenar el cuadro —dijo Rickards—. Supongo que usted registró su llegada ayer al llegar, y también al salir.

—Usted habrá visto algo del sistema cuando vino. Todo miembro del personal tiene una tarjeta identificatoria con una fotografía y un número personal, que es confidencial. El número es registrado electrónicamente cuando el hombre o la mujer entra al perímetro de la Central, y además hay un registro visual de la tarjeta por parte del personal de la entrada. Tengo un personal de quinientas treinta personas en total, trabajando en tres turnos que cubren las veinticuatro horas. El fin de semana hay dos turnos: el diurno, que va de las ocho y quince hasta las veinte y quince, y el nocturno, de las veinte y quince hasta las ocho y quince.

—¿Y nadie puede entrar o salir desapercibido, ni siquiera el director?

—Nadie, y creo que el director menos que nadie. Mi hora de llegada debe de estar en el registro, y además al llegar y marcharme me vio en la entrada el policía de turno.

—¿No hay otra entrada a la Central, aparte de la puerta por la que pasamos?

—Ninguna, salvo que quiera emular a los héroes de las viejas películas de guerra y cave un túnel por debajo de la alambrada. Pero nadie estuvo cavando túneles el domingo por la noche.

—Tendremos que conocer los movimientos del domingo de todos los miembros del personal, desde la caída de la noche hasta las diez y media, cuando el comandante Dalgliesh encontró el cadáver.

—¿No es un lapso innecesariamente amplio? Seguramente ella fue asesinada poco después de las nueve.

—Parece el lapso más probable, y esperamos tener una estimación más ajustada en el informe de la autopsia. Por ahora prefiero no prejuzgar. Tenemos copias de los formularios que repartimos en conexión con la investigación del Silbador, y querríamos que los llenara todo el personal. Supongo que la gran mayoría podrá ser fácilmente descartada. Casi todos los que tienen vida social o familiar pueden dar una coartada para un domingo a la noche. Quizá usted nos sugiera cómo distribuir los formularios con un mínimo de molestias para el trabajo.

—Lo más simple y más efectivo —dijo Mair— sería dejarlas en la casilla de entrada. El personal podría recibirla al entrar. Los que hoy estén enfermos o con licencia, deberán recibirla en sus casas. Haré una lista con sus nombres y direcciones. –Hizo una pausa, para agregar:– Me parece altamente improbable que este asesinato tenga nada que ver con la Central, pero como Hilary Robarts trabajaba aquí y ustedes interrogarán a miembros del personal, podría ser útil que tuvieran una idea de nuestra organización. Mi secretaria les ha preparado un legajo con un plano de las instalaciones; un folleto con una descripción de la operatoria del reactor, que les dará una idea de las diferentes funciones que se llevan a cabo; una lista del personal ordenada por jerarquías y los turnos de trabajo. Si quieren visitar algún departamento en especial, puedo arreglar que alguien los acompañe. Hay áreas a las que no se puede entrar sin indumentaria de protección y un chequeo subsiguiente de radiaciones.

El legajo estaba en el cajón a la derecha de su escritorio, y se los tendió. Rickards lo abrió y estudió un momento.

–Veo –dijo–, que tienen siete divisiones, cada una con un jefe de departamento: Medicina, Química, Superintendencia, Mantenimiento, Física del Reactor, Ingeniería, y Administración, que era la sección dirigida por Hilary Robarts.

–Temporalmente. El anterior director administrativo murió de cáncer hace tres meses y el puesto aún no ha sido llenado con un titular. Además estamos a punto de hacer una reorganización interna, que reducirá la cantidad de departamentos a tres, como en Sizewell, donde tienen un sistema que estimo más efectivo y racional. Pero el futuro aquí es incierto, como quizá ya hayan oído, y quizá la reorganización deba esperar a que entre en funciones el nuevo director o administrador.

–Y actualmente –dijo Rickards–, la administración queda a cargo de usted, a través de su director asistente.

–Exacto. A través del doctor James Macintosh, quien actualmente se encuentra en los Estados Unidos, estudiando instalaciones nucleares: está ausente desde hace un mes.

–Y el superintendente de operaciones, Sup. Op., como dice aquí, es Miles Lessingham, que el jueves fue uno de los invitados a la cena de la señorita Mair.

–Ha tenido mala suerte, doctor Mair. Tres muertas violentas de miembros de su personal en el espacio de dos meses. Primero el suicidio del doctor Gledhill, después el asesinato de Christine Baldwin por el Silbador y ahora Hilary Robarts.

–¿Tiene alguna duda de que Christine Baldwin haya sido asesinada por el Silbador? –preguntó Mair.

–Ninguna. Su pelo fue encontrado junto al de otras víctimas

cuando el Silbador murió y el marido, que sería normalmente el primer sospechoso, tiene una coartada. Lo llevaron unos amigos a su casa.

—Y la muerte de Toby Gledhill fue objeto de una investigación, que concluyó "muerte durante un desequilibrio de las facultades mentales", esa fórmula conveniente para las convenciones y la ortodoxia religiosa.

—¿Y estaban alteradas sus facultades, señor? —preguntó Oliphant.

Mair volvió hacia él su mirada irónica y especulativa:

—No tengo modo de conocer el estado de la mente de nadie, sargento. De lo que sí estoy seguro es de que él se mató a sí mismo, y que lo hizo sin ayuda. Sin duda en el momento en que lo hizo tuvo razones suficientes. El doctor Gledhill era un maníaco depresivo. Se las arreglaba bien a pesar de esa debilidad, con mucho valor, y no permitía que interfiriera en su trabajo. Y si están de acuerdo en que las tres muertes no tienen relación entre sí, entonces no necesitamos perder tiempo con las dos primeras. ¿O su observación era una condolencia en sentido general, inspector?

—Era sólo un comentario, señor —dijo Rickards—. Un miembro de su personal, Miles Lessingham, encontró el cadáver de Christine Baldwin. En la ocasión nos dijo que iba en camino a una cena con usted y la señorita Mair. Supongo que al llegar les hizo una descripción muy gráfica de su experiencia. Cosa que es natural, diría yo. Son cosas difíciles de callar.

—Virtualmente imposibles de callar, diría yo —dijo Mair con calma, y agregó:— Entre amigos.

—Y estaba entre amigos, por supuesto. Entre ellos la señorita Robarts. De modo que conocieron todos los detalles truculentos directos y frescos. Incluidos los que yo le había pedido específicamente que no divulgara.

—¿Cuáles, inspector?

Rickards no respondió. En lugar de hacerlo, preguntó:

—¿Podría darme los nombres de todos los presentes en Martyr's Cottage cuando llegó el señor Lessingham?

—Mi hermana y yo. Hilary Robarts; la señora Dennison, casera de la Vieja Rectoría, y el comandante Adam Dalgliesh de la Policía Metropolitana. Y la chica Blaney (Theresa, creo que se llama), que ayudaba a mi hermana en el servicio. —Hizo una pausa, y agregó:— Estos formularios que se proponen distribuir entre el personal, supongo que es necesario conocer el empleo del tiempo de todos. ¿Pero no es bastante simple lo que sucedió? Un asesinato al que se le dan ciertas características para que sea adjudicado a otro autor.

—Así es, señor —dijo Rickards—. Y todos los detalles fueron bien ejecutados, muy inteligente, muy convincentemente. Sólo hay dos diferencias: este asesino conocía a la víctima y no estaba loco.

Cinco minutos después, mientras seguían a Miss Amphlett hacia el cuarto donde harían los interrogatorios, Rickards pensaba: "Y tú eres un cliente frío, amigo." Ninguna expresión de horror y pena, que siempre sonaban insinceras. Ninguna declaración de inocencia. El supuesto firme de que nadie en su sano juicio podría acusarlo de homicidio. No pidió que su abogado estuviera presente, pero tampoco lo necesitaba. Era demasiado inteligente como para no advertir qué significaban esas preguntas sobre la cena. El que había matado a Hilary Robarts sabía que ella estaba nadando a la luz de la luna alrededor de las nueve de la noche y conocía, con detalles ignorados por el público, cómo mataba el Silbador a sus víctimas. Había bastante gente que conocía uno de estos detalles, pero los que eran conocedores de los dos eran muy pocos. Y seis de ellos estuvieron presentes en esa cena en Martyr's Cottage, la noche del jueves.

5

La sala que les habían asignado era una pequeña oficina sin carácter con vista al oeste, y enfrente la gran masa del edificio de la turbina. Estaba bien provista para la finalidad, pero en los límites estrictamente necesarios; muy apropiada, pensó Rickards, para visitantes cuya presencia era tolerada pero no bienvenida. Había un escritorio moderno, obviamente traído de otra oficina, tres sillas de respaldo recto y un sillón algo más cómodo, una mesita de apoyo con una pava eléctrica sobre una bandeja, cuatro tazas y platillos (¿Mair esperaría que le ofrecieran café a los sospechosos?), un bol con terrones de azúcar y tres latas.

–¿Qué nos dieron, Gary? –preguntó Rickards.

Gary Price abrió una tras otra las tres latas:

–Saquitos de café, saquitos de té. Y galletitas.

–¿Qué galletitas?

–De agua, sargento.

–¿No hay de chocolate?

–No sargento, sólo de agua.

–Bueno, esperemos que al menos no sean radiactivas. Será mejor que encienda esa pava, podemos empezar con el café. ¿De dónde se supone que sacaremos el agua?

–Miss Amphlett dijo que hay un baño al final del pasillo, sargento. Pero la pava está llena.

Oliphant se sentó en una de las sillas de respaldo recto, y se estiró en ella para probar su comodidad. La madera crujió.

–Un pescado frío el tipo, ¿eh? Y además inteligente. No le sacamos gran cosa, ¿no, señor?

–Yo no diría eso, sargento. Nos enteramos de bastantes detalles sobre la víctima, quizá más de lo que él creyó decirnos. Eficiente pero no muy querida, inclinada a interferir en asuntos fuera de su área de responsabilidad, probablemente porque en el fondo habría deseado ser científica y no administradora. Agresiva, intolerante, incapaz de aceptar críticas. Se ganó la enemistad del vecindario y de vez en cuando causó problemas a la Central. Y, por supuesto, fue la amante del director, por lo que eso pueda servir.

–Hasta hace tres o cuatro meses –dijo Oliphant–. Un final natural sin rencores de ninguna de las dos partes. Según la versión de él.

–Y la de ella no la tendremos nunca, ¿no? Pero hay un punto intrigante. Cuando Mair se encontró con el señor Dalgliesh iba de aquí a su casa. Presumiblemente su hermana lo esperaba, pero al parecer no la llamó. Parece no habérsele ocurrido.

–Por el shock, señor, por tener otra cosa en la mente. Acababa de descubrir a su ex amante muerta a manos de un asesino psicópata especialmente encarnizado. Eso puede eclipsar los sentimientos fraternales respecto de la cocoa antes de ir a la cama.

–Es posible. Me pregunto si la hermana habrá llamado aquí para ver qué lo demoraba. Le preguntaremos.

–Si no llamó –dijo Oliphant–, puede haber un motivo. Ella podía esperarlo más tarde. Pensaba que estaba en Thyme Cottage con Hilary Robarts.

–Si no llamó por pensar eso, entonces no sabía que Robarts estaba muerta. Bien, sargento, empecemos. En primer lugar, hablaremos con Miss Amphlett. La secretaria del jefe suele saber más que nadie sobre la organización, incluido el jefe.

Pero cualquier información de interés que pudiera haber tenido Caroline Amphlett, prefirió ocultarla. Se sentó en el sillón con la tranquila seguridad de una postulante a un empleo que está segura de obtener y respondió a las preguntas de Rickards con calma y sin la menor emoción, salvo cuando él intentó profundizar en la relación de Hilary Robarts con el director. En ese momento se permitió una mueca de disgusto ante una curiosidad tan vulgar sobre asuntos que no eran de la incumbencia de la policía; respondió con un mínimo de palabras que el doctor Mair nunca le había hecho confidencias sobre su vida privada. Admitió saber que Hilary Robarts tenía el hábito de nadar de noche, que conservaba incluso en los meses de otoño y a veces más tarde también. Creía que el dato era conocido por todo el mundo en Larksoken. Miss Robarts era una nadadora experta y entusiasta. No estaba interesada especialmente en el Silbador, salvo para tomar las precauciones razonables y no salir sola a caminar de noche, y no sabía nada sobre sus métodos salvo lo que leyera en los diarios, vale decir, que estrangulaba a sus víctimas. Se había enterado de la cena en Martyr's Cottage el jueves, pensaba que Miles Lessingham podía haberla mencionado en su presencia, pero nadie le comunicó más nada sobre la velada y no veía razón para que alguien lo hubiera hecho. En cuanto a sus propios movimientos el domingo, pasó toda la velada, desde las seis en adelante, en su bungalow con su novio, Jonathan Reeves. No se habían separado hasta que él se marchó, aproximadamente a las diez treinta. Por la mirada helada que le dirigió a Oliphant como desafiándolo a preguntar qué habían estado haciendo, él resistió la tentación, aunque le preguntó qué comieron y bebieron. Sobre su relación con Hilary Robarts, dijo que la había respetado profesionalmente, pero no existieron sentimientos personales en un sentido u otro entre ellas. La relación en el trabajo fue perfectamente amistosa y no recordaba haberla visto siquiera fuera de la Central. Por lo que sabía, Miss Robarts no tenía enemigos, y no se le ocurría quién podía haber deseado su muerte. Cuando la puerta se cerró tras ella, Rickards decidió:

–Verificaremos su coartada, por supuesto, pero no hay apuro. Que el joven Reeves sude una hora o dos más. Quiero hablar antes con los que trabajaban en relación directa con Robarts.

Pero la hora siguiente fue improductiva. La gente que había trabajado con Hilary Robarts estaba más sorprendida que apenada y sus declaraciones reforzaron la imagen de una mujer a la que se respetaba más de lo que se quería. Pero nadie tenía un motivo obvio, nadie admitió conocer en detalle cómo había matado al Silbador y, lo que era más importante, todos podían presentar una coartada para el domingo a la noche. Rickards no había esperado otra cosa.

Al final de los sesenta minutos mandó a llamar a Jonathan Reeves. El joven entró pálido y tan rígido como si subiera al patíbulo, y la primera reacción de Rickards fue de sorpresa, de que una mujer tan atractiva como Caroline Amphlett hubiera elegido una pareja tan improbable. No era que Reeves tuviera rasgos especialmente feos. Se lo podría haber descrito como un joven corriente, exceptuando el acné. Y los rasgos, tomados uno a uno, eran bien formados. Era la cara en su conjunto la que resultaba anodina, el tipo de rostro que derrotaba de antemano cualquier intento de hacer un identikit. Rickards decidió que se lo podía describir mejor en términos de movimiento que de rasgos: el parpadeo casi constante detrás de los anteojos redondos, la succión nerviosa de los labios, el hábito de estirar de pronto el cuello como un cómico de televisión. Rickards sabía, por la lista que le había entregado Alex Mair, que el personal de Larksoken era predominantemente masculino. ¿Y esto era lo mejor que había conseguido Amphlett? Pero la atracción sexual siempre se mostraba irracional. Era lo que pasaba entre él y Susie. Probablemente cuando a ellos dos los veían juntos, la gente sentía la misma sorpresa.

Dejó el grueso del interrogatorio a cargo de Oliphant, lo que fue un error. Oliphant siempre sacaba lo peor de sí ante un sospechoso asustado y en esta ocasión se tomó su tiempo para extraer, no sin placer, una historia detallada que confirmaba la de Caroline Amphlett.

Después, cuando Reeves fue finalmente liberado, Oliphant dijo:

—Estaba nervioso como un gato, señor. Es por eso que me tomé más tiempo con él. Creo que está mintiendo.

Rickards pensó que era típico de Oliphant sospechar y desear lo peor. Respondió, cortante:

—No necesariamente, sargento. Estaba asustado y avergonzado. Mala suerte cuando su primera noche de pasión termina en un interrogatorio policial no demasiado sutil. Pero la coartada parece firme y ninguno de los dos tiene un motivo obvio. Y no hay pruebas de que tuvieran conocimiento de los pequeños hábitos del Silbador. Pasemos a alguien que sí los conocía. Miles Lessingham.

Rickards le había visto por última vez en la escena del crímen de Christine Baldwin, porque no estuvo al día siguiente en la jefatura, cuando Lessingham pasó a firmar su declaración. Había comprendido que el sardónico intento de humor y la controlada indiferencia que mostró el hombre junto al cadáver principalmente se debió al shock y al disgusto, pero había sentido, también, que la desconfianza de Lessingham ante la policía alcanzaba las dimensiones de la repugnancia. No era un fenómeno raro hoy en día, incluso entre la clase media y sin duda el sujeto tenía sus motivos. Pero no le había hecho fácil su trato con los policías en aquella ocasión, y ahora tampoco lo hizo. Después de los preliminares habituales, Rickards preguntó:

—¿Conocía usted la relación entre el doctor Mair y Miss Robarts?

—El es director, ella estaba a cargo de la Administración.

—Me refería a la relación sexual.

–Nadie me lo dijo. Pero, al no ser del todo insensible con mi prójimo, había considerado probable que fueran amantes.

–¿Y supo cuándo terminó la relación?

–Lo supuse. No me hicieron confidencias cuando empezó y tampoco las hicieron cuando terminó. Tendrá que preguntarle al doctor Mair si quiere detalles de su vida personal. Tengo bastantes problemas con la mía.

–¿Pero no observó dificultades provocadas por esa relación, como rencores, acusaciones de favoritismo, quizá celos?

–No de mí, se lo aseguro. Mis intereses se dirigen en otra dirección.

–¿Y Miss Robarts? ¿Tuvo la impresión de que el romance terminó sin rencores? ¿Pareció melancólica, por ejemplo?

–Si lo estuvo no vino a llorar sobre mi hombro. Pero es cierto que mi hombro habría sido el último que ella hubiera elegido.

–¿Y no tiene idea de quién la mató?

–Ninguna.

Hubo una pausa, tras la cual Rickards preguntó:

–¿Sentía afecto por ella?

–No.

Por un momento Rickards quedó desconcertado. Era una pregunta que solía hacer en las investigaciones de asesinato y en general, servía. Pocos sospechosos admitían no haber simpatizado con la víctima sin lanzarse de inmediato en un intento de explicación o justificación. Tras unos segundos de silencio, en los que se hizo evidente que Lessingham no tenía intenciones de amplificar su negativa, le preguntó:

–¿Por qué no, señor Lessingham?

–Tolero a la mayoría de las personas, pero no son muchas a las que quiero realmente y ella no estaba entre ellas. No había ninguna razón particular. ¿Tiene que haberla? Usted y su sargento pueden no sentir afecto el uno por el otro, por ejemplo. Lo que no quiere decir que estén planeando asesinarse. Y hablando de asesinato, que es el motivo por el que supongo que estoy aquí, tengo una coartada para el domingo a la noche. Quizá sea mejor dársela ahora. Tengo un velero de treinta pies amarrado en Blakeney. Salí a navegar con la marea alta a la mañana y volví cerca de las diez de la noche. Tengo un testigo de la partida, Ed Wilkinson, que amarra su lancha de pesca junto a la mía, pero no hubo testigos de mi regreso. A la mañana había viento suficiente para navegar; después anclé, pesqué un par de abadejos y algo de pescadilla y los cociné para el almuerzo. Tenía comida, vino, libros y mi radio. No necesitaba nada más. Puede no ser la mejor de las coartadas, pero al menos tiene el mérito de la simplicidad y la verdad.

—¿Tiene un bote a bordo? —preguntó Oliphant.

—Tengo mi bote inflable sobre el techo de la cabina. Y, a riesgo de excitarlo, debo decirle que también llevo a bordo mi bicicleta plegadiza. Pero no desembarqué en la punta de Larksoken ni en ninguna otra parte, ni siquiera con el propósito de asesinar a Hilary Robarts.

—¿Vio a Miss Robarts en algún momento durante su navegación? —preguntó Rickards—. ¿Tenía la playa a la vista cuando ella murió?

—No fui tan al sur. Y no vi a nadie, vivo o muerto.

—¿Tiene la costumbre de navegar solo los fines de semana? —preguntó Oliphant.

—No tengo costumbre. Antes solía navegar con un amigo. Ahora navego solo.

Rickards le preguntó por el retrato de Miss Robarts que había hecho Blaney. Admitió haberlo visto. George Jago, el tabernero del Local Hero en Lydsett lo expuso durante un semana en el bar, al parecer a pedido de Blaney. No tenía idea dónde lo guardaba Blaney, y no lo había robado ni destruido. Si alguien lo hizo, pensaba que lo más probable era que hubiera sido la misma Robarts.

—¿Y arrojarlo contra su propia ventana? —preguntó Oliphant.

—¿Le parece más probable que lo hubiera arrojado contra la ventana de Blaney? A mí también. Pero, sea quien sea el que lo estropeó, no fue Blaney.

—¿Por qué está tan seguro?

—Porque un artista creativo, sea pintor o científico, no destruye su mejor trabajo.

—La cena de la señorita Mair... —dijo Oliphant—. Usted les dio a los demás invitados una descripción de los métodos del Silbador, incluyendo información que le habíamos pedido específicamente no divulgar.

Lessingham respondió sin inmutarse:

—No se puede llegar dos horas tarde a una cena sin una explicación y la mía era, después de todo, inusual. Pensé que tenían derecho a un poco de emoción. Aparte de eso, mantener silencio habría exigido más autocontrol del que yo tenía en el presente. Pero lo que tenemos oficios menos excitantes, en general los encontramos turbadores. Sabía que podía confiar en que mis amigos no hablarían a la prensa y por lo que sé, ninguno lo hizo. Además,

232

¿por qué preguntarme por lo que pasó el jueves a la noche? Adam Dalgliesh estuvo presente en la cena, así que tienen un testigo más experimentado y seguramente, desde el punto de vista de ustedes, más confiable. No diré un espía de la policía: eso sería injusto.

Rickards habló por primera vez en largos minutos.

–También sería inadecuado y ofensivo.

Lessingham se volvió hacia él con una mirada fría:

–Exacto. Es por eso que no usé la palabra. Y ahora, si no tienen más preguntas, tengo una Central de Energía esperando.

6

Sólo pasado el mediodía terminaron las entrevistas en la Central y Rickards y Oliphant se dispusieron a partir hacia Martyr's Cottage. Dejaron que Gary Price se ocupara de los formularios y quedaron en volver a recogerlo después de que hubieran hablado con Alice Mair, que Rickards creía que podía ser más cooperativa ante dos oficiales que ante uno. Alice Mair los recibió en la puerta sin señales aparentes de ansiedad o curiosidad, echó una mirada fugaz a sus tarjetas de identidad y los invitó a pasar. Rickards pensó que a juzgar por la actitud de la mujer podían ser dos técnicos que venían a arreglar el televisor. Y vio que tendrían que interrogarla en la cocina. Al principio le pareció una elección extraña pero una vez allí, al mirar a su alrededor, pensó que no era exactamente una cocina; más bien un estudio, sala de estar y cocina todo en uno. Lo sorprendió el tamaño y se descubrió preguntándose si la dueña de casa habría tenido que echar abajo una pared para proporcionarse ese generoso espacio de trabajo. Se preguntó también qué pensaría Susie de esa cocina, y decidió que la encontraría perturbadora. A Susie le gustaba que su casa estuviera claramente definida por funciones; la cocina era para trabajar, el comedor para comer, la sala para mirar televisión y el dormitorio para dormir y, una vez a la semana, para hacer el amor. El y Oliphant se sentaron en dos sillones con almohadones uno a cada lado de la chimenea. El suyo era extremadamente cómodo. Miss Mair tomó la silla de su escritorio y la colocó frente a ellos.

234

–Mi hermano, por supuesto, me dio la noticia del crimen no bien anoche llegó a casa. Me temo que no podré ayudarlos a resolver el enigma. Pasé en casa toda la velada de ayer, y no vi ni oí nada. Pero sí puedo decirles algo sobre su retrato. ¿Querrían café, usted y el sargento Oliphant?

Rickards habría querido; de pronto se encontraba muy sediento; pero declinó en nombre de ambos. La invitación sonó de compromiso, y a él no se le escapó la mirada que dirigió Alice Mair al escritorio cargado de pilas ordenadas de páginas impresas y un manuscrito dactilografiado. Al parecer la habían interrumpido en medio de un trabajo de corrección de pruebas. Pues bien, si ella estaba ocupada, él también. Y se sintió irritado (aunque reconocía que era irracional) por el autocontrol de Alice. No esperó encontrarla histérica ni bajo acción de sedantes, la víctima no era un familiar. Pero sí había sido una colaboradora cercana a Alex Mair, invitada de Martyr's Cottage y, de acuerdo a Dalgliesh, cenó aquí hacía apenas cuatro días. Era desconcertante encontrar a Alice Mair tranquilamente sentada corrigiendo pruebas, trabajo que con seguridad exigía una atención concentrada. El asesinato de la Robarts había exigido considerable sangre fría. No podía sospechar en serio de la señorita Mair; realmente no creía que fuera el crimen de una mujer. Pero dejó que la sospecha entrara en su mente y ahí quedara. Una persona notable, pensó. Quizás esta entrevista resultaría más productiva de lo que había esperado.

–¿Usted se ocupa de la casa de su hermano, señorita Mair?

–No, me ocupo de mi propia casa. Mi hermano vive aquí el tiempo que pasa en Norfolk, que naturalmente es gran parte de la semana. Le resultaría difícil dirigir la central de Larksoken desde su departamento en Londres. Si yo estoy en casa y hago la comida, él suele compartirla. Pienso que sería poco razonable obligarlo a hacerse él mismo una omelette sólo para afirmar el principio de compartir las responsabilidades domésticas. Pero no sé qué puede tener que ver el tema con el crimen de Hilary Robarts. ¿Podríamos volver a lo que pasó anoche?

En ese momento fueron interrumpidos. Hubo un golpe en la puerta y, sin disculparse, Alice Mair se levantó y partió por el pasillo. Oyeron una voz femenina, más aguda, y una señora entró en la cocina tras la dueña de casa, que la presentó como la señora Dennison, de la vieja rectoría. Era bonita y de aire dulce, vestida convencionalmente con una falda de tweed y un conjunto haciendo juego; obviamente, estaba agobiada. Rickards aprobó su apariencia y su agobio. Así era como él creía que debía lucir y comportarse una mujer después de un asesinato especialmente brutal.

Los dos hombres se pusieron de pie cuando entró, y ella ocupó el sillón de Oliphant, quien acercó una de las sillas de la mesa para él.

La recién llegada se volvió impulsivamente hacia Rickards:

—Lo siento, sé que estoy interrumpiendo, pero sentí que tenía que salir de la casa. Esta noticia es horrible, inspector. ¿Están absolutamente seguros de que no pudo ser el Silbador?

—No esta vez, señora —dijo Rickards.

—Falló el cálculo del tiempo —dijo Alice Mair—. Ya te lo dije cuando te llamé esta mañana, Meg. La policía no estaría aquí de otro modo. No pudo ser el Silbador.

—Sé que eso es lo que me dijiste. Pero aun así seguí con la esperanza de que habría un error, de que la hubiera matado a ella y después a sí mismo, que Hilary Robarts fuera su última víctima.

—En un sentido lo fue, señora Dennison —dijo Rickards.

Alice Mair habló con calma:

—Creo que estos crímenes son relativamente frecuentes, disfrazados para adjudicarlos a otro. Hay más de un psicópata en el mundo, y esta clase de locura al parecer puede ser contagiosa.

—Por supuesto, pero ¡qué horrible! Y ahora que ha empezado, ¿él también seguirá, como hizo el Silbador, muerte tras muerte, y nadie podrá sentirse seguro?

—Yo no me preocuparía por eso, señora Dennison —dijo Rickards.

La mujer se volvió hacia él casi con fiereza:

—¡Pero sí me preocupa! Debe preocuparnos a todos. Vivimos tanto tiempo con el horror del Silbador. Es abrumador pensar que todo pueda volver a empezar.

—Necesitas café, Meg —dijo Alice Mair—. El inspector en jefe Rickards y el sargento Oliphant no quisieron, pero creo que nosotras lo necesitamos.

Rickards no estaba dispuesto a dejar pasar la oportunidad. Dijo con firmeza:

—Si va a hacerlo, señorita Mair, creo que cambiaré de opinión. Tomaré con gusto una taza. Y usted también, ¿no, sargento?

Y ahora, pensó, habrá una nueva dilación mientras ella muele los granos y nadie logra hablar por sobre el ruido. ¿Por qué no puede echar agua hirviente sobre el café molido, como hace todo el mundo?

Pero la infusión, cuando llegó, estaba excelente y Rickards lo encontró inesperadamente reconfortante. La señora Dennison tomó su taza en las manos y la apretó como un niño. Después bajó el pocillo y se volvió hacia Rickards:

—Escuche, quizá usted prefiere que me vaya. Tomaré mi café y volveré a la Rectoría. Si quieren hablarme, estaré allí el resto del día.

—Puedes quedarte —dijo Alice Mair— y escuchar lo que sucedió anoche. Tiene sus puntos de interés. —Se volvió a Rickards.— Como le dije, estuve aquí toda la velada, desde las cinco y media. Mi hermano partió para la Central poco después de las siete y media y yo me puse a trabajar en las pruebas. Encendí el contestador automático del teléfono para evitar interrupciones.

—¿Y no salió del cottage con ningún propósito durante toda la velada? —preguntó Rickards.

—No hasta las nueve y media, cuando salí hacia la casa de los Blaney. Pero quizá pueda contar la historia en orden, inspector. A eso de las ocho y diez escuché los mensajes grabados en el contestador, pensando que podría haber algún llamado importante para mi hermano. Fue entonces que oí el mensaje de George Jago de que el Silbador estaba muerto.

—¿No llamó a nadie para contárselo?

—Sabía que no era necesario. Jago tiene su propio servicio de informaciones. El se aseguraría de que todo el mundo lo supiera. Volví a la cocina y trabajé en las pruebas hasta las nueve y media pasadas. Entonces pensé que debía recoger el retrato de Hilary Robarts. Le había prometido a Ryan Blaney dejarlo en la galería de Norwich camino a Londres, y quería partir temprano a la mañana. Tiendo a ser un poco obsesiva con los horarios y en lo posible en mis viajes prefiero evitar desviaciones, así sean pequeñas. Llamé a Scudder's Cottage para decir que pasaría a recoger el retrato, pero el número daba ocupado. Probé varias veces y al fin subí a mi auto y fui. Debo de haber llegado en quince minutos. Le había escrito una nota para pasarla debajo de la puerta diciéndole que me llevaba el cuadro, como acordamos.

—¿No es eso un poco inusual, señorita Mair? ¿Por qué no llamar a la puerta y pedirle personalmente el cuadro?

—Porque él se había tomado el trabajo de decirme, cuando vi el cuadro por primera vez, dónde lo guardaba, y dónde estaba el conmutador de la luz, a la izquierda de la puerta. Lo interpreté en el sentido de que no quería que yo lo molestara con una visita al cottage. El señor Dalgliesh estaba conmigo en la oportunidad en que me lo dijo.

—Pero es curioso, ¿no? El debía de tener aprecio por el retrato. De otro modo no habría querido exhibirlo. Uno pensaría que querría entregarlo personalmente.

—¿Sí? A mí no me sorprendió. Blaney es un hombre extraordinariamente privado, en especial después de la muerte de su esposa. No aprecia a los visitantes, en especial si son mujeres y pueden echar una mirada crítica sobre la limpieza del cottage y estado de los hijos. Lo entiendo, y es una actitud que yo mismo habría compartido.

–¿Entonces fue directamente al cobertizo? ¿Dónde está?

–A unos treinta metros a la izquierda del cottage. Es una pequeña cabaña de madera. Supongo que originalmente fue un lavadero. Encendí la linterna en el camino hacia la puerta, aunque no era necesario. La luna brillaba con fuerza excepcional. La puerta del cobertizo estaba sin llave. Y si va a decirme que eso también es inusual, es porque usted no entiende nada de la vida aquí en la punta. Vivimos muy lejos de todo y tenemos el hábito de dejar las puertas sin llave. No creo que a Blaney se le haya ocurrido jamás cerrar con llave su cobertizo de pintar. Encendí la luz que estaba a la izquierda de la puerta y vi que el cuadro no estaba donde debía estar.

–Querría que me describa exactamente lo que pasó. Los detalles por favor, en la medida en que pueda recordarlos.

–Estamos hablando de ayer a la noche, inspector. No es difícil recordar los detalles. Dejé encendida la luz del cobertizo y llamé a la puerta del frente del cottage. Había luces encendidas sólo en la planta baja, pero las cortinas estaban bajas. Tuve que esperar un minuto largo antes de que viniera a la puerta. La entreabrió, pero no me invitó a pasar. Le dije: "Buenas noches, Ryan". Me saludó con la cabeza, pero sin responder. Había un fuerte olor a whisky. Le dije: "Vine a recoger el retrato, pero no está en el cobertizo, o bien yo no lo pude encontrar." El respondió, con el habla algo confusa: "Está a la izquierda de la puerta, envuelto en cartón y papel madera." Le dije: "No, no está ahí ahora." No contestó pero salió, dejando la puerta abierta. Fuimos juntos al cobertizo.

–¿Caminaba con paso firme?

–Estaba muy lejos de la firmeza, pero se mantenía de pie. Al decir que olía a whisky y que hablaba sin claridad, no quiero significar que estuviera incapacitado. Pero tuve la impresión de que había pasado la velada bebiendo una buena cantidad de whisky. Nos quedamos en el umbral del cobertizo, lado a lado. El no habló durante medio minuto. Después, todo lo que dijo fue: "Sí, ha desaparecido."

–¿En qué tono lo dijo? –Como ella no contestaba, Rickards preguntó:– ¿Parecía sorprendido? ¿Furioso? ¿O estaba demasiado borracho para preocuparse?

–Oí la pregunta, inspector. Me está preguntando cómo se sentía. Yo sólo puedo describir su aspecto, lo que dijo y lo que hizo.

–¿Qué hizo?

–Se volvió y golpeó con los puños en el marco de la puerta. Después apoyó la cabeza contra la madera y la dejó ahí por un minuto. En el momento me pareció un gesto histriónico, pero supongo que era perfectamente genuino.

–¿Y después?

–Le dije: "¿No deberíamos llamar a la policía? Podemos hacerlo de aquí si su teléfono funciona. Estuve tratando de llamarlo antes de venir, pero me daba siempre ocupado." No respondió y lo seguí de vuelta al cottage. No me invitó a pasar, así que me quedé en la puerta. Fue a un hueco bajo la escalera y volvió diciendo: "Estaba mal colgado. Fue por eso que no pudo comunicarse." Le repetí: "¿Por qué no llamamos a la policía ahora? Cuanto antes se denuncie el robo, mejor." Me miró y me dijo: "Mañana. Mañana." Y volvió a su sillón. Insistí. Le dije: "¿Llamo yo, Ryan, o llamará usted? Es importante, de veras." Dijo: "Llamaré yo. Mañana. Buenas noches." Esto parecía una clara indicación de que quería estar solo, así que me marché.

–Y durante esta visita no vio a nadie más que al señor Blaney. ¿Los niños no estaban levantados?

–Supuse que ya estarían en la cama. Ni los vi ni los oí.

–¿Y no hablaron de la muerte del Silbador?

–Supuse que George Jago había telefoneado al señor Blaney, probablemente antes de llamarme a mí. ¿Y de qué íbamos a hablar? Ni Ryan ni yo estábamos de humor para ponernos a charlar.

Pero Rickards encontraba curiosa la reticencia de ambos. ¿Ella habría estado tan ansiosa de marcharse, y él por quedar solo? ¿O bien, para uno de ellos al menos, hubo algo más traumático que la pérdida de un cuadro, como para borrar de su mente incluso al Silbador?

Rickards tenía que hacer una pregunta vital. Las implicancias eran obvias, y ella era una mujer demasiado inteligente como para no verlas.

–Señorita Mair, a partir del estado del señor Blaney que usted pudo ver, ¿diría que estaba en condiciones de conducir un auto?

–Imposible. Y no tiene auto que conducir. Tiene un pequeño furgón, pero acababa de ser inhabilitado por la caminera.

–¿Y en bicicleta?

–Supongo que podría haberlo intentado, pero hubiera terminado en una zanja en pocos minutos.

La mente de Rickards ya se atareaba con cálculos. No tendría los resultados de la autopsia hasta el miércoles, pero si Hilary Robarts había ido a nadar, como era su costumbre, inmediatamente después del noticiero de la noche, que los domingos se transmitía a las nueve y diez, entonces debía de haber muerto a las nueve y media. A las nueve y cuarenta y cinco o un poco despúes, según Alice Mair, Ryan Blaney estaba en su cottage, y borracho. De ningún modo podría haber cometido un crimen singularmente complicado, que requería mano firme, sangre fría, la capacidad de planear con exactitud y estar de regreso en su cottage a las nueve y cuarenta y cinco. Si Alice Mair dijo la verdad, le había proporcionado una coartada a Blaney. El en cambio seguramente no podría darle a ella una coartada.

Rickards casi olvidó a Meg Dennison, pero ahora miró el sillón donde seguía sentada como una niña apenada, las manos en el regazo y el café todavía sin probar.

–Señora Dennison, ¿usted supo anoche que el Silbador estaba muerto?

–Oh, sí, el señor Jago me llamó, a las diez menos cuarto más o menos.

Alice Mair preguntó:

–Probablemente te llamó antes, pero tú ibas camino a la estación de Norwich con los Copley, ¿no?

Meg Dennison le habló directamente a Rickards:

–Debería haber sido así, pero el auto falló. Tuve que llamar a Sparks y a su taxi, de apuro. Por suerte él podía hacerlo, pero de ahí tenía que ir a un trabajo en Ipswich, así que no podía traerme de vuelta. Se ocupó de poner a los Copley en el tren por mí.

–¿Dejó la Vieja Rectoría en algún momento durante la noche?

La señora Dennison alzó la vista y lo miró a los ojos.

–No –dijo–, no, después de que se fueron no salí de la casa. –Hizo una pausa y se corrigió:– Perdón, estuve un momento en el jardín. Debí decir que no salí de la propiedad. Y ahora, si me perdonan, querría irme a casa.

Se puso de pie y le dijo a Rickards:

–Si quiere interrogarme, inspector, estaré en la Vieja Rectoría.

Se marchó antes de que los dos hombres pudieran ponerse de pie; Miss Mair no hizo ningún movimiento para seguirla y segundos después oyeron cerrarse la puerta del frente.

Hubo un momento de silencio, quebrado por Oliphant.

–Extraño. No tocó siquiera su café.

Pero Rickards tenía una última pregunta para Alice Mair:

–Ayer el doctor Mair debió de llegar a la casa pasada la medianoche. ¿Usted llamó a la Central para ver si ya había salido o saber qué lo demoraba?

–No se me ocurrió hacerlo, inspector –dijo ella con frialdad–. Como Alex no es mi hijo ni mi esposo, puedo ahorrarme la compulsión de controlar sus movimientos. No soy la guardiana de mi hermano.

Oliphant la había estado mirando con sus ojos sombríos y suspicaces.

–Pero él vive con usted, ¿no? Y hablan, ¿no? Usted debe de haber sabido de su relación con Hilary Robarts, por ejemplo. ¿La aprobaba?

El color de Alice Mair no cambió, pero su voz sonó como el acero:

–Aprobar o desaprobar, habría sido tan presuntuosamente impertinente como esa pregunta. Si quiere discutir la vida privada de mi hermano, le sugiero que lo haga con él.

–Señorita Mair –dijo Rickards sin alzar la voz–, una mujer ha sido brutalmente asesinada y su cuerpo mutilado. Usted la conocía. A la luz de un hecho así, espero que no sienta necesidad de mostrarse ultrasensible a preguntas que por momentos podrían parecer presuntuosas o impertinentes.

La ira le impedía hablar. Sus ojos se encontraron y quedaron fijos. El sabía que los suyos estaban cargados de furia, tanto por la falta de tacto de Oliphant como por la respuesta de ella. Pero los ojos grises que tenía frente a él eran menos fáciles de interpretar. Creyó poder detectar sorpresa, seguida por desconcierto, un respeto concedido de mala gana y un interés casi especulativo.

Y cuando, quince minutos después, acompañó a sus visitantes a la puerta, se sintió algo sorprendido cuando ella le tendió la mano. Al estrechársela, Alice Mair manifestó:

–Le ruego que me perdone, inspector, si no fui muy cortés. Su trabajo es desagradable pero necesario y tiene todo el derecho a la cooperación. En cuanto dependa de mí, la tendrá.

7

Aun sin la enseña pintada con colores chillones, nadie de Norfolk tenía la menor duda sobre la identidad del héroe local que había dado nombre al pub de Lydsett; tampoco un extraño podía tener problemas para reconocer el sombrero del Almirante, el pecho cubierto de condecoraciones, el parche que cubría un ojo y la manga vacía y recogida con un alfiler. Rickards pensó que había visto retratos peores de lord Nelson, pero no muchos. Este lo hacía pasar casi como la Princesa Real disfrazada de hombre.

Obviamente, George Jago había decidido que la entrevista tuviera lugar en el salón del bar, silencioso y vacío a esta hora de la tarde. El y su esposa condujeron a Rickards y Oliphant a una mesita de madera con patas de hierro, cerca de una enorme chimenea vacía. Tomaron asiento a su alrededor; casi, pensó Rickards, como cuatro desconocidos dispuestos a realizar una sesión de espiritismo, en un ambiente convenientemente en penumbras. La señora Jago era una mujer anglosajona, de ojos brillantes y rasgos afilados, que miraba a Oliphant como si lo conociera y no estuviera dispuesta a soportar esta vez sus desplantes. Estaba pesadamente maquillada. Dos lunas de rojo brillante le adornaban las mejillas, la boca grande estaba pintada en un rojo haciendo juego y las manos, zarpas de puntas escarlatas, lucían una variedad de anillos. El cabello era de un negro tan lustroso que parecía una peluca y estaba apilado hacia lo alto en tres pisos de vueltas apretadas que dejaban caer hacia adelante gruesos bucles, ajustadas a los costados y atrás con hebillas. Llevaba una falda plisada con una blusa de alguna tela brillante a rayas rojas, blancas y azules, abotonada hasta el cuello y adornada con cadenas de oro; en general parecía una partiquina postulándose para el papel de camarera de bar en una comedia de Ealing. Habría sido imposible imaginar un atavío más improcedente para un pub rural, pero ella y su marido, sentados lado a lado con la mirada de expectativa feliz de niños que se han portado bien, parecían perfectamente a tono con el bar y entre sí. Oliphant se había empeñado en encontrarles algo en el pasado, y le había transmitido la información a Rickards cuando iban a verlos. George Jago fue antes licenciatario de un pub en Catford, pero la pareja se trasladó a Lydsett cuatro años atrás, en parte por causa del hermano de la señora Jago, Charlie Sparks, propietario de un garaje y un servicio de alquiler de autos en el borde de la aldea, que necesitaba ayuda en su negocio. De modo que George Jago solía hacer de chofer, ocasiones en que dejaba a su esposa a cargo del bar. Se habían adaptado bien a la aldea, tomaban parte activa en la vida comunitaria y no parecían extrañar la ciudad. Rickards pensó que la región de East Anglia había aceptado y absorbido parejas más excéntricas que ésta. Para empezar lo asimiló a él.

George Jago tenía más aspecto de cantinero rural: era un hombre robusto, de cara alegre, ojos parpadeantes y un aire de energía reprimida, aunque consumió buena cantidad de energía en el interior del pub. El salón bajo y con vigas de roble era un museo atestado y pintoresco dedicado a la memoria de Nelson. Jago debía de haber recorrido la región en busca de objetos que tuvieran cualquier relación, incluso la más tenue, con el Almirante. Encima de la chimenea se veía una enorme litografía de la escena en el castillo de mando del *Victory*, con Nelson muriendo románticamente en brazos de Hardy. Las otras paredes estaban cubiertas de cuadros y estampas que ilustraban las principales batallas navales: del Nilo, de Copenhague, de Trafalgar; uno o dos retratos de lady Hamilton, incluyendo una rojiza reproducción del famoso retrato de Romey; a cada lado de las puertas se alineaban las placas conmemorativas y las vigas ennegrecidas del techo estaban cargadas de jarras conmemorativas, pocas de ellas originales, a juzgar por el brillo de las pinturas. En la moldura superior de una de las paredes había una hilera de banderas de señales y del cielo raso colgaba una red de pescar, para subrayar la atmósfera náutica. Y de pronto, mirando esa red manchada de alquitrán, Rickards recordó: él había estado antes aquí. El y Susie entraron a tomar un trago la vez cuando recorrieron la costa, un fin de semana, durante el primer invierno de su matrimonio. No permanecieron mucho. Susie se había quejado de la cantidad de gente y de humo. Incluso se acordaba de la banqueta donde se habían sentado, la que estaba contra la pared a la izquierda de la puerta. El tomó media pinta de cerveza, Susie un jerez. En aquel momento, con el fuego encendido en la chimenea las llamas bailoteando sobre los troncos crujientes y el aire resonando con alegres voces con acento de Norfolk, el pub había parecido agradablemente nostálgico y acogedor. Pero ahora, en la luz triste de la tarde otoñal, el atiborramiento de antiguallas, tan pocas de ellas genuinas o de mérito, parecían trivializar y disminuir tanto la larga historia del edificio como las hazañas del Almirante. Rickards sintió un acceso repentino de claustrofobia y tuvo que resistir el impulso de precipitarse hacia la puerta y salir a respirar el aire fresco del siglo XX.

Como dijo Oliphant después, fue un placer entrevistar a George Jago. El hombre no recibía a la policía como si ésta fuera una organización necesaria y no muy agradable, de dudosa competencia, que estaba robándole su valioso tiempo. No usaba las palabras como si fueran señales secretas usadas para ocultar más que para expresar el sentido, ni para intimidar a los policías con una inteligencia superior. No consideraba un combate la entrevista con la policía, un combate en el que él llevaba necesariamente las de ganar, ni reaccionaba a preguntas perfectamente corrientes con una mezcla desconcertante de miedo y rencor, como si uno fuera la policía secreta de un gobierno totalitario. En general, concluyó Oliphant, había sido un intercambio agradable.

Jago admitió alegremente haber telefoneado a los Blaney y a la señorita Mair poco después de las siete y media del domingo, con la noticia de que el Silbador estaba muerto. ¿Cómo lo había sabido él? Porque uno de los policías de la investigación llamó a su casa para decirle a su esposa que la hija podría ir sola a una fiesta esa noche y la esposa había llamado a su hermano Harry Upjohn, cantinero del Crown and Anchor en las afueras de Cromer, y Harry, que era un amigo, le telefoneó a él. Recordaba exactamente lo que le había dicho a Theresa Blaney:

–Dile a tu papá que encontraron el cadáver del Silbador. Está muerto. Suicidio. Se mató en Easthaven. Ya no hay de qué preocuparse.

Llamó a los Blaney porque sabía que a Ryan le gustaba salir a tomar una copa de noche, pero no se atrevió a dejar solos a sus hijos con el Silbador suelto. Blaney no había venido anoche, pero eso no tenía importancia. En cuanto a la señorita Mair, le dejó el mensaje en el contestador automático en términos muy semejantes. No había llamado a la señora Dennison porque creyó que estaría camino a Norwich con los Copley.

—¿Pero la llamó más tarde? —preguntó Rickards.

Fue la señora Jago la que explicó:

—Lo hizo cuando yo se lo recordé. A las seis y media fui a casa con Sadie Sparks a hacer arreglos para la venta liquidación de otoño. Ella encontró una nota de Charlie diciendo que había salido por dos trabajos urgentes, primero llevar a los Copley a Norwich y después llevar a una pareja a Ipswich. Entonces cuando volví le dije a George que la señora Dennison no llevó a los Copley al tren, y que debía llamarla de inmediato para decirle lo del Silbador. Quiero decir, seguramente iba a dormir mejor por la noche sabiendo que estaba muerto y no temiendo que se escondiera entre los arbustos de la Rectoría. Así que George llamó.

—Serían las nueve y quince —dijo Jago—. De todos modos habría llamado más tarde, porque calculaba que volvería a las nueve y media.

—¿Y atendió al teléfono? —dijo Rickards.

—No en ese momento. Pero volví a llamar una media hora después y entonces sí atendió.

—¿Entonces no les dijo a ninguno de ellos que el cadáver había sido encontrado en el Hotel Balmoral? —preguntó Rickards.

—No lo sabía, ¿no? Todo lo que me informó Harry Upjohn fue que había encontrado al Silbador y que estaba muerto. Apuesto que la policía lo mantuvo en secreto... el lugar donde lo encontraron, quiero decir. Quisieron evitar una aglomeración de curiosos. Y el dueño del hotel tampoco la querría.

—Y esta mañana temprano hizo otra ronda de llamadas para informar que Miss Robarts había sido asesinada. ¿Cómo se enteró de eso?

—Vi pasar los autos de la policía. Así que saqué la bicicleta y fui hasta la cerca de la casa. Sus muchachos la habían dejado abierta, así que la cerré y esperé. Cuando volvieron les abrí y les pregunté qué estaba pasando.

—Usted parece tener un extraordinario talento para sacarle información a la policía —dijo Rickards.

—Bueno, conozco a algunos. Al menos los de la zona. Vienen a beber aquí. Pero el conductor del primer auto no quiso decir nada. Ni el que conducía la ambulancia de la morgue. Pero cuando llegó el tercer auto y se detuvo mientras yo abría y cerraba la verja, les pregunté quién había muerto y me lo dijeron. Quiero decir, reconozco una ambulancia de la morgue a simple vista.

—¿Quién fue el que se lo dijo? —preguntó Oliphant en tono

245

beligerante. George Jago volvió hacia él su mirada de comediante, brillante e inocente.

–No podría decirlo. Todos los policías se parecen. Alguno me lo dijo.

–¿Y llamó a sus conocidos esta mañana? ¿Por qué a la mañana? ¿Por qué esperar tanto?

–Porque para entonces era la medianoche pasada. A la gente le interesan las noticias, pero más les interesa dormir. Pero a Ryan Blaney lo llamé bien temprano.

–¿Por qué a él?

–¿Por qué no? Cuando uno tiene noticias, la naturaleza humana lo impulsa a transmitírselas a los interesados.

–Y él por supuesto era parte interesada –dijo Oliphant–. Debe de haber oído la noticia con cierto alivio.

–Quizá sí, quizá no. No hablé con él. Se lo dije a Theresa.

–De modo que no habló con el señor Blaney ni cuando llamó anoche ni esta mañana. Curioso, ¿no? –dijo Oliphant.

–Depende de cómo se lo mire. La primera vez estaba en su cobertizo de pintura. No le gusta que lo llamen cuando está trabajando. Y no valía la pena. Le dije a Theresa y ella se lo dijo.

–¿Cómo sabe que se lo transmitió? –preguntó Rickards.

–Porque me lo confirmó cuando la llamé esta mañana. ¿Y por qué no iba a decírselo?

–Pero no sabe con seguridad que se lo dijo.

La señora Jago intervino con vehemencia:

–Y ustedes no saben con seguridad que no lo dijo. ¿Y qué importa, de todos modos? El lo sabe ahora. Todos lo sabemos. Sabemos sobre el Silbador y sobre Miss Robarts. Y quizá si hubieran atrapado al Silbador un año atrás, Miss Robarts ahora estaría viva.

–¿Qué quiere decir con eso señora Jago? –preguntó Oliphant.

–Es un crimen disfrazado, ¿no? Todos lo afirman en la aldea, aparte de los que siguen pensando que fue el Silbador el que lo cometió y que ustedes se equivocaron con la hora. Y está el viejo Humphrey, por supuesto, que piensa que fue el fantasma del Silbador el que hizo el trabajo.

–Nos interesa un retrato de Miss Robarts –dijo Rickards–, pintado recientemente por el señor Blaney. ¿Lo han visto? ¿Les habló de él?

Respondió la señora Jago:

–Por supuesto que lo vimos. Lo tuvimos colgado en el bar. Y yo sabía que traería mala suerte. Era un cuadro con maldad.

Jago se volvió hacia su esposa y le explicó con paciente énfasis:

–No sé cómo puedes decir que un cuadro tiene maldad, Doris. Las cosas no tienen maldad. Un objeto inanimado no es bueno ni malo. La maldad está en lo que hace la gente.

–Y en lo que piensa la gente, George, y ese cuadro había salido de pensamientos malos, por eso digo que tenía maldad.

La mujer hablaba con firmeza pero sin huellas de obstinación o resentimiento. Era evidente que ambos cónyuges disfrutaban de esta discusión, llevada a cabo sin malos sentimientos, y con escrupulosa justicia para el interlocutor. Durante unos minutos dedicaron toda su atención a ellos mismos.

–Acepto –siguió Jago–, que no es la clase de cuadro que tú querrías colgar en la sala de tu casa.

–O en el bar. Lamento que lo hayas hecho, George.

–Tienes algo de razón. Pero debes reconocer que el cuadro no puede haberle dado a nadie ideas que no tuviera ya. Y no puedes decir que un cuadro, Doris, un objeto, tenga maldad.

–Muy bien, supón que tienes un instrumento de tortura, algo que haya usado la Gestapo. –La señora Jago miró a su alrededor, como si entre la acumulación de objetos del bar pudiera razonablemente esperar encontrar un ejemplo.– Yo diría que esa cosa es mala. No la tendría en mi casa.

–Podrías decir que fue usada con malos propósitos, Doris, lo que es diferente.

Rickards interrumpió con una pregunta:

–¿Por qué, exactamente, colgaron el cuadro en el bar?

–Porque él me lo pidió, por eso. Suelo encontrar lugar para una o dos de sus pequeñas acuarelas, y a veces las vende, a veces no. Siempre le digo que tienen que ser paisajes marinos. Quiero decir, aquí todo está dedicado al Almirante, todo es náutico. Pero estaba muy ansioso porque yo colgara este retrato, y yo le dije que lo tendría una semana. Lo trajo en su bicicleta el lunes doce.

–¿Quería venderlo?

–Oh, no, no estaba en venta, ese cuadro no. Me lo dijo con toda claridad.

–¿Qué sentido tenía entonces exhibirlo? –preguntó Oliphant.

–Es lo que yo le pregunté. –Jago se volvió triunfante hacia el sargento, como si reconociera en él un experto en lógica.– Le dije: "¿Qué sentido tiene exhibirlo si no quieres venderlo?" "Quiero que lo vean", dijo, "quiero que todo el mundo lo vea". Ligeramente optimista, pensé. Después de todo, esto no es la National Gallery.

–Más bien es como el Museo Nacional Marítimo –agregó Doris– y sonrió con felicidad.

–¿Dónde encontraron sitio para colgarlo?

–En esa pared frente a la puerta. Tuve que sacar los dos cuadros de la Batalla del Nilo.

–¿Y cuánta gente lo vio en esos siete días?

–Me está preguntando cuántos clientes tuve. Quiero decir, si entraban aquí, lo veían. Imposible no verlo, ¿no? Doris quería bajarlo, pero yo había prometido tenerlo hasta el lunes y fue lo que hice. Aunque me alegré cuando él vino y se lo llevó. Como le dije, aquí todo es conmemorativo. Todo está dedicado al Almirante. Ese retrato no iba bien con el decorado. Pero no se quedó más de lo pactado. Blaney dijo que pasaría a retirarlo el diecinueve por la mañana y así lo hizo.

–¿Lo vio algún vecino de la punta, o alguien de la Central de Energía?

–Los que venían. Aunque vienen pocos al local Hero. La mayoría prefiere irse lo más lejos posible cuando termina la jornada, y no puedo culparlos. Quiero decir, se puede vivir en el piso alto del negocio, pero no de este negocio.

–¿Hubo comentarios sobre el retrato? ¿Alguien preguntó dónde lo guardaba Blaney, por ejemplo?

–A mí no me preguntaron. Supongo que todo el mundo sabía dónde lo guardaba. Quiero decir, él hablaba sobre su cobertizo de pintar. Y si lo hubiera querido vender, no habría tenido muchos compradores. Puedo decirle de alguien que lo vio: Hilary Robarts.

–¿Cuándo?

–La noche siguiente a cuando él lo trajo, a eso de las siete. Ella venía de vez en cuando. Nunca tomaba mucho, sólo un par de copitas de jerez. Las tomaba en la mesa junto al fuego.

–¿Sola?

–Por lo general sí. Una o dos veces vino acompañada por el doctor Mair. Pero ese jueves estaba sola.

–¿Qué hizo cuando vio el cuadro?

–Se quedó de pie, mirándolo. El pub estaba bastante lleno ese día y se hizo una gran silencio. Ya sabe cómo es. Todos la miraban. No pude verle la cara, porque me daba las espaldas. Después fue hacia el bar y dijo: "Cambié de opinión sobre beber aquí. Evidentemente no reciben con gusto a miembros de la Central de Larksoken." Y salió. Bueno, yo recibo con gusto a clientes de cualquier parte, en tanto soporten el alcohol y no pidan fiado, pero no pensé que a ella fuéramos a extrañarla mucho.

–¿No era especialmente popular en la punta?

–No sé sobre la punta. No era especialmente popular en este pub.

–Estaba maniobrando para expulsar a los Blaney de Scudder's Cottage. Y él es un viudo que trata de mantener a cuatro chicos. ¿Dónde creía esa mujer que podía ir él? Tiene una pensión familiar y otro poco de ayuda, pero con eso no podrá conseguir otra casa. Pero lamento que haya muerto, por supuesto. No es algo agradable para que le suceda a nadie. Mandaremos una corona fúnebre en nombre del Local Hero.

–¿Fue la última vez que la vieron?

–La última vez que la vio George –dijo la señora Jago–. Yo la vi en la punta ayer a la tarde. Debió de ser apenas unas horas antes de que muriera. Le dije a George: quizá fui la última persona que la vio con vida; bueno, yo y Neil Pascoe y Amy. Imposible imaginarnos lo que sería de ella. No se puede percibir el futuro, y uno prefiere no ver. A veces miro esa Central Atómica y me pregunto si no terminaremos todos muertos en la playa.

Oliphant le preguntó por qué se encontraba en la punta.

–Estaba distribuyendo la revista de la iglesia. Siempre lo hago el último domingo del mes. Las recojo después del servicio de la mañana y las reparto después de la cena. Para usted quizá sea el almuerzo, pero para nosotros es la cena.

Rickards llamaba cena a la comida principal del día toda su vida, y seguía haciéndolo, a pesar de la incesante campaña que llevaba a cabo su suegra para que elevara su status. Ella llamaba almuerzo a su comida del mediodía y cena a la de la noche, así esta consistiera, como era lo más frecuente, de sardinas sobre tostadas. Se preguntó qué habrían comido hoy.

–Nunca hubiera creído que los vecinos de la punta fueran gente devota, salvo los Copley, por supuesto.

–Y la señora Dennison. Nunca falta a la iglesia. No puedo decir que las demás vayan realmente a la iglesia, pero al menos compran la revista de la parroquia. –El tono de la señora Jago sugería que había profundidades de irreligión en las que ni siquiera los vecinos de la punta podrían hundirse. Agregó: –Todos, excepto los Blaney, por supuesto. Bueno, ellos no la aceptarían de ningún modo, siendo católicos. Al menos ella era católica, pobrecita, y los chicos lo son, por supuesto. Quiero decir, los chicos tienen que serlo si ella era, ¿no? No creo que Ryan sea nada definido en materia religiosa. Es un artista. Nunca entregué la revista en Scudder's Cottage, ni siquiera cuando vivía su esposa. Los católicos nunca compran las revistas parroquiales.

–Yo no diría eso, Doris –le respondió su marido–. Yo no iría tan lejos. Los católicos podrían comprarla.

–Hace cuatro años que vivimos aquí, George, y el padre McKee viene con frecuencia al bar y yo nunca he visto uno.

–Bueno, no es algo que se vea, ¿eh?

–Yo podría verlo, George, si hubiera alguno. Son diferentes de nosotros. No hacen Festival de la Cosecha y no compran revistas parroquiales.

Su marido le explicó con paciencia:

–Son diferentes porque tienen dogmas distintos. Está relacionado con el dogma, Doris, no tiene nada que ver con el Festival de la Cosecha ni con las revistas parroquiales.

–Ya sé que es cuestión del dogma. El Papa les dice que la bendita Virgen María ascendió a los cielos, y ellos tienen que creerlo. Lo sé todo sobre el dogma.

Antes de que George Jago pudiera abrir la boca para discutir esta pretensión de infabilidad, Rickards se apresuró a intervenir:

–De modo que repartió las revistas por la punta ayer a la tarde. ¿A qué hora?

–Bueno, yo diría que salí alrededor de las tres, o quizás un poquito después. Los domingos hacemos una cena tardía y no llegamos al postre mucho antes de las dos y media. Después George cargó el lavavajilla y yo me dispuse a salir. Digamos tres y cuarto, si quiere más exactitud.

–A las tres y cuarto ya te habías ido –aclaró George Jago–. Yo diría que saliste a las tres y diez, Doris.

–No creo que cinco minutos importen tanto –dijo Oliphant con impaciencia.

George Jago le dirigió una mirada sonriente en la que había una cordial reprimenda:

–Podrían importar –dijo–. Podrían ser cruciales. Yo diría que cinco minutos, en una investigación de homicidio, podrían ser cruciales.

La señora Jago fue más lejos todavía:

–Un minuto podría ser crucial, si se trata del minuto en que la víctima murió. Al menos, crucial para ella. No me explico cómo un policía puede decir que no tiene importancia.

Rickards creyó que era hora de intervenir:

–Estoy de acuerdo en que cinco minutos podrían ser importantes, señor Jago, pero no estos cinco minutos. Quizá su esposa quiera contarnos exactamente qué hizo y vio.

–Bueno, salí en mi bicicleta. George siempre se ofrece a llevarme, pero conduce demasiado en la semana y no quiero que se

250

moleste en sacar el auto un domingo. Y menos después de la comida del domingo.

–No sería ninguna molestia, Doris. Ya te lo he dicho. Ninguna molestia.

–Lo sé, George. No dije que fuera una molestia para ti. Pero me gusta hacer ejercicio y siempre estoy de vuelta antes que oscurezca. –Se volvió hacia Rickards y le explicó:– A George nunca le gustó que yo saliera de noche, con el Silbador suelto.

–Entonces –resumió Oliphant–, salió entre las tres y diez y las tres y cuarto y fue en bicicleta por la punta.

–Con las revistas de la iglesia en la canasta, como siempre. Primero fui a la casa rodante. Siempre voy a la casa rodante primero. Es un poco delicado el trato que tenemos con Neil Pascoe.

–¿En qué sentido, señora Jago?

–Bueno, él nos ha pedido más de una vez que pongamos su revista, el *Boletín Nuclear* como él lo llama, en el bar, para que la gente lo compre o lo lea gratis. Pero George y yo siempre nos hemos opuesto. Quiero decir, hay personal de Larksoken que viene a beber al pub, y no sería agradable, no le parece, encontrarse con una revista que dice que lo que uno hace es dañino y debería ser prohibido. Sobre todo si uno todo lo que quiere es tomar un trago en paz. No todo el mundo en Lydsett está de acuerdo con lo que está haciendo Pascoe. No puede negarse que la Central Nuclear Larksoken ha traído más negocios al pueblo, y más empleos. Y hay que confiar en la gente, ¿no le parece? Quiero decir, si el doctor Mair dice que la energía nuclear es segura, entonces probablemente lo es. Pero siempre queda la duda, ¿no?

Rickards se armó de paciencia:

–¿Pero el señor Pascoe compró la revista de la iglesia?

–Bueno, cuesta diez peniques nada más y supongo que a él le interesa conocer lo que está pasando en la parroquia. Cuando llegó a la punta, hace dos años, yo fui a verlo y le pregunté si quería comprar la revisa. Pareció un poco sorprendido pero dijo que sí y pagó sus diez peniques, y así ha sido desde entonces. Si no la quiere más, sólo tiene que decirlo.

–¿Y qué sucedió en la casa rodante? –preguntó Rickards.

–Vi a Hilary Robarts, como le dije. Le di a Neil la revista y tomé el dinero y estaba charlando un poco con él adentro de la casa rodante, cuando apareció ella en ese Golf rojo que tiene. Amy estaba afuera con el chico, descolgando la ropa de un cordel que han tendido ahí. Cuando Neil vio el auto salió de la casa rodante y fue a ponerse al lado de Amy. Miss Robarts bajó del auto y los dos la miraron, sin hablar, se quedaron a un lado mirándola. No podría decirse que era un comité de bienvenida, pero ¿qué podía esperarse? Entonces, cuando Miss Robarts estaba a unos seis metros más o menos de ellos, Timmy trotó y se aferró de sus pantalones. Es un mocosito muy amistoso y por supuesto no tenía ninguna mala intención. Ya sabe cómo son los chicos. Pero había estado chapoteando en ese barro que hay bajo la canilla y le ensució los pantalones. Ella lo hizo a un lado sin mucha dulzura. El chico cayó sentado y empezó a chillar, y allí ardió Troya.

—¿Qué dijeron? —preguntó Oliphant.

—Bueno, no puedo recordar todo exactamente. Hubo amplio uso de la clase de palabras que una no esperaría tener que oír un domingo. Por ejemplo la que empieza con F y termina con C. Use su imaginación.

—¿Hubo amenazas? —preguntó Rickards.

—Depende de lo que usted entienda por amenazas. Hubo muchos gritos, eso sí. No, Neil. El estaba inmóvil y mudo, tan blanco que pensé que se iba a desmayar. Fue Amy la que más gritó. Al oírla uno hubiera pensado que la Robarts atacó a su hijo con un cuchillo. No recuerdo ni la mitad de lo que dijo. Pregúntele a Neil Pascoe. La Robarts no pareció notar que yo estaba presente. Pregúntele a Amy y a Neil. Ellos le dirán.

—Dígamelo usted también —dijo Rickards—. Siempre ayuda tener diferente versiones. Así se logra hacer un cuadro más ajustado.

—¿Más ajustado? —intervino Jago—. Sólo podría ser más ajustado si todos estuvieran diciendo la verdad.

Por un momento Rickards temió que la señora Jago se opusiera y el matrimonio se embarcara en otra discusión de semántica. Para evitarlo intervino:

—Bueno, estoy seguro de que usted dice la verdad, señora Jago. Es por eso que empiezo con usted. ¿Puede recordar las palabras pronunciadas?

—Creo que la señorita Robarts dijo que había venido para anunciarles que estaba pensando retirar su demanda, pero que ahora seguiría adelante con ella y los arruinaría a ambos. "A usted y a su puta." Encantador vocabulario, ¿no le parece?

—¿Esas palabras usó?

—Y otros varias que no recuerdo exactamente.

—Lo que quiero decir, señora Jago, es si la señorita Robarts fue la que hizo las amenazas.

Por primera vez la señora Jago pareció incómoda; después aclaró:

–Bueno, ella era la que amenazaba, ¿no? Neil Pascoe no la estaba demandando a ella.

–¿Qué pasó después?

–Nada. La señorita Robarts se metió en el auto y se fue. Amy tomó al chico en brazos y entró en la casa rodante dando un portazo. A Neil se lo veía tan mal que temí que se echara a llorar, así que me propuse decirle algo que le levantara el ánimo.

–¿Y qué le dijo, señora Jago?

–Le dije que esa mujer era una perra malvada y que algún día alguien se encargaría de ella.

–No estuviste muy bien, Doris –dijo Jago–. Sobre todo un domingo.

–No estaba bien para ningún día de la semana –aceptó Doris Jago–, pero no estaba tan equivocada, ¿eh?

–¿Qué pasó después, señora Jago?

–Seguí repartiendo revistas. Primero de todo fui a la Vieja Rectoría. Suelo no ir, porque los Copley y la señora Dennison van casi siempre al servicio matutino y recogen allí su ejemplar, pero ayer no fueron a la iglesia, lo que me había preocupado un poco. Pensé que podrían tener algún problema. Pero se debía solo a que estaban muy ocupados empacando. Los Copley partían a la casa de su hija en Wiltshire. Un cambio agradable para ellos, pensé, y a la señora Dennison le daría un respiro. Ella me ofreció una taza de té pero le dije que no podía demorarme, porque vi que estaba ocupada preparándoles una merienda antes de partir. De todos modos me senté en la cocina y charlé con ella cinco minutos. Me dijo que miembros del personal de Larksoken habían donado muy lindas ropas infantiles para la venta, que podrían irles bien a las mellizas Blaney y se preguntaba si Ryan Blaney estaría interesado en comprar. Ella les pondría un precio estimativo y se las ofrecería para que eligieran antes de la venta. Ya lo hemos hecho antes, pero es preciso hacerlo con mucho tacto. Si Ryan creyera que le estamos ofreciendo una caridad, no aceptaría la ropa. Pero no es una caridad, ¿no? Y lo recaudado ayuda a la iglesia. Como yo lo veo cuando viene al pub, la señora Dennison pensó que la sugerencia podría hacérsela yo mejor que ella.

–¿Y después de la Vieja Rectoría?

–De ahí fue a Martyr's Cottage. La señorita Mair paga la suscripción semestral a la revista, así que allí no me molesto en cobrar los diez peniques. A veces está ocupada y otras no está, así que me limito a meter la revista en el buzón.

–¿Vio si estaba en casa este domingo?

–No vi nada de ella. Después fui al último cottage, donde vivía Hilary Robarts. Para entonces había llegado a su casa, por supuesto. Vi el Golf rojo estacionado frente al garaje. Pero a ella tampoco la llamo. No es la clase de mujer que la invitaría una a pasar y a tomar una taza de té.

–¿No la vio entonces? –dijo Oliphant.

–Ya la había visto, ¿no le parece? Si me está preguntando si la volví a ver, la respuesta es no, no la vi. Pero la oí.

Hizo una pausa para obtener un efecto más teatral. Rickards se vio obligado a preguntar:

–¿Cómo es eso de que la oyó, señora Jago?

–La oí a través de la hendidura del buzón, cuando metía la revista. Y estaba discutiendo con alguien en términos muy duros. Yo diría que era una verdadera pelea. La segunda del día para ella. O quizá la tercera.

–¿Qué quiere decir con eso, señora Jago? –preguntó Oliphant.

–Hacía una suposición nada más. Cuando la vi llegar a la casa rodante ya me pareció muy acalorada. Nerviosa, las mejillas encendidas, ya sabe.

–¿Advirtió todo eso mirándola desde la puerta de la casa rodante?

–Así es. Es un don que tengo.

–¿Podría decirnos si estaba hablando con un hombre o una mujer?

–Podría ser hombre o mujer. Sólo oí una voz, la suya. Pero estaba con alguien, eso es seguro, salvo que estuviera gritándose a sí misma.

–¿A qué hora sería esto, señora Jago?

–Alrededor de las cuatro, diría yo, o un poco después. Digamos que llegué a la casa rodante a las tres y veinticinco y me fui a las cuatro menos veinticinco. Después estuve el cuarto de hora en la Vieja Rectoría, lo que nos lleva a las cuatro menos cinco, y el trayecto por la punta. Debían de ser poco más de las cuatro.

–¿Y después de eso se fue a su casa?

–Así es. Llegué aquí poco después de las cuatro y media, ¿no, George?

–Es posible, querida –dijo su marido–, pero no me lo preguntes a mí. Yo estaba dormido.

Diez minutos después Rickards y Oliphant se marchaban.

George y Doris se quedaron mirando el auto hasta que desapareció en una curva de la calle.

–No puedo decir que me haya caído simpático ese sargento –dijo Doris.

–Yo no podría decirlo de ninguno de los dos.

–¿No crees que hice mal, George, al hablarles de la pelea?

–No tenías alternativa, ¿no? Esto es homicidio, Doris, y tú fuiste una de las últimas personas que la vio viva. De todos modos, igual lo habrían sabido por Neil Pascoe. No tiene sentido ocultar lo que la policía al fin averiguará. Y sólo dijiste la verdad.

–Yo no diría eso, George, no toda la verdad. Puedo haberla maquillado un poco. Pero no les dije ninguna mentira.

Por un momento reflexionaron en silencio acerca de la diferencia. Después Doris continuó:

–Ese barro con el que Timmy le manchó los pantalones a la señorita Robarts, venía del charco que hay debajo de la canilla exterior. Ha estado así durante semanas. Sería gracioso, ¿no? si Hilary Robarts hubiera sido asesinada porque Neil Pascoe no supo arreglar una canilla.

–No es gracioso, Doris –dijo George–. Yo no usaría la palabra gracioso.

8

Los padres de Jonathan Reeves se habían mudado de su casita en un barrio del sur de Londres, a un departamento en un edificio moderno con vista al mar, en las afueras de Cromer. Su nombramiento en la Central coincidió con la jubilación de su padre y decidieron regresar a un sitio que habían conocido de vacaciones y les agradó, con la finalidad adicional de, con palabras de su madre, "darte un hogar hasta que aparezca la chica adecuada". Su padre trabajó durante cincuenta años en el departamento de alfombras de una gran tienda en Clapham, desde su adolescencia, al terminar la escuela, y había llegado a jefe de departamento. La firma le permitía adquirir alfombras a menos del costo; en cuanto a los recortes, a veces de tamaño suficiente como para alfombrar un cuarto pequeño, los obtenía gratis, así que desde su infancia Jonathan no había conocido un cuarto de su casa que no estuviera alfombrado de pared a pared.

A veces parecía como si esas gruesas alfombras de lana o nylon hubieran absorbido y amortiguado no sólo sus pasos. La tranquila respuesta de su madre a cualquier acontecimiento era "Muy lindo", lo que resultaba igualmente apropiado para una buena cena, una boda o nacimiento en la familia real o un amanecer espectacular; la otra respuesta era "Terrible, terrible, ¿no? Una se pregunta adónde va el mundo", que cubría hechos tan diversos como el asesinato de Kennedy, algún homicidio especialmente truculento, la violación de menores o una bomba del IRA. Pero en realidad ella no se preguntaba adónde iba el mundo. La inquietud de preguntarse algo había sido ahogada mucho tiempo atrás en las distintas texturas de las alfombras. A Jonathan le parecía que vivían juntos en buena amistad porque sus emociones, debilitadas por la falta de uso o falta de alimentación, no podían elevarse a algo tan enérgico como una pelea. Ante la primera señal de disenso su madre decía: "No levantes la voz, querido. No soporto las peleas." El desacuerdo, que por lo demás nunca era intenso, se expresaba en un mezquino rencor que moría por falta de energía para sobrevivir.

Se llevaba bastante bien con su hermana Jennifer, ocho años mayor y casada con un funcionario local de Ipswich. Una vez, al verla inclinada sobre la tabla de planchar, con los rasgos tan similares a la máscara familiar de concentración ligeramente rencorosa, había sentido la tentación de decirle: "Háblame. Dime qué piensas, sobre la muerte, sobre el mal, sobre lo que estamos haciendo aquí." Pero la respuesta habría sido predecible: "Yo sé lo que estoy haciendo. Plancho las camisas de papá."

Ante sus conocidos y ante los que podía llamar amigos, su madre siempre se refería a su marido como el señor Reeves. "El señor Reeves es muy apreciado por el señor Wainwright." "Por supuesto que podría decirse que el señor Reeves *es* el departamento de alfombras de Hobbs y Wainwright." La tienda representaba todas aquellas aspiraciones, tradiciones y ortodoxias que otros encontraban en su profesión, en su universidad, regimiento o religión. El señor Wainwright padre era capataz, coronel y sumo sacerdote; y la asistencia de la familia a la Capilla Reformista los domingos era apenas una cortesía para con un Dios menor. Y nunca asistían con regularidad. Jonathan sospechaba que esto era deliberado. La gente podía querer conocerlos, invitarlos a reuniones de madres, salidas de escuela dominical, incluso podían querer visitarlos. El viernes de su primera semana en la secundaria, el matón de la división había dicho: "El padre de Reeves es vendedor en Hobbs y Wainwright. La semana pasada le vendió una alfombra a mi mamá", y caminó contoneándose, con las manos obsequiosamente unidas: "Sé que la señora encontrará muy resistente esta combinación. Es una línea que se vende mucho." Su risa había sido servil e incómoda, y la broma terminó ahí. La mayoría de los padres de los otros chicos tenían empleos menos prestigiosos todavía.

A veces pensaba: "No podemos ser tan comunes, tan aburridos, como parecemos", y se preguntaba si no habría un defecto en él que los disminuiría a todos cubriéndolos con su propia inadecuación social. A veces sacaba de un cajón el álbum de fotos de la familia, que parecía documentar su vulgaridad: los padres posando rígidamente contra el barandal del Paseo Cromer y en el Zoológico de Whipsnade, él con una toga ridícula en la ceremonia de su graduación. Sólo una foto tenía verdadero interés para él, un retrato de estudio, en sepia, de su bisabuelo en la Primera Guerra Mundial, colgado de un muro artificial con, atrás, una inmensa aspidistra en un ánfora de Benarés. Miraba intensamente, a través de setenta y cuatro años, a ese chico vulnerable y de rostro dulce que parecía, en el uniforme demasiado grande, más un interno de orfanatorio que un soldado. Debía de tener menos de veinte años cuando le tomaron esa foto. Y había sobrevivido a Passchendale y la retirada de Ypres, fue desmovilizado, herido y afectado por gases, en 1918, con energía como para procrear un hijo, y muy poca más. Esa vida, se decía Jonathan, no podía haber sido vulgar. Su bisabuelo sobrevivió a cuatro años de horror con valentía y una aceptación estoica de lo que quisieran depararle Dios o la suerte. Pero, aunque no hubiera sido vulgar, esa vida ahora parecía no interesarle a nadie. Había preservado una familia, eso era todo. ¿Y eso importaba? Aunque pensándolo bien, encontraba en la vida de su padre un estoicismo semejante. Es posible que no pudieran igualarse cincuenta años con Hobbs y Wainwright con cuatro años en Francia, pero en ambos casos se había necesitado la misma resignación digna y estoica. Deseaba poder hablar con su padre sobre su bisabuelo, sobre la juventud de su padre. Pero nunca se daba la ocasión y sabía que lo que lo retenía era menos la timidez que el miedo de que, aún si rompía esa extraña barrera de reticencia y silencio al otro lado, no habría nada. Pero seguramente no siempre fue así. Recordaba la Navidad de 1968, cuando su padre le había comprado su primer libro de ciencia, *El Libro de las Maravillas Científicas para Niños*. La mañana de Navidad se sentaron juntos, durante horas, volviendo lentamente las páginas mientras su padre leía y después explicaba. Todavía conservaba el libro. Todavía ocasionalmente miraba los diagramas. "Como funciona la televisión." "Qué sucede cuando nos toman una radiografía." "Newton y la manzana." "La maravilla de los barcos modernos." Y su padre diciéndole: "Si las cosas hubieran sido diferentes, me habría gustado ser científico." Fue la única vez en su vida que su padre le dio una señal de que hubo posibilidad para él, para ellos, una vida más plena y distinta. Pero las cosas no habían sido diferentes y ahora sabía que nunca lo serían. Pensó: "Todos necesitamos tener nuestras vidas bajo control y con ese fin las encogemos hasta hacerlas lo bastante pequeñas y mezquinas como para sentir que las controlamos."

Sólo una vez fue interrumpida la rutina de sus días predecibles por un hecho inesperado y dramático. Poco después de cumplir él los dieciséis años, su padre tomó el Morris de la familia y desapareció. Tres días después fue hallado, sentado en el auto en lo alto de Beachy Head, mirando el mar. Se lo consideró una crisis nerviosa por exceso de trabajo, y el señor Wainwright le acordó dos semanas de vacaciones. Su padre nunca explicó lo que había pasado, refugiándose en la explicación oficial de una amnesia temporaria. Nadie en la familia volvió a hablar del tema.

El departamento en el que vivían estaba en el cuarto y último piso de un edificio cuadrado y moderno. La sala al frente tenía una puerta de vidrio que daba a un balcón estrecho donde apenas entraban dos sillas. La cocina era pequeña pero tenía una mesa plegable en la que podían comer, apretados, los tres. Había sólo dos dormitorios, el de sus padres al frente y el suyo, mucho más pequeño, con vista al estacionamiento, la fila de cocheras y la ciudad. La sala tenía una estufa de gas para subir la temperatura de la calefacción central y, después de la mudanza, sus padres la rodearon de una falsa chimenea en que la madre pudo desplegar los pequeños tesoros traídos de la casa de Clapham. Recordaba la mañana cuando habían ido a conocer el departamento; su madre, saliendo al balcón, comentó: "Mira, Padre, es igual que estar en la cubierta de un barco", y se volvió casi con animación, como si recordara las viejas revistas de cine que guardaba, las fotos de las actrices en la cubierta de los barcos, entre banderas, gallardetes, oyendo en la imaginación la sirena del remolcador, la banda que tocaba en el muelle. Y de hecho sus padres habían considerado el departamento, desde el comienzo, un cambio glamoroso respecto de la casita de la ciudad. En el verano se instalaban en sendas sillas en el balcón mirando al mar; en invierno invertían la dirección y miraban la estufa de gas. Pero ni las tormentas invernales ni el exceso de calor cuando el sol de verano daba en el vidrio, les hizo escapar nunca una palabra de añoranza por su vida pasada.

Habían vendido el auto cuando su padre se jubiló y el garaje era usado por Jonathan para su Ford Fiesta de segunda mano. Lo guardó y cerró el portón. Mientras ponía la llave, pensó en lo privados que eran esos departamento. Casi todos ellos estaban ocupados por parejas jubiladas cuya rutina parecía consistir en caminar por la mañana, reunirse con amigos por la tarde y encerrarse pasadas las siete. A la hora en que él volvía del trabajo el edificio estaba silencioso y los postigos cerrados. Se preguntó si Caroline habría supuesto o sabido, qué poco notorios serían sus movimientos. Antes de entrar en el departamento vaciló un momento, con la llave en la mano, deseando posponer el momento del encuentro. Pero cualquier demora habría debido ser explicada pues estarían esperándolo.

Su madre casi corrió hacia él.

–Es terrible. Esa pobre muchacha. Papá y yo lo oímos por la radio local. Pero al menos encontraron al Silbador. Es una preocupación menos. Ya no volverá a matar.

–Creen que el Silbador murió antes que la señorita Robarts –dijo él–, así que pudo no ser él.

–Pero por supuesto que fue el Silbador. Ella murió como las otras víctimas, ¿no? ¿Quién más podría ser?

–Es lo que está tratando de averiguar la policía. Estuvieron en la Central toda la mañana. A mí me interrogaron casi al mediodía.

–¿Por qué te interrogaron a ti? No pensarán que tuviste nada que ver, ¿no?

–Por supuesto que no, Madre. Interrogaban a todos, por lo menos a todos los que la habían conocido. De cualquier modo, yo tengo coartada.

–¿Coartada? ¿Qué coartada? ¿Para qué querrías una coartada?

–No la quiero, pero sucede que la tengo. Anoche fui a cenar con una chica de la Central.

Inmediatamente la cara de ella se iluminó; el placer que le producía la noticia eclipsó por un momento el horror del asesinato.

–¿Quién te invitó, Jonathan?

–Una chica de la Central, ya te lo dije.

–Bueno, ya sé que es una chica. ¿Qué clase de chica? ¿Por qué no la trajiste a casa? Sabes que esta casa es tuya tanto como de papá y mía. Siempre puedes traer aquí a tus amistades. ¿Por qué no la invitas para el té el sábado o domingo? Lo pondré todo muy lindo, con el mejor servicio de té, el de tu abuela, no tendrás que avergonzarte.

Desgarrado por una horrible compasión, Jonathan dijo:

–Ya la invitaré, mamá. Es pronto todavía.

–Nunca es demasiado pronto para conocer a tus amistades. Es una suerte que hayas estado con ella, si preguntaron por las coartadas. ¿A qué hora volviste entonces a casa?

–A las once menos cuarto, más o menos.

–Bueno, no es demasiado tarde. Pero se te ve cansado. Debió de ser un shock para todos en Larksoken, una mujer que tú conocías. Directora administrativa, dijo la radio.

–Sí, fue un shock –asintió Jonathan–. Creo que es por eso que no tengo mucha hambre. Preferiría esperar un rato antes de cenar.

–Está todo listo, Jonathan. Costillas de cordero. Ya están a medio asar. No tengo más que ponerlas un momento al horno. Y las verduras están cocidas. Si esperamos van a estropearse.

–Está bien, dame cinco minutos.

Colgó la chaqueta en el vestíbulo y fue a su cuarto, donde se tiró en la cama, mirando el techo. La mera idea de comer le causaba náuseas, pero había dicho cinco minutos y si se demoraba, la madre vendría a tocarle a la puerta. Siempre golpeaba, pero muy suavemente, dos golpecitos secos, como una clave. El se preguntaba qué temería encontrar si entraba sin anunciarse. Se obligó a sentarse y puso los pies en el suelo, pero de inmediato lo invadió una náusea y una debilidad que le hizo temer que pudiera desmayarse de verdad. Pero reconoció los síntomas como una mezcla de agotamiento, miedo y angustia.

Y sin embargo, hasta ahora las cosas no habían salido tan mal. Los policías fueron tres: el inspector en jefe Rickards, un joven serio y robusto que le había sido presentado como el detective sargento Oliphant y otro más joven en un rincón tomando notas, que nadie se molestó en presentarle. El pequeño cuarto contiguo al Departamento Médico había sido asignado para la tarea policíaca y los dos oficiales estuvieron sentados lado a lado tras una mesa pequeña, los dos de civil. El cuarto, como toda esa área, olía vagamente a desinfectante. Nunca se explicó por qué, ya que no se realizaban procedimientos clínicos de ninguna naturaleza. Dos guardapolvos blancos estaban colgados tras la puerta y alguien había dejado un soporte de tubos de ensayo sobre un mueble de archivo, dándole a todo una atmósfera de improvisación. Sintió que era objeto de un procedimiento en serie: era uno de las docenas de personas que la habían conocido o que decían haberla conocido y que ahora pasaban por esta puerta para contestar a las mismas preguntas. Casi esperaba que le pidieran que se levantara la manga y les diera el brazo para un pinchazo. Sabía que el interrogatorio difícil, si lo había, vendría después. Aun así, lo sorprendió al principio su propia falta de miedo. De algún modo suponía que la policía tenía un poder casi sobrenatural para oler la mentira y que él entraría en ese cuarto cargando una aureola muy visible de culpa, malevolencia y conspiración para desviar a la justicia.

Cuando se lo pidieron, les dio su nombre y dirección. El sargento tomó nota. Después preguntó, con cansancio:

—¿Podría decirnos, por favor, dónde estuvo ayer entre las seis y las diez y media?

Recordaba haber pensado: "¿Por qué entre las seis y las diez y media?" La Robarts había sido encontrada en la playa. Ella salía a nadar de noche, después de las noticias de las nueve y media; eso lo sabía todo el mundo, al menos todo los que la conocían. Y el domingo pasaban las noticias a las nueve y diez. Y entonces recordó que ellos debían de saber con exactitud sólo la hora en que la encontraron. Todavía no había tiempo para un informe de autopsia. Quizá dudaban de la hora exacta de la muerte, o bien, por seguridad, estaban ampliando el lapso. De las seis a las diez y media. Pero seguramente el tiempo importante era alrededor de las nueve. Le sorprendió poder hacer el cálculo con tanta claridad.

—Estuve en casa con mis padres hasta después de cenar, quiero decir, hasta después de la comida de la una. Después fui en auto a pasar la velada con mi novia, la señorita Caroline Amphlett. Estuve en un bungalow en las afueras de Holt. Es secretaria del director, el doctor Mair.

—Sabemos dónde vive, señor. Y sabemos quién es. ¿Alguien lo vio llegar o irse?

—No creo. El bungalow está muy aislado, y no había muchos autos en el camino. Quizás alguien en mi edificio me vio salir.

—¿Y pasaron la velada haciendo qué?

El policía del rincón no estaba escribiendo, sólo miraba, pero no parecía curioso, ni siquiera interesado, sólo ligeramente aburrido.

—Caroline hizo la comida y yo la ayudé. Tenía sopa casera ya preparada y la calentó. Comimos omelettes de hongos, fruta, queso, vino. Después de la cena charlamos. Después fuimos a la cama e hicimos el amor.

—No creo que tengamos que entrar en las partes más íntimas de la velada, señor. ¿Cuánto tiempo hace que son amigos usted y la señorita Amphlett?

—Unos tres meses.

—¿Y cuándo planearon esta velada juntos?

—Unos pocos días antes. No recuerdo exactamente cuándo.

—¿Y a qué hora llegó de regreso a su casa, señor?

—Poco después de las diez y cuarenta y cinco. —Agregó:— No hubo testigos de mi regreso, me temo. Mis padres habían ido a pasar la noche en casa de mi hermana casada, en Ipswich.

—¿Sabía que estarían ausentes cuando usted y la señorita Amphlett planearon la velada juntos?

–Sí. Siempre visitaban a mi hermana el último domingo de cada mes. Pero no significaría diferencia alguna. Quiero decir, tengo veintïocho años. Vivo con ellos pero no tengo que rendirles cuentas de mis movimientos.

El sargento lo miró.

–Libre, blanco y de veintiocho años –como si lo estuviera anotado. Jonathan se ruborizó y pensó: "Eso fue un error. No trates de mostrarte inteligente, no des explicaciones, limítate a responder sus preguntas."

–Gracias, señor –dijo el inspector–, eso es todo por ahora.

Cuando llegaba a la puerta oyó la voz de Rickards:

–No fue muy amable con usted, la señorita Robarts, respecto de ese programa de la radio local en el que usted participó, *Mi Religión y mi Trabajo*, ¿eh? Bueno, podría ser peor. Al menos ya no los arrojan a los leones.

Al sargento eso pareció caerle muy gracioso.

Se preguntó, por primera vez, cómo podían haberse enterado sobre la desganada persecución de que lo hizo objeto Hilary a raíz del programa. Por algún motivo la fugaz y algo patética notoriedad de Jonathan, su afirmación de fe cristiana, la había molestado. Alguien en la Central debía de haberlo mencionado ante los policías. Después de todo, entrevistaron a mucha gente antes de llegar a él.

Pero con seguridad ahora todo había terminado. Les dio su coartada, la de él y la de ella, y no había motivo por el que debieran ser interrogados otra vez. Debía sacarlo todo de su mente. Pero sabía que sería imposible. Y ahora, al recordar la historia de Caroline, le sorprendió su inconsistencia. ¿Por qué eligió estacionar su auto en esa parte aislada del camino, en un sendero bajo los árboles? ¿Por qué fue con Remus hasta la punta en auto, cuando había muchos lugares aptos para un paseo más cerca de su casa? Podría entenderlo si ella hubiera querido dejar que el perro corriera por la playa y chapoteara entre las olas, pero según ella no bajaron a la playa. ¿Y qué prueba había de que no llegó a los riscos hasta las diez, media hora después del momento probable de la muerte de Hilary Robarts?

Y después, estaba la historia de la madre de ella. Jonathan descubrió que simplemente no podría creerla, no la había creído cuando Caroline se la contó por primera vez, y ahora la admitía menos. Pero seguramente podría verificarla. Detectives privados, firmas en Londres, podrían hacer la investigación. La idea a la vez lo deprimió y excitó. La idea de que podría ponerse en contacto, realmente, con ese tipo de gente, pagarles dinero para que la investigaran, lo deslumbró por su audacia. Era algo que ella nunca sospecharía que Jonathan pudiera hacer, que nadie sospecharía de él. ¿Pero por qué no? Tenía dinero suficiente para pagar. No había nada vergonzoso en la investigación. Pero primero debía enterarse de su fecha de nacimiento. Eso no sería difícil. Conocía a Shirley Coles, la empleada joven de la División Personal. A veces incluso pensaba que ella lo miraba con buenos ojos. No le permitiría ver el legajo de Caroline, pero sí podría transmitirle un elemento anodino de información. Le diría que quería hacerle un regalo de cumpleaños a Caroline y que tenía el presentimiento de que la fecha se estaba acercando. Entonces, con su nombre y fecha de nacimiento, podrían rastrearse sus padres. Sería posible conocer si su madre vivía, dónde y en qué condiciones financieras. En la biblioteca de la Central debía de haber un ejemplar de la guía telefónica de Londres con las Páginas Amarillas, y en ellas habría una lista de agencias de detectives privados. No quería hacerlo por carta, pero podía llamar por teléfono para hacer las averiguaciones preliminares. Si era necesario, tomarse una licencia de un día e ir a Londres. Pensó: tengo que saberlo. Si esto es mentira, entonces todo es mentira: la caminata por los riscos, todo lo que me dijo, incluso su amor.

Oyó los dos golpes en la puerta. Para su horror descubrió que estaba llorando, no con sollozos sino con un manar silencioso de lágrimas que le era imposible controlar.

–Ya voy. Ya voy.

Fue al lavatorio y empezó a frotarse la cara con agua. Al alzar la cabeza se vio en el espejo y le pareció que el miedo y el cansancio y un disgusto de espíritu que estaba demasiado profundo como para curarse, habían borrado todas sus patéticas pretensiones, y la cara que había sido al menos corriente y familiar, se había vuelto tan horrible como debía de parecerle a ella. Se miró, y se vio a través de los ojos de Caroline: el pelo castaño sin brillo siempre con las manchitas blancas de caspa que el lavado diario con shampú sólo parecía exacerbar; los ojos enrojecidos, un poco demasiado juntos; la frente pálida y húmeda en la que las pústulas de acné resplandecían como los estigmas de la vergüenza sexual. Pensó: ella no me ama y no me amó nunca. Me eligió por dos motivos: porque sabía que yo la amaba y porque pensó que era demasiado estúpido para descubrir la verdad. Pero no soy estúpido y ella lo descubrirá. Empezaría con la mentira más pequeña, la historia de su madre. ¿Y qué hacer con sus propias mentiras, la mentira a los padres, la falsa coartada de la policía? Y la mayor de todas: "Soy un cristiano. No debe suponerse que eso es fácil." Ya no era más un cristiano y quizá nunca lo había sido. Su conversión no se había debido más que a la necesidad de ser aceptado, tomado en serio, de contar con la amistad al menos de un pequeño grupo de evangelistas que lo habían apreciado por lo que era. Pero no era cierto. Nada de eso era verdad. En un día había descubierto que las dos cosas más importantes en su vida, su religión y su amor, eran ilusorias.

Los dos golpes en la puerta fueron más insistentes esta vez.

–Jonathan, ¿estás bien? –preguntó su madre–. Las costillas se están pasando.

–Estoy bien, Madre. Ya voy.

Pero le llevó otro minuto de lavado vigoroso para que su cara volviera a parecer normal y pudiera abrir la puerta e ir a cenar con ellos.

LIBRO QUINTO

Del martes 27 de setiembre al jueves 29 de setiembre

1

Jonathan Reeves esperó hasta ver a la señora Simpson saliendo de la oficina en busca de café, antes de entrar él; en esta oficina se guardaban los legajos de todo el personal. Sabía que la información había sido computarizada, pero los legajos originales seguían existiendo, custodiados por la señora Simpson como si contuvieran datos peligrosos. La mujer estaba acercándose a la edad de la jubilación, y se había negado a actualizarse en términos de informática. Para ella la única realidad estaba en tinta negra sobre papel blanco, dentro de carpetas color manila, en un archivo convencional. Su asistente, Shirley Coles, era una bonita joven de dieciocho años, que vivía en la aldea. Se la instruyó sobre la importancia del director y de los jefes de departamento, pero todavía no había asimilado las leyes más sutiles que impregnan toda organizacion y que definen los deseos de quién deben tomarse en serio, cualquiera sea su puesto de jerarquía, y los de quiénes puede ser ignorados sin problemas. Era una niña agradable, ansiosa por complacer y siempre dispuesta a devolver una sonrisa amistosa.

–Estoy casi seguro –le dijo Jonathan– que el cumpleaños de ella es a comienzos del mes que viene. Sé que los legajos personales son confidenciales, pero lo que quiero es sólo su fecha de nacimiento. Si pudieras echar una mirada y decirme...

Sabía que sonaba torpe y nervioso, pero eso ayudó: ella sabía lo que significaba sonar torpe y nervioso. Agregó:

–Sólo la fecha de nacimiento. De veras. Y no le diré a nadie cómo lo averigüé. Ella me lo dijo una vez, pero me olvidé.

–Tengo prohibido hacerlo, señor Reeves.

–Lo sé, pero resulta que no tengo otro modo de averiguarlo. Ella vive sola así que no puedo preguntarle a su madre. Y realmente odiaría que supiera que me olvidé.

–¿No podría volver cuando esté la señora Simpson? Supongo que ella se lo dirá. Yo no debo abrir los legajos cuando ella no está.

–Sí, podría preguntarle, pero prefiero no hacerlo. Ya sabe cómo es. Me temo que se reiría de mí. Por Caroline. Pensé que usted entendería. ¿Dónde está ahora, la señora Simpson?

–En su pausa para tomar café. Siempre se toma veinte minutos.

Pero en lugar de irse, se quedó a un lado del gabinete y vio cómo ella iba hacia el armario de seguridad y comenzaba a girar el dial de la combinación. Preguntó:

–¿La policía puede ver esos legajos si lo pide?

–Oh no, señor Reeves, no sería correcto. No los ve nadie, salvo el doctor Mair y la señora Simpson. Son confidenciales. Pero la policía vio el legajo de la señorita Robarts. El doctor Mair lo pidió a primera hora del lunes, antes de que llegara la policía. La señora Simpson se lo llevó personalmente. Pero es un caso diferente. Ella está muerta. Cuando uno muere, ya no tiene nada privado.

–No –dijo él–. No hay nada de privado cuando uno muere. – Y tuvo una repentina visión de sí mismo en aquella casita alquilada en Romford, ayudando a su madre a empacar las cosas de su abuelo después de la muerte del anciano, por un ataque al corazón: las ropas grasosas, el olor, la alacena con su provisión de latas de arvejas cocidas, que constituían su principal alimento, los platos sucios, las revistas vergonzosas que él había descubierto en el fondo de un cajón y que su madre, con el rostro encendido, le había arrebatado. No, no quedaba nada privado cuando uno moría.

La joven le dijo, dándole la espalda:

–Qué terrible, el asesinato, ¿no? Uno no termina de aceptarlo. Sobre todo cuando se trata de alguien que uno conocía. Para nosotros aquí significó una cantidad de trabajo extra. La policía quiso una lista de todo el personal con sus direcciones. Y todos tuvieron que llenar un formulario diciendo dónde estaban el domingo por la noche y con quién. Bueno, usted lo sabrá. Todos tuvimos que llenarlo.

La combinación era muy precisa. El primer intento de la

muchacha había sido infructuoso, y ahora estaba haciendo girar nuevamente el dial, con mucho cuidado. Oh, Dios, pensaba él, ¿por qué no se apura? Pero ahora, al fin, la puerta se abrió. Pudo ver el borde de una pequeña caja metálica. Ella sacó de adentro un manojo de llaves, y volvió al gabinete de archivos, eligió rápidamente una llave y la metió en la cerradura. La puerta se deslizó a un toque de la punta de los dedos. Ahora ella parecía contagiada de la ansiedad de él. Echó una mirada rápida a la puerta y pasó rápidamente las carpetas.

–Aquí está.

Jonathan tuvo que contenerse para no arrebatárselo. La chica lo abrió y él pudo ver el formulario color ocre que él también había llenado el día que vino por primera vez a la estación, la petición de su actual empleo. Lo que quería estaba ante él en prolijas mayúsculas. Caroline Sophia St. John Amphlett, fecha de nacimiento 14 de octubre de 1957, lugar Aldershot, Inglaterra, nacionalidad inglesa.

Shirley cerró el legajo y lo devolvió rápidamente a su lugar. Mientras cerraba el gabinete.

–Ahí tiene. Catorce de octubre. Era realmente pronto. Por suerte averiguó. ¿Cómo lo celebrarán? Si el tiempo sigue bueno, podrían hacer un picnic en el barco.

–¿Qué barco? –dijo él intrigado–. No tenemos barco.

–Caroline tiene. Le compró al señor Hoskins su viejo crucero amarrado en Wells-next-the-Sea. Lo sé porque él puso un anuncio en la vidriera de la señora Bryson en Lydsett y mi tío Ted pensó que podía valer la pena echarle una mirada, si el precio era bueno. Pero cuando llamó el señor Hoskins le dijo que se lo había vendido a la señorita Amphlett de Larksoken.

–¿Cuándo fue eso?

–Hace tres semanas. ¿Ella no se lo dijo?

Jonathan pensó: un secreto más, quizás inocente, pero extraño de todos modos. Caroline nunca había mostrado el menor interés en la navegación o el mar. Un viejo crucero, barato. Y era otoño, el peor momento para comprar una embarcación. Oyó la voz de Shirley:

–Sophia es un lindo nombre. Anticuado, pero a mí me gusta. Aunque ella no tiene cara de Sophia, ¿no?

Pero Jonathan había visto algo más que el nombre completo y la fecha de nacimiento. Debajo estaban los nombres de los padres. Padre, Charles Roderick St. John Amphlett, difunto, oficial del ejército. Madre, Patricia Caroline Amphlett. Había traído consigo una página de anotador, y se apresuró a escribir la fecha y los nombres. Estos últimos eran un regalo extra. Había olvidado que el formulario era tan detallado. Seguramente con esa información una agencia de detectives podría encontrar a la madre sin mayores dificultades.

Sólo cuando las llaves del gabinete fueron devueltas al armario de seguridad Jonathan respiró libremente. Ahora que tenía lo que quería, le pareció descortés marcharse de inmediato. Era importante irse antes de que volviera la señora Simpson y Shirley debiera enfrentar la respuesta inevitable sobre el motivo de su presencia y verse obligada a mentir. Pero se demoró un momento, mientras ella se instalaba en su escritorio. Empezó a enganchar clips metálicos haciendo una cadena.

—Me sentí realmente mal por este asesinato —dijo Shirley—. De veras. Sabe, yo estuve allí, el domingo a la tarde, en el preciso lugar donde ella murió. Fuimos de picnic para que Christopher pudiera jugar en la playa. Fuimos mamá, papá, Christopher y yo. Es mi hermanito, tiene cuatro años. Estacionamos el auto en la punta, a unos cincuenta metros del cottage de la señorita Robarts, pero por supuesto no la vimos. No vimos a nadie en toda la tarde, salvo a la señora Jago a lo lejos, en su bicicleta, repartiendo las revistas de la iglesia.

—¿Le dijo esto a la policía? —dijo Jonathan—. Supongo que puede interesarles. Quiero decir, les interesará oír que ustedes no vieron a nadie cerca de la casa.

—Oh, sí, se lo dije. Y se mostraron muy interesados. Sabe, me preguntaron si Christopher había volcado arena en el sendero. Y sí, lo había hecho. ¿No es curioso? Quiero decir, es curioso que se les haya ocurrido.

—¿A qué hora estuvieron?

—Me preguntaron eso también. No estuvimos mucho. Sólo desde la una y media hasta alrededor de las tres y media. En realidad hicimos el picnic dentro del auto. Mamá dijo que no era época para comer en la playa, tomando frío. Después fuimos por el sendero hasta esa pequeña caleta y Christopher hizo un castillo de arena. El se divertía, pero para nosotros estaba demasiado frío. Mamá tuvo que arrastrarlo llorando. Papá había vuelto al auto y nos esperaba. Mamá dijo: "No llevarás esa arena al auto, Christopher. Sabes que a papá no le gusta." Así que lo obligó a tirarla. Más llanto de Christopher, por supuesto. Ese chico es diabólico a veces. Qué curioso, ¿no? Quiero decir, que hayamos estado allí esa misma tarde.

—¿Por qué se habrán interesado tanto en esa arena? —preguntó Jonathan.

–Eso es lo que papá quería saber. Ese detective, el que estuvo aquí, dijo que podían encontrar una huella, y querían eliminarla si pertenecía a alguno de nosotros. Papá piensa que deben de haber encontrado una huella. Un par de detectives jóvenes, muy amables los dos, fueron a ver a papá y mamá ayer a la noche. Les preguntaron qué calzado usaron, e incluso les pidieron que se los mostraran. Bueno, no habrían hecho eso si no hubieran encontrado algo.

–Debió de ser una molestia para sus padres –dijo Jonathan.

–No, para nada. Después de todo, nosotros estuvimos allí cuando ella murió, ¿no? Cuando dejamos la punta, fuimos a tomar el té con la abuela de Hunstanton. Nos quedamos con ella hasta las nueve y media. Demasiado tarde para Christopher, dijo mamá. Durmió en el auto todo el camino hasta casa. Pero fue una gran casualidad, ¿no? Estar allí el mismo día. Si la hubieran matado unas pocas horas antes, habríamos visto su cadáver. No creo que volvamos a esa parte de la playa. Yo no iría ahí de noche ni por mil libras. Tendría miedo de ver su fantasma. Pero es curioso lo de la arena, ¿no? Quiero decir, si encontraron una huella y los ayuda a atrapar al asesino, será porque Christopher quiso jugar en la playa y mamá le hizo volcar la arena. Quiero decir, fue un detalle tan trivial. Mamá dijo que le recordaba el sermón del Vicario el domingo pasado cuando predicó cómo incluso nuestras acciones más pequeñas pueden tener consecuencias inmensas. Yo no lo recordaba. Quiero decir, me gusta cantar en el coro, pero los sermones del señor Smollet son terriblemente aburridos.

Algo tan pequeño, una huella en la arena. Y si esa huella se imprimió sobre la arena volcada por Christopher, la hizo alguien que usó ese sendero después de las tres y media de la tarde del domingo.

–¿Cuánta gente aquí sabe sobre esto? –dijo–. ¿Se lo ha contado a alguien además de la policía?

–A nadie más que a usted. Dijeron que no debía hablar, y no lo hice, hasta ahora. Sé que la señora Simpson tenía curiosidad por saber por qué pedí hablar con el inspector jefe Rickards. Me decía que no entendía qué podía decirles yo, y que yo debía hacerles perder el tiempo sólo para sentirme importante. Supongo que estaba preocupada pensando que les hablaría de la pelea que tuvieron ella y la señorita Robarts cuando faltaba el legajo del doctor Gledhill, y todo el tiempo lo tenía el doctor Mair. ¿Pero usted no lo contará, no? ¿Ni siquiera a la señorita Amphlett?

–No –le prometió–. No lo contaré. Ni siquiera a ella.

2

Había una sorprendente cantidad de agencias de detectives en las páginas amarillas y muy pocas diferencias como para elegir una antes que otra. Se decidió por una de las más grandes y anotó el número telefónico de Londres. No quería llamar desde la Central y tampoco quería esperar hasta estar en su casa, donde tendría menos privacidad todavía. Le urgía llamar lo antes posible. Su plan era almorzar en un pub de la zona y llamar desde un teléfono público.

La mañana le pareció interminable, pero a las doce dijo que se tomaría una hora para almorzar y salió, no sin antes asegurarse de tener monedas suficientes. La cabina más próxima estaba, sabía, en la aldea, cerca del almacén. Era un sitio público, pero se dijo que no había necesidad de hacerlo algo secreto.

Al primer llamado atendió una voz de mujer. Jonathan previó lo que quería decir y ella no pareció encontrar nada extraño en el pedido. Pero de inmediato se hizo evidente que no sería tan fácil como él había esperado. Sí, dijo ella, la agencia seguramente podría localizar a una persona a partir de esa información, pero no tenían una tarifa fija. Todo dependía de las dificultades, y del tiempo que tomara. Hasta que el pedido no fuera recibido oficialmente, era imposible darle siquiera una cifra estimativa. El costo podía oscilar entre doscientas y cuatrocientas libras. Sugirió que escribiera inmediatamente, incluyendo toda la información de que dispusiera y manifestando con claridad el servicio que pedía. A la do toda la información de que dispusiera y manifestando con claridad el servicio que pedía. A la carta debía acompañarla un anticipo de cien libras. Lo tratarían como asunto de urgencia, pero hasta que no recibieran el pedido formal, no podían asegurarle cuánto tiempo llevaría. Le agradeció, dijo que escribiría y colgó, aliviado de no haber tenido que dar su nombre. De algún modo, creyó que le pedirían su información por teléfono, le dirían cuánto costaría, le prometerían un pronto resultado. Se preguntó si valía la pena probar otra agencia, pero pensó que en un campo tan competitivo era improbable que pudieran darle una respuesta más alentadora.

Para cuando hubo regresado de la Central y estacionado su auto, ya casi estaba convencido de que no debía hacer nada. Y entonces se le ocurrió que él podía hacer su propia investigación. El nombre no era tan corriente; quizá figurara un Amphlett en la guía de teléfonos de Londres, y si no allí, podía valer la pena probar en alguna de las ciudades grandes. Y el padre de Caroline había sido militar. Quizás había una guía de las fuerzas armadas (¿no se llamaba Guía Militar?) que él podía consultar. Valía la pena hacer una pequeña investigación antes de comprometerse con un gasto probablemente superior a sus posibilidades; y la idea de escribir a una agencia de detectives, de exponer por escrito su pedido, lo desalentaba. Empezaba a sentirse como un conspirador, papel nuevo para él, que a la vez lo excitaba y satisfacía una parte de su naturaleza cuya existencia no había sospechado. Trabajaría solo y si no lograba éxito, ya pensaría otra cosa.

El primer paso era notablemente fácil, tanto que se avergonzó de no haberlo pensado antes. De vuelta en la biblioteca, consultó la guía telefónica de Londres. Había un P.C. Amphlett con una dirección en Pont Street, SWI. La miró fijo un momento y después, con dedos trémulos, sacó su libreta y anotó el número. Las iniciales eran de la madre de Caroline, pero el nombre no tenía indicación de sexo; podía tratarse de un hombre, ser una coincidencia. Y el nombre de la calle no significaba nada para él, aunque no creía que SWI fuera un área pobre de Londres. ¿Pero acaso Caroline le habría dicho una mentira que él podía descubrir con una mirada a la guía telefónica? Sólo si confiaba en su dominio sobre él, si estaba tan segura de la torpeza y estupidez de Jonathan como para no preocuparse. Había querido esa coartada, y él se la dio. Y si esto era una mentira, si él iba a Pont Street y descubría que la madre de Caroline no estaba viviendo en la miseria, ¿qué podía ser cierto del resto de lo que le

275

había dicho? ¿Cuándo exactamente estuvo en la punta, y con qué fin? Pero éstas eran sospechas que sabía que no podía sostener seriamente. La idea de que Caroline hubiera matado a Hilary Robarts era ridícula. ¿Pero entonces, por qué no quiso decirle la verdad a la policía?

Ahora sabía cuál debía de ser su próximo paso. Camino a su casa llamaría a ese número en Pont Street y preguntaría por Caroline. Con eso al menos probaría si era o no la casa de su madre. Y si no lo era, pediría un día libre o esperaría al sábado, buscando una excusa para pasar una jornada en Londres y hacer la averiguación él mismo.

La tarde se estiró interminablemente y le fue difícil concentrarse en el trabajo. También le preocupaba la posibilidad de que apareciera Caroline, y le sugiriera que la acompañara a su casa. Se marchó diez minutos antes de hora con la excusa de un dolor de cabeza y en veinte minutos estaba otra vez en la cabina telefónica de Lydsett. El número que marcó sonó durante casi medio minuto y ya casi había perdido la esperanza cuando contestaron. Una voz de mujer pronunció con voz clara y lenta el número. Jonathan había decidido hablar con acento escocés. Sabía que podía hacerlo bastante bien, su abuela materna había sido escocesa. No tendría dificultad en hacerlo convincente.

–¿La señorita Caroline Amphlett está en casa, por favor?

Hubo un largo silencio, tras el cual la mujer respondió:

–¿Quién habla?

–Me llamo John McLean. Somos viejos amigos.

–¿Ah sí, señor McLean? Entonces es extraño que yo no lo conozca, y que usted parezca no saber que la señortia Amphlett ya no vive aquí.

–¿Podría darme su nueva dirección, por favor?

Otra vez hubo un silencio. Después respondió:

–No creo poder hacerlo, señor McLean. Pero si me deja un mensaje, me ocuparé de que ella lo reciba.

–¿Habla su madre? –preguntó.

La voz se rió. No fue una risa agradable.

–No, no soy su madre. Soy la señorita Measley, la casera. ¿Realmente necesitaba preguntarlo?

Se le ocurrió que existía la posibilidad de que hubiera dos Caroline Amphlett, y dos madres con las mismas iniciales. La posibilidad era ciertamente muy remota, pero de todos modos debía asegurarse:

–¿Caroline sigue trabajando en la Central Nuclear de Larksoken?

Y esta vez no pudo haber error. La voz de la mujer estaba cargada de disgusto al responder.

–Si sabe esto, señor McLean, no veo por qué se molesta en llamarme.

Y la comunicación se cortó.

3

Eran las diez y media de la noche del martes cuando Rickards llegó por segunda vez al Molino Larksoken. Llamó anunciando su visita poco después de las seis y dejó en claro que, aunque tardía, sería una visita oficial; había hechos que confirmar y una pregunta que debía hacer. El mismo martes, más temprano, Dalgliesh pasó por la jefatura haciendo una declaración sobre el hallazgo del cadáver. Rickards no estaba, pero Oliphant, que salía, lo saludó informándole sobre la marcha de la investigación, sin mala voluntad pero con cierta reticencia lo que sugería que había recibido instrucciones en ese sentido. Y el mismo Rickards, cuando se quitaba la chaqueta y se sentaba en el mismo sillón a la derecha del fuego, parecía un tanto retenido. Llevaba un traje oscuro que, con todo su cuidado diseño, tenía el aire ligeramente inapropiado de lo que no llegó a ser de veras bueno. Sobre los miembros largos de Rickards el traje resultaba demasiado ciudadano, especialmente aquí en la punta, dándole el aspecto de un campesino vestido para una boda o para ir a pedir un empleo con pocas esperanzas de conseguirlo. El antagonismo apenas velado, la amargura del fracaso tras la muerte del Silbador e incluso la energía inquieta del domingo a la noche, lo habían abandonado. Dalgliesh se preguntó si habría hablado con el jefe de policía regional y recibido consejos. En ese caso, podía imaginar cuáles fueron: iguales a los que él mismo le hubiera dado:

—Es cierto que la presencia de Dalgliesh en su territorio es irritante, pero recuerde que es uno de los miembros prominentes de la policía metropolitana, el niño mimado del Ministerio. Y conoce a la gente con la que usted está trabajando. Estuvo en la cena de los Mair. Fue él quien descubrió el cadáver. Tiene información útil. Es cierto que es un profesional y no le racateará la información que tenga, pero usted la obtendrá más fácilmente y hará las cosas más faciles para los dos si deja de tratarlo como un rival, o, peor, como un sospechoso.

Cuando le tendía el whisky que Rickards había aceptado, Dalgliesh le preguntó por su esposa.

—Está bien, perfecto. —Pero había una nota forzada en su voz.

—Supongo que ahora que el Silbador está muerto —dijo Dalgliesh— volverá a casa.

—Es lo que podría pensarse, ¿no? Me gustaría, a ella le gustaría, pero está el pequeño problema de la madre de Sue. No quiere que su corderita tenga que estar cerca de cosas desagradables, por ejemplo el asesinato, en especial ahora.

—Es difícil mantenerse ajeno a todo lo desagradable —dijo Dalgliesh—, incluso el asesinato, si uno se casa con un oficial de policía.

—Ella nunca quiso que Sue se casara con un policía.

A Dalgliesh le sorprendió la amargura de su voz. Una vez más, sintió la incómoda sensación de que se le estaba pidiendo una especie de consuelo que él, de todos los hombres, era el menos indicado para dar. Mientras buscaba en su mente alguna frase anodina volvió a mirar el rostro de Dalgliesh, su aire de agotamiento, casi de derrota, en las arrugas que la luz fluctuante del fuego hacían casi cavernosas y se refugió en la cuestión más práctica:

—¿Ya cenó?

—Oh, encontraré algo en la heladera cuando vuelva a casa.

—Tengo los restos de una cassoulet, si gusta. No me llevará más que un momento calentarla.

—No le diré que no, señor Dalgliesh.

Comió vorazmente la cassoulet servida sobre una bandeja en su regazo, como si fuera su primera comida en días y limpió la salsa con un trozo de pan. Sólo una vez levantó la vista del plato para preguntar:

—¿Usted cocinó esto, señor Dalgliesh?

—Si uno vive solo, tiene que aprender algo de cocina simple, si no quiere depender de alguien para su subsistencia.

—Y eso no le convendría a usted, ¿eh? Depender de otro para lo esencial de la subsistencia.

Pero lo decía sin amargura, y luego llevó la bandeja con el plato vacío a la cocina con una sonrisa. Un segundo después Dalgliesh oyó correr el agua. Rickards estaba lavando su plato.

Debía de haber tenido más hambre de lo que creía. Dalgliesh sabía qué fácil era, cuando se trabajaban dieciséis horas por día, suponer que uno puede funcionar eficazmente con una dieta de café y sándwiches. Al volver de la cocina, Rickards se acomodó en el sillón con un gruñido de satisfacción. Le había vuelto el color a la cara y cuando habló, su voz volvía a ser firme.

–El padre de ella fue Peter Robarts. ¿Lo recuerda?

–No. ¿Debería recordarlo?

–No. Yo tampoco lo recordaba, pero tuve tiempo de averiguar. El tipo se hizo muy rico después de la guerra durante la que, entre paréntesis, ganó una condecoración. Uno de esos tipos que saben ver la oportunidad, que en su caso fueron los plásticos. Debió de ser una buena época para los muchachos emprendedores, las décadas del cincuenta y el sesenta. Ella fue su única hija. El hizo una fortuna rápidamente y la perdió igual de rápido. Los motivos usuales: extravagancia, generosidad ostentosa, mujeres, gestos de tirar la plata por la ventana como si él la imprimiera, la confianza en que siempre tendría éxito en cualquier apuesta. Tuvo suerte de no terminar preso. La división fraudes de la policía había reunido una buena cantidad de pruebas contra él y se disponía a hacer el arresto, cuando él tuvo un infarto. Fue en un restaurante, el Simpson: cayó sobre el plato, tan muerto como el pato que estaba comiendo. Debió de ser difícil para ella, la niñita mimada de un papá rico, al día siguiente la muerte, la pobreza.

–Pobreza relativa –dijo Dalgliesh–, pero por supuesto eso es la pobreza. Veo que ha estado trabajando.

–Algo, aunque no mucho obtuvimos de Mair, algo requirió información extra. La policía de Londres cooperó. Estuve hablando con el cuartel de Wood Street. Siempre he pensado que nada de la vida de la víctima carece de importancia, pero empiezo a dudar si estas investigaciones históricas no serán una pérdida de tiempo.

–Es el único modo seguro de trabajar –dijo Dalgliesh–. La víctima muere porque es ella y porque ha tenido esa historia.

–"Y cuando uno comprende su vida, comprende su muerte." El viejo Blanco White (¿lo recuerda?) solía repetirnos eso cuando yo era un detective joven. ¿Y qué tenemos al fin? Una montaña de datos, como una cesta de papeles invertida. Los datos pueden no decir nada significativo sobre la persona. Y con esta víctima, la pesca no ha sido abundante. Viajaba con poco equipaje. En la casa no había gran cosa que valiera la pena, ni diario íntimo, ni cartas, salvo una al abogado haciendo una cita para el próximo fin de semana y diciéndole que se casaría a la brevedad. Fuimos a verlo, por supuesto. El no sabe el nombre del novio, ni al parecer lo sabe nadie, incluido Mair. No encontramos otros papeles de importancia, salvo una copia de su testamento, y no tiene nada excitante. Le deja todo lo que tiene a Alex Mair, en dos renglones de prosa de escribanía. Pero no me imagino a Mair matándola por doce mil libras en una cuenta especial del NatWest y un cottage prácticamente en ruinas, ocupado por un inquilino que no quiere irse. Además del testamento y esa carta, sólo los resúmenes habituales del banco, recibos de cuentas pagas y la limpieza obsesiva de la casa. Casi podría pensarse que sabía que iba a morir, y había limpiado todo y quemado sus papeles. No encontramos signos de que alguien hubiera buscado antes de nosotros. Si había algo en el cottage que el asesino quería y rompió esa ventana para entrar, cubrió sus huellas con gran eficacia.

—Si tuvo que romper la ventana para entrar —dijo Dalgliesh—, entonces probablemente no fue el doctor Mair. El sabía que la llave estaba en ese estuche. Podría haberla tomado, usado y vuelto a ponerla en su lugar. Eso aumentaría el riesgo de dejar una huella y hay asesinos que no quieren tocar el cuerpo. Otros, por supuesto, sienten una compulsión a hacerlo. Pero si Mair sacó la llave, tuvo que volver a ponerla, cualesquiera fueran los riesgos. Un estuche vacío lo habría señalado directamente a él.

—Cyril Alexander Mair —dijo Rickards—, pero no usa el "Cyril". Probablemente piensa que "Sir Alexander Mair" sonará mejor que "Sir Cyril". ¿Qué tiene de malo Cyril? Mi abuelo se llamaba así. Tengo un prejuicio contra la gente que no usa su nombre tal como le fue impuesto. A propósito, ella era su amante.

—¿El se lo dijo?

—Tenía que hacerlo, ¿no? Fueron muy discretos, pero uno o dos de los funcionarios importantes de la Central deben de haberlo sabido, o al menos sospechado. El es demasiado inteligente como para guardarse información que sabe que podremos obtener de todos modos. Su historia es que el romance había terminado, con un fin natural por consentimiento mutuo. Espera mudarse pronto a Londres; ella quería quedarse aquí. Bueno, ella tenía que quedarse, salvo que renunciara a su empleo, y como una mujer de carrera, el empleo era importante. Según él, lo que sentían uno por el otro no era lo bastante intenso como para mantenerse a fuerza de un encuentro cada fin de semana; son sus palabras, no las mías. Mientras estaba aquí necesitaba una mujer y ella un hombre. Los bienes deben estar a la mano. No sirven si están a doscientos kilómetros. Es como con la compra de carne. El se mudaba a Londres, ella había decidido quedarse. Era preciso encontrar otro carnicero.

Dalgliesh recordó que Rickards siempre se había mostrado ligeramente censor respecto del sexo. Era imposible ser detective durante veinte años sin toparse con las muy diversas formas de adulterio y la concupiscencia, aparte de las manifestaciones más extrañas y horribles de la sexualidad humana, al lado de las cuales el adulterio y la concupiscencia eran reconfortantemente normales. Pero esto no significaba que le gustaran. Había hecho su juramento como policía y lo mantenía. Había hecho su juramento conyugal en la iglesia, y sin duda alguna también se proponía mantenerlo. Y en un trabajo donde los horarios irregulares, la bebida, la camaradería masculina y la buena disposición de las colegas femeninas hacían vulnerables los matrimonios, el suyo era reconocido como sólido. Rickards tenía demasiada experiencia y básicamente era por demás honesto como para permitirse prejuicios, pero en un sentido al menos Mair tuvo mala suerte con el detective asignado al caso.

—La secretaria de la Robarts, Katie Flack —dijo Rickards—, acababa de renunciar. Al parecer la encontraba demasiado exigente. Hace poco tuvieron una pelea, porque la chica estiraba unos minutos su hora de almuerzo. Y otro miembro de su oficina, Brian Taylor, admite que la encontraba insoportable como jefa, y había pedido su traslado. El tipo se mostró admirablemente franco. Puede permitírselo, porque a la hora del asesinato estaba en una fiesta en Norwich, con por lo menos diez testigos de su presencia allí a partir de las ocho. Y la secretaria tampoco tiene nada que temer: pasó la velada viendo televisión con su familia.

—¿Sólo la familia? —preguntó Dalgliesh.

—No. Por suerte para ella, hubo una visita de vecinos, antes de la nueve, para hablar sobre los vestidos que usarían en la boda de una hija. Ella será la dama de honor. Se decidieron por túnicas color limón con bouquets de crisantemos pequeños blancos y amarillos. Muy elegante. Tuvimos que escuchar una descripción completa. Supongo que ella pensó que eso le daba más verosimilitud a su coartada. De todos modos, ninguno de ellos es sospechoso serio. Hoy en día, si a alguien no le gusta su jefe, renuncia y se va. Los dos estaban conmovidos, por supuesto, y un tanto a la defensiva. Probablemente sentían que ella se había hecho asesinar adrede para ponerlos en problemas. Ninguno de los dos pretendió haberle tenido simpatía. Pero hubo algo más fuerte que la antipatía en este asesinato. Y esto podrá sorprenderlo, señor Dalgliesh. Robarts no despertaba antipatías especiales entre el personal superior. A ese nivel se respeta sobre todo la eficiencia y ella era eficiente. Además, su campo de acción no se solapaba con el de ninguno de los demás. Su tarea era ver que la Central estuviera eficientemente administrada de modo que el personal científico y técnico pudiera hacer su trabajo sin problemas. Y al parecer era lo que hacía. Todos los ejecutivos de la Central respondieron a mis preguntas sin problemas, aunque sin excesiva buena voluntad. Ahí reina una suerte de camaradería cerrada. Supongo que si uno se siente constantemente bajo crítica o ataque, le resulta especialmente agotador vérsela con extraños. Sólo uno de ellos dijo sentir especial antipatía por ella, Miles Lessingham. Pero tiene una especie de coartada. Dice haber estado en su embarcación en el momento de la muerte. Y no oculta sus sentimientos. No quería comer con ella ni beber con ella ni pasar su tiempo libre con ella ni irse a la cama con ella. Pero, como él mismo lo señaló, siente lo mismo respecto de bastante gente, y hasta ahora no ha sentido el impulso de asesinarlos. –Hizo una pausa, y después agregó:– El doctor Mair le hizo conocer la Central el viernes a la mañana, ¿no?

–¿El se lo dijo? –preguntó Dalgliesh.

–El doctor Mair no me dijo nada que no tuviera específicamente que decirme. No, fue un dato que surgió cuando estábamos hablando con una empleada joven, una chica de la aldea que trabaja en la división Personal. Un linda jovencita charlatana. Me dio una buena cantidad de información útil, en un sentido u otro. Me preguntaba si durante su visita habrá sucedido algo que pueda ser de utilidad.

Dalgliesh resistió la tentación de responder que de ser así, lo habría dicho ya. Respondió:

–Fue una visita interesante y el lugar es bastante impresionante. El doctor Mair intentó explicarme la diferencia entre el reactor térmico y el nuevo, de agua presurizada. La mayor parte de la conversación fue de tipo técnico, salvo cuando habló, brevemente, de poesía. Miles Lessingham me mostró la alta máquina de combustible desde la que se arrojó Toby Gledhill. Tuve la sensación de que el suicidio de Gledhill podría tener alguna importancia en la presente investigación, pero no veo cómo. Obviamente fue un hecho que conmocionó a Lessingham, y no sólo por haberlo presenciado. Hubo un intercambio sobre el tema que no entendí bien, entre él y Hilary Robarts, en la cena de los Mair.

Rickards se inclinó hacia adelante, con su enorme manaza rodeando el vaso de whisky. Sin alzar la vista, comentó:

—La cena de los Mair. Creo que esa amable reunión, si es que fue amable, es la clave del caso. Y hay algo que quería pedirle. En realidad, es el motivo de esta visita. Esa chica, Theresa Blaney, ¿cuánto escuchó de la conversación sobre la última víctima del Silbador?

Era la pregunta que Dalgliesh estuvo esperando. Lo que le sorprendía era el tiempo que se había tomado Rickards para hacerla.

—Algo escuchó, indudablemente —dijo con precaución—. Usted lo sabe, porque yo ya se lo dije. No puedo decir cuánto tiempo hacía que estaba en el comedor, antes de que yo la viera, o cúanto de la conversación pudo escuchar.

—¿Recuerda en qué momento de su relato estaba Lessingham cuando usted notó la presencia de la chica?

—No puedo estar seguro. Creo que estaba describiendo el cuerpo, lo que vio cuando volvió con su linterna.

—Entonces pudo haber oído lo del corte en la frente y lo del pelo púbico.

—¿Pero le habría contado al padre algo como lo del pelo? La madre era una católica devota. En realidad no conozco a la chica, pero me imagino que es muy tímida. Y una chica educada en la religión, y tímida, ¿se atrevería a contarle eso a un hombre, así sea su padre?

—¿Educada en la religión? ¿Tímida? Usted está atrasado sesenta años, Dalgliesh. Pase media hora en el patio de cualquier colegio secundario y oirá cosas que le harán parar los pelos. Los chicos de hoy le dicen cualquier cosa a cualquiera.

—No esa chica.

—Es cierto, pero pudo decirle a su padre sobre lo del corte en forma de L y él pudo haber imaginado lo del pelo. Maldito sea, todo el mundo sabía que los crímenes del Silbador tenían una connotación sexual. No las violaba, pero sólo porque no obtenía su placer por ese lado. No se necesitaba ser Krafft... ¿cómo se llama?

—Krafft-Ebing.

—Parece una marca de queso. No se necesita ser Krafft-Ebing, ni siquiera tener mucha experiencia en sexo, para saber qué clase de pelo prefería el Silbador.

—Pero esto es importante —acotó Dalgliesh—, si se propone incluir a Blaney entre los principales sospechosos, ¿no? ¿Acaso él, o cualquiera, mataría de ese modo sin estar absolutamente seguro del método del Silbador? Sólo podía esperar que el asesinato fuera adjudicado al Silbador si todos los detalles coincidían. Si no logra probar que Theresa le contó a su padre tanto sobre el corte en forma de L como sobre el pelo, la suposición se debilita notablemente. Yo dudaría desde el principio. Además, creí que Oliphant aclaró que Blaney tenía una coartada, tanto de parte de la señorita Mair, que dijo que estaba borracho y en su casa a las nueve y cuarenta y cinco, como de parte de su hija. ¿No fue su versión que ella se acostó a las ocho y quince y bajó poco antes de las nueve a servirse un vaso de agua?

—Es lo que dijo la chica, señor Dalgliesh. Pero le diré esto: esa chica confirmaría cualquier historia que su padre quisiera contar. Y es sospechoso lo conveniente de las horas. Robarts muere a las nueve y veinte, o muy cerca de esa hora. Theresa Blaney va a la cama a las ocho y cuarto, y convenientemente, necesita beber un vaso de agua cuarenta y cinco minutos después. Me gustaría que pudiera verla, a ella y a la casa. Pero por supuesto, usted lo vio. Yo fui con dos policías mujeres, dos jóvenes de nuestra oficina, y la trataron con toda la delicadeza con que se puede tratar a una criatura. No porque ella lo necesitara. Nos sentamos todos alrededor del fuego, en un círculo muy familiar, ella con el bebé en el regazo. ¿Alguna vez intentó interrogar a una hija para descubrir si su papá es un asesino, con ella sentada ahí, mirándolo con sus ojos llenos de reproche, y acunando un bebé? Le sugerí que le pasara el crío a una de las policías, pero no bien intentaron hacerlo, el mocoso empezó a aullar. Ni siquiera aceptaba que lo tuviera el padre. Podría haber pensado que Theresa lo había arreglado así. Y Ryan Blaney estuvo presente durante toda la entrevista. No se puede interrogar a un menor sin que el padre esté presente, si quiere estar. Dios mío, cuando arreste a alguien por asesinato (y lo arrestaré, señor Dalgliesh, esta vez lo arrestaré), sólo espero que no tenga que ser Ryan Blaney. Esos chicos han perdido bastante. Pero él tenía el motivo más fuerte de todos y odiaba a Robarts. No creo que pudiera ocultar ese odio aunque quisiera y jamás noté que lo intentara. Y no es sólo que ella estuviera tratando de echarlo de Scudder's Cottage. Va más profundo que eso. No sé cuál puede ser la raíz. Algo que ver con su esposa, quizá. Pero lo averiguaré. Dejó a los chicos en la casa y caminó con nosotros hasta los autos. Lo último que dijo fue: "Era una perra maldita y me alegro que esté muerta. Pero yo no la maté y no pueden probar que lo hice."

Rickards hizo una pausa y siguió:

—Y ya conozco sus objeciones. Jago dice haber llamado a eso de las siete y media para hacerle saber que el Silbador estaba muerto. Habló con Theresa y la chica dice que ella se lo contó al padre. No hay motivo por el que no debiera habérselo dicho. Creo que podemos aceptarlo. El no habría dejado a los chicos solos en el cottage con el Silbador vivo y en acción. Ningún padre responsable lo hubiera hecho y en general se admite que como padre él es responsable. A propósito, tenemos la palabra oficial sobre ese tema. Hace una quincena enviaron a una asistente social a verificar si todo estaba bien en la casa. Y le diré quién instigó esa movida, señor Dalgliesh. Es interesante. Fue Robarts.

—¿Lo pidió por algún motivo específico?

—Ninguno. Dijo que ella tenía que visitar la casa de vez en cuando por cuestiones de reparaciones y demás, que estaba preocupada por el peso de la responsabilidad que tenía Blaney y pensaba que podía venirle bien alguna ayuda. Dijo que Theresa transportaba cargas muy pesadas cuando iba a hacer compras, con las mellizas y el bebé y a veces en horario en que debería haber estado en la escuela. Llamó por teléfono a la autoridad local para que mandaran un asistente social. La asistente social al parecer quedó satisfecha y declaró que las cosas en la familia marchaban lo mejor que podían marchar. Las mellizas ya asistían a una guardería y la ayuda extra que se ofreció no fue bien recibida por Ryan Blaney. No lo culpo. Yo tampoco querría tener a la Asistencia Pública sobre mis hombros.

—¿Blaney sabe que fue Hilary Robarts la que instigó esa visita?

—La autoridad local no se lo dijo; no es la política que siguen. Y no veo cómo pudo enterarse. Pero si lo averiguó, eso refuerza considerablemente el motivo, ¿no? Esa visita pudo ser la última gota.

—¿Pero la habría matado de ese modo? —dijo Dalgliesh—. Lógicamente, el conocimiento de que el Silbador estaba muerto invalida el método.

—No necesariamente, señor Dalgliesh. Supongo que es una trampa doble. Suponga que está diciendo en efecto: "Miren, puedo probar que sabía que el Silbador estaba muerto. Quien mató a Hilary Robarts no lo sabía. ¿Por qué no buscan entonces a alguien que no supiera que el cuerpo del Silbador había sido encontrado?" Y, por Dios, señor Dalgliesh, hay otra posibilidad. Supongo que sabía que el Silbador estaba muerto pero pensó que era muy reciente. Le pregunté a Theresa qué le había dicho George Jago exactamente. Lo recordaba muy bien; y Jago lo confirmó. Al parecer él le dijo: "Dile a tu papá que el Silbador está muerto. Se mató a sí mismo. Ahora mismo, en Easthaven." Pero ninguna mención del hotel, ni de la hora en que se había registrado. Jago no conocía los detalles. El mensaje que le pasó su colega del Crown and Anchor estaba muy simplificado. De modo que Blaney pudo suponer que el cuerpo fue encontrado al aire libre, apenas cinco millas costa abajo. Puede matar con impunidad. Todo el mundo, empezando por la policía, supondrá que el Silbador ha matado por última vez antes de matarse a sí mismo. Cielo santo, señor Dalgliesh, es una posibilidad muy cierta.

Dalgliesh pensó para sí que era más ingeniosa que convincente.

–De modo que está suponiendo –dijo–, que el retrato rasgado no está relacionado con el asesinato. No me imagino a Blaney destruyendo su propio cuadro.

–¿Por qué no? Por lo que pude ver, no era nada especial.

–Creo que lo era para él.

–Lo del retrato es un enigma, eso se lo concedo. Y no es la única dificultad. Alguien tomó un trago con Robarts antes de que ella saliera a darse ese último baño, alguien a quien ella dejó en la casa, alguien que conocía. Estaban esas dos copas en el secadero, y para mí eso significa que había dos personas bebiendo. Ella nunca habría invitado a Blaney a Thyme Cottage, y si él hubiera aparecido, dudo mucho que lo hubiera dejado pasar, sobrio o borracho.

–Pero si le cree a la señorita Mair –dijo Dalgliesh–, su hipótesis contra Blaney se derrumba de todos modos. Ella dice haberlo visto en Scudder's Cottage a las nueve y cuarenta y cinco, o poco después, y él estaba para entonces medio borracho. Es cierto, pudo fingir su borrachera; eso no sería muy difícil. Lo que no pudo hacer fue matar a Hilary Robarts a las nueve y veinte y estar de vuelta en su casa a las nueve y cuarenta y cinco, no sin usar un auto o furgón, que no tenía.

–O una bicicleta –dijo Rickards.

–Habría necesitado pedalear rápido. Sabemos que ella murió después de nadar, no antes. Tenía el cabello todavía húmedo en las raíces cuando yo la encontré. Así que probablemente es seguro ubicar el momento de la muerte entre las nueve y quince y las nueve y treinta. Y él no pudo regresar en bicicleta por la playa porque la marea estaba alta, lo que probablemente lo obligó a ir entre las piedras, más difícil de transitar que el camino. Hay un solo tramo de la playa donde queda un poco de arena a la vista con la marea alta, y es la pequeña caleta donde nadaba Hilary Robarts. Y si él hubiera ido por el camino, la señorita Mair lo habría visto. Ella le ha dado una coartada que no creo que usted pueda desestimar.

–Pero él no le facilitó una coartada a ella, ¿no? –respondió Rickards–. La historia de ella es que estaba sola en Martyr's Cottage hasta que salió, poco después de las nueve y media, a recoger el retrato. Ella y esa casera de la Vieja Rectoría, la señora Dennison, son las únicas personas que estaban en la cena y que no produjeron una coartada. Y ella tiene un motivo. Hilary Robarts era la amante de su hermano. Sé que él nos ha dicho que la relación ha terminado, pero sólo tenemos su palabra. Suponga que planearan casarse cuando él se mudara a Londres. Ella ha dedicado su vida a su hermano. Soltera. No tiene otro canal para sus sentimientos. ¿Por qué cedérselo a otra mujer, justo cuando Mair está a punto de culminar su carrera?

Dalgliesh pensó que era una explicación demasiado fácil sobre una relación que, aun con la brevedad que tuvo, le había parecido más complicada.

–Ella es una escritora profesional de éxito. Supongo que el éxito da su propia realización emocional, suponiendo que ella necesita alguna. Me pareció una mujer muy controlada.

–Creí que escribía libros de cocina. ¿A eso puede llamarlo ser una escritora profesional de éxito?

–Los libros de Alice Mair son muy apreciados, y se venden muy bien. Tenemos el mismo editor. Si la casa editorial tuviera que hacer una elección entre nosotros dos, probablemente preferirían pederme.

–¿Y piensa que el matrimonio de su hermano podría ser casi un alivio para ella, una liberación de responsabilidad? ¿Que otra mujer le cocine y lo cuide, para cambiar?

–¿Por qué supone que él necesita una mujer que lo cuide? Es peligroso teorizar sobre la gente y sus emociones, pero dudo que ella sienta esa clase de responsabilidad doméstica y casi maternal, o bien que él la necesite o la quiera.

–¿Cómo ve entonces la relación? Viven juntos, después de todo, al menos la mayor parte del tiempo. Ella lo quiere, eso es algo que parece generalmente aceptado.

–No vivirían juntos si no se quisieran, si puede llamársele vivir juntos. Tengo entendido que ella pasa gran parte del tiempo viajando, haciendo investigación para sus libros, y él tiene su departamento en Londres. ¿Cómo podría llegar al corazón de su relación alguien que sólo los conoce por haberlos tenido al otro lado de una mesa, en una única cena? Sólo puedo suponer que entre ellos hay lealtad, confianza, respeto mutuo. Pregúnteles.

–¿Pero no celos, de él o de un amante?

–Si los hay, ella los oculta bien.

–Muy bien, señor Dalgliesh, tomemos otro argumento. Suponga que él estaba cansado de Robarts; suponga que ella lo estaba presionando para que se casaran, quería renunciar al trabajo y mudarse a Londres con él. Suponga que se estaba volviendo una molestia. ¿No haría algo al respecto Alice Mair entonces?

–¿Planear y llevar a cabo un asesinato especialmente complicado, para aliviar a su hermano de una molestia pasajera? Eso es llevar demasiado lejos la devoción fraternal.

–Ah, pero es que estas mujeres no son molestias pasajeras, estas mujeres son decididas. Piense. ¿Cuántos hombres que conoce se han visto obligados a casarse sin quererlo, sólo porque la voluntad de la mujer era más fuerte que la de ellos? ¿O porque no pudieron soportar más las recriminaciones, las lágrimas o el chantaje emocional?

–Ella no habría podido chantajearlo con la relación en sí misma –dijo Dalgliesh–. Ninguno de los dos estaba casado; no estaban engañando a nadie; no estaban causando un escándalo público. Y no puedo imaginarme a nadie, hombre o mujer, obligando a Alex Mair a hacer algo que no quisiera hacer. Sé que es peligroso hacer juicios fáciles, aunque es lo que hemos estado haciendo estos últimos minutos, pero Mair me parece un hombre que vive su vida en sus propios términos y probablemente siempre lo ha hecho así.

–Lo que podría hacerlo peligroso si alguien tratara de impedírselo.

–¿A él también lo incluye entre los asesinos?

–Lo incluyo entre los sospechosos.

–¿Y qué me dice de la pareja en la casa rodante? –preguntó Dalgliesh–. ¿Hay alguna prueba de que conocieran los métodos del Silbador?

–Ninguna que hayamos podido descubrir, pero nunca se puede estar seguro. El hombre, Neil Pascoe, va de aquí para allá en ese furgón que tiene, bebe en los pubs de la zona. Pudo oír algo. No todos los policías que participaron en la investigación han de haber sido tan discretos. Los detalles los mantuvimos fuera de los diarios, pero eso no significa que no se haya hablado. El tiene una coartada. Fue en su furgón al sur de Norwich a hablar con un tipo de allí que le había escrito expresando interés en el CEN, esa organización antinuclear que él ha fundado. Al parecer tenía esperanzas de iniciar un grupo allí. Envié a un par de detectives a ver a ese tipo. Dice que estuvieron juntos hasta poco después de las ocho y veinte, cuando Pascoe partió de vuelta, o así lo dijo. La chica con la que vive, Amy Camm, dice que Pascoe llegó a la casa rodante hacia las nueve y que estuvieron juntos el resto de la velada. Creo que él llegó un poco después. En ese furgón, debió correr mucho para llegar de Norwich a Larksoken en cuarenta minutos. Y él tenía un motivo, uno de los más fuertes. Si Hilary Robarts hubiera seguido adelante con su demanda por injurias, podría haberlo arruinado. Y a Camm le conviene sostener la coartada de él. Ella se ha instalado cómodamente en la casa rodante, con su bebé. Le diré una cosa, señor Dalgliesh: tenían un perro. La traílla sigue colgando de la puerta de esa casa rodante.

–Pero si uno de ellos, o los dos, la usaron para estrangular a Robarts, ¿seguiría ahí colgada?

–La gente pudo verla. Quizá pensaron que sería más sospechoso destruirla o esconderla que dejarla donde estaba. Nos la llevamos al laboratorio, por supuesto, pero eso fue poco más que una formalidad. La piel del cuello de Robarts estaba intacta. No podía haber huellas en la correa. Y aunque lográramos encontrar huellas digitales, serían las de él o la de ella. Seguiremos verificando las coartadas, por supuesto. Con cada maldito empleado de esa Central, y debe de haber quinientos por lo menos. Resulta difícil creerlo, ¿no? Uno ve el edificio y parece vacío, deshabitado. Los empleados deben moverse yendo y viniendo tan invisibles como la energía que producen. La mayoría vive en Cromer o en Norwich. Seguramente quieren estar cerca de las escuelas y negocios. Sólo un puñado vive cerca. La mayor parte del turno diurno del domingo estaba en su casa bastante antes de las diez, virtuosamente mirando televisión, o con amigos. Los verificaremos a todos, tengan o no que ver con Robarts en el trabajo. Pero es sólo una formalidad. Sé dónde tengo que buscar a mis sospechosos: entre los invitados de esa cena. Gracias a la incapacidad de Lessingham de mantener la boca cerrada, se enteraron de dos hechos cruciales: que el cabello que el Silbador les metía en la boca era pelo púbico, y que la marca en la frente era una L. Eso estrecha muy convenientemente el campo de la investigación. Alex Mair, Alice Mair, Margaret Dennison, el mismo Lessingham y, suponiendo que Theresa Blaney le haya transmitido lo que escuchó a su padre, puede agregarse Blaney. Es cierto, puedo no ser capaz de romper su coartada, o la de Mair, pero haré todo lo posible.

Diez minutos después Rickards se puso de pie y dijo que era hora de irse a casa. Dalgliesh lo acompañó a su auto. Las nubes eran bajas, tierra y cielo se borraban en la misma tiniebla en la que el brillo frío de las luces de la Central parecían haberse acercado y proyectaban sobre el mar una luminosidad celeste, como una nueva Vía Láctea recién descubierta. En esta oscuridad, era desconcertante incluso sentir el suelo duro bajo los pies y por unos segundos los dos hombres vacilaron, como si los diez metros que les separaban del auto, que brillaba como una nave espacial flotante en la luz que salía de la puerta abierta, fuera una travesía sobre suelo peligroso e insustancial. Encima, las velas del molino brillaban, blancas y silenciosas, poderosas con su energía latente. Por un momento Dalgliesh tuvo la ilusión de que estaban a punto de echarse a girar.

–En esta punta –dijo Rickards–, todo es contraste. Esta mañana cuando salí de la casa rodante de Pascoe, fui hasta esos riscos bajos y arenosos y miré hacia el sur. No había nada salvo un viejo muelle de pesca, una soga enroscada, un cajón volcado, ese mar horrible. El panorama debía de ser el mismo desde hace mil años. Después miré al norte y vi esa gigantesca Central Nuclear. Y ahí está, brillando. Y la veo desde la sombra del molino. A propósito, ¿funciona? El molino.

–Así me han dicho –dijo Dalgliesh–. Las aspas giran, pero no muelen. Las muelas originales están en la cámara inferior. A veces tengo la tentación de ver girar las aspas, pero resisto. No sé si, una vez puestas en movimiento, podré detenerlas. Y sería irritante tener que oírlas chirriar toda la noche.

Habían llegado al auto pero Rickards, con la mano en la portezuela, parecía resistirse a entrar.

–Hemos hecho un largo camino, entre este molino y esa Central Atómica, ¿eh? ¿Cuánto los separa? Cuatro millas de tierra y trescientos años de progreso. Y después pienso en esos dos cadáveres en la morgue y me pregunto si hemos progresado. Mi padre habría hablado de pecado original. Mi padre era todo un predicador aficionado. Lo tenía todo claro.

El mío también, si vamos a eso, pensó Dalgliesh. Pero manifestó:

–Feliz de su papá. –Hubo un momento de silencio, quebrado por el timbre del teléfono, cuyo llamado insistente venía por la puerta abierta. Dalgliesh dijo:– Espere un momento. Podría ser para usted.

Lo era. La voz de Oliphant preguntó si el inspector en jefe Rickards estaba allí. No estaba en su casa, y el número de Dalgliesh era uno de los que había dejado.

La llamada fue breve. Menos de un minuto después Rickards se le unió en la puerta. La vaga melancolía de los últimos minutos había desaparecido y su paso era eufórico.

–Podía haber esperado hasta mañana, pero Oliphant quiso

ponerme al tanto. Esto podría ser la pista que necesitábamos. Hubo un llamado del laboratoio. Deben de haber estado trabajando horas extras. Supongo que Oliphant le dijo que encontramos una huella.

—Sí, lo mencionó. A la derecha del sendero, en la arena. No me dio más detalles. —Y Dalgliesh, puntilloso en no discutir un caso con un oficial subalterno en ausencia de Rickards, no había preguntado.

—Ahora tuvimos la confirmación. Es la suela de una zapatilla Bumble, del pie derecho. Número diez. Al parecer el diseño de la suela es único, y tienen una abeja amarilla en cada talón. Usted debe de haberlas visto. —Y como Dalgliesh no respondiera, agregó:— Por todos los cielos, señor Dalgliesh, no me diga que usted tiene un par. Eso sería una complicación de la que puedo prescindir.

—No, no tengo. Las Bumble son demasiado modernas para mí. Pero vi un par hace poco y aquí en la punta.

—¿Quién las llevaba?

—No las llevaba nadie. —Lo pensó un momento, y dijo:— Ya recuerdo. El miércoles a la mañana, el día después de llegar, llevé parte de la ropa de mi tía, incluyendo dos pares de zapatos, a la Vieja Rectoría, para la venta de beneficencia. Tienen un par de armarios en la vieja despensa, donde la gente puede dejar cosas que no quiere. La puerta trasera estaba abierta, como lo está siempre de día, así que no me molesté en llamar. Había un par de Bumble entre el calzado. O, para ser más exactos, vi el talón de una zapatilla. Supongo que la otra estaría también, pero no la vi.

—¿Estaba arriba?

—No, a un tercio de altura del armario. Creo que estaban envueltas en un plástico transparente. Como le digo, no vi el par, pero sí vi un talón, con la inconfundible abeja amarilla. Es posible que sean las de Toby Gledhill. Lessingham mencionó que estaba usando un par de Bumble cuando se mató.

—Y usted las dejó donde estaban. ¿Se da cuenta de la importancia de lo que está diciendo, señor Dalgliesh?

—Sí, veo la importancia, y sí, las dejé donde estaban. Yo estaba haciendo una donación, no robando.

—Si había un par —dijo Rickards—, y el sentido común sugiere que lo había, cualquiera pudo tomarlo. Y si ya no están en ese armario, habrá que pensar que así fue. —Miró el dial luminoso de su reloj pulsera y dijo:— Las doce menos cuarto. ¿A qué hora cree que se acostará la señora Dennison?

—Ya estará en la cama, supongo —opinó Dalgliesh con firmeza–. Y no creo que se acueste sin echar el cerrojo a la puerta trasera. Así que si alguien las tomó y no las ha devuelto, no las podrá devolver esta noche.

Ya habían llegado al auto. Rickards, con una mano en la portezuela, no respondió, pero miró a lo lejos como si pensara. Su excitación, cuidadosamente controlada, y muda, era tan palpable como si hubiera estado dando puñetazos sobre la capota del auto. Abrió la portezuela y se deslizó adentro. Los faros cortaron la oscuridad.

Cuando se asomaba por la ventanilla para dar las buenas noches, Dalgliesh concluyó:

–Hay algo que quizá debería mencionar sobre Meg Dennison. No sé si usted lo recordará, pero ella fue la maestra que estuvo en el centro de aquella polémica racial en Londres. Me temo que ha sufrido todos los interrogatorios que ha podido soportar. Eso significa que quizá la entrevista con usted no sea fácil.

·Había pensado cuidadosamente antes de hablar, sabiendo que podía ser un error. Lo fue. Por prudente que hubiera sido su modo de decirlo, la advertencia encendió la chispa de antagonismo latente que había en todo su trato con Rickards.

–Lo que quiere decir, señor Dalgliesh, es que podría no ser fácil para ella. Ya hablamos, y además sé algo de su pasado. Se necesita mucho valor para sostener sus principios como ella lo hizo. Algunos dirían que se necesita mucha obstinación. Una mujer que es capaz de eso, es capaz de cualquier cosa, ¿no le parece?

4

Dalgliesh miró las luces del auto hasta que Rickards llegó a la ruta costera y dobló a la derecha; después cerró la puerta y puso algo de orden antes de ir a la cama. Al reconsiderar la velada, debió confesarse que había sido algo reticente al hablar con Rickards sin ambages de su visita del viernes por la mañana a la Central de Larksoken, y más aún sobre sus reacciones, quizá porque éstas resultaron más complejas y el lugar más impresionante de lo que había esperado. La invitación fue para las nueve menos cuarto, pues Mair quería llevarlo personalmente a hacer la visita y tenía una cita para almorzar en Londres. Al comienzo Mair le preguntó:

—¿Cuánto sabe sobre energía nuclear?

—Muy poco. Quizá sería más prudente dar por sentado que no sé nada.

—En ese caso podemos comenzar por el preámbulo usual sobre las fuentes de radiación y qué significan términos como energía nuclear o energía atómica, antes de empezar nuestra recorrida por la planta. Le pedí a Miles Lessingham, como superintendente de Operaciones, que nos acompañe.

Tal fue el comienzo de dos horas extraordinarias. Dalgliesh, escoltado por sus dos guías, debió ponerse un traje protector, luego sacárselo, someterse a un control de radiación, y todo el tiempo fue objeto de un bombardeo de datos y cifras. Aun en su ignorancia de la materia, pudo decir que la Central funcionaba con excepcional eficiencia, y que eso se debía a una autoridad en

294

la cima competente y respetada, Alex Mair, que oficialmente hacía el recorrido escoltando a un visitante distinguido, estaba vigilante todo el tiempo, sabía lo que pasaba a su alrededor y lo controlaba. Y el personal con el que habló Dalgliesh, lo impresionó por su dedicación cuando le explicaban sus funciones, pacientemente, en términos que un lego inteligente podía comprender. Percibió, debajo de su profesionalismo, un compromiso con la energía nuclear que en algunos casos llegaba a un entusiasmo controlado y a la vez una actitud defensiva que probablemente era natural dada la ambivalencia del público sobre la materia. Cuando uno de los ingenieros dijo: "Es una tecnología peligrosa, pero la necesitamos y podemos manejarla", oyó bajo sus palabras no la arrogancia de la certidumbre científica, sino una reverencia por el elemento que controlaban, casi la misma relación de amor-odio que un marinero mantenía con el mar, que era a la vez un enemigo respetado y su hábitat natural. Si la visita había sido planeada para tranquilizar, entonces en cierta medida lograba su propósito. Si la energía nuclear podía confiarse con seguridad en algunas manos humanas, era en éstas. ¿Pero era segura, y por cuánto tiempo lo seguiría siendo?

Estuvo en el gran salón de la turbina, con los oídos pulsándole, mientras Mair daba datos y cifras sobre presión, voltaje y capacidad; se había asomado, protegido por su traje y máscaras especiales, a mirar los elementos gastados, que yacían como peces siniestros en el tanque de refrigeración bajo agua; allí quedaban cien días antes de ser enviados a Sellafield para su reprocesamiento; caminó hasta el borde del mar para ver la planta de refrigeración y los condensadores. Pero la parte más interesante de la visita resultó la del edificio del reactor. Mair, llamado por su intercomunicador portátil, momentáneamente los había dejado. Dalgliesh y Lessingham salieron a un alto balcón sobre los dos reactores. A un lado estaba una de las dos inmensas máquinas de combustible. Dalgliesh recordó la historia de Toby Gledhill y miró a su acompañante. El rostro de Lessingham estaba tenso y tan pálido que Dalgliesh temió que fuera a desvanecerse. Después habló casi como un autómata recitando una lección.

–Hay veintiséis mil cuatrocientos ochenta y ocho elementos en cada reactor, y la maquinaria de combustible los carga por un período de cinco a diez años. Cada una de las máquinas de combustible tiene aproximadamente siete metros de alto y un peso de ciento quince toneladas. Puede contener catorce elementos de combustible, así como los demás componentes necesarios para el ciclo de carga. El contenedor está reforzado con acero y madera densificada. Lo que ve en lo alto de la máquina es la unidad levadiza para extraer los elementos. Hay también una unidad de conexión que acopla la máquina al reactor, y una cámara que permite visualizar las operaciones desde afuera.

En ese punto se interrumpió, y Dalgliesh vio que las manos con las que se tomaba de la baranda estaban temblando. No hablaron. El espasmo duró menos de diez segundos. Después Lessingham continuó:

—El shock es un fenómeno curioso. Durante semanas me pasé viendo a Toby caer, en pesadillas. Hasta que un día el sueño cesó. Pensé que sería capaz de volver a mirar este sitio y no revivir la imagen. Y en efecto la mayoría de las veces puedo hacerlo. Después de todo, trabajo aquí, es mi lugar. Pero el sueño en ocasiones vuelve y a veces, como ahora, puedo verlo con tanta claridad como si fuera una alucinación.

Dalgliesh pensó que nada que pudiera decir escaparía a la banalidad. Lessingham siguió:

—Fui yo el primero en llegar a él. Estaba tendido boca abajo, pero no pude darlo vuelta. No pude tocarlo. Aunque no necesitaba hacerlo para saber que estaba muerto. Todo lo que entraba en mi conciencia eran esos símbolos ridículos de una abeja amarilla en los talones de sus zapatillas. Cielos, me alegré de poder desprenderme de esas malditas zapatillas.

De modo que Gledhill no había estado usando ropa protectora. El impulso al suicidio no fue completamente espontáneo.

—Debió ser bueno trepando —dijo Dalgliesh.

—Oh, sí, Toby sabía trepar. Era el menor de sus talentos.

Y a continuación, sin un cambio perceptible en su voz, continuó con la descripción del reactor y el procedimiento para renovar el combustible cargado en el centro del reactor. Cinco minutos después se les reunía Mair. Cuando volvían a la oficina del director, al terminar la visita, Mair le preguntó de pronto:

—¿Ha oído hablar de Richard Feynman?

—¿El físico norteamericano? Vi un programa de televisión sobre él hace unos meses; de otro modo el nombre no significaría nada para mí.

—Feynman dijo: "La verdad es mucho más maravillosa de lo que imaginó ningún artista del pasado. ¿Por qué los poetas de hoy no hablan de ella?" Usted es poeta, pero este lugar, la energía que genera, la belleza de la ingeniería, la magnificencia general, no le interesan especialmente, ¿no es así? Ni a usted ni a ningún poeta.

—Sí me interesa. Lo que no significa que sobre el tema pueda hacer poesía.

–No, sus argumentos son más predecibles, ¿no? ¿Cómo decía el refrán? "A Dios y sus santos un veinte por ciento,/ Un veinte por ciento a bosques y flores,/ Y todo el resto dedicado al lamento/ De los que sufren de penas de amores."

–El porcentaje de Dios y sus santos ha bajado –dijo Dalgliesh–, pero estoy de acuerdo en que el de las penas de amores se mantiene.

–Y ese pobre diablo, el Silbador de Norfolk, tampoco es poético, supongo.

–Es humano. Eso lo hace buen tema para la poesía.

–Pero no para la que usted escribiría.

Dalgliesh podría haber respondido que un poeta no elegía sus temas, sino que eran más bien éstos los que lo elegían a él. Pero uno de los motivos de su huida a Norfolk fue escapar a las discusiones sobre poesía, y aun en el caso de que hubiera disfrutado hablando de su trabajo literario, no habría sido con Alex Mair. Pero sorprendió lo poco que sus observaciones lo afectaron. Era difícil querer al hombre, pero imposible no respetarlo. Y suponiendo que resultara el asesino de Hilary Robarts, entonces Rickards tendría que vérselas con un oponente formidable.

Mientras rastrillaba las últimas cenizas de la chimenea, recordó con claridad extraordinaria ese momento cuando quedó solo con Lessingham y miraron el reactor; detrás de esas superficies neutras un poder enorme y misterioso estaba trabajando. Se preguntó cuánto tiempo pasaría antes de que Rickards empezara a preguntarse por qué el asesino había elegido precisamente ese par de zapatillas.

5

Rickards sabía que Dalgliesh tenía razón: habría sido una intrusión injustificable despertar a la señora Dennison a esa hora de la noche. Pero no pudo pasar frente a la Vieja Rectoría sin hacer más lenta la marcha del auto y mirar con atención en busca de alguna señal de vida. No había ninguna; la casa se alzaba oscura y silenciosa detrás de la vegetación, azotada por el viento. Al entrar en su propia casa, oscura y silenciosa, sintió de pronto un cansancio abrumador. Pero había trabajo que terminar antes de poder ir a la cama: su informe final sobre la investigación del Silbador; preguntas incómodas que debía responder y una defensa que debía poner en pie para rechazar los cargos, públicos y privados, de incompetencia policial, mala supervisión de personal, exceso de confianza en la tecnología y falta de la tradicional y confiable tarea del detective. Y todo eso antes de comenzar a trabajar con los últimos informes del asesinato de Hilary Robarts.

Eran casi las cuatro cuando se arrancó la ropa y se dejó caer boca abajo en la cama. En algún momento durante la noche debió de ser consciente del frío que tenía, porque se despertó bajo las frazadas y, al estirar una mano para encender el velador, vio con rabia que el despertador no había hecho efecto en él y que eran casi las ocho. Inmediatamente despierto, hizo a un lado las sábanas y se puso de pie; desde donde estaba podía verse en el espejo del tocador de su esposa. La mesita del tocador, en forma de riñón, el bonito equipo de bandeja de cama que seguía en su sitio, una muñeca que Susie se había ganado de niña en una feria, colgando al costado del espejo. Sólo faltaban sus frascos de maquillaje y esta ausencia lo afectó de modo tan profundo como si ella hubiera muerto y sus cremas tiradas a la basura. Inclinándose para mirarse con más atención en el espejo, se preguntó qué tenía que hacer en este dormitorio rosa y blanco, absolutamente femenino, ese rostro tenso, ese rudo torso masculino. Volvió a experimentar lo que sintió inicialmente cuando se mudaron, un mes después de la luna de miel: que nada en la casa era verdaderamente de él. Cuando era un joven detective, habría quedado atónito si alguien le hubiera dicho que terminaría en una casa así, con su medio acre de jardín, sala y comedor separados, cada ambiente con su mobiliario cuidadosamente escogido, y todavía nuevo como el primer día, que le recordaba, cada vez que entraba, la mueblería de Oxford Street donde lo habían elegido. Sin Susie, se sentía tan incómodo en la casa como si ésta apenas lo tolerase y lo tuviera por un huésped despreciable.

Una vez metido en la bata, abrió la puerta del cuartito, al sur de la casa, destinado a ser el cuarto de niños. El cubrecama era blanco y amarillo limón, haciendo juego con las cortinas. La mesada de cambiar el bebé, con su piso inferior destinado a los objetos de éste, y el saco colgante para pañales limpios, estaba apoyado contra la pared. El empapelado era un motín de conejos y corderitos saltarines. Imposible de creer que un hijo suyo pudiera dormir aquí algún día.

Y no era sólo la casa la que lo rechazaba. Cuando Susie estaba ausente, a veces le era difícil creer en la realidad de su matrimonio. La había conocido en un crucero cultural a Grecia en el que se había anotado como alternativa a sus habituales vacaciones solitarias, consistentes en caminatas por el campo. Ella era una de las pocas mujeres jóvenes en el barco; viajaba con su madre, viuda de un dentista. Ahora comprendía que había sido Susie la que lo atrapó, decidió el matrimonio, la que lo había elegido a él antes de que él pensara siquiera en elegirla a ella. Pero cuando lo entendió, se sintió halagado; después de todo, él se prestó al juego. Había llegado a ese momento de la vida en que ocasionalmente se permitía un retrato idealizado de una esposa esperándolo en casa, del confort doméstico, de alguien a quien volver al final del día, un hijo que fuera su sostén en el futuro, alguien por quien trabajar.

Y ella se había casado a pesar de la oposición de su madre, que al principio pareció colaborar en la maniobra, quizá recordándose que Susie ya tenía veintiocho años y el tiempo no estaba de su lado; pero una vez asegurado el compromiso la madre empezó a opinar que su única hija podría haber elegido mejor y se embarcó en una filosofía de ostentosa resignación, al mismo tiempo que emprendía una vigorosa campaña para reeducar socialmente a su yerno. Pero ni siquiera ella había pedido encontrarle defectos a la casa. A él le costó todos sus ahorros y la hipoteca era la más voluminosa que pudiera soportar su sueldo, pero se levantaba como un sólido símbolo de las cosas que más le importaban: su matrimonio y su trabajo.

Susie estudió secretariado, pero pareció feliz de abandonar el trabajo. Si hubiera querido seguir trabajando, él la habría apoyado, como lo hacía con cualquier interés que ella tuviera. Pero la prefería en el hogar satisfecha con la casa y el jardín; y prefería encontrarla allí cuando volvía al fin de la jornada. No era un tipo de matrimonio a la moda, ni que pudiera permitirse la mayoría de las parejas; pero era la unión que le convenía a él y estaba contento de que se adecuara también ella.

No estuvo enamorado de Susie cuando se casaron; ahora lo sabía. De hecho, podría haber dicho que desconocía el sentido de la palabra, puesto que no tenía nada que ver con los romances a medias vergonzosos, y las humillaciones de sus primeras experiencias con mujeres. Pero no sólo poetas y escritores, sino todo el mundo usaba la palabra y todos parecían saber por instinto, si no por experiencia directa, qué significaba exactamente. A veces él se sentía en desventaja, excluido de un derecho universal, como podría sentirse quien naciera sin el sentido del gusto o del olfato. y cuando, tres meses después de la luna de miel, estaba enamorado de Susie, le había parecido la revelación de algo conocido pero nunca experimentado, como los ojos ciegos pueden abrirse súbitamente a la realidad de la luz y el color y la forma. Fue una noche, cuando, por primera vez, ella gozó del acto del amor y, a medias llorando, a medias riéndose, se había abrazado con fuerza a él, murmurando incoherentes ternezas. Apretándola a su vez en sus brazos, él supo, en lo que pareció un instante de sorprendido reconocimiento, que esto era el amor. Ese momento de afirmación había sido a la vez una consumación y una promesa, no el fin de la búsqueda sino el comienzo del descubrimiento. No dejaba lugar para dudas; su amor, una vez reconocido, le pareció indestructible. El matrimonio podría tener sus momentos de desdicha y ansiedades compartidas, pero nunca ser menos de lo que era en este momento. ¿Era posible, pensaba ahora, que pudiera verse seriamente amenazado, si no destruido, por su primera prueba seria, la decisión de Susie de ceder a la mezcla calculada de ruegos y amenazas de su madre y dejarlo cuando su primer hijo estaba a punto de nacer? El quería estar allí cuando a la madre le pusieran el bebé en los brazos. Ahora, podían no avisarle siquiera cuando sucediera. El cuadro que perseguía su imaginacion antes de dormirse y al despertar, de su suegra entrando en son de triunfo en la sala de partos, con el bebé en sus brazos, profundizaba su disgusto casi hasta la paranoia.

A la derecha del tocador una de las fotografías de la boda, en un marco plateado, tomada después de la ceremonia, parecía haber sido planeada específicamente para subrayar las diferencias sociales entre las dos familias. Susie se inclinaba un poco hacia él; su rostro fino y vulnerable parecía tener menos que sus veintiocho años; de la cabeza rubia caía sobre los hombros una guirnalda de flores artificiales, pimpollos de rosa y lirios del valle, pero en el recuerdo brotaba de ellas un fragancia dulce. El rostro de Susie, con su grave sonrisa no revelaba nada, ni siquiera lo que simbolizaba toda la imaginería blanca: "Por esto trabajé, esto es lo que quiero, lo que he logrado." El por su parte, miraba recto a la cámara, soportando sin quejarse la pose para la que, al fin , sería la última de la serie aparentemente interminable que habían tomado al salir de la iglesia. El grupo familiar al fin había sido relevado. Aquí estaban Susie y él, legalmente casados, una pareja aceptada. En retrospectiva, parecía como si la sesión fotográfica hubiera sido la parte más importante de la ceremonia, de la cual el servicio religioso era apenas un preliminar para este complicado disponer y redisponer a extraños, de elegancia incongruente, según alguna jerarquía que él no entendía del todo pero de la cual el seguro fotógrafo era obviamente un maestro. Volvía a oír la voz de su suegra: "Sí, tiene algo de gema sin pulir, me temo, pero en realidad es muy capaz. Tiene materia para jefe de Policía, me han dicho."

Bueno, él no tenía características de jefe de Policía y ella lo sabía, pero al menos no pudo criticar la casa que él había provisto para su única hija.

Era temprano para llamar y sabía que su suegra, que se levantaba tarde, se quejaría. Pero si no hablaba con Susie ahora podía ser tarde a la noche cuando tuviera otra oportunidad. Por un momento se quedó mirando el teléfono de la mesita de luz, sin voluntad para estirar la mano. Si las cosas hubieran sido diferentes, si no hubiera sido por este nuevo crimen, podría haber tomado su Rover, viajado al norte hasta York y haberla traído a casa. Frente a él, Susie habría encontrado la fuerza para resistirse a su madre. Ahora tendría que viajar sola o con la señora Cartwright si insistía en acompañarla. Bueno, podía soportarla si machacaba con venir, y quizá ser mejor para Susie que enfrentar sola un largo viaje en tren. Pero la quería en casa; la quería en esta casa.

Los llamados parecieron prolongarse indefinidamente y fue al fin la madre la que contestó, enunciando los números con cansada resignación, como si hubiera sido el vigésimo llamado de la mañana.

–Habla Terry, señora Cartwright. ¿Está despierta Susie?

El nunca la había llamado Mamá. Eso era una tontería que jamás podría obligar pronunciar a su lengua y, para hacerle justicia, ella nunca le sugirió que lo hiciera.

–Bueno, si no estaba despierta lo estará ahora, ¿no? No es muy considerado de su parte, Terry, llamar antes de las nueve. Susie no está durmiendo bien últimamente, y necesita su descanso. Y estuvo tratando de encontrarlo anoche. Espere.

Y después, al menos un minuto después, vino un pequeño y trémulo:

–¿Terry?

–¿Estás bien querida?

–Sí, todo está perfecto. Mami me llevó a ver al doctor Maine, que me atendía cuando era chica. Me está vigilando, y dice que todo saldrá muy bien. Reservó una casa en el hospital del pueblo, por si acaso.

Así que ella también arregló eso, pensó con amargura, y por un momento se alojó en su mente la sospecha de que podían haberlo planeado las dos, de que era lo que Susie quería.

–Lamento no haber podido quedarme más en el teléfono ayer. Las cosas se pusieron complicadas. Pero quería que supieras que el Silbador está muerto.

–Salió en todos los diarios, Terry. Es una gran noticia. ¿Estás bien tú? ¿Te estás alimentando bien?

–Perfecto. Estoy perfecto. Cansado, pero bien. Mira, querida, este nuevo crimen es diferente. No hay otro criminal en serie suelto. El peligro ha pasado. Me temo que no podré ir a buscarte, pero podría esperarte en Norwich. ¿Crees poder hacerlo hoy? Hay un tren rápido a las tres y dos minutos. Si tu madre quiere venir y quedarse hasta que nazca el bebé, bueno, está bien, por supuesto.

No estaba tan bien, pero era un pequeño precio que podía pagar.

–Espera, Terry. Mami quiere hablarte.

Tras otra larga pausa, oyó la voz de la madre.

–Susie se quedará aquí, Terry.

—El Silbador está muerto, señora Cartwright. El peligro ha pasado.

—Sé que el Silbador está muerto. Pero tiene otro asesinato entre manos, ¿no? Sigue habiendo un asesino suelto, y usted es el hombre que lo está persiguiendo. Este bebé debe nacer en menos de dos semanas y lo que Susie necesita ahora es estar lejos de asesinatos y muertes. Su salud tiene que ser mi primera consideración. Lo que ella necesita es un poco de mimos y tranquilidad.

—Aquí también los tiene, señora Cartwright.

—Es posible que haya hecho lo posible, pero no está nunca en casa, ¿no? Anoche Susie llamó cuatro veces. De veras necesitaba hablar con usted, Terry, y usted no estaba. No, allí no estará también, al menos ahora. Usted está afuera la mitad de la noche atrapando asesinos, o sin atraparlos. Sé que es su trabajo, pero no es justo para Susie. Quiero que mi nieto nazca en seguridad. En un momento como éste, el lugar de una chica es junto a su madre.

—Creía que el lugar de una esposa era junto a su marido.

Oh Dios, pensó, tener que oírme diciendo estas palabras. Lo recorrió una ola de autodisgusto, ira y desesperación. Pensó: Si no viene hoy, no vendrá nunca. El bebé nacerá en York y mi suegra lo tendrá en brazos antes que yo. Los tendrá en su poder, ahora y siempre. Sabía lo fuerte que era ese lazo entre viuda e hija única. No había día en que Susie no llamara por teléfono a su madre, a veces más de una vez. Sabía con cuánta dificultad y paciencia empezó a liberarla de ese obsesivo abrazo materno. Ahora le había dado a la señora Cartwright otra arma. Oyó el triunfo en su voz.

—No me hable del lugar de una esposa, Terry, por favor. Si empieza por ahí, terminará hablando del deber de Susie. ¿Y su deber para con ella? Dijo que no tiene tiempo siquiera para venir a buscarla, y yo no quiero que mi nieto nazca en un vagón de ferrocarril. Susie se quedará aquí hasta que se haya resuelto este último crimen y pueda hacerse tiempo para venir a buscarla.

Y cortó, lentamente él repuso el receptor en la horquilla y se quedó esperando. Quizá Susie lo llamaría. El podía, por supuesto, volver a telefonear, pero sabía, con una nauseante desesperanza, que no serviría de nada. Ella no vendría. Y en ese momento sonó el teléfono. Arrebató el receptor y dijo:

—¿Hola? ¿Hola?

Pero era sólo el sargento Oliphant llamando desde la jefatura de Hoveton; la hora le indicaba que o bien Oliphant había trabajado toda la noche, o durmió menos todavía que él. Sus propias cuatro horas de sueño ahora le parecían un lujo.

–El jefe estuvo tratando de verlo, señor. Le dije a su secretaria que no valía la pena llamar a su casa. Usted ya estaría en camino.

–Estaré en camino en cinco minutos. Pero no a Hoveton, sino a la vieja rectoría en Larksoken. El señor Dalgliesh nos dio una pista importante sobre las zapatillas Bumble. Nos vemos en la puerta de la Rectoría en tres cuartos de hora. Y será mejor que llame a la señora Dennison ahora. Dígale que mantenga cerrada la puerta trasera y no admita a nadie en la casa hasta que lleguemos nosotros. No la alarme; dígale que hay una o dos preguntas que tenemos que hacerle y preferiríamos que hable con nosotros antes de hacerlo con otra persona.

Si Oliphant se excitó con las novedades, logró ocultarlo bien:

–¿Olvidó que Relaciones Públicas le había preparado una conferencia de prensa para hoy a las diez, señor? Bill Starling de la radio local, me llamó, pero le dije que esperara hasta las diez. Y creo que el jefe quiere saber si comunicaremos la hora aproximada de la muerte.

Y el jefe no era el único. Había sido útil difuminar la hora aproximada del asesinato, para no afirmar categóricamente que este crimen no podía ser obra del Silbador. Pero tarde o temprano tendrían que ponerse en claro, y una vez que dispusieran del informe post mortem, sería difícil esquivar las preguntas de los medios.

–No comunicaremos ninguna información forense hasta no disponer del informe escrito de la autopsia.

–Es que ya lo tenemos, señor. El doctor Maitland-Brown lo dejó hace unos veinte minutos, camino del hospital. Lamentó no poder esperarlo para hablar con usted.

Seguro, pensó Rickards. Por supuesto, no le habría dicho nada; el doctor Maitland-Brown no charlaba con funcionarios policiales sin importancia. Pero probablemente recreó una atmósfera cálida de mutua congratulación en la jefatura por el inicio conjunto de la jornada. Dijo:

–No tenía por qué esperarme. Todo lo que necesitamos de él está en el informe. Será mejor que lo abra y me dé lo principal.

Oyó cómo el receptor era depositado sobre el escritorio. Tras un silencio de menos de un minuto, habló Oliphant:

–No hay señales de actividad sexual reciente. No fue violada. Parece haber sido una mujer de una salud de hierro, hasta que alguien le ligó el cuello y la estranguló. Puede ser un poco más preciso sobre la hora de la muerte ahora que ha visto el contenido del estómago, pero no varía su cálculo inicial. Entre las ocho y treinta y las nueve cuarenta y cinco, pero si queremos que sea a las nueve y veinte no presentará objeciones. Y no estaba embarazada, señor.

–Muy bien sargento. Nos encontraremos en la Vieja Rectoría en unos cuarenta y cinco minutos.

Pero no estaba dispuesto a enfrentar un día difícil sin desayunar. Rápidamente sacó dos lonjas de fiambre de la heladera y las puso a calentar sobre una hornalla; encendió la pava y buscó un jarro en el armario. Tenía tiempo para tomar una buena porción de fuerte café; después pondría las dos lonjas entre dos rebanadas de pan y las comería en el auto.

Cuarenta minutos después, atravesando Lydsett, pensó en la noche anterior. No invitó a Adam Dalgliesh a acompañarlos en su visita a la Vieja Rectoría; no era necesario: su información había sido precisa y específica, y no necesitaba a un comandante de la Policía Metropolitana para que le mostrara un armario lleno de zapatos viejos. Pero había otra razón. Tomó con gusto el whisky de Dalgliesh, y comió su guiso, o como lo llamara, y también discutió con gusto con él los puntos salientes de la investigación. Después de todo, ¿qué tenían en común que no fuera el trabajo? Pero eso no significaba que vería con agrado la presencia de Dalgliesh mientras él hacía su trabajo. La noche anterior le había agradado ir al molino, feliz de no tener que volver a una casa vacía; le satisfizo estar ahí sentado en compañía junto al fuego, y hacia el final de la velada llegó a sentirse realmente cómodo. Pero una vez lejos de la presencia física de Dalgliesh, volvían las viejas incertidumbres, como sucediera, con vigor tan desconcertante, ante el lecho de muerte del Silbador. Sabía que nunca estaría totalmente a gusto con él, y sabía por qué. Sólo tenía que pensar en el incidente y el viejo resentimiento volvía en una marea irrefrenable. Y sin embargo ocurrió casi doce años atrás, y no creía que Dalgliesh lo recordara siquiera. Esto último, por supuesto, era lo peor de la injuria, que palabras que habían permanecido en su memoria durante años, que en su momento lo humillaran y casi destruyeran su confianza como detective, pudieran haber sido dichas con tanta facilidad y con tanta ligereza olvidadas.

El lugar fue un pequeño cuarto bohardilla en una casa detrás de la calle Edgware y la víctima una prostituta de cincuenta años. Hacía una semana que estaba muerta cuando la encontraron y el hedor en el cuartito sin ventilación era tan horrible que él había tenido que apretarse un pañuelo contra la boca para contener un vómito. Uno de los detectives tuvo menos suerte y se precipitó a abrir la ventana, pero no llegó a tiempo por la dificultad en hacerlo. El mismo había sido incapaz de tragar, como si su saliva se hubiera contaminado. El pañuelo que sostenía contra la boca estaba húmedo de saliva. Ella estaba desnuda entre las botellas, los frascos de pastillas, la comida, un montón obsceno de carne podrida a centímetros del orinal que al fin no logró alcanzar. Pero eso era lo menos grave del hedor. Cuando el médico forense se retiró, Rickards se volvió hacia el detective más próximo y preguntó:

–Por todos los cielos, ¿no podemos sacar esa cosa de aquí?

Y entonces oyó la voz de Dalgliesh desde el umbral, como un latigazo:

–Sargento, la palabra es "cuerpo". O, si lo prefiere, "cadáver", "restos", incluso "difunta" si así lo quiere. Lo que tiene ante usted fue una mujer. No fue una cosa mientras vivía y no es una cosa ahora.

Todavía reaccionaba físicamente a ese recuerdo, sentía el endurecimiento de los músculos del estómago, la erupción cálida por la ira. No debía haberlo dejado pasar, por supuesto, no una reprimenda pública como ésa, frente a los detectives. Debió haber mirado a la cara a ese arrogante hijo de perra y decirle la verdad, así eso le costara su grado.

–Pero ella no es una mujer ahora, ¿no señor? Ya no es más un ser humano, ¿no es cierto? Y si no es un ser humano, ¿qué es?

Lo peor fue la injusticia. Había una docena de sus colegas que hubieran merecido ese frío latigazo más que él. El nunca, desde su promoción al escuadrón de homicidios, jamás había considerado a la víctima como un trozo de carne sin importancia, nunca le causó placer la vista de un cadáver desnudo, y jamás miró siquiera a la más degradada de las víctimas sin algo de piedad, y a menudo con dolor. Sus palabras en esa ocasión no lo habían representado en los más mínimo, desgarrado como estaba por la angustia, por el cansancio de una jornada de diecinueve horas, por un incontrolable disgusto físico. Fue sólo mala suerte que las oyera Dalgliesh, cuyo sarcasmo helado podía ser mucho más hiriente que las obscenidades gritadas por otros oficiales. Habían seguido trabajando juntos durante otros seis meses y no hicieron más comentarios sobre el tema. Al parecer, Dalgliesh encontró satisfactorio su trabajo; al menos no hubo más críticas, pero tampoco elogios. Fue escrupulosamente correcto con su superior y Dalgliesh actuó como si el incidente nunca hubiera tenido lugar. Si lamentó haber dicho esas palabras, no lo manifestó. Quizá le causaría sorpresa conocer cuánto rencor, casi obsesivo, había dejado como huella. Pero ahora, por primera vez, Rickards se preguntaba si el mismo Dalgliesh no estuvo también bajo tensión, y habría sido impulsado involuntariamente a buscar alivio en una momentánea crueldad. Después de todo, era hacia esa época que perdiera a su esposa y a su hijo recién nacido. ¿Pero qué tenían que ver ellos con una prostituta muerta en un burdel de Londres? Y debía haberse controlado. Ahí estaba la clave. Debió conocer mejor a su hombre, Rickards pensaba que recordar el incidente durante tanto tiempo y con tanto sentimiento, era un síntoma casi de paranoia. Pero el hecho de que Dalgliesh entrara en su territorio, lo volvió a despertar. Le habían sucedido peores cosas; y olvidó críticas más serias. Pero ésta no podía olvidarla. Sentado junto a la chimenea del Molino de Larksoken, tomando el whisky de Dalgliesh, ahora, casi iguales de rango, seguro en su propio territorio, le había parecido que podía hacer a un lado el pasado. Pero ahora sabía que no lo lograría. Sin ese recuerdo, él y Adam Dalgliesh, habrían podido ser amigos. Ahora lo respetaba, lo admiraba, apreciaba su opinión, incluso podía sentirse cómodo con él. Pero sabía que nunca conseguiría quererlo.

6

Oliphant estaba esperando frente a la Vieja Rectoría, no sentado en el auto sino apoyado, con las piernas cruzadas, contra el capot, y leyendo un diario. La impresión que daba, y que seguramente quería dar, era la de haber pasado allí los últimos diez minutos. Cuando el auto de Rickards se aproximó, se irguió y le tendió el diario:

—Se están adelantado a las noticias, señor. Sólo para no quedar retrasados, supongo.

La historia no había ido en la primera plana, pero sí se extendía en las dos páginas centrales, con abundancia de titulares y uno muy grande encima: "¡Otra vez no!" El artículo estaba firmado por el corresponsal de policiales del diario. Rickards leyó: "Hoy he sabido que Neville Potter, el hombre ahora identificado como el Silbador, que se mató en el Hotel Balmoral en Easthaven el domingo, había sido entrevistado por la policía durante la investigación y eliminado como sospechoso. La pregunta es, ¿por qué? La policía sabía qué tipo de hombre estaba buscando. Un solitario. Probablemente soltero o divorciado. Insociable. Un hombre con un auto y un empleo que le permitiera salir de noche sin despertar sospechas. Neville Potter era justo ese hombre. De haber sido arrestado tras su primer interrogatorio, podrían haberse salvado las vidas de cuatro mujeres inocentes. ¿Acaso no aprendimos nada del fracaso con el Descuartizador de Yorkshire?"

–Las tonterías predecibles de siempre. Las víctimas mujeres de asesinatos son, o bien prostitutas, que presumiblemente se
lo merecían, o bien mujeres inocentes.

Mientras caminaba por el sendero hacia la puerta de la Vieja Rectoría echó una rápida mirada al resto del artículo. La argumentación central era que la policía se confiaba demasiado en
computadoras, en ayuda mecánica, autos rápidos, tecnología. Era
hora de volver al viejo policía en la esquina. ¿De qué servía alimentar con una inmensa cantidad de datos una computadora,
cuando un detective en funciones no podía detectar a un sospechoso obvio? El artículo no le resultó más simpático a Rickards
por el hecho de que expresara algunas de sus propias ideas.

Le devolvió el diario a Oliphant diciéndole:

–¿Qué están sugiriendo? ¿Qué podríamos haber atrapado
al Silbador colocando un policía de uniforme en cada intersección
de rutas de la región? ¿Llamó a la señora Dennison para decirle
que veníamos y le pidió no recibir visitantes?

–No pareció muy complacida, señor. Dijo que los únicos visitantes que tenían alguna posibilidad de ir a verla eran los vecinos
de la punta y no veía razón para no abrirle la puerta a sus amigos.
Pero no vino nadie hasta ahora, al menos por la puerta delantera.

–¿Revisó la puerta trasera?

–Usted me dijo que lo esperara afuera, señor. No di la vuelta al edificio.

No era un comienzo muy prometedor. Pero si Oliphant, con
su falta habitual de tacto, se las había arreglado para hacer de la
señora Dennison una enemiga, ella no mostró señales de disgusto
al abrirles la puerta; por el contrario, les dio la bienvenida con seria cortesía. Rickards volvió a pensar que era una mujer muy
atractiva, con una belleza dulce y anticuada, el tipo de rosa inglesa, cuando la belleza estilo rosa inglesa estaba a la moda. Hasta su
ropa tenía un aire de elegancia anacrónica: no los ubicuos pantalones sino una falda plisada y un cardigan haciendo juego sobre
una blusa azul con un sola hilera de perlas. Pero a pesar de su aparente compostura estaba muy pálida, y el lápiz labial rosa, cuidadosamente aplicado, parecía casi chillón en contraste con la piel
sin sangre; vio además que tenía los hombros rígidos bajo la delgada lana.

–¿Quiere pasar a la sala, inspector jefe, y explicarme de qué
se trata? Y supongo que usted y su sargento querrán café.

–Muy amable de su parte, señora Dennison, pero me temo
que no tendremos tiempo. No la molestaremos mucho tiempo. Estamos buscando un par de zapatillas, marca Bumble, que tenemos

motivos para creer que pueden estar entre las donaciones. ¿Podemos observar unos instantes, por favor?

Les dirigió una mirada rápida y después, sin hablar, los condujo, a través de una puerta, a un corto pasillo que desembocaba en otra puerta, ésta con cerrojo. El tomó el cerrojo, que se deslizó sin resistencia, y se vieron en un segundo pasillo, con piso de piedra, enfrentados a una formidable puerta trasera, que también estaba con cerrojo; con dos, uno arriba y otro abajo. Había un cuarto a cada lado. La puerta de la derecha estaba abierta.

La señora Dennison los hizo pasar.

–Aquí tenemos las donaciones. Como le dije al sargento Oliphant cuando me llamó, la puerta trasera estuvo cerrada desde las cinco de la tarde, y ha seguido así hasta ahora. Durante el día suelo dejarla abierta, para que cualquiera que tenga donaciones pueda entrar y dejarlas sin necesidad de llamar.

–Lo que significa –dijo Oliphant–, que cualquiera podría llevarse cosas tanto como dejarlas. ¿No le temen a los robos?

–Esto es Larksoken, sargento, no Londres.

El cuarto, con piso de piedra, muros de ladrillo y una sola ventana alta, debía de haber sido originalmente una despensa o quizás un cuarto de trastos. Su uso actual era visible a simple vista. Contra la pared había dos armarios, el de la izquierda lleno hasta una altura de tres cuartos con calzado, y el de la derecha con una cantidad de cinturones, bolsos y corbatas de hombre anudadas. Junto a la puerta había dos estantes largos. En uno se veía un surtido de tazas y platos, jarrones, estatuillas, una radio portátil, un velador con la pantalla rota. El segundo tenía una fila de libros viejos y gastados, la mayoría ediciones de bolsillo. En el estante inferior había varios clavos, de los que colgaba una variedad de ropa de mejor calidad: trajes de hombre, chaquetas, vestidos y ropa de niños, algunos ya con el precio en papeles sostenidos con alfileres. Oliphant se quedó un par de segundos mirando a su alrededor y después fijó su atención en el calzado. Le llevó menos de un minuto revolver para confirmar que las Bumbles no estaban, pero de todos modos inició una requisa sistemática, observado por Rickards y por la señora Dennison. Cada par, la mayoría atado por los cordones, fue sacado del armario y colocado a un lado en el piso, hasta que el mueble quedó vacío y luego repuestos en su lugar. Rickards sacó una zapatilla Bumble de su maletín y se la tendió a la señora Dennison.

–Las zapatillas que buscamos son como ésta. ¿Puede recordar si hubo un par así en el armario y, si es así, quién las trajo?

Ella respondió de inmediato:

–No sabía que se llamaban Bumble, pero sí, hubo un par de estas zapatillas en el armario. Las trajo el señor Miles Lessingham, de la Central Nuclear. A él le pidieron que dispusiera de la ropa del joven que se mató en Larksoken. Dos de los trajes colgados ahí también pertenecieron a Toby Gledhill.

–¿Cuándo trajo las zapatillas el señor Lessingham, señora Dennison?

–No recuerdo exactamente. Creo que fue una tarde, una semana más o menos después de la muerte del señor Gledhill, a fines del mes pasado. Debería preguntarse a él, inspector jefe. Quizá lo recuerde con más precisión.

–¿Cuándo las trajo llamó por la puerta delantera?

–Oh, sí. Dijo que no se quedaría a tomar el té, pero conversó un momento en la sala con la señora Copley. Después trajo la maleta con la ropa aquí conmigo y desempacamos juntos. Yo puse las zapatillas en un saco de plástico.

–¿Y cuándo las vio por última vez?

–No puedo recordarlo con exactitud, inspector. No vengo aquí con mucha frecuencia, salvo para poner el precio a alguna ropa. Y cuando lo hago no miro necesariamente en el armario de calzado.

–¿Ni siquiera para ver qué han traído de nuevo?

–Sí, lo hago de vez en cuando, pero no llevo una inspección regular.

–Estas zapatillas son muy notorias, señora Dennison.

–Lo sé, y si hubiera revuelto en ese mueble recientemente las habría visto, o incluso notado que no estaban. Pero no lo hice. Me temo que no podría decir en qué momento exacto desaparecieron. .

–¿Cuánta gente conoce el sistema usado en este cuarto?

–Casi todos los vecinos de la punta lo conocen, y todos los miembros del personal de la Central que hacen donaciones. Por lo general vienen en auto, por supuesto, en su camino a casa, y a veces como el señor Lessingham, llaman a la puerta del frente. En ocasiones tomo los sacos en la puerta o ellos se ofrecen a dar la vuelta y entrar por atrás. En realidad la venta no se hace aquí sino en un salón en Lydsett, en octubre. Pero la Rectoría es un punto conveniente de reunión en la punta, y el señor Sparks o el señor Jago, del Local Hero, vienen en un furgón y cargan todo un día o dos antes de la venta.

–Pero veo que usted ha puesto precio a algunas prendas aquí.

–No a todas, inspector. Es sólo que ocasionalmente conocemos a gente que podría querer algún elemento y que los compra antes de la venta.

Admitir esto pareció avergonzarla. Rickards se preguntó si los Copley no sacarían de esto algún beneficio. Sabía bastante sobre ventas de beneficencia. Su mamá había ayudado en la venta anual de la capilla. Los que ayudaban se consideraban con derecho a elegir primero; ese era su pago. ¿Y por qué no?

—¿Quiere decir que cualquier vecino que necesite ropas, por ejemplo para sus hijos, sabría que puede comprarlas aquí?

Ella se ruborizó. Rickards comprendió que la sugerencia implícita la incomodaba.

—La gente de Lydsett —dijo la señora Dennison— por lo general espera hasta el día de la venta; no valdría la pena, para la gente de la aldea, venir hasta aquí a ver qué estamos recogiendo. Pero a veces yo le vendo a gente de la punta. Después de todo, se hace para ayudar a la iglesia. No hay motivos para que no compren algo anticipadamente si algún vecino lo quiere. Naturalmente, pagan el precio adecuado.

—¿Y qué vecino ha querido comprar, señora Dennison?

—El señor Blaney en ocasiones ha comprado ropa para sus hijos. Una de las chaquetas de tweed del señor Gledhill le iba bien al señor Copley, así que la señora Copley pagó por ella. Y hace unos quince días Neil Pascoe pasó a ver si había algo que pudiera irle a Timmy.

—¿Eso fue antes o después de que el señor Lessingham trajera las zapatillas? —preguntó Oliphant—.

—No puedo recordar, sargento. Será mejor preguntarle a él. No miramos por entre el calzado. El señor Pascoe estaba interesado sólo en ropa de abrigo para Timmy. Se llevó dos jumpers. En un estante de la cocina hay una lata con el dinero de esas ventas.

—¿De modo que la gente simplemente no toma lo que quiere y deja el importe?

—Oh no, inspector. A nadie se le ocurriría hacer eso.

—¿Y los cinturones? ¿Podría decir si falta alguno de los cinturones o correas?

Ella respondió con un movimiento de impaciencia:

—¿Cómo podría saberlo? Mire usted mismo. Ese armario es un caos de correas, cinturones, carteras, bufandas. ¿Cómo podría decir si falta algo, o cuándo desapareció?

—¿Le sorprendería si le dijéramos que tenemos un testigo que afirma haber visto las zapatillas en este armario el miércoles a la mañana?

Oliphant podía hacer sonar como una acusación la pregunta más simple e inocua. Pero su crudeza, que a veces bordeaba la insolencia, servía a una finalidad bien planeada, y Rickards rara vez se molestaba en disciplinarla, porque sabía que solía ser útil. Después de todo, había sido Oliphant el que más se había acercado a quebrar la compostura de Alex Mair. Pero ahora, debería haber recordado que estaba hablando con una ex maestra. La señora Dennison le dirigió la mirada suavemente reprobatoria de quien se dispone a reprender a un niño que se ha portado mal.

–No creo que haya escuchado con atención lo que estuve diciendo, sargento. No tengo idea de cuándo fueron tomadas esas zapatillas. Siendo así, ¿cómo podría sorprenderme de saber en qué momento fueron vistas por última vez? –Se volvió hacia Rickards.– Si vamos a seguir discutiendo el tema, ¿no sería más cómodo hacerlo en la sala, en lugar de seguir aquí de pie?

Rickards esperaba al menos que en la sala no hiciera tanto frío.

Ella los condujo hasta un salón en la parte delantera de la casa, que daba al sur, con ventanas a un jardín con césped, separado de la ruta por laureles, rododendros, y otros argustos torcidos por el viento. La sala era grande y poco más cálida que el cuarto donde habían estado, como si ni siquiera el más fuerte sol de verano pudiera penetrar por los gruesos vidrios de las ventanas y las pesadas cortinas de terciopelo. Y el aire era un tanto espeso, con olor a cera, a objetos, y vagamente también a comida, como si quedaran rastros de lejanos tés victorianos. Rickards casi esperaba oír el roce de una crinolina.

La señora Dennison no encendió la luz y Rickards sintió que no sería muy cortés pedirle que lo hiciera. En la penumbra, tuvo una impresión de sólidos muebles de caoba, mesitas de apoyo cargadas de fotografías, cómodos sillones con cubierta de tela y tantos cuadros en marcos muy adornados sobre las paredes que el salón tenía el aspecto de un museo provincial algo opresivo y con pocos visitantes. La señora Dennison pareció notar el frío, aunque no la falta de luz. Se inclinó a encender una estufa eléctrica a la derecha de la inmensa chimenea, luego se sentó dando la espalda a la ventana e invitó con un gesto a Rickards y Oliphant a sentarse en el sofá, en el que se ubicaron lado a lado, sobre rígidos almohadones. Ella se quedó esperando en silencio, las manos tomadas sobre el regazo. La sala, con un peso de caoba oscura y su aire de soberbia respetabilidad, la disminuía, y a Rickards le pareció que brillaba como un espectro pálido e intangible, miniaturizada por los enormes brazos del sillón. Se preguntó por la vida que podía llevar en la costa y en esta casa apartada seguramente incómoda;

se preguntó qué habría estado buscando cuando huyó a esta costa ventosa, y si lo encontró.

–¿Cuándo se decidió que el reverendo Copley y su señora, fueran a instalarse con su hija? –preguntó.

–El viernes pasado, después de que asesinaran a Christine Baldwin. La hija estaba preocupada por los padres desde hacía tiempo y les había estado rogando que fueran con ella, pero fue la cercanía de este último crimen lo que los persuadió. Yo debía llevarlos en auto a Norwich a tomar el tren de las ocho y treinta la noche del domingo.

–¿Eso se conocía entre la vecindad?

–Supongo que se hablaba al respecto. Sí, podría decirse que se conocía entre los vecinos, en la escasa medida en que hay vecinos. El señor Copley tuvo que hacer arreglos para que lo remplazaran en los servicios religiosos. A la señora Bryson, del almacén, le dije que necesitaría media pinta de leche diaria, en lugar de las dos pintas y media habituales. Sí, puede decirse que se sabía.

–¿Y por qué no los llevó a Norwich como habían planeado?

–Porque el auto se rompió cuando estaban terminando de empacar. Creí que ya se lo expliqué. A eso de las seis y media fue a sacarlo del garaje y estacionarlo frente a la puerta. Funcionó bien en ese momento, pero cuando finalmente subimos, a las siete y cuarto, y nos íbamos, no quiso arrancar. Así que llamé al señor Sparks del garaje de Lydsett, y arreglamos para que él los llevara en su taxi.

–¿Sin usted?

Antes de que pudiera contestar, Oliphant se puso de pie, se dirigió hacia una lámpara de pie que había junto a su sillón y, sin una palabra, la encendió. La fuerte luz cayó sobre la mujer. Por un momento Rickards pensó que protestaría. En efecto, la vio levantarse unos centímetros del sillón, pero volvió a sentarse y siguió como si nada hubiera pasado.

–Me sentí mal por eso. Me habría sentido mucho mejor si hubiera podido ponerlos en el tren, pero el señor Sparks no aceptaba el trabajo si no podía marcharse inmediatamente a Ipswich, donde lo esperaban para un viaje, y me prometió que no los dejaría hasta verlos instalados en su vagón. Y por supuesto, ellos no son niños: son perfectamente capaces de viajar solos y de bajarse en Liverpool Street. De todos modos, es la estación terminal y la hija estaba esperándolos.

Rickards se preguntó por qué estaba tan a la defensiva. No podía pensar que ellos la considerasen una sospechosa. Aunque, ¿por qué no? Él había conocido asesinos menos probables todavía. Podía detectar el miedo en una docena de pequeñas señales que a ningún policía experimentado se le escaparían: el temblor de las manos, que trató de controlar cuando él dirigió hacia ellas la vista; el tic nervioso en el ojo; la incapacidad de quedarse quieta durante un momento, seguido de otro de una fijeza deliberada y rígida; la nota de tensión en la voz; el modo en que buscaba sus ojos con una mirada compuesta de desafío y resignación. Tomados individualmente, cada indicio hablaba de una tensión natural; juntos, evidenciaban algo próximo al terror. Rickards no había aceptado con gusto, la noche anterior la advertencia de Adam Dalgliesh. Sus palabras se habían acercado incómodamente a una lección. Pero quizá tuvo razón. Quizá se encontraba ante él una mujer que había sufrido más interrogaciones agresivas de las que podía asimilar. Pero él tenía que hacer su trabajo.

—¿Llamó inmediatamente el taxi? —preguntó—: ¿No trató de descubrir qué era lo que fallaba en el auto?

—No había tiempo que perder; además, no entiendo de mecánica. Nunca fui especialmente hábil con un auto. Fue una suerte que descubriera a tiempo que no marcharía, y más todavía que el señor Sparks aceptara el trabajo. Vino de inmediato. Su hija los esperaba; todos los arreglos habían sido hechos. Era importante no perder el tren.

—¿Dónde guarda habitualmente el auto, señora Dennison?

—Creí que se lo había dicho, inspector. En el garaje.

—¿Con llave?

—Hay un candado. Muy pequeño. No creo que sea muy efectivo si alguien realmente quiere meterse, pero hasta ahora nadie lo ha intentado. Estaba cerrado cuando fui por el auto.

—Tres cuartos de hora antes del momento en que había decidido partir.

—Sí. No entiendo adónde quiere llegar. ¿Tiene importancia esto?

—Simple curiosidad, señora Dennison. ¿Por qué tanta anticipación?

—¿Alguna vez ha tenido que cargar un auto con todo el equipaje que necesita una pareja de ancianos para una estada fuera de su casa por tiempo indefinido? Estuve ayudando a la señora Copley en el útimo estadio de la preparación. Tenía unos minutos en blanco y me pareció una buena oportunidad para sacar el auto.

—¿Y mientras estuvo estacionado ahí frente a la casa, usted lo tuvo permanentemente bajo su vista?

—Por supuesto que no. Estaba muy ocupada verificando que los Copley tuvieran todo lo que podrían necesitar y revisando todas las tareas que yo debería hacer mientras ellos estuvieran ausentes, asuntos de la parroquia, unos llamados telefónicos.

–¿Dónde hacían todo esto?

–En el estudio del señor Copley. La señora estaba en su dormitorio.

–¿Y el auto estaba sin vigilancia frente a la puerta?

–¿Está sugiriendo que alguien pudo sabotearlo?

–Bueno, parece un poco fantasioso, ¿no? ¿Qué le dio la idea?

–Usted, inspector, de otro modo jamás se me habría ocurrido. Y estoy de acuerdo, es muy fantasioso.

–Y cuando, a las nueve y cuarenta y cinco, el señor Jago la llamó desde el Local Hero para decirle que había sido hallado el cadáver del Silbador, ¿qué hizo usted?

–No había nada que pudiera hacer, ni modo de detener a los Copley, que habían partido hacía una hora. Llamé a su hija en su club de Londres y la encontré justo antes de que partiera hacia la estación. Dijo que retendría a los padres con ella una semana ya que habían hecho el viaje. De hecho, volverán mañana a la tarde. A la señora Duncan-Smith la reclama una amiga enferma para que la cuide.

–Uno de mis oficiales –dijo Rickards–, fue a ver al señor Sparks. Nos dijo que estaba ansioso por tranquilizarla respecto del embarque de los Copley en el tren, y la llamó no bien pudo, pero sin obtener respuesta. Eso fue alrededor de las nueve y quince, más o menos la misma hora en que el señor Jago trató de comunicarse la primera vez.

–Debí de estar en el jardín. Era una hermosa noche de luna, y me sentía nerviosa. Necesitaba salir de la casa.

–¿Aun con el Silbador, como usted podía creerlo entonces, merodeando?

–Curiosamente, inspector, nunca me dio mucho miedo el Silbador. La amenaza siempre me pareció remota, un tanto irreal.

–¿No salió del jardín?

Ella lo miró a los ojos.

–No salí del jardín.

–¿No oyó el teléfono?

–Es un jardín grande.

–Pero la noche es silenciosa, señora Dennison.

No hubo respuesta. El preguntó:

–¿Y a qué hora volvió de sus vagabundeos en la oscuridad?

–Yo no describiría a un paseo en el jardín como un vagabundeo en la oscuridad. Supongo que estuve afuera alrededor de media hora. No hacían cinco minutos que estaba adentro cuando llamó el señor Jago.

—¿Y cuándo se enteró del asesinato de la señorita Robarts? Obviamente ya lo sabía cuando nos vimos en Martyr's Cottage.

—Creí que ya se lo comenté, inspector. La señorita Mair me llamó poco después de las siete, el lunes a la mañana. Ella lo supo cuando su hermano volvió, muy tarde, la noche del domingo, después de haber visto el cadáver, pero no quiso molestarme a la medianoche, sobre todo con una noticia tan mala.

—¿Era una noticia tan mala para usted, señora? —preguntó Oliphant—. Usted apenas si conocía a la señorita Robarts. ¿Por qué debía parecerle tan mala noticia?

La señora Dennison le dirigió una larga mirada y después se volvió.

—Si realmente tiene que hacer esa pregunta, sargento, me pregunto si habrá elegido la profesión que más le convenía.

Rickards se levantó para marcharse. Ella los acompañó a la puerta. Cuando se marchaban, se dirigió al inspector con repentina urgencia:

—Inspector, no soy estúpida. Todas esas preguntas sobre los zapatos. Es evidente que han hallado una huella en la escena del crimen y piensan que podría haberla hecho el asesino. Pero estoy segura de que las zapatillas Bumble no son tan raras. Cualquiera podría estar usando un par. El hecho de que falte el par de Toby Gledhill podría ser una simple coincidencia. No fueron tomadas necesariamente con malas intenciones. Cualquiera que necesitara un par de zapatillas pudo tomarlas.

Oliphant la miró:

—Oh, yo no creo eso, señora, ¿usted sí? como dijo usted misma hace menos de media hora, esto es Larksoken, no Londres. —Y sonrió con su sonrisa más satisfecha.

7

Rickards quería ver de inmediato a Lessingham, pero la conferencia de prensa citada para las diez hizo que hubiera que posponer la entrevista y para complicar más las cosas, un llamado a la Central de Larksoken les reveló que Lessingham pidió licencia por el día, pero había dejado un mensaje diciendo que por cualquier emergencia se lo podría encontrar en su cottage en las afueras de Blakeney. Afortunadamente estaba allí y sin explicaciones, Oliphant hizo una cita para el mediodía.

Llegaron menos de cinco minutos tarde, lo que hizo más frustrante descubrir, cuando se encontraron frente al bajo cottage de ladrillo y madera sobre el camino costero, a una milla al norte de la aldea, que el dueño de casa no estaba. Había una nota escrita en lápiz y pegada a la puerta:

"Si alguien quiere verme, pruebe el *Heron*, amarrado en el muelle de Blakeney. Eso incluye a la policía."

–¡Maldito descarado! –se quejó Oliphant. Como si no pudiera creer que existiera un sospechoso con tan mala voluntad para colaborar, probó la puerta, espió por la ventana y al fin desapareció dando la vuelta a la casa. Al volver dijo: –Una ruina. Habría que empezar por pintarla. Es un lugar raro para elegir vivir aquí. Esos marjales son siniestros en invierno. Conociéndolo, uno pensaría que querría algo de vida a su alrededor.

Rickards coincidió en silencio en que era raro que Lessingham hubiera elegido esa casa y ese emplazamiento. El cottage parecía haber sido originalmente un par de casas independientes, ahora unidas y, aunque agradablemente proporcionado y con cierto encanto melancólico, a primera vista parecía desocupado y descuidado. Después de todo Lessingham era un ingeniero, o técnico (no podía recordar cuál de las dos cosas) de importancia, y no tenía la excusa de la pobreza.

–Es probable que quiera estar cerca de su barco. En esta costa no hay abundancia de amarraderos. Tenía que ser aquí o en Wells-next-the-Sea.

Cuando volvieron al auto, Oliphant miró con rencor al cottage, como si detrás de su mala pintura escondiera un secreto que quizá se revelara con unos golpes enérgicos a la puerta. Mientras se ajustaba el cinturón de seguridad, gruñó:

–Cuando lleguemos al muelle, supongo que habrá una nota diciendo que probemos en el pub.

Pero Lessingham estaba donde había dicho que estaría. Diez minutos después lo encontraban, sentado sobre un bote dado vuelta en el muelle desierto, con un motor fuera de borda frente a él. Amarrado en ese lugar había un velero con una cabina central. Era evidente que todavía no había iniciado el trabajo. Un trapo relativamente limpio le colgaba de dedos que parecían demasiado fláccidos para sostenerlo y miraba el motor como si le formulara enigmas insolubles. Alzó la vista cuando se acercaron y a Rickards lo sorprendió el cambio que se había operado en él. En sólo dos días parecía haber envejecido diez años. Estaba descalzo y llevaba una camisa marinera azul oscura, desteñida, sobre shorts de jean desflecados. Pero esta indumentaria informal no hacía más que destacar su palidez urbana, la piel tensa sobre los anchos pómulos, las ojeras como moretones bajo los ojos hundidos. Después de todo, pensó Rickards, practicaba la navegación y era extraordinario que no se hubiera bronceado nada, aun con el mal verano que habían tenido.

Lessingham no se puso de pie, y dijo sin preámbulo:

–Tuvieron suerte de encontrarme cuando llamaron. Un día sin ir a trabajar es lo demasiado bueno para perderlo adentro, sobre todo ahora. Pensé que podríamos hablar aquí tan bien como en cualquier lado.

–No del todo –dijo Rickards–. Un lugar algo más privado sería mejor.

–Esto es bastante privado. La gente de la región reconoce a la policía de lejos. Por supuesto, si quieren hacerme hacer una declaración formal o están pensando en arrestarme, preferiría la estación de policía. Quiero mantener incontaminadas mi casa y mi

nave. –Agregó:– Quiero decir, incontaminadas de sensaciones desagradables.

–¿Por qué supone que querríamos arrestarlo? –le interrogó
Oliphant–. ¿Arrestarlo por qué, exactamente? –Agregó:– Señor –
e hizo que la palabra sonara como una amenaza.

Rickards sintió un chispazo de irritación. Era típico de
Oliphant no perder ninguna oportunidad de enfrentamiento, pero
estos escarceos preliminares no harían más fluida la conversación,
Lessingham miraba a Oliphant, pensando seriamente si la pregunta necesitaba una respuesta.

–Sólo Dios sabe. Supongo que se les ocurrirá algo, si se ponen a pensarlo. –Y luego, al notar por primera vez que ellos estaban de pie, se levantó:– Está bien, será mejor que suban a bordo.

Rickards no tenía experiencia marinera, pero le pareció
que la embarcación, toda en madera, era antigua. La cabina, para
entrar a la cual tuvieron que inclinarse mucho, tenía una estrecha
mesa de caoba que la recorría entera, con una banqueta a cada lado. Lessingham se sentó frente a ellos, y pudieron mirarse por sobre sesenta centímetros de madera lustrada, las caras tan próximas que Rickards sentía que podía oler a sus acompañantes: una
amalgama masculina de sudor, lana caliente, cerveza y la loción de
Oliphant, como si fueran tres animales claustrofóbicamente en-
jaulados. Era difícil imaginar un sitio más inapropiado para un interrogatorio y se preguntó si Adam Dalgliesh se las habría arreglado para disponer mejor la situación, despreciándose a sí mismo
por pensarlo. Era consciente de la gran masa de Oliphant a su lado; sus músculos se tocaban, el de Oliphant excesivamente caliente; tuvo que resistir un impulso de apartarse.

–¿La embarcación es suya, señor? ¿Es la que usó para navegar la noche del domingo?

–No navegué mucho entonces, inspector: no había viento
suficiente. Pero sí, es mi barco, y estaban en él el domingo pasado.

–Parece haber dañado el casco. Hay un largo raspón, que
parece reciente, a estribor.

–Lo felicito, es muy observador. Rocé la torre de agua de la
Central. Un descuido mío. Conozco bien estas aguas. Si hubieran
venido un par de horas después. Habría estado repintado.

–¿Y sigue afirmando que en ningún momento estuvo a la
vista de la playa donde la señorita Robarts nadó por última vez?

–Me hizo esa pregunta cuando me interrogaron el lunes.
Depende de lo que quiera decir con "a la vista de". Podría haber
visto la playa con mi largavistas, si hubiera mirado, pero puedo
confirmar que nunca me acerqué a más de media milla y que no

desembarqué. Como difícilmente hubiera podido matarla sin desembarcar, el dato me parece conclusivo. Pero no creo que hayan hecho todo el viaje hasta aquí sólo para oírme repetir mi coartada.

Inclinándose con dificultad, Oliphant buscó en el bolso, sacó un par de zapatillas Bumble y las colocó sobre la mesa, bien alineadas una junto a la otra. Rickards no apartaba la vista del rostro de Larksoken. Se controló inmediatamente pero no pudo ocultar el shock de reconocimiento que hubo en sus ojos, el endurecimiento de los músculos alrededor de la boca. El par de zapatillas, prístino, nuevo gris y blanco, con la pequeña abejita en cada talón, pareció dominar la cabina. Una vez que las puso ahí, Oliphant las ignoró.

Pero estaba al sur de la torre de agua de la Central –dijo–. El raspón está del lado de estribor. Debió estar viajando hacia el norte, señor, cuando tuvo el accidente.

–Doblé para regresar cuando estaba a unos cincuenta metros más allá de las torres. Había planeado hacer de la Central el límite de mi viaje.

–Estas zapatillas, señor –dijo Rickards–, ¿ha visto un par como éstas?

–Por supuesto. Son Bumble. No todos se las pueden permitir, pero todos las han visto.

–¿Ha visto que las usara alguien que trabaje en Larksoken?

–Sí, Toby Gledhill tenía un par. Cuando se mató, sus padres me pidieron que me ocupara de su ropa. No había mucha. Toby tenía pocas cosas: había un par de trajes, lo usual en pantalones y chaquetas y media docena de pares de zapatos. Entre ellos las zapatillas. De hecho, estaban casi nuevas. Se las compró diez días antes de morir. Sólo las usó una vez.

–¿Y qué hizo con ellas, señor?

–Junté toda la ropa y la llevé a la Vieja Rectoría para la próxima venta de beneficencia de la iglesia. Los Copley tienen un cuartito en la parte trasera de la casa, donde la gente puede dejar sus cosas viejas. De vez en cuando el doctor Mair pone una nota en la cartelera pidiendo donaciones. Es parte de la política de buena vecindad, de hacer una gran familia con toda la punta. Podemos no ir a la iglesia pero mostramos nuestra buena voluntad dándole a los devotos las ropas que ya no queremos.

–¿Cuándo llevó la ropa del señor Gledhill a la Vieja Rectoría?

–No recuerdo la fecha exacta, pero creo que fue una quincena después de su muerte. Justo antes del fin de semana, creo. Probablemente el viernes, veintiséis de agosto. Es posible que la señora Dennison se acuerde. Dudo que valga la pena preguntarle a la señora Copley, aunque estuve con ella.

–¿De modo que se las entregó a la señora Dennison?

–Así es. De hecho, la puerta trasera de la Rectoría queda abierta habitualmente durante el día y la gente puede pasar y dejar cualquier cosa que hayan traído. Pero pensé que esta ocasión sería mejor entregar la ropa de un modo más formal. No estaba del todo seguro de que serían bien recibidas. Hay gente supersticiosa con la ropa de los muertos. Y me pareció, bueno, inapropiado, dejarlas sin avisar.

–¿Que pasó en la Vieja Rectoría?

–Nada importante. La señora Dennison abrió la puerta y me hizo pasar a la sala. Allí estaba la señora Copley y expliqué el motivo de mi visita. Ella pronunció las insignificancias habituales sobre la muerte de Toby, y la señora Dennison me preguntó si quería té. No acepté, y la seguí por el pasillo hasta ese cuarto en la parte trasera, donde acumulan las cosas. Hay una especie de armario donde meten el calzado. Los pares son atados simplemente por los cordones y puestos en montón. Yo tenía la ropa de Toby en una maleta y la señora Dennison y yo la desempacamos juntos. Dijo que los trajes eran realmente demasiado buenos para la venta general y me preguntó si no me molestaba que las vendiera por separado, aunque por supuesto el dinero iría al mismo fondo de la iglesia. Pensaba que así podía obtener mejor precio. Tuve la sensación de que estaba calculando que una de las chaquetas podía venirle bien al señor Copley. Le dije que podía hacer lo que quisiera con la ropa.

–¿Y qué pasó con las zapatillas? ¿Fueron al armario con el resto del calzado?

–Sí, pero en un saco plástico. La señora Dennison dijo que estaban en condiciones demasiado buenas para dejar que se ensuciaran. Salió y volvió con un plástico. Parecía vacilar respecto de dónde poner los trajes, así que dije que le dejaría la valija, que de todos modos era de Toby. Podrían venderla con el resto de las cosas. El polvo al polvo, la ceniza a la ceniza, y la ropa vieja a la ropa vieja. Me alegré de que todo terminara.

–Leí sobre el suicidio del doctor Gledhill –dijo Rickards–. Debió de ser especialmente lamentable para usted, que fue testigo presencial. Se lo describía como un joven muy prometedor.

–Era un científico creativo. Mair lo confirmará, si están interesados. Por supuesto, toda buena ciencia es creativa, digan lo que digan los humanistas, pero hay científicos que tienen esta visión especial, la del genio, ya no el mero talento, la de la inspiración junto con la paciencia necesaria. Alguien, no recuerdo quién, lo describió bastante bien: la mayoría de nosotros avanzamos paso a paso, con dificultades; ellos se lanzan en paracaídas al otro lado de las líneas enemigas. Era joven, tenía sólo veinticuatro años. Podría haber llegado a ser cualquier cosa.

Rickards pensó: cualquier cosa, o nada, como la mayoría de estos jóvenes genios. La muerte prematura solía conferir una fugaz inmortalidad. No había conocido a ningún detective joven que muriera al que no se describiera de inmediato como un jefe de policía en potencia.

–¿Qué hacía exactamente en la Central, cuál era su trabajo?

–Trabajaba con Mair en los estudios de seguridad del reactor de agua presurizada. En resumen, tiene que ver con la conducta del núcleo del reactor en condiciones anormales. Toby nunca habló del tema conmigo, probablemente porque sabía que yo no podría comprender los complicados códigos de computación. Yo no soy más que un pobre ingeniero. Mair se propone publicar el estudio antes de partir para su nuevo empleo, seguramente firmado por ambos y con un reconocimiento para su colaborador. Todo lo que quedará de Toby será su nombre bajo el de Mair en un artículo científico.

Parecía muy cansado y al alzar la cabeza hacia la puerta abierta, hizo un esbozo de movimiento como si quisiera levantarse y salir al aire libre, fuera de esta pequeña cabina claustrofóbica. Después dijo, con los ojos siempre en la puerta:

–Es inútil tratar de explicarles sobre Toby; jamás lo entenderían. Sería una pérdida de tiempo para ustedes y para mí.

–Parece muy seguro de eso, señor Lessingham.

–Estoy seguro, muy seguro. No puedo explicar por qué, sin ser ofensivo. Así que preferiría remitirme a los simples hechos. Escuchen, era una persona excepcional. Inteligente, amable, hermoso. Si uno encuentra una de estas cualidades en un ser humano, tiene suerte; si encuentra las tres, entonces posee algo especial. Yo estaba enamorado de él. El lo sabía, porque yo se lo dije. El no estaba enamorado de mí y no era homosexual. No es que eso les interese a ustedes. Lo estoy diciendo sólo porque era un hecho y se supone que ustedes se ocupan de los hechos y porque si están decididos a interesarse por Toby, será mejor que sepan la verdad sobre él. Y hay otro motivo. Es evidente que ustedes tratan de sacar a luz todo lo oculto que puedan hallar. Preferiría que conocieran los hechos antes que los rumores provenientes de otros.

–De modo que no tuvieron una relación sexual –dijo Rickards.

De pronto se oyó el ruido de una multitud de graznidos y hubo un aleteo blanco contra el ojo de buey. Alguien en el muelle debía de estar dándole de comer a las gaviotas. Lessingham se sobresaltó como si fuera la primera vez que oía el ruido. Después se echó atrás en el asiento y dijo con más cansancio que ira:

–¿Qué *diablos* tiene eso que ver con el asesinato de Hilary Robarts?

–Posiblemente nada, y de todos modos la información no será difundida de ninguna manera. Pero en este estadio, soy yo el que decide qué información importa.

–Pasamos juntos una noche dos semanas antes de que muriera. Como le dije, era amable. Fue la primera y última vez.

–¿Ese hecho fue conocido en general?

–No lo transmitimos por la radio, ni escribimos un artículo para el diario local y tampoco fotos en la cartelera de la cantina de personal. Por supuesto que no fue conocido en general, ¿por qué diablos lo iba a ser?

–¿Le habría importado si se difundía? ¿Le habría importado a alguno de los dos?

–Sí, seguramente, a los dos. A mí me molestaría como le molestaría a usted si su vida sexual se ventilara en público. Por supuesto que nos habría importado. Después que murió, dejó de importar, en lo que a mí concierne. Esto hay que decir sobre la muerte de un amigo: lo libera a uno de muchas cosas que había tenido por importantes.

¿Lo libera para qué? pensó Rickards. ¿Para asesinar, ese acto iconoclasta de protesta y desafío, ese paso más allá de una frontera sin marcas ni defensas que, una vez dado, aparta a un hombre para siempre del resto de su especie? Pero decidió postergar la pregunta obvia, y en lugar de ella hizo otra:

–¿Qué clase de familia tenía? –La pregunta sonaba inocua y banal, como si estuvieran charlando de un conocido común.

–Tenía padre y madre. Esa clase de familia. ¿Qué otra clase hay?

Pero Rickards había resuelto ser paciente. No era una idea que se le ocurriera fácilmente, pero podía reconocer el dolor cuando sus nervios tensos y desnudos se exhibían tan cerca de su cara. Dijo con blandura:

–Quiero decir, ¿de qué medio provenía? ¿Tenía hermanos y hermanas?

–El padre es un párroco rural. La madre es la esposa de un párroco rural. Era hijo único. Su muerte casi los destruyó. Si hubiéramos podido hacerlo aparecer como un accidente, lo habríamos hecho. Si mentir hubiera ayudado, yo habría mentido. ¿Por qué diablos no se ahogó en el mar? Eso al menos deja espacio para la duda. ¿Eso quería saber?

–Todo ayuda a llenar el cuadro. –Hizo una pausa y después, de modo casi casual, formuló la pregunta importante:– ¿Hilary Robarts sabía que usted y Tobias Gledhill habían pasado una noche juntos?

–¿Qué tiene que ver...? De acuerdo, es su trabajo. Conozco el sistema. Atrapa en su red todo lo posible, y después descarta todo lo que no quiere. En el proceso se entera de una cantidad de secretos que no tiene un derecho especial de saber, y provoca mucho dolor. ¿Le gusta eso? ¿Es lo que le da placer?

–Limítese a responder la pregunta, señor.

–Sí. Hilary lo sabía. Lo descubrió por una de esas coincidencias que parecen una posibilidad en un millón cuando ocurren, pero que en realidad no son tan raras en la vida real. Pasó en su auto frente a mi casa cuando Toby y yo salíamos, a las siete y media de la mañana. Al parecer ella había tomado un día de licencia y partió temprano para ir a alguna parte. No me pregunte adónde, porque no lo sé. Supongo que, como la mayoría de la gente, tenía amigos que visitaba de vez en cuando. Quiero decir, alguien, en alguna parte, debe de haber sido amigo de ella.

–¿Habló alguna vez de ese encuentro, con ustedes o con alguien que conocieran?

–No lo divulgó. Creo que lo consideraba una información demasiado valiosa para arrojarla a los cerdos. Le gustaba el poder, y esto era una forma de poder. Cuando pasaba, el auto frenó casi completamente y me miró a los ojos. Recuerdo esa mirada: diversión, que se transformaba en desprecio, y después en triunfo. Nos comprendimos perfectamente. Pero después nunca me dijo una palabra al respecto.

–¿Le habló del asunto al señor Gledhill?

–Oh, sí, vaya si le habló a Toby. Es el motivo por el que él se mató.

–¿Cómo sabe que le habló? ¿El se lo dijo?

–No.

–¿Está sugiriendo que ella lo chantajeaba?

–Estoy sugiriendo que él se sentía desdichado, confuso, inseguro sobre todos los aspectos de su vida, su trabajo, su futuro, su sexualidad. Sé que ella lo atraía sexualmente. La deseaba. Ella era una de esas mujeres dominantes, físicamente poderosas, que atraen a los hombres sensibles como Toby. Creo que ella lo sabía y lo usaba. No sé cuándo lo atacó ni qué le dijo, pero estoy seguro de que él estaría vivo ahora de no ser por Hilary Robarts. Y si creen que eso me da un motivo para asesinarla, pues bien, tienen toda la razón. Pero no la maté y en consecuencia no encontrarán ninguna prueba de que lo hice. Una parte de mí, una parte muy pequeña, lamenta que haya muerto. No la quería y no creo que haya sido una mujer feliz, ni siquiera una persona especialmente útil. Pero era sana, inteligente y joven. La muerte debería ser sólo para los viejos, los enfermos, los cansados de la vida. Lo que siento es una punta de *lacrima rerum*. Hasta la muerte de un enemigo nos disminuye, aparentemente, o así parece cuando uno está de cierto humor. Pero eso no significa que quisiera verla viva otra vez. Es posible que tenga prejuicios, incluso que sea injusto. Cuando Toby estaba feliz, no había nadie más alegre. Cuando no, bajaba a su infierno privado. Quizá ella podría haber llegado a él, haberlo ayudado. Yo no podía, y lo sabía. Es difícil consolar a un amigo cuando uno sospecha que él ve el consuelo como un truco para llevarlo a la cama.

–Ha sido notablemente franco –dijo Rickards–, al sugerir un motivo para su culpabilidad. Pero no nos ha dado un solo hecho que corrobore su acusación de que Hilary Robarts fue de algún modo responsable por la muerte de Toby Gledhill.

Lessingham lo miró a los ojos, pareció pesar probabilidades, al se decidió:

–Ya que he ido tan lejos, también puedo decirles el resto. El me habló cuando iba camino a la muerte. Me dijo: "Dile a Hilary que no tiene que preocuparse más. Ya elegí." Cuando lo volví a ver, estaba trepando a la máquina de combustible. Quedó en equilibrio sobre ella durante un segundo y después se zambulló sobre el reactor. Quiso que yo lo viera morir, y lo vi morir.

–Un sacrificio simbólico –dijo Oliphant.

–¿Un sacrificio al dios terrible de la fisión nuclear? Pensé que uno de ustedes dos lo diría, sargento. Fue la reacción general. Es a la vez demasiado grosero e histriónico. Todo lo que él quería, por todos los cielos, era la forma más rápida de quebrarse el cuello. –Hizo una pausa, pareció pensarlo, y después siguió:– El suicidio es un fenómeno extraordinario. El resultado es irrevocable. La extinción. El fin de toda posibilidad. Pero la acción que lo precipita puede ser una trivialidad. Una frustración menor, una depresión momentánea, el clima, incluso una mala comida. ¿Toby habría muerto si hubiera pasado conmigo, y no solo, su última noche? Si es que estuvo solo.

–¿Está sugiriendo que no fue así?

–No hubo pruebas en un sentido u otro, y ahora nunca las

habrá. Pero es cierto que la investigación se caracterizó por la falta de pruebas en todo sentido. Había tres testigos, yo y otras dos personas, del modo como murió. Ninguno estaba cerca, ninguno pudo empujarlo, no pudo ser un accidente. No hubo declaraciones, ni mías ni de nadie, sobre su estado anímico. Podría decirse que fue una investigación realizada científicamente. Se limitó a los hechos.

–¿Y dónde cree usted que pasó la noche antes de morir? –preguntó Oliphant en voz baja.

–Con ella.

–¿Tiene pruebas?

–Ninguna que pueda presentar en una corte. Sólo que lo llamé tres veces entre las nueve y la medianoche y no respondió.

–¿Y no se lo dijo a la policía?

–Sí se lo dije. Me preguntaron cuándo lo había visto por última vez. Había sido en la cantina de la Central, el día antes de su muerte. Mencioné el llamado telefónico, pero no lo consideraron importante. ¿Y por qué iban a hacerlo? ¿Qué probaba? Quizá salió a caminar. Podía haber decidido no atender el teléfono. Respecto de la muerte en sí, no había misterio. Y ahora, si no lo molesta, querría salir de aquí y empezar a limpiar ese maldito motor.

Volvieron en silencio al auto.

–Un bastardo arrogante, ¿no? –dijo Rickards–. Puso en claro con brutalidad lo que piensa. No tiene sentido tratar de explicarle nada a la policía. No puede decirlo sin ser ofensivo. Apuesto a que no. Somos demasiado obtusos, ignorantes e insensibles para entender que un científico no es necesariamente un tecnócrata sin imaginación, que se puede lamentar la muerte de una mujer sin desear necesariamente que siga viva y que un chico sexualmente atractivo puede estar dispuesto a ir a la cama tanto con un hombre como con una mujer.

–Pudo lograrlo usando el motor a toda máquina –dijo Oliphant–. Habría tenido que desembarcar al norte de donde ella se bañaba y respetar la línea de la marea, o habríamos visto sus huellas. Fue una busca exhaustiva la que hicimos en la playa, señor, al menos una milla al norte y al sur. Identificamos las huellas del señor Dalgliesh, pero por lo demás la arena estaba limpia.

–Oh, sí, podría haber dejado limpio el terreno. Con ese bote inflable quizá lograr desembarcar sobre las piedras sin gran problema. Hay trechos donde la playa está enteramente cubierta de piedras, o con franjas estrechas de arena que pudo saltar.

–¿Y las viejas defensas costeras, los muros de concreto?

327

Habría sido difícil acercarse a la playa en cualquier punto del norte sin arriesgar la embarcación.

–Pero la embarcación corrió un riesgo hace poco, ¿no? Está ese raspón en la quilla. No puede probar que lo hizo contra las torres de agua. Tiene sangre fría, ¿eh? Admitió tranquilamente que si hubiéramos llegado una hora después, ya estaría reparado. Aunque la pintura no habría servido de mucho; la prueba seguiría allí. Muy bien, supongamos que logra acercar el barco lo más posible a la costa, digamos a unos cien metros al norte de donde fue hallada, camina sobre el pedregullo, se mete entre los árboles y la espera en silencio. O bien pudo cargar la bicicleta plegable en el bote y desembarcar más lejos, con más seguridad. No podía andar en bicicleta por la arena con marea alta, pero nadie lo habría visto por el camino costero si no encendía la luz. Vuelve al barco y lo amarra de vuelta en Blakeney, justo a tiempo para la marea. No hay problemas por el cuchillo ni por el calzado: lo arroja todo por la borda. Haremos examinar el barco, con su consentimiento por supuesto, y quiero que lo haga un solo muchacho. Si tenemos alguno con experiencia en navegación, que sea él. Si no, que lo acompañe algún ex marinero. Tenemos que reconstruir los horarios al minuto. Y habrá que interrogar a los pescadores de cangrejos de aquí hasta Cromer. Alguno pudo salir de noche y haber visto el barco.

–Fue cortés de su parte –dijo Oliphant–, al darnos un motivo en bandeja.

–Tan cortés que no puedo dejar de preguntarme si no será una cortina de humo para ocultar algo que no nos dijo.

Pero cuando se ajustaba el cinturón de seguridad, a Rickards se le ocurrió otra posibilidad. Lessingham no había dicho nada de su relación con Toby Gledhill hasta que se lo interrogó por las zapatillas Bumble. Debía saber (¿cómo podía ignorarlo?) que estas zapatillas relacionaban el asesinato más estrechamente aun con los vecinos de la punta, y en particular con la Vieja Rectoría. ¿Esta nueva franqueza con la policía, no sería menos una compulsión a confesarse que una trampa deliberada para desviar las sospechas de otro sospechoso? Y en ese caso, se preguntó, ¿cuál de los sospechosos podría haber inspirado este gesto excéntrico de caballerosidad?

8

El jueves por la mañana Dalgliesh fue a Lydsett en auto para hacer compras en el almacén de la aldea. Su tía compraba en la zona la mayoría de sus provisiones y él conservaba la costumbre; en parte, sabía, para acallar la culpabilidad de tener una segunda casa, así fuera temporariamente. Los aldeanos en general no veían con malos ojos a los visitantes de fin de semana, a pesar de que sus cottages quedaban cerrados la mayor parte del año y su contribución a la vida comunitaria era mínima, pero preferían no verlos llegar con sus autos cargados de provisiones compradas en Harrods o en Fortnum y Mason.

Por lo demás, comprar en la tienda de los Bryson no significaba sacrificio alguno. Era un modesto almacén de aldea, con una campanilla en la puerta que, según mostraban las fotografías en sepia de la era victoriana, no se había modificado por afuera en los últimos ciento veinte años. Pero el interior había visto, en los últimos cuatro años, más cambios que en toda su historia anterior. Ya fuera por el aumento del turismo en la zona, o por los gustos más sofisticados de los aldeanos, ahora ofrecía pastas frescas, una variedad de quesos franceses junto a los ingleses, las marcas más caras de conservas, mermelada y mostaza, así como un delicatessen bien provisto; además, un cartel indicaba que había provisión diaria de medialunas recién horneadas.

Cuando estacionó en la calle lateral, Dalgliesh tuvo que

maniobrar al costado de una pesada biblioteca con una gran canasta, y al entrar vio que Ryan Blaney estaba completando su compra. La señora Bryson estaba marcando con la registradora y embolsando tres hogazas de pan negro, azúcar, leche en cartones y una variedad de latas. Blaney enfocó en Dalgliesh sus ojos enrojecidos, saludó con un breve movimiento de cabeza y se marchó. Dalgliesh pensó que debía de seguir sin su furgón, al verlo cargar sus compras en la canasta. La señora Bryson volvió hacia Dalgliesh su sonrisa de bienvenida, pero no hizo comentarios. Era una tendera demasiado prudente como para hacerse reputación de chismosa o comprometerse demasiado abiertamente en las controversias locales, pero a Dalgliesh le pareció que el aire estaba cargado de tácita simpatía hacia Blaney y sintió que, en tanto policía, la mujer lo hacía en parte responsable, aunque no habría podido decir de qué y por qué. Rickards o sus hombres debían de haber estado haciendo preguntas en la aldea sobre los habitantes de la punta y sobre Ryan Blaney en particular. Quizá no tuvieron mucho tacto.

Cinco minutos después se detenía a abrir la cerca de la entrada a la punta. Al otro lado se encontraba un vagabundo sentado en la barranca que separaba el estrecho camino de la acequia bordeada de juncos. Era un hombre barbado y con una gorra de tweed a cuadros por debajo de la cual asomaban dos gruesos mechones de pelo gris atados con banditas de goma, que caían casi hasta sus hombros. Estaba comiendo una manzana, cortándola con un cuchillo de mango corto y arrojándose los trozos a la boca. Sus piernas largas, enfundadas en pantalones de grueso corderoy, se estiraban frente a él, casi como si estuviera exhibiendo deliberadamente un par de zapatillas blancas, negras y grises, su prenda más nueva, en rotundo contraste con el resto de su indumentaria. Dalgliesh cerró la verja, caminó hacia él y encontró un par de brillantes ojos inteligentes en un rostro arrugado y atezado por la vida al aire libre. Si era un vagabundo, la agudeza de esa mirada, su aire de confiada autosuficiencia y la limpieza de sus manos blancas y un tanto delicadas lo hacían un vagabundo de tipo muy especial. Pero estaba demasiado cargado para ser un paseante casual. Su saco color caqui parecía de origen militar y estaba sostenido por una ancha correa de cuero de la que colgaban un jarro esmaltado, una pequeña sartén y una ollita. Al lado había una mochila pequeña pero llena.

–Buen día –dijo Dalgliesh–. Perdone si parezco impertinente, pero ¿puedo preguntarle de dónde obtuvo ese calzado?

La voz que le respondió era educada, un tanto pedante;

330

una voz, pensó Dalgliesh, que podía haber pertenecido a un profesor.

–Espero que no reclamará su propiedad al respecto. Lamentaría que nuestro trato, aunque sin duda destinado a ser fugaz, comenzara con una disputa sobre bienes.

–No, no son mías. Me estaba preguntando cuánto tiempo hace que las tiene.

El hombre terminó su manzana. Arrojó el corazón por sobre el hombro, a la acequia, limpió la hoja de la navaja en la hierba, la cerró y se la echó al bolsillo.

–¿Puedo preguntar a mi vez si esta interrogación suya surge de una curiosidad (discúlpeme) fuera de lugar y reprensible, de una suspicacia antinatural respecto del prójimo, o de un deseo de comprar un par semejante para usted? Si es lo último, me temo que no podré ayudarlo.

–Nada de eso. Pero la pregunta es importante. No soy ni suspicaz ni entrometido.

–Pero, señor, tampoco es especialmente directo ni explícito. A propósito, mi nombre es Jonah.

–El mío es Adam Dalgliesh.

–Pues bien, Adam Dalgliesh, déme un buen motivo por el que deba responder a su pregunta y tendrá mi respuesta.

Dalgliesh pensó durante un momento. Existía, supuso, la posibilidad teórica de que tuviera ante sí al asesino de Hilary Robarts, pero no se le ocurrió creerlo ni por un instante. Rickards le había telefoneado la noche anterior para decirle que las Bumble ya no estaban en el armario de donaciones, seguramente por creer que le debía esa información a Dalgliesh. Pero eso no significaba que fuera el vagabundo quien las había robado, no probaba que los dos pares fueran el mismo. Continuó:

–El domingo a la noche una joven fue estrangulada aquí en la playa. Si usted encontró recientemente o recibió, ese calzado, o está usándolo aquí en la punta el domingo, la policía tendrá que saberlo. Han encontrado una huella muy clara. Es importante identificarla, aunque más no sea para eliminar de la investigación a quien las usaba.

–Bueno, eso al menos es explícito. Habla como policía. Me entristecería saber que lo es.

–El caso no está a mi cargo. Pero soy policía y sé que los detectives locales están buscando un par de zapatillas Bumble.

–Y supongo que éstas serán zapatillas Bumble. Yo las había tomado por zapatos.

–Tienen la marca bajo la lengüeta, escondida. Es un truco

publicitario de los fabricantes. Se supone que las Bumble son re-conocibles sin un despliegue explícito del nombre. Pero si son Bumble, tienen una abeja amarilla en cada talón.

Jonah no respondió, pero con un súbito movimiento vigoro-so levantó ambos pies en el aire y los mantuvo allí un par de segun-dos, antes de dejarlos caer.

Quedaron en silencio unos segundos. Después habló Jonah:

—¿Me está diciendo que ahora tengo en los pies el calzado de un asesino?

—Es posible, pero sólo posible, que sea el calzado que el asesino estaba usando cuando la chica murió. Eso le hará ver su importancia.

—Seguramente me harán entender esa importancia; si no lo hace usted, será alguno de sus colegas.

—¿Ha oído hablar del Silbador de Norfolk?

—¿Es un ave?

—Un asesino de mujeres.

—¿Y este calzado es de él?

—El está muerto. Este último asesinato fue realizado utili-zando su modus operandi, para adjudicárselo a él. ¿De veras nun-ca oyó hablar de él?

—A veces veo un periódico, cuando necesito papel para otro uso más terrestre. Hay abundancia de periódicos para elegir en la basura. Rara vez los leo. Refuerzan mi convicción de que el mun-do no es para mí. Me temo que me perdí a su Silbador asesino. - Tras una pausa agregó:— ¿Qué se supone que debo hacer ahora? Supongo que estoy en sus manos.

—Como le dije, no estoy a cargo de esto –dijo Dalgliesh–. Pertenezco a la Policía Metropolitana. Pero si no le molesta ve-nir a mi casa conmigo, puedo llamar por teléfono al oficial a car-go. No es lejos. Vivo en el Molino de Larksoken, en la punta. Y si no le disgusta cambiar ese par de zapatillas por un par de za-patos míos, creo que es lo menos que puedo ofrecer. Somos de la misma altura, más o menos. Debe de haber un par que le vaya bien.

Jonah se puso de pie con sorprendente agilidad. Cuando iban hacia el auto, Dalgliesh agregó:

—En realidad no tengo derecho a preguntar, pero le ruego que satisfaga mi curiosidad. ¿Cómo llegaron a su poder?

—Me fueron proporcionadas, involuntariamente debía de-cir, en algún momento del domingo a la noche. Había llegado a la punta al caer la noche e ido a mi refugio nocturno habitual cuan-do estoy por aquí. Es esa construcción de concreto a medias enterrada cerca del risco. Un "nido de ametralladoras", creo que se llama. Usted lo conocerá.

—Lo conozco. No es un lugar especialmente cómodo para pasar la noche; al menos es lo que siempre había pensado.

—Es cierto, debe de haber lugares mejores. Pero tiene la ventaja de la privacidad. La punta está fuera de la ruta habitual de los excursionistas como yo. Por lo general la visito apenas una vez al año, y me quedo un día o dos. El nido de ametralladoras es a prueba de agua, y como su única abertura da al mar, puedo encender un pequeño fuego sin temor a ser descubierto. Hago a un lado la basura y no pienso en ella. Es una política que le recomiendo.

—¿Fue allí directamente?

—No. Como es mi costumbre, hice una visita a la Vieja Rectoría. La pareja mayor que vive ahí suele permitirme, con gran cortesía, hacer uso de su canilla. Quería llenar mi botella de agua. Resultó que no había nadie en casa. Había luces en las ventanas de la planta baja, pero nadie respondió al timbre.

—¿Recuerda qué hora sería?

—No tengo reloj y no llevo una cuenta muy precisa entre la caída del sol y el amanecer. Pero noté que el reloj de la iglesia de St. Andrew daba las ocho y media cuando pasé por la aldea. De modo que serían las nueve y cuarto o poco más cuando llegué a la Vieja Rectoría.

—¿Qué hizo entonces?

—Sabía que hay una canilla externa cerca del garaje. Me tomé la libertad de llenar mi botella sin pedir permiso. Pensé que no me negarían un poco de agua.

—¿Vio un auto?

—Había uno en la entrada. El garaje estaba abierto pero, como le dije, no vi persona alguna. De allí fui directamente a mi refugio. Para entonces estaba excesivamente fatigado. Bebí un poco de agua, comí un pan y algo de queso y me dormí. Las zapatillas fueron arrojadas a través de la puerta del refugio en algún momento de la noche.

—¿Arrojadas? ¿No colocadas?

—Así lo supongo. Si alguien hubiera entrado, no habría dejado de verme. De modo que lo más probable es que las hayan arrojado desde afuera. La semana pasada, en una iglesia de Ipswich, hubo una frase en el sermón que decía: "Dios le da a cada pájaro su gusano, pero no se lo arroja en el nido." Al parecer, en esta ocasión sí lo hizo.

—¿Y no lo despertaron al caer? Son zapatillas pesadas.

—Confirmo lo que dije anteriormente: que usted habla como

un policía. Ese domingo yo había caminado veinte millas. Como no tengo pesos en la conciencia, mi sueño es pesado. Si me hubieran caído sobre la cara, seguramente me habrían despertado. Tal como sucedió, las encontré a la mañana siguiente cuando desperté.

—¿Colocadas una al lado de la otra?

—De ninguna manera. Lo que sucedió fue que al despertar me estiré y cambié de posición. Al hacerlo sentí algo duro bajo mi cuerpo y encendí un fósforo. Lo que me molestaba era una de las zapatillas. La otra la encontré cerca de mis pies.

—¿No estaban atadas por los cordones?

—Si lo hubieran estado, mi querido señor, no habría encontrado una bajo mi espalda y otra al lado de mi pie.

—¿Y no sintió curiosidad? Después de todo, las zapatillas estaban prácticamente nuevas y de ninguna manera la clase de calzado que alguien podría tirar por capricho.

—Naturalmente sentí curiosidad. Pero, a diferencia de los miembros de su profesión, no estoy obsesionado por la necesidad de encontrar explicaciones. No se me ocurrió que tenía la responsabilidad de hallar al dueño o que debía entregarlas en el cuartel de policía más cercano. No creo que nadie me hubiera agradecido las molestias. Tomé con gratitud lo que el destino o Dios me enviaban. Mis viejos zapatos estaban cerca del final de su ciclo útil. Si le interesa, puede encontrarlos en ese nido de ametralladoras.

—Y se puso las zapatillas.

—No inmediatamente. Estaban mojadas. Esperé a que se secaran.

—¿Mojadas en parte, o totalmente?

—Totalmente. Alguien las había lavado muy cuidadosamente, probablemente bajo el chorro de una canilla.

—O caminando con ellas en el mar.

—Las olí. No era agua de mar.

—¿Puede asegurarlo?

—Mi querido señor, disfruto del uso de mis sentidos. Mi nariz es especialmente aguada. Puedo captar la diferencia entre el agua de mar y el agua de la canilla. Puedo decirle en qué condado estoy por el olor de la tierra.

Había doblado a la izquierda con el cruce y aparecieron ante ellos las aspas blancas del Molino. Viajaron en amistoso silencio unos pocos momentos. Después Jonah dijo:

—Creo que usted tiene derecho a saber a qué clase de hombre está invitando a su casa. Yo soy, señor, un moderno descastado. Sé que a los de mi especie originalmente se los expulsaba a las colonias, pero ahora hay algo más de clemencia y de todos modos, el exilio de los olores y colores de la campiña inglesa no me habría convenido. Mi hermano, un modelo de rectitud cívica y miembro prominente de la comunidad, transfiere un millar de libras por año de su cuenta de banco a la mía, con la condición de que nunca vuelva a embarazarlo con mi presencia. La interdicción, debo decirlo, se extiende a toda la ciudad de la que es alcalde, pero como él y sus funcionarios de planificación urbana han destruido hace mucho cualquier carácter que poseyera esa ciudad, la he descartado sin pena de mi itinerario. Es infatigable en la realización de obras de bien público y yo soy uno de los destinatarios de su beneficencia. He sido honrado por Su Majestad. Un título menor, pero estoy seguro de que el conserva esperanzas de recibir más.

–Su hermano –dijo Dalgliesh–, parece estar sacándola aliviada.

–¿Usted pagaría más para asegurarse de mi perpetua ausencia?

–De ninguna manera. Es sólo que presumo que la función de las mil libras es la de mantenerlo y me pregunto cómo lo consigue. Mil libras como soborno anual puede ser considerado generoso; pero como único ingreso, seguramente es insuficiente.

–Para hacerle justicia, mi hermano estaría dispuesto a hacer un aumento de acuerdo con los índices de precios. Tiene un sentido casi obsesivo de la justicia burocrática. Pero le he dicho que veinte libras por semana es más que suficiente. No tengo casa, no pago alquiler, ni cuotas, tampoco calefacción, luz, teléfono, ni auto. No contamino mi cuerpo ni mi entorno. Un hombre que no pueda alimentarse con casi tres libras por día o bien debe carecer de iniciativa o bien ser esclavo de deseos descontrolados. Un campesino indio lo consideraría un tren de vida lujoso.

–Un campesino indio tendría menos problemas en mantenerse caliente. Los inviernos deben ser difíciles.

–Un invierno duro es, ciertamente, una prueba de resistencia. Pero no me quejo. Siempre estoy más sano en invierno. Y los fósforos son baratos. Nunca aprendí esos trucos de los Boy Scouts para encender fuego frotando varillas o con una lupa. Por suerte, conozco a una docena de granjeros que me permiten dormir en sus graneros. Saben que no fumo, que soy ordenado, que me iré por la mañana. Pero nunca hay que abusar de la bondad. La bondad humana es como una canilla defectuosa: el primer chorro puede ser espléndido, pero pronto adelgaza mucho. Yo tengo mi programa anual y eso también los tranquiliza. Hay una granja a treinta millas al norte de aquí donde pronto estarán diciendo: "¿No es la época del año en que aparece Jonah?" Cuando me ven, me saludan con alegría: con alivio más que con tolerancia. Si yo sigo vivo, ellos también. Y nunca pido. Mucho más eficaz que pedir, es ofrecerse a pagar. "¿Podría venderme dos huevos y media pinta de leche?" Eso, mostrando el dinero, suele producir seis huevos y una pinta completa. No necesariamente lo más fresco que haya, pero no debe esperarse demasiado de la generosidad humana.

—¿Y los libros? —dijo Dalgliesh.

—Ah, señor, ahí ha tocado un punto sensible. Los clásicos puedo leerlos en bibliotecas públicas, aunque a veces es un tanto irritante tener que interrumpir a la hora de cierre. Por lo demás, dependo de libros de segunda mano en puestos de feria. Uno o dos puesteros permiten cambiar el libro o recuperar el dinero en la segunda visita. Es una forma notablemente barata de biblioteca circulante. En cuanto a ropas, están las ventas de beneficencia. Oxfam y esos útiles negocios que se ocupan de descartes militares. Cada tres años, con los ahorros que he hecho de mi asignación, compro un capote militar de ocasión.

—¿Cuánto hace que está llevando esta vida?

—Casi veinte años ya, señor. La mayoría de los vagabundos son dignos de compasión, por ser esclavos de sus pasiones, generalmente la bebida. Un hombre libre de todos los deseos humanos salvo el de comer, dormir y caminar, es verdaderamente libre.

—No del todo —dijo Dalgliesh—. Usted tiene cuenta bancaria, y al parecer, necesita esas mil libras.

—Es cierto. ¿Le parece que sería más libre si no las tomara?

—Más independiente, quizá. Podría tener que trabajar.

—No puedo trabajar; mendigar me avergüenza. Por suerte el Señor ha sido benévolo con su oveja extraviada. Lamentaría despojar a mi hermano de la satisfacción de su buena acción. Es cierto que tengo una cuenta de banco para recibir mi subsidio anual y hasta este punto me conformo a los usos sociales. Pero como el ingreso depende de esta separación con mi hermano, sería difícil recibir el dinero personalmente y mi libreta de cheques y tarjeta acompañante tienen el efecto más gratificante sobre la policía cuando, como sucede en ocasiones toman cierto interés en mis andanzas. No tenía idea de que una tarjeta de plástico fuera a tal punto garantía de respetabilidad.

—¿Y no necesita lujos especiales? —preguntó Dalgliesh—. ¿Ninguna otra necesidad? ¿Bebida? ¿Mujeres?

–Si por mujeres se refiere a sexo, entonces la respuesta es no. Estoy escapando, señor, del alcohol y el sexo.

–Entonces está huyendo de algo. Yo podría argumentar que un hombre que huye nunca es enteramente libre.

–Y yo podría preguntarle, señor, de qué está escapando usted en esta punta desolada. Si es de la violencia de su profesión, al parecer ha tenido una notable mala suerte.

–Y ahora esa misma violencia ha rozado su vida. Lo siento.

–No se preocupe. Un hombre que vive con la naturaleza está habituado a la violencia y cercano a la muerte. Hay más violencia en un jardín inglés que en la peor de las calles de una gran ciudad.

Cuando llegaron al molino llamó a Rickards. No lo encontró, pero habló con Oliphant, quien dijo que acudiría de inmediato. Después Dalgliesh llevó a Jonah al piso alto a revisar la media docena de pares de zapatos que tenía consigo. No hubo problemas por el tamaño, pero Jonah de todos modos se los probó uno tras otro y los examinó con minucia antes de elegir. Dalgliesh estuvo tentado de observar que una vida de simplicidad y privaciones no había arruinado su ojo para el buen cuero. Con algo de pena vio que la elección recaía sobre su par favorito y el más caro.

Jonah caminó por el dormitorio, mirándose los pies con complacencia.

–Al parecer elegí lo mejor que había en oferta. Las Bumble fueron oportunas, pero no del todo adecuadas para un caminador en serio, y me proponía remplazarlas no bien se presentara la oportunidad. Las reglas del camino son pocas y simples, pero imperativas. Ya las estuve comentando con usted. Mantener los intestinos en buen funcionamiento; bañarse una vez a la semana; usar lana o algodón contra la piel y cuero en los pies.

Quince minutos después el invitado estaba en un sillón, con un jarro de café en las manos, siempre mirando sus pies con satisfacción. Oliphant no tardó en llegar. Aparte del chófer, estaba solo. Entró en la sala trayendo con él un aire de amenaza masculina y autoridad. Antes incluso de que Dalgliesh los presentara, le dijo a Jonah:

–Usted debió saber que no tenía derecho a esas zapatillas. Son nuevas. ¿No ha oído del hurto por hallazgo?

–Un momento, sargento –pidió Dalgliesh llevando aparte a Oliphant. Le dijo en voz baja:– Debe tratar al señor Jonah con cortesía. –Y antes de que Oliphant pudiera contestar agregó:– Es cierto. Le ahorraré el trabajo de decirlo: Esto no es mi caso. Pero

337

él es un invitado en mi casa. Si sus hombres hubieran registrado la punta el lunes con más eficiencia, los tres nos habríamos evitado estas molestias.

–Tiene que ser un sospechoso serio, señor. Tiene las zapatillas.

–También tiene un cuchillo –dijo Dalgliesh– y admite haber estado en la punta el domingo a la noche. Trátelo como un sospechoso serio si puede encontrar una sola prueba de que conocía el modo de operar del Silbador o incluso su existencia. ¿Pero por qué no escuchar su historia antes de saltar a conclusiones sobre su culpabilidad?

–Culpable o no, señor Dalgliesh, el hombre es un testigo importante. No veo cómo podríamos dejar que prosiga sus vagabundeos.

–Y yo no veo cómo podría impedírselo legalmente. Pero ése es su problema, sargento.

Pocos minutos después, Oliphant conducía a Jonah hacia el auto. Dalgliesh los acompañó. Antes de subir al asiento trasero, Jonah se volvió hacia él:

–Fue una mal día cuando lo encontré, Adam Dalgliesh.

–Pero fue un buen día para la justicia, quizá.

–Oh, la justicia. ¿Ese es su trabajo? Creo que es demasiado tarde para justicia. Este planeta nuestro se precipita hacia su destrucción. Ese bastión de concreto en el borde del mar puede ayudar a traer la oscuridad final. Si no, lo hará alguna otra locura del hombre. Llega un momento en que todo científico y hasta Dios, tiene que abandonar un experimento. Ah, veo cierto alivio en su cara. Está pensando: el tipo después de todo está loco, ese un vagabundo especial. Ya no debo tomarlo en serio.

–Mi cerebro está de acuerdo con usted –dijo Dalgliesh–. Mis genes son más optimistas.

–Usted lo sabe. Todos lo sabemos. Cómo explicar si no la angustia moderna del hombre. Y cuando caiga la oscuridad final, yo moriré como he vivido, en el refugio seco más próximo. –Tras lo cual mostró una sonrisa notablemente dulce, y agregó:– Con sus zapatos puestos, Adam Dalgliesh.

9

El encuentro con Jonah dejó a Dalgliesh curiosamente inquieto. Tenía muchos trabajos pendientes todavía en el molino, pero no sentía ganas de iniciar ninguno. Su instinto lo empujaba a subir al Jaguar e irse muy rápido y muy lejos. Pero había recurrido a ese medio con demasiada frecuencia como para conservar fe en su eficacia. El molino seguiría de pie a su vuelta, los problemas todavía sin resolver. No tenía dificultad en reconocer la base de su descontento: la frustrante intromisión en un caso que nunca sería suyo y del que le era imposible distanciarse. Recordó unas palabras de Rickards dichas antes de separarse la noche del crimen.

–Usted puede querer no involucrarse, señor Dalgliesh, pero está involucrado. Puede desear no haberse acercado jamás al cadáver, pero estuvo allí.

Le parecía recordar que él le había dirigido palabras muy semejantes a un sospechoso en uno de sus propios casos. Empezaba a comprender por qué fueron tan mal recibidas. Siguiendo un impulso, abrió el molino y trepó por la escalera hasta el piso más alto. Sospechaba que era allí donde su tía había encontrado su paz. Quizás algo de esa tranquilidad perdida podía esperarlo allí arriba. Pero si tenía esperanzas de pasar un rato solo, no tardó en desengañarse.

Cuando observó la extensión de la punta por la ventana del sur, vio avanzar una bicicleta. Al principio estaba demasiado lejana para distinguir al ciclista, pero después reconoció a Neil Pascoe. Nunca habían hablado pero, como todos los vecinos de la punta, se conocían de vista. Pascoe parecía pedalear con gran decisión, la cabeza gacha sobre el manubrio, los hombros balanceándose por el esfuerzo. Al acercarse al molino de pronto se detuvo, puso ambos pies en tierra, miró el edificio como si lo viera por primera vez, desmontó y siguió llevando la bicicleta a un lado.

Por un segundo Dalgliesh sintió la tentación de simular que no estaba, pero recordó que el Jaguar estaba estacionado a la vista, y que era posible que Pascoe, en su larga mirada al molino, hubiera divisado su rostro en la ventana. Fuera cual fuere el motivo de su visita, parecía ser uno que no podía evitar. Pasó a la ventana sobre la puerta, la abrió y llamó:

–¿Me busca?

La pregunta era retórica. ¿Qué otra cosa podría hacer Pascoe en el Molino de Larksoken? Mirando desde arriba el rostro con la barbilla delgada y puntiaguda, lo vio curiosamente disminuido, una figura vulnerable, más bien patética, aferrada a la bicicleta como si necesitara protección.

Pascoe gritó, contra el viento:

–¿Puedo hablar con usted?

Una respuesta honesta habría sido: "Sólo si es necesario", pero no era la respuesta que Dalgliesh creyera que pudiera gritarse contra el ruido del viento sin que pareciera descortés. De modo que dijo:

–Ya bajo.

Pascoe apoyó la bicicleta contra la pared del molino y lo siguió a la sala.

–No hemos sido presentados –dijo–, pero quizás usted ha oído hablar de mí. Soy Neil Pascoe y vivo en la casa rodante. Lamento molestarlo cuando usted busca un poco de paz. –Parecía tan incómodo como un vendedor ambulante tratando de asegurarle a un cliente que no era un estafador.

Dalgliesh habría podido responder: "Es posible que esté buscando un poco de paz, pero nadie parece decidido a concedérmela."

–¿Café? –preguntó.

La respuesta de Pascoe fue la previsible:

–Si no es mucha molestia.

–Ninguna. Estaba pensando hacer un poco para mí.

Pascoe lo siguió a la cocina y se apoyó en el marco de la puerta, en una postura no muy convincente de calma, mientras Dalgliesh molía los granos y ponía a calentar el agua. Le parecía que desde su llegada al molino había pasado una considerable cantidad de tiempo proveyendo comida y bebida para visitantes no invitados. Cuando el molinillo terminó su tarea, Pascoe dijo con aire truculento:

—Necesito hablar con usted.

—Si es sobre el asesinato, debería hablar con el inspector jefe Rickards, no conmigo. No es mi caso.

—Pero usted encontró el cadáver.

—Eso podría, en ciertas circunstancias, volverme un sospechoso más en la lista. Pero no me da derecho a interferir profesionalmente en el caso de otro oficial, que ni siquiera pertenece a la misma fuerza policíaca que yo. No soy el oficial que investiga el caso. Usted lo sabe.

Pascoe mantenía la vista fija en el líquido burbujeante:

—Sabía que no le resultaría especialmente agradable recibirme. No habría venido de poder hablar con otra persona. Hay cosas que no puedo discutir con Amy.

—Hable. Siempre que recuerde con quién está hablando.

—Con un policía. Es como un sacerdocio, ¿no? Siempre se está en funciones. Cuando se llega a cura, se es siempre cura.

—La analogía no es válida. Yo no doy garantía de confidencialidad ni la absolución, es lo que estoy tratando de decirle.

No hablaron hasta que el café estuvo servido en sendos jarros y Dalgliesh los llevó en una bandeja a la sala. Se sentaron uno a cada lado de la chimenea. Pascoe tomó un jarro pero no parecía muy decidido a beberlo. Lo hizo girar entre las manos, mirando el café, sin llevárselo a los labios. Al cabo de un momento dijo:

—Es sobre Toby Gledhill, el chico (bueno, era un chico en realidad) que se mató en la Central.

—He oído de Toby Gledhill —dijo Dalgliesh.

—Entonces sabrá cómo murió. Se arrojó desde lo alto del reactor y se quebró el cuello. Eso fue un viernes, el doce de agosto. Dos días antes, el miércoles, fue a verme a eso de las ocho de la noche. Yo estaba solo en la casa rodante. Amy había ido a Norwich en el furgón a hacer compras y dijo que quería ver una película, por lo que volvería tarde. Yo me ocupaba de Timmy. Entonces oí el golpe en la puerta y era él. Yo lo conocía, por supuesto. Al menos sabía quién era. Lo había visto en una o dos de esas visitas guiadas en la Central. Por lo general me hago tiempo para ir a esas recorridas. No pueden impedirme entrar y me da oportunidad de hacerle un par de preguntas incómodas al guía, contrarrestando su propaganda. Y creo que estuvo presente en alguna de las reuniones por el nuevo reactor de agua presurizada. Pero por supuesto, no habíamos sido presentados. No pude imaginarme qué quería de mí, pero lo invité y le ofrecí una cerveza. Había encendido la hornalla, por la cantidad de ropa de Timmy para secar, así que la casa rodante estaba muy calurosa y húmeda. Cuando recuerdo esa noche, me parece verlo a través de una nube de vapor. Después de la cerveza me preguntó si podíamos salir. Parecía inquieto, como si sufriera de claustrofobia y me preguntó más de una vez a qué hora esperaba a Amy. Así que alcé a Timmy de la cuna, lo cargué en brazos y salimos a dar un paseo por la costa, hacia el norte. Solo cuando llegamos a la altura de la abadía en ruinas me dijo lo que decidió decirme. Lo hizo abruptamente, sin preámbulos. Había llegado a la conclusión de que la energía nuclear era demasiado peligrosa para seguir empleándola y que al menos hasta que se hubiera resuelto el problema de los desperdicios radiactivos, no deberíamos construir más centrales atómicas. Hubo una expresión peculiar que usó: "No es sólo peligrosa, también es corruptora."

–¿Explicó cómo llegó a esa conclusión? –preguntó Dalgliesh.

–Creo que la había venido rumiando desde hacía unos meses y el accidente de Chernobyl probablemente lo precipitó. Dijo que otro hecho reciente lo había ayudado a decidirse. No aclaró qué, pero me lo revelaría, agregó, cuando hubiera tenido más tiempo para pensar. Le pregunté si se sumaría a nosotros. Respondió que creía que tendría que ayudarnos. No le bastaría con renunciar a su trabajo. Era difícil para él y yo entendía esa dificultad. Admiraba y apreciaba a sus colegas. Dijo que eran científicos devotos y hombres muy inteligentes que creían en lo que estaban haciendo. Lo que pasaba era que él, simplemente, no podía creer más. No había pensado en los pasos ulteriores, al menos no muy claramente. Estaba tal como yo estoy ahora: con la necesidad de hablar. Supongo que yo era la persona que le pareció más indicada para hacerlo. Sabía de la existencia del CEN, por supuesto. – Miró a Dalgliesh y dijo con ingenuidad:– Es la sigla de "Contra la Energía Nuclear." Cuando se hizo la propuesta de construir aquí el nuevo reactor, yo formé un pequeño grupo local para oponernos. Un grupo de ciudadanos comunes responsables, independiente de los de protesta más poderosos, a nivel nacional. No ha sido fácil. La mayoría trata de ignorar la existencia de la Central. Y por supuesto hay muchos que la ven con buenos ojos en tanto ha dado empleos y más clientela para las tiendas y pubs de la zona. El grueso de la oposición al nuevo reactor no fue local, sino proveniente de asociaciones como el CND, Amigos de la Tierra y Greenpeace. Aceptamos su apoyo, por supuesto. Ellos son los que disponen de la artillería pesada. Pero yo pensé que era importante poner en marcha algo local y supongo que en realidad no me gusta depender de organizaciones mayores. Prefiero hacer las cosas por mí mismo.

–Y Gledhill –dijo Dalgliesh–, habría sido un converso importante para usted. –Las palabras eran casi brutales por sus implicancias. Pascoe se ruborizó y lo miró a los ojos.

–Estaba también eso. Creo que en ese momento lo pensé. No era del todo desinteresado. Quiero decir, sabía lo importante que sería su ayuda, si se producía. Pero me sentía, bueno, halagado, de que hubiera recurrido a mí en primer lugar. El CEN, en realidad, no ha hecho mucho impacto. Hasta las siglas fueron un error. Las elegí porque quería algo que fuera fácil de recordar, pero CEN... se presta a bromas. Creo imaginar lo que usted está pensando, que podría haberle hecho más favor a la causa uniéndome a uno de los grupos existentes de presión en lugar de jugar al cruzado solitario. Si piensa eso, creo que tiene razón.

–¿Gledhill le comentó si había hablado con alguien de la Central?

–Dijo que no, todavía. Creo que era lo que más tenía. Sobre todo odiaba la idea de decírselo a Miles Lessingham. Mientras caminábamos por la playa, con Timmy dormido sobre mi hombro, se sintió libre para hablar, y creo que fue un alivio para él. Me confesó que Lessingham estaba enamorado de él. El no era gay, aunque sí ambivalente. Pero admiraba inmensamente a Lessingham y sentía que en cierto modo lo estaba traicionando. Me dio la impresión de que se hallaba en medio de una tremenda confusión en la que se mezclaban sus sentimientos sobre la energía atómica, su vida personal, su carrera, todo.

De pronto Pascoe pareció recordar que tenía en las manos su jarro de café y, bajando la cabeza, comenzó a beber a grandes sorbos, como un hombre desesperado de sed. Cuando el jarro estuvo vacío lo puso en el piso y se secó los labios con la mano.

–Era una noche cálida, después de un día lluvioso, de luna nueva. Es curioso lo bien que puedo recordarlo. Caminábamos sobre el pedregullo, muy cerca de la línea del agua. Y de pronto, apareció ante nosotros Hilary Robarts, saliendo de las olas. Llevaba puesto sólo la parte inferior de su bikini y se quedó inmóvil un momento, con el agua chorreándole del cabello, fosforescente, con esa luz fantasmal que parece salir del mar las noches estrelladas. Después caminó lentamente hacia nosotros. Supongo que quedamos paralizados. Ella había encendido un pequeño fuego sobre el pedregullo y los tres fuimos hacia allí. Tomó la toalla, pero no se envolvió con ella. Estaba... bueno, estaba maravillosa, las gotas de agua brillando sobre su piel y ese pequeño estuche en forma de llave colgándole entre los pechos. Sé que suena ridículo, o cursi, pero parecía una diosa salida del mar. Hizo como si yo no existiera en absoluto; miró a Toby y le dijo: "Qué suerte encontrarte, Toby. ¿Por qué no vienes a casa a tomar y comer algo?" Una invitación muy común. Palabras inofensivas y corrientes. Pero no lo eran tanto.

"No creo que él hubiera podido resistirse. Yo tampoco habría podido. No en ese momento. Y supe exactamente, como lo sabía ella, lo que estaba haciendo. Le estaba pidiendo que hiciera una elección. De mi lado nada más que problemas, un empleo perdido, angustia personal, posiblemente incluso su futuro arruinado. Del lado de ella la seguridad, el triunfo profesional, el respeto de sus pares y colegas. Y amor. Creo que le estaba ofreciendo amor. Yo sabía lo que sucedería en el cottage si él iba con ella, y él también lo sabía. Pero fue. Ni siquiera me dijo buenas noches. Ella se echó la toalla sobre los hombros y nos dio la espalda como si estuviera completamente segura de que él la seguiría. Y él la siguió. Y dos días después, el viernes doce de agosto, se mató. No sé qué pudo decirle. Nadie lo sabrá. Pero creo que después de ese encuentro él no pudo soportar más. No por lo que ella haya esgrimido para amenazarlo, si es que lo amenazó. Pero si no hubiera sido por ese encuentro en la playa, creo que él seguiría vivo. Ella lo mató.

–¿Nada de eso salió a luz en la investigación? –preguntó Dalgliesh.

–No, nada. No había razón para que se conociera. A mí no me llamaron a atestiguar. Todo fue manejado de la manera más discreta. Alex Mair no quería de ninguna manera que hubiera publicidad. Como usted probablemente ha notado, casi nunca hay publicidad cuando pasa algo malo en una Central Nuclear. Se han vuelto verdaderos expertos en silenciar a la prensa.

–¿Y por qué me está contando esto a mí?

–Quiero estar seguro de que es algo que Rickards pueda necesitar oír. Pero supongo que en realidad estoy contándoselo porque tenía que decírselo a alguien. No sé bien por qué lo elegí a usted. Perdón.

Una respuesta cierta, aunque poco cortés, habría sido: "Me eligió a mí con la esperanza de que yo me ofreciera a transmitirle esta información a Rickards y ahorrarle la responsabilidad." En lugar de eso, Dalgliesh acotó:

–Usted se dará cuenta, por supuesto, de que el inspector en jefe Rickards debe oír todo esto.

–¿Sí? Es de eso de lo que quiero estar seguro. Supongo que se trata del miedo habitual a los tratos con la policía. ¿Qué uso darán a esta información? ¿No se harán una idea errónea? ¿No podrá incriminar a alguien que podría ser inocente? Supongo que usted tiene que tener confianza en la integridad de la policía, o sería detective de no ser así. Pero nosotros sabemos que las cosas pueden ir por mal camino, que el inocente puede ser acosado, que la policía no siempre es tan escrupulosa como lo pretende. No le estoy pidiendo que se lo diga por mí, no soy tan infantil. Pero realmente no veo su importancia. Los dos están muertos. No puedo ver en qué sentido contarle a Rickards sobre este encuentro puede ayudarlo a encontrar al asesino de la señorita Robarts. Y a ninguno de los dos puede devolverle la vida.

Dalgliesh volvió a llenar el jarro de Pascoe.

–Por supuesto que es importante. Usted está sugiriendo que Hilary Robarts pudo haber chantajeado a Gledhill para seguir en su trabajo. Si pudo hacerlo con una persona, pudo cometerlo con otra. Todo en la vida de la señorita Robarts tiene importancia para esclarecer su muerte. Y no se preocupe mucho por los sospechosos inocentes. No le diré que los inocentes no sufren en una investigación por homicidio. Por supuesto que sufren. Nadie aun remotamente relacionado con un crimen, sale indemne. Pero el inspector en jefe Rickards no es tonto y es honesto. Aprovechará sólo lo que sea de importancia para su investigación y será él quien decida qué es importante y qué no.

–Supongo que es eso lo que vine a oír. Muy bien, se lo diré.

Terminó su café muy rápidamente, como si estuviera apurado por marcharse, y con una despedida apresurada subió a su bicicleta y pedaleó con fuerza alejándose, contra el viento. Dalgliesh llevó los dos jarros a la cocina, pensativo. Ese retrato verbal de Hilary Robarts surgiendo de las olas como una diosa había sido notablemente vívido. Pero un detalle fue erróneo. Pascoe habló del pequeño estuche en forma de llave colgándole entre los pechos. Recordaba las palabras de Mair cuando ambos miraban el cadáver: "Ese estuche que tiene colgado del cuello, se lo regalé para su cumpleaños el 29 de agosto." El miércoles diez de agosto Hilary Robarts no podía estar usándolo. Pascoe, indiscutiblemente, había visto a Hilary Robarts saliendo del mar con el estuche entre sus pechos desnudos; pero no pudo ser el diez de agosto.

LIBRO SEXTO

Del sábado 1º de octubre al jueves 6 de octubre

1

Jonathan había decidido esperar al sábado para ir a Londres y continuar con su investigación. Era menos probable que su madre desconfiara de una excursión el sábado a visitar el Museo de Ciencias, mientras que pedir un día de licencia siempre provocaba un interrogatorio sobre el sitio adonde iba y el motivo. Pero consideró prudente pasar media hora en el museo antes de poner rumbo a Pont Street y eran las tres de la tarde cuando estaba frente al edificio de departamentos. Un hecho fue evidente desde el primer momento: nadie que viviera en este edificio y tuviera una casera podía ser pobre. Era parte de un imponente complejo victoriano, mitad piedra, mitad ladrillo, con pilares a cada lado de la resplandeciente puerta negra y vidrios verdes tallados en las dos ventanas de la planta baja. La puerta estaba abierta y pudo ver un vestíbulo cuadrado con piso de mármol en cuadrados blancos y negros, así como la balaustrada inferior de una escalera y la puerta de un ascensor jaula dorado. A la derecha había un escritorio de portero, con un hombre uniformado detrás. Pasó caminando deprisa, por no querer que lo vieran curioseando.

En cierto sentido no debía hacer más que buscar la boca más próxima del subterráneo, regresar a la estación y tomar el primer tren a Norwich. Cumplió lo que se propuso: ya sabía que Caroline le había mentido. Se dijo que debía sentirse irritado y disgustado, tanto por la mentira de ella como por su propia duplicidad al investigarla. Se había creído enamorado de ella. Estaba enamorado. Desde hacía un año, no tuvo prácticamente un momento con ella ausente de sus pensamientos. Esa belleza rubia, distante, fría, lo había obsesionado. Como un colegial, la esperaba en los pasillos por donde ella podía pasar, se apresuraba a acostarse de noche porque en la cama podía permitirse sus secretas fantasías eróticas, despertaba cada mañana preguntándose dónde y cómo se verían ese día. Ni el acto físico de la posesión, ni el descubrimiento de su mentira, podía destruir ese amor. Y entonces, ¿por qué esta confirmación de sus engaños era casi agradable? Debería sentirse desolado y en lugar de ello se sentía colmado por una satisfacción cercana al triunfo. Ella le había mentido, casi al descuido, confiada en que él estaba demasiado enamorado, demasiado absorto, y era por demás estúpido como para cuestionar siquiera su historia. Pero ahora, con el descubrimiento de la verdad, el equilibrio de poder en su relación se desplazaba ligeramente. No sabía aún qué uso daría a esta información. Había encontrado la energía y el valor para actuar, pero tener el coraje de enfrentarla con este nuevo conocimiento, era otra cuestión.

Caminó rápidamente hasta el fin de la calle, los ojos en el suelo y luego volvió sobre sus pasos, tratando de ordenar sus emociones turbulentas, tan entremezcladas que parecían estar luchando por la supremacía: alivio, pena, disgusto, triunfo. Y había sido tan fácil. Todos los obstáculos temidos, desde ponerse en contacto con la agencia de detectives hasta encontrar una excusa para su día en Londres, fueron superados con mayor facilidad de la que hubiera creído posible. Entonces, ¿por qué no arriesgar un paso más? ¿Por qué no asegurarse del todo? Sabía el nombre de la casera, la señorita Beasley. Podía pedir verla, decirle que había conocido a Caroline un año o dos atrás, en París quizá, que había perdido su dirección y quería ponerse en contacto con ella. Si mantenía simple la historia y se resistía a la tentación de complicarla, no podía haber peligro. Sabía que Caroline tomó sus vacaciones de verano en 1986 en Francia; ese año él también había ido a Francia. Era uno de los hechos que salieron a luz en una de las primeras conversaciones que tuvieron, charlas inocuas sobre viajes y pintura, el intento de encontrar algún interés común. Bueno, al menos él había estado en París, visitó el Louvre. Podía decir que fue allí donde se conocieron.

Necesitaría un nombre falso, por supuesto. El nombre de pila de su padre podía servir. Percival. Charles Percival. Era mejor elegir algo ligeramente inusual; un nombre demasiado común siempre parecía falso. Diría que vivía en Nottingham. Había estado en la universidad allí y conocía la ciudad. De algún modo, poder ver en la imaginación esas calles familiares hacía creíble la fantasía. Necesitaba plantar sus mentiras en un paisaje verdadero. Podía decir que trabajaba en un hospital de Nottingham, como técnico de laboratorio. Si le hacía más preguntas, podría responderlas. Pero, ¿por qué iba a haber más interrogantes?

Se obligó a lucir un aire confiado cuando entraba en el vestíbulo. Apenas un día atrás le habría sido difícil enfrentar la mirada del portero. Ahora, animado por la autoconfianza del éxito, manifestó.

—Querría visitar a la señorita Beasley en el Departamento Tres. ¿Me haría el favor de decirle que soy un amigo de la señorita Aphlett?

El portero salió de detrás del escritorio y fue a su oficina a llamar. Jonathan pensó: ¿Qué me impide subir simplemente por la escalera y golpear a la puerta? Pero comprendió que en ese caso el portero llamaría a la señorita Beasley y le recomendaría no abrir. En el edificio se contemplaban medidas de seguridad, aunque no parecían muy rigurosas.

En medio minuto el hombre estaba de vuelta.

—Está bien, señor —dijo—. Puedo subir. Es en el primer piso.

No se molestó en tomar el ascensor. La doble puerta de caoba con su número en bronce pulido, sus dos cerrojos y la mirilla central, daba al frente del edificio. Se alisó el cabello, tocó el timbre y se colocó frente a la mirilla con un aire de supuesta confianza. No oía nada adentro y la pesada puerta parecía crecer mientras esperaba, como una formidable barricada que sólo un tonto temerario podía esperar vencer. Por un segundo, imaginándose ese ojo que lo examinaba tras la mirilla, tuvo que contener un impulso de huir. Pero luego hubo el tintineo de una cadena, el sonido de un cerrojo girando y la puerta se abrió.

Desde el momento de tomar la decisión de visitar el departamento, había estado demasiado preocupado con la fabricación de su historia para pensar mucho en la señorita Beasley. La palabra "casera" había conjurado la imagen de una mujer madura, vestida sobriamente, en el peor de los casos un tanto condescendiente e intimidante, en el mejor de los casos amable, charlatana y ávida por ayudar. La realidad fue tan extraña que tuvo un estremecimiento de sorpresa visible, que lo hizo ruborizar de inmediato. La mujer era baja y muy delgada, con cabello rojo-dorado blanco en las raíces y obviamente teñido, que caía muy lacio sobre los hombros. Los ojos verde claro eran inmensos y hundidos, con los párpados inferiores invertidos e inyectados, por lo que el globo ocular parecía nadar en una herida abierta. La piel era muy blanca y cruzada por innumerables y finas arrugas, excepto en los pómulos salientes, donde se estiraba y adelgazaba como un papel. En contraste con la fragilidad desnuda de la piel, la boca era un trazo delgado del más chillón escarlata. Llevaba sandalias de tacón alto y un quimono y cargaba en brazos un perro pequeño y casi sin pelo, de ojos saltones y en el cuello un collar con gemas. Por unos segundos se quedó mirándolo en silencio, con el perro apoyado contra la mejilla.

Jonathan, de quien huía velozmente la seguridad, dijo:

—Lamento molestarla. Es sólo que soy amigo de la señorita Caroline Amphlett y estoy tratando de ubicarla.

—Bueno, no la encontrará aquí. —La voz, que él reconoció, era inesperadamente grave y ronca para provenir de una mujer tan frágil; no era una voz atractiva.

—Lamentaría haberme equivocado de Amphlett. Sabe, Caroline me dio su dirección hace dos años, pero la perdí, así que probé en la guía telefónica.

—No dije que se haya equivocado de Amphlett, sólo que no la encontrará aquí. Pero, como usted parece bastante inofensivo, y evidentemente no está armado, será mejor que pase. En estos tiempos violentos nunca se toman demasiadas precauciones, pero Baggott es muy confiable. Muy pocos impostores logran superar a Baggott. ¿Usted es un impostor, señor...?

—Percival. Charles Percival.

—Debe perdonar mi *déshabillé*, señor Percival, pero normalmente no espero visitas por la tarde.

La siguió a través de un pequeño vestíbulo cuadrado y luego, pasando por una puerta doble, entró en lo que evidentemente era una sala de estar. Ella le señaló con gesto imperioso un sofá frente a la chimenea. Era incómodamente bajo, y tan blando como una cama. Con movimientos lentos, como si se tomara su tiempo deliberadamente, ella se ubicó frente a él en un elegante sillón de aletas, colocó el perro en su regazo y lo miró con la intensidad fija y seria de un inquisidor. Jonathan sabía que debía de parecer tan torpe e incómodo como se sentía, con los muslos hundidos en la suavidad de los almohadones, las rodillas casi tocándole el mentón. El perro, tan desnudo como si lo hubieran dejado en carne viva y temblando todo el tiempo, volvió primero hacia él, luego hacia ella, su suplicante mirada exoftálmica. El collar de cuero con sus grandes piedras rojas y azules parecía pesar mucho en el delicado cuello del animal.

Jonathan resistió a la tentación de mirar a su alrededor, pero de todos modos le parecía que cada rasgo del cuarto había entrado en su conciencia: la chimenea de mármol encima de la cual colgaba un retrato al óleo de un militar victoriano, una cara pálida y arrogante con un mechón de cabello rubio cayéndole casi hasta la mejilla; el parecido con Caroline era casi sobrenatural. Las cuatro sillas talladas con tapizados bordados, contra la pared; el piso de madera clara, encerado, con pequeñas alfombras; la mesa en el centro y las mesitas de apoyo con sus fotografías en marcos de plata. Había un fuerte olor a pintura y trementina. En algún lugar del departamento estaban pintando un cuarto. Tras un escrutinio silencioso que duró unos instantes, la mujer habló.

—Así que usted es amigo de Caroline. Me sorprende, señor... señor... Me temo que ya olvidé su nombre.

—Percival. Charles Percival —dijo él con firmeza.

—El mío es Oriole Beasley. Aquí soy la casera. Como le dije, me sorprende, señor Percival. Pero si me dice que es amigo de Caroline, por supuesto que acepto su palabra.

—Quizá no debí decir amigo. Sólo la vi una vez, en París, en 1986. Recorrimos el Louvre juntos. Pero me gustaría volver a verla. Ella me dio su dirección, pero la perdí.

—Qué descuido. Entonces, esperó dos años, y decidió rastrearla. ¿Por qué ahora, señor Percival? Al parecer, había logrado controlar su impaciencia durante dos años.

El sabía cómo debía lucir y sonar a los ojos de esta mujer: inseguro, tímido, incómodo. Pero eso seguramente era lo que ella debía esperar de un hombre lo bastante torpe como para creer que podía revivir una pasión fugaz ya muerta.

—Es sólo que estoy en Londres por unos días. Trabajo en Nottingham. Soy técnico en un hospital. No vengo al sur con frecuencia. Fue un impulso en realidad, lo de encontrar a Caroline.

—Como verá, no está aquí. De hecho, no ha vivido en esta casa desde que tenía diecisiete años y como yo soy apenas la casera, no está entre mis atribuciones proporcionarle información sobre el paradero de los miembros de la familia a inquisidores casuales. ¿Usted se describía como un inquisidor casual, señor Percival?

—Quizá parezca algo así —dijo Jonathan—. Es sólo que encontré el nombre en la guía telefónica y pensé que valía la pena probar. Por supuesto, ella podría no querer volver a verme.

—Yo pensaría que eso es algo más que probable. Y, por supuesto, usted tiene alguna identificación, algo que confirme que es el señor Charles Percival de Nottingham.

—En realidad no —dijo Jonathan—. No pensé...

—¿Ni siquiera una tarjeta de crédito o una licencia de conductor? Parece haber salido notablemente desprovisto, señor Percival.

Algo en el tono arrogante y aristocrático de esa voz grave, la mezcla de insolencia y desprecio que mostraba, lo estimularon a responder con más energía:

—No vengo a cobrar nada. No veo por qué debería identificarme. Vine a hacer una simple pregunta. Esperaba ver a Caroline, o quizás a la señora Amphlett. Lo siento si la ofendí.

—No me ofendió. Si yo fuera fácil de ofender no trabajaría para la señora Amphlett. Pero me temo que no puede verla. La señora Amphlett va a Italia a fines de setiembre y luego vuela a España a pasar el invierno. Me sorprende que Caroline no se lo haya dicho. En su ausencia yo cuido el departamento. A la señora Amphlett le disgusta la melancolía del otoño y el frío del invierno. Una mujer rica no necesita soportar lo que no le gusta. Estoy segura de que usted puede entenderlo perfectamente, señor Percival.

Y aquí, al fin, estaba la apertura que él necesitaba. Se obligó a mirar esos terribles ojos sangrantes y replicó:

—Creía recordar que Caroline me había dicho que su madre era pobre, que perdió todo su dinero invirtiéndolo en la compañía de plásticos de Peter Robarts.

El efecto de sus palabras fue extraordinario. La mujer se ruborizó violentamente, con una marea roja que fue subiendo precipitadamente desde el cuello a la frente. Pareció pasar un largo momento antes de que pudiera hablar, pero cuando lo hizo su voz sonaba perfectamente bajo control.

—O bien usted entendió mal, señor Percival, o su memoria es tan poco confiable para los hechos financieros como para las direcciones. Caroline no pudo decirle nada por el estilo. Su madre heredó una fortuna de su abuelo cuando tenía veintiún años y no ha perdido nunca un centavo de ella. Fue mi pequeño capital (diez mil libras, por si le interesa saberlo) el que fue invertido imprudentemente en la empresa de ese charlatán verosímil. Pero sería muy extraño que Caroline le confiara a un extraño esa pequeña tragedia personal.

No se le ocurrió nada que responder, no encontró una explicación creíble, ninguna excusa. Tenía la prueba que quería: Caroline le había mentido. Debería haber sentido la satisfacción de ver justificadas sus sospechas y su pequeña aventura coronada por el éxito. En lugar de eso, lo inundó una momentánea pero aguda depresión y la convicción, que le pareció tan temible como irracional, de que la prueba de la perfidia de Caroline había sido obtenida a un precio terrible.

Hubo un silencio en el que ella siguió mirándolo, sin hablar. Hasta que de pronto preguntó:

—¿Qué piensa de Caroline? Es obvio que lo impresionó, de otro modo no estaría deseando reanudar el contacto. Y sin duda ella ha estado en su mente estos últimos dos años.

—Creo... creía que era muy encantadora.

—Sí, ¿no es verdad? Me alegra que sintiera eso. Yo fui su niñera, podría decirse que la crié. ¿Lo sorprende? No me parezco a la imagen convencional de la niñera de pecho grande, regazo cálido, cuentos de ositos y niñas perdidas, rezos antes de acostarse y "come tu pan con manteca o no serás grande y linda". Pero yo tenía mis métodos. La señora Amphlett acompañaba al brigadier en sus puestos de ultramar y nosotras nos quedábamos aquí juntas, las dos solas. La señora Amphlett creía que una criatura necesitaba estabilidad, siempre que no fuera ella quien debiera proporcionarla. Por supuesto, si Caroline hubiera sido varón, todo habría sido diferente. Los Amphletts nunca apreciaron las hijas mujeres. Caroline tenía un hermano, que murió a los quince años en un accidente en el auto de un amigo. Caroline iba con él pero sobrevivió casi sin un rasguño. No creo que los padres se lo hayan perdonado. Nunca pudieron mirarla sin dejar bien en claro que fue un error del destino que muriera uno y sobreviviera la otra.

No quiero oír esto, no debería escuchar, pensaba Jonathan.

—No me contó que hubiera tenido un hermano. Pero sí la mencionó a usted.

—¿De veras? Le habló a usted de mí. Pues bien, me sorprende, señor Percival. Perdóneme, pero es la última persona de la que hubiera esperado que ella le hubiera contado de mí.

Lo sabe, pensó él: no la verdad, pero sabe que no soy Charles Percival de Nottingham. Y le pareció, mirando esos ojos extraordinarios en los que era muy visible la mezcla de suspicacia y desprecio, que la mujer estaba aliada con Caroline en una conspiración femenina de la que él había sido desde el comienzo la víctima impotente y desdeñada. La idea reavivó su ira y le dio fuerzas. Pero no dijo nada.

Al cabo de un momento, la mujer siguió:

—La señora Amphlett me conservó después de que Caroline dejó la casa y aun después del deceso del brigadier. Pero hablar de "deceso" no es del todo adecuado en el caso de un militar. Quizá debería decir "fue llamado a más altos servicios", o "promovido a la Gloria". ¿O eso es del Ejército de Salvación? Tengo la impresión de que sólo los miembros del Ejército de Salvación son promovidos a la Gloria.

–Caroline me dijo que su padre era militar de profesión.

–Nunca fue una chica comunicativa, pero usted parece haberse ganado su confianza, señor Percival. Así que ahora me considero casera antes que niñera. Mi empleadora encuentra muchos medios de mantenerme ocupada aun cuando no está aquí. No encuentra correcto que Maxie y yo vivamos aquí como pensionistas y disfrutemos de Londres, ¿no, Maxie? Por cierto que no. Un poco de costura fina. Cartas privadas que hay que despachar. Cuentas que pagar. Llevar sus joyas a limpiar. La redecoración del departamento. A la señora Amphlett le disgusta especialmente el olor a pintura. Y, por supuesto, Maxie necesita su ejercicio diario. No le gusta el encierro, ¿no es verdad, mi tesoro? Me pregunto qué será de mí cuando Maxie sea promovido a la Gloria.

No había nada que él pudiera comentar y al parecer ella no esperaba ningún comentario. Tras un breve silencio, durante el cual alzó la pata del perro y se la frotó suavemente contra la cara, continuó:

–Los viejos amigos de Caroline parecen muy ansiosos por retomar el contacto, de pronto. Alguien me telefoneó preguntando por ella este martes. ¿O fue el miércoles? ¿Pero quizá fue usted, señor Percival?

–No –dijo él, y le maravilló la facilidad con que podía mentir–. No, no llamé. Pensé que valía más probar mi suerte viniendo en persona.

–Pero sabía por quién preguntar. Sabía mi nombre. Se lo dio a Baggott.

No lo atraparía tan fácilmente. Le respondió:

–Lo recordaba. Como le dije, Caroline me habló de usted.

–Habría sido más sensato llamar antes. Podría haberle explicado que ella no estaba aquí, y haberle ahorrado tiempo. Qué curioso que no se le haya ocurrido. Pero ese otro amigo no sonaba como usted. Una voz totalmente diferente. Escocés, creo. Si me disculpa por decirlo, señor Percival, su voz carece tanto de carácter como de distinción.

–Si no cree que pueda darme la dirección de Caroline –dijo Jonathan–, quizá sería mejor que me fuera. Lamento haber venido en un momento inconveniente.

–¿Por qué no le escribe una carta, señor Percival? Puedo facilitarle papel. No creo que sea correcto darle su dirección, pero sí podría hacerle llegar cualquier comunicación que usted me confíe.

–¿No está en Londres entonces?

–No, no vive en Londres desde hace tres años, y no ha vivido en esta casa desde que tenía diecisiete años. Pero yo sé dónde está. Nos mantenemos en contacto. Su carta no correrá peligro conmigo.

Esto es una trampa, pensó él. Pero no puede obligarme a escribir. No debe quedar nada con mi letra. Caroline podría reconocerla, aun cuando tratara de desfigurarla.

–Creo que mejor escribiré después, cuando tenga más tiempo para pensar qué decirle. Si se la envío a esta dirección, usted se la hará llegar.

–Lo haré con placer, señor Percival. Y ahora, supongo que querrá seguir su camino. Su visita pudo ser menos productiva de lo que usted esperaba, pero espero que se haya enterado de lo que quería saber.

Pero no se movió y por un momento él se sintió atrapado, inmovilizado, como si esos almohadones desagradablemente blandos lo tuvieran prisionero. Casi esperaba que la mujer diera un salto y le cortara el camino a la puerta, que lo denunciara como un impostor, que lo mantuviera encerrado en el departamento mientras llamaba a la policía o al portero. ¿Qué debía hacer en ese caso? ¿Tratar de apoderarse de las llaves por la fuerza y escapar, o esperar a la policía y tratar de ganar con palabras su libertad? Pero el pánico momentáneo se desvaneció. Ella se puso de pie y fue a la puerta, que, sin palabra, abrió. No la cerró cuando él hubo salido y Jonathan sentía que seguía allí, con el perro trémulo en brazos, los dos mirándolo alejarse. Al llegar a la escalera se volvió para sonreír, una despedida final. Lo que vio lo hizo quedar inmóvil un instante antes de emprender el descenso casi corriendo. Nunca en su vida había visto tanto odio concentrado en un rostro humano.

2

Toda la aventura le había consumido más energías de las que creyó disponer y para cuando llegó a la estación de Liverpool Street se sentía muy cansado. La estación estaba en proceso de reconstrucción (de "mejoras", como rezaban grandes carteles destinados a tranquilizar al público), y se había vuelto un laberinto ruidoso y confuso de pasarelas improvisadas y de indicadores en medio de los cuales era difícil encontrar el tren que uno buscaba. Tras equivocarse en un giro, Jonathan se encontró en un espacio de piso brillante donde se sintió por un instante tan desorientado como si se hallara en una capital extranjera. Su llegada a la mañana había sido menos confusa, pero ahora la estación misma contribuía a la sensación de haberse aventurado, tanto física como emocionalmente, en terreno extraño.

Una vez que el viaje empezó echó la cabeza hacia atrás en su asiento, cerró los ojos y trató de poner orden en lo que había pasado, así como en el conflicto de sus emociones. Pero en lugar de eso, y casi inmediatamente, se quedó dormido y no despertó hasta que el tren entraba en la estación de Norwich. El sueño le había hecho bien. Caminó hacia el estacionamiento con renovada energía y optimismo. Sabía lo que haría: ir de inmediato al bungalow y enfrentar a Caroline con sus pruebas y preguntarle por qué había mentido. No podía seguir viéndola y simular no saber. Eran amantes; debían poder confiar el uno en el otro. Si ella estaba preocupada o atemorizada, aquí estaba él para tranquilizarla o consolarla. Sabía que ella no podía haber matado a Hilary. La mera idea era absurda. Pero ella no habría mentido si no hubiera estado asustada. Existía algo terriblemente mal. El la convencería de ir a la policía y explicar por qué ocultó la verdad y lo había persuadido a él a mentir. Irían juntos, confesarían juntos. Ni siquiera se preguntó si ella querría verlo o incluso si, a esa hora de la noche del sábado, estaría en casa. Todo lo que sabía era que la cuestión entre ellos debía quedar resuelta ya. En esta decisión había justicia y una necesidad que hicieron nacer en él un atisbo de poder. Ella lo consideró un tonto manejable y torpe. Pues bien, le mostraría que estaba equivocada. A partir de ahora habría un cambio en su relación; ella tendría un amante más seguro de sí, menos maleable.

Cuarenta minutos después conducía en la oscuridad por un campo llano y sin rasgos definitorios hacia el bungalow de Caroline. Cuando levantó el pie del acelerador al verlo a su izquierda, volvió a pensar en lo aislado y poco atractivo que era y se preguntó por qué, con tantas aldeas más cercanas a Larksoken, con las atracciones de Norwich y la costa, ella había alquilado esa siniestra pequeña caja de ladrillos. Y la misma palabra "bungalow" le sonaba ridícula, al evocar un barrio suburbano, de pacata respetabilidad, con gente vieja que no quería escaleras. Caroline debía vivir en una torre con una amplia vista al mar.

Y entonces la vio. El Golf plateado salió del terreno de la casa, muy rápido, y aceleró rumbo al este. Ella llevaba algo que parecía una gorra de lana sobre el cabello rubio, pero Jonathan la reconoció de inmediato. No supo si lo había reconocido a él o al Fiesta, pero instintivamente frenó y la dejó alejarse hasta casi perderse de vista, antes de seguirla. Y, en el silencio del paisaje lleno, pudo oír los ladridos histéricos de Remus.

Le sorprendió lo fácil que era seguirla. A veces otro auto que lo pasaba le impedía la visión del Golf plateado y ocasionalmente, cuando ella frenaba ante un semáforo o por atravesar una aldea, él tenía que reducir velozmente la marcha para no ser advertido. Pasaron por la aldea de Lydsett y ella tomó a la derecha. Para entonces él temía haber sido reconocido; era imposible que ella no hubiera visto que la seguía, pero no pareció preocuparse. Cuando la vio bajar a abrir la verja que daba acceso a la punta, esperó a que pasara y siguiera y se perdiera de vista tras el risco, antes de seguirla. Luego se detuvo, apagó las luces del auto y caminó unos pasos. Vio que Caroline estaba alzando a alguien; una chica delgada con los pelos rubios parados, anaranjados en las puntas, quedó brevemente iluminada por los faros. El auto tomó al norte por la ruta costera, se internó tierra adentro para sortear la Central, luego siguió hacia el norte. Cuarenta minutos después llegaban a destino, el amarradero de Wells-next-the-Sea.

Estacionó el Fiesta junto al Golf y las siguió, sin perder de vista la gorra azul y blanca de Caroline. Caminaban con rapidez, sin hablar y ninguna de las dos miró hacia atrás. En el muelle las perdió por un instante y luego vio que estaban subiendo a una embarcación. Y esta era su oportunidad; tenía que hablar con Caroline. Casi corrió hacia ellas pero cuando llegó ya estaban a bordo. Era una pequeña lancha, de no más de cinco metros de largo, con una cabina central baja y un motor fuera de borda. Las dos jóvenes estaban en la popa. Cuando él llegó, Caroline se volvió:

—¿Qué diablos crees que estás haciendo?

—Quiero hablar contigo. Te estoy siguiendo desde que saliste del bungalow.

—Lo sé, idiota. Estuviste en mi espejo retrovisor casi todo el camino. Si hubiera querido perderte, no habría sido difícil. Deberías dejar de jugar al detective: no te conviene y no sabes hacerlo.

Pero no había ira en su voz, sólo una especie de irritado agotamiento.

—Caroline, tengo que hablarte.

—Espera hasta mañana. O quédate donde estás si quieres. Volveremos en una hora.

—¿Pero adónde van? ¿Qué están haciendo?

—Por todos los cielos, ¿qué crees que estoy haciendo? Este es un barco, mi barco. Allí esta el mar. Amy y yo queremos dar un pequeño paseo.

Amy, pensó él. ¿Amy qué? Pero Caroline no la presentó.

—Pero es tan tarde —dijo débilmente—. Está oscuro y se está levantando niebla.

—Está oscuro y neblinoso. Estamos en octubre. Escucha, Jonathan, por qué no te ocupas de tus asuntos y vas a casa con tu mamá.

Se estaba ocupando del motor. Jonathan se inclinó y se aferró de la borda, sintiendo el suave balanceo.

—Caroline, por favor háblame. No te vayas. Te amo.

—Lo dudo.

Parecían haberse olvidado de Amy, Jonathan dijo con desesperación:

—Sé que mentiste al decir que tu madre había quedado arruinada por el padre de Hilary. No era cierto, nada de eso. Mira, si estás en problemas quiero ayudarte. Tenemos que hablar. No podemos seguir así.

–No estoy en problemas, y si lo estuviera tú serías la última persona a la que recurriría. Y saca tus manos de mi barco.

El dijo, como si se tratara del tema más importante que hubiera en discusión:

–¿Es tuyo el barco? Nunca me dijiste que tenías un barco.

–Hay muchas cosas que no te dije.

Y entonces, de pronto, él supo. Ya no quedaba lugar para la duda.

–Entonces no era real, nada. No me amas, nunca me amaste.

–Amor, amor, amor. Deja de repetir esa palabra. Jonathan. Escucha, vete a casa. Ponte frente al espejo y mírate bien. ¿Cómo pudiste suponer que haya sido real? Esto es real, Amy y yo. Ella es el motivo por el que sigo en Larksoken y yo soy el motivo por el que sigue ella. Ahora lo sabes.

–Me usaste.

Al decirlo supo que sonaba como un niño quejándose.

–Sí, te usé. Nos usamos uno al otro. Cuando fuimos a la cama, yo te estaba usando y tú me estabas usando. Eso es el sexo. Y, si quieres saberlo, fue todo un trabajo y me dejó con náuseas.

Aun en la profundidad de su desdicha y humillación, Jonathan sintió en la voz de Caroline una urgencia que no tenía nada que ver con él. La crueldad era deliberada, pero no había pasión en ella. Habría sido más soportable si la hubiera habido. La presencia de él era apenas una intrusión irritante pero menor en medio de preocupaciones más importantes. La cuerda que amarraba la embarcación se soltó. Ella había encendido el motor y la lancha se alejaba. Y por primera vez Jonathan se fijó en la otra chica. No había hablado. Estaba silenciosa en la popa al lado de Caroline, sin sonreír, algo temblorosa y parecía vulnerable; él creyó ver en su rostro infantil una mirada de compasión cuando las lágrimas comenzaron a inundarlo y la lancha y sus ocupantes se volvieron una mancha amorfa. Esperó a que estuvieran casi fuera de la vista sobre el agua oscura, antes de tomar otra decisión. Buscaría un pub, tomaría una cerveza y comería algo, y estaría aquí cuando volvieran. No podían ir muy lejos si querían volver antes de que bajara la marea. Y tenía que saber la verdad. No podía pasar otra noche en la incertidumbre. Se quedó en el muelle, con la vista fija en la oscuridad, como si la lancha con sus dos ocupantes siguiera a la vista y luego se volvió y arrastró los pies en dirección al pub más cercano.

3

El ruido del motor, que sonaba demasiado fuerte, sacudió el aire silencioso. Amy esperaba a medias que se abrieran puertas, que saliera gente corriendo por el muelle, que sonaran voces llamándolas. Caroline hizo un movimiento, y el ruido se volvió un murmullo. La lancha se alejaba del muelle.

—¿Quién es? —dijo Amy irritada—. ¿Quién es ese gusano?

—Un tipo de la Central. Se llama Jonathan Reeves. No tiene importancia.

—¿Por qué le dijiste mentiras? ¿Por qué le mentiste sobre nosotras? No somos amantes.

—Porque era necesario. ¿Y qué importa? No tiene la menor importancia.

—Tiene importancia para mí. Mírame, Caroline. Estoy hablándote.

Pero Caroline seguía sin mirarla a los ojos. Le dijo, tranquila:

—Espera a que salgamos del puerto. Hay algo que tengo que decirte, pero quiero estar en aguas profundas y necesito concentrarme. Ve a la proa y vigila.

Amy quedó vacilante por un momento y después obedeció, deslizándose cuidadosamente por la estrecha cubierta, tomándose de las barandas sobre el techo de la cabina. No estaba segura de que le gustara el dominio que ejercía Caroline sobre ella. No tenía nada que ver con el dinero, que le era pagado en forma irregular y anónima en su cuenta de la oficina de correos, o era escondido en las ruinas de la abadía. No era siquiera la excitación y el secreto sentimiento de poder que lograba al formar parte de una conspiración. Quizá después de aquel primer encuentro en el pub de Islington, que había llevado a su ingreso en la Operación Birdcall, tomó una decisión inconsciente de lealtad y obediencia y ahora le era imposible sacarse de encima ese compromiso.

Mirando por sobre el hombro pudo ver que las luces del puerto se debilitaban, las ventanas se volvían pequeños cuadrados iluminados, y luego puntos. El motor murmuró con más fuerza al tomar velocidad, y de pie en la proa, podía sentir el gran poder del Mar del Norte bajo ella, el susurro del agua al abrirse, las ondas de agua oscura bajo la niebla. Al cabo de diez minutos de vigilancia dejó su puesto y volvió atrás.

—Ya estamos bastante lejos de la tierra —dijo—. ¿Qué pasa? ¿Tenías que decirle eso a ese tipo? Sé que no debo acercarme a la gente de la Central, pero lo buscaré y le diré la verdad.

Caroline seguía de pie, inmóvil sobre el timón, mirando fijo hacia adelante. En la mano izquierda tenía una brújula.

—No volveremos. Eso es lo que quería decirte.

Antes de que Amy pudiera siquiera abrir la boca agregó:

—Escucha, no te pongas histérica, y no discutas. Tienes derecho a una explicación y si no hablas te la daré. Ahora no tengo alternativas. Tienes que saber la verdad, o una parte de la verdad.

—¿Qué verdad? ¿De qué estás hablando? ¿Y por qué no volveremos? Dijiste que veníamos a encontrarnos con unos camaradas en alta mar, a recibir instrucciones. Le dejé una nota a Neil diciéndole que no tardaría. Tengo que volver por Timmy.

Pero Caroline seguía sin mirarla.

—No volveremos porque no podemos. Cuando te recluté en aquel lugar de Londres no te dije la verdad. Te convenía más no saber, y además no sabía cuánto podía confiar en ti. Y yo misma no sabía toda la verdad, sólo lo que necesitaba saber. Así funciona esta operación. La Operación Birdcall no tiene nada que ver con una toma de Larksoken en nombre de los derechos de la vida silvestre. No tiene nada que ver con animales. Nada que ver con ballenas amenazadas de extinción o perros abandonados y focas enfermas y animales de laboratorio torturados y todas las demás miserias espurias que tanto les preocupan a ustedes. Tiene que ver con algo mucho más importante: con los seres humanos y su futuro. Tiene que ver con el modo en que organizamos nuestro mundo.

Hablaba en voz muy baja y con una intensidad extraordinaria. Por encima del ruido del motor Amy gritó:

—¡No puedo oírte! No te oigo bien. ¡Apaga el motor!

—Tódavía no. Tenemos un largo camino por recorrer. Los encontraremos en un lugar preciso. Debemos ir en línea recta hacia el sudeste, y luego seguir por la línea entre la Central y el Faro de Happisburgh. Espero que la niebla no se espese.

—¿A quiénes? ¿A quiénes encontraremos?

—No sé sus nombres y no sé su jerarquía en la organización. Ya te dije que se nos informa sólo de lo que necesitamos conocer. Mis instrucciones eran que si la Operación Birdcall era descubierta debía marcar un número de teléfono y activar el procedimiento de emergencia para escaparme. Es por eso que compré esta lancha y me aseguré de que siempre estuviera lista. Me dijeron dónde nos recogerán, exactamente. De allí nos llevarán a Alemania, nos darán documentos falsos, una nueva identidad, nos incorporarán a la organización y nos buscarán un trabajo.

—¡No para mí, maldito sea! —Amy miraba a Caroline con horror.— Son terroristas, ¿no es verdad? Y tú también lo eres. ¡Eres una maldita terrorista!

—¿Y qué otra cosa son los agentes del capitalismo? —respondió Caroline con calma—. ¿Qué son los ejércitos, la policía, los jueces? ¿Qué son los industriales, las corporaciones multinacionales que dominan tres cuartos de la población mundial y la mantienen en la pobreza y el hambre? No uses una palabra que no entiendes.

—Entiendo la palabra. Y no trates de darme lecciones. ¿Estás loca o qué? ¿Qué estaban planeando, por todos los cielos? ¿Sabotear el reactor, liberar toda esa radiactividad, peor que en Chernobyl, matar a toda la gente que vive en la punta, a Timmy y a Neil, a Smudge y Whisky?

—No necesitaríamos sabotear los reactores ni liberar ninguna radiactividad. Bastaría con la amenaza, una vez que hubiéramos tomado las centrales.

—¿Qué centrales? ¿Cuántas? ¿Dónde?

—Una aquí, una en Francia, una en Alemania. La acción sería coordinada, y suficiente. No es lo que podríamos hacer una vez que las tuviéramos en nuestro poder, sino lo que la gente pensaría que podríamos hacer. La guerra está pasada de moda y es innecesaria. No necesitamos ejércitos. Todo lo que necesitamos son unos pocos camaradas inteligentes y devotos, con las habilidades necesarias. Lo que tú llamas terrorismo puede cambiar el mundo, y es más benévolo con las vidas humanas que la industria militarista de la muerte en la que mi padre hizo su carrera. Sólo tienen una cosa en común. Un soldado, en última instancia, está dispuesto a morir por la causa. Nosotros también.

–¡Es imposible! –gritó Amy–. ¡Los gobiernos lo impedirán!

–Ya está sucediendo y no pueden impedirlo. Les falta unidad para actuar en conjunto y no tienen la buena voluntad suficiente como para unirse. Esto es apenas el comienzo.

Amy la miró.

–Detén este barco –dijo–. Me bajo.

–¿Y llegarás a la costa nadando? Te ahogarás, o te congelarás. Además, piensa en la niebla.

Amy no notó hasta qué punto la niebla se había espesado. Unos minutos antes pareció ver las luces distantes de la costa, como estrellas, lo mismo que la textura del agua. Pero ahora, lenta e inexorable, una humedad pegajosa se cerraba alrededor por todas partes.

–¡Oh, cielos! –exclamó–, llévame de vuelta. Tienes que dejarme bajar. Déjame. Quiero a Timmy. Quiero a Neil.

–No puedo hacerlo, Amy. Mira, si no quieres ser parte de todo esto, no tienes más que decirlo cuando llegue el barco. Te dejarán en algún lugar de la costa. Quizá no aquí, pero en alguna parte. No queremos participantes de mala voluntad. Ya sería bastante problema conseguirte una nueva identidad. Pero si no querías ser parte de esto, si no querías comprometerte, ¿por qué mataste a Hilary Robarts? ¿Crees que necesitábamos una investigación de homicidio centrada en Larksoken, con la policía concentrando su atención, Rickards en el lugar todos los días, cada sospechoso investigado y vigilado, sacándolo todo a luz? Y si Rickards te hubiera arrestado, ¿cómo saber si no te habrías quebrado y hablado de la Operación Birdcall?

–¿Estás loca? –gritó Amy–. Estoy en esta lancha con una maldita demente. Yo no la maté.

–¿Quién, entonces? ¿Pascoe? Eso es casi igual de peligroso.

–¿Cómo podría haberla matado? Venía en viaje de Norwich a esa hora. Le mentimos a Rickards sobre la hora a la que llegó a la casa rodante, le dijimos que fue a las nueve y cuarto y que estuvimos juntos el resto de la noche con Timmy. Y además no sabíamos nada de todos esos manejos del Silbador, de cortar la frente y el pelo. Yo creía que eras tú la que la había matado.

–¿Por que iba a hacerlo yo?

–Porque ella descubrió la Operación Birdcall. ¿No es por eso que estás huyendo, porque no tienes alternativa?

–Es cierto que no tengo alternativa. Pero no es por la Robarts. Ella no averiguó nada. ¿Cómo iba a hacerlo? Pero alguien lo descubrió. No es sólo el asesinato de Hilary Robarts. Han empezado a investigarme los servicios de seguridad. De algún modo encontraron una pista, probablemente por alguna de las células alemanas o por un topo en el IRA.

–¿Cómo lo sabes? Podrías estar huyendo de nada.

–Son demasiadas coincidencias. Esa última postal que escondiste en las ruinas de la abadía. Te dije que estaba puesta al revés. Alguien la leyó.

–Cualquiera pudo encontrarla. Y el mensaje no habría significado nada para nadie. Ni siquiera significaba nada para mí.

–¿Que lo encontró alguien en setiembre, cuando la temporada de picnics terminó hace mucho? ¿La encontró y la volvió a poner cuidadosamente en su lugar? Y eso no es todo. Han llamado al departamento de mi madre. Tiene una casera, que fue mi niñera. Hoy llamó para decírmelo. Después de eso no quiero esperar. Envié la señal para decir que abandonaba.

Del lado de estribor las luces espaciadas de la costa eran borrosas pero todavía visibles. Y el ruido del motor parecía menos estruendoso ahora, casi un susurro amable. O quizá, pensó Amy, se debía a que sus oídos se habían acostumbrado. Pero le parecía extraordinario estar avanzando en la oscuridad, con la voz de Caroline diciendo cosas tan increíbles, hablando de terrorismo y huidas y traiciones con tanta calma como si discutieran los planes de un paseo. Y Amy necesitaba oír, necesitaba saber.

–¿Dónde conociste a esta gente para la que trabajas?

–En Alemania cuando tenía diecisiete años. Mi niñera estaba enferma y tuve que pasar las vacaciones de verano con mis padres, él estaba asignado allí. No me prestaba mucha atención, pero alguien sí lo hizo.

–Pero eso fue hace años.

–Saben esperar y yo también.

–Y esta niñera casera, ¿también es miembro de la Operación?

–Ella no sabe nada, absolutamente nada. Es la última persona que elegiría para hacerle confidencias. Es una vieja tonta que no se paga la cama y la comida, pero mi madre le encuentra alguna utilidad y yo también. Odia a mi madre y yo le he dicho que mamá me vigila, por lo que debe informarme de inmediato si hay algún llamado o visita para mí. Eso la ayuda a hacerle tolerable la vida con mamá. La hace sentir importante, la ayuda a creer que me ocupo de ella, que la quiero.

–¿Y la quieres?

–La quise. Un niño tiene que amar a alguien. Al crecer me liberé del sentimiento y me liberé de ella. Pues bien, hubo un llamado y hubo un visitante. El martes un escocés, o alguien simulando ser escocés, llamó. Y hoy fue un visitante.

–¿Qué clase de visitante?

–Un joven que dijo haberme conocido en Francia. Era una mentira. Era un impostor. Era del servicio secreto. ¿Quién si no podría haberlo enviado?

–Pero no puedes estar segura. No lo bastante segura como para dar esa señal, abandonar todo, ponerte a merced de ellos.

–Puedo. Mira, ¿quién si no pudo ser? Fueron tres incidentes separados, la postal, el llamado, el visitante. ¿Qué más debería esperar? ¿Que los servicios de seguridad echen abajo la puerta de mi casa?

–¿Cómo era, este hombre?

–Joven. Nervioso. No muy atractivo. No especialmente convincente tampoco. Ni siquiera la vieja le creyó.

–¿Cómo puedes creer entonces que era del servicio secreto? ¿No habrían mandado a alguien más hábil?

–Debía hacer el papel de alguien que me había conocido en Francia y quedó prendado y quería volver a verme reuniendo todo su valor para ir al departamento. Por supuesto que parecía un joven tímido y nervioso. Es la clase de hombre que debían mandar. Jamás hubieran elegido a un veterano. Saben seleccionar al funcionario justo para cada trabajo. Y éste era el adecuado. Quizá ni siquiera tenía que parecer convincente. Quizás estaban tratando de asustarme, hacerme reaccionar, hacerme cometer un error.

–Y has reaccionado, ¿no? Pero si te equivocas, si fue todo un error tuyo, ¿qué te hará la gente para la que trabajas? Huyendo has echado a perder la Operación Birdcall.

–Esta operación abortó, pero el futuro sigue intacto. Mis instrucciones eran llamar si tenía la firme prueba de que fuimos descubiertos. Y la tengo. Y eso no es todo. Están escuchando mi teléfono.

–Eso no puedes saberlo.

–No puedo afirmarlo con seguridad, pero lo sé.

De pronto Amy gritó:

–¿Qué hiciste con Remus? ¿Le dejaste comida, agua?

–Por supuesto que no. Esto tiene que parecer un accidente. Tienen que creer que éramos lesbianas amantes que salieron a dar un paseo en lancha y se hundieron. Tienen que creer que nuestra intención era apenas estar ausentes un par de horas. Le di de comer a las siete. Lo encontrarán hambriento y sediento.

–¡Pero podrían no empezar a buscar hasta el lunes! Se

pondrá como loco, ladrando y gimiendo. No hay nadie cerca que lo oiga. ¡Eres una maldita cerda!

Se lanzó sobre Caroline, gritando obscenidades y tratando de arañarle la cara. Pero la otra era más fuerte que ella. La tomó por las muñecas con manos fuertes como el acero y la arrojó contra los tablones de la cubierta. A través de las lágrimas de furia y autocompasión, Amy susurró:

–¿Pero por qué? ¿Por qué?

–Por una causa que vale la pena. No hay muchas.

–No hay nada por lo que valga la pena morir, salvo quizás otra persona, alguien a quien quieras. Yo moriría por Timmy.

–Eso no es una causa, es un sentimentalismo.

–Y si quiero morir por una causa, me ocuparé de elegirla yo misma. Y no será por el terrorismo. No será por hijos de perra que ponen bombas en pubs y revientan a mis amigos y no les importa nada de la gente común porque no somos importantes, ¿no?

–Debiste de haber sospechado algo –dijo Caroline–. No tienes educación, pero no eres idiota. No te habría elegido de no estar segura de eso. Nunca me interrogaste, no habrías obtenido una respuesta en caso de hacerlo, pero es imposible que hayas creído que nos estábamos tomando todo ese trabajo por gatitos o pulpos.

¿Lo había pensado?, se preguntó Amy. Quizá la verdad era que creyó en la intención, pero nunca que se llevara a cabo. No dudó de su voluntad, sólo de su capacidad. Y mientras tanto, era divertido ser parte de la conspiración. Había disfrutado de la excitación de guardar un secreto que Neil desconocía, del estremecimiento de miedo a medias simulado cuando salía de la casa rodante en plena noche a dejar las postales en las ruinas de la abadía. Aquella noche cuando casi la descubrieron la señora Dennison y el señor Dalgliesh, se ocultó tras un muro casi riéndose en voz alta. Y el dinero también resultó; un pago generoso por tan poco trabajo. Y el sueño, la imagen de una bandera cuyo diseño le era desconocido pero que se elevaría por sobre la Central y provocaría respeto, obediencia, una respuesta instantánea. Le estarían diciendo a todo el mundo: "Basta. Deténganse ya." Hablarían en nombre de los animales cautivos en los zoológicos, de las ballenas amenazadas, de las focas enfermas por la contaminación, los animales torturados en los laboratorios, las bestias aterrorizadas llevadas a los mataderos en medio del olor de su sangre, las gallinas inmovilizadas, sin espacio siquiera para picotear su comida, de todo el mundo animal violado y explotado. Pero resultó sólo un sueño. Esta era la realidad: los tablones inseguros bajo sus pies, la niebla oscura y sofocante, las olas aceitosas golpean-

368

do contra la frágil embarcación. La realidad era la muerte; no había otra. Todo en su vida, desde el momento en que conociera a Caroline en aquel pub de Islington y habían salido juntas, condujo a este momento de verdad, a este terror.

—Quiero a Timmy —gimió—. ¿Qué pasará con mi bebé? Quiero a mi bebé.

—No tendrás que abandonarlo, no para siempre. Ellos encontrarán un modo de hacértelo llegar.

—No seas idiota. ¿Qué clase de vida tendría él con una banda terrorista? Lo eliminarán como eliminan todo lo demás.

—¿Y tus padres? —preguntó Caroline—. ¿No se ocuparán ellos del niño?

—¿Estás loca? Huí de casa porque mi padrastro apaleaba a mi madre. Cuando empezó conmigo, huí. ¿Crees que les dejaría tener a Timmy?

A su madre había parecido gustarle la violencia, o al menos le complacía lo que venía después. Los dos años antes de su huida, a Amy le habían enseñado una lección: sólo convenía tener sexo con hombres que la quisieran a una más de lo que una los quería a ellos.

—¿Y Pascoe? —preguntó Caroline—. ¿Estás segura de que él no sabe nada?

—Por supuesto que no. No éramos siquiera amantes. El no me deseaba ni yo lo deseaba a él.

Pero había alguien a quien sí había deseado, y tuvo en ese momento un recuerdo vívido de Alex tendido con ella en las dunas, el olor del mar y la arena y el sudor, y su rostro grave e irónico. No le contaría a Caroline sobre Alex. Tenía un secreto que era sólo suyo. Lo guardaría.

Pensó en los curiosos caminos por los que había llegado a este momento en el tiempo y a este lugar. Quizá si se ahogaba toda su vida le volvería en un relámpago, como se decía que pasaba antes de morir: todo lo experimentado, sentido y comprendido tenía sentido en ese último momento de aniquilación. Pero ahora veía el pasado como una serie de proyecciones coloreadas sucediéndose muy rápidas; cada imagen apenas si tenía tiempo de ser vista, cada emoción de ser sentida, antes de desaparecer. De pronto, estaba temblando violentamente.

—Tengo frío —dijo.

—Te dije que vinieras con ropa abrigada y nada más. Este jumper no es suficiente.

—Es la única ropa abrigada que tengo.

—¿En la punta? ¿Qué usas en invierno?

–A veces Neil me presta su sobretodo. Lo compartimos. El que sale se lo pone. Estábamos pensando en comprar otro en la venta de la Vieja Rectoría.

Caroline se sacó su chaqueta.

–Aquí tienes. Ponte esto.

–No, es tuyo. No lo quiero.

–Póntelo.

–Dije que no lo quiero.

Pero, como una niña, dejó que Caroline le metiera los brazos en las mangas y se quedó quieta mientras le prendía los botones. Después se acuclilló, casi metiéndose debajo del asiento que corría a lo largo de la cubierta, bloqueando la visión del horror de esas olas que avanzaban en silencio. Le pareció que sentía por primera vez y con cada nervio, el poder inexorable del mar. Vio en la imaginación su cuerpo pálido y sin vida flotando en la inmensidad de la tiniebla acuosa hacia el fondo, hacia los esqueletos de marineros ahogados, donde los peces, indiferentes, nadaban entre las costillas de viejos barcos. Y la niebla, ahora menos espesa pero misteriosamente más amenazante, se había vuelto una cosa viva, girando con suavidad y respirando sin ruido, robándole su propio aliento, a tal punto que se oyó jadear, insinuándole su horror húmedo en cada poro. Le parecía imposible creer que en alguna parte había tierra, ventanas iluminadas tras los postigos, luz proyectándose de las puertas de los pubs, voces risueñas, gente sentada al calor, sin problemas. Vio la casa rodante como la había visto tantas veces, al volver por la noche de Norwich, un rectángulo pesado que parecía haber echado raíces en la punta, desafiando las tempestades y el mar, el resplandor cálido de sus ventanas, el rizo de humo saliendo de la chimenea. Pensó en Timmy y en Neil. ¿Cuánto esperaría Neil antes de llamar a la policía? No sería propio de él apresurarse. Después de todo, ella no era una niña, tenía derecho a volver tarde. Quizá no hacía nada hasta la mañana, y quizás aun entonces esperaría. Pero no tenía importancia. No había nada que pudiera hacer la policía. Nadie, salvo esa figura desolada en el muelle, sabía dónde estaban, y si él daba la alarma, sería demasiado tarde. Era inútil creer incluso en la realidad de los terroristas. Estaban abandonadas aquí en el agua oscura. Darían vueltas y vueltas hasta que el combustible se agotara y después irían mar adentro a la deriva hasta que un barco las descubriera.

Había perdido el sentido del tiempo. El latido rítmico del motor la había llevado a un estado que si no era de paz, sí era de una atontada aquiescencia en la que sólo era consciente de la madera en que se apoyaba su espalda, y de Caroline atenta e inmóvil sobre el timón. Y entonces el motor calló.

Durante unos segundos el silencio fue absoluto. Después, con las suaves inclinaciones de la lancha, Amy oyó el crujido de madera, el golpeteo del agua. Aspiró una sofocante humedad y sintió un frío atravesándole la chaqueta, penetrando hasta los huesos. Le parecía imposible que alguien pudiera hallarlos en esta desolación de agua y vacío y dejó de preocuparse.

–Este es el lugar –dijo Caroline–. Aquí es donde vendrán a recogernos. Sólo tendremos que esperar hasta que vengan.

Amy volvió a oír el motor, pero esta vez era un zumbido casi imperceptible. Y de pronto, supo. No hubo un proceso consciente de razonamiento, sólo una certidumbre enceguecedora y aterrorizante que estalló en ella con la claridad de una visión. Casi saltó al ponerse de pie.

–No me dejarán en la costa, ¿no? Me matarán. Tú lo sabes. Lo has sabido todo el tiempo. Me trajiste aquí para que me mataran.

Los ojos de Caroline estaban fijos en las dos luces, el resplandor intermitente del faro, y el parpadeo de la Central Atómica. Respondió con voz fría:

–No te pongas histérica.

–No pueden correr el riesgo de dejarme ir, porque sé demasiado. Y tú misma dijiste que no les sería de gran utilidad. Escucha, tienes que ayudarme. Diles que fui útil, hazles creer que vale la pena conservarme. Si tengo la más mínima oportunidad de escaparme, la aprovecharé. Pero necesito tener una oportunidad. Caroline. Tú me metiste en esto. Debes ayudarme. Tengo que desembarcar. ¡Escucha! ¡Escúchame, Caroline! Tenemos que hablar.

–Estás hablando. Y lo que estás diciendo es idiota.

–¿Lo es? ¿Lo es, Caroline?

Ahora sabía que no debía rogar. Habría querido arrojarse a los pies de Caroline y gritar: "Mírame. Soy un ser humano. Soy una mujer. Quiero vivir. Mi hijo me necesita. No soy gran cosa como madre, pero él no tiene otra. Ayúdame." Pero sabía, con una sabiduría instintiva nacida de la desesperación, que los ruegos, los sollozos, en este caso sólo causarían repulsión. Estaba hablando por su vida. Tenía que mantenerse en calma, apoyarse en la razón. De algún modo tenía que encontrar las palabras correctas.

–No es sólo por mí, es también por ti. Esto podría ser una alternativa de vida o muerte para las dos. A ti tampoco te querrán. Tú les eras útil sólo en tanto trabajabas en Larksoken, cuando podías pasarles datos sobre el funcionamiento de la Central. Ahora no sirves para nada, lo mismo que yo. No hay diferencia entre nosotras. ¿Qué clase de trabajo puedes hacer para ellos que valga la pena mantenerte, conseguirte una nueva identidad y todo lo demás? No podrán conseguirte un empleo en otra Central Nuclear. Y si el servicio secreto realmente está buscándote, lo seguirá haciendo. Es posible que no crean con tanta facilidad en el accidente, a menos que nuestros cuerpos no sean recuperados. Y nuestros cuerpos no serán recuperados, ¿no? Salvo que nos maten, y es lo que están planeando hacer. ¿Qué son dos cadáveres más para ellos? ¿Por qué citarnos aquí? ¿Por qué tan lejos? Podían haber elegido un sitio mucho más cercano a tierra. Habernos recogido por aire si realmente hubieran querido. Caroline, volvamos. No es demasiado tarde. Después les podrás decir que no te atreviste a navegar, porque la niebla era demasiado espesa. Encontrarán otro modo de sacarte, si quieres irte. Yo no hablaré, no me atrevería. Te lo prometo. Podemos volver ahora, y será nada más que un paseo de dos amigas. Es mi vida, Caroline, y puede ser la tuya. Yo tenía frío y me diste tu chaqueta. Ahora te estoy pidiendo mi vida.

No tocó a Caroline. Sabía que un gesto erróneo, quizá cualquier gesto, podía ser fatal. Pero sabía también que la figura silenciosa que miraba hacia adelante, estaba en el momento de la decisión. Y mirando esa cara concentrada, Amy advirtió por primera vez en su vida que estaba absolutamente sola. Hasta sus amantes, a los que ahora veía como una procesión fugaz de rostros ávidos y manos exploradoras, sólo fueron extraños casuales que le daban la ilusión de que una vida podía ser compartida. Y nunca había conocido a Caroline, nunca podría conocerla, nunca podría llegar siquiera a comprender qué hechos de su pasado, quizá de su infancia, la llevaron a esta peligrosa conspiración, a este momento decisivo. Estaban físicamente tan cerca que podían oír, casi podían oler, el aliento de la otra. Pero las dos estaban solas, tan solas como si este ancho mar no tuviera otra embarcación, otra alma viviente. El destino podía haber decidido que debían morir juntas, pero cada una sufriría sólo su propia muerte, así como había vivido sólo su propia vida. Y no quedaba nada por decir. Presentó su causa y las palabras estaban dichas. Ahora esperaba en la oscuridad y el silencio para saber si iba a vivir o morir.

Le parecía que hasta el tiempo se había detenido. Caroline movió una mano y apagó el motor. En el silencio encantado Amy podía oír, como un tamborileo muy bajo, los latidos de su corazón. Y entonces, Caroline habló. Su voz era calma, reflexiva, como si

Amy le hubiera formulado un problema difícil que sólo podía resolverse pensándolo bien.

–Debemos alejarnos del lugar de la cita. No tenemos velocidad suficiente para escapar si nos encuentran y nos persiguen. Nuestra única esperanza es apagar todas las luces, apartarnos y quedar en silencio, esperando que en la niebla no nos encuentren.

–¿No podemos volver al puerto?

–No hay tiempo. Está a más de diez millas y ellos tienen un motor poderoso. Si nos encuentran estarán sobre nosotros en segundos. La niebla es nuestra única oportunidad.

Y entonces oyeron, embotado por la niebla pero claro, el sonido de una lancha que se acercaba. Instintivamente se apretaron una contra la otra y esperaron, sin atreverse siquiera a hablar en susurros. Sabían que su única posibilidad estaba ahora en el silencio, la niebla, la esperanza de que la pequeña embarcación pasara desapercibida. Pero el ruido del motor aumentó hasta volverse un zumbido regular, vibratorio, que llenaba todo el aire. Y entonces, cuando ya habían creído que la lancha surgiría de la oscuridad y caería sobre ellas, el ruido dejó de crecer y Amy comprendió que debían de estar recorriendo lentos círculos. De pronto, soltó un grito. La luz de un reflector había cortado la oscuridad y les había dado en pleno rostro. La luz era tan violenta que no podían ver nada más que su cono gigantesco, en el que las partículas de niebla flotaban como motas de luz plateada. Una ronca voz con acento extranjero preguntó:

–¿Es el *Lark*, del puerto de Wells?

Hubo un momento de silencio y después Amy escuchó la voz de Caroline. Era clara y firme, pero a oídos de Amy sonaba cargada de miedo:

–No. Somos un grupo de cuatro, y venimos de Yarmouth, aunque es probable que amarremos en Wells. Estamos bien. No necesitamos ayuda. Gracias.

Pero el reflector no se movió. La pequeña lancha parecía suspendida por la luz entre el mar y el cielo. Pasaron unos segundos. No se dijo nada más. Después la luz se apagó y oyeron otra vez el sonido de los motores, esta vez retirándose. Por un minuto, siempre esperando, siempre demasiado asustadas para hablar, compartieron una desgarrante esperanza de que el engaño hubiera funcionado. Pero no tardaron en saber que no había sido así. La luz volvió a buscarlas. Y ahora los motores rugían y la lancha venía directamente a ellas entre la niebla, y sólo hubo tiempo para que Caroline pusiera una mejilla helada contra la de Amy y le dijera:

–Perdón. Perdón.

Y entonces el gran casco se alzó sobre ellas. Amy oyó el crujido de la madera quebrada, y la lancha saltó del agua. Se sintió arrojada a través de una eternidad de tiniebla y agua, y después caer, caer interminablemente, caer abierta de brazos y piernas en el tiempo y el espacio. Y luego vino el choque del mar y un frío tan helado que por unos segundos no sintió nada. Volvió a la conciencia al salir a la superficie, jadeando con desesperación, ya no consciente del frío, sólo de la agonía de una cinta metálica que le apretaba el pecho, del terror y la lucha desesperada por mantener la cabeza encima del agua y sobrevivir. Algo duro le rozó la cara, para apartarse de inmediato. Agitó los brazos en esa dirección y se aferró a un tablón de la lancha. Al menos era una oportunidad. Apoyó los brazos en él y sintió el alivio del esfuerzo. Sólo entonces fue capaz de pensar racionalmente. El tablón podría servirle de apoyo hasta que saliera el sol y la niebla se levantara. Pero estaría muerta de frío y cansancio mucho antes de eso. De algún modo, su única esperanza era nadar hasta la costa, ¿pero de qué lado estaba la costa? Si la niebla se levantara podría ver las luces, quizás incluso la luz de la casa rodante. Neil estaría haciéndole señas. Pero eso era tonto. La casa rodante estaba a millas de distancia. A esta hora Neil estaría desesperado de preocupación. Y ella que no había terminado esos sobres. Timmy podía estar llorando por ella. Tenía que volver a Timmy.

Pero al fin el mar fue piadoso. El frío que le paralizó los brazos hasta no poder sostenerse más del tablón le paralizó también la mente. Ya se deslizaba en la inconsciencia cuando el reflector la encontró. Estaba más allá del pensamiento, más allá del miedo, cuando la lancha vino hacia ella a toda velocidad. Y después hubo silencio y oscuridad y un trozo de madera flotando en el sitio donde se desplegaba una mancha roja.

4

El sábado por la noche Rickards llegó a su casa después de las ocho, lo que era algo más temprano de lo usual y, por primera vez en semanas, pudo sentir que tenía por delante una velada con sus alternativas: una comida tranquila, televisión, radio, una sesión sin urgencias de trabajos domésticos, un llamado a Susie, la cama temprano. Pero se sentía inquieto. Frente a unas horas de ocio, no sabía bien qué hacer con ellas. Durante un momento pensó en salir a un restaurante, pero el esfuerzo de elegir, el gasto, parecían desproporcionados con cualquier placer que la salida pudiera proporcionarle. Se duchó y cambió como si el agua bien caliente fuera un ritual para limpiarse de las impurezas que traía del trabajo, el crimen y el fracaso, un ritual para propiciar la felicidad de la velada. Después abrió una lata de arvejas, asó cuatro chorizos y un par de tomates y fue con la bandeja a la sala, a comer mirando la televisión.

A las nueve y veinte apagó el televisor y se quedó inmóvil durante unos diez minutos, con la bandeja todavía en el regazo. Pensaba que debía parecer una de esas pinturas modernas, *Hombre con bandeja*, una figura rígida alzándose en un ambiente cotidiano que por su presencia se hacía menos corriente, incluso siniestro. Mientras trataba de reunir la energía para lavar el plato, la conocida depresión se instaló en él, el sentimiento de que era un extraño en su propia casa. Se había sentido más en casa en esa sala de paredes de piedra y chimenea encendida en el Molino de

Larksoken, bebiendo el whisky de Dalgliesh, que aquí en su propia sala, en este sillón al que su cuerpo estaba habituado, comiendo su propia comida. Y no era sólo la ausencia de Susie, ese fantasma con su pesado embarazo en el sillón frente al suyo. Empezó a comparar ambas salas, buscando en sus respuestas diferentes a ambas una clave de la depresión que se hacía más profunda, y de la que la sala parecía en parte un símbolo, en parte una causa. No era sólo que el molino tuviera un verdadero fuego en la chimenea, siseando y echando chispas y con olor a otoño, mientras que su fuego era sintético, o que el mobiliario de Dalgliesh fuera antiguo, pulido por siglos de uso, dispuesto sólo por conveniencia, no para exhibición, ni siquiera que las pinturas de él fueran verdaderos óleos, acuarelas genuinas, o que todo el ambiente en general hubiera sido dispuesto sin tratar de poner de relieve ningún objeto o mueble. Por encima de todo, decidió, la diferencia estaba en los libros, las dos paredes cubiertas con estantes llenos de libros de todo tipo y edad, libros para usar, para el placer de leerlos y manipularlos. Su propia pequeña biblioteca, y la de Susie, estaban en el dormitorio. Ella había decretado que los libros eran demasiado diversos, demasiado gastados para merecer un lugar en lo que ella llamaba el "salón", y además no eran muchos. En los últimos años había tenido tan poco tiempo de leer: una colección de novelas modernas de aventuras, en rústica, cuatro volúmenes de un club del libro al que perteneció durante un par de años, unos pocos libros de viajes de tapa dura, manuales policíacos, más los libros que Susie ganara en la escuela por prolijidad y costura. Pero un niño debía crecer entre libros. Había leído en alguna parte que era el mejor comienzo posible de la vida, estar rodeado de libros, tener padres que alentaran la lectura. Quizá podrían colocar unos estantes a cada lado de la chimenea y empezar por ahí. Dickens: lo disfrutó leyendo en sus años escolares; Shakespeare, por supuesto y los grandes poetas ingleses. Su hija (ni él ni Susie dudaban de que el bebé sería una niña) aprendería a amar la poesía.

Pero todo eso tendría que esperar. Al menos podría empezar limpiando. El aire pretencioso y feo de la sala se debía en parte a la suciedad. Parecía un cuarto de hotel no limpiado recientemente, porque no se esperaba ningún huésped y los pocos que vinieran no notarían nada. Ahora pensaba que debió haber conservado a la señora Adcock, que venía a limpiar los miércoles, tres horas. Pero trabajó para ellos sólo durante los últimos dos meses del embarazo de Susie. Apenas si la había visto, y le disgustaba la idea de darle las llaves de la casa a un relativo extraño, más por amor a la privacidad que por falta de confianza. Por eso, a despecho de las dudas de Susie, le había pagado a la señora Adcock una indemnización, diciéndole que podía arreglárselas solo. Dejó las cosas de la cena en la pileta, junto con bastante vajilla sucia que se había acumulado los últimos días, y tomó un trapo de los que colgaban en el interior de la puerta del armario. Había una capa de polvo en toda superficie. En la sala pasó el trapo por el marco de la ventana y vio con asombro que la tela quedaba negra.

Fue al vestíbulo. El ciclamen sobre la mesa, al lado del teléfono, se había marchitado inexplicablemente, a pesar de sus apresurados riegos matutinos, o quizás a causa de ellos. Estaba mirando la planta, tratando de decidir si la tiraba o si sería posible rescatarla, cuando sus oídos captaron el ruido de neumáticos sobre la grava de la entrada. Abrió la puerta, y al salir la echó atrás con tanta fuerza que la puerta rebotó contra la pared y se cerró. Pero él ya estaba en la puerta del taxi, tomando entre sus brazos la figura hinchada que salía con dificultad.

—Mi amor, mi amor, ¿por qué no llamaste?

Ella se inclinó contra él, que veía con compasión la piel blanca, transparente, las ojeras oscuras. Le parecía sentir incluso al otro lado de la tela gruesa del tapado el movimiento de su hijo.

—No podía demorarme. Mami había cruzado la calle a ver a la señora Blenkinsop. No tenía tiempo más que para llamar a un taxi y dejarle una nota. Tenía que venir. ¿No estás enojado?

—Oh, mi amor, mi querida. ¿Estás bien?

—Cansada, nada más. —Soltó la risa.— Querido, dejaste que la puerta se cerrara. Ahora tendrás que abrir con mi llave.

El tomó su bolso, buscó la llave y su billetera y le pagó al taxista, que había depositado la maleta junto a la puerta. Las manos le temblaban tanto que le costó trabajo embocar la llave en la cerradura. La tomó en brazos y a medias la alzó para pasar el umbral. La dejó en el piso del vestíbulo.

—Siéntate aquí un momento, querida, mientras entro la maleta.

—Terry, el ciclamen está muerto. Lo regaste demasiado.

—No, no es por eso. Murió porque te extrañaba.

Ella soltó la risa. El sonido era vigoroso y satisfecho. El quería alzarla en brazos y gritar de contento. De pronto seria, ella preguntó:

—¿Llamó mami?

—Todavía no, pero lo hará.

Y como si sólo esperara eso, sonó el teléfono. El tomó el receptor. Esta vez, esperando el sonido de la voz de su suegra, se sentía totalmente sin miedo, sin inquietudes. Con esa sola magnífica iniciativa de autoafirmación, Susie había puesto al matrimonio, para siempre, más allá del alcance destructivo de su madre. Rickards sentía que una inmensa y poderosa ola lo había levantado del fondo de su pena, y le permitió poner los pies con firmeza en una roca. Hubo un segundo en el que vio la mirada preocupada de Susie, un miedo tan agudo que era casi un espasmo de dolor; se puso torpemente de pie y se apoyó contra él, tomándole una mano. Pero la llamada no era de la señora Cartwright.

—Jonathan Reeves llamó al cuartel, señor —dijo Oliphant—, y me lo pasaron. Dice que Caroline Amphlett y Amy Camm salieron juntas en lancha. Hace tres horas que partieron y la niebla se está espesando.

—¿Y por qué llamó a la policía? Debería haber avisado a la Guardia Costera.

—Lo hizo, señor. No fue eso por lo que en realidad llamó. El y Amphlett no pasaron juntos la noche del domingo pasado. Ella estuvo en la punta. Quería decirnos que Amphlett mintió, y él también.

—No creo que hayan sido los únicos. Les daremos el primer turno mañana a la mañana y oiremos sus explicaciones. No tengo dudas de que ella las tendrá muy buenas.

—¿Pero por qué iba a mentir si no tiene nada que ocultar? Y no es sólo la falsa coartada. Reeves dice que su romance fue todo simulación, que ella sólo simuló interesarse por él para cubrir su relación lesbiana con Camm. Creo que las dos mujeres estuvieron juntas en esto, señor. Amphlett debe de haber sabido que Robarts nadaba de noche. Todo el personal de la Central lo sabía. Y ella trabajaba cerca de Mair, era la más cercana; es su secretaria. El pudo contarle todos los detalles de la cena, cómo operaba el Silbador. No habrían tenido problemas para apoderarse de las Bumble. Camm sabía sobre la recolección de ropa en la Vieja Rectoría, aunque Amphlett no lo supiera. El hijo de ella tiene ropa proveniente de ahí.

—Puede no haber habido problemas para conseguir las zapatillas —dijo Rickards—, pero sí para usarlas. Ninguna de las dos es alta.

Oliphant hizo a un lado lo que probablemente sentía que era una objeción pueril:

—No habrán tenido tiempo de probárselas. Mejor apoderarse de un par demasiado grande que de uno demasiado pequeño, y una zapatilla antes que un zapato, que podía resultar más incómodo. Y Camm tenía un motivo, señor, un doble motivo. Ella amenazó a Robarts por el incidente con el chico. Y si

Camm quería seguir en la casa rodante, junto a su amante, era importante impedir que Robarts prosiguiera con su acción legal contra Pascoe. Y Camm seguramente sabía dónde nadaba Robarts todas las noches. Si Amphlett no se lo dijo, probablemente lo hizo Pascoe. El admitió que solía ir de noche a espiarla. El sucio pequeño demonio. Y hay otra cosa. Camm tiene una traílla de perro, recuerda. Lo mismo que Amphlett, por otra parte. Reeves dijo que estaba paseando a su perro por la punta el domingo a la noche.

–No hubo huellas de perro en la escena, sargento. No se entusiasme demasiado. Ella pudo estar en la escena, pero el perro no.

–Encerrado en el auto, señor. Quizá no lo llevó con ella, pero sí usó una correa. Hay otra cosa. Esas dos copas de vino en Thyme Cottage. Pienso que Caroline Amphlett estuvo con Robarts antes de la zambullida. Es la secretaria de Mair. Robarts le habría abierto la puerta sin preguntas. Todo coincide, señor. Está clarísimo, señor.

Rickards pensaba que estaba tan claro como la medianoche. Pero le reconocía a Oliphant que había algo o mucho que valía la pena investigar en esta dirección. No debía dejar que lo ofuscaran los sentimientos que tenía hacia su sargento. Y había un hecho deprimentemente obvio: si arrestaba a otro sospechoso, esta teoría que acababa de exponer Oliphant, con toda su falta de pruebas firmes, sería un regalo caído del cielo para cualquier abogado defensor.

–Ingenioso –dijo–, pero totalmente circunstancial. Sea como sea, puede esperar a mañana. No hay nada que podamos hacer esta noche.

–Deberíamos ver a Reeves, señor. Puede cambiar su historia antes de la mañana.

–Véalo usted. Y hágame saber cuando reaparezcan Camm y Amphlett. Lo veré en Hoveton a las ocho. Yo me ocuparé de ellas. No quiero que las interroguen, a ninguna de las dos, sin mí. ¿Entendido?

–Sí, señor. Buenas noches, señor.

Cuando colgó, Susie le dijo:

–Si crees que deberías ir, querido, no te preocupes por mí. Estaré bien, ahora que estoy en casa.

–No es urgente, Oliphant puede ocuparse. Le gusta quedar a cargo. Hagámoslo feliz por una noche.

–Pero no quiero ser un problema para ti, querido. Mami decía que las cosas serían más fáciles para ti sin tenerme a mí aquí.

La tomó en sus brazos. Sintió sus propias lágrimas cayéndole, cálidas, por las mejillas. Le dijo:

—La vida nunca es más fácil para mí cuando tú no estás.

5

Los cuerpos fueron arrastrados a la costa dos días después, dos millas al sur de Hunstanton; quedaba de ellos lo necesario como para dar seguridad a la identificación. El lunes a la mañana un jubilado que paseaba su perro dálmata por la playa vio al animal olisqueando lo que parecía una loncha blanca de grasa envuelta en algas que se balanceaba en la rompiente. Cuando se acercó, el objeto fue arrastrado hacia adentro por una ola que se retiraba, y traído con más fuerza por la siguiente, y pudo ver a sus pies, con incrédulo horror, el torso de una mujer cortado a la altura de la cintura. Por un segundo quedó petrificado, mirando el agua que giraba en la órbita vacía del ojo izquierdo. De inmediato se volvió y tuvo un vómito violento, antes de poder subir por el camino de pedregullo, arrastrando al perro por la correa.

El cuerpo de Caroline Amphlett, entero, fue devuelto por la misma marea junto con restos de la lancha. Los halló el Tonto Billy, un vagabundo de playa inofensivo y amistoso en una de sus pasadas regulares. Fue la madera lo que primero le llamó la atención, y comenzó a apilar los tablones sobre la arena con pequeños gritos de alegría. Después, asegurada su ganancia, volvió su intrigada atención a la ahogada. No era el primer cadáver que encontraba en cuarenta años de playa, y sabía lo que debía hacer, a quién debía decírselo. Primero colocó las manos bajo los brazos del cuerpo y lo arrastró fuera del agua. Después, gimiendo suavemente como si se lamentara de su propia torpeza y de lo inerte de la mujer, se arrodilló a su lado y sacándose la chaqueta, la tendió sobre los restos de la camisa y pantalones de ella.

–¿Estás bien? –le preguntó–. ¿Estás bien?

Después, con una mano, le apartó suavemente el cabello de los ojos y, balanceándose lentamente, comenzó a cantarle como podría haberlo hecho con un niño.

6

Dalgliesh fue caminando tres veces a la casa rodante después del almuerzo, el jueves, pero en ninguna ocasión encontró a Neil Pascoe. No quería telefonear para ver si había regresado. No se le ocurría una excusa válida para querer verlo, y le pareció mejor hacer pasar su visita como parte de una caminata, como si la decisión de llamar a la puerta de la casa rodante surgiera de un impulso repentino. En cierto sentido pensaba que podía ser una visita de condolencia, pero sólo había conocido a Amy Camm de vista, y la excusa parecía deshonesta tanto como poco convincente. Poco después de las cinco, cuando la luz empezaba a decaer, hizo un nuevo intento. Esta vez la puerta de la casa rodante estaba abierta de par en par, pero no había señales de Pascoe. Mientras estaba preguntándose qué hacer, vio surgir un hilo de humo del otro lado del risco, seguido por un breve resplandor de fuego, y el aire se llenó de pronto con el aroma acre de una fogata.

Desde lo alto del risco pudo ver una escena extraordinaria. Pascoe había construido una suerte de horno abierto con grandes piedras y bloques de concreto y encendido un fuego adentro, al que arrojaba papeles, carpetas, cajas, envases, y lo que parecían ropas. La pila que esperaba su turno estaba protegida del viento dentro de los barrotes del corralito de Timmy, también destinado, sin duda, a las llamas. Un colchón sucio estaba enrollado a un lado, como un biombo inadecuado. Pascoe, vestido sólo con un par de shorts, trabajaba como un endemoniado, los ojos dos círculos blancos en la cara ennegrecida, los brazos y el pecho desnudo brillando de sudor. Cuando Dalgliesh bajó por la pendiente arenosa del risco y se acercó al fuego, le dirigió un gesto que apenas reconocía su presencia, y de inmediato comenzó a extraer una pequeña maleta de entre los barrotes con apuro desesperado. Se balanceó en el borde mismo del horno, con las piernas muy apartadas. Al resplandor rojizo del fuego, todo su cuerpo brillaba, y por un momento pareció transparente, como si estuviera iluminado por dentro y las gruesas gotas de sudor que le caían del cuello fueran sangre. Con un grito sacudió la maleta sobre el fuego hasta abrirla. Las ropas del bebé cayeron en una ducha de colores brillantes, y las llamas se alzaron como lenguas vivientes para abrazar ya en el aire las prendas de lana, volviéndolas breves antorchas antes de caer ennegrecidas en el centro de la fogata. Pascoe se quedó un momento respirando pesadamente, y soltó un grito, a medias eufórico, a medias desesperado. Dalgliesh pudo comprender, y parcialmente compartir, su exultación ante esta tumultuosa yuxtaposición de viento, fuego y agua. Con cada ráfaga las lenguas de fuego rugían y silbaban, y le hacían ver a través de un cristal ondulante de calor las olas que caían sobre la playa. Cuando Pascoe vació en el fuego otra caja de papeles, las cenizas subieron y aletearon como pájaros, volaron hasta la cara de Dalgliesh y se posaron en las piedras. Le empezaron a arder los ojos por el humo.

—¿No está ensuciando la playa? —preguntó.

Pascoe se volvió y habló por primera vez, gritando para hacerse oír sobre el rugido del fuego:

—¿Y qué importa? Estamos ensuciando todo el maldito planeta.

Dalgliesh gritó a su vez:

—Echele unas piedras encima y déjelo para mañana. Está demasiado ventoso para una fogata.

Había esperado que Pascoe lo ignorara, pero, para su sorpresa, las palabras parecieron volverlo a la realidad. La exultación y la energía se disolvieron. Miró el fuego y dijo con voz ronca:

—Creo que tiene razón.

Había dos palas herrumbradas y los dos arrojaron sobre las llamas arena y pedregullo. Cuando la última lengua roja hubo muerto con un silbido furioso, Pascoe se volvió y comenzó a caminar hacia el risco. Dalgliesh lo siguió. La pregunta que había temido (¿vino por algo en especial? ¿por que quería verme?) no fue pronunciada, ni, al parecer, siquiera pensada.

Una vez dentro de la casa rodante, Pascoe cerró la puerta con el pie y se sentó a la mesa:

–¿Quiere una cerveza? Hay té también. El café se terminó.

–Nada, gracias.

Dalgliesh se sentó y miró a Pascoe que iba con paso inseguro hacia la heladera. De vuelta a la mesa, hizo saltar la apertura de una lata, echó atrás la cabeza y bebió la cerveza en un chorro casi continuo. Después se echó hacia adelante, silencioso, con la lata apretada en la mano. No hablaron y Dalgliesh pensó que el otro apenas si notaba su presencia. Estaba oscuro adentro, y la cara de Pascoe, al otro lado de la mesa, era un óvalo borroso en el que el blanco de los ojos brillaba con luz excesiva. Después se puso de pie murmurando algo sobre fósforos, y pocos segundos después hubo un roce y sus manos se estiraron hacia una lámpara de aceite sobre la mesa. A la luz que crecía por momentos su cara se veía, bajo la capa de suciedad y hollín del humo, cansada y descompuesta, los ojos hinchados de dolor. El viento estaba sacudiendo la casa rodante, no con violencia sino con un suave balanceo, como si los acunara una poderosa mano invisible. La puerta corrediza del compartimiento trasero estaba abierta y Dalgliesh pudo ver, sobre la cama estrecha, una pila de ropa femenina encima de la cual se acumulaban frascos, tubos y potes. Aparte de esto, el interior estaba ordenado y desnudo, menos un hogar que un refugio temporario y mal equipado, que conservaban todavía el olor fecal y lechoso de una criatura. La ausencia de Timmy y de su madre muerta llenaba la casa rodante tanto como los pensamientos de los dos hombres.

Al cabo de minutos de silencio Pascoe alzó la vista:

–Estaba quemando todos mis papeles del CEN, con el resto de las cosas. Probablemente usted ya se dio cuenta. Nunca sirvió de nada. Yo sólo usaba al CEN para mis necesidades personales de sentirme importante. Usted más o menos lo dijo la vez que lo fui a ver al molino.

–¿Sí? No tenía derecho a decirlo. ¿Qué hará ahora?

–Iré a Londres y buscaré trabajo. La universidad no ampliará mi beca un año más. No los culpo. Preferiría volver al noreste, pero supongo que en Londres tendré más campo de acción.

–¿Qué clase de empleo buscará?

–Cualquiera. Lo que haga no me importa, en tanto me dé dinero y no pueda ser utilizado por nadie.

–¿Qué pasó con Timmy? –preguntó Dalgliesh.

–Se lo llevó la autoridad local. Consiguieron una orden de Colocación de Menor, o algo por el estilo. Un par de asistentes sociales vinieron por él ayer. Mujeres bastante decentes, pero él no

385

quería ir con ellas. Tuvieron que arrancarlo de mis brazos. ¿Qué clase de sociedad es la que le hace eso a un niño?

–No creo que hayan tenido alternativa –dijo Dalgliesh–. Tienen que hacer planes a largo plazo para su futuro. Después de todo, no podría haberse quedado indefinidamente con usted.

–¿Por qué no? Me ocupé de él durante más de un año. Y al menos yo habría conservado algo de todo esto.

–¿Han localizado a la familia de Amy?

–No han tenido mucho tiempo todavía, ¿no? Y cuando lo hagan, no creo que se molesten en decírmelo. Timmy vivió aquí más de un año, pero legalmente yo cuento menos que los abuelos que nunca lo vieron y que probablemente no quieren saber nada de él.

Seguía con la lata vacía de cerveza en la mano. Haciéndola girar lentamente, murmuró:

–Lo que realmente me hirió fue el engaño. Pensé que ella tenía algún sentimiento. Oh, no hacia mí, pero al menos hacia lo que yo estaba tratando de hacer. Era todo falso. Me estaba usando, usando este lugar para estar cerca de Caroline.

–Pero no pueden haberse visto con mucha frecuencia –dijo Dalgliesh.

–¿Cómo lo sabe? Cuando yo no estaba, ella debe de haberse escapado a encontrarse con su amante. Timmy debe de haber pasado solo durante horas. Ni siquiera él la preocupaba. Los gatos eran más importantes que Timmy. La señora Jago los tiene ahora. Estarán bien con ella. A veces los domingos a la tarde se iba, y me decía que iba a encontrarse con su amante en las dunas. Yo creía que era una broma, necesitaba creer eso. Y todo el tiempo ella y Caroline estaban allá juntas, haciendo el amor, riéndose de mí.

–Tiene sólo la palabra de Reeves para creer que eran amantes –dijo Dalgliesh–. Caroline pudo mentirle.

–No. No, no le mintió. Lo sé. Nos usaron a los dos, a Reeves y a mí. Amy no estaba... bueno, no le faltaba sexo. Vivimos aquí juntos más de un año. La segunda noche ella... bueno, se ofreció a venir a mi cama. Pero era sólo su modo de pagar por el alojamiento y la comida. No habría estado bien para ninguno de los dos. Pero al cabo de un tiempo supongo que empecé a albergar esperanzas. Quiero decir, viviendo aquí juntos, supongo que empecé a quererla. Pero ella en realidad nunca quiso acercarse más a mí. Y cuando volvía de esos paseos de los domingos yo sabía. Simulaba ante mí mismo ignorarlo, pero sabía. Se la veía exultante. Brillaba la felicidad.

—Pero escuche –le preguntó–, ¿es realmente tan importante para usted ese romance con Caroline, aunque haya sido cierto? Lo que ustedes tuvieron aquí juntos, el afecto, la amistad, la camaradería, el amor compartido por Timmy, ¿todo eso queda reducido a la nada porque ella encontró su vida sexual fuera de las paredes de esta casa rodante?

—¿Olvidar y perdonar? –dijo Pascoe con amargura–. Usted lo hace sonar muy fácil.

—No creo que usted pueda olvidar, y quizá no lo quiera hacer. Pero no veo por qué tiene que usar la palabra "perdonar". Ella nunca prometió más de lo que dio.

—Me desprecia, ¿no?

Dalgliesh pensó en lo poco atractiva que era la autoabsorción de los profundamente desdichados. Pero había todavía preguntas que tenía que hacer.

—¿Y ella no dejó nada, papeles, notas, un diario, nada que dijera qué estaba haciendo aquí en la punta?

—Nada. Y yo sé qué estaba haciendo aquí, por qué vino. Vino para estar cerca de Caroline.

—¿Tenía dinero? Aun cuando usted pagara su manutención, ella debía de tener algo propio.

—Siempre tenía algo de dinero, pero no sé de dónde lo sacaba. Nunca me lo dijo, y yo no quería preguntar. Sé que no cobraba nada de la Seguridad Social. Decía que no quería que sus espiones vinieran aquí a comprobar si no estábamos durmiendo juntos. No la culpo. Yo tampoco quería.

—Y no recibía correo.

—Recibía postales de vez en cuando. Con bastante regularidad. Debía de tener amigos en Londres. No sé qué hacía con ellas. Las tiraba, supongo. Aquí no hay nada más que ropa y maquillaje, y será lo próximo que queme. Después de eso, no quedará nada que indique que ha estado aquí.

—Y está el asesinato –dijo Dalgliesh–. ¿Usted cree que haya sido Caroline Amphlett quien mató a Robarts?

—Quizá. No me importa. Ya no importa más. Si no fue ella, de todos modos Rickards la hará su chivo expiatorio, a ella y a Amy juntas.

—Pero usted no puede creer que Amy haya cometido un asesinato.

Pascoe miró a Dalgliesh con la frustración y la ira de un niño encaprichado:

—¡No sé! Mire, en realidad nunca la conocí. Es lo que estoy diciéndole. ¡No sé! Y ahora que no tengo a Timmy, en realidad ya no me importa. Y estoy tan confundido, furioso por lo que me hizo, por lo que era, y apenado porque ha muerto. No creía que uno pudiera estar furioso con alguien y a la vez extrañarlo. Debería estar llorando por ella, pero todo lo que siento es una terrible ira.

–Oh, sí –dijo Dalgliesh–. Se pueden sentir las dos cosas a la vez. Es la reacción más común.

De pronto Pascoe se largó a llorar. La lata de cerveza vacía hizo ruido contra la mesa y él inclinó la cabeza, sacudiendo los hombros. Las mujeres, pensó Dalgliesh, saben manejar su dolor mejor que nosotros. Las había visto tantas veces, las mujeres policía yendo sin pensarlo a tomar en sus brazos a una madre angustiada, a un hijo perdido. Había hombres que también sabían hacerlo, por supuesto. Rickards había sabido hacerlo en los viejos tiempos. El mismo, con palabras, pero por supuesto, las palabras eran su oficio. Lo que le resultaba tan difícil era lo que les salía espontáneamente a los generosos de corazón, la disposición a tocar y ser tocados. Pensó: estoy aquí bajo engaño. Si no fuera así, quizá me sentiría mejor.

–Creo que el viento ha amainado –dijo–. ¿Por qué no terminamos el trabajo con el fuego y limpiamos la playa?

Más de una hora después Dalgliesh se disponía a regresar al molino. Cuando se despedía de Pascoe en la puerta, un Fiesta azul conducido por un hombre joven venía saltando sobre la hierba.

–Jonathan Reeves –dijo Pascoe–. Estaba de novio con Caroline Amphlett, o creía estarlo. Lo engañó como Amy me engañaba a mí. Ha venido un par de veces a charlar. Hoy pensamos que podíamos ir al Local Hero a jugar un rato al billar.

Dalgliesh no creía que pudieran pasar una velada muy agradable, unidos por un duelo común, consolándose mutuamente de la perfidia de sus mujeres con cerveza y billar. Pero Pascoe parecía querer presentarle a Reeves y no pudo evitar darle la mano, que encontró sorprendentemente firme, y darle las condolencias.

–Todavía no puedo creerlo –dijo Jonathan Reeves–, pero supongo que la gente siempre dice lo mismo después de una muerte inesperada. Y no puedo evitar pensar que fue culpa mía. Debí haberlas detenido.

–Eran adultas –respondió Dalgliesh–. Sabían lo que estaban haciendo. Salvo que las hubiera arrastrado por la fuerza fuera de la lancha, lo que no habría sido fácil, no veo cómo pudo haberlas detenido.

Pero Reeves reiteró con obstinación:

–Debí haberlas detenido. Ahora tengo ese sueño... bueno,

en realidad es una pesadilla. Ella aparece al lado de mi cama con el bebé en brazos y me dice: "Es todo culpa tuya. Todo culpa tuya."

–¿Caroline aparece con Timmy? –preguntó Pascoe.

Reeves lo miró como si le sorprendiera que pudiera ser tan estúpido:

–No Caroline –dijo–. Es Amy la que aparece. Amy, a la que no llegué a conocer, de pie con el agua chorreando del pelo, el bebé en brazos y diciéndome que es todo culpa mía.

7

Una hora más tarde Dalgliesh había dejado la punta y conducía por la ruta A1151 rumbo al oeste. Veinte minutos después dobló al sur por un estrecho camino rural. La oscuridad había caído y las nubes bajas y en movimiento, desgarradas por el viento, pasaban como una manta hecha jirones por debajo de la luna y las estrellas. Condujo rápido y sin vacilaciones, apenas consciente de la presión y los aullidos del viento. Había hecho este camino antes sólo una vez, temprano esa misma mañana, pero no necesitaba consultar el mapa; sabía adónde iba. A ambos lados de los setos bajos se extendía un campo negro y llano. Las luces del auto plateaban aquí y allá un árbol sacudido por el viento, iluminaban brevemente, como si lo hiciera una linterna movida por mano rápida, la fachada de una casa aislada, o hacían brillar brevemente los ojos de un animal nocturno que se ponía de inmediato a buen resguardo. El viaje no se prolongó más de cincuenta minutos pero, con la vista fija adelante y moviendo la palanca de cambios con gesto automático, sentía como si hubiera recorrido durante horas interminables la oscuridad desolada de este paisaje llano.

La casa de ladrillos, construida a comienzos de la época victoriana, se alzaba en las afueras de una aldea. La verja del camino de entrada estaba abierta; se introdujo lentamente por entre los laureles y las altas ramas de las hayas, hasta estacionar el Jaguar junto a otros tres autos ya discretamente colocados a un costado de la casa. Las dos filas de ventanas del frente estaban oscuras, y la única bombita encendida en el porche a Dalgliesh le pareció menos una señal de ocupación que un signo esotérico, la indicación siniestra de una vida secreta. No necesitó llamar. Había oídos alerta a la llegada de su auto y la puerta se abrió cuando se acercaba a ella, por el mismo portero robusto y sonriente que lo acogiera esa mañana en su primera visita. Ahora, como entonces, llevaba puesto un overall azul de tan buen corte que parecía un uniforme. Dalgliesh se preguntó cuál sería su rol exacto: portero, guardián, factótum general. ¿O tendría quizás una función menos inocente?

–Están en la biblioteca, señor –le dijo–. Le llevaré café. ¿Querría un sándwich, señor? Hay algo de carne fría, o bien podría ser de queso.

–Café nada más, gracias –dijo Dalgliesh.

Lo esperaban en el mismo cuartito al fondo de la casa. Las paredes estaban cubiertas de madera clara y había una sola ventana con pesados cortinados desteñidos de terciopelo azul. Pese a su nombre de biblioteca, la función del cuarto no era clara. La pared frente a la ventana estaba cubierta de estanterías, pero en ellas había sólo una docena de libros encuadernados en cuero y varias pilas de periódicos viejos que parecían ser suplementos dominicales en colores. El ambiente tenía una atmósfera curiosamente perturbadora de haber sido disfrazado, pero no estaba desprovisto de confort; un lugar de paso en el que los momentáneos ocupantes intentaban sentirse cómodos. Frente a la escultural chimenea de mármol había seis sillones diferentes, la mayoría de cuero, y cada uno con una mesita lateral. El otro lado del cuarto estaba ocupado por una moderna mesa de comedor de madera sin adornos, y seis sillas. Esta mañana en la mesa quedaron los restos de un desayuno y el aire había estado cargado con los olores de huevos y tocino. Ahora esos restos habían desaparecido y los remplazaba una bandeja con botellas y vasos. Una mirada a la variedad de bebidas hizo pensar a Dalgliesh que estuvieron pasándola bastante bien. Esa bandeja cargada le daba al ambiente el aire de una hospitalidad apenas provisoria. La temperatura le pareció demasiado baja. En la reja de la chimenea se veía un abanico de papel moviéndose con cada ráfaga de viento que entraba por el tiro de la chimenea y la estufa eléctrica de dos radiadores no era suficiente, ni siquiera para un cuarto de las proporciones reducidas de éste.

Cuando entró, tres pares de ojos se volvieron a él. Clifford Sowerby estaba de pie contra la chimenea, exactamente en la misma postura como Dalgliesh lo había dejado por la mañana. Con su traje formal y camisa inmaculada, parecía tan fresco como a las nueve de la mañana. Ahora, como entonces, su presencia dominaba la reunión. Era un hombre sólido, convencionalmente apuesto, con la seguridad y la controlada benevolencia de un director de escuela o de un próspero banquero. Ningún cliente debía temer entrar en su oficina, siempre que su cuenta estuviera bien provista. Al verlo, apenas por segunda vez, Dalgliesh volvió a sentir una incomodidad instintiva y aparentemente irracional. El hombre era a la vez impiadoso y peligroso y aun así, en las horas transcurridas entre un encuentro y otro, le había sido imposible recordar con precisión su rostro o su voz.

Lo mismo podía decirse de Bill Harding. Medía más de un metro ochenta y, con su rostro pálido y pecoso y su mata de pelo rojo, había decidido evidentemente que el anonimato le era imposible y entonces optaba por la excentricidad. Llevaba un traje a cuadros de un tweed pesado, con una corbata a lunares. Levantándose con cierta dificultad del sillón bajo, hizo un gesto de invitación en dirección a la bandeja. Cuando Dalgliesh dijo que esperaría el café, Harding quedó con una botella de whisky en la mano, como si no supiera qué hacer con ella. Pero había una persona más que esta mañana. Alex Mair, con un vaso de whisky, estaba de pie al lado de la biblioteca, interesado al parecer en los volúmenes encuadernados y los periódicos. Se volvió cuando entró Dalgliesh, le dirigió una larga mirada pensativa, y después saludó con un movimiento de cabeza. Era seguramente el individuo de más personalidad e inteligencia de los tres que esperaban, pero algo, la confianza o la energía parecía haberlo abandonado, y tenía el aire disminuido y precario de alguien que está sufriendo un dolor físico.

–Se ha despeinado, Adam –dijo Sowerby, con una chispa de diversión en los ojos de párpados pesados–. Y huele como si hubiera estado haciendo una fogata.

–Así es.

Mair no se movió, pero Sowerby y Harding se sentaron uno a cada lado de la estufa. Dalgliesh lo hizo entre ambos. Esperaron hasta que llegó el café y tuvo la taza en las manos. Sowerby estaba echado en su sillón, hacia atrás, y miraba el techo; parecía dispuesto a esperar toda la noche. Fue Bill Harding el que preguntó:

–¿Y bien, Adam?

Dalgliesh dejó su taza sobre la mesita y describió con detalle lo que había sucedido desde su llegada a la casa rodante. Podía reproducir los diálogos palabra por palabra. No había tomado notas, porque no fue necesario. Al final de su relato agregó:

–De modo que pueden tranquilizarse. Pascoe cree lo que,

supongo, será la versión oficial: que las dos jóvenes eran amantes, tuvieron la imprudencia de hacer un paseo en lancha y se hundieron accidentalmente en la niebla. No creo que él represente ningún problema para ustedes ni para nadie. Su capacidad de creador de problemas parece agotada.

–¿Y Camm no dejó nada incriminatorio en la casa rodante? –preguntó Sowerby.

–Dudo mucho que tuviera nada que dejar. Pascoe dijo que leyó una o dos de las postales cuando llegaron, pero eran en general, las frases usuales de una postal, turísticas e insignificantes. Al parecer Camm las destruyó. Y él, con mi ayuda, quemó lo que quedaba de la presencia de ella en la punta. Lo ayudé a cargar al fuego el resto de ropa y maquillaje. Mientras él se ocupaba de la fogata, tuve tiempo de volver a la casa rodante y hacer una busca bastante exhaustiva. No había nada.

–Fue muy amable de su parte hacer esto –dijo Sowerby con formalidad–. Obviamente, como Rickards no entra en la parte que nos interesa del asunto, no podíamos encargárselo a él. Y usted, por supuesto, tiene una ventaja sobre él: Pascoe lo habrá visto más como un amigo que como policía. Eso quedó establecido con la visita que le hizo al molino. Por algún motivo, él confía en usted.

–Ya me explicó todo eso esta mañana –dijo Dalgliesh–. El pedido que me hizo me pareció razonable dadas las circunstancias. No soy ingenuo, y está claro lo que pienso sobre el terrorismo. Me pidió hacer algo, y lo hice. Sigo creyendo que debería informar a Rickards, pero la decisión es suya. Y ya tiene su respuesta. Si Camm estuvo implicada en la conspiración de Amphlett, no le hizo confidencias a Pascoe y él no sospecha de ninguna de las dos. Cree que Camm se quedó con él sólo para estar cerca de su amante. Con todas sus ideas liberales, Pascoe está tan dispuesto como cualquiera a creer que una mujer que insiste en no acostarse con él debe de ser frígida o lesbiana.

Sowerby se permitió una sonrisa ácida. Acotó:

–Supongo que durante la escena de Próspero y Ariel que tuvieron en la playa, no le habrá confesado haber matado a Robarts. No tiene mucha importancia, pero uno tiene su curiosidad natural.

–Mi breve conversación se centró en Amy Camm, pero él mencionó el asesinato. No creo que esté convencido en realidad de que Amy haya ayudado a matar a Robarts, pero no le interesa especular sobre lo que hayan hecho o no las dos mujeres. ¿Ustedes creen que fueron ellas?

–No es cosa nuestra –dijo Sowerby–. Es Rickards el que tiene que decidirlo y supongo que ha decidido. A propósito, ¿lo ha visto o habló hoy con él?

–Me llamó un momento hacia el mediodía, creo que con el fin principal de decirme que su esposa ha vuelto a casa. Por algún motivo, pensaba que yo estaría interesado. En lo que al asesinato se refiere, parece estar acercándose a la idea de que las culpables fueron Camm y Amphlett.

–Y es probable que tenga razón –dijo Harding.

–¿Sobre qué pruebas? –preguntó Dalgliesh–. Y dado que no se le permite saber que al menos una de ellas es sospechosa de terrorismo, ¿con qué motivo?

–Vamos, Adam –dijo Harding con impaciencia–, ¿qué pruebas cree que podrían reunirse? ¿Y desde cuándo el motivo es de importancia fundamental? De todos modos, tenían un motivo, o al menos lo tenía Camm. Odiaba a Robarts. Hay un testigo de una pelea física entre ellas la tarde del domingo del crimen. Y Camm protegía con energía a Pascoe y apoyaba al grupo de presión dirigido por él. Esa demanda judicial habría arruinado al hombre y hecho desaparecer el CEN, cuya existencia ya es bastante precaria. Camm quería muerta a Robarts y Amphlett la mató. Eso será lo que el público creerá y Rickards lo aceptará. Para hacerle justicia, es probable que incluso lo crea.

–¿Camm protectora de Pascoe? ¿Quién lo dice? Es una suposición, no una prueba.

–Pero hay algunas pruebas, ¿no? Circunstanciales, de acuerdo, pero ya no las habrá de otro tipo. Amphlett sabía que Robarts iba a nadar de noche; prácticamente todos en la Central lo sabían. Inventó una falsa coartada. Camm tenía acceso como cualquiera al cuarto de donaciones de la Vieja Rectoría. Y Pascoe ahora admite que pudieron ser las nueve y cuarto cuando llegó de Norwich. Es cierto que el horario queda ajustado, pero no lo hace imposible si Robarts fue a nadar un poco antes de lo habitual. La suma da un argumento plausible. No habría justificado el arresto si siguieran vivas, pero basta para hacer difícil lograr una condena contra cualquier otro.

–¿Amy Camm habría dejado solo al chico? –dijo Dalgliesh.

–¿Por qué no? Probablemente estaba dormido, y si no lo estaba y se puso a llorar, ¿quién iba a oírlo? No estará sugiriendo, Adam, que era una madre ejemplar, ¿no? Lo abandonó al final, ¿no? Y de modo definitivo, aunque eso no haya sido intencional. Si me lo pregunta, le diría que ese chico tenía escasa prioridad en los intereses de su madre.

–Entonces –dijo Dalgliesh–, usted postula una madre que

se ofende a tal punto por un ataque menor a su hijo como para vengarse matando, y esa misma madre abandona a su hijo para ir a pasear en lancha con su novia. ¿No le resultará difícil reconciliar ambas imágenes a Rickards?

Intervino Sowerby, con una nota de impaciencia en la voz:

—Sólo Dios sabe cómo reconcilia Rickards las cosas. Por suerte no tenemos que preguntárselo. De todos modos, Adam, conocemos un motivo positivo. Robarts pudo haber sospechado de Amphlett. Después de todo, era la directora administrativa de la Central. Era inteligente, eficaz... demasiado eficaz, según nos ha dicho Mair, ¿no es así?

Volvieron la vista hacia la figura silenciosa que seguía de pie junto a la biblioteca. Mair volvió el rostro hacia ellos.

—Sí —dijo en voz baja—, era eficaz. Pero dudo que hubiera podido detectar una conspiración que a mí me había pasado desapercibida. —Tras lo cual volvió a la contemplación de los libros.

Hubo un momentáneo silencio, incómodo, que fue roto por Bill Harding. Comentó con energía, como si Mair no hubiera hablado:

—¿Quién estaba mejor situado que ella para oler la traición? Rickards puede no tener pruebas sólidas ni un motivo adecuado, pero esencialmente puede sacarlo adelante.

Dalgliesh se levantó y fue hacia la mesa.

—Ya veo: a ustedes les convendría que el caso se cerrara. Pero si yo fuera el investigador a cargo, el legajo quedaría abierto.

—Obviamente —dijo Sowerby con sarcasmo—. En ese caso, agradezcamos que no esté a su cargo. ¿Se guardará sus dudas para usted mismo, Adam? Creo que no es necesario pedírselo.

—¿Entonces por qué decirlo?

Dejó la taza de café sobre la mesa. Sentía que Sowerby y Harding contemplaban cada uno de sus movimientos como si fuera un sospechoso a punto de revelar un secreto. Volviendo a su sillón, preguntó:

—¿Y cómo explicará Rickards, o cualquiera, el paseo en lancha?

Fue Harding quien respondió:

—No necesita explicarlo. Eran amantes. Se les ocurrió hacer un paseo por el mar. La lancha era de Amphlett, después de todo. Dejó su auto en el muelle a la vista de todo el mundo. No llevaba nada consigo, tampoco Amy. Esta le dejó una nota a Pascoe diciendo que estaría de regreso en un par de horas. A los ojos de Rickards o de cualquiera, será un desafortunado accidente. ¿Y quién puede decir que no lo fue? No nos habíamos acercado lo suficiente para asustar tanto a Amphlett como para decidirla a huir; al menos no todavía.

—¿Y su gente no encontró nada en casa de ella?

Harding miró a Sowerby. Era una pregunta que prefería no responder; una pregunta que no debería haber sido formulada. Después de una pausa, Sowerby dijo:

—Limpia. No había equipo de radio, ni documentos, ni armas. Si Amphlett se disponía a dar un golpe, limpió muy bien la casa antes de irse.

—Muy bien —dijo Harding—. Si tuvo pánico y decidió escapar, el único misterio es: ¿por qué con tanta precipitación? Si mató a Robarts y pensó que la policía se estaba acercando, eso pudo decidirla. Pero no estaban acercándose. Pudo ser un genuino paseo en lancha, y un accidente genuino. O bien sus compinches pudieron matarlas a las dos. Al quedar anulado el plan para Larksoken, podía descartárselas. ¿Qué harían sus camaradas con ellas? ¿Darles nuevas personalidades, nuevos papeles, infiltrarlas en una Central Nuclear en Alemania? No valía la pena el trabajo, diría yo.

—¿Hay alguna prueba de que haya sido un accidente? —preguntó Dalgliesh—. ¿Algún barco informó de un accidente por la niebla?

—Ninguno hasta ahora —dijo Sowerby—. Y dudo que lo hagan. Pero si Amphlett formaba parte de la organización que nosotros sospechamos que la reclutó, no tendrían el menor escrúpulo en darle dos mártires más a su causa. ¿Con qué clase de gente creía que estaba tratando? La niebla pudo haberlos ayudado, pero igualmente, sin niebla, habrían hundido la lancha. O bien haberlas rescatado y matado en otra parte. Claro que simular un accidente era el camino más sensato, sobre todo disponiendo de la excusa de la niebla. Es lo que habría hecho yo. —Y lo habría hecho realmente, pensó Dalgliesh. El tampoco hubiera tenido escrúpulos.

Harding se volvió hacia Mair:

—¿Usted nunca tuvo la menor sospecha?

—Ya me lo preguntó antes. Nunca. Me sorprendió, e incluso me irritó un poco, que prefiriera no seguirme como secretaria a mi nuevo empleo, y más aún me sorprendió el motivo. Jonathan Reeves no parecía en absoluto la clase de hombre que ella habría elegido.

—Pero fue una elección inteligente —dijo Sowerby—. Un hombre torpe, fácil de dominar. No demasiado inteligente. Ya enamorado de ella. Podía plantarlo cuando quisiera, y él no habría sabido por qué. ¿Y por qué iba a sospechar? La atracción sexual es irracional de todos modos. –Tras una pausa, se dirigió a Mair:– ¿Usted la vio alguna vez, a la otra chica, Amy? Me dijeron que visitó la Central en uno de esos días abiertos al público, pero quizá no la recuerde.

El rostro de Mair era como una máscara blanca.

–La vi una vez, creo. Cabello rubio teñido, un rostro regordete y más bien bonito. Llevaba el niño en brazos. A propósito, ¿qué será de ese niño? ¿O es una niña?

–Irá a una institución, supongo –dijo Sowerby–, salvo que logren localizar al padre o los abuelos. Es probable que lo adopten. Me pregunto qué diablos creía estar haciendo la madre.

Harding habló con repentina vehemencia:

–¿Acaso piensan? No tienen fe, ni estabilidad, ni afectos familiares, ni lealtad. Los arrastran todos los vientos como papeles. Cuando encuentran algo en qué creer, algo que les da la ilusión de que son importantes, ¿qué es lo que eligen? La violencia, la anarquía, el odio, el crimen.

Sowerby lo miraba, sorprendido y un tanto divertido.

–Son ideas por las que algunos creen que vale la pena morir. Ahí, por supuesto, está el problema.

–Sólo porque quieren morir. El que no puede enfrentar la vida busca una excusa, una causa sobre la cual engañarse diciendo que por ella vale la pena morir y se permiten ceder a su deseo de muerte. Con suerte pueden reunir a su alrededor una docena de pobres idiotas que podrían haber tenido otro destino. Y siempre está la autoilusión definitiva, la arrogancia final: el martirologio. Después, solitarios e inadaptados de todo el mundo apretarán los puños y gritarán su nombre y llevarán pancartas con su retrato y empezarán a buscar a su alrededor algo que destruir y matar y mutilar. Y esa chica, Amphlett. No tenía siquiera la excusa de la pobreza. El papá era un alto oficial del ejército, tuvo seguridad, buena educación, privilegios, dinero. Lo tenía todo.

Fue Sowerby el que le respondió:

–Sabemos lo que tenía. Lo que ignoramos es lo que no tenía.

Harding ignoró sus palabras.

–¿Y qué esperaban hacer con Larksoken si llegaban a tomarla? No habrían resistido más de media hora. Hubieran necesitado expertos, programadores.

–Pienso –dijo Mair–, que sabían qué y a quiénes necesitarían, y habían planeado cómo tenerlos.

–¿Introducir esa gente en el país? ¿Cómo?

–Por barco, quizá.

Sowerby lo miró y dijo con cierta impaciencia:

–No lo hicieron. No podían hacerlo. Y su trabajo es ver que nunca puedan.

Hubo un momento de silencio, tras el cual Mair manifestó:

–Supongo que Amphlett era el socio dominante de la pareja. Me pregunto qué argumentos o seducciones usó. La chica, Amy, me parece haber sido una criatura instintiva, no de las que mueren por una teoría política. Pero eso es obviamente un juicio superficial. Sólo la vi una vez.

–Sin conocerlas –dijo Sowerby–, no podemos saber quién era el socio dominante. Pero yo también me inclinaría por Amphlett. No se sabe ni sospecha nada de Camm. Probablemente fue reclutada como correo. Amphlett debe de haber tenido un contacto en la organización, quizá lo vio ocasionalmente, así fuera para recibir instrucciones nada más. Pero deben de haber tomado precauciones. Camm probablemente recibía mensajes cifrados indicando el lugar y fecha de la cita y se los pasaba a la otra. En cuanto a sus razones, pueden adjudicarse en general a lo insatisfactorio de su vida.

Bill Harding fue a la mesa y se sirvió una dosis generosa de whisky. Su voz era pastosa, como si estuviera ebrio:

–La vida siempre ha sido insatisfactoria para casi todo el mundo casi todo el tiempo. El mundo no fue pensado para nuestra satisfacción. No es motivo para querer destruirlo.

Sowerby mostró su sonrisa de superioridad.

–Quizás ellos piensan que somos nosotros quienes lo estamos destruyendo –dijo en tono ligero.

Quince minutos después Dalgliesh se marchaba con Mair. Cuando abrían las puertas de sus autos, Mair miró por encima del hombro y vio al portero que seguía esperando en la puerta abierta.

–Se asegura de que realmente nos marchamos –dijo–. ¡Qué personajes extraordinarios son! Me pregunto cómo descubrieron a Caroline. Me pareció que no valía la pena preguntar, ya que habían puesto en claro que no responderían.

–No, no responderían. Casi seguramente recibieron información del servicio secreto de Alemania.

–Y esta casa. ¿Cómo diablos encuentran lugares así? ¿Le parece que los comprarán, los alquilarán, o los ocuparán simplemente?

–Es probable que pertenezca a alguno de sus altos oficiales... retirado, imagino. El, o ella, les dará una llave extra para un uso ocasional como éste.

398

–Y ahora estarán empacando, supongo. Pasándole un trapo a los muebles para borrar huellas digitales, terminando la comida, apagando las luces. Y en una hora nadie sabrá que estuvieron aquí. Los perfectos inquilinos temporarios. Pero en una cosa están equivocados. No hubo relación física entre Amy y Caroline. Eso es idiota.

Habló con tan extraordinaria energía y convicción, casi ofendido, que Dalgliesh se preguntó por un instante si Caroline Amphlett habría sido algo más que su secretaria. Mair debió sentir lo que estaba pensando el otro, pero no se explicó ni rectificó.

–No lo he felicitado todavía por su nuevo empleo –dijo Dalgliesh.

Mair se había metido en el asiento y encendió el motor. Pero la portezuela seguía abierta y el silencioso guardián, en la entrada de la casa, esperaba con paciencia.

–Gracias. Estas tragedias en Larksoken me han impedido sentir la satisfacción inmediata, pero sigue siendo un puesto importante, probablemente el más importante al que llegaré. –Cuando Dalgliesh ya entraba a su auto, le preguntó.– ¿Entonces usted cree que tenemos en la punta un asesino vivo?

–¿Usted no?

Pero Mair no respondió. En lugar de hacerlo, le inquirió:

–¿Qué haría usted si estuviera en el lugar de Rickards?

–Me concentraría en tratar de descubrir si Blaney o Theresa salieron de Scudder's Cottage el domingo por la noche. Si alguno de los dos lo hizo, entonces pensaría que tengo algo. No podría probarlo, pero se acercaría más a la lógica y yo creo que sería la verdad.

8

Dalgliesh salió adelante, pero Mair, con una aceleración rápida, lo superó en el primer tramo recto de la ruta y se mantuvo adelante. La idea de tener que seguir al Jaguar todo el camino hasta Larksoken le resultaba, por algún motivo, intolerable. Pero no hubo peligro de tener que hacerlo: Dalgliesh conducía como el policía que era, dentro del límite de velocidad, al que aun así se acercaba mucho. Y para cuando llegaron a la autopista Mair ya no veía los faros del Jaguar en el espejo. Condujo de modo casi automático, los ojos fijos adelante, sin ver las formas negras de los árboles que pasaban a su lado como una película acelerada, o de las señales lumínicas que se extendían a lo largo de la ruta. No esperaba cruzarse con nadie en la punta, pero al superar una pequeña altura vio, casi demasiado tarde, las luces de una ambulancia que venía hacia él. Dio un giro violento al manubrio, esquivó por centímetros al vehículo, se salió de la ruta y cuando frenó, el auto había quedado sobre la hierba. Apagó el motor y se quedó inmóvil, escuchando el silencio. Le parecía como si las emociones, que durante las últimas tres horas había reprimido con rigor, lo envolvieran como el viento envolvía al auto. Tenía que disciplinar sus pensamientos, organizar y dar sentido a estos sentimientos asombrosos que lo horrorizaban por su violencia e irracionalidad. ¿Era posible que pudiera sentir alivio por su muerte, por un peligro evitado, por la desaparición de posibles molestias y al mismo tiempo sentirse desgarrado en cada uno de sus nervios por un dolor y una pena abrumadores? Tuvo que controlarse para no golpear con la cabeza contra el volante del auto. Ella había sido tan desinhibida, tan seductora, tan divertida. Y leal con él. No estuvieron en contacto desde su último encuentro la tarde del domingo del asesinato y ella no hizo intento alguno de verlo o llamarlo. Habían acordado que el romance debía terminar y que ninguno de los dos hablaría de él. Ella cumplió su parte, como él sabía que lo haría. Y ahora estaba muerta. Pronunció su nombre en voz alta, Amy, Amy, Amy. De pronto un espasmo le sacudió todos los músculos del pecho, como en el primer estadio de un infarto y sintió el bendito alivio de las lágrimas. No había llorado desde la infancia, y ahora, mientras las lágrimas corrían y él sentía su gusto salado en los labios, tuvo la sangre fría de decirse que llorar era bueno y terapéutico. Le debía a Amy estos minutos de emoción y una vez que pasaran y su deuda quedara saldada, podría sacarla de sus pensamientos tal como había planeado sacarla de su corazón. Fue sólo treinta minutos después, cuando volvió a encender el motor, que pensó en la ambulancia y se preguntó cuál de los pocos habitantes de la punta habría sido llevado con tanta prisa a un hospital.

9

Cuando los dos enfermeros cargaban la camilla por el sendero del jardín, el viento se introdujo por debajo de la manta roja y la infló en un arco. Las correas la sostenían, pero Blaney casi se echó encima del cuerpo de Theresa, como si tratara desesperadamente de protegerla de algo más grave que el viento. Atravesó de ese modo, con pasos laterales, el jardín, sosteniendo en sus manos las de su hija bajo la manta. Las sentía calientes, húmedas, muy pequeñas y le parecía sentir cada pequeño hueso en ellas. Quería murmurar algo tranquilizador, pero el terror le había secado la garganta y cuando trató de hablar sólo pudo sacudir espasmódicamente la mandíbula. Pero no tenía ningún consuelo que dar. Se interponía el recuerdo demasiado reciente de otra ambulancia, otra camilla, otro viaje al hospital. Apenas si se atrevía a mirar a Theresa por miedo de ver en su rostro lo mismo que había visto en el de su madre: esa resignación pálida y distante que significaba que ya se alejaba de él, de todos los detalles mundanos de la vida, hasta de su amor, hacia una tierra de sombras adonde él no podría seguirla. Trató de encontrar seguridad en el recuerdo de la voz robusta del doctor Entwhistle:

—No es grave. Apendicitis. La llevaremos de inmediato al hospital. La operarán esta noche y con suerte la tendrá de regreso en casa en unos pocos días. Aunque no para hacer el trabajo de la casa, ¿eh? De eso hablaremos después. Ahora, dígame dónde está el teléfono. Basta de pánico, hombre. Nadie muere de apendicitis.

Pero sí morían. Morían bajo la anestesia, morían por la peritonitis, morían porque el cirujano cometía un error. Había leído de casos así. No tenía esperanzas.

Cuando la camilla fue levantada con delicadeza e introducida con movimientos expertos en la ambulancia, se volvió a mirar la casa, Scudder's Cottage. Ahora la odiaba, odiaba lo que le había hecho, lo que le había hecho hacer. Igual que él, la casa estaba maldita. La señora Jago estaba en la puerta con Anthony en brazos y una melliza a cada lado. El había llamado al Local Hero pidiendo ayuda y George Jago llevó de inmediato a su esposa para quedarse con los niños hasta que él volviera. No había tenido a nadie más a quien recurrir. Había llamado a Alice Mair pero lo atendió el contestador automático. La señora Jago levantó una mano de Anthony y la sacudió diciendo adiós; luego se inclinó sobre las mellizas, quienes, obedientes, también saludaron con sus manos. Subió a la ambulancia y las puertas fueron cerradas con firmeza.

El vehículo avanzó lentamente por el sendero de tierra y aceleró al llegar al camino que llevaba a Lydsett. De pronto hubo una maniobra tan brusca que él estuvo a punto de caer de su asiento lateral. El enfermero sentado frente a él soltó una maldición:

—Algún idiota corriendo.

El no respondió. Estaba sentado muy junto a Theresa, tomándole una mano, y se descubrió rezando, seguro de llegar a los oídos del Dios en el que no creía desde su adolescencia: "Que no muera. No la castigues por mis faltas. Creeré. Haré todo, cualquier cosa. Puedo cambiar, ser diferente. Castígame a mí pero no a ella. Oh, Dios, déjala vivir."

Y de pronto se veía otra vez de pie en ese horrendo pequeño cementerio, oyendo el rezo murmurado del padre McKee, con Theresa a su lado, su manita fría en la de él. La tierra estaba cubierta de césped sintético, pero había un montículo desnudo y volvió a ver el oro recién removido del suelo. No creyó que la tierra de Norfolk fuera tan rica en color. Una flor blanca caída de una de las coronas, un pequeño pimpollo torturado e irreconocible con una alfiler atravesándole el tallo envuelto en papel y él sintió una incontrolable compulsión de recogerlo antes de que fuera mezclado con la tierra de la sepultura, para llevarlo a casa, ponerlo en agua y dejarlo morir en paz. Tuvo que contenerse con fuerza para no agacharse a recogerlo. No se atrevió a hacerlo y lo dejó allí para que lo cubrieran las primeras paladas.

Oyó un susurro de Theresa y se inclinó para oírla, tan cerca que podía sentir su aliento.

—Papá, ¿voy a morirme?

–No. No.

Casi gritó la negativa, un aullido de desafío a la muerte y vio que el enfermero hacía un gesto. Dijo en voz más baja:

–Ya oíste lo que dijo el doctor Entwhistle. Es sólo apendicitis.

–Quiero ver al padre McKee.

–Mañana. Después de la operación. Yo le diré. Irá a verte. No me olvidaré. Lo prometo. Ahora quédate tranquila.

–Papá, quiero verlo ahora, antes de la operación. Hay algo que tengo que decirle.

–Díselo mañana.

–¿Puedo decírtelo a ti? Tengo que decírselo ahora a alguien.

Le respondió casi con furia:

–Mañana, Theresa. Déjalo para mañana. –Y de inmediato, arrepentido de su egoísmo, susurró:– Dímelo, querida, si debes – y cerró los ojos para que ella no viera el horror, la desesperanza.

–Esa noche que murió la señorita Robarts –susurró ella–. Yo fui a las ruinas de la abadía. La vi corriendo hacia el mar. Papá, yo estaba ahí.

–No importa –dijo él con voz ronca–. No tienes que decirme nada más.

–Pero quiero decírtelo. Debí habértelo dicho antes. Por favor, papá.

El puso su otra mano sobre la de ella.

–Dime.

–Había alguien más allí. La vi caminando por la punta hacia el mar. Era la señora Dennison.

El alivio fluyó por él, ola tras ola, como un cálido mar de verano que lo limpiaba todo. Tras un momento de silencio, volvió a oír la voz de la niña:

–Papá, ¿se lo dirás a alguien, a la policía?

–No –dijo él–. Me alegra que me lo hayas dicho, pero no es importante. No significa nada. Seguramente estaba dando un paseo a la luz de la luna. No lo contaré.

–¿Ni dirás que yo estaba en la punta esa noche?

–No –dijo él con firmeza–. Ni siquiera eso. Al menos todavía no. Pero ya hablaremos de eso, de lo que debemos hacer, después de la operación.

Y por primera vez pudo creer que habría un tiempo para él después de la operación.

10

El estudio del señor Copley, en la parte trasera de la Vieja Rectoría daba al prado descuidado y las tres hileras de arbustos torcidos por los vientos, que los Copley llamaban "el jardín". Era el único cuarto de la casa al que Meg jamás se atrevería a entrar sin antes golpear a la puerta, aceptado como espacio privado del dueño de casa, como si éste siguiera ejerciendo sus funciones de párroco y necesitara un refugio tranquilo para preparar su sermón semanal o aconsejar a los devotos que vinieran a consultarlo. Era aquí donde todos los días leía la Plegaria Matutina, con la única congregación de su esposa y Meg, cuyas voces daban las respuestas y leían los versículos alternos de los salmos. El primer día que ella estuvo en la casa, él le dijo con amabilidad pero sin timidez:

—Digo los dos oficios principales todos los días en mi estudio, pero por favor no se sienta obligada a asistir salvo que quiera hacerlo.

Ella había elegido asistir, al principio por cortesía pero después porque este ritual diario, con sus cadencias hermosas y ya a medias olvidadas, al seducir su devoción, le daban una forma más esperanzada al día. Y el estudio mismo, más que cualquier otro cuarto de la casa, fea pero acogedora, parecía representar una inviolable seguridad, una gran roca alzándose sobre la tierra cansada, contra la que batían en vano todos los recuerdos rencorosos de la escuela, las pequeñas irritaciones de la vida cotidiana y hasta los horrores del Silbador y la amenaza de la Central Nuclear. Meg dudaba que el cuarto hubiera cambiado nada desde la toma de posesión del primer rector victoriano. Una pared estaba cubierta de libros: una biblioteca teológica que el señor Copley ya apenas consultaba. El viejo escritorio de caoba por lo común se veía vacío, y Meg sospechaba que el señor Copley pasaba la mayor parte de su tiempo en la mecedora frente a la ventana del jardín. Tres paredes estaban cubiertas de cuadros: una fotografía de los ocho miembros del equipo de remo de sus años de universidad, con gorritas ridículamente pequeñas sobre serios rostros juveniles; los profesores de su escuela de teología; insípidas acuarelas en marcos dorados, registro del viaje europeo de algún ancestro victoriano; grabados de la Catedral de Norwich, la nave de Winchester, el gran octógono de Ely. A un lado de la chimenea había un único crucifijo. A Meg le parecía antiguo y probablemente muy valioso, pero nunca había querido preguntar. El cuerpo de Cristo era el de un joven, tenso en su última agonía, la boca abierta que parecía gritar en triunfo o desafío al Dios que lo había abandonado. No había nada más en el estudio que fuera poderoso o turbador: los muebles, los objetos, los cuadros, todo hablaba de orden, de certidumbre, de esperanza. Ahora, cuando golpeó y escuchó la gentil invitación a entrar del señor Copley, se le ocurrió que estaba buscando consuelo tanto del cuarto en sí mismo como de su ocupante.

Estaba sentado en el sillón, con un libro sobre las piernas e hizo un gesto de estirar sus miembros rígidos para ponerse de pie cuando ella entró.

—Por favor, no se moleste —le dijo Meg—. Me pregunto si podría hablar en privado con usted unos minutos.

Vio de inmediato un chispazo de preocupación en los ojos celestes del anciano y pensó: Teme que vaya a darle aviso anticipado de mi partida. De modo que agregó rápidamente, pero con amable firmeza:

—Como sacerdote. Quiero consultarlo como sacerdote.

El cerró el libro. Meg vio que era uno que él y su esposa habían elegido el viernes anterior de la biblioteca circulante, el último de H.R.F. Keating. El matrimonio disfrutaba de las novelas policiales y a Meg siempre la irritaba ligeramente el hecho de que dieran por sentado que él tenía derecho a leerlas antes que ella. Este recuerdo inoportuno del pequeño egoísmo doméstico del anciano asumió por un instante una importancia desproporcionada, a tal punto que se preguntó por qué negó que podía serle de ayuda. ¿Pero merecía críticas por las prioridades maritales que la misma Dorothy Copley había impuesto y mantenido con amor durante cincuenta y tres años? Se dijo: Estoy consultando al sacerdote, no al hombre. A un plomero no le preguntaré, cómo trata a su esposa y a sus hijos antes de permitirle arreglar ese caño que pierde.

El señor Copley señaló un segundo sillón y ella se sentó frente a él. Marcó la página de la novela con su señalador de cuero, lentamente, y dejó a un lado la novela con tanto respeto como si fuera un devocionario. A ella le pareció como si estuviera concentrándose; se había inclinado ligeramente hacia adelante, con la cabeza a un lado, como en el confesionario. Ella no tenía nada que confesarle y sí una pregunta que hacerle, una pregunta que en su desnuda simplicidad parecía ir al centro mismo de su fe cristiana, ortodoxa, afirmativa, pero no desprovista de dudas.

—Si nos vemos enfrentados con una decisión, con un dilema, ¿cómo sabemos qué es lo correcto?

Creyó detectar en el rostro dulce del anciano un alivio de la tensión, como si agradeciera que la pregunta fuera menos difícil de lo que había temido. Pero se tomó su tiempo antes de responder:

—Nuestra conciencia nos lo dirá, si la escuchamos.

—¿Esa pequeña vocecita que es como la voz de Dios?

—No *como*, Meg. La conciencia *es* la voz de dios, del Espíritu Santo dentro de nosotros. En nuestras plegarias pedimos tener un juicio recto sobre todas las cosas.

Ella dijo, con amable insistencia:

—¿Pero cómo podemos estar seguros de que lo que estamos oyendo no es nuestra propia voz, nuestro propio deseo subconsciente? El mensaje al que le prestamos tanta atención, debe estar mediado por nuestra propia personalidad, nuestra experiencia, nuestra herencia, nuestros deseos internos. ¿Nunca podemos liberarnos de las intrigas y deseos de nuestros propios corazones? Nuestra conciencia, ¿no podría estar diciéndonos sólo lo que nosotros queremos oír?

—No me parece. Por lo general la conciencia me ha dirigido en contra de mis deseos.

—O de lo que en ese momento creía que eran sus deseos.

Pero esto era presionarlo demasiado. Se quedó quieto, parpadeando rápido, como si buscara inspiración en viejos sermones, viejas homilías, textos conocidos. Hubo una pausa, tras la cual expresó:

—He encontrado útil pensar en la conciencia como un instrumento, un instrumento de cuerdas quizás. El mensaje está en la música, pero si no tenemos el instrumento afinado y en condiciones gracias a una práctica regular y disciplinada, sólo obtenemos una respuesta imperfecta.

Meg recordó que él había sido un violinista aficionado. Ahora sus manos estaban demasiado reumáticas para sostener el instrumento, que seguía dentro de su estuche encima del armario del rincón. La metáfora podía significar algo para él, pero para ella no tenía sentido. Le respondió:

—Pero aun si mi conciencia me dice qué es lo correcto... Quiero decir, lo correcto de acuerdo a la ley moral o aun a la ley del país... Aun así, no significa necesariamente el fin de la responsabilidad. Suponga que le obedezco, hago lo que me dice la conciencia, y causo daño a alguien.

—Debemos hacer lo que sabemos que es correcto, y dejar las consecuencias a Dios.

—Pero cualquier acción humana debe tomar en cuenta las probables consecuencias; eso es lo que significa tomar una decisión. ¿Cómo podemos separar causa de efecto?

—¿La ayudaría si me dijera qué la está preocupando... esto es, si siente que puede decirlo?

—Es un secreto que no me pertenece, pero puedo dar un ejemplo. Suponga que sé que alguien le está robando a su patrón. Si lo denuncio, él será acosado, su matrimonio correrá peligro, su esposa e hijos pasarán vergüenza. Yo puedo sentir que el negocio o firma puede permitirse perder unas pocas libras por semana, antes que causar tanto dolor a gente inocente.

Hubo un momento de silencio y después él replicó:

—La conciencia puede decirle a uno que debe hablar con el ladrón antes que con el patrón. Explicarle lo que uno sabe, convencerlo de que cese en su mala acción. Por supuesto, habrá que devolver el dinero. Entiendo que eso podría presentar una dificultad práctica.

Lo vio luchar interiormente con esa dificultad durante un momento, el ceño fruncido, conjurando a ese mítico ladrón que también era marido y padre, vistiendo con carne viva el problema moral. Le preguntó:

—¿Pero y si él no quiere o no puede dejar de robar?

—¿No puede? Si robar es una compulsión irresistible en él, entonces por supuesto necesita ayuda médica. Sí, por cierto, debería probarse un tratamiento, aunque nunca soy muy optimista sobre el éxito de la psicoterapia.

—Puede prometer que dejará de robar, y después seguir haciéndolo.

—Aun así, usted debe hacer lo que su conciencia le diga que

es lo correcto. No siempre podemos juzgar las consecuencias. En el caso que usted ha postulado, dejarlo que siga robando o que sus robos queden en la sombra, sería entrar en connivencia con el delito. Una vez que uno ha descubierto lo que está pasando, ya no puede simular no saber, no puede renunciar a la responsabilidad. El conocimiento siempre trae responsabilidad; eso es tan cierto para Alex Mair en la Central Nuclear de Larksoken como para usted y yo en este estudio. Dice que los hijos podrían ser lastimados si usted hablara; ya están siendo lastimados por la deshonestidad del padre, lo mismo que la esposa que se beneficia con estos robos. Y después, hay que tomar en consideración al resto del personal de la firma: quizá se está sospechando injustamente de ellos. Y la deshonestidad, si pasa desapercibida, puede tomar alas y hacerse peor, con lo que al final la esposa e hijos estarían en más graves problemas que si el delito se hubiera detenido antes. Es por eso que es preferible concentrarse en hacer lo correcto y dejar las consecuencias a cargo de Dios.

Ella hubiera querido decir: "¿Aun si ya no estamos seguros de Su existencia? ¿Aun si eso puede parecernos apenas otro modo de evadir la responsabilidad personal que usted mismo acaba de decirme que no debemos evadir?" Pero vio que el anciano parecía cansado y no se le escapó la rápida mirada que había dirigido a su libro.

El quería volver al inspector Gothe, el amable detective indio de Keating, quien, a pesar de sus incertidumbres, seguiría firme al final, porque vivía en el mundo de la ficción, donde los problemas podían ser resueltos, el mal vencido, la justicia vindicada y la muerte misma resultaba apenas un misterio que sería resuelto en el último capítulo. Era un hombre muy viejo. Era injusto perturbarlo. Hubiera querido ponerle una mano sobre el brazo y decirle que todo estaba bien, que no debía preocuparse. En lugar de hacerlo se puso de pie y, usando por primera vez una palabra que le venía naturalmente, le dijo una mentira piadosa:

—Gracias, padre, me ha ayudado mucho. Ahora me será más fácil. Sabré qué debo hacer.

11

Cada giro y accidente del sendero herboso que llevaba a la verja de acceso a la punta le era tan familiar a Meg que no necesitaba seguir la luna espasmódica del haz de su linterna; el viento por lo demás, siempre caprichoso en Larksoken, parecía haber abatido lo peor de su furia. Pero cuando llegó a lo alto de la colina y apareció la luz de la puerta de Marty's Cottage, el viento había renovado su energía y le daba de frente, como si se hubiera propuesto impedirle avanzar y hacerla retroceder, girando y volando, de vuelta al abrigo y paz de la Rectoría. No presentó batalla, pero aguantó a pie firme, inclinada hacia adelante, hundiendo la cabeza en los hombros y sosteniendo la bufanda con la que se había envuelto la cabeza, hasta que la furia de la ráfaga pasó y pudo volver a erguirse. El cielo también estaba turbulento, con estrellas brillantes pero muy altas, y la luna parecía moverse frenética entre nubes desgarradas, como una frágil linterna de papel en el viento. Al avanzar esforzadamente, Meg sentía como si toda la punta girara en torbellinos caóticos a su alrededor, al punto de no poder decir si el rugido que llenaba sus oídos era producido por el viento, por su sangre, o por el mar. Cuando al fin, sin aliento, llegó a la puerta de roble, pensó por primera vez en Alex Mair y se preguntó qué haría si él estaba en casa. Le pareció extraño que no se le hubiera ocurrido antes la posibilidad. Y sabía que no podría enfrentarlo, no ahora, no todavía. Pero fue Alice la que contestó al llamado.

–¿Estás sola? –preguntó Meg.

–Sí, estoy sola. Alex está en la Central. Pasa, Meg.

Meg se sacó el tapado y la bufanda y los colgó en el perchero del vestíbulo, antes de seguir a Alice a la cocina. Era evidente que Alice había estado ocupada corrigiendo las pruebas de su libro. Ahora volvió a sentarse al escritorio, pero hizo girar el sillón y miró muy seria a Meg, que había ocupado su sillón habitual junto a la chimenea. Por unos instantes, ninguna de las dos habló. Alice llevaba una falda larga de buena lana marrón, con una blusa abotonada hasta el cuello y encima una suerte de bata sin mangas, a rayas finas marrones y doradas, que llegaba casi hasta el piso. La prenda le daba una dignidad hierática, un aire casi sacerdotal de tranquila autoridad, que a la vez era de completa comodidad. En la chimenea ardía un pequeño fuego de troncos que llenaba el ambiente con un fuerte olor otoñal y el viento, silencioso de este lado de las gruesas paredes centenarias, murmuraba amistosamente en la chimenea. De vez en cuando una ráfaga más audaz lograba colarse, y entonces los troncos chisporroteaban. La ropa, la luz del fuego, el olor de la madera sobreponiéndose a los más sutiles de las hierbas y el pan horneado, todo le era conocido a Meg de las muchas tranquilas veladas que habían pasado juntas, y le eran queridos. Pero esta noche era terriblemente distinto. Después de esta noche, la cocina podía dejar de ser su hogar para siempre.

–¿Te interrumpo? –preguntó.

–Obviamente, pero eso no significa que no me agrade una interrupción.

Meg se inclinó a sacar del bolso un grueso sobre manila.

–Te devuelvo las primeras cincuenta páginas de pruebas. Hice lo que me pediste, leí el texto y marqué sólo los errores de imprenta.

Alice tomó el sobre y, sin mirar en su interior, lo puso sobre el escritorio.

–Es lo que quería. Me obsesiona tanto la corrección de las recetas, que a veces se me escapan errores en el texto. Espero que no haya sido demasiado trabajo.

–No, Alice, me gustó hacerlo. Me recordó a Elizabeth David.

–Espero que no demasiado. Es tan maravillosa que siempre temo que me haya influido en exceso.

Hubo un silencio. Meg pensó: "Hablamos como si nos hubieran escrito el diálogo, no exactamente como extraños pero sí como gente cuidadosa con las palabras, porque el espacio entre ellas está cargado de pensamientos peligrosos. ¿Cuánto la conozco en realidad? ¿Qué me ha dicho sobre ella misma? Sólo unos pocos detalles de su vida con su padre, fragmentos de información, unas pocas frases desperdigadas en conversaciones, como un fósforo que cae e ilumina apenas los contornos de un vasto terreno inexplorado. Yo le he contado casi todo sobre mí, mi infancia, los problemas raciales en la escuela, la muerte de Martin. ¿Pero ha sido una amistad en términos igualitarios? Ella sabe sobre mí más que cualquier otra persona viva. Y yo, todo lo que sé en realidad sobre Alice es que cocina bien."

Sentía sobre ella la mirada firme, casi intrigada, de su amiga. Al fin, Alice dijo:

—Pero no luchaste contra el viento terrible de esta noche sólo para traerme cincuenta páginas de pruebas.

—Tengo que hablar contigo.

—Estás hablando conmigo.

Meg sostuvo la mirada firme de Alice.

—Esas dos chicas, Caroline y Amy, la gente está diciendo que ellas mataron a Hilary Robarts. ¿Es lo que tú crees?

—No. ¿Por qué me lo preguntas?

—Yo tampoco lo creo. ¿Crees que la policía tratará de adjudicarles el asesinato?

La voz de Alice sonó fría:

—No creo. ¿No es una idea algo melodramática? ¿Y por qué habrían de hacerlo? El inspector en jefe Rickards me parece un policía honesto y responsable, aunque no particularmente inteligente.

—Bueno, pero sería conveniente para ellos, ¿no? Dos sospechosas muertas. El caso cerrado. No más muertes.

—¿Eran sospechosas? Pareces gozar más que yo de las confidencias de Rickards.

—No tenían coartadas. El hombre de la Central con el que se suponía que Caroline estaba comprometida (¿se llama Jonathan Reeves, no?) al parecer confesó que no estuvieron juntos esa noche. Caroline lo obligó a mentir. En la Central casi todos ahora lo saben. Y lo sabe toda la aldea, por supuesto. George Jago llamó para decírmelo.

—No tenían coartadas, muy bien. Hay mucha gente que no la tenía... tú por ejemplo. No tener coartada no es una prueba de culpabilidad. Yo tampoco la tenía, incidentalmente. Estuve en casa toda la noche, pero no creo que pueda probarlo.

Y este, al fin, era el momento que había llenado los pensamientos de Meg desde el asesinato, el momento de verdad que tanto había temido. Pronunció las palabras con labios secos y endurecidos:

—Pero no estuviste en casa ¿no? El lunes por la mañana, cuando yo vine, le dijiste al inspector en jefe Rickards que habías estado toda la noche en casa, pero no era cierto.

Hubo un momento de silencio. Después Alice dijo con calma:

—¿Es eso lo que viniste a decir?

—Sé que no puede explicarse. Es ridículo incluso preguntar. Es sólo que lo he tenido tanto tiempo en la mente. Y tú eres mi amiga. Una amiga debería poder preguntar. Debería haber honestidad, confianza, entrega.

—¿Preguntar qué? ¿Es necesario que hables como un consejero matrimonial?

—Preguntar por qué le dijiste a la policía que estabas aquí a las nueve de la noche. No estabas. Yo sí estaba. Cuando los Copley se marcharon, tuve una repentina necesidad de verte. Traté de llamar pero me respondía el contestador automático. No dejé mensaje; no valía la pena. Vine caminando. El cottage estaba vacío. La luz estaba encendida en la sala y la cocina y la puerta estaba con llave. Te llamé. El tocadiscos estaba encendido, muy fuerte. El cottage estaba lleno de una música triunfal. Pero no había nadie.

Alice quedó en silencio un momento. Después dijo con calma:

—Salí a dar un paseo a la luz de la luna. No esperaba un visitante casual. No hay nunca visitantes casuales salvo tú, y creía que estabas en Norwich. Pero tomé la precaución obvia contra un intruso. Cerré la puerta con llave. ¿Cómo entraste tú?

—Con tu llave. No puedes haber olvidado, Alice. Me diste una llave hace un año. La he tenido desde entonces.

Alice la miró, y Meg vio en su rostro el despertar de un recuerdo, la irritación, e incluso, antes de que apartara por un instante la vista, el comienzo de una sonrisa malévola. Acotó:

—Pero lo había olvidado. Completamente. ¡Qué extraordinario! Y aun recordándolo, no me habría preocupado. Después de todo, creía que estabas en Norwich. Pero no lo retuve. Tenemos tantas llaves del cottage, algunas aquí, algunas en Londres. Pero tú nunca me recordaste que tenías una.

—Lo hice una vez, poco después de que me la dieras y me dijiste que la guardara. Como una tonta, creí que la llave significaba algo: confianza, amistad, un símbolo de que Martyr's Cottage estaba siempre abierto para mí. Me dijiste que un día podía necesitarla.

Y ahora Alice no se rió en voz alta. Le respondió:

–La necesitaste. Qué irónico. Pero no es propio de ti entrar sin invitación, no estando yo aquí. Nunca lo has hecho antes.

–Pero no sabía que tú no estabas. Las luces estaban encendidas; llamé, y oía la música. Cuando llamé por tercera vez y seguías sin responder, temí que pudieras estar enferma y sin poder pedir ayuda. Por eso abrí. Entré en un mar de música maravillosa. La reconocí. La Sinfonía en Sol menor de Mozart. Era la favorita de Martin. ¡Qué extraordinaria elección!

–No la elegí. Estaba puesta en el aparato cuando lo encendí. ¿Qué crees que debería haber elegido? ¿Una Misa de Réquiem, para celebrar el pasaje de un alma en la que no creo?

Meg siguió como si no hubiera oído:

–Fui a la cocina. La luz estaba encendida también aquí. Era la primera vez que estaba sola. Y de pronto me sentí como una extraña. Sentí que nada aquí tenía que ver conmigo, que no tenía derecho a estar en esta casa. Fue por eso que me marché sin dejar ningún mensaje.

–Tenías toda la razón –dijo Alice con tristeza–. No tenías ningún derecho a estar aquí. ¿Y tanto necesitabas verme que viniste caminando sola, sin saber todavía que el Silbador estaba muerto?

–No tuve miedo. La punta está tan vacía. No hay nada tras lo cual alguien puede esconderse y sabía que al llegar a Martyr's Cottage estaría contigo.

–No, no eres fácil de asustar, ¿eh? ¿Estás asustada ahora?

–No de ti sino de mí. Estoy asustada de lo que estoy pensando.

–El cottage estaba vacío, muy bien. ¿Y qué más? Porque evidentemente, debe de haber algo más.

–Ese mensaje en tu contestador... si realmente lo hubieras recibido a las ocho y diez, habrías llamado a la estación de Norwich y dejar dicho que te llamara. Sabías cuánto les disgustaba a los Copley la idea de ir a casa de su hija. Nadie más en la punta lo sabía. Los Copley nunca hablaron de eso y yo tampoco, salvo contigo. Habrías llamado, Alice, para transmitir un anuncio por los altavoces de la estación, y yo los hubiera traído a casa de vuelta. Habrías pensado en eso.

–Una mentira a Rickards –comentó Alice–, que pudo ser apenas una cuestión de conveniencia, un deseo de evitar problemas, y un olvido para con mis vecinos. ¿Eso es todo?

–El cuchillo. El cuchillo central de tu equipo. No estaba aquí. En ese momento no significó nada, por supuesto, pero la tabla se veía rara sin él. Estaba tan acostumbrada a ver los cinco cuchillos de tamaños decrecientes, cada uno en su lugar. Ahora se lo ve nuevamente en su lugar, también el lunes a la mañana cuando vine después del crimen. Pero no el domingo a la noche. –En ese momento, sintió un loco deseo de gritar: "¡No pensarás usarlo otra vez! ¡Alice, no lo uses!" Pero se obligó a seguir hablando, tratando de mantener calma la voz, tratando de no pedir una explicación que la tranquilizara o le hiciera comprender.– Y a la mañana siguiente, cuando llamaste para decir que Hilary había muerto, no te dije nada de mi visita. No sabía qué creer. No era que sospechase de ti; eso habría sido imposible para mí y sigue siéndolo. Pero necesitaba tiempo para pensar. Sólo a última hora de la mañana pude decidirme a venir a verte.

–Y me encontraste con el inspector en jefe Rickards y me oíste mentir. Y viste que el cuchillo estaba de vuelta en la tabla. Pero no hablaste entonces, y no has hablado después; ni siquiera, supongo, con Adam Dalgliesh.

Era un sondeo audaz. Meg respondió:

–No se lo he dicho a nadie. ¿Cómo podría hacerlo? Quería esperar a que habláramos. Sabía que tú debes de haber tenido lo que al menos a ti te parecería una buena razón para mentir.

–Y supongo que entonces, lentamente, y quizás involuntariamente, empezaste a comprender cuál podía ser esa razón.

–No pensé que hubieras asesinado a Hilary. Suena fantástico, ridículo, pensarlo siquiera. Pero faltaba el cuchillo y tú no estabas. Mentiste y yo no sabía por qué. Sigo sin saberlo. Me pregunto a quién estás protegiendo. Y a veces (perdóname, Alice), a veces me pregunto si no habrás estado presente cuando él la mató, montando guardia, vigilando, incluso quizá lo ayudaste cortando el cabello.

Alice estaba tan quieta que las manos con sus dedos largos apoyadas en el regazo parecían haber sido talladas en piedra.

–No ayudé a nadie –dijo– y nadie me ayudó. Eramos sólo dos en esa playa, Hilary Robarts y yo. Lo planeé sola y lo hice sola.

Durante un momento quedaron en silencio. Meg sentía un gran frío. Oyó las palabras y supo que era la verdad. ¿Acaso lo había sabido siempre? Pensó: "Nunca volveré a estar con ella en esta cocina, nunca volveré a sentir la paz y la seguridad que encontré en este cuarto." Y cayó sobre su mente un recuerdo que nada traía a colación: ella sentada en ese mismo sillón mirando mientras Alice hacía masitas, colocando la harina sobre un mármol, agregando los cuadrados de manteca blanda, rompiendo un huevo, sus largos dedos mezclando hasta darle consistencia de pasta.

–Fueron tus manos –dijo–. Tus manos apretando la correa alrededor de su cuello, tus manos cortándole el pelo, tus manos haciendo esa L en su frente. Lo planeaste sola y lo hiciste sola.

–Se necesitó valor –agregó Alice–, pero quizá menos de lo que imaginas. Y murió muy pronto, muy fácil. Nosotras tendremos suerte si morimos con tan poco dolor. No tuvo tiempo siquiera de sentir terror. Tuvo una muerte más fácil de la que podemos esperar cualquiera de nosotros. Y en cuanto a lo que siguió, no tiene importancia. No la tiene para ella. Ni siquiera para mí. Estaba muerta. Lo que requiere emociones fuertes, valor, odio y amor, es lo que le hacemos a los vivos. –Tras un breve silencio prosiguió:– En tu avidez por decidir que soy una asesina, no confundas sospecha con pruebas. No puedes probar nada de esto. Muy bien, dices que faltaba el cuchillo, pero es sólo tu palabra contra la mía. Y si faltaba, yo puedo aducir que salí a dar un breve paseo por la punta y el asesino vio su oportunidad.

–¿Y después lo devolvió a su lugar? El no habría sabido que estaba ahí, para empezar.

–Por supuesto que sí. Todos saben que soy cocinera y una cocinera tiene cuchillos afilados. ¿Y por qué no iba a devolverlo?

–¿Pero cómo pudo entrar? La puerta estaba cerrada con llave.

–Sólo tú lo dices. Yo diré que la dejé abierta. En la punta todo el mundo deja la puerta abierta.

Meg quiso gritar: "No, Alice. No empieces a planear más mentiras. Que al menos haya verdad entre nosotras."

–¿Y el cuadro, el retrato arrojado por la ventana, también lo hiciste tú?

–Por supuesto.

–¿Pero por qué? ¿Por qué toda esa complicación?

–Porque era necesaria. Mientras esperaba que Hilary saliera del mar, vi a Theresa Blaney. Apareció de pronto en lo alto del risco, sobre las ruinas de la abadía. Estuvo apenas un instante y desapareció. Pero la vi. Era inconfundible bajo la luna.

–Pero si ella no te vio, si no estaba allí cuando tú... cuando murió Hilary...

–¿No entiendes? Significaba que su padre no tendría una coartada. Siempre me pareció una chica incapaz de mentir, y ha tenido una educación religiosa muy estricta. Si le decía a la policía que había estado en la punta esa noche, Ryan estaría en un peligro terrible. Y aun cuando tuviera la sensatez suficiente como para mentir, ¿por cuánto tiempo podría sostener la mentira? La policía la interrogaría con delicadeza. Rickards no es un bruto. Pero a un chico que no sabe mentir se le hace difícil mentir y ser convincente. Cuando volví aquí después del crimen, escuché los mensajes en el contestador. Se me ocurrió que Alex podía cambiar sus planes y llamar. Y fue entonces, demasiado tarde, que recibí el mensaje de George Jago. Sabía que el asesinato ya no podría adjudicarse al Silbador. Tenía que darle una coartada a Ryan Blaney. Así que traté de llamarlo para decirle que pasaría a recoger el cuadro. Al no poder comunicarme supe que tendría que ir a Scudder's Cottage, y tan rápido como fuera posible.

—Podrías haber recogido el cuadro, golpeado a la puerta para decir que lo habías hecho, y verlo entonces. Eso bastaría como prueba de que estaba en casa.

—Pero habría parecido demasiado deliberado. Ryan dijo bien claramente que no quería que lo molestara, que bastaría con que me llevara el cuadro. No dejó dudas en ese sentido. Y Adam Dalgliesh estaba conmigo cuando lo dijo. No un testigo cualquiera sino el detective más inteligente de Scotland Yard. No, necesitaba una excusa válida para golpear y hablar con Ryan.

—Así que metiste el cuadro en el baúl de tu auto y le dijiste que no estaba en el cobertizo. —A Meg le resultaba extraordinario que el horror pudiera pasar a segundo plano, tras la curiosidad, la necesidad de saber. Era como si estuvieran discutiendo los preparativos complicados de un picnic.

—Exactamente —dijo Alice—. A él nunca se le ocurriría que era yo misma la que lo había tomado un minuto antes. Fue conveniente, por supuesto, que estuviera medio borracho. No tanto como le dije a Rickards, pero obviamente incapaz de matar a Robarts y volver a Scudder's Cottage a las diez menos cuarto.

—¿Ni siquiera en su furgón o en la bicicleta?

—El furgón estaba decomisado y en la bicicleta no habría mantenido el equilibrio. Además, lo hubiera pasado a mi auto, de haber ido en bicicleta. Mi testimonio pondría a salvo a Ryan, aun si Theresa confesaba que salió del cottage. Después de dejarlo, volví por un camino desierto. Me detuve brevemente en el nido de ametralladoras y arrojé adentro las zapatillas. No tenía modo de quemarlas salvo en un fuego abierto donde había quemado el papel y el hilo que envolvían el cuadro, pero se me ocurrió que la goma quemada podía dejar rastros, además de un olor persistente. No esperaba que la policía las buscara, porque no creía que pudieran encontrar alguna huella. Pero aun cuando las encontraran, no había nada que relacionara ese par de zapatillas con el crimen.

Las lavé cuidadosamente bajo la canilla exterior antes de tirarlas. Lo ideal hubiera sido devolverlas al armario en la Vieja Rectoría, pero no quería demorarme más y creía que esa noche, como tú habías ido a Norwich, la puerta trasera estaría cerrada.

—¿Y después arrojaste el cuadro por la ventana de Hilary?

—Tenía que librarme de él de algún modo. De ese modo parecería un acto deliberado de vandalismo y odio y existían muchos posibles sospechosos de hacerlo, no todos ellos vecinos de la punta. Complicaba las cosas un poco más y era otra prueba en favor de la inocencia de Ryan. Nadie creería que él podía destruir deliberadamente su propia obra. Pero tenía un doble propósito: quería introducirme en Thyme Cottage. Rompí lo bastante de la ventana para entrar.

—Pero eso fue terriblemente peligroso. Podrías haberte cortado, o haberte llevado un trozo de vidrio en los zapatos. Y para entonces eran tus propios zapatos; ya habías tirado las Bumble.

—Examiné las suelas con el mayor cuidado al salir. Y tomé las mayores precauciones al pisar. Ella había dejado encendidas las luces de la planta baja, así que no necesité usar mi linterna.

—¿Pero por qué? ¿Qué buscabas? ¿Qué esperabas hallar?

—Nada. Quería librarme del cinturón. Lo enrollé con todo cuidado y lo puse en el cajón de su armario donde guardaba sus cinturones, medias y pañuelos.

—Pero si la policía lo examinaba, no encontraría sus huellas.

—Ni las mías. Yo seguía con los guantes puestos. ¿Y por qué ibas a examinarlo? La suposición más lógica es que el asesino utilizó su propio cinturón y se lo llevó. El sitio menos probable para que el asesino escondiera el arma mortal era la casa de la víctima. Y aun si decidieran examinar todos los cinturones y correas de perro de la punta, dudo que encontraran huellas útiles en un centímetro de cuero que debieron tocar decenas de manos.

—Te tomaste mucho trabajo por darle una coartada a Ryan —dijo Meg con amargura—. ¿Y los demás sospechosos inocentes? Todos corrían peligro; lo corren todavía. ¿No pensaste en ellos?

—Sólo me importaba uno más, Alex, y él tenía la mejor coartada de todas. Debería pasar por la casilla de seguridad al salir de la Central, como había pasado al entrar.

—Pensaba en Neil Pascoe —dijo Meg—, y en Amy, en Miles Lessingham, incluso en mí.

—Ninguno de ustedes es un padre responsable de sus hijos sin madre. Me pareció muy improbable que Lessingham no pudiera dar una buena coartada, y aun si no podía, no habría pruebas contra él. ¿Cómo iba a hacerlas? El no lo hizo. Tengo la sensación de que sospecha que fui yo. Lessingham no es tonto. Pero aun si lo sabe, nunca lo dirá. Neil Pascoe y Amy se darían una coartada el uno al otro y tú, mi querida Meg, ¿realmente puedes verte como un sospechoso serio?

—Así me sentí. Cuando Rickards me interrogaba, era como volver a la sala de personal de la escuela, enfrentando esos rostros fríos y acusadores, sabiendo que ya había sido juzgada y condenada, y preguntándome si no sería en realidad culpable.

—La posible angustia de sospechosos inocentes, aun tratándose de ti, estaba muy baja en mi lista de prioridades.

—¿Y ahora dejarás que culpen a Caroline y Amy, las dos muertas y las dos inocentes?

—¿Inocentes? De eso, por supuesto. Quizá tienes razón y a la policía le resulte conveniente suponer que lo hicieron ellas, una de las dos o las dos juntas. Desde el punto de vista de Rickards, es mejor tener dos sospechosos muertos que nadie arrestado. Y ahora no puede hacerles daño. Los muertos están más allá del daño que hacen y del que se les hace.

—Pero está mal, y es injusto.

—Meg, están muertas. Muertas. No puede importar. "Injusticia" es una palabra, y ellas están más allá del poder de las palabras. No existen. Y la vida es injusta. Si te sientes llamada a hacer algo contra la injusticia, concéntrate en la injusticia que sufren los vivos. Alex tenía derecho a ese empleo.

—¿Y Hilary Robarts no tenía derecho a la vida? Sé que no era una persona muy agradable, ni siquiera muy feliz. Al parecer no deja familia inmediata que la llore. No deja hijos. Pero tú le sacaste lo que nadie podrá devolverle. No merecía morir. Quizá nadie lo merezca, al menos de ese modo. Ya ni siquiera tenemos pena de muerte para gente como el Silbador. Aprendimos algo desde Tyburn, desde la hoguera de Agnes Poley. Nada de lo que haya hecho Hilary Robarts le hacía merecer la muerte.

—No digo que mereciera morir. No importa si era feliz, si tenía hijos, o incluso si le servía de algo a alguien. Lo que digo es que yo la quería ver muerta.

—Eso me parece tan malo que va más allá de mi comprensión. Lo que hiciste, Alice, es un horrible pecado.

Alice se rió. La risa fue tan plena, casi feliz, como si la diversión fuera auténtica:

—Meg, sigues asombrándome. Usas palabras que ya no pertenecen al vocabulario general... ni siquiera en la Iglesia, según me han dicho. Las implicancias de esa simple palabrita van más allá de mi comprensión. Pero si quieres ver esto en términos de ideología, piensa en Dietrich Bonhoeffer, que escribió; "Hay momentos en que debemos querer ser culpables." Bueno, yo quiero ser culpable.

—Ser culpable, sí, Pero no sentirse culpable. Eso debe de hacerlo más fácil.

—Oh, pero es que lo siento. Desde mi infancia vengo sintiéndome culpable. Y si en el corazón mismo de tu ser sientes que no tienes derecho siquiera a existir, entonces un motivo más de culpa apenas si cuenta.

Meg pensó: "Nunca podré olvidar lo que está sucediendo aquí esta noche. Pero tengo que saberlo todo. Aun el conocimiento más doloroso es preferible a un conocimiento a medias."

—Esa tarde —dijo—, cuando vine a decirte que los Copley se irían a casa de su hija...

—El viernes, después de la noche de la cena. Hace trece días.

—¿Nada más? Parece estar en una dimensión diferente del tiempo. Me pediste que viniera a cenar contigo cuando volviera de Norwich. ¿Lo habías planeado como parte de tu coartada? ¿Hasta a mí planeabas usarme?

Alice la miró. Asintió:

—Sí. Lo siento. Habrías llegado a las nueve y media, y yo hubiese vuelto y tendría una comida caliente en el horno.

—Que habrías preparado antes. Y con Alex en la Central.

—Es lo que planeé. Cuando rechazaste la invitación, no insistí. Después habría parecido sospechoso y hubiese parecido que me construía deliberadamente una coartada. Además, no te habría hecho cambiar de opinión, ¿no? Nunca cambias. Pero el mero hecho de la invitación servía. Una mujer normalmente no invita a cenar a una amiga en el momento en que planea cometer un asesinato.

—Y de aceptar y presentarme aquí a las nueve y media, habría sido incómodo, ¿no?, con el cambio de planes. No hubieras podido ir a Scudder's Cottage a facilitarle una coartada a Ryan Blaney. Y quedado en posesión de las zapatillas y el cinturón.

—Las zapatillas habrían sido el peor problema. No creí que pudieran ser conectadas nunca con el crimen, pero necesitaba librarme de ellas antes de la mañana siguiente. ¿Cómo explicar por qué las tenía? Probablemente las habría lavado y escondido, esperando poder devolverlas al armario de la Vieja Rectoría al día siguiente. Pero hubiera encontrado un modo de darle su coartada a Ryan. Probablemente te habría dicho que no podía comunicarme

420

por teléfono y que debíamos ir de inmediato a darle la noticia de que el Silbador estaba muerto. Pero todo eso es hipotético. No me preocupé. Dijiste que no vendrías y supe que no vendrías.

—Pero vine. No a cenar, pero vine.

—Sí. ¿Por qué, Meg?

—Un sentimiento de depresión después de un día pesado, la tristeza de ver irse a los Copley, la necesidad de verte. No quería comida. Había cenado antes, y estuve caminando por la punta.

Pero había otra cosa que necesitaba preguntar:

—Tú sabías que Hilary iba a nadar después de ver los titulares del noticiero. Supongo que eso lo conocían todos los que estaban enterados de sus sesiones nocturnas de natación. Y te tomaste el trabajo de asegurar que Ryan tuviera su coartada para las nueve y veinte o poco después. Pero supón que el cadáver habría sido descubierto al día siguiente. Lo normal hubiera sido que nadie la echara de menos hasta que no se presentara a trabajar en la Central, el lunes por la mañana, y entonces alguien llamaría a la casa para ver si estaba enferma. Incluso el descubrimiento podía demorarse hasta el lunes por la noche. Ella podía haber ido a nadar a la mañana y no por la noche.

—En general el médico forense puede calcular el momento de la muerte con bastante precisión. Y yo sabía que sería descubierta esa noche. Sabía que Alex le había prometido ir a verla de regreso de la Central. Cuando encontró a Adam Dalgliesh iba camino al cottage de ella. Y creo que ya lo sabes todo, salvo lo de las zapatillas Bumble. El domingo a la tarde fui a la Vieja Rectoría y entré por la puerta trasera, que sabía que estaría abierta; lo hice a la hora en que tú estabas ocupada preparando el té. Llevaba una bolsa con algo de ropa vieja por si me encontraba con alguien. Pero no fue así. Tomé un calzado blando, fácil de llevar y que pareciera más o menos de mi tamaño. Tambien tomé uno de los cinturones.

Había una pregunta más que hacer, la más importante de todas:

—¿Pero por qué? Tengo que saberlo, Alice. ¿Por qué?

—Es una pregunta peligrosa, Meg. ¿Estás segura de que realmente quieres saberlo?

—Lo necesito. Necesito tratar de comprender.

—¿No te basta con saber que ella estaba decidida a casarse con Alex y yo estaba decidida a impedirlo?

—No es por eso que la mataste. No puede ser. Hubo algo más que eso, tuvo que haberlo.

—Sí, hubo. Supongo que tienes derecho a saberlo. Hilary estaba chantajeando a Alex. Podía haberle hecho imposible conseguir ese puesto, o de haberlo él logrado, hecho imposible desempeñarse bien en él. Tenía en sus manos el poder de destruir toda su carrera. Toby Gledhill le había comentado que Alex impidió deliberadamente que se publicaran los resultados de la investigación realizada entre los dos, porque eso hubiera perjudicado la construcción del segundo reactor de Larksoken. Descubrieron que algunos de los supuestos hechos en la generación de modelos matemáticos eran menos firmes de lo que habían creído, y los que se oponían al nuevo reactor en Larksoken estarían en condiciones de utilizar esos datos para azuzar la histeria del público.

—¿Falsificó deliberadamente los resultados?

—Eso es algo de lo que es incapaz. Todo lo que hizo fue demorar la publicación del trabajo. Lo haría conocer en un mes o dos más. Pero es el tipo de información que al llegar al dominio público puede hacer un daño irreparable. Toby estaba casi dispuesto a darle el estudio a Neil Pascoe, pero Hilary lo disuadió. Era demasiado valioso para terminar en esas manos. Se proponía usarlo para obligar a Alex a casarse con ella. Se lo dijo cuando él la acompañó a su casa después de la cena, y esa misma noche, más tarde, él me lo contó. Entonces supe lo que debía hacer. El único otro modo de sobornarla habría sido ascenderla a la Dirección Administrativa de Larksoken en carácter de titular, y eso era casi tan imposible para él como falsificar deliberadamente un resultado científico.

—¿Quieres decir que habría preferido casarse con ella?

—Podría haberse visto obligado a hacerlo. ¿Pero hubiera estado a salvo aun así? Ella podría haber seguido amenazándolo con lo que sabía hasta el fin de su vida. ¿Y qué vida sería la suya, atado a una mujer que lo obligó a casarse mediante el chantaje, una mujer a la que no quería, a la que no podía ni respetar ni amar?

Y agregó, en voz tan baja que Meg apenas si la oyó:

—Le debía una muerte a Alex.

—¿Pero estabas tan segura —dijo Meg—, tan segura como para matarla? ¿No podrías haber hablado con ella, haberla persuadido?

—Lo hice. Fui a verla el domingo a la tarde. Estaba conmigo cuando llegó la señora Jago con la revista de la iglesia. Podría decirse que fui a darle una oportunidad de vivir. No podía matarla sin asegurarme de que era necesario. Eso significaba tener que hacer lo que nunca había hecho antes, hablarle sobre Alex, tratar de convencerla de que el matrimonio no sería bueno para ninguno de los dos, de que lo dejara en paz. Pude ahorrarme la humillación.

No razonó siquiera, estaba más allá de eso. Terminó gritándome como una posesa.

—Y tu hermano —dijo Meg—, ¿supo de la visita?

—No sabe nada. No se lo dije en su momento y no se lo he dicho después. Pero él me confesó lo que planeaba hacer: prometerle matrimonio y después, cuando su puesto estuviera asegurado, renegar de su palabra. Habría sido desastroso. Alex nunca comprendió la clase de mujer que era ella, su pasión, su desesperación. Era la hija única de un hombre rico, que alternadamente la mimaba en exceso y la olvidaba por completo; él le enseñó que todo lo que uno quiere, puede obtenerlo si tiene el valor de luchar por ello y tomarlo. Y tenía valor. Estaba obsesionada con Alex, con su necesidad de él, sobre todo con su necesidad de un hijo. Dijo que él le debía un hijo. ¿Acaso él creía que ella era como uno de sus reactores, domesticable, que podía introducir en esa turbulencia el equivalente de una de sus varillas de acero y controlar la fuerza que antes había desencadenado? Cuando la dejé esa tarde supe que Alex no podría con ella. El domingo era la fecha límite. El le había dicho que pasaría por su casa al regresar de la Central. Tuvo suerte de que yo fuera antes.

"Quizá la peor parte fue esperar que él volviera esa noche. No me atreví a llamar a la Central. No podía saber si estaría solo en su oficina o en la sala de computadoras y nunca antes lo había llamado para preguntarle a qué hora volvería a casa. Lo esperé casi tres horas. Supuse que sería Alex quien encontraría el cuerpo. Al ver que no estaba en la casa, su movimiento natural sería ir a ver a la playa. Encontraría el cadáver, llamaría a la policía desde el auto, y me llamaría a mí para decírmelo. Cuando no me llamó, empecé a fantasear que no estaba muerta en realidad, que de algún modo yo había fallado. Me lo imaginé esforzándose desesperadamente sobre ella, dándole el beso de la vida, vi sus ojos que se abrían lentamente. Apagué las luces y fui a la sala a mirar la ruta. Pero no fue una ambulancia la que llegó, sino los autos de la policía, la escuadra de homicidios. Y Alex seguía sin venir.

—¿Y cuando vino? —preguntó Meg.

—Apenas si hablamos. Yo me había acostado: debía hacer lo que hacía normalmente, que no era esperarlo. Fue a mi cuarto a decirme que Hilary estaba muerta, y cómo había muerto. "¿El Silbador?", pregunté y él respondió: "La policía cree que no. El Silbador murió antes que ella." Fue a su cuarto. Creo que ninguno de los dos habríamos soportado estar juntos, con el aire cargado de lo que pensábamos y no podíamos decir. Pero hice lo que tenía que hacer, y valió la pena. El puesto es suyo. Y no se lo sacarán, no después de confirmado. No pueden hacerle pagar las culpas de una hermana asesina.

—¿Pero si descubren por qué lo hiciste?

—No lo harán. Sólo dos personas lo saben, y no te lo habría dicho si no confiara en ti. En un nivel menos elevado, dudo que te creyeran en ausencia de confirmación de otro testigo; y Toby Gledhill y Hilary Robarts, los únicos testigos, están muertos. —Al cabo de un minuto de silencio dijo:— Tú habrías hecho lo mismo por Martin.

—Oh no, no.

—No como lo hice yo. No puedo imaginarte usando la fuerza física. Pero cuando él se ahogó, si hubieras estado en la orilla y podido elegir entre cuál debía morir y cuál vivir, ¿habrías vacilado?

—No, por supuesto que no. Pero eso habría sido diferente. No habría planeado que alguien se ahogara, no lo hubiera deseado.

—O de decirte que millones de personas vivirían con más seguridad si Alex consiguiera un puesto que es el único capacitado para ocupar, al costo de la vida de una mujer, ¿habrías vacilado? Esa fue mi alternativa. No la evadas, Meg. Yo no lo hice.

—¿Pero cómo puede resolver algo el asesinato? Nunca lo ha hecho.

Alice respondió con súbita pasión:

—Pero sí puede, y lo hace. Tú lees libros de historia, ¿no? Entonces lo sabes.

Meg se sentía exhausta de cansancio y dolor. No quería hablar más. Pero no podía detenerse. Todavía había mucho por decir.

—¿Qué harás? —preguntó.

—Depende de ti.

Pero en el fondo del horror y la incredulidad, Meg había encontrado valor. Y más que valor: autoridad.

—Oh, no —dijo—, no depende de mí. No es una responsabilidad que haya pedido, y no la quiero.

—Pero no puedes evadirla. Sabes lo que sabes. Llama al inspector en jefe Rickards. Ahora mismo. Puedes usar este teléfono. —Al ver que Meg no se movía, agregó:— No repetirás sobre mí la frase de E. M. Forster, "Si tuviera que elegir entre traicionar a mi país y a mi amigo, espero tener el valor de traicionar a mi país."

—Esa —dijo Meg—, es una de las frases inteligentes que,

424

cuando las analizas, descubres que no significan nada, o bien que significan algo bastante tonto.

—Recuerda que, elijas lo que elijas, no podrás devolverle la vida a ella. Tienes más de una opción, pero no esa. Es muy satisfactorio para el ego humano descubrir la verdad; pregúntale a Adam Dalgliesh. Más satisfactorio todavía para la vanidad humana es suponer que se puede vengar al inocente, restaurar el pasado, vindicar el bien. Pero no puedes. Los muertos siguen muertos. Todo lo que puedes hacer es herir a los vivos en nombre de la justicia o la retribución o la venganza. Si eso te da placer, entonces hazlo, pero no creo que ahí haya virtud. Decidas lo que decidas, sé que te harás justicia. Puedo creer en ti, y confío en ti.

Meg vio que el rostro de su amiga tenía un gesto serio, irónico, desafiante; pero no estaba pidiendo nada. Alice agregó:

—¿Quieres tiempo para pensarlo?

—No. No tiene sentido esperar. Ya sé lo que debo hacer. Pero preferiría que lo hicieras tú.

—Entonces, dame hasta mañana. Una vez que haya hablado, no habrá más privacidad. Hay cosas que necesito hacer aquí. Las pruebas, cosas que disponer. Y me gustaría tener doce horas de libertad. Si puedes concedérmelas, te quedaré agradecida. No tengo derecho a pedir más, pero pido eso.

—Pero cuando confieses —dijo Meg—, tendrás que darles un motivo, una razón, algo en lo que puedan creer.

—Oh, se los daré. Celos, odio, el resentimiento de una solterona por una mujer hermosa como ella y que vivía como vivía ella. Diré que quería casarse con él, quitármelo después de todo lo que yo había hecho por Alex. Me verán como una menopáusica neurótica presa de una locura momentánea. Afecto excesivo por su hermano. Sexualidad reprimida. Así es como hablan los hombres de las mujeres. Es el que tendrán sentido para Rickards. Y se lo daré.

—¿Aun cuando eso te valga terminar en Broadmoor? ¿Podrás soportarlo, Alice?

—Bueno, es una posibilidad, ¿no? Es eso o la cárcel. Fue un asesinato cuidadosamente planeado. Ni siquiera el juez más benévolo podrá verlo como un acto súbito no premeditado. Y tratándose de la comida, no creo que haya mucha diferencia entre Broadmoor y la cárcel.

A Meg le parecía como si nunca nada podría volver a ser cierto. No sólo su mundo interior se había roto en pedazos, sino que los objetos más familiares del mundo externo perdieron su realidad. El escritorio de Alice, la mesa de la cocina, las sillas de respaldo alto, las sartenes brillantes, las hornallas, todo parecía fantasmal, como si pudiera desvanecerse al contacto de una mano. De pronto advirtió que la cocina, que había estado mirando, quedó vacía. Alice no estaba. Se echó hacia atrás en el sillón, a punto de desvanecerse, y cerró los ojos y al abrirlos, vio el rostro de Alice inclinándose sobre el de ella, inmenso, casi como una luna. Le tendía un vaso a Meg:

—Es whisky. Bébelo, lo necesitas.

—No, Alice. No puedo. De veras no puedo. Sabes que odio el whisky, me descompone.

—Este no te descompondrá. Hay momentos en que el whisky es el único remedio. Este es uno de ellos. Bébelo, Meg.

Sentía temblarle las rodillas y al mismo tiempo las lágrimas le quemaban los ojos y empezaron a salir sin trabas, un río salado sobre sus mejillas y su boca. Pensó, esto no puede estar pasando. No puede se cierto. Pero era así como se había sentido cuando la señorita Mortimer, llamándola en su clase, la hizo sentar en la salita privada del director y le dio la noticia de la muerte de Martin. Lo impensable tenía que ser pensado, lo increíble creído. Las palabras querían decir lo que siempre significaron: "asesinato", "muerte", "dolor", "pena". Podía ver articular la boca de la señorita Mortimer y las frases, sueltas, inconexas, flotaban en el aire, como globos en un dibujo y volvía a notar cómo debía de haberse quitado el lápiz labial antes de la entrevista. Quizá pensó que sólo labios desnudos podían dar noticias tan malas. Volvió a ver esas inquietas protuberancias de carne, a notar que el botón superior del cardigan de la señorita Mortimer colgaba de un solo hilo y se oyó a sí misma decir, decir realmente en voz alta: "Señorita Mortimer, va a perder ese botón."

Apretó los dedos contra el vaso. Le parecía haberse hecho inmensamente grande y pesada como una roca, y el olor del whisky casi le revolvió el estómago. Pero no tenía poder para resistir. Se lo llevó lentamente a la boca. Sentía el rostro de Alice todavía muy cerca, los ojos de Alice todavía mirándola. Tomó el primer sorbo muy pequeño y estaba por echar atrás la cabeza y tragarlo cuando, con dulzura pero con firmeza, Alice le quitó el vaso.

—Tienes razón, Meg, nunca fue tu bebida predilecta. Haré cafe para las dos y después te acompañaré hasta la Vieja Rectoría.

Quince minutos después Meg ayudaba a lavar las tazas de café, como si fuera una velada más y partieron, caminando juntas, por la punta. Tenían el viento a sus espaldas y a Meg le parecía como si volaran, como si fueran brujas y que sus pies apenas si tocaran la tierra. En la puerta de la Rectoría, Alice preguntó:

–¿Qué harás esta noche, Meg? ¿Rezar por mí?

–Rezaré por nosotras dos.

–En tanto no esperes que me arrepienta. No soy creyente, como sabes, y no entiendo la palabra arrepentimiento, salvo en el sentido de la pena porque algo que hemos hecho no haya salido tan bien como esperábamos. Basándome en esa definición tengo poco de qué arrepentirme, salvo de la mala suerte de que tú, mi querida Meg, entiendas tan poco de la mecánica de un auto.

Y entonces, como obedeciendo a un impulso, tomó a Meg por los brazos. Lo hizo con tanta fuerza que dolía. Meg pensó por un momento que Alice la besaría, pero sus manos se aflojaron y cayeron. Se despidió con un murmullo y dio media vuelta.

Al poner la llave en la cerradura y abrir la puerta, Meg miró atrás, pero Alice había desaparecido en la oscuridad y el salvaje sollozo, que por un momento increíble tomó por el llanto de una mujer, sólo era el viento.

12

Dalgliesh acababa de clasificar el último de los papeles de su tía cuando sonó el teléfono. Era Rickards. Su voz, fuerte y aguda por la euforia, le llegó con tanta claridad como si su presencia física estuviera llenando el cuarto. Su esposa había dado a luz a una niña una hora antes. Estaba llamando desde el hospital. Su esposa estaba bien, perfecta. El bebé era maravilloso. Sólo tenía unos minutos para llamar. El médico estaba con Susie en el cuarto, y él debía esperar afuera.

–Llegó a casa justo a tiempo, señor Dalgliesh. Suerte, ¿no? Y la partera dice que nunca vio un parto tan fácil en una primeriza. Sólo seis horas en total. Tres kilos y medio, lindo peso. Y queríamos una niña. Le pondremos Stella Louise. Louise por la madre de Susie. Bien podemos dejarla contenta a la vieja vaca.

Al colgar, luego de cálidas congratulaciones que sospechó que Rickards encontraba muy merecidas, Dalgliesh se preguntó por la causa de haber sido honrado con un llamado tan inmediato y llegó a la conclusión de que Rickards, poseído por la alegría, estaba llamando a todos los que pudieran tener algún interés, llenando así los minutos, antes de que le permitieran volver junto a la cama de su esposa. Sus últimas palabras fueron: "No puedo decirle lo que se siente, señor Dalgliesh."

Pero Dalgliesh recordaba qué se sentía. Se quedó inmóvil un momento, con el teléfono en la mano, y contempló esas reacciones, que le parecían excesivamente complicadas para una noticia tan corriente y tan esperada y tuvo que reconocer con disgusto que parte de lo que estaba sintiendo era envidia. Se preguntó si sería su estada en la punta, el sentimiento que reinaba aquí de lo transitorio del hombre y a la vez de la continuidad de la vida, el ciclo perenne del nacimiento y la muerte, o era la muerte de Jane Dalgliesh, el último sobreviviente de su familia, lo que le hizo desear por un momento con tanta fuerza tener él también un hijo vivo.

Ni él ni Rickards hablaron sobre el asesinato. Este habría sentido seguramente que era casi una intrusión indecente en su sacrosanto éxtasis familiar. Y, después de todo, había poco más que decir. Rickards le dio a entender con claridad que consideraba el caso cerrado. Amy Camm y su amante estaban muertas, y ahora sería improbable que pudiera probarse su culpabilidad. Los argumentos contra ellas, de acuerdo, eran imperfectos. Rickards seguía sin pruebas de que alguna de las dos hubiera conocido detalles del modo de matar del Silbador. Pero eso, aparentemente, ahora tenía menos importancia para la policía. Alguien podía haber hablado. Fragmentos de información recogidos por Camm en el Local Hero quizá se rearmaron. La misma Robarts pudo contarle a Amphlett y lo que no sabían es probable que lo adivinaran. El caso podía archivarse oficialmente como no resuelto, pero Rickards se convenció de que Amphlett, ayudada por su amante, Camm, había matado a Hilary Robarts. En la breve entrevista de la noche anterior, Dalgliesh había considerado correcto avanzar otra opinión, discutió con calma y lógica, pero Rickards volvió contra él sus propios argumentos.

—Es una mujer independiente. Usted mismo lo dijo. Tiene su propia vida, su profesión. ¿Por qué diablos habría de preocuparle que él se case? No trató de impedírselo cuando él se casó anteriormente. Y no es como si él necesitara protección. ¿Se imagina a Alex Mair haciendo algo que no quiere hacer? Es el tipo de hombre que muere según sus términos, no los de Dios.

—La ausencia de motivo es la parte más débil de la hipótesis —dijo Dalgliesh—. Y admito que no hay la menor prueba de ningún tipo. Pero Alice Mair llena todos los requisitos. Sabía cómo mataba el Silbador; sabía dónde estaría Robarts poco después de las nueve; no tiene coartada; conocía dónde podía encontrar esas zapatillas y tiene altura como para usarlas; tuvo una oportunidad de arrojarlas en ese bunker al regreso de Scudder's Cottage. Pero hay algo más, ¿no? Pienso que este crimen fue cometido por alguien que no sabía que el Silbador estaba muerto cuando lo perpetró, pero se enteró poco después.

—Es ingenioso, señor Dalgliesh.

Dalgliesh sintió la tentación de decir que no era ingenioso, sino meramente lógico. Rickards se sentiría obligado a interrogar otra vez a Alice Mair, pero no llegaría a ninguna parte. Y él no estaba a cargo del caso. En dos días estaría de regreso en Londres. Si el Servicio Secreto necesitaba más trabajo sucio, tendría que hacerlo mediante sus propios agentes. El ya había interferido más de lo estrictamente justificado, y por cierto mucho más de lo que le gustaba hacer. Comprendía que sería deshonesto culpar a Rickard o al asesino por el hecho de que la mayoría de las decisiones que había venido a tomar a la punta, seguían sin solución.

Ese aguijón inesperado de envidia le produjo una tibia incomodidad consigo mismo, que no contribuyó a disolver el descubrimiento de que se había dejado el libro que estaba leyendo, la biografía de Tolstoi por A. N. Wilson, en el cuarto más alto de la torre del molino. Lo necesitaba, porque ese libro le daba la satisfacción y el consuelo que ahora estaba necesitando. Después de cerrar la puerta del molino haciendo fuerza contra el viento, encendió las luces e inició el ascenso. Afuera el viento silbaba y gritaba como un ejército de demonios locos, pero al llegar a la pequeña célula en lo alto, el silencio interior le pareció perfecto. La torre estaba en pie desde hacía ciento cincuenta años. Había resistido peores tempestades. Abrió la ventana del este y dejó entrar el viento como una salvaje fuerza limpiadora. Fue entonces cuando vio, por encima del muro bajo que rodeaba el patio de Marty's Cottage, una luz en la ventana de la cocina. No era una luz común. Mientras la miraba, la vio parpadear, morir, después volver a parpadear, y tomar fuerza en un resplandor rojizo. Había visto esa clase de luz antes y sabía lo que significaba. Marty's Cottage se incendiaba.

Bajó corriendo las escaleras y al entrar en la sala se detuvo apenas el tiempo necesario para llamar por teléfono a la brigada de incendios y la ambulancia, y se felicitó de no haber metido todavía el Jaguar en el garaje. Segundos después, se precipitaba a toda velocidad por la punta. El auto frenó inclinándose hacia adelante y él salió corriendo hacia la puerta del frente de la casa. Estaba con llave. Por un segundo pensó en abrirla arrojando el Jaguar contra ella. Pero era de sólido roble del siglo XVI, y podían perderse valiosos segundos en maniobras con el auto. Corrió hacia un lado, saltó el muro del patio y se lanzó hacia la parte trasera. Le llevó apenas un segundo comprobar que la puerta trasera también estaba con cerrojo, arriba y abajo. No tenía dudas sobre quién se hallaba adentro. Tendría que sacarla por la ventana. Se arrancó la chaqueta y se envolvió con ella el brazo derecho mientras al mismo tiempo abría al máximo la canilla exterior y se mojaba la cabeza y el torso. El agua helada lo hizo temblar mientras flexionaba un codo y golpeaba el vidrio. Pero la ventana era sólida, pensada para resistir a las tormentas invernales. Tuvo que ponerse de pie en el alféizar, tomándose del alero superior, y dar violentos y repetidos puntapiés antes de que el vidrio se rompiera al fin y sintiera el calor de las llamas.

Bajo la ventana había una pileta doble. Se arrojó sobre ella, jadeando en medio del humo, cayó de rodillas al piso y comenzó a arrastrarse hacia la mujer. Estaba tendida entre la cocina y la mesa, el cuerpo largo rígido como una estatua. Tenía el cabello y la ropa en llamas y estaba muy quieta mirando hacia arriba, envuelta en lenguas de fuego. Pero el rostro estaba intacto aun, y los ojos abiertos parecían mirarlo con tal intensidad y resistencia demencial, que en su mente apareció la imagen de Agnes Poley, de modo que las sillas y mesas en llamas eran los haces de leña de su martirio y en el humo pudo oler el aroma horrendo de la carne quemada.

Se arrojó sobre el cuerpo de Alice Mair, pero estaba incómodamente cruzado entre los muebles y el borde de la mesa le había caído sobre las piernas. De algún modo necesitaba unos segundos de tiempo. Tambaleándose y tosiendo fue a la pileta, abrió las dos canillas y tomando una sartén colgada, la llenó y arrojó agua contra las llamas una y otra vez. Una pequeña área de fuego silbó y comenzó a morir. Haciendo a un lado a puntapiés los restos de la mesa, logró cargar el cuerpo de la mujer sobre el hombro, y trastabilló hacia la ventana. Pero los cerrojos, casi demasiado calientes para tocarlos, estaban bien cerrados. Tendría que pasarla por donde el vidrio estaba roto. Jadeando por el esfuerzo, empujó el peso muerto hacia adelante sobre la pileta. Pero el cuerpo inerte quedó aprisionado entre las canillas, y le llevó una eternidad liberarla, seguir empujándola contra la ventana y al fin verla caer fuera de su vista. Aspiró con fuerza el aire frío que entraba y, tomándose del borde de la pileta, trató de alzarse. Pero de pronto sus piernas ya no tenían fuerzas. Las sintió doblarse y tuvo que apoyar los brazos en la pileta para no caer sobre el fuego que retomaba fuerza. Hasta ese momento no había sentido dolor alguno, pero ahora le mordió las piernas y la espalda, como si le hubiera caído encima una jauría enfurecida. No podía estirar la cabeza hasta el agua que seguía manando de las canillas, pero hizo un cuenco con las manos y se arrojó agua a la cara, como si esa frescura en las mejillas pudiera aliviar la agonía de sus piernas. Y de pronto lo inundó una tentación casi abrumadora de abandonar todo, de dejarse caer en el fuego en lugar de hacer el esfuerzo imposible de escapar. Fue una locura apenas momentánea, que sirvió para estimularlo en un último y desesperado esfuerzo. Se tomó de las canillas, una con cada mano, y lenta y dolorosamente se izó sobre la pileta. Hasta que sus rodillas tuvieron el apoyo del borde duro de la pileta, y desde allí pudo impulsar el torso hacia la ventana. El humo giraba a su alrededor, y a su espalda rugían las grandes lenguas de fuego. El estruendo le llenaba los oídos. Colmaba toda la punta y ya no supo si estaba oyendo fuego, viento o mar. Hizo un último esfuerzo y se sintió caer sobre el cuerpo de la mujer. Rodó apartándose de ella, que ya no ardía. Las ropas se habían consumido, y ahora colgaban como harapos negros sobre lo que quedaba de carne. Logró ponerse de pie y fue, tropezando y luego arrastrándose, hasta la canilla exterior. La alcanzó justo antes de perder la conciencia, y lo último que oyó fue el silbido del chorro de agua apagando el fuego en sus ropas.

Un minuto después abrió los ojos. Sentía duras las piedras contra la espalda quemada, y cuando trató de moverse, el espasmo de dolor lo hizo gritar en voz alta. Nunca había sentido un dolor así. Pero un rostro, pálido como la luna, se inclinaba sobre él y reconoció a Meg Dennison. Pensó en esa cosa ennegrecida bajo la ventana y logró decir:

—No mire. No mire.

Pero ella respondió con dulzura:

—Está muerta. Y todo está bien. Tenía que mirar.

Y en ese momento dejó de conocerla. Su mente, desorientada, estaba en otro lugar, en otro tiempo. Y de pronto, entre la multitud de espectadores boquiabiertos y los soldados con sus picas rodeando el patíbulo, estaba Rickards diciendo:

—Pero ella no es una cosa, señor Dalgliesh. Es una mujer.

Cerró los ojos. Los brazos de Meg lo rodeaban. Volvió la cabeza y la apretó contra la chaqueta de ella, mordiendo la tela para no avergonzarse de gritar en voz alta. Y después sentía las manos frías de la mujer en su cara:

—Ya viene la ambulancia. Ya la oigo. Quieto, mi querido. Todo estará bien.

Lo último que oyó fue el ruido de los bomberos y se dejó caer una vez más en la inconsciencia.

EPILOGO

Miércoles 18 de enero

Sólo a mediados de enero volvió Adam Dalgliesh al Molino de Larksoken, en un día soleado tan tibio que toda la punta se aparecía bañada en la transparencia brillante de una primavera prematura. Meg había llamado para decirle que pasaría a la tarde por el molino a despedirse, y al atravesar la verja del jardín trasero para cruzar la punta caminando, vio que las primeras campanillas ya estaban en flor; se inclinó para observar, con placer, sus delicadas cabezas verde y blanco que temblaban en la brisa. La hierba crecía con fuerza bajo sus pies y en el cielo, a lo lejos, una bandada de gaviotas giraba y descendía como una lluvia de pétalos blancos.

El Jaguar estaba estacionado ante la puerta, que había quedado abierta y dejaba entrar un rayo de sol sobre la sala desnuda. Dalgliesh estaba de rodillas, empacando los últimos libros de su tía en baúles. Los cuadros, ya envueltos en papeles, estaban apoyados contra las paredes. Meg se arrodilló a su lado y empezó a ayudarlo pasándole los volúmenes atados.

—¿Cómo están sus piernas y su espalda?

—Un poco rígidas, y las cicatrices todavía me pican a veces. Pero todo parece en buen estado.

—¿No más dolores?

—No más.

Trabajaron un momento en amable silencio. Después Meg comentó:

—Sé que no le gustará que se lo diga, pero todos estamos muy agradecidos por lo que está haciendo por los Blaney. El alquiler que les cobrará por el molino es irrisorio y Blaney lo sabe.

–No le estoy haciendo ningún favor –le explicó Dalgliesh–. Quería que una familia de la zona viviera aquí y él era la elección obvia. Después de todo, la casa no es tan buena. Si se preocupa por el monto del alquiler, puede considerarse un cuidador. En ese caso, sería yo el que debería pagarle.

–No muchos propietarios que necesitaran un cuidador elegirían un artista excéntrico con cuatro hijos. Pero la casa será perfecta para ellos: dos baños, una buena cocina, y la torre para que Ryan pinte. Theresa se ha transformado. Está mucho más fuerte después de la operación y se la ve radiante de felicidad. Ayer fue a la Vieja Rectoría a darnos la noticia y decirnos que estuvo midiendo los cuartos y planeando dónde pondrá los muebles. Les conviene mucho más que Scudder's Cottage, aun cuando Alex no hubiera querido venderlo. No puedo culparlo. ¿Sabe que también ha puesto en venta Martyr's Cottage? Ahora que está tan ocupado con su nuevo puesto, supongo que quiere cortar lazos con la punta y todos sus recuerdos. Creo que es natural. Y usted no sabrá nada de Jonathan Reeves. Se ha comprometido con una joven de la Central, Shirley Coles. Y la señora Jago recibió una carta de Neil Pascoe. Después de un par de falsas partidas, consiguió un empleo temporario como asistente social en Camdem. Dice que parece bastante contento. Y hay buenas noticias sobre Timmy, al menos creo que son buenas noticias. La policía localizó a la madre de Amy. Ni ella ni su actual marido quieren a Timmy, así que lo han dado en adopción. Lo adoptará una pareja que le dará amor y seguridad.

Y aquí se detuvo, pensando que habló demasiado y que él podía no tener interés en todo ese chismorreo local. Pero había una pregunta que Meg tenía en su mente desde hacía tres meses y que necesitaba formular: él era el único que podía responderla. Observó un momento en silencio sus largas manos acomodando los libros en el baúl y le preguntó:

–¿Alex acepta que su hermana mató a Hilary? Nunca quise preguntarle al inspector Rickards y no creo que me lo diría si se lo preguntara. Y no puedo preguntarle a Alex. Nunca hablamos de Alice ni del asesinato después de la muerte de ella. En el funeral apenas si conversamos.

Sabía que Rickards debía de haberle hecho confidencias a Dalgliesh, quien ahora respondió:

–No creo que Alex Mair sea del tipo de personas que se engañe a sí mismo respecto de hechos incómodos. Debe de conocer la verdad. Lo que no significa que la haya reconocido ante la policía. Oficialmente acepta el punto de vista de esta repartición, según el cual la asesina está muerta y es imposible probar si fue Amy Camm, Caroline Amphlett o Alice Mair. La dificultad reside en que no hay una sola prueba que conecte a la señorita Mair con la muerte de Hilary Robarts y ni siquiera hay elementos circunstanciales como para adjudicarle la culpabilidad en forma póstuma. Si hubiera sobrevivido y negado la confesión que le hizo a usted, dudo que Rickards tendría en qué basarse siquiera para hacer un arresto. El veredicto abierto de la investigación significa que ni siquiera puede probarse la teoría de un suicidio. El informe del experto confirma que el fuego se inició por volcarse una sartén con aceite hirviendo, probablemente mientras ella cocinaba, quizá probando una nueva receta.

—De modo que todo queda en mi testimonio —dijo Meg con amargura—. El cuento no-muy-verosímil de una mujer que ya causó problemas anteriormente y que ha tenido derrumbes nerviosos en el pasado. Eso quedó bien en claro cuando me interrogaron. El inspector Rickards parecía obsesionado con nuestra relación, si yo tenía alguna queja contra Alice, si nos habíamos peleado. Para cuando terminamos, yo no sabía si me consideraba una mentirosa o una cómplice.

Aun ahora, tres meses y medio después del deceso, era difícil pensar en esos largos interrogatorios sin la conocida mezcla destructiva de dolor, miedo e ira. Le habían hecho contar su historia una y otra y otra vez, bajo esas miradas agudas y escépticas. Y ella podía entender por qué Rickards rechazaba a tal punto la posibilidad de creerle. Ella nunca pudo mentir de modo convincente y él tenía el convencimiento de que estaba mintiendo. ¿Pero por qué?, le había preguntado. ¿Qué razón le dio Alice Mair para su crimen? ¿Cuál fue el motivo? Hilary Robarts no podía obligar a su hermano a casarse. Y él ya estuvo casado antes. Su esposa está bien, y mantienen relaciones amistosas; entonces, ¿qué veía su hermana de imposible en el matrimonio? Y ella no le aclaró nada, salvo reiterar con obstinación que Alice quería impedir que se casaran. Le había prometido no decirlo, y nunca lo haría, ni siquiera a Adam Dalgliesh, que quizás era el único hombre capaz de sacarle la verdad. Sospechaba que él sabía el poder que estaba en condiciones de ejercer sobre ella, pero nunca preguntaría. Una vez, visitándolo en el hospital, Meg de pronto le preguntó:

—¿Usted sabe, no?

Y él respondió:

—No, no sé, pero puedo adivinarlo. El chantaje es un motivo corriente para el asesinato.

Pero no le hizo preguntas, cosa que Meg le agradecía. Ahora sabía que Alice le dijo la verdad sólo porque creía que Meg no estaría viva al día siguiente para contarlo. Había planeado que murieran juntas. Pero se arrepintió a último momento. Por eso le quitó, con suavidad pero con firmeza, el vaso de whisky, casi con seguridad drogado con somníferos. Al final Alice resultó leal con su amiga y ella también le sería leal. Le dijo que le debía una muerte a su hermano. Meg había pensado mucho en esas palabras, pero sin encontrarles sentido. Y si Alice fue deudora de una muerte a su hermano, ella, por su parte, le debía a Alice su lealtad y su silencio.

—Espero comprar Martyr's Cottage cuando estén terminadas las reparaciones. Tengo algún capital de la venta de mi casa en Londres, y la promesa de una pequeña hipoteca, que es todo lo que necesito. Pensé que para ayudarme podría alquilarlo en el verano. Y después, cuando los Copley ya no me necesiten, iré a vivir allí. Me agradará saber que la casa está esperándome.

Si a él le sorprendía esta voluntad de regresar a un sitio con tantos recuerdos dolorosos, no lo manifestó. Meg siguió hablando, como si tuviera la necesidad de explicarse:

—Han ocurrido cosas terribles en el pasado a gente que vivía en la punta, no sólo a Agnes Poley, a Hilary, Alice, Amy y a Caroline. Pero sigo sintiéndome a gusto aquí y pensando que es mi lugar. Creo que quiero ser parte de él. Y si hay fantasmas en Martyr's Cottage, serán espíritus amistosos.

—Es un suelo pedregoso, en el que es difícil echar raíces.

—Quizás es la clase de suelo que necesitan mis raíces.

Una hora después se habían despedido. La verdad quedó entre ellos, muda, y ahora él se marchaba y ella quizá no volvería a verlo. Meg comprendió, con una sonrisa de feliz sorpresa, que estaba un poco enamorada de él. Pero no importaba. Era un sentimiento desprovisto de esperanza, pero también de dolor. Cuando llegó a lo alto del risco de la punta, se volvió y miró al norte en dirección a la Central Nuclear, generadora y símbolo de la energía misteriosa que ella nunca podría disociar de la imagen de esa nube en forma de hongo, curiosamente hermosa, símbolo también de la arrogancia intelectual y espiritual que había llevado a Alice al crimen, y por un segundo le pareció oír el eco de la última sirena de advertencia, aullando su terrible mensaje sobre la punta. El mal no moría con la muerte de alguien que lo practicaba. En este mismo instante, en alguna parte, un nuevo Silbador podía estar planeando su horrenda venganza contra un mundo en el que nunca se había sentido a gusto. Pero eso estaba en un futuro impredecible y el miedo no tenía realidad. La realidad estaba aquí, en un instante de tiempo soleado, en las hierbas ondulantes de la punta, el mar lleno de brillos que se extendía en franjas azules y violetas hasta el horizonte, habitado por una sola vela blanca a lo lejos, en los arcos rotos de la abadía en los que el sol encendía chispas de oro contra las piedras, en las grandes aspas del molino, inmóviles y silenciosas, en el sabor del aire salino. Aquí se fundían el pasado y el presente, y su propia vida, con sus triviales intrigas y deseos, parecía apenas un momento insignificante en la larga historia de la punta. Y entonces sonrió ante sus propias fantasías y, volviéndose a saludar por última vez con la mano a la figura alta que la miraba desde la puerta del molino, caminó con resolución de vuelta a casa. Los Copley ya debían de estar esperándola para el té de la tarde.